「戦後」という制度
――戦後社会の「起源」を求めて――

川村　湊

「戦後」という制度の起源は、むろん一九四五年八月の「日本」の無条件降伏にある。受諾されたポツダム宣言と、天皇の名による終戦の詔勅が、敗戦後の日本の制度、システムを模索していた。明治以来の「富国強兵」の国家的スローガンを下ろし、軍事力を持たずに経済的繁栄を成し遂げようという目標が立てられ、天皇制を温存したまま、戦前の「殖産興業」を引き継ぐ体制やシステムが急速に整えられたのである。それは新中国の成立や朝鮮戦争で軌道を変更せざるをえなかったが、旧植民地や沖縄を日本本土から切り離し、そこに「敗戦」にまつわるさまざまな矛盾や葛藤や困難を押しつけ、日本本土は、ポスト戦争社会へとなめらかに助走し始めたのである。

日本の「戦後」は日米合作で作り上げられた。これはＧＨＱによる占領期のみならず、日本国憲法を始めとするさまざまな制度やシステムが、日本側とアメリカ側との深い結託によって作り上げられたということだ。昭和天皇は自分の保身のために、進んで沖縄をアメリカに〝売った〟。日本国憲法は、こうした旧来の日本の支配者層とアメリカとの文字通り「合作」であり、象徴天皇制も平和主義も、日本社会をいかに〝変えない〟ように〝変える〟かと腐心したものの結果なのである。「戦後」の構想者は誰だったのか。それはいったい何を目標にして、どんなことを実現しようとしたのか。今なお、私たちを拘束するこの深い軛からの解放を模索したい。

「戦後」という制度

戦後社会の「起源」を求めて

文学史を読みかえる5

座談会 堕落というモラル――敗戦後空間の再検討 4
井口時男・中川成美・林 淑美・川村 湊

ポスト植民地主義への道――日韓の戦争（解放）直後の文学状況をもとに 42 川村 湊

『朝鮮文藝』にみる戦後在日朝鮮人文学の出立 56 高柳俊男

戦後沖縄文学覚え書き――『琉大文学』という試み 68 新城郁夫

戦後文学はどこへ行ったか――やくざ小説の諸相 88 野崎六助

「満洲文学」から「戦後文学」へ――牛島春子氏インタビュー 108

「戦後文学」の起源について――〝最後の頁〟からの出発 126 栗原幸夫

大阪という植民地――織田作之助論 152 川村 湊

日・独・伊・敗戦三国の戦後文学 174
栗原幸夫 池田浩士 和田忠彦

隣接諸領域を読む

（歌謡曲）誰のために鐘は鳴ったのか――サトウハチローと古関裕而の戦後歌謡曲 37 中西昭雄

（外国文学）「丁玲批判」をふりかえる 51 田畑佐和子

この時代を読みかえるために――必読文献ガイド

『新日本文学』一九九九年一一月号／『社会文学』二〇〇〇年第一四号 196 並木洋之

本多秋五『物語戦後文学史』 199 黒田大河

吉本隆明『戦後詩史論』 202　細見和之
『綜合文化』と真善美社の周辺 206　栗原幸夫
江藤淳『忘れたことと忘れさせられたこと』 210　平井玄

読みかえる視座

昭和初年代文学史における短歌 215　田中綾
一九五〇年代をジェンダー・メタファーで読みかえる 219　鈴木直子
『種蒔く人』の研究動向 222　大和田茂
〈放浪の作家〉林芙美子が書いた仏印 226　羽矢みずき

戦時下の大佛次郎の文学表現――従軍体験を中心に 234　**相川美恵子**

文学における「士人」――中河與一と村上龍 254　**土屋忍**

橘外男の敗戦感覚 276　**谷口基**

書評

かけがえのない個人として語りあうために――ノーマ・フィールド『祖母のくに』 295　秋山洋子
戦後責任を問い戦争責任を問う――池田浩士『火野葦平論』 297　坂口博
言葉を「綴る」のは誰か？――川村湊『作文のなかの大日本帝国』 299　黒田大河
〈引き裂かれた身体〉の解剖へ――丸川哲史『台湾、ポストコロニアルの身体』 302　崎山政毅
この時代の中井正一のために――高島直之『中井正一とその時代』 306　田村都
二十一世紀のガイノクリティシズム――岩淵宏子・北田幸恵・沼沢和子編『宮本百合子の時空』 311　杉浦晋
「ロシア・アヴァンギャルド―全体主義文化連続論」に抗して――ボリス・グロイス『全体芸術様式スターリン』 313　黒田大河
「男制社会」とのしなやかな闘い――渡邊澄子『青鞜の女・尾竹紅吉伝』 319　深津謙一郎

読みかえ日誌 329

編集後記 332

堕落というモラル——敗戦後空間の再検討

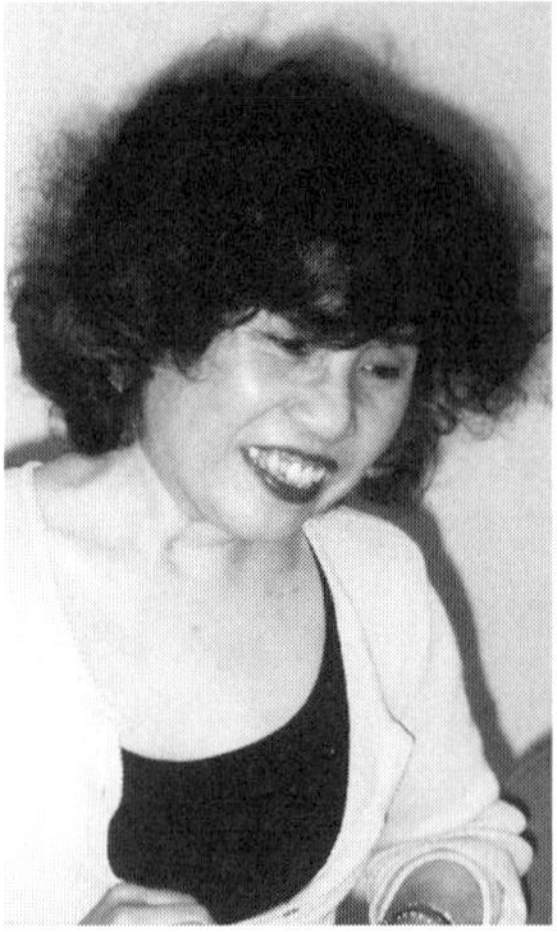

林淑美

井口時男

川村湊

中川成美

1　通俗道徳の批判としてのモラル

川村　林さんがこの前に坂口安吾研究会（二〇〇一年六月）で発表なさった「道徳批判としての『堕落論』、イデオロギー批判としての「青鬼の褌を洗ふ女」」というのを聞いたんですが非常に面白かった。ああなるほどと思える所がありました。私が聞いた感じでまとめさせていただきますので、それは違うというところがあればあとで林さんのほうからコメントしていただきたいと思います。

まず、安吾の「堕落論」の読み方ですけれど、「堕落論」は普通は既成の道徳に対するアンチテーゼということで語られているわけですが、たんなるアンチテーゼとして、今まであった道徳、モラルに対して反対の道徳をうち立てるというようなことではないと林さんはおっしゃっているわけです。

意識の正当化としての道徳があり、それを単にひっくり返す、反対にするだけでは、アンチ道徳ではあっても、道徳という制度の中に取り込まれていくわけで、それは基本的に制度の再生産にしかすぎない。安吾の言う堕落というのは、ある意味で戦略的に、道徳・反道徳というものではなしに新しいモラルを作り上げる、そういうような制度、システムを壊すという意味で新しい道徳を作りあげるということであり、それが戸坂潤が言っていることとも通底する。基本的に戸坂潤が言っているのは、通俗道徳に対して、その批判者として立ち現れるのがモラルであり、それは通俗道徳の低俗性を批判して解体していく運動としてモラルがある。つまり安吾の言う「モラルがないということ自体がモラルなのだ」という言い方、常に制度の方にからめ取られていく道徳というものをそういう言葉で脱構築していくという、そういう堕落の道、というか行動というか、それがモラルということなのではないか、というところから「堕落論」を読んで、それのある意味では実践という意味で「青鬼の褌を洗う女」というのを見出し、そこに「堕落論」に示されている安吾の制度としての道徳を崩していくような実践的なものが実現されている、というふうに私は聞いたんです。

その過程の中で面白い指摘があったわけです。それは一九四五年八月一五日に天皇が詔書を出してポツダム宣言を受け入れた。その時に、「一億総懺悔」ということを東久邇宮が言ったわけですけれども、その根拠に、道徳的に日本人は墜ちた、道徳を守らなかったからこそ、この憂き目にあったのだ、つまり敗戦の原因を道徳の衰退、退廃というところに持っていったわけですね。実際に新聞に引用されているのは、「官軍はなかば公然と、また、民は秘かに闇を売っていたのである。ことここに至ったのはもちろん政府の政策が良くなかったからでもあるが、また国民の道徳の廃れたのも、このたびの……」と言っていて、こんな時にこんなことを言っていたのかと改めて感心するというか、つまり官・軍が「闇」をしていた。これは勝手なことをしていたということはあるわけですが、もちろん民間も「闇」をして秘かに配給の食糧以外にもいろいろやっていたのであろう、という道徳の廃退が敗戦の原因だと言っている。これはもちろん当然、経済統制をやっていて、民としては背に腹は替えられないので「闇」もやらざるを得なかったのですが、そういうよってきたるところの責任を何も考えずに、負けたということは天皇陛下に対する申し訳なさというのと、それが、「闇」をしていたのでそれが原因であるという。「闇」はむしろ敗戦後に盛んになるわけですが、戦争中にもそういう「闇」が行われていて、それが敗戦の原因であるというようなことを言っている。そういう旧道徳といったものをそのまま敗戦後に持ちこそうとする制度性というものがあったのであろうという、指摘だったと思うわけです。

イタリアの戦後、ドイツの戦後は、いったい戦中の制度性をそのまま連続して持ち越さなかった。東久邇宮が一億総懺悔といい、そして経済的な「闇」をしていることによって、国民の道徳に責任をなすりつけるようなことは、ドイツ、イタリアではなかったのではないだろうかと思うわけです。そのへんに日本の敗戦処理の一つの特徴が見られるのではないかと思いました。

雑駁なまとめ方ですけれども、林さん、いかがでしょうか。

林　一億総懺悔のことを言いますと、これは、首相の東久邇宮稔彦の談話のなかにあって一九四五年八月三〇日の朝日新聞を例にとると「軍官民総懺悔の要あり」という見出しがあるんです。この発言は戦争責任の国民への転嫁だと今まで批判されてきました。もちろんそうなんですけれど、ただそれだけではなくて、支配側がいち早く、道徳とか道義とかいう言葉を自分の口から発することによって意識の制度におけるヘゲモニーを握ろうとしたという意思があったんだろう、その現れがこれだろうと思うんです。つまり、この時期に敗戦したのを国民の道徳が低下したからだという、この道徳というのは何を指しているかと考えていったら、あたりまえにいえば戦前の大政翼賛運動下の道徳が低下したから敗戦したんだということになるわけです。それをまた戦後に持ってきて、その道徳が、低下したから、敗戦になったんだというわけですね。そうするとそれはいったい何を基礎にしているかというと、道徳というものは人間的規範として、不変なもの、変わらないものなんだという、いわゆる普通の人が道徳について考えているような通俗道徳観を基礎にしているわけですね。そういう道徳観を基礎にして、道義・道徳ということをいち早く口にすることによって、意識の制度のヘゲモニーを握ろうとしたと、私は考えています。

天皇のいわゆる元旦詔書にも明瞭にそれを見ることができて、「惟フニ長キニ亘レル戦争ノ敗北ニ終リタル結果、我国民ハ動モスレバ焦燥ニ流レ、失意ノ淵ニ沈倫セントスルノ傾キアリ　詭激ノ風漸ク長ジテ道義ノ念頗ル衰ヘ、為ニ思想混乱ノ兆アルハ洵ニ深憂ニ堪ヘズ」とあるのですから。そしてそれを、例えば文部省が教育現場に「元旦詔書」をそのまま持ち込んで、皆さん元旦詔書で勉強しなさいというような指示をする。これは、「奉戴の再生産システム」と私が名付けているものなんですが、要するに、天皇の言葉を恭しくいただいて、その通り実行しましょうというこの奉戴のシステムがそのまま戦後まで持ち越されているということなんです。もちろん「元旦詔書」というのはGHQが指示したものですが、私が問題にしたいのは、権威にしたがっていれば安心という日本人の心性みたいなものをGHQが見逃すはずはなくて、GHQはその「元旦詔書」を支持して、これを占領政策の国民向けの基礎としたのです。戦前のような奉戴のシステムというのはもちろんそのまま残すわけにはいきませんしムというのはもちろんそのまま残すわけにはいきませんし「元旦詔書」のあとは残らなかったわけですけれども、でも、実際、一九九九年に「君が代・日の丸」法案が通り、文部省がその後教育現場にいろいろ通達する、あれも私は一種の奉戴の戦後版だというふうに考えることができると思う。この奉戴のシステムというのは、意味を拡大していけば戦後にも残っているシステムじゃないかと思います。それが、たんに政治的な機関を通して、それが問題になるというだけならまだましなんですが、この奉戴のシステムというのは、例えば、情報装置とか文化装置とかそういうものを総動員することによってシステムが維持されていくということが、戦前もありましたが、戦後も当然、というかより有効的なものとしてあるわけですね。

ここでアルチュセールのイデオロギー論である「国家のイデオロギー装置」という概念を接続すれば、情報装置とか文化装置とか学校装置とかいうものが一種の奉戴のシステムを維持していくものになっていくということがあると思うんです。問題はだから、当然そこに表象構造の問題が出てくる。文化装置や情報装置によって形成されていく表象構造についてフレドリック・ジェイムスンが『政治的無意識』の中でアルチュセールによるイデオロギーの概念をまとめて、こういうふうに言ってるんです。

「アルチュセールによれば、個人主体が超個人的な諸現実—例えば社会構造とか集団の論理によって支えられる〈歴史〉と—彼ないし彼女との生きた関係を思い描いたり想像したりするとき、そのような思いこみを可能にする表象構造が、イデオロギーである」。つまりイデオロギーというのはある何かの観念とかそういうものではなくて、表象構造全体がイデオロギーであるというふうに言うわけです。

そうすると敗戦直後、奉戴システムがそのまま残り、天皇の「元旦詔書」があり、また形を変えて文部省が新教育方針を出し、あるいはＧＨＱもその部分ではもちろん同じ様な線に乗って、そうやって、戦後にある種の表象構造がつくられていく、つくられるという動詞を使っていいかどうかよく分からないんですが、そういうところで戦後社会への移行がはかられていく。そうした表象構造の戦前と戦後の連続ということがあったのだと。政治的システムということをいえば、それは基本的に変わらなかったわけですから、これは中野重治がよく言うことですが、敗戦前の戦争を起こしていった人たちの下で、民主主義的な改革が行われている、それは変だろうと中野重治は言うわけですが、そういう政治的なシステムの連続ということだけではなくて、表象構造の連続ということが、イデオロギーを考えていく時に重要になる。表象構造の連続した構造から逸脱すること、それが「堕落論」でいえば「堕ちよ」ということの意味だったと思います。「堕ちよ」というのは、表象構造も含む、いわゆるイデオロギーの再生産の連関を切断する意志であったと。安吾がすごいのは、それを自分ひとりでやれというのですね。自分ひとりでしかやれないということをいうわけですね。

さっき川村さんが、安吾について、新しい道徳、新しいモラルを作り上げるという言い方をなさったんですけど、もっと誤解を受けないように言えば、新しい道徳・モラルを作るというより、道徳・モラルとよぶ新しい概念を作る、という方がいいと思うんです。

戸坂潤は、その道徳・モラルの新しい概念を「文学的観念としての道徳」とよんで、道徳に関するもっとも高次な観念は文学において発現するとして、その理論的探究をおこなったのですね。つまり可視的な制度と違って意識無意識に働きかける道徳というものは、個人にたいして鞏固な力をもつので、社会的制度に対応する社会的意識と自分の意識とをわけて、自分の意識を掬いだすことによって、社会制度としての道徳の批判が可能になる、というわけです。そこで、その自分の意識にかかわるものとして文学が重要だと、戸坂は主張します。これは、戸坂にあってはイデオロギー理論の先駆的な読み替えの理論的作業を基礎にしてのことなのですが、安吾研究会のレジュメにも引きましたが、戸坂は「モラルは自分一身上の問題」というのですね。自分一身上のモラルというのは、今言ったように、社会制度を通過したものなのだから、個人道徳でも私事でもない「一身上の問題は却つて正に社会関係の個人への集堆の強調であり拡大」だというのです。

こういう自分一身上のモラルを追求するのが文学なのだと、こういわれると、なんか救われるような気がするんですよね。アルチュセールやジェイムスンのイデオロギー概念ですと、表象構造がイデオロギーだというのですから、われわれ表象構造のなかにいない人間なんかいないわけで、今みたいな経済のグローバル化のなかで表象構造から逸脱しようと思えば、テレビや新聞見なければ大丈夫ってわけにはいかない。消費も生産も関係ない無人島か山奥の原始生活しかなくなっちゃうわけですから、本当にもう生きていくのがイヤになるような「もう私たちダメなのね」という感じになっちゃう。そこからいうと、安吾の、父母にまで見すてられて社会制度からハミだしてただ一人荒野を歩いていく堕落者って辛そうだけど、こっちの方がまだましだという気がしません？（笑）

人々の生きる道には、どうしてもそのようでなければならぬ崖があつて、そこではモラルがないということ自体がモラルで、そのような崖が「文学のふるさと」なのだ、という安吾と、文学は一身上のモラルを探求するものだ、という戸坂との思想の共軛性を、私は安吾研究会で言ったのだけれども、やっぱりここで文学ということの問題性を戸坂も安吾も非常に本質的に立てているような、そんな感じだったんです。

それにつながって、「思いこみを可能にする表象構造が、イデオロギーである」という、表象構造に必然的に取り込まれてしまう主体の問題ですよね。主体の分裂とか主体の脱中心化とかいう言い方で言われてるわけですが、つまり現代において統一的な主体なんてありえないのではないか、主体は表象されうるのか、表象されるのは誰かに認められた主体だけなんではないか、主体なんていうのはかつてのブルジョア個人主義のなかにだけあるものなのではないか、そういうような問題を、一人で堕ちろといった安吾は気づいていたのではないかと思うのです。戸坂潤がこのことを、イデオロギー理論の課題としているのは明らかだと、私は考えています。だとすると、たとえば荒正人なんかは、非常に明るいブルジョワ的主体を政治と文学論争のなかでこと挙げしたんだと思います。平野謙はちょっとニュアンス違って、暗いブルジョア的主体というような感じですけれども。中野が苛立ったのはそういう明るい、自由主義的な主体、いわゆるブルジョワ個人主義的な主体、その主体の明るさというか疑いのなさ、そういうことに対して、中野重治は「批評と人間性」で苛立ったような気がするんです。この主体の問題というのは最終的なところで問題になるところじゃないかなと思ったんです。

川村　すでに話がまとまってしまったような感じですが、安吾は「堕落論」の中で特攻隊が闇屋になり、戦争未亡人がパンパンになるということを、いわゆる堕落の一例として言っているわけですけれども、東久邇宮が、官・軍が公然と「闇」

をし、民が「闇」をした、これは当然戦争中のことですよね。ところが安吾が言っているのは戦後の闇市、闇屋のことで、同じ「闇」のことでもそこにちょっとズレがあるわけです。つまり戦争中は官製の経済統制が行われて、配給ということが行われた。当然戦後にもそれが行われたんだけれど、結局、戦中でも戦後でも、そういう経済統制に対する批判とか反対というものが全然起きなかった。つまり戦後における「闇」というのはそういう統制経済に対する一種の抵抗でもあった。そうではない判事なんかは、配給だけで生活を続け、結局餓死して、日本国民全体は「闇」で生き延びた、ということは当然、統制経済に対する抵抗ということなんだけど、戦中の「闇」というのはまたちょっと違うと思うんです。だから安吾が戦後の「闇」ということを持ち出したのと、東久邇宮の「闇」は道徳が衰退しているんだという言い方とは、つながるようで、つながらない。そこで、官製統制経済ということを、戦後においても、安吾は感覚的にそれを批判したわけだけれど、ただ、まともに批判している経済的な言説じゃなくて、結局、植民地で行われた統制経済が日本に逆流して統制経済を作り、それが戦後の経済政策の大きな柱となり、高度成長に突っ走っていった。そのあたりが考えられていなかった。だから東久邇宮のこういう言葉もそのまま読み過ごされていて、まさに一億総懺悔というところだけになってきたんだろうなというように思いました。

井口　僕が東久邇宮の言葉で連想したのは、戦前に京都学派あたりが歴史の推進力として「道義的エネルギー」ということを言うでしょう。それは唯物史観とかアメリカ的な物質主義に対抗するための歴史哲学として彼らが作り出すわけだけれども、そういう「道義的エネルギー」あるいは「モラリッシュ・エネルギー」というかそういう言葉を連想する。そういう意味で戦前の日本というのはある種比類ない道徳国家だったという側面がある。道徳の中心は当然、一切の私心を捨てて天皇に忠誠を誓うという尽忠報国の精神なわけだけれども。しかし、それはたんに戦前のある期間だけだったかというと、例えば、幕末に佐久間象山が西洋文明を取り入れるときに、「東洋の道徳、西洋の芸術」という言い方をするじゃないですか。「芸術」というのはその場合、技術、物質文明なわけだけれど、近代化するためにどうしても西洋の技術、物質文明を取り入れざるを得ない。しかし、日本人としてのアイデンティティをどこに委託するかというときに、「道徳」というわけです。「和魂洋才」という明治国家のスローガンもその延長上にある。考えてみれば道徳という言葉は、近代の、明治維新から敗戦までの年数を全てカバーしてしまうような意味合いがあるというふうに感じたんです。それはもちろん、国民的アイデンティティの根幹として道徳ということを言うわけですから、林さんの言葉でいえば、表象構造そのものに関わってくる言説なわけですね。そんなふうなスパンでみるときに安吾のいう堕落というのは歴史的な射程を相当伸ばすことができるということをひとつ思いました。

そういう意味で安吾の可能性というものを強調することはいろいろ出来ると思うんだけれども、しかし一方で、彼の「堕落論」というのが、どのレベルで世間に流布していったか、安吾がある種大変な国民的な人気を勝ち得ていくわけだけれども、勝ち得ていくときには実は安吾の一番の批判精神、批評精神みたいなところは薄められてしまって、「生きよ、堕ちよ」はある種欲望肯定になっていくわけです。僕はどっちかというと古くさいところがあるから、現場で生きていれば闇に手を出さざるをえないかも知れないんだけども、しかし闇をそのまままっすぐ肯定する気にならないところがあるわけですよ。そこで闇に手を出すことを拒んで餓死した裁判官の精神性というものも大事にしたいところがちょっとあるわけだけれど、安吾の「生きよ、堕ちよ」というのはある意味で、人間というのは、生きるためには一切の欲望を肯定せざるを得ないんだと、統制経済のシステムが一種その国をあげての経済政策として高度成長にまで結びついていくという言い方をされたけれども、一方でそれを下支えした国民のエネルギーというのは、じつは安吾の「生きよ、堕ちよ」を浅いレベルで受け止めた欲望肯定主義みたいなところがあるでしょう。そういう二面性があることもちょっと思うんですけれどね。

川村　統制経済を支えてきたのが道義的エネルギーということですか？

井口　戦前の統制経済を支えたのはそうですよ。尽忠報国の道義的エネルギーですね。しかし、その戦前の統制経済を実施した新官僚たちが、敗戦以後の経済政策もリードしていったというお話でしょう。高度経済成長のベースを作ってきたというね。敗戦後の高度経済成長に結びついていくそのシステムを内側から支えた国民のエネルギーというのは戦前的な尽忠報国的なものとは多少違って、会社への滅私奉公的なことは仕組みとしてはあっただろうけれど、根本にあったのは、加藤典洋の言葉で言えば、私利私欲肯定としての欲望のエネルギーという、そういう微妙な二重性というものがあると思ったんですけれどね。

川村　それは非常にうまい社会的システムを作ったと言えるわけで、私利私欲を肯定して、それが、企業の活発な活動性になり、ヨーロッパ近代のプロテスタンティズムと同じような役割を果たした、ということともちょっと違って、どこかで欲望を社会システムのほうに回収していくような何かがあったんではないか。それが表象構造というようなものに近いものだと思うんですけれども。ストレートには結びつかないと思うんだけれども、いつのまにか結びついてしまっているという複雑さみたいなものはあると思うんですね。

だから安吾の『堕落論』の受け止められ方というのはもうそのときに、それこそ田村泰次郎の「肉体の文学」であるとか、あるいは戦後引き揚げてきた復員兵たちのぎらぎらとした欲望がかき立てられてベビーブームになったりするわけだけれど、カストリ雑誌がだんだん整理されていって、最終的には『夫婦生活』という雑誌につながり、その『夫婦生活』がまた性のコントロールということで『性生活の知恵』とか、あるいは高度成長の時に「ハウツー・セックス」へと、つながっていくんですね。アナーキーな肉体肯定、欲望肯定、私利私欲がいつのまにかシステムの中にうまくはめられていくというのは、社会システムの方から考えないと解けないんじゃないかなという気がする。

林　「堕落論」が欲望の肯定として受けとめられたということにちょっと話が戻るんですが、安吾の「堕落論」というのは、そう受けとめられてしまったんでしょうけれど欲望の肯定じゃないんですよね。彼は堕落という言葉は方法論というか、戦略として使っていて、安吾の文脈によれば、堕落というのはいつも孤独とセットになっているんですね。あくまでも堕落を、背徳を実行することによってしか人間はこの制度の中では本当の孤独にはなり得ないというふうに言っている。だから、「続堕落論」のなかで、原題は「堕落論」ですけれど、堕落自体はたんにつまらないものであるというようにも言っている。だけども、堕落の持つ性格の一つには孤独という偉大なる人間の実相が厳として存している、というふうに言う。堕落そのものより堕落の結果の孤独を彼は言うわけですよね。その孤独というのが実は社会制度からはみ出るための、社会制度だけじゃなくて、あらゆる制度から、意識の制度からはみ出るために一番有効なもの、それが孤独なんだ、というふうに安吾は言うんです。だから安吾は決して欲望の肯定ではないですよね。というよりもかえって、ものすごく禁欲的ですよ。孤独の道を進めと言うわけですから、非常に禁欲的なことを言っていると私は思うんです。もちろん、これは井口さんがおっしゃったように一般的には欲望肯定として流布したし、今もそのように読まれているようなところがあると思うんですけれども。

川村　安吾の言っていることの本質と、そこから受け止められ方のズレのところから問題はいろいろ発生しているのではないかという話ですね。例えば、田村泰次郎が言ったようなな「肉体の文学」という言い方とセットになって出てきたという印象はやはり受け止められているけれど、田村泰次郎自身だって、肉体の文学というのは、べつに肉体が精神よりもよろしい、あるいは欲望をそのまま肯定すればすいいんだというようなことを言っているわけじゃないんだけれど、やっぱり単純に肉体万歳みたいに捉えられていた。最初はちょっとしたズレなんだろうけど、どうしてそれが大きくなっていって、それこそ明るい道徳、明るいモラルにまでつながっていくような捉えられ方をされたのか。

中川　欲望の生産構造というものを、僕は戦後の問題で、特に直後の問題を考えていくために、そういうものは「文化主義」的に連動する、あるいは連動させる力の介在があったと見るわけです。おそらく、そうした「文化主義」への傾斜ということは、文官といわれる新官僚たちが、文化政策構造のあり方を主導していく形で顕現していたと思います。例えば映画法とかいろいろな文化政策がありますね。そういうものによって、いわゆる表象構造そのもの、我々の道徳の産出のあり方、あるいは我々がそもそも持っている道徳認識みたいなものをひとつひとつ簒奪しながら積み上げていく構造というものがあって、おそらく戦後にはそれが臆面もなく出来るようになったんじゃないかという感じがするんです。

例えば、木下恵介の『カルメン故郷に帰る』（一九五一年）、あれは軽井沢近くの浅間山麓の村にストリッパーである高峰秀子が帰ってくるという話ですね。そのときに、村の校長先生笠智衆が、「大芸術家が村に帰ってくる、これからの日本は文化だ」という意味のことを言うわけですね。あれは非常に皮肉な木下の当時の風潮への批判であったと思います。文化国家という名のもとに、過去の道義であった性風俗の非倫理性を「文化」と言い換えて肯定してしまう、そういうものを一方に巧妙に文化生産構造の中に組み入れていくようなものが動いた。その実、ストリッパーへの蔑視は存続しているのですが、そうやって構造を強化するメカニズムはあからさまです。それとそれを享受する側の大衆が、再生産に意識的に加担したという気もちょっとしているんです。

林　文化というのは道義と一緒に敗戦直後から支配の側がしきりに言った言葉ですよね。「元旦詔書」の冒頭ですけれど「叡旨公明正大、又何ヲカ加ヘン。朕ハ茲ニ誓ヒヲ新ニシテ股肱ヲ開カント欲ス。須ラク此ノ御趣旨ニ則リ、旧来ノ陋習ヲ去リ、民意ヲ調達シ、官民挙ゲテ平和主義ニ徹シ、教養豊カニ文化を築キ、以テ民生ノ向上ヲ図リ、新日本ヲ建設スベシ」というふうに、さっき引用したところと合わせて道義国家、文化国家ということは敗戦のすぐに彼らがしきりに言ったスローガンだったんですね。だから中野がたとえばこういうふうに言うんです。「軍隊を奪われ、警察力を弱められ、天皇を神からはがれた支配勢力は勢い、主として文化に訴えずにはいられない」。本当に文化国家、道義国家という言葉は彼らの専有のものになっていたという事実があって、敗戦直後の知識人たちが、その現実をどのくらい押さえていたのかということが問題になるかなと思いました。

2　近代的な主体とは

川村　文化住宅とか文化鍋とか言われ始めたのは昭和一〇年代でしたか？

林　大正一〇年代ですね。

川村　庶民は巧みに文化主義をろくでもないものに変えてしまった感じがするけれど。

中川　おそらくそれを戦後、即、受容するシステムはすでに、完成していたわけだし。ちょっと今林さんの話を聞いて思ったのは、例えば戦前の天皇であったり、国家であったり、軍隊であったりに、対置しうる概念として「文化」はものすごくわかりやすかったということが言えるんじゃないかと思うんです。そもそもそこの連続性という問題は安吾が言うように、何かに対置したって始まらないんです。表象構造そのものは全然変わらないんだから。とにかく一身の身で切断しなければならないわけです。これは戸坂潤が、個人と自分という概念は違うという話を『道徳論』の中で展開しているんですけれど、「個人」みたいな一般化は、いくら個人主義が大事であるとかいってもダメなんで、結局、「自分」という具体を通過しない限り、そうしたものの切断は果たせない。つまりそういうものから出てきたものが道徳だという言い方をしています。じゃあ道徳とは何かという問題が残るわけなんですけれど、おそらく、戸坂がいおうとしているのはさきほど井口さんが指摘したみたいな形での幕末からの国家観と結びついた形での道義的概念、一般にいう道徳という概念とは別の「道徳」そのもの、「モラル」そのものがあるはずだということだと思います。だけど、おそらくそうした「道徳」とか「モラル」というものを、表象構造の中に繰り入れていこうとするものそのものの力をおそらく安吾も戸坂もあるいは中野重治も問題にした。なおかついえば、それは今現在までに渡っている問題でしょう。例えば最近、倫理という言葉がどこにでも出てきますよね。倫理という言い方はおそらく同じような系列の中に収納されて安定しちゃっているのかなという気がして問題だと思うんです。

井口　最近の話にまで突然いっちゃえば、安吾のいう、そして林さんの強調される孤独と結びついた、いわゆる道徳批判としての堕落、それが文学の立場なんだけれども、それとは別個なところで社会は欲望を肯定してくれる言説を待ち望んでいる。その待ち望んでいる社会の構え方は、その構え方の範囲でだけ安吾の言葉を受け入れる。そういう形で戦後の私利私欲の追求が始まるわけですね。それはある時期まで、国家という共同性に吸収される、ある意味でうまい装置が働いて高度経済成長等を可能にしていく。しかし、最近おそらく露出してしまったのは、欲望アナーキズム、個人が完全にアナーキーに自分の欲望を追求するという形では、共同体としての社会のありかたが保てないというような危機意識が出てきている。その危機意識を加速しているのはもうひとつのグローバリゼーションの側から日本のシステムを解体せよという、日本のシステムというのは基本的に共同体システムだから、そういう問題があるだろうと思うんです。おそらく加藤典洋がある公共性の追求というような観点から『敗戦後論』を書いたりする、そのモチーフにも同じものが多分共有されているると思うんですね。

私利私欲の問題でいえば、それをはっきり文学の立場から肯定したのは六〇年安保後の吉本隆明だったわけで、そこでは彼は丸山真男たちの立場を批判するわけです。丸山真男たちの側から言えば、一般国民の政治的アパシーというのは民主主義的主体が確立していないというマイナスの評価にしかならないんだけれど、しかし吉本に言わせれば、そこには国家のことなんかどうでもいいんだという、私利私欲追求の価値が国民の中にそれだけ自然に内面化されたことを意味するんだと。われわれがこれから何か展望を持つとしたら、その私利私欲追求を内面化した大衆というものをブルジョワ民主主義のためのベースとして考えていくしかないんだ、という言い方をしたわけですよ。そこで問題になるのは、吉本隆明は当然早い時代に戦後文学批判をやったわけですけれども、問題は主体性論の問題として読めるだろうと思うんですが、丸山真男たちが考えているような主体というものは理想あるいは理念のために、自分自身を規制していくような、いわば禁欲的な主体ですね。もっと幅を拡げて、いわゆる民主主義的な陣営だけではなくて、左翼的な陣営においても、党のために、あるいは理念のために、自分自身の欲望を禁欲していく、そういう禁欲的な主体というものがイメージされている。丸山はいみじくも一九五九年には『忠誠と叛逆』という論文を書くわけだけれども、忠誠というのは結局ある理念に対する忠誠なわけです。それによって、まさしく、理念に対してサブジェクト、服従することによって主体として、サブジェクトとして立つ、そういう構造ですね。近代的な主体論というのは基本的にそういう構造をとっていると思うわけです。吉本が、その後の全共闘世代なんかに支持されたのは、そういう禁欲的な主体論というのを批判したからだというように思うわけです。それは我々が今話しあおうとしている敗戦直後の文学を考えるときにも、かぶさってくる問題のような気がするんですね。つまりモラルという問題でいえば、例えば中野重治が考えていたような具体的なイメージとしてのモラルを持った人間のイメージと、例えば荒正人とか、平野謙と荒とはちょっと違うような気もするんだけれども、彼らがイメージしていたモラル、そしてそのモラルを持った人間のイメージ、そして安吾が「堕落論」で呈示しているイメージとかね。そのあたりが重なりつつ、しかし大きく違っていたりして、そのあたりをどう捉えるかというのが敗戦後の文学を評価し直すときのひとつの規準にもなるんじゃないかという気がしているんですけれどね。

川村　敗戦後の、いわゆる戦後派の人たちの書いたものというか、考え方はやはり戦前的公共性とか公というのを左側の方で実現、今まで右側でやってきたのを左側で実現できるチャンスが来たという考え方、感じ方だったと思うんですね。そういうところと、例えば、これは文学史の常識だけれど、無頼派と、戦後派がいて、第一次戦後派がいて、そういう分け方で括られてきてしまったことの不幸さみたいなものがどこかにあったんじゃないか。あのころは当然安吾とか荒正人とか平野謙とか大井浩介とかかなり近いところにいたはずなんだけれども、その間の交渉というかそういうものがあんまり働いていない。我々は第一次戦後派と無頼派というのは何か違った全然関係のないようなグループとして考えている所があるけれども、もうちょっといろいろな交渉があって、あるいは、そこのところから、何か違ったものが出てきたようなことがあったかなと思います。

中川　そこで荒正人の「第二の青春」があるわけですよね。しきり直しをして、ここで完璧なる自由な主体が確立したんだ、という考え方。でも、安吾はそんな自由な主体などどこにもありえないんだと、自由な主体ということ自体が、他者によって認知されている限りにおいてはダメなんだと。このあいだの安吾研究会での林さんの発表の中に出てきたのはまさしくそこだと思います。これも井口さんが指摘された先ほどの『敗戦後論』の問題につながるんですけれど、まったくまっさらになるとか、仕切り直して無垢であるとかいう考え方です。でもこの加藤典洋さんの『敗戦後論』というのは、ズラしながら書いているので非常にわかりにくいんですけれども、でもこれは常に対になっています。そういう、それこそ神道的というか、穢れと清さという二分法で全部を見ていく。そうすると、当然、彼の言葉でいう「ねじれ」というのが出てくるわけです。一個の主体というものが、禊ぎを果たして完全に清くなったり、あるいは汚れの自覚を持って、その汚れを宿命として生きていこうとか、そんなふうに単純に主体を考えることはできないはずなのですから。先ほどから出てきている自由な主体みたいな概念、全くあらゆるものから無垢な私というものの抽出という手続自体が先ほどから指摘されている表象構造のひとつの持続のあり方ではないかというふうに思うんです。

井口　荒正人なんかの主体性論はさっきから話に出ているように、自分は絶望を経由したヒューマニズムだという言い方をするけれども、しかし基本的にはブルジョワ個人主義的な主体がイメージされているわけで、白樺派との系譜がはっきり見える。そういう荒正人なんかの錯覚が、早い時期に中村光夫が「占領下の文学」というエッセイで、戦後文学というのはじつは占領下の文学に過ぎなかったじゃないか、という言い方をするわけですが、ああいう言い方で止めを刺されちゃってるだろうと思うわけですよ。つまり自由な主体として自己確立を我々は出来るのだ、するのだという肯定的な言説じたいがそれを取り囲む日本の国家のあり方、さらにそれを占領しているアメリカという構造、それを無視した中での言説に過ぎないわけだから。その意味で僕はあれは多分、講和条約発効した後くらいのエッセイだったと思うけれど（初出は五二年六月）、中村光夫で止めを刺されたという側面はどうしようもなくあると思うんです。しかし、中村光夫のあのエッセイは僕はこのあいだ読み直してみたら、戦後文学終焉論みたいに言われているけれど、第一次戦後派とか、それから大岡昇平たちまで含めれば第二次までということになるんでしょうけども、彼らに対する直接の言及ってないんですよ。中村光夫があそこでイメージしていた直接の否定の対象になってない、というあたりがどういうことなのかな、と多少気になっていてね。戦後文学というときに、僕らは、批評家と小説家をごっちゃにしゃべっちゃうことになるんだけれど、僕が今中村光夫が直接言及しなかったというところで救い出そうとしているのはむしろ小説家たちの方ですけれどね。武田泰淳とか椎名麟三とか大岡昇平とかそういう人たちのことだけれど、近代文学派といったときの批評家たちの仕事、彼らのモチーフと、小説家というのは理論を超えて実践しちゃうわけだから、彼らの実践が作り出したものとは、また腑分けして考えなければならない。そういうことも思います。

川村　安吾がエッセイの中で書いていたけど、戦争中に誰かが家具が安いから今のうちに買っておくという。戦争で全部終わっちゃうんだ、そんなときに家具を買って、こいつ生き残るつもりなのかというふうな形で書いていて、批判しているわけじゃなくて、感性が違うのに驚いたという話ですけれど、つまり、感性がやっぱり違うわけですね。生き延びようとして、実際生き延びたわけだけれども、安吾は別に生き延びようと思って生きたわけじゃなくて、だからこそ、戦後になって堕落、堕ちよと言えたわけだけれども、戦争で生き抜くということを考えていて、天皇制の傘の下で、ということと全く同じように、戦後ＧＨＱの傘の下で、さらに、それがなくなると、自民党政府の傘の下でと、悪くいっちゃうと、そういうところでぬくぬくと生きて行けるような感性というのはやっぱりどこかにあったんだろうと思うんですよ。安吾は感覚的にそういうのを良く見てたんじゃないかというふうに思うんですけれどね。

林　いま皆さんの、戦後、主体ということがどう問題化されてきたか、ということについてのお話を聞いていて思い出したのですが、安吾に戦後一年もたたないうちに書かれた「私は誰?」っていうエッセイがありますよね。安吾はこのエッセイの末尾を「私は誰。私は愚か者。私は私を知らない。それが、すべて。」と結んでいます。これは一九七〇年代の前半にでた番町書房の『戦後文学論争』の「主体性論争」の項目に収められているのですが、主体性論争のなかにこの句を挿むとやっぱり安吾の独自性というか異様といってもいいような根源性が感じられるのです。私の「堕落論」の読みにこれをつなげれば、ここにはブルジョワ個人主義的な主体なんていうのも、歴史の主体であるプロレタリアートなんていうのも、てんで信じられない、なぜなら「私」はとっくになにものかに簒奪されているのだから、というように読めるわけです。「私」における統一的な主体への疑問、というようなことを問題化していたのは、安吾だけだったような気がします。この当時のいろいろなものちゃんと読み直さないで言っているから、無責任なのですが。

3　日米合作の「敗戦後」

林　さっき中川さんがすこしふれましたが、加藤典洋氏が主体というものを『敗戦後論』の中でどんなふうに考えていると思われますか。

中川　ごく普通の定義で、当たり前に、主体とは何かを為すものであり、道義を守るものである、ということじゃないでしょうか。なおかつ彼は『敗戦後論』において主体の問題を問うているわけではないと言ってます。

林　彼が「ねじれ」というときの主体をどういうふうに考えるか、ということですけれども。

中川　ねじれというのは流行語のひとつになってしまいましたけれど、じつはこのねじれというのは非常に単純なことを言っている。主体の問題でも何でもないんですが、最終的には加藤さんの主体のあり方に言及せざるえないんですけれど、何かっていうと、例えばひとつの例として「護憲派」というのがありますよね。憲法九条の遵守。護憲派は外向けの自己なんだと。「改憲派」というのがあります。改憲派は内向きの自己と言っています。つまり国際社会においてはそういうふうな道義的な日本が迷惑をかけた被植民地国家へちゃんとお詫びをするような、そういう形での外向きの自己を示し、改憲派は何かというと、三〇〇万の戦死者、戦没者、兵士たちを弔う内向きの自己だという。このふたつが相互に矛盾するところがねじれだと言っているんですね。だから言っているる最初のところはものすごく簡単なことから始まっていくんですけれど、ひとつの特徴として、こうしたねじれが、いくつもの事例・出来事に応用されていっているわけです。たとえばさっき言ったように、そのねじれは「汚れ」であるという形です。そしてそのねじれは、例えば戦後の日本の中で生きている人がそのねじれを意識しないままにいくことによって二重の転倒が起こっているんだと言っています。いくつか矛盾するところがあるんですけれども、そうした形でそのねじれを意識しているかしていないかが、文学作品の一つの判断基準になってくるわけですね。

例えば、大岡昇平とか、中野重治はそれを十分意識していたであろうという括りです。そして、最終的にはそういう汚れ、ねじれというものを意識するような主体、それを立ち上げようと提唱する。新しい「我々」の立ち上げという形に結ぶわけです。ここにはいくつもいくつも論理的なズラシが行われていて、結局のところ自己独自の一身の身で切断するような主体認識がなされていないわけなんです。一個の人格的なものが分裂してきた、だからその分裂に統一を求める、それが今の私たちの目的だ。そういう形で主体というものが語られているわけですから、ある意味でいえば、すごく凡庸で単調なものなんです。でも、言っていくうちに、いくつもいくつものエピソードを重ね、沈み込ませていくことによって、そのねじれ、そして汚れというものが、あたかも正当なように思えてくるような、すごく通俗的なわかりやすさを持っているところに私は問題があると思います。主体そのものについてどう思うかというのは加藤典洋氏自身がこう思っているかはどうかはわかりませんけれど、この中で語られている主体というのはいまの私たちを「我々」と乱暴に総括しそれは日本人なんだという論法です。日本人である「我々」は分裂した自己を持っていて、そのねじれた二つの分裂した自己を統一できないような、彼の言葉でいう「汚れ」の中にいる。それはこれからは「モラル」の中で悔唆されなければいけない、ということになっているわけです。

川村　加藤典洋のそういう言い方をようやく思い出してきたけれど、そういう言い方で私が素朴に思って言ったのは、彼が言っているそういう穢れとかねじれとか汚れとかいうことを言っていて、なぜそんなにあなたは潔癖なの、ということです。その潔癖感というのは本人自身がモラルだと言っているわけだけれど、しかしそこには著しく私が戦後において良きものだと考えている点、ある意味では無責任なノン・モラルの柔軟さが欠如しているように思われるというふうに、私が書いて、それについて、『戦後的思考』で、かなりこのノン・モラルの柔軟さというようなことの欠如について、いろいろ、直接的じゃなくて、非常に絡め手からなので、どういう反論だったのか良くわからなかったんだけれど。私が言いたかったのは、なぜ、そこで改憲派、護憲派、それから、この前も橋爪大三郎、竹田青嗣も加わってやった天皇に戦争責任はあるかないかという中で、天皇に戦争責任はある、というのと、ないというのと、それを止揚した形で竹田青嗣がなにかまとめるみたいな。それを読んで、あれも半分しか読んでいないんだけれど、新聞記者の誰かが新聞の中で、それが、彼らのやりとりが良くわかるというふうに書いたんだけど、確かに良くわかるんだけど、でも、ふっと考えてみると、どうして改憲派、護憲派という二つの対決軸を作って、自分はそこから離れて、ニュートラルな立場のところにいるとこの人たちは思っているのかな、という疑問がまずあったわけですね。つまり、私なんかは、護憲派でもあるし、改憲派でもある。やはり天皇条項はなくした方がいいなという意味では改憲派だし、いわゆる平和条項、戦争放棄は残しておいたほうがいいんじゃないかという意味では護憲派なんだけれども、そう簡単に護憲派、改憲派みたいにきれいに分けて、それが、表向きだの内向きだのということで、そこでねじれているんだという人の方がやっぱりねじれた考え方をしているわけであって、そういうことはみんな抱えて生きてきていると思うんです。無責任、ノン・モラルというのは、いまさっき言われたような「堕落」であっても、通常の道徳を単にひっくり返しただけのものじゃないわけです。対立そのものを、それこそ壊していく、批判していくという動きだと、動的なものだと思うんだけれども、加藤典洋の場合は精神的にその汚れ、ねじれというのがあって、それを解消する道筋が、主体の構築をという、それは全然逆の方向に話を持っていくだけじゃないかと思うんです。

林　そうですよね、私が思うのは、加藤氏の場合はあらかじめ、純粋な主体というのが設定されていて、そして、その主体がどうも分裂しているから、ちゃんと確固とした主体を作ろうよと、こういう話でしょ。だけど、まず、純粋な主体なんてありえないのに、本当にふしぎに思うんです。彼の議論を読んでいるとね。それに加藤氏の場合の主体って、集団的主体なんですよね。『敗戦後論』の冒頭ちかくにある比喩で、以降論を進めて行く上で重要だと思われる比喩があるのですが、火事のなかで倒れた自分にかぶさってくれた人が灰になってその灰に守られて生き残った、生き残った自分が真っ先に自分を守ってくれた人を否定するというのは、ねじれの生である、っていうんですね。むろん灰になった人は戦死した日本兵や戦没者たち、守られたのは戦後を生きる「われわれ」ということなのだけれど、こんなことは、敗戦直後の陸軍大臣が言っていることでね、中野重治が「冬に入る」という文章を、敗戦の翌一月に出しているんですけど、さっき川村さんがいわれた闇をやらずに餓死した大学教授のことにも中野はふれていますが、ここで中野は河上徹太郎の発言の、死屍に鞭つ興味はないとか、陸軍大臣の声明の「命のまにまに身命を抛って御奉公した純真な将兵」へ懲罰の気持ちをもたないようにとか、いう発言をとりあげて、これは国民への泣き落としだと中野はいうんですね。軍国主義への批判と兵士への同情は別のものではない、これを別のものにしようとして、泣き落としをかけている、と批判するんです。加藤氏の比喩は、火事で倒れたのを助けてくれて自分を守ってくれてそれで死んだ人を否定する人間なんか絶対いないのだから、詐欺みたいな比喩なんだけれど、その比喩からいったって、もし火事が放火なら生き残った者は死んだ者のために放火の犯人を追及するのが本当の供養になるわけですよね、もし、生き残った自分が火事場泥棒をしたのなら、放火の犯人追及すれば、自分の泥棒もついでに露見しちゃうかもしれないし、盗んだポケットのなかのダイヤから人の眼をそらさせるために、つい死んだ人を否定してしまう、あるいは死人に口なしだから、あいつは火事場泥棒をしていたんだと告発して自分の泥棒を隠蔽する心理ね、そういう人しか自分を守って死んだ人を否定する人間なんてありえないわけよね。加藤氏は、戦後日本人はねじれの生のなかにあるって言っているんだから、つまり彼の比喩は、日本人みんなを火事場泥棒扱いしていることになるわけですよ。こういう比喩つくって世の中通るってなんなんだろうとふしぎですけど、敗戦直後の言説追うと、加藤氏の論理の雛形がけっこうあるんです。中野が「冬に入る」で引いている河上徹太郎は、この敗戦を戦争責任者の失敗だと思うより天災の一種だと思うのが国民の良識だろう、なんて言うんですね。加藤氏は、たとえて言えば、この火事がもしかすると放火かもしれないっていう想像力がない。彼の戦争観敗戦観は基本的に天災みたいに、突然身にふりかかるものなんですよ。火事の現場にいた人が放火の犯人を追及すれば、どっかで自己責任問われる、付け火したところを見ていたのに放置した自分が悪かったのではないか、とかね。天災と思えば楽だしみんなで大変だったねえとかいって傷ついたことで連帯しちゃったりして、河上徹太郎みたいに、放火だとかいって騒ぎ立てるのは国民の良識ではないよね、なんて言ったりするんじゃないかしら。天災はみんなにひとしくふりかかる災厄ですから、敗戦をそう思えば、加藤氏のようにいつのまにか集団的主体になってしまう。こういう集団的主体をつくっていくというのは、ジェイムスンの言葉を借りれば、集団の論理によって支えられる歴史に同一化しちゃう思い込みを可能にしていくという機能をもつんだと思いますよ。『敗戦後論』が日本人に受けるわけよね。

中川　だからそこのところで、穢れを認識せよ、と。私たち全員は汚れているんだ、私たちは敗戦ということによって汚れたんだ、敗戦によって人格分裂して、その道義的な意味において、モラルの上において汚れているんだ、その汚れを自覚することが必要なんだという形で言うんだけれど、今おっしゃるとおりで、純粋無垢で透明な主体の構築が可能であるかのような概念をまずここで提出していますね。

林　ねじれる前は純粋な主体だったわけですか？　そうですよね。

中川　ところが、一つおかしな所があるんですよね。第二次世界大戦前のことを言うわけですよ。第一次世界大戦以後のある汚れという問題です。敗戦のときにみんな汚れたんだと言いながら、これは江藤淳の『昭和の文人』から引いているところなんですけれども、例えば堀辰雄が自分のお母さんが関東大震災の時に亡くなって探した過去を隠していたということや、中野重治が転向したこと、平野謙が僧侶の家の出であることを文学仲間に隠し続けてきたことなどを、「人情不感症」とした江藤にならい、それもまた汚れとして捉えているわけですね。そうすると、前の説とは矛盾するわけですよ。ところが彼はここで何の衒いもなく、第一次世界大戦以後のある「汚れ」「ねじれ」の自覚こそが、二〇世紀後半の日本人を世界につなぐ、世界に開かれた一つの窓なのである、と言うわけです。つまり、敗戦後の「汚れ」を問題としたこの著は、その「汚れ」の源泉は以前から存在し、それは戦後に連続しているとしたわけです。そこで引用元の江藤に対して、お前の「清く潔白な」態度はけしからん、自身の「汚れ」の自覚がないと非難しています。これまでどなたか指摘しているかもしれませんけれど、こういうふうな論法は逆に非常に透明で無垢な、モラル的人格者である加藤氏自身を浮かび上がらせていく。おそらく、川村さんがいう、超常的とも言える加藤氏のイメージは、そうした論法に因るものだと思います。

林　転向というのは思想史的な意味で極めて豊かなものだと思うんです。つまり、それは主体の脱中心化ですよ。それを実行せざるを得なかったんですね。それを認めざるを得なかったんです。主体の脱中心化のところから始まらざるをえないんです、我々近代の人間はね。だから加藤氏の発想というのは、もう、きわめて単純な観念論だと私には思えますね。

井口　僕はその『敗戦後論』を読み直して来ていないので、正確なことは言えないかもしれないんだけれど、ただ、論理的に辿ろうとすると、途中からその心理の薮の中に入ってしまうような、非常に困った本で、解きほぐしにくいところがあって、問題設定は単純なようなんだけど、しかし、案外、加藤典洋という人の根っこのモチーフは非常に屈折しているかもしれない。ちょっと一筋縄ではいかないところがありそうなんだけど、その印象で言うと、今、中川さんがまとめられた加藤典洋の主体のイメージとしては純粋なる、あるいは無垢なる道義的主体というようないわれかたをしたんだけれど、ちょっと僕の印象とは違っていてね、加藤典洋の問題提起そのものには、戦後の日本人は自分たちがある種まっさらな状態で文化国家、民主国家の国民として立ち直ったのだ、出発したのだという思い込みがあるが、そういう戦後的言説こそが、むしろ無垢なる市民主体というようなフィクションを作っているのじゃないか。それが、例えば加藤典洋が考える日本の進歩派だか、左翼だかの弱点だったわけで、だからこそ加藤そこでは敗戦から戦後へのその大きな我々のねじれとしての汚れ、それを自覚し直すことが必要だというようなモチーフがあったように思うんだけれどね。

中川　そうです。ですから、ここもすごく屈折してくる、つまり、あたかもまっさらなように、ずっときた戦後民主主義というものの起点を考えれば、じつはこんなに汚れがある、だからこそ、それは敗戦で自国の兵士を弔えないという問題とつながっていくわけなんだということです。それはたしかにその通りですね。だけれども、そういう経緯の中で、そういう汚れを自覚せよ、そして自覚してそこのところから初めて私たちの、私たちというのはきっと日本人のことを表すんだと思うんですけれど、日本人自身の主体ができあがるんだという論法の根拠には、加藤さんご自身が、その「汚れ」を自覚している私という強い自覚があったと思います。だから、私はその「汚れ」を糾弾すると共に「潔白」への道を探索する資格があると思ったのではないでしょうか。つまり、一種の禊ぎですよね。私は汚れを意識した、だからまっさらなんだという風にしか取れない彼の「無垢性」は、あらかじめ自らが保証しているとしか思い様がない。これは結果として敗戦のときの一億総懺悔とほとんど変わりないわけですよね。何重にもわたって汚れの自覚の無さを批判しながら、じつは言っていることはある意味でいうと、結局、結論のところにでてきた、三〇〇万の死者を二〇〇〇万の死者の前に弔え、という論理にみられるようなほとんど無自覚な日本人・日本文化称揚に結実するんだと思います。

井口　だから加藤典洋の主体性という問題にかかわる問題提出のポイントは、彼が「私たち」という形で、それは日本人ということなわけだけれども、一人称複数形という形での主体の立て直しという問題提起しているのが、たぶん、ポイントだと思うんですよ。なんでそういうモチーフが出てきたかというと、僕はさっきも話したけれども、たぶん今日の状況の中で改めて公共性とかそういうものが問題になった文脈があると思うんですけれどね。そこで、さっきまでの話とつなげるような考え方をしてみると、我々が安吾の「堕落論」を評価する、そのときの、安吾が最終的に述べることというのは、最終的には我々は孤独なるものだと、堕落というのは孤独になる覚悟なしにはありえないのだという立場です。それはつまり「我（われ）」になるということですよね。その「我」というのは個人主義とか民主主義とか自由主義とか言われるときの、いわゆる主体性論での主体とは全然違った性質のものなんですけれど、例えば、柄谷行人だったらそれを単独性と名付けるかもしれないわけだけれども、そういう単独者としての「我」ですよね。それはまさしくまぎれもなく文学の立場なわけですよ。しかし、その「我」だけで社会とか歴史とかが語れるだろうかというような問題提起が加藤典洋のその書物には含まれていると思うんです。そこのところが、いわゆる文学主義的な知識人はそういう問題はあまり考えずにきたわけです。一方では左翼の側はそういう問題を革命後のある理想という形で棚に上げてしまうことも出来てたわけですね。そこの空白のところに、それが、その加藤さんの本が入りこんできてずいぶんいろんな議論になったんじゃないかという気はしてるんですけれどね。

もちろん、「我々」あるいは「私たち」という言い方は、結局「私たち」の内なる無数の差違というものを消去してしまうから、たえずイデオロギー化するし、抑圧的にも働くし、無自覚な表象構造を作りやすいわけで、それを批判する機能として文学は常に「我」の側に立つのだという、そういう言い方はある種、模範解答としてできるわけです。模範解答としてできるんだけれども、しかしそれで本当に問題は終わっていますか、みたいな微妙なところに加藤さんは食いつこうとしてるんだと思うんだな。

林　私は違うと思いますね。それは非常に加藤典洋に思いやりのある発言で。安吾のことについていえば、我（われ）というふうに井口さんが言いましたけれど、安吾は「文学のふるさと」や「堕落論」で、自分自身を発見せよというようなことをいうわけですが、「堕落論」というのは社会制度からはみ出ろと言っているわけですよ。そのときの我（われ）というのは、社会制度をくぐっているのですから、個人以前の我ではありません。個人をへたあとの我です。個人をへたあとの個ですよ。安吾が堕落というふうに言うこと自体、社会制度からの、意識の制度からの、その他全般の制度からの堕落なんだから、そのとき問題になるのが、個であるわけです。つまり、己（おのれ）であるわけです。そのときの己（おのれ）というのは、いわゆる社会的な個人というもの以前の個ではなくて、それを越した、それを通過したあとの個なんです。

井口　そこの区別はちょっと僕にはよくわからないんだけど、

どういうことを区別されようとしているんだか。社会的な個人以前、という区分けの仕方がちょっとわからなくて。

林　個人というのは社会的なものですよね。人間というのは社会的なものであらざるをえない。笙野頼子に『居場所もなかった』って小説あるでしょう。あそこに国勢調査の用紙の前でとまどう主人公が描かれる場面があるのだけれども、そのくだりを読むと、国勢調査は個人が対象になっているけれども、この個人は実は社会的個人なんだ、ということを私なんか思うんです。国勢調査って職業欄とか年収とかの欄があるんですって?。私は見たことなくて、夫がみんなやっているんで。この主人公は売れない作家なので、職業と収入が対応しなくちゃおかしいことに気づくのね。つまり「作家」って書いたのに、収入の欄に親からの仕送りと書くのに違和感覚えるわけ。その違和感ていうのは、恐らく「作家」って書かなきゃいけないというところにあると思うんです。私は自己意識では小説を書く人だけれど、社会的には作家でなければならない、しかし収入は殆どない、これってなんだろう、っていうことだと思うんです。今のことでこれを単純化して比喩に使わせてもらえば、作家って書くのになんの違和感も覚えない人は社会的個人を個と思っている人、私って小説書く人なんだけどと思いながら作家って書く人は、社会をくぐった個をもっている人、この個は朝起きて寝てた時の気分ひきずって歯磨きしている私とは違う個ですよ。でも作家って書いたとたんに、小説を書く人という自己意識は、作家にあるいは国勢調査に簒奪されてしまう。あまりうまくない比喩だけれども。すぐれた小説って、こういうくぐった個が描かれていると思うんです。たとえば「五勺の酒」の校長の独白を保証した酒は、こうした個を導きだすものかな、と思うんです。戸坂潤は、個人とは社会科学的概念で、これに反して「自分」とは文学的表象だ、というんですよね。戸坂にとってはこれはイデオロギー理論の改訂の作業としておこなったのですが。とにかく安吾が「堕ちる道を堕ちきることによって、自分自身を発見し、救わなければならない」っていう、発見しなければならない「自分自身」ってこうした「個」のことだと思うのですけど。

井口　僕はそこはわかるんですよ。以前と以後の区別はまあ抜きにしましょう。そこのところはちょっと把握してないんだけどね。

林　井口さんは、我（われ）だけでは社会的なことに対して容喙できないんじゃないかという言い方をしたんですが……

井口　そういう言い方とちょっと違うんですが、誤解だと思うんですが、つまり、加藤さんのモチーフを推測で言っているわけですが、なぜ、これが問題になったかということで言うわけだけれど、つまり、「我」という問題だけで、「我々」

日本人というものを問題にせずに、それこそ我々が国家や社会の問題を考えられるだろうかというような問題提起だと思うんですね、加藤典洋は。

中川　それも非常に巧妙に加藤さんは仕掛けていると思うんですよね。つまり、例えば、西川長夫さんの「敗戦後論」批判（『思想』一九九五年一〇月号）への反論の中で出てくるんですけれども、西川さんは、国民国家へ解消されていくような個のあり方を許容できないという実にまっとうな問いかけをなさると、だったらそれ以外の自己認定、アイデンティフィケイションはどこにあるのかと迫るわけです。そこを放って、そこから遁走してものを考えることができるのかという形で、またズラすんです。それはすごくわかりやすいんです。つまり、私たちは、日本がなんだかんだと言いながら、日本人であること、国民国家の構成員であることから抜け出られないじゃないかとつめよるわけです。おそらく、これはかなりわかりやすい問いかけの仕方というか、狡猾な自己責任の追求の仕方だと思うんです。

ところが、裂け目が出たところが姜尚中さんとの対談（『情況』一九九六年一・二月号）だったと思います。『敗戦後論』の後のね。この中で姜さんが戦った兵士の四分の一は植民地の人間じゃないか、その人は誰が弔ってくれるんだという問題を出されたときに、答えていないんですよね、加藤さんは。答えられないんです。つまり、このとき「私たち」とか「我々」とかいってるものが、「日本人」という一色《ひといろ》の構成体ではないことが明らかになってしまう。「日本人」という名称で包摂してきた虚構の国家「日本」に裂け目が走る瞬間です。

井口　加藤さんの問題提起に「内向きの自己」と「外向きの自己」と日本人は人格分裂しているじゃないかという言い方があったわけでしょう。そういう設定をしながら、彼自身はそこで、私たちの問題を考えるときに常に内向きだけで考えていくわけですよ。そんな印象を受けたわけね。そこで「私たち」というものが問われるのは内なるある種の自明の文化を共有しているものとしての、日常生活を共有しているものとしてのある種の連帯意識という、無自覚な感覚的なレベルがたぶんあるんですよ。そこで、もちろん「内なる差違」ということを強調することはできるわけだけれど、しかし、それだけではなくて、外なるものの視線にさらされたときに、否応なく「私たち」にさせられてしまうという構造があるわけですよね。外との関係というところが、彼の問題提起の危うさであり弱点であるということを今おっしゃったんだろうと思うんですね。それは全くそのとおりだろうと思っていて、そこで、僕は、これを、加藤典洋から離しちゃうけど、戦後社会、戦後文学が、外なる他者の感覚を失っていたという言い方での批判は、一つはさっき早い時期の批判として中村光夫の「占領下の文学」を挙げましたね。中村光夫があそこで言っていることを言い換えてみれば、君たちは自分たちは新しい文学を作り出したと言い張っているけれども、そこで、決定的に欠落していたのは、その自由が占領下の自由にすぎなかったという自覚なんだと。つまり、アメリカという他者に支配されているということをお前たちは忘れていたじゃないか、というふうに翻訳することも、ちょっと強引だけども可能なところがある。するとその方向でアメリカという他者を回復せよという強調をするのが江藤淳ですよね。江藤淳はもちろん強硬なる第一次戦後文学への批判者になっていくわけです。しかし江藤淳のいう、外なる他者としてのアメリカというのは、しかしアメリカだけではまだ一面的なわけですね。一方にアジアという他者があるわけです。例えばアジアという他者ならば、それはおそらく竹内好とか武田泰淳とかが作家たちの中では最初に自覚していった人たちだろうと思うんだけれど。これも、アメリカという他者、アジアという他者、その二面性のどちらを強調するかでほとんど政治的スタンスも決まってくるような……

林　でもね、占領下というのはあれは日米合作ですよ。私は中村光夫のそれを今すぐ思い出せませんけれど、私はあれは他者がやったことじゃないと思いますよ。そこをやっぱり間違えていると思うのね。あれは明瞭に戦後社会に向けて、GHQと日本政府がいっしょにやったことです。占領が他者によってなされたことと思わせる意図的な意識操作があることを忘れてはいけないと思う。さっきの統制経済の話から経済的な問題、高度成長に向かっていく、そういうレベルも含めて、表象構造も全部含めて、あれは他者がやったことではないです。あれは明瞭に、それこそ加藤典洋の言葉でいえば、「内」の問題なんです。そのことを、やっぱり一番問題にしようということだったんじゃないですか、川村さん。

川村　やっぱり日米合作なんですよね。その後の発展はアメリカのおかげということで、いわゆる江藤淳的な、日本の思想が持っていた反米的なもの、これはすぐ親米的なものに変わるんだけれど、そういうことを見ないで、単純に戦後の中で、護憲とか改憲、それがまた反米であったり親米であったりする。とにかく日米合作の部分を見ていないし、そこで何が見えてこなくなるかといえば、沖縄とか韓国とか、もちろん在日も含めて、これは全然見えてこない。彼らの中でそれを考える必要がないか、それを考えたら、論理の整合性が壊れちゃうんです。それは考えられないんですよ。

中川　「私たち」と言ったときに、既に一方的な視点がそこで押しつけられてくるんであって、その息苦しさだと思うんですよ、『敗戦後論』を読む時の不快さは。つまり向こう側にも人がいるわけですよ。向こう側の論理も、向こう側の表象構造も、向こう側の感じ方もあるはずなのに、その向こう側を見ないということ自体、また、見せないように設定する息苦しさは相当なものです。他者の不在を無理やりに押しつけられる、それも公的正義かのように押しつけられる暴力にどう抵抗していけばいいのか……。

林　私は、アメリカという他者とアジアという他者とを一緒に扱ってはいけないと思うんです。もしアメリカが他者だというのならば、その他者を内なるものにすることによって戦後社会の確立がおこなわれたこと、このことを等閑視してアメリカを他者であるといってはいけない、と思う。アメリカは他者でもあり、自己でもあったんです。アジアは他者ですよ。でも戦争の大義名分としては内なるアジアだった。姜尚中が言うように、台湾人だって韓国人だって日本人として死んだんですよ。それこそ他者じゃなかった。それを戦後、他者にしてしまって、そしてアメリカという本来他者であるべきものを自分の中に入れ込んで、そういう巧妙なズラシ。戦争中はアジアこそ、自分の内なるものだといっていたんでしょう？　だって、大東亜共栄圏というのはそういうものだったんでしょう、よく知りませんけど。アジアこそ内なるものだった。アメリカは戦前は他者だったんですよ。戦後になっていつのまにやら、内なる者が、実際内なる者として死んでいった者たちがいるのにかかわらず、それを他者として、そしてアメリカという他者が実は内なる者であるにもかかわらず、アメリカは他者であるという、こういう、ものすごく入り組んだズラシをして作り上げられた言説だというふうに私は思いますね。

中川　だからおそらく安吾、あるいは太宰を含めていいかどうかわかりませんが、いわゆる第一次戦後派でなくて、昭和二〇年が終わるとすぐに発言をはじめた既成作家たちがいるでしょう。そういう人たちの作品の中で、それは中野の『五勺の酒』がまさしくそうだと思うんですけれども、あの感覚というものを果たして我々は棄却することができるのかという問題はきっとあると思うんです。例えば戦後文学みたいな言い方をしたときに、やっぱり、第一次戦後派、第二次戦後派という括りの中で、あるいは後に江藤さんが言うように占領下の文学というような形で括っていくことによって、作品そのものが提出してきた、例えば今回の林さんの「青鬼の褌を洗ふ女」の分析にも見られるものが欠落していく。欠落した部分は加藤さんみたいな論理構造でやっていくと、絶対に見えてこない。

一つの例として、平林たい子の『盲中国兵《めくらちゅうごくへい》』（一九四六年）、あれを想起するんですね。六頁ほどの短い作品ですけれどもそこには東京大空襲の日に高崎駅で大勢の白い病衣をまとった中国人が駅を移動していく、その人たちが全員失明しているという凍るような情景を描いています。同じ駅には軍服に身を包んだ高松宮を乗せた特別列車がゆきすぎていくという対称が、この作品を非常にアクチュアルなものにしています。平林たい子らしき主人公自身は、見ている情景が何がなんだかわからないという設定で一切の戦争責任への追究は書かれていません。僕は、やっぱり、この「わからない」という設定が衝撃だったと思います。しかも、昭和二一年の段階で、その記憶を発表しようと思うことがすごかったと思う。他にもそういう「わからなさ」がいくつもいくつもきっとこの時期にあったに違いない。ところが、やはり正史としての戦後文学は、第一次戦後派、第二次戦後派、第三の新人という形のひとつの大きな流れ、これは近代文学史の問題であると思いますけれども、そういう形でいってしまった。そうした問題の一番突端に中野と近代文学派の「政治と文学論争」のあの不毛の根幹があるような気がするんです。つまり感情のずれ問題です。そのずれ、つまり「わからなさ」を置き去りにして、戦後は語れるのかということです。それがすごくあると思います。

川村　加藤典洋の『敗戦後論』というのは一種の日本人論なんですね。日本人論というのはどんな人が書いてもけっこう売れていたわけで、しかもイザヤ・ベンダサンみたいに、日本人なのにあたかも日本人でない名前で日本人論を書いて、日本人の中だけで受ける。そういうのがずっとつながってきていて、加藤典洋の『敗戦後論』が売れたというのも、やっぱり一種の日本人論なんだな、と。それを我々はああだこうだといいながら消費しちゃうわけだけれども。ただ、加藤典洋氏自身はそうではないんだと言いたいんだけれど、結果的にはそういうふうに一種の日本人論として読まれてしかもそれも外部や他者としてのアジアのないところでいわれているものにすぎない。

ただ、それこそ我々がここで問題にしたいのは、彼の『敗戦後論』というのは安吾を使っているんですね。文体そのものも真似をしているし。それを使いながら柄谷行人を批判するという手を使っている。方法というか、彼自身も使えるものは全部使って、という安吾的なところもあるし、太宰的なところもある。ところが安吾そのものについては、『敗戦後論』の中ではそんなに書いてないんですね。太宰のことは書いているけれど、安吾については書いていない。

林　加藤氏の『敗戦後論』が日本人論だということですが、私は、『敗戦後論』自体が日本人論の対象になる、いい材料だと思いますよ。あんな論理の組立をするのは、もしかしたら日本人のある種の知識人だけかもしれない。これ自体が有効な日本人論の材料だ思う。

それはともかくとして、それともうひとつ、川村さんや井口さんがおっしゃっていた、『敗戦後論』で安吾を使っていることについて。安吾についてはさっき井口さんがおっしゃってた欲望肯定の文脈で加藤氏は「堕落論」を読んでますね。「真珠」についても通俗的な読みですね。中野にしても太宰にしても自分の主張に合わせてきりとる形で読んでいて、あれは誤読というより歪読ですね（笑）。加藤氏が肯定的に使っているものもそうです。誤読というのは、能力の問題で誤読してしまったとか、誤読から何か生産的なものが産まれるということもある。だけど加藤氏の場合は明瞭な意思があっての歪読ですよ。

井口　僕は今回読み直してもこなかったし、今、議論に出た安吾の「歪読」に関しては加藤典洋を批判する文章も書いたことがあるんだけれど（「戦後の思想と坂口安吾」「国文学　解釈と鑑賞　別冊　坂口安吾と日本文化」九九年）、今日は流れの中で、加藤典洋のモチーフを擁護するような、読み直していないんだから正確かどうかもわからない発言をするはめにはなったんだけど、加藤典洋のそれを一種の日本人論というようなお笑いですませていいかどうか、気になっているところはあるんだよ。気になるのは、彼の、論理かと思えば論理じゃない、しょうもない論理なんだけれども、彼の内側にある奇妙に屈折したものを感じるのね。それだけが気になっていて、しかし、それは何かってうまく言えないんですよ。

中川　井口さんが言われようとしているのは加藤さんが文学使っているからでしょ。彼も文学から発想したということを内で言っていますよね。『敗戦後論』（『群像』一九九六年八月号）で太宰の「トカトントン」を使っているんですね。「トカトントン」の中で、要するに、戦争に行って帰ってきて、一生懸命いろんなことをしようとするとトカトントンという音が聞こえて何もかも空しくなる。仕事をしても、恋愛をしても、何をしても、そういうふうなことが起こって、作家らしい人に、主人公の「私」はこういう状態どうしたらいいでしょうかという手紙を出す話ですね。加藤さんはこのトカトントンの音がノンモラルの音だというんです。どこがどう押したらそういうふうな解釈になるのか僕には全然わかりません。つまり恋愛を一生懸命する、仕事を一生懸命する、熱心に向上しようとする気持ち、そういうものを非常に肯定的に捉えて、トカトントンは虚無の音である、そういうものを空しくしていく音である、つまりノンモラルへの誘いの音だというんですね。それこそ、誤読、歪読の極北だと思います。このトカトントンの音こそが、この全く戦後仕切り直したように見えてくる敗戦国の社会構造そのものへのひとつのアンチテーゼとしてきちんと作用してるというのは、普通に読んでいけばわかることだと思うんですけれども、どうしてそこで、それがノンモラルの呼び声だというのか、了解しがたいです。別の形で言えば、加藤さんはそういう風にしか解決できない、作品そのものを読もうとしないという言い方の方がいいでしょうか。さっきの川村さんの言葉を使えば、あるものは何でも使うということです。その使うものへ、一挙に傾斜していくような加藤氏のエネルギーをそこから感じられてなりません。じゃあ「トカトントン」に戻って考えてみたときに、僕は「トカトントン」がそんなに傑作だとは思いませんが、戦後社会に対する情緒的なアンチテーゼであるとか言うほうがまだ作品が理解がしやすくないでしょうか。だけど、どうしてこういうふうな形で加藤さんはノンモラルという一つの言葉をきっかけにして「トカトントン」に結びつけていくかということが問題として残ります。

川村　それに付け加えていうならもうひとつ、『春の落葉』と『冬の花火』で「あなたじゃないよ、あなたじゃない」というあの唄に対する解釈がまた違うんじゃないかなあと。そういうふうにはあれは読めない。強引に自分の論理の方にそれを持っていく。さっき使えるものは全部使うと言ったけれど、そういうんじゃなくて、使いたいものをそういうふうに使うんだけれど、そういう読み方というのはそれこそ屈折して、ねじれてそういうふうに読んでるというふうに思うわけです。加藤典洋を知るためには、そういう読み方というのは非常に面白いんだけれど、それは太宰の読み方ではないし、また太宰の使い方ということとも違う。さっきの中川さんの話に重ねて、つなげていうと、結局我々は無頼派と言ったり、肉体派と言ってしまったような、田村泰次郎の『肉体の悪魔』にしても、田中英光の戦争ものにしても、彼らは、田村泰次郎も田中英光も実際に戦場に行って人を殺してきていますよね。そういうのを敗戦直後に生々しく書いていたもの、「春婦伝」とか「蝗」とかかいたもの、あるいは従軍慰安婦のこともあれだけ書いて、いまさらあったのなかったのとは絶対言わせないだけの迫力を持っているわけなんだけど、そういうものを戦後の文学を読むという形できちっと読み込めてなかったんじゃないかという、それこそ我々の反省で、そういう読み込めていないというベースで加藤典洋がまたさらに太宰のそういう読み方も、あれ、これちょっと違うんじゃないかというそこのところで、それを論拠として材料として、ねじれた、ゆがんだというようなことを言ってきているから、やっぱりそのこと自体が納得できないですね、私の場合は。それはもう個人的に感覚的に納得できないわけです。

井口　たいがいの人がそうだと思うんだ。僕は皮肉まじりに書いたことがあるんだけれど、公共性というような社会学的な政治学的な概念を文芸批評の中に持ち込んだ最初は江藤淳ですよ。二人目が加藤典洋なんですよ。だけどこの二人に共通するのは、公共性ということを問題にしながら、公共性の必須の条件であるテキストに対する公正さを欠いている読み方をする。そういう奇妙なところがあるんだけれどね。

ちょっと話を戻すと、さっき平林たい子の『盲中国兵』に言及してもらって僕は嬉しかったんだけれど、今度、講談社文芸文庫の「戦後短篇小説再発見」というアンソロジーに載せますよ。確かにあれはすごいんです。すごいというのはいみじくも中川さんが言われたとおり、自分が見ている光景を、見ている者自身が理解できないんですね。理解できないまま刻印されてしまったある記録なんですよね。書いている時点でもまだ理解できていない。文学というのはそういう力を持つんですね。生々しさを生々しさのままつかまえてしまう。謎というものがそこにリアルなものとして定着されてしまう。そういう短篇だと思うんです。戦争、敗戦、僕らはまだ生まれていなかったわけだけれども、そういう衝撃をすぐに当事者が理解できたとはとても思えないわけです。咀嚼するには時間がかかる。しかし、ある生々しさを生々しい現場で掴まえるということ、戦後文学は確かにそういうものを持っていたはずです。そこのところで、どういうふうに読みかえていくかということを今言われたけれど、しかし、もう一方で、特に第一次戦後派がやろうとしたことは、それとは全く別種の小説の作り方ですね。つまりある観念によって世界を徹底的に構築するようなことをやろうとしたわけで、それに対しては従来のリアリズムの側から非常な反発や批判が出たわけです。リアリティがない、という言い方でね。戦後文学というのは多分その両面を持っていると思うんです。小説自体が即自的に持っているすごい力、一種の瞬発力のように出してしまう力、それはある種のリアリズムの伝統の中にあるんですよ。技巧的にいえば。しかし、一方で第一次戦後派なんかはそういうリアリズムの伝統に飽き足らないところで、日本の小説の可能性を作り出そうとした。それは中村光夫の批判があったり、あるいは、戦後文学は幻影だったとか、終わったとかいう批判がいくつも出ても、しかしそれでもその可能性は残っていると思っている。僕自身好きな作家はむしろそういうタイプの人たちなんですね。僕は椎名麟三も好きだし、武田泰淳なんかも好きだし、大岡昇平も好きだし。実際、こういう第一次戦後派がいなければ、その後の日本文学の歴史はたぶんないですよね。大江健三郎だって出てこないわけだし、村上春樹だって出てこない。僕らは戦後短編小説アンソロジーを作りましたけれども、文学の現状、一種の衰弱に向かっているわけですが、それはひょっとしたらどうしようもない趨勢なのかも知れないんだけれど、しかしそこには特に戦後文学なんかが読まれなくなっちゃったという、読む能力の衰退というのかな、そういうものが関わっているような気がしてね。そういうこともあって、一種の入り口のようなものとして読まれればいいと思って作ったんですけれどね。

川村　敗戦直後のものというのは、無頼派という名前とか、第一次戦後派という名称自体の問題もあって、何かやはり敗戦直後の声で表現なんだっていう感じなんですね。もっと、看板をとりはずさないと、なにか読み切れない気がして。

結局、野間宏の『真空地帯』について、大西巨人がそういうとらえ方自体がだめなんだ、つまり日本の軍隊を「真空地帯」としてとらえるとらえ方では、日本の軍隊の本質は明らかにされないということを言ったと思うけれども、実際に戦場に行って、人を殺して生きたような作家たちがもうやけのようにやむにやまれぬ行為のように書いたもの、それこそ自分が何をやったかわからないままに、帰ってきて、カストリ雑誌に書きなぐったけれども、そういうものを後の我々のような文学作品を研究するということを含めて、なかなかうまく取り上げられなかった、掴めなかった、読めなかった、ということが、加藤典洋の言うようなねじれがあったとか、本当にあったのかということを我々はもう一回検証しなければいけないんだけれど、ねじれがあった、汚れがあった、ということで、わりあいすんなり受け入れてしまって、その言説の中で、何か自縄自縛的になっていたということが言えるんじゃないかと思う。『敗戦後論』なんかを読んだときに、太宰治はこうだったかなと、もう一回ちゃんと読まなければいけないかな、というふうな、そういう反撃をしていく、あるいは、安吾のこういう使い方はどうなんだろうかとか、そういうのがあって、それはもう一つ、柄谷行人風の安吾論に対する加藤氏の反発とかも当然あるだろうなと思いますが。

林　井口さんが、加藤典洋について、彼の屈折の根本に興味がある、みたいなことを言われたわけですけれども、どうしてかしら。そういうのをきくと私なんかは、批評家はいいよな、と思う。例えば、研究者は、論理のねじれ、論理自体の間違いが研究者個人のどこに屈折があるのかなんて問われないわけですからね。それは単なる間違いなんです（笑）。加藤さんの場合は、加藤氏の明瞭な間違いは、一体どこの彼の精神のねじれから出てきているのかと、興味の対象になるわけですか？　批評家というのはだから何を言ってもいいという感じになる。例えば、井口さんとか川村さんを、私が個人的にも好きなのは、批評家の人というのは、ある一種の素振りがあるんですよ。それがお二人には感じられない。だから好きなんだと思う。批評家の人たちはたとえば壇上に出てきたときから、登場したときからある素振りがある。研究者の場合は、これは比喩的に言うんですが、おれの自意識が、なんて言っても、「おまえの自意識なんかオレは聞きたかネエヨ」ということになるのに、批評家が自意識が、というと、「えっ、あなたの自意識とはどういうのですか」と問題になる。例えば批評家は、極論すれば「僕のくさめ自体があなたの興味の対象になるでしょ」という素振り、そういう素振りで出てくるわけですよ。研究者はくさめはただのくさめですから、やっぱり論理の間違いは間違い。完璧な間違い、ということは当人にも認めていただかなくてはならない。

井口 うまいことを言いますね（笑）。皮肉っぽく言えば、だからこそ加藤典洋は、今唯一「文学」している批評家かもしれない。けれども、「文学」としての批評というのが、素振りとニュアンスであれば、僕はそんな「文学」は滅びたほうがいいと思っているわけ。僕はそんなに明晰な男ではないけれど、しかし、できるだけ、論理的でありたいとは思います。

林 そうですよね。われわれ研究者・批評家は論理的であるということのなかにしか正しさはないと思う。

中川 さっきいみじくも川村さんから出たけれども、やっぱり戦後文学の作品が現状として読めないような状況になっていることは、批評家・研究者の責任も大きいですよね。

林 あのね、基本的に日本人はみんな戦争を忘れたい、というよりは、戦争に負けたことを忘れたいのだと思うの。本当に忘れたいの。忘れるためのすごくいい材料だったと思う。この『敗戦後論』というのはね。『敗戦後論』を出したことがどうして忘れることになるのかというと、いや、これをやっとくと忘れやすいのよ。高度経済成長だって、何だって、戦争に負けたことがなかったように、ないように、みんなで思おうというところで、作り上げていったところに、私は、もちろん我々の責任ももちろんあるけれども、本当にそういう全体の問題、なぜ、戦後文学が読まれなくなったかというのは、戦後五〇年の日本の社会全体の分析がもしかしたら必要なのかなと思います。

川村 私はこの前、加藤典洋たちが作った、天皇の戦争責任のあれを読んで一番思ったことは、あ、これで天皇の戦争責任論は終わった、片づけちゃった。これ以降、天皇の戦争責任を論ずることに封印をしようと彼らはしていると思った。言語ゲームの中に解消しようとしているそういう片づけをする資格があんたたちにあるのかと、あれ読んで思って、途中でやめちゃたけれど。途中でいつもやめるのは、宙づりにしておかないとこれはまずいからです。片づけられると思うから、最後の章は封印する（笑）。

井口 しかし、そんな力はないでしょう（笑）。

林 私はあったと思うな。今の川村さんの言ったことにつながるかもしれないけれど、いままで日本人は終戦っていって、終戦って言ってる限りは、忘れたくてもいろいろトラウマが疼くわけね。加藤氏の功績は『敗戦後論』って銘打ったことだと思います。終戦って言っていると、いろいろ辻褄あわないことがでてきて、朝鮮半島では八月十五日は独立記念日だしということがあって、今は在日だけではなくて韓国からいろいろな場面に人がくるわけですから。今までの戦争――天災観だけでは時代に合わなくなって、それでこんど敗戦――天災観を新たにうちだした、これだとまじめに反省しているという感じにもなって、中川さんの言葉でいえば禊を果たしたということになるんですね。しかしこれほど日本人も他のアジアの諸国民も馬鹿にしていることはない。でも多くの日本人には、これで敗戦を、たんに戦争ではなくてね、忘れてもいいんだというふうに機能したんじゃないかと思うんです。加藤典洋の功績は絶大ですよ。しかしさっき井口さんが言ったように、純粋な主体を仮構してこと足れりとしてきた戦後左翼の問題も、加藤典洋の功績とともに問われなければならない、むろん加藤氏と同じ世代のわれわれもいずれにしても問われなければならない。

中川　それともう一つ問題は高度経済成長における経済侵略のことで、やっぱり日本人はアジアに対して勝ったという強い思いがありますよ。じゃあ、唯一の汚点が何かというと、戦争で負けたこと。あるいはさっきグローバリゼーションの問題が出てきたけれども、グローバリゼーションの推進者の中で、グローバリゼーションの敵は文化だっていう人も一定数いるわけでね。つまり文化っていうことをいえばそれはすごく地域的・民族的な分節・分割を自明化する、だからそういうもの考えないことにしようという形で無化し、記憶から追い出そうとする力も無視できません。またそういうものが共働して動いている状況に対する対抗策をどういうふうに持てばいいか、また作ればいいのか。そこで、文学というものが、ある一定の働きをする可能性があると思うんです。

井口　文化という話、あるいはローカリティの問題が出たけれども、それは「我々」の問題なんです。「私たち」という問題がそこにあるんですよ、文化というのはある共同性ですからね。たとえ弱者、少数者の側であろうと、この一人称複数形の問題を消去できない。その「私たち」という言葉の危うさというのはさっきから話に出ている、「私たち」をある一様なものとして、たえず、なめらかなものとして、均質なものとして表象する作用を持つからです。そこを警戒しなければいけない。

　そことからめるんだけれど、僕は戦後文学がなぜ、読まれなくなったかということの一つには、文章の問題があると、さっき一言、言いました。僕は以前『悪文の初志』という本を書きましたけれども、戦後文学的な意図的な「悪文」というものがあったわけで、それは結局そのなめらかな表象空間への抵抗なわけですよ。それ自体、非常に政治的な、文学における政治なんですね。文学の持つべき政治性なわけです。

日本という表象空間への抵抗ですね。それが結局、文章を重たいものにするし、でまた、意図的な戦後文学派だけではなく、さっき言ったような、自分自身でもわけのわからないまま、ある生々しく書きつけられた文章というのは、やっぱりなめらかではないのです。なめらかな読書を許さない、すんなり消去できないある塊のようなものが常にあるわけです。今日の文章を読む能力の低下というのは、そういうなめらかでないものへの感受性が鈍磨していくし、それに耐えられなくなっている。それが根本の問題なんだという気がしているんです。

林　井口さんの『悪文の初志』はすごかったな。特に大西巨人論が。最近大西巨人の「精神の氷点」、処女作と言っていいんだと思いますが、再版されてはじめて読んだのですが、敗戦後の日本人の意識・無意識を問題化していたのは、中野重治と、安吾と、そして大西巨人だな、と思いました。

中川　それにプラスして、井口さんの言われる「わかりにくさ」をきちんと解読するリタラシーを求めず、またつくらなかった文学研究者、文学評論家の責任も問うべきだと思うんです。その感受性の鈍磨は時代と私たち文学に携わる者たちとの共犯的な馴れあいで進んできたんじゃないかと思えてなりません。解読されていないテクスト、解読を待っている作品、また読まれずに排除されてしまった文学テクストは、それこそ気の遠くなるほど山ほどたくさんあるというのにね。

［**井口時男**（いぐちときお）一九五三年生まれ。著書に『物語論／破局論』論創社、一九八七年、『悪文の初志』講談社、一九九三年、『柳田国男と近代文学』講談社、一九九六年、『批評の誕生／批評の死』講談社、二〇〇一年などがある。］

［**林淑美**（りんしゅくみ）著書に『中野重治連続する転向』八木書店一九九三年、編著に『中野重治評論集』平凡社、一九九六年、共訳書にミリアム・シルババーグ著『中野重治とモダン・マルクス主義』平凡社、一九九八年などがある。］

［**中川成美**（なかがわしげみ）一九五一年生まれ。著書に『語りかける記憶――文学とジェンダー・スタディーズ』小沢書店、一九九九年、共編著に『日本近代文学を学ぶ人のために』世界思想社一九九七年、『高橋たか子の風景』彩流社、一九九九年などがある。］

［**川村湊**（かわむらみなと）本書五〇ページを参照。］

誰のために鐘は鳴ったのか

サトウハチローと古関裕而の戦後歌謡曲

中西昭雄

隣接諸領域を読む（歌謡曲）

戦後、多くの民衆が口ずさんだ流行歌は、「リンゴの歌」からはじまった、といわれている。当時、耳のメディアはＮＨＫ（日本放送協会）のラジオ放送が独占し、蓄音機（なつかしい名前だ！）を戦時下をこえてもちつづけていた家庭は少なかったから、流行の歌はＮＨＫラジオがつくってきたといっても過言ではない。

「リンゴの歌」は、作詞・サトウハチロー、作曲・万城目正、歌・並木路子で、一九四六年（昭和二一）に巷に流れた。松竹映画『そよかぜ』の主題歌で、この映画はＧＨＱ検閲第一号だった。テレビのない時代だったから、映画が映像と音のメディアとして、圧倒的な人気をもっていたのだ。

ここまでは、戦後社会世相史をひもとけば、どこにも書いてある。戦後懐古のナツメロ番組でいろいろに追体験したこともあって、常識のようになっているが、敗戦時四歳だった私にとって、つまり当時の子どもにとっては、耳の記憶はかなり異なる。

「リンゴの歌」を聞いたり歌ったりした経験があまりないのだ。歌ったにしても、それは戦後の混乱期を脱した、かなり後のことになる。私の母は、ラジオ放送をかけっぱなしにしながら自宅で和裁仕事をし、そこから流れる流行に耳ざといタイプだった。戦中でも、戦後になっても、ラジオから習得した軍歌や流行歌を低い声で口ずさみ、それが子守歌のように私の幼児記憶のなかに潜み、後年になってカラオケ時代がくると、軍歌が自然に私の口から噴出してきて、顰蹙を買うことになったりもしているのだ。

それはともかく、では、子どもの耳に残る歌は何だったかというと、連続放送劇『鐘の鳴る丘』の主題歌「とんがり帽子」だった。菊田一夫原作の放送劇で、主題歌のほうは、菊田の作詞に古関裕而が曲をつけ、「リンゴの歌」の翌年の四七年から、毎夕五時から六時のあいだに流れたのだった。

緑の丘の赤い屋根
とんがり帽子の時計台
鐘が鳴りますキンコンカン
メーメー子山羊もないてます

この「キンコンカン」と「メーメー」という擬声音を声はりあげて歌うのが、子どもたちにとって爽快だった。そういう記憶がある。

「リンゴの歌」のサトウハチローと「とんがり帽子」の古関裕而――このふたりの大衆文化の表現者について、考えてみたい。

＊

青春熱血小説の作家・佐藤紅緑の息子、サトウハチローは、中学時代から不良少年で、たしか八校の中学を中途退学し、浅草を根城に青春期をおくった。武田麟太郎、川端康成や高見順などがインテリとして浅草に関心を寄せたのに対し、サトウハチローは青春の彷徨期から浅草に入り浸り、この地の大衆性を体得していった。大衆劇場の文芸部に身をおいたり、作詞は西条八十に師事し、「シネマを出れば　みぞれ雨　いとし女の　肩に降る　誰が泣くのか　泣かすのか　クラリネットのすすり泣き」なんていう詩を書いていた（サトウハチロー『落第坊主』、『人間の記録91』日本図書センター、九九年所収）。

　この型やぶりの詩人の生活ぶりを、異母妹・佐藤愛子が近作『血脈』（講談社、二〇〇一年）で、こう書いている。

「来る日も来る日も八郎は忙しかった。仕事も忙しいし、遊ぶのも、酒を飲むのも、女のところへ行くのも、みなその忙しさの中に入っている。こんなに忙しく絶間なく身体と頭を使っているのに、それでもどんどん太って横綱級の太鼓腹になった。サルマタのゴムが腹の出っぱりからずり落ちるので、太鼓腹のまま下に引っかけていたが、面倒くさくなって家では何も穿かない。夏がくると寝ても起きても素裸で暮していた。客が来た時は団扇《うちわ》を前に当てて応対するので、客は目のやり場に困った。」

　そんな浅草時代を懐古して、「僕を叱るために出来たような情報局文芸課なんていう妙なものもなかッたし、配給だけの隣組だの国債だのキンロウホウシ（おお巡礼にゴホウシヤ）なんてものもなかッた」（前出書）。こういう男だったから、片仮名が嫌われた戦時下においてもサトウハチロー名でとおし、どちらかというと勝手きままな生活を送り、それでいて浅草育ちだったから、大衆が迷妄するときにはともに迷妄するという美質もそなえていた。ひそかに「もずが枯木で」の詩を書きつつ、四四年（昭和一九）には、「丘にはためく　あの日の丸を　仰ぎながめる　われらの瞳　燃えてくるくる　心の炎　われ等はみんな　力の限り　勝利の日まで　勝利の日まで」（「勝利の日まで」、作曲は古賀政男）という軍国歌謡も作詞している。最後の軍歌といわれた歌で、「われ等はみんな　力の限り　勝利の日まで　勝利の日まで」のリフレインがおおいに流行ったのだそうだ。

　戦時下で、サトウハチローの面目を保ったのは、「お山の杉の子」であろう。この歌は、四五年（昭和二〇）に新聞社の募集に応じた詩で、審査で落選しクズ箱に棄てられたのをサトウが見つけ、補作したものだという。

「昔々そのむかし　椎の木林のすぐそばに小さなお山があったとさ　あったとさ」というおとぎ話風の言葉とかろやかなリズム（佐々木すぐる作曲）は、敗色濃厚で日常生活の困窮が日々つのっていく時勢のなかで、おとな、子どもを問わずによく歌われた。

「疲れ切った冷たい気分の敗戦まぢかな世の人々の心に、この歌は思いがけない温かい贈り物であった」（古茂田信男、島田芳文、矢沢寛、横沢千秋『新版日本流行歌史　中』社会思想社、一九九五年）という記述もうなずける。私にとっても母の歌った子守歌のように、今日まで耳底に残っている。杉植林を奨励するようなこの歌が、今日の杉花粉症の遠因になっている、とみるのはちとかわいそうだ。

　そのサトウハチローが書いたのが、「リンゴの歌」だった。

　この歌の流行を、今日、解釈してみると、いろいろなことがいえそうだ。

　まず、ヒトでなくリンゴという果実を主人公にしたこと。これは、聖戦とか国体護持とかバカバカしいことに狂奔した人間不信の現れであって、時代のそういうニヒリズムの底流を、擬人化した赤いリンゴに転化し、ニヒルを肯定に向けたことのたくみさ。「日の丸」の過剰と重圧に嫌気がさしていた民衆、それでいて、赤い丸に潜在的な共感をもっている民衆に、赤い丸いリンゴを提示する心理面での巧みさ。「日の丸」には遠くから敬礼するしかなかったのに、赤いリンゴには唇を寄せるという身体的、肉感的な関係の回復――つまり、ここでは象徴の転換が巧みにはかられている。

　サトウハチローは、一億総懺悔という政治権力がつくったまやかしのスローガンに正面切って反発したのではなかったが、そんな言葉は自分をふくめ民衆には関係ない、上からの押しつけはもうゴメンだ、と体質的に感じとり、それが「リンゴは何にもいわないけれど　リンゴの気持はよくわかる」という言葉に結晶したといっていいだろう。

　時代は、日の丸が自信を失い（GHQによって日の丸掲揚は禁止されていた）、戦後革命をとなえる赤旗の意気があがっていた。日の丸でも赤旗でもなく、赤いリンゴだ――サトウハチローの象徴転換の妙がここにある。詩人とは、象徴転換の才をもった人間なのだ。

**

　サトウハチローがフルチンでいたのに対し、古関裕而はいつでのネクタイ姿で生活していた――そんな感じをもつ。まるで銀行員のように、と書こうとして、古関の経歴を調べてみると、福島商業高校を卒業して、一九歳で地元の銀行に実際に就職していた。高校時代から作曲家になることを夢見ていた古関は、作曲コンクールに入選し、二一歳（一九三〇年）でコロムビアの専属作曲家として上京することになる。翌年、早大の応援歌「紺碧の空」を作曲し、以後、売れっ子の作曲家として活躍していく。

　古関裕而の名を一躍有名にしたのは、「露営の歌」の作曲だった。

勝ってくるぞと勇ましく
誓って国を出たからは
手柄たてずに死なれよか
進軍ラッパ聞くたびに
瞼に浮かぶ旗の波

　今日でも、世代を超えて、ほとんどのひとが口ずさむことができるあの歌だ。この歌を作曲したいきさつを、古関は書いている。

　一九三七年（昭和一二）、妻との満州旅行の帰途、下関の宿で『東京日日新聞』をみて、懸賞募集の「進軍の歌」の入選歌詞を読んだ古関は、第二席の詩に目が留まる。東京行きの特急に乗って――。

　「そこで思い出したのが懸賞募集第二席の歌。東京日日新聞を広げ、五線紙を取り出した。〝勝って来るぞと勇ましく〟の出征兵士の出発状況は、山陽線の各駅で既に見られた光景で、武運長久の旗をなびかせたり、日の丸の旗をふる家族の涙で目を赤くしていた様子など胸を打つものがあった。……汽車の揺れるリズムの中で、ごく自然にすらすらと作曲してしまった。私はその楽譜を妻に見せて二人で歌ったりした」(『鐘よ鳴り響け　古関裕而自伝』一九八〇年、主婦の友社)

東京駅に出迎えに出たコロムビアの担当者は、依頼する前に、まさにその歌詞に曲が完成していて驚いた、とエピソードはつづく。レコードのB面として発売された「露営の歌」は、日露戦争時の「戦友」のように、日中戦争から太平洋戦争のなかでひろく歌われていく。

古関はその後、四〇年、「暁に祈る」(ああ あの顔で　あの声で――)、四三年、「若鷲の歌」(若い血潮の　予科練の　七つボタンは 桜に錨)、四四年、「ラバウル海軍航空隊」(銀翼つらねて　南の前線――)などのヒットソングを手がけて、「軍歌の古関」と呼ばれるようなる。

「軍歌の古関」と呼ばれたことに、本人は不本意であったようで、前出の自伝でこう書いている。

「現在は、戦時歌謡など一切を「軍歌」あるいは「軍国歌謡」と呼んでいるが「露営の歌」は大衆の心から生まれた曲であり、軍の命による軍歌ではないのである。いわゆる国民一般が歌う歌は戦時歌謡なのである」

と。古関は、当時のコロムビアレコード邦楽総目録を使って、当時、歌曲は、芸術歌曲(クラシック並びにオペラや歌曲)、国民歌謡(NHK制作のもの)、軍歌(軍師団歌・××連隊歌等、軍の歌)、愛国・時局歌(戦時歌謡「露営の歌」等)、歌謡曲・流行歌(いわゆる歌謡曲・映画主題歌等)と分類されていた。だから、自分の曲は、よしんばそれが兵隊や銃後の戦意を高揚させるものであっても、軍歌ではない、と言葉少なく釈明しているのだ。

勇壮な行進曲、それでいて短調を使うことで、どこか哀調を帯びている――古関のメロディとリズムが、戦時下の多くの民衆の心をとらえた音楽的な理由は、こんなところにあるのだろう。古関の曲は、いわば、兵士やその家族への応援歌であり、そのかぎりにおいては、直接に侵略を鼓舞するものではない。戦時歌謡といおうが、軍歌といおうが、そのことは問題ではなく、問題は、古関の歌が戦争下の民衆の心をしっかりをとらえたことだ。なぜ、民衆に好まれたか、その解明はたいへんにむずかしいが、問題はこのほうにある。

戦後、失意の古関を救ったのは、菊田一夫であった。菊田は、戦時下で、浅草の劇場の文芸部に籍を置き、サトウハチローの弟分として活動していた。その菊田と古関がはじめて組んだのは、敗戦の年の一〇月、NHK連続ラジオドラマ「山から来た男」の主題歌であった。そして、ラジオドラマは「鐘の鳴る丘」へとつづき、このドラマは三年半にわたって放送された。

菊田一夫作詞・古関裕而作曲のヒットソングは、「雨のオランダ坂」(四七年)、「フランチェスカの鐘」(四八年)とつづき、「君の名は」(五三年)へとのぼりつめていく。

＊＊＊

長崎で原爆被爆し、白血病の闘病生活のなかで二人の子どもを育てた永井隆の著書から生まれた、歌謡曲「長崎の鐘」の作詞はサトウハチロー、作曲は古関裕而で、四九年に流れると、藤山一郎の端正な歌い方とあいまって、大流行した。

「私は、この「長崎の鐘」を作曲する時、サトウハチローさんの詞の心と共に、これは、単に長崎だけでなく、この戦災の受難者全体に通じる歌だと感じ、打ちひしがれた人々のために再起を願って、「なぐさめ」の部分から長調に転じて力強くうたい上げた」（前出書）

と、古関は書いている。すでに小学生になっていた私は、母の口ずさみだけでなく、ラジオから流れるこの歌に共感したのだった。いまでも、古関のいう長調部分「なぐーさーめ　はげまし　なーがーさーきーのー」を歌うときに、なぜかこみ上げるものがある。この歌は「軍歌の古関」の汚名をそそいだ、といっていいのかもしれない。歌う大衆は、「軍歌の古関」がつくったかどうかなど、とんと関心がなかったが、当人は名誉回復の気持をもっていたであろう。自伝の言葉の端から、それは推測できる。

しかし、いま考えてみると、いくらGHQによる占領下とはいえ、「鐘」が鳴れば、平和であり鎮魂である、というのは安直ではなかろうか。クリスチャン、永井隆が被爆した長崎の爆心地は浦上天主堂のすぐ近くにある。江戸時代に隠れキリシタンになり、信教の自由になったら、今度はキリスト教国から原爆投下。その受難の民に、この「なぐさーめ　はげまし　なーがーさーきーのー」がどう聞こえたか。加害を隠蔽する流行歌、というのは野暮か。

古関の歌は、いまでも、民衆のこころを沸き立たせるところで、大声で歌われている。阪神タイガースの歌「六甲おろし」と高校野球の歌「栄冠は君に輝く」が、それだ。「勝ってくるぞと　勇ましく」から六五年。古関は、日本人の大衆感覚なんて、変わらないよ、と、甲子園を天空から見下ろして呵呵大笑しているかもしれない。

サトウハチローが、名作「ちいさい秋みつけた」を書いたのは、五四年（昭和二九）であった。

誰かさんが　誰かさんが　誰かさんが　みつけた
ちいさい秋　ちいさい秋　ちいさい秋　みつけた

サトウハチローが見つけた日本の大衆感覚は、「お山の杉の子」の流れ、小さいことへの共鳴のほうだった。

ポスト植民地主義への道

日韓の戦争（解放）直後の文学状況をもとに

川村湊

1

在朝鮮の日本人作家・宮崎清太郎は、一九四五年八月十七日、詩人の「朴君」とその中学の同窓生という人物の訪問を受けた。彼らの話題は、敗戦後の植民地朝鮮の文学者たちの動勢だった。

朝鮮の文壇も、作家の交代があるだろうと私は言う。日本語で、『内鮮一体』の小説を書いていた李××、趙××、「八紘一宇」・「滅私奉公」・「聖戦完遂」などを歌った詩人金××、韓××、日語の文芸雑誌を編集していた評論の崔××——彼らはどうするだろうと聞くと、さあ、としばらく黙っていたが、崔さんもいろいろ煩悶していた、他の連中にはまだ遇わぬと言った。（「御真影奉焼」『さらば京城』一九七五年）

「『内鮮一体』の小説を書いていた李××」とは、李光洙《イグァンス》、あるいは李石薫《イソグン》が考えられるが、この場合は『静かな嵐』や『蓬島物語』という日本語による小説を書いた李石薫と思われる。「趙××」とは、趙容萬《チョウヨンマン》のことだろう。同様に、「詩人の金」は『亜細亜詩集』を出した金龍済《キムヨンジェ》（あるいは八峰《パルボン》・金《キム》基鎮《ギチン》かもしれない）、「韓」は韓植《ハンシク》、「評論家の崔」は、『国民文学』を石田耕造という創氏名で出していた崔載瑞《チェジェソ》というように、人物名を特定してゆくことができる。彼らは、朝鮮総督府（大日本帝国）の「内鮮一体」や「八紘一宇」、「滅私奉公」や「聖戦完遂」というスローガンに呼応して、日本風に「創氏改名」した名前で、日本語（当時は「国語」）によって、いわゆる「親日文学」作品を書いた。『人文評論』という文芸雑誌を編集していた崔載瑞は、その朝鮮語による雑誌を、日本語主体の『国民文学』と衣替えし、自らの名前も「石田耕造」として、「まつろう文学」という、皇国主義的文学論をその誌上で展開した。「いろいろと煩悶」する当然の理由が彼にはあったのである。

しかし、こうした「親日派」の文学者たちの「煩悶」をよそに、いち早く、「朝鮮の文壇」のヘゲモニー争いは始まっていた。趙演鉉《チョウヨンヒョン》による『鮮放文学20年』（韓国文人協会編、一九六六年）の「概説」は、こう書き出されている。

八・一五の解放となるやいなや、どんな社会団体や政治団体よりも、いち早く看板を掲げたのは文化団体だった。八月十八日、韓青ビルディングに「文学建設本部」という看板が掲げられた。その看板をしかるべき会合や組織的な過程があって掲げられたものではなく、林和《イムファ》が独断で文学者を集結させたものだった。事情をよく知らない当時の文学者たちはほんど別段に懐疑を抱くことなく、その看板の下に集まった。たちまち「音楽建設総本部」「美術建設総本部」「映画建設総本部」の看板が、「文学建設総本部」と並んで掲げられることになったのである。これらすべては林和の策動によるものであり、林和はこのようにして芸術活動の全般的な支配権を掌握しようとした。林和が全芸術界の支配権を掌握しようとしたのは、彼の個人的な野心が作用したものだが、韓国の全芸術界を共産党に隷属させようとする政治的な伏線があったためでもあった。

この後、趙演鉉は、林和のこうした一方通行的なやり方に反撥する動きも出てきたと述べている。一つには林和の政治的な傾向を拒否してきた民族主義、または自由主義の文学者であり、もう一つは、もともと共産主義の文化理念の表現に熱心だった分子であり、彼らは林和の「文学建設同盟」が「民族文化建設」を掲げたのに対し、明瞭に「プロレタリア文学同盟」の看板を掲げ、「文建（文学建設同盟）」と「芸盟（全国プロレタリア芸術同盟）」の対立が明白となってきたというのである。

だが、こうした「解放後」の文学の世界の状況が、日本の文学状況でいえば平野謙のいうような「昭和十年前後（一九三〇年代後半期）」の、すなわちモダニズム派とプロレタリア派と伝統的私小説（自然主義）派との「三派鼎立《ていりつ》」が、戦後の文学状況に一時的に「復活」したという状況とよく似通っているという感じがしてならない。つまり、韓国の解放直後の文学状況は、いわゆる日帝暗黒期（空白期＝一九四〇年～四五年）の時期を飛び越して、それ以前の、直接的に芸術主義派とプロレタリア文学派とが対立していた一九三〇年代に〝タイム・スリップ〟してしまったのではないかということだ。あるいは、日本の帝国主義、軍国主義が朝鮮文壇の「左・右両翼」の対立を、いわば冷凍保存していたというかたちとなり、それは解凍されれば、たちまちに従来の「抗争・角逐」を両派（あるいは三派）、両陣営に分かれて継続し始めることとなったといえるように思われるのである。

日本語で書くか書かぬか、これが問題だ。「日語」で書かねば、今は何も書けぬ。「朝鮮語」の発表機関は無くなった。（御用新聞「毎新」が言い訳に残してあるだけ。）では「日語」で何を書く。これも既に決まって――決められて――いる。他のことは書けぬ。「日語」で書かねば、何も書かぬ、聖戦に非協力――ということになる。時局が切迫するにつれ、書く、書かぬで、たちまち顔にレッテルが貼られる。「愛国者」「非国民」。（「金史良と洪鐘羽」『猿蟹合戦』一九八二年）

これは日本人作家の宮崎清太郎から見た日帝暗黒期の朝鮮の文学状況である。日本人にとってさえ、書く自由も、書かぬ自由さえも奪い去られたと見えていた時期に、朝鮮人文学者としては、自国内、自民族内の対立や異論は「凍結」させておかなければならず、書くにしても、書かぬにしても、どちらをとっても災厄が免れないとすれば、より「少ない災厄」の方を選ばねばならず、もっとも手っ取り早く、確実なのが「死んだふり」をして、頭の上を嵐を通り過ぎるのをひたすらに「待つ」という姿勢だったのである。

もちろん、それだって万全な安全の姿勢ではなかった。李光洙や崔南善《チェナムソン》のような「著名な」朝鮮人の文学者たちは、彼らが沈黙を守っているということ自体が（総督府にとっては）、朝鮮民族主義の表現であり、民族独立運動への加担だった。彼らは自分の身（思想）の潔白を証明するためにも、自ら進んで「親日派」の旗を振らなければならなかったという側面も持っていた。また、李石薫や崔載瑞のように、自らの信念として「親日」の文学を推進し、展開しようとしていた文学者もいた（もちろん、それがどれだけ強制力に依らない自発的なものであったか疑問だが）。彼らは「煩悶」した。「聖戦完遂」などと自らもいい、彼らにもいわせていた日本の軍国主義者たちが、こうも簡単に「鬼畜米英」に白旗を掲げ、終戦の詔勅をあっさりと受け取るとは思わなかった。彼らは日本にだまされると同時に、「親日派」となることで自分たちの民族が陥った苦境を、どのようなかたちであれ、脱出させてくれるという理念（大東亜共栄圏、東亜連盟、大アジア主義など）にも裏切られることとなったのである。

2

解放後の韓国の文学状況は、芸術派とプロレタリア派、あるいはプロレタリア文学の内部での対立、抗争、角逐を再燃させることによって、いわば「ポスト植民地主義」の文学への模索への可能性を、その芽のうちに摘み取ってしまったといってよい。それは、やはり日本の戦後文学の状況が、軍国主義が「大政翼賛」の方向へと全文化分野、文学・文芸の関係者を「総動員」した「文学報国会」の時代を切り落とし、いわばストップ・モーションのまま置かれていた「昭和十年代」を、そのまま早廻しで再現するところから始めたことと同様であり、そこで日本の戦後文学は「ポスト帝国主義（ポスト植民地主義）」の方向への道筋を見失ってしまったのである。

井伏鱒二や高見順や石坂洋次郎らは、自分たちがつい何年間か前、シンガポールやビルマやフィリピンに駐留し、滞在していたことを忘れようとつとめ、そしてそれらのアジア体験を忘却するところから、彼らの「戦後文学」を立ち上げようとしたのである。「大東亜文学」という理念が語られ、「大東亜文学者大会（会議）」が華々しく開催され、そこに日本の主だった文学者たちがこぞって参加し、今後の「大東亜文学」の進展、未来に向かって真剣に討議されたはずのことが、敗戦後、いち早く忘れられ、あたかもそんな「大東亜文学」などという理念がなかったかのごとく、プロレタリア文学から戦後民主主義へと受け継がれるべき、これまで「凍結」されていた「社会主義文学」の可能性などが、文学党派のヘゲモニー争いのテーマとして表面化されたのである。

韓国においては、「文建」と「芸盟」の対立、抗争は、芸術至上主義や民族主義、自由主義にあっさりと〝転向〟した「親日派」の文学者たちの罪状を目立たなくさせ、それを隠蔽しようとする動きを促進させた。小説家の金東里《キムドンリ》、詩人の徐廷柱《ソジョンジュ》、評論家の白鉄《ペクチョル》など、彼ら自身も一度は「親日文学」の側に身を寄せたことのある、日帝時代の既成世代の文学者が、こうした左翼文壇の分裂、角逐を尻目にいち早く文壇への復帰、そしての文壇でのヘゲモニーの掌握に成功してしまったといわざるをえないのである。すなわち、前述の趙演鉉による『解放文学20年』の「概説」には、一九四六年には左翼文学団体に反撥する若い文学者たちが中心に「青年文学家協会」を組織したと書かれており、そこには金東里・徐廷柱・朴木月《パクモゴォル》・趙芝薫《チョウジフン》・趙演鉉などがその中心メンバーであったと記録されている。「青年文学家協会」は、やがて「韓国文学家協会（略称・文協）」に発展的に解消し、そこで「民族主義、ないしは自由主義の系列の文学者を束ねた最初の文学団体となった」と、趙演鉉の「概説」には書かれているのである。

韓国のポスト・コロニアリズム批評の数少ない実例の一つが、林鍾國《イムジョングク》の『親日文学論』（一九六六年）だと思われるが、そこには「青年文学家協会」の中心メンバーであり、これまで引用してきた『解放文学20年』の「概説」の筆者である趙演鉉も、「徳田演鉉」という創氏名を持つ「親日文学」の作者であったことが指摘されている。もっとも、日帝時代下には新人評論家に過ぎなかった彼に、李光洙や崔南善のような赫々たる「親日文学」の創作や活動があったわけではない。『国民文学』（一九四三年八月号）に「自己の問題から」という小論を書き、そこで「吾々の自己を離れて国家意識も国民意識もありはしないのだ」ということ、「だから作家は外部の現象に放つた目を自己の内部に傾けるべき」であり、「烈しく揺れるこの時代の裡で作家は深く自己の裡に探索の出航を試みねばならない」のであり、「戦争は地球の何処かで起つた一事件ではなく吾々の内部に起つた自己闘争なのだ」といっているのである。

「国家意識」も「国民意識」も、「自己」を離れては成り立たず、「戦争」も「吾々の内部に起つた自己闘争なのだ」と主張するこの小論は、直接的に日本の行っている「戦争」を賛美したり、協力するという方向へは向かっていない。むしろ、「国家意識」や「国民意識」を「自己」の内部に還元しようという論旨は、一見「国家」や「国民」の意識を肯定しているようだが、実はそれの婉曲な否定ともとれる。

もちろん、建前として「国家意識」や「国民意識」を否定的に論じたり、「戦争」を蔑《ないがし》ろにするような発言が許容されるはずもなかった。そういう意味では、趙演鉉は、「親日」的な語彙をちりばめながら、「親日」的思想とは別のことを語っていたといってよい。『国民文学』という雑誌に日本語で小論を書いたということだけで、彼が「親日作家」の中に入れられていることは、やや不当な感じを拭い切れないのである。

しかし、問題なのは「文建」と「芸盟」と「文協」といった、文壇的な文学組織の対立や角逐によって、ポスト植民地主義の文学の問題としての、何が「親日文学」であり、「親日文学」とはいったい何であったかということが、解放後の韓国文学の世界において、ほとんど本質的に問われることのないまま推移し、展開してきたことである。この点に関しては林和と白鉄といった、対立的な文学者たちでさえ「同じ穴の狢《むじな》」にほかならなかった。彼らは自分の「親日」的部分を剔抉せず、それを隠蔽するか、あるいは自分の「親日」活動から人の目を逸らさせるために、他人の「親日派」ぶりを論《あげつら》った。『親日文学論』の中には、白鉄が李光洙について書いたこんな文章が引かれている。

> かれは日帝の走狗団体である朝鮮文人協会の会長となって、香山光郎と改名し、太平洋戦争のおこったのちには金基鎮とともに南京での「大東亜文学者協会」に参席するかたわら、学徒兵を勧誘するために各地を巡回しながら親日講演をする等、じつに恐ろしく、じつに憎むべき行為をおこなった。(大村益夫訳『親日文学論』高麗書林・以下同)

しかし、林鍾國は、この文章を書いた白鉄の日帝時代の言動を検討し、彼自身の文章をパロディーにして、こう書いている。

> かれは日帝の走狗団体である朝鮮文人協会の幹事となって、白矢世哲と改名し、太平洋戦争がおこるころには、総督府機関紙〈毎日新報〉学芸部長として在職するかたわら、親日思想を鼓吹するため、各種の親日座談会を開催する等、じつに恐ろしく、じつに憎むべき行為をおこなった。

李光洙が解放後に「反民族行為処罰法」で拘留され、さらに高齢で北朝鮮の人民軍に拉致され、北朝鮮で病死したという最期を思えば、解放後に韓国ペンクラブの会長となるまでに文壇的に出世し、評論家の長老として権勢を振るったといわれる白鉄の方が、歴史的に「うまく(利口に)立ち回った」と思わざるをえない。

だが、本当は白鉄のような文学者(評論家)が、自らの「親日」の言動に沈潜することによって、韓国のポスト植民地主義の文学研究の糸口を開いてゆくべきではなかったのではないか。しかし、彼は沈黙すべきところでは饒舌に、雄弁であるべきところでは寡黙に、あるいは無言で、そのポスト植民地主義の時代をやり過ごしたといって差し支えないのである。「親日」行為は「じつに恐ろしく、じつに憎むべき行為」だった。だが、そういいきってしまうことによって、問題は隠蔽され、そして雲散霧消してしまう。「親日文学」というのがどういうものであり、それがどのように形成され、どのように受け止められ、どのような影響力を持ち、そして潰えていってしまったのか。朝鮮半島におけるポスト・コロニアリズムの文学研究は、そこから始まるべきだったのである(その意味では、崔載瑞の『転換期の朝鮮文学』一九四三年、はもっと研究・批評の対象として読まれるべき著作だろう)。

3

日本におけるポスト帝国主義の文学研究、批評もやはり同様だった。火野葦平や保田與重郎、蓮田善明や西川満や北村謙次郎の「批評的研究」が行われるべき時に、ただそれらを「大政翼賛」的なテキストとして排除し、植民地主義あるいは戦争協力的な文学者として文学の世界から抹殺することによって、戦後の多くの文学者は「その問題」を片付けようとしたのである。「満洲文学」「大東亜文学」「外地・占領地文学」といったものをすべて忘れようとし、そして見事なまでに忘れてしまったのが、日本の戦後文学の「本流」だったのである。

　日本文学が植民地、占領地に残してきた奇妙な遺産――日本語で書かれた「朝鮮文学」、「台湾文学」、「満洲文学」、「樺太文学」といったものはすべて忘却され、尾崎秀樹が、一九七一年に『旧植民地の文学』を孤立的に刊行するまで、日本にはポスト植民地主義に呼応するポスト帝国主義（ポスト軍国主義）の文学研究は、存在していなかったといっても過言ではない。それは戦前・戦中には東大や早大にあった「植民地学」の講座が、戦後にはまったく見られなくなったことと軌を一にしている。もちろん、GHQ（連合軍総司令部）の軍事占領支配下の日本で旧植民地のことや、旧植民地文学のことを研究することが簡単に容認されるはずはないのだが、日本がサンフランシスコ講和条約の締結によって独立国となっても、そうした「植民地」の歴史と、ポスト植民地主義（帝国主義）の学問的分析や研究は、容易に着手されることはなかったのである。

　一九九二年から九三年にかけて、岩波書店の発行する岩波講座として『近代日本と植民地』全八巻が刊行されたが、歴史・政治・経済・文化の研究者たちによる、本格的で総合的な日本の「旧植民地」の研究はようやくそこからスタートを切ったといってよい。また、植民地文化・植民地文学の研究も、前述の尾崎秀樹『旧植民地文学の研究』を除けば、岩波講座『近代日本と植民地』の第七巻「文化のなかの植民地」によってその礎石を置かれたといっても言い過ぎではないのである。

　解放後の韓国におけるポスト植民地主義の文学研究のもう一つの実例として、金允植《キムユンシク》の『韓日文学の関連様相』（一九七四年）をあげることができる。近代朝鮮文学と近代日本文学とのその「関連様相」をたどったこの研究・批評は、意識せざる植民地主義と帝国主義の葛藤・相克として、この隣り合った、相互に影響を受けた民族・国民の文学作品を俎上に載せ、その合わせ鏡に映った自分たちの姿、相手の姿を見ようという意志を表明したのである（二〇〇一年にはこの著作の続編が刊行された）。この本の影響圏内において、私（川村）は、『〈酔いどれ船〉の青春』（一九八六年）という文芸評論を書き、私なりの「植民地文学研究」、ポスト・コロニアリズム批評のスタート台としたのである。

日本人が朝鮮で書いた日本語の文学（たとえば、田中英光、則武三雄などの例）、朝鮮人が日本名で日本語で書いた文学（牧洋＝李石薫、香山光郎＝李光洙などの例）、朝鮮人が朝鮮名で日本語で書いた文学（鄭人澤《チョンインテク》、李無影《イムヨン》の例）、「満洲」在住の朝鮮人が日本名で日本語で書いた文学（今村栄治の例）、「満洲」在住の朝鮮人が朝鮮名で朝鮮語で書いた文学（黄建《ファンゴン》の例）など、日本文学史や朝鮮（韓国）文学史といった「一国文学史」ではとらえきることのできない実例が、近代の「韓日の関連様相」においてはありうる（あった）のであり、それは日本と韓国（あるいは北朝鮮）においても、それぞれの文学史の枠組みからはみ出すものであり、曖昧な境界領域に置き去りにされたまま、これまで顧《かえりみ》られることのない「文学作品」として放置されていたのである。

ポスト植民地主義＝ポスト帝国主義の文学研究、文化研究、社会史研究こそ、こうした今まで曖昧な領域に置かれていたテキスト群を発見し、発掘しなければならない。日本では『日本植民地文学精選集』（二〇〇〇年、二〇〇一年）の第Ⅰ期、第Ⅱ期として、満洲編、朝鮮編、台湾編、南洋群島編、樺太編として合計四十七巻に及ぶ「植民地文学」の復刻版が刊行された。朝鮮関係では、『朝鮮国民文学集』、『半島作家短篇集』、『新半島文学選集』第一輯・第二輯、牧洋の『静かな嵐』、青木洪の『耕す人々の群れ』、李無影の『青瓦の家』、『情熱の書』、張赫宙《チャンヒョクチュ》の『開墾』、『岩本志願兵』、『和戦何れも辞せず』、金聖珉の『緑旗連盟』、湯浅克衛の『鴨緑江』、『今村栄治（野川隆・塙英夫）作品集』が、これまでに刊行されている。

これらは日本語で書かれ（翻訳もあるが）、日帝期に出版されたということによって、その内容や思想の如何に関わらず、日本においても韓国においてもタブーの作品として再刊されることも、復刻されることもなく、放置されていたものなのである。だが、これらの作品の検討や批評なくして、日帝期（暗黒期）の「親日派文学」と日韓の文学の「関連様相」を明らかにすることはできないのである。

これらは日韓のポスト植民地主義＝ポスト帝国主義の文学研究のための、ごく一部のテキストの復刊にほかならない。しかし、それは韓国における親日文学―抗日文学という固定的な対立（批評・研究）の機軸を揺り動かし、日本における忘却された「大東亜文学」の幻影を甦らせることになる（もちろん、それはゾンビとして甦るのではなく、結果的に「迷わず成仏」させるために、我々によってあえて召還されるのである）。東アジアにおけるポスト・コロニアリズムの文学研究・文化研究は、こうした忘れられたテキストの復権、復活から始めざるをえない。ここから、旧宗主国―旧植民地という枠組みを抜け出したポスト・コロニアルな時代においての、日韓双方の文学研究、文化研究における「共同研究」の夢が胚胎してくるのである。

［川村湊（かわむらみなと）一九五一年生まれ。法政大学国際文化学部教授。主要な著書に『〈酔いどれ船〉の青春』講談社、一九八五年。復刊＝インパクト出版会、二〇〇〇年、『異郷の昭和文学』岩波新書、一九九〇年、『生まれたらそこがふるさと――在日朝鮮人文学論』平凡社、一九九九年、『風を読む　水に書く』講談社、二〇〇〇年、『妓生――「もの言う花」の文化誌』作品社、二〇〇一年、『日本の異端文学』集英社新書、二〇〇一年など多数。］

「丁玲批判」をふりかえる

田畑佐和子

隣接諸領域を読む（外国文学）

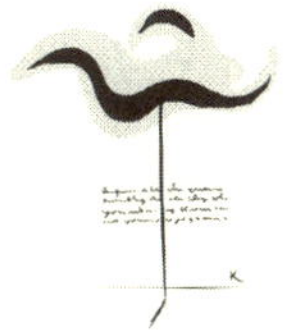

一九五七年頃「丁玲[1]批判」の大キャンペーンが日本でも注目を浴びるようになった。当時大学で中国語を学び、丁玲の作品と経歴に興味をひかれ始めていた私は、昨日までの「革命文学の輝く星」が、大勢の人々に口汚い罵りを浴びせられ、過去の過ちを暴き立てられ、最も低レベルな「作品解釈」によって貶められるのを中国からの新聞・雑誌で見て、愕然とした。これは一体どういうことだ？　私はその後卒論、修論とも丁玲を書くことになり、この激烈な「批判」の文をイヤというほど読んだが、それが何を意味するのかは結局「？」のままに置き去りにするしかなかった。これは「反右派闘争」の一環であるといわれても、その運動の背景にあるものが私には全然理解できなかったからである。しかも五八年以降は丁玲本人の行方さえ不明となり、私もそこで丁玲を「見失った」のだ。

当時日本で「丁玲批判」はどのように受け取られたか。大づかみにいえば、五〇年代初期から中国で盛んに言われた「知識人の思想改造」ということの流れで理解されたと思われる（竹内実[2]が丁玲の「転向」の問題を考察の中心に置いたのも、七〇年の佐多稲子のエッセイ「丁玲と私」も、そのような理解によっている）。「新中国」の誕生に関するルポルタージュとともに、「思想改造」ということを肯定的に（しばしば感動的に）書いた書物がかなり読まれていた時代だった（岩波新書『解放の囚人』など）。また丁玲について関心のある人の間では、すでに延安時代に彼女が毛沢東に批判されて自己批判した文章も知られており、その後の「自己改造」がまだ不十分だったという解釈もされた。私が卒論概要を教室で発表したとき、「丁玲のプチブル的限界についてはどう思うのか」という質問が出たことを思い出す。こんな粗雑な言い方には、私はただ拒否反応で答えただけだったが、その私にしても、これだけ批判されるからには丁玲の側にも問題があったのではないか、という疑念は胸に沈んでいたと思う。当時の日本の知識人たちの「内面的」理解が、事態をより分かりにくくしていた面もあっただろう。

実は五〇年代後半の中国では、「思想改造」という語はあまり使われなくなって、「思想闘争」が正面に出てきていたが、その変化が意味することの重要さも当時の日本では意識されていなかった。いわんや知識人の自由な言論を奨励した「百花斉放、百家争鳴」という綺麗なスローガンをひとごとながら喜んでいるうち、それが急転直下「反右派闘争」に転じ、しかも結果的には毛沢東のいう「蛇（＝右派）をおびき出す」「陽謀」、つまりペテンになるなど、思いもよらなかった。日本で活字の文章を読んでいるだけでは、幕の後ろで何が行われていたのか掴めなかったのだ。

事態の真実があきらかになるのはそれから二十余年たった文革後のこと。隠されていた事実やホンネが公表されはじめ、霧が晴れるように思いもかけぬ景色が出現した。「丁玲批判」にまつわる「?」の正体も、ようやく革命後の中国社会全体の変貌の中に位置づけつつ解明できるようになったのだ。「丁玲批判」のとき一番残酷で低劣な文章(「男をもてあそぶ女」「復讐の女神」などという大きな見出しを思い出す)で彼女を叩いた姚文元が、二十年後に「四人組」の一人として法廷に引き出され、おどおどと醜態をさらした結末を目撃して、因果応報、悪人滅びて正義が勝った、めでたしめでたしと言ってすむ話ではない。この男の書いた丁玲批判を読んでいたころの私は中国という社会、あるいはその組織の現実が、何一つ分かっていなかったのだから。以前中国では「思想改造」について、「社会が新しくなった(=社会主義社会になった)のだから、遅れた意識(=ブルジョワあるいはプチブル的意識、個人主義)を持つ人(=とくに知識人)を改造すべきだ」と主張されていたが、その「社会主義」はさておくとしても、「社会」が果たして新しくなっていたのか? たしかに政権は共産党のものになったし、五〇年代に農村で土地改革、都市では個人経営企業の「改造」が進められていたが、社会の根底にあるもの——人々の意識、人間関係、物心両面の貧困など——は果たして変わっていたのか? 知識人を遅れた、改造すべき人間と断罪する言論を読んで、中国社会がもっと先に進んでいるのだという逆転した認識を持っていたのは、私ばかりではなかった。五〇年代は中国との往来は限られ、生身の情報が少なかった上、中国政治の内情は秘密のベールにしっかり包まれていた。

文革後になって丁玲と中国文学とを「再発見」した私はやっと分かった——あの「丁玲批判」を考えるためには、私たちは丁玲を研究の対象とするのではなくて、その「批判」をした人々、さらに言えば、「批判」を人々にやらせた組織(の人々)、その組織の頂点にいた一人物を、またそれまで丁玲の友人・崇拝者だった人々にまでこぞって丁玲を指弾させるように強制した「社会」の力をこそ、対象とすべきだった。誰が何のために、どのようなやり方でやったことか? やっとそれが少し見えてきたのだ。

丁玲批判の前、五五年には中国文芸界は胡風事件(3)の狂風を経験している。胡風は周揚(4)など文芸界のトップ官僚たちと三〇年代から感情的、理論的齟齬があり、すでに一度ならず批判をあび叩かれてはいた。しかしいきなり胡風に「反革命集団」の首領という最大級の罪名を着せて、抗弁のできぬ形で一気に逮捕にもっていったのは毛沢東の独断であり、これには当時胡風を批判していた思想界高官たちもさすがに仰天したことが、近年林默涵などの回想録で明らかにされている。毛沢東はさっさと頭を下げぬ胡風を憎み、論証も手続きも無視して胡風を社会的に葬ったのだ。そして同じ五五年ころから、やはり周揚らによる丁玲への批判(「丁玲・陳企霞反党集団批判」)が作家協会の党内部ではじりじりと行われはじめていた。胡風たちを完全に追い落とした周揚らは自信をもって丁玲を追い詰め、過去に胡風と無関係ではなかった丁玲は当然ながら恐怖にとらわれて批判を一部受け入れるなどの経過があった。しかしこれが「反右派闘争」とリンクするまでは丁玲に致命的なダメージを与えるまでに到らず、大っぴらに罵詈雑言的批判が浴びせられるのは彼女が「右派」と断罪されてからである。当時の私にとっては「革命作家」丁玲が批判されたことが大ショックだったが、実は丁玲などは「反右派闘争」を操る者にとってはちっぽけなコマの一つにすぎなかった。「反右派闘争」の規模の大きさ、犠牲者の数の多さ、中国社会に残した傷、後遺症の深さを知ってみれば、「丁玲批判」はその中のごく小さな一部にしかすぎない（だからといって丁玲個人の受けたダメージが軽いということではない）。それに丁玲に限らず「右派」にされた人々のほとんどが、正当な理由もなしにそのレッテルを貼られた無実の「犠牲の羊」だったことも今では周知のことだ（実際に、九九%の「右派」が文革後に名誉回復された）。やっつける人間を決めれば、理屈はあとからついてくる。ひどい話だが事実なのだ。

では丁玲はどのように「右派」にされたのか。近年、批判に直接関係した人々の回想録が公表されて細部もだいぶ明らかになった。中でも李之璉の回想は党組織内部の事情に詳しい(5)。李は周揚が主導した五五年夏から秋にかけての十六回もの会議（いわゆる「丁玲・陳企霞反党集団」批判）の内容と、その結論として党中央に提出された「報告」とに、当時大きな疑問を感じたという。李のみるところ、この「批判」運動の底には周揚の丁玲に対するセクト主義的な悪感情が強く働いていた。丁玲を有罪とする内容の「報告」は一旦は五五年末に党中央に受理されたが、五六年からその内容につきさらに党として調査が行われることになった。李之璉自身がその調査責任者の一人として、丁玲の「罪状」とされた内容が事実かどうか、証拠を集めつつ綿密に調べなおしたのである。丁玲自身の反論も読み、事情聴取も行った。周恩来からは「周揚と丁玲の間には根深いこだわりがあるので二人別々に話を聞くように」との注意を受け、李たちはどちらの側にも偏らぬよう気をつけつつ慎重に調査をすすめた。この調査自体が人々の五五年丁玲批判に対する疑念を深めたようである。

李らの調査の結果、丁玲の（反党の）罪状とされたものには確実な根拠がない、丁玲は無実だという結論にいたった。五六年末、その調査報告が提出されると、周揚は困惑しながらも前の（有罪の）結論を修正する作業を始めた。さらに、五七年五月に党中央から「整風運動」展開の指示が出され、それを受けて作家協会で指導者への意見を聴取したところ、「丁・陳問題」の処置について多くの異論が出てきた。人々は五五年の会議のやり方と結論とに納得していなかったのである。六月六日にはこの問題についての会議が開かれ、まず周揚が以前の誤りを自己批判し、丁玲たちにあやまった。この会では参加者が口々に丁玲を擁護し周揚を非難したというから、全く一八〇度の逆転となったわけだ。ところがこのすぐあと、毛沢東は「鳴放」を「反右派闘争」に切り換えた。舞台は突如暗転する。七月二五日開かれた会議では、周揚たちは前回の自己批判を撤回、再び五五年の丁玲・陳企霞反党集団批判が正しかったと主張し、会議はそのまま「右派」との闘争集会になってゆく。周揚の完全勝利、そして丁玲及びその同調者の多くが「右派」と決めつけられた。李たちの膨大な調査の結果は反故となった……と李は述べている。

一旦あやまった周揚が再び居丈高に丁玲をやっつけた裏には、単に政治情勢の展開が有利になったというだけでなく、毛沢東の自分への保障をなんらかの形でとりつけたことがあったのだろうと推察される。もともと周揚にしても常に身が安全だったわけではなく、それまでも何度も毛沢東の批判を浴びていた。前の集会で、一度は自分についた人々が一斉に丁玲擁護に廻ったのを目にしたときは、周揚も恐怖を味わったにちがいない。丁玲側を「右派」にすることができなかったなら、自分の方がやられるのだ。胡風を無法にも筆先で葬った毛のやりくちを目にした彼が恐れぬわけはなかった。その専制君主がこのとき周揚の側に立ったからこそ彼は「自分は一貫して正しい」とそっくり返れたのだ。一方丁玲の方は、かつてあのように親しく自分と文学を語った毛が、無慈悲に自分を切って捨てるとは信じられなかった。彼女には周揚の冷酷さは見えても、その背後の、とてつもないスケールの冷酷さは見えなかったようだ。あるいは見ようとしなかったのか（毛沢東に「大右派」と名指されたことがいかに大きな痛手だったか、想像にあまりあるが、彼女は自伝の中でもそれについては多くを語らない）。同じことが、回想を書いた李之璉についてもいえる。李は自分の経験から得た教訓として、やはり運動にたずさわる個人の資質の問題が大きいと述べ、周揚の性格の悪どさを強調している。実際に李は「右派」丁玲を庇ったとして、その後周揚によってひどく痛めつけられた被害者でもあるので、その恨みは骨髄に徹しているのだ。だが周のような人物が権力をかさに思うがままにふるまい、自分を含めた誠実な党員の営々たる努力がわけもわからぬまま水泡と帰す、そうした「組織」のあり方、そして周揚の背後にちらつく毛沢東の力についてはロを閉ざして語らない。毛沢東はやはり正面から批判できない存在なのか。

毛沢東没後三年たった七九年、丁玲は二二年ぶりに北京に戻され、文壇に復帰した。「右派」とされ何の権力もなく北方の農場で黙々と働いていた丁玲にまで、文革の嵐は容赦ない追い打ちをかけて辛酸を嘗め尽くさせたが、彼女はそれに耐えて生き延びた。すでに七五になっていたが、再び文章を書き発言をし、内外の話題をよんだ。一方周揚の方も文革では災厄を免れず、さんざん痛めつけられたが、丁玲よりも一足はやく復活を果たしていた。七九年に二人は再会し、公の場で周揚は丁玲たちもと「右派」に謝罪したと伝えられる。「長いわだかまり」がそれですっかり解けたわけではないが、それはまた別の話になる。ともあれ、己れ一人は傷つかず思うがままに他を傷つけることのできた只一人の人物はいなくなったが、かの「組織」と「社会」は果たしてどれだけ変わったのだろうか。そして私たちは中国の同時代をどこまで理解できているのだろうか。

注

1　丁玲（一九〇四〜八六）中国の女性作家。一九二〇年代末、都会に暮らす若い女性の心理を描く「ソフィー女士の日記」で文壇の注目を浴びる。夫の刑死、国民党による軟禁など苦難を経て、延安に行き抗日戦に参加。毛沢東「延安文芸講話」を機に、真に人民のための文学を書く作家に「自己改造」する決意を表明、その実践としての長編『太陽は桑干河を照らす』でスターリン文学賞を受賞。戦後の一時期日本で最も有名な中国作家の一人だった。

2　六一年に書かれた竹内実「丁玲批判について」（『中国——同時代の知識人』合同出版、所収）は当時として可能な限りの広範な資料と鋭い洞察で外側（内外の政治状況）と内側（丁玲の性格、経歴、心情）からこの運動に迫っていた。

3　「胡風事件」については李輝著、千野拓政・平井博訳『囚われた文学者たち』岩波書店、に詳しい。

4　周揚（一九〇八〜八九）文芸評論家、翻訳家。一九三〇年代から共産党の文芸理論家として活躍。三〇年代半ばの「国防文学論争」で魯迅と対立。建国後は中共中央宣伝部副部長、中国作家協会副主席などを勤め、各種文芸批判運動を指導した。丁玲たちとの確執の歴史は長く、文革後まであとを引いている。

5　日本語で読めるものとしては李子璉の「丁玲・陳企霞「反党小集団」事件処理への参与経過」（江上幸子訳、『中国研究月報』九三年一一月号）がある。なお本稿では主に李の文によってざっと経過を述べたが、丸山昇『文化大革命に到る道』（岩波書店）では他の資料も参照しつつ詳細かつ全面的に事態が検討されている（同書の「丁玲批判」の項）。

『朝鮮文藝』にみる戦後在日朝鮮人文学の出立

高柳俊男

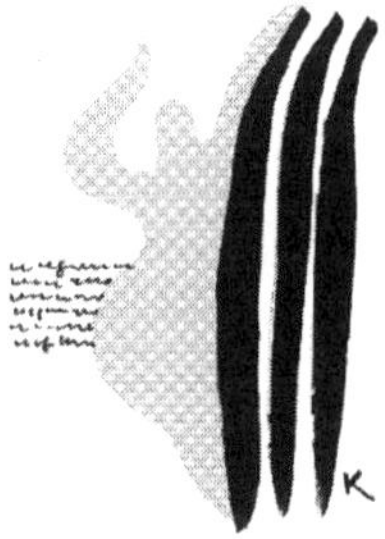

はじめに――『民主朝鮮』のこと

戦後（解放後）の在日朝鮮人文学の出発に場を提供した雑誌といえば、在日朝鮮人自身が出していた『民主朝鮮』や、当時の日本の左翼的文学者を糾合した『新日本文学』などがまず挙げられるであろう。

このうち『民主朝鮮』について筆者は、「『民主朝鮮』から『新しい朝鮮』まで」（『季刊三千里』第四八号、一九八六年十一月。『民主朝鮮』はこの後、明石書店から復刻された）という文章のなかで、その消長や論調の傾向を簡単に分析したことがある。そこでの指摘をもとに、いま特徴を箇条書きすれば、

①日本人の朝鮮理解を促進し、日朝友好の架け橋になることを目指した誌面作りをしていた

②創刊号は金達寿と元容徳の二人がいくつもの筆名で誌面を埋めたが、徐々に文学者を中心に、多数の在日朝鮮人が書き手として登場している

③日本人も、左翼系文学者を主に多くの人が執筆している（ただし初期には、古いタイプの朝鮮史研究者も一部含む）

④中国問題特集を組むなど、革命中国やその新文化への関心が高く、常連の日本人執筆者のなかにも新設の「中国研究所」に集う中国研究者が多くいた

⑤韓国（南朝鮮）の左翼系雑誌から、興味深い記事を随時訳載していた。北朝鮮との直接的関係は、のちの時代に比べると希薄である

などとなろう。

ここにもあるように、『民主朝鮮』は日本の植民地支配から解放された在日朝鮮人の意見表明の場として、とくに日本人の歪んだ朝鮮認識を正し、日朝間に理解の架け橋を作る目的をもって発行されていた雑誌であった。ただし編集長が作家の金達寿ということもあり、総合雑誌的紙面作りのなかでも、とりわけ文学に比重のかかった編集をしていた。

この時期、日本の植民地支配のくびきを脱した在日朝鮮人たちは、新しい状況下で自分たちの主張を伝える新聞雑誌を多数刊行していた。それらの多くは、ＧＨＱの検閲体制や脆弱な経営基盤、発行の母体となる運動団体の離合集散などにより長続きしなかったが、そこには新たな時代を切り開こうとする在日朝鮮人たちの熱い思いや意欲を感じ取ることができよう。

そのうちの一つに、一九四七年から四八年にかけて出ていた『朝鮮文藝』がある。比較的大きな影響力をもっていた『民主朝鮮』に比べると、毎号の厚さの点でも号数の点でも見劣りがするのは否めないが、在日朝鮮人によってこの時期、文学専門誌が出ていた事実をやはり忘れるわけにはいかない。

筆者は最近、この『朝鮮文藝』を通覧する機会があった。そこで本稿ではこの雑誌の内容の紹介を通して、新たな出発点を迎えた在日朝鮮人文学の息吹や、そこにはらまれていた問題点などを、現在の目から考察してみることにしたい。

なお読者の便宜や今後の研究の進展を考えて、総目次を作成して小文の末尾に付記した。

『朝鮮文藝』の創刊と苦境

『朝鮮文藝』が世に出たのは、八・一五解放から二年あまりが経過した一九四七年秋のことであった。十月一日を発行日とする創刊号の「編輯後記」には、次のようにある。

> 創刊号を送る、予定よりは大変貧弱なものになってしまつた。然し形ながらも雑誌が出せたことはうれしい。在日同胞が六十万人も居りながら文芸雑誌の一つも持たぬことは寂しいことであつた。
>
> 解放となるや間もなく、朝鮮文学者会が創立され、『民主朝鮮』を始め、其他同胞経営の新聞紙上で盛んに文芸活動が行われて居り、最近に至つては文芸雑誌『玄海』が創刊されんとしている。小誌も微力ながらこれらの文学運動の一助ともならば幸甚である。
>
> 誌面は非常にせまいが、一般に解放する。躊躇なく投稿されんことをのぞむ。題材が朝鮮に関するならば朝鮮人に限らない。
>
> 本号執筆は、主に朝鮮文学者会の会員である。（中略）

もとより無力なれど、努力はおしまぬつもりである。諸賢の御後援を乞ふ。

このときすでに『民主朝鮮』は十四号を出していた。したがって、解放を迎えて在日朝鮮人が出した雑誌としては、『朝鮮文藝』はいわば後発である。しかし専門の文芸誌を持ちたいという意気込みは十分に伝わってこよう。

この文章を書いたのは、編輯兼発行人の朴三文、発行所は文京区大塚坂下町五七の朝鮮文藝社であった。のちに触れる金達寿『後裔の街』初版の「あとがき」によれば、朴三文は戦前から赤塚書房で『朝鮮文学選集』（全三巻、一九四〇年）の企画出版を行うなど、朝鮮文学の日本への紹介に尽力してきた人物だという。

この時から雑誌は一ないし四か月おきに、毎号表紙の色を換えながら、一九四八年十一月の通巻第六号までは出ている。おそらくそれが発行されたすべてであろう。

頁数も創刊号の四十頁から三二頁に減ることはあっても、増えることは一度もなかった。

当初は一般の書店にも卸していたが、途中から部数の関係で書店置きは中止し、講読希望者は前金で直接申し込む形に変更になった。

また各地に文芸愛好者の拠点としての支社を設け、『朝鮮文藝』をまとめて取り扱う代理店のような役目を負わせようとしたが、誌代の支払いが滞る例が少なくなかった。

創刊から丸一年を過ぎた第二巻第四号（通巻第六号）には、巻頭言「まだ遅くはない！」が掲載されている。ここでは、過去に逆戻りしそうなこの一年間の情勢のなかでまがりなりにも発行を続け、金達寿、李殷直、朴元俊などを世に送りだしてきたことをよしとしながらも、それに満足せず、一九四九年までに「大衆の中から文学を見つけ、それを育てる仕事」をしなければならないと力説した。しかし実際には、この号が終刊号となってしまったのである。

このように、創刊当初の意気込みとは裏腹に、現実には多くの困難を伴いながらの雑誌継続だったことがわかる。

誌面に登場した書き手たち

では、『朝鮮文藝』はどのような書き手によって書かれていたのであろうか。

さきにみた創刊号に書かれていたように、多くは在日本朝鮮文学者会（一九四七年二月結成。一九四八年一月に他の文学者団体と大同団結して「在日朝鮮文学会」となる）に集う文学者である。

具体的には、小説では金達寿、李殷直、張斗植、尹紫遠、朴元俊、金元基らが、詩では許南麒、康玹哲らが登場しており、随筆や評論の分野では殷武巌、崔在鶴、魚塘などの名前が見える。これらは、『民主朝鮮』の書き手ともほぼそっくり重なっている。

日本人執筆者として登場しているのは、青野季吉、保高徳蔵、荒正人、徳永直らであり、雑誌の性格上すべてが文学者である。このうち朝鮮や朝鮮人ともっとも関係が深かったのが保高徳蔵で、朝鮮での数年間の体験が自身の文学的出発点になったほか、主宰した『文学クオタリイ』や『文藝首都』を舞台に、張赫宙、金史良、金達寿、金泰生などの朝鮮人文学者と数多く交わり、その保護育成に努めたことはよく知られている。

創刊号にも明記されているように、一般からの原稿を募集する広告は何度か出るが、誌面を見るかぎり、そうした投稿が多数集まり活字化されるようなことはなかったと思われる。

このほか、本国作家の作品を翻訳して載せることを「急務」と考えており、国際郵便規定が変わった時には明るい展望も語られるが、実際には国交もなく入手が困難なため容易に実現できていない。本国の雑誌がなかなか手に入らなかったのは、翻訳記事を比較的多く載せていた『民主朝鮮』も同様で、かつて編集長の故・金達寿氏に伺ったところ、定期的に届いていたわけではなく、人づてにたまたま入手できた刊行物のなかから適当なものを選んで載せた、というのが真相であった。

誌面にみる解放直後の在日朝鮮人

では、この雑誌の各号誌面から、目につくものをいくつか紹介してみよう。

小説の分野では、創刊号を飾った尹紫遠「嵐」が、八・一五解放を迎えて日本から郷里に引き揚げた一家七人の苦悩を描いていて、興味を引かれる。山口県の炭鉱で労務係をしていた主人公は、解放された祖国が無性に懐かしくて、家財道具一切を持って帰るという妻を叱りつけ、ほとんど手ぶらで帰国する。しかし両親にとっては紛れもなく祖国であるが、朝鮮語も知らない日本生まれの子供たちにとっては未知の土地であり、朝鮮語の発音がおかしいといっては地元の子供たちにからかわれる。両親にしても、最初のうちこそ身を寄せたきょうだいの家で歓迎を受けるが、やがて家の狭さからいい顔をされなくなる。街は失業者があふれ、物価は暴騰し、やむなく担ぎ屋をして糊口をしのごうとするが、稼ぎをすっかり掏られてしまう。自暴自棄に陥り、酒に溺れ、蓄えもなくなって日々の食事にすら事欠くすさんだ生活のなかで、ある日主人公は居候している家の米を自分の娘が盗もうとしたのを知り、娘を思いっきり殴り飛ばす。

解放を迎えて日本に二〇〇万人ほどいた朝鮮人のうち、被強制連行者を中心に約三分の二が帰国を選択するが、やがて日本に舞い戻るケースが稀ではなかった。密航という危険まで冒して日本にUターンするにはそれなりの背景があるが、この小説は知る機会の少ないその背景の部分、つまり帰国した在日朝鮮人にとって、幻想としての祖国ではなく、現実の祖国での生活が決して甘いものではなかったことを描いた、他にあまり例のない内容となっている。

作者の尹紫遠は、戦中には尹徳祚の名で歌集『月陰山』(河北書房、一九四二年)を出し、また戦後は長編小説『三十八度線』(早川書房、一九五〇年)を書いたことで知られる。この『三十八度線』を未定稿の段階で読んだ保高徳蔵は、本誌第二巻第一号に寄せた「民族的悲歌」のなかでこれを高く評価し、完成への期待を繰り返し述べている。尹紫遠はほかにも雑誌『民主朝鮮』『新日本文学』『文藝首都』『鶏林』『統一評論』などに、小説・詩・評論・民話を発表した。当時、左翼的志向を持った在日朝鮮人文学者がほとんどのなかで、尹紫遠はそれとは一線を画し、より普遍的なものを追究していたように見え、それゆえ今日新たな目で注目されてもよい作家の一人に思える。

その他にも小説はいろいろあるが、朝鮮人青年と日本人女性との恋とその破局を描いたような、多分に私小説的な内容のものが多い。張鐘錫が「近代文学について」(第二巻第四号)で、金達寿や李殷直の小説に「文学的自我の確立」を要求したのも、こうした日本的文学風土と深く関わっていよう。そのなかで第二巻第一号に載った許南麒「新狂人日記」は、体制に楯突く民衆の頭を検察当局がアルミニウム製のものにすげ替えるという幻想的な小説で、寓意性に富んだ異色の展開が注目される。

全体としていえば、朝鮮民族にとって植民地からの脱却と新国家建設という激動の時期だった割には、政治的・社会的内容を盛った作品がことのほか少ないのがやや意外な印象を与える。紹介した作品以外の唯一の例外が李殷直の連作「低迷」(第二巻第三号)と「暴風の前夜」(第二巻第四号)で、H県(兵庫県)の県庁所在地K市(神戸市)の民族団体K・R(コリアン・リーグ、つまり在日本朝鮮人聯盟＝朝聯)を舞台に、とくに民族教育をめぐる問題が扱われている。ちょうど文部省通達が出て民族教育への弾圧が露骨化していく時期で、借りていた日本の学校の校舎を明け渡すよう要求されるに至るが、こうした日本側の弾圧の問題と同時に自分たちの陣営の弱さ、つまり教師の水準の低さや民族団体幹部の奉仕精神のなさなど、総じて民度の低さともいうべきものが細かく描写されている。

次に、随筆や評論のジャンルをみる。筆者は第二号と第二巻第三号に一文を寄せている殷武巌とは晩年の数年間、親しくお付き合いさせていただいた。おそらくは世の不条理への憤慨からエスペラントを学んだ老闘士だけあって、最後まで批判精神を失わない硬骨漢だった。ここに寄せた脱日本化を論じた「デイジヤプナイゼイシユン」もそうで、非日本化のために民族意識を覚醒するのはよいが、日本の「宮城遙拝」に対して「祖国遙拝」、「皇紀」に対して、「檀紀」、「大日本」に対して「大韓」などという対抗概念を持ち出す態度に、日本帝国主義と本質的に変わらない「独善的国粋主義」の匂いを感じ取っている。

また、もう一編の「安川特務刑事」は一九四二年、デンマーク大使館の雇人として満州国の首都新京に二週間ほど赴いた際の、ある朝鮮人特務刑事との出会いを綴っている。満州国の特務の職にある安川は、朝鮮人同胞からは民族の裏切り者扱いされ、一方日本人上官からは常に監視の目で見られるなかで、自らの生き方を思い悩み、それを相談しに殷武巌を尋ねてきたという。最初は情報探索の常套手段かと警戒した殷も、青年の真摯な問いかけに次第に胸襟を開いていく。「終戦後いろいろの困苦が在満同胞に降りかかったことを聞いて、今彼はどうなつているかと思つて」したためたというこの文章は、戦時下の在日朝鮮人と在満朝鮮人（中国の朝鮮族）の邂逅の一断面を伝えていて興味が沸く。

『朝鮮文藝』と関わりのある単行本

以上、『朝鮮文藝』に載った文章のなかから、従来あまり知られていない側面や、現在の目から見て興味深い点を中心に、いくつか取り上げてみた。

薄っぺらな雑誌で、発行号数も少ないため、直接この雑誌のなかから誕生した単行本はなさそうである。ただし、李殷直がのちに最初の単行本『新編春香伝』（極東出版社、一九四八年。一九六〇年に朝鮮文化社から再刊）をまとめた際、かつて春香伝の覚書を五十枚ほど書いたが、それは『朝鮮文藝』の第三号から三回にかけて分載された、と「あとがき」に記している。ということは、『朝鮮文藝』に「春香伝と李朝末期の庶民精神」を連載した宋車影は、李殷直その人ということになる（宋車影の名は『民主朝鮮』でも見いだせる）。また宋は第二号にも評論「日本文学の環境」を書いているが、この号の目次の表記では著者が「李石柱」となっており、これが単なる誤植でないとすればさらに李石柱とも同一人物である可能性もある。

また『民主朝鮮』に十回にわたって連載された、金達寿の初めての長編小説『後裔の街』は、一九四八年にこの朝鮮文藝社から最初の単行本が出版された（翌年に世界評論社から再刊）。

ほかにこの出版社から出版されたものに、魚塘、許南麒、朴三文の三人が「編纂室」として名前を連ねる『在日朝鮮文化年鑑（一九四九年版）』（朝鮮語）がある。当時の在日朝鮮人の文化状況を、学術・芸術・教育・出版など分野ごとに網羅的に記述していて、大変貴重である。これは最近、『在日朝鮮人関係資料集成　戦後編』（不二出版）の第五巻のなかで復刻された。

これ以外に、朝鮮文藝社からは『在日朝鮮作家小説選集』を出す計画で、創刊号以来しばしば誌面に「近刊」と出ているが、現物を見たことがなく、実際には出版されていないものと思われる。

同様に、朝鮮本国のベストセラー文学を単行本の形で翻訳紹介したいという希望も語られているが、作品がなかなか手に入らない状況では夢のまた夢であった。

用語論争をめぐって

とくに特集を設けない号が一般的ななかで、第二巻第二号（通巻第四号）のみは特集「用語問題について」を組み、四人の書き手が意見を闘わせている。

そもそも在日朝鮮人にとって「何語で書くか？」という問題は、在日朝鮮人文学が日本文学か朝鮮文学かという帰属の問題と並んで、その後も長く論じられてきた重大テーマであった。世代交代や定住化の進行で日本語での創作が普通になった現在でも、日本語がかつて強制された言語であるがゆえに、日本語による創作を異端視ないし奇形視する見解は一部に根強く見られる。

そこでここでは、解放直後のこの特集でのやり取りをやや詳しくみておくことにしよう。

じつはこの用語の問題に関しては、創刊号に載った青野季吉の「朝鮮作家と日本語の問題」でも取り上げていた。ここで青野は、日本人作家にとっては日本語を離れては創作活動が成り立たないが、朝鮮人作家にとっては日本語からの解放が逆に文学的生命の新たな可能性を切り開くことも考えられ、それだけ日本語との関係は不安定である、しかし「彼等こそ、却つて、その不安定の故に、日本語の文学の言葉としての可能について、われわれ日本人の越えることのできない限界を越へて、考へることもでき、判断することもできる立場にある」と指摘した。そして、在日朝鮮人作家たちの間で、日本語論議が活発化することを望んだ。青野のこの逆転の発想は、今日の目から見ても示唆的であり、同号の「編輯後記」でも「我等の最も味読すべき」ものと特記されている。

第四号の特集に登場したのは、李殷直、魚塘、金達寿という三人の在日朝鮮人と、日本人作家徳永直である。この四人のうち、もっとも単純明快な主張を展開しているのが魚塘である。彼は「問題は簡単」と前提したうえで、植民地時代に朝鮮語がいかに弾圧されたかを考えても、われわれは朝鮮語による朝鮮文学の発展を期すべきであって、日本語による文学は一種の「畸形」にすぎない、と批判している。要するに、「朝鮮人なら朝鮮語で書け」ということであり、民族と文学と言語の関係を直線的に見る、当時としては典型的な捉え方である。

これに対する残り二人の在日朝鮮人の反論は、弁明的で、必ずしも歯切れのいいものではない。李殷直は、自分は長じるにしたがって日本語環境が主となったので、解放に際して朝鮮語を忘れて「恥辱」と「苛責」を感じたが、その後勉強して朝鮮語でも書けるようになった今、朝鮮人を蔑む日本人への激しい怒りや訴えを日本語で書かずにはいられない気持ちで書いている、という意味のことを述べている。

一方の金達寿も、文学の国籍は言語に帰属するという魚塘の主張を一通り認めつつも、朝鮮人が日本に集団的に居住している現実の条件下では、日本語で書くことに日本の民主革命や、ひいては朝鮮の独立にもつながる一つの可能性があるのではないか、と主張している。

どちらもいわば「日本語武器論」ともいうべきもので、作家の内面からの欲求の発露という形での主張はなされていない。実際この二人は在日一世で、日本語での創作を主としながらも、朝鮮語で書こうと思えばある程度書けた世代であることもあるが（事実この二人には朝鮮語での創作や評論がある）、同時に当時だれもが否定できない「民族」という至上価値の前で、日本語による文学の有用性ないし効能を控えめに主張している印象はぬぐえない。日本語による創作が、道具や武器として意味づけされるのではなく、それ自体の必然性や存在理由のなかで正面から主張されるには、朝鮮語を喪失した二世以降の世代の登場という、一定の時間の経過を必要としたのかもしれない。

この特集のなかでも言及されていたが、『朝鮮文藝』での用語論争は、実は朝鮮語新聞『朝鮮新報』紙上での金達寿・魚塘論争を引き継ぐものであった。『朝鮮新報』（のちの『新世界新聞』の前身であって、現在の朝鮮総聯機関紙とは別）を直接見ることができないため、『在日朝鮮文化年鑑』での記述（六九頁）に依拠すると、二人の主張と対立点は基本的に『朝鮮文藝』でのそれと変わりがないようだ。

ただ『在日朝鮮文化年鑑』は、金達寿・魚塘論争そのものについては双方の主張を伝えるだけでどちらにも軍配を挙げていないが、その記述にいたるまでの論の展開のなかで明確に結論を出している。すなわち、解放後の在日朝鮮人の各種文学活動を概観したうえで、これを日帝に踏みにじられた朝鮮文学の再建に努める朝鮮語による「正統文学運動」と、日本語での創作が日本の民主化や両民族の恒久平和をもたらし、それが間接的に朝鮮民主文学にもなるという「畸形的な過渡期文学運動」に二分している。そして海一つ隔てた祖国で繰り広げられている偉大な民主革命の建設譜を前にして、かつて搾取と暴圧で強要された日本語により朝鮮文学の可能性を探ることに対して、「皮相的な観察」「政治性の貧弱」「小市民的」「主観的」「朝鮮文学の正統に背く文学」など、容赦ない批判を浴びせかけている。

前述のように、この『在日朝鮮文化年鑑』を編んだ三人のうちの一人が魚塘なので、この記述には魚塘的色彩がより強く現れている嫌いがあるかもしれないが、それはまた解放直後の在日朝鮮人のある種の雰囲気を代弁するものでもあった。

朝鮮語版『朝鮮文藝』のこと

これまで日本語版の『朝鮮文藝』についてのみ言及してきたが、実は『朝鮮文藝』には別に朝鮮語版が存在し、少なくとも創刊号だけは出ていることが確認される。

一九四八年三月に発行された朝鮮語版創刊号は、活字印刷ではなく手書きのハングルで、本文はわずかに十六頁。編集後記にあたる「編輯者の椅子」でも、発行が遅れた上に、「何一つ誇れるもののないこのざまだ」と自嘲ぎみに書いた。しかし日本語だけでなく、朝鮮語でも出そうとしたことは、さきの用語論争との絡みからいってもたいそう興味深い。

創刊号に名を連ねたのは、金達寿、姜舜、金元基の三人で、評論、詩、短編小説がそれぞれ一編ずつである。予告ではこのほか、尹紫遠、魚塘、朴水郷の詩が載るということだったが、実際にはない。

このうち「洞簫」という詩を載せた姜舜の存在、およびその詩については、正統的な朝鮮詩の手法にのっとり、もっとも光彩を放つ詩人だとして、『在日朝鮮文化年鑑』でも高い評価を受けた（七二～七三頁）。

「畸形的な過渡期文学」という規定とは異なり、日本語を主に創作活動をする在日朝鮮人文学者が徐々に主流になる戦後の潮流のなかで、ある意味では朝鮮語での創作にもっともこだわった作家の代表的存在が、この姜舜だと言えよう。彼が自分の朝鮮語詩を自分で日本語に訳した詩集『なるなり』（思潮社）を出したのは一九七〇年だが、その時でさえ日本語に置き換える作業に「抵抗」を感じ、「躊躇」せずにはいられなかったが、朝鮮語を解しない読者からの強い要望に押されて、あえて「羞恥」を抑えて出版を決意したと、「あとがき」でわざわざ断っているほどである。

その姜舜も、この日本語詩集『なるなり』のほか、『姜舜詩集』（一九六四年）など数冊の朝鮮語詩集を残して、一九八七年末に六九歳でこの世を去った。在日論の一つの転換点となった姜信子『ごく普通の在日韓国人』（朝日新聞社）が出版されたのが、ちょうどこの時期だったのが何とも象徴的である。

以上のように、『朝鮮文藝』は確認できた範囲でわずか六号、朝鮮語版を入れても全七号の小さな雑誌である。当時の在日社会や日本社会に与えた影響も、そう大きなものではなかったかもしれない。しかしそこには、解放という新しい状況下で模索する在日朝鮮人文学者たちの姿が表れており、また用語論争に見られるように、その後にまでつながる問題の芽がすでにはらまれていた。また当時の在日朝鮮人文学をたどることは、それから半世紀以上が経過した現在の在日朝鮮人の姿や、その創作活動を新たな目で見直すことにもつながる。

その意味で『朝鮮文藝』全七冊は、その薄っぺらな分量以上のものを現在の私たちに投げかけていると言えよう。

なお、『朝鮮文藝』よりもやや早い一九四五年～四六年段階の朝鮮語文芸雑誌として、『高麗文藝』や『朝鮮詩』があり、前述した『在日朝鮮人関係資料集成　戦後編』の第十巻に、この『朝鮮文藝』とともにその一部が収録されている。こうした朝鮮語文芸雑誌の検討は、また別の機会に譲りたい。

〈付録〉『朝鮮文藝』総目次

※作成に際しては、各号の目次と本文双方の記載を参照し、違いがある場合には本文の表記を優先した。

①創刊号（一九四七年十月一日発行、本文四十頁、定価二十円）

・李石柱「朝鮮民族文学の展開」
・金達寿「〈文芸時評〉混迷の中から」
・青野季吉「朝鮮作家と日本語の問題」
・許南麒「〈詩〉雑草原」
・康珍〔玹〕哲「〈詩〉河」
・尹紫遠「〈創作〉嵐」
・李殷直「〈創作〉去来」

②第二号（一九四七年十一月一日発行、本文三三頁、定価十五円）

・張斗植「〈創作〉うきしずみ」
・金元基「〈創作〉犬子君よ眠れ」
・李殷直「〈創作〉去来（続）」
・宋車影（目次では「李石柱」）「〈文芸時評〉日本文学の環境」
・殷武巌「デイジヤプナイゼイシユン」

③第二巻第一号（一九四八年二月一日発行、本文三三頁、定価十五円）

・宋車影「〈研究〉春香伝と李朝末期の庶民精神（一）」
・保高徳蔵「民族的悲歌」
・許南麒「〈創作〉新狂人日記」（「『続・新狂人日記』に続く」とあるも見当たらず）
・金達寿「〈創作〉傷痕」（末尾に「未完」とある）

④第二巻第二号（一九四八年四月一日発行、本文三三頁、定価二十円）
・宋車影「〈研究〉春香伝と李朝末期の庶民精神（二）」
・康玹哲「〈詩〉灯」
・荒正人「偏愛」
＊特輯＝用語問題について
・李殷直「朝鮮人たる私は何故日本語で書くか」
・魚塘「日本語による朝鮮文学に就て」
・徳永直「日本語の積極的利用」
・金達寿「一つの可能性」
・朴元俊「〈創作〉年代記――『解放えの道』第壱章」

⑤第二巻第三号（一九四八年七月一日発行、本文四〇頁、定価二十円）
・宋車影「〈研究〉春香伝と李朝末期の庶民精神（完）」
・許南麒「〈詩〉花について」（末尾に「旧作」とある）
・崔在鶴「ゴーゴリ風景――ゴーゴリ・ノート第一」
・殷武巌「〈随筆〉安川特務刑事」
・李殷直「〈創作〉低迷」（末尾に「長篇『ある教育者』の一部」とある）

⑥第二巻第四号（一九四八年十一月一日発行、本文四〇頁、定価二十円）
・「〈巻頭言〉まだ遅くはない！」
・李殷直「〈小説〉暴風の前夜」（末尾に「長篇『ある教育者』第二章」とある）
・高田新「〈詩〉ひるがえさねばならぬ、富士に旗を」
・張鐘錫「近代文学について」
・朴元俊「〈小説〉年代記（二）」

●朝鮮語版『朝鮮文藝』創刊号（一九四八年三月一日発行、本文十六頁、定価十円）
・金達寿「文学者について――第一の告白・その一」
・姜舜「〈詩〉洞簫」
・金元基「〈創作〉親不孝」

［**高柳俊男**（たかやなぎとしお）法政大学国際文化学部教員。共著に『東京のコリアン・タウン――枝川物語』（樹花舎）、『東京のなかの朝鮮――歩いて知る朝鮮と日本の歴史』（明石書店）、共編著に『北朝鮮帰国事業関係資料集』（新幹社）、共訳書に『在ソ朝鮮人のペレストロイカ』（凱風社）などがある。］

戦後沖縄文学覚え書き

『琉大文学』という試み

新城郁夫

1　戦後へのディスタンス

たとえば、次のような言葉の前で、なによりもまず躓くことから戦後の沖縄文学を思考してみたい。いわゆる「本土復帰」が本格的で組織的な運動となりつつあった一九六七年の十一月、読売新聞国際関係委員会のメンバーとして沖縄を訪れた批評家村松剛は、その『日米合同沖縄調査団レポート』である「沖縄報告」を、次のような言葉でもって書き起こしていた。

美しい伝説のうえに、いきなり現代の猥雑な政治が訪れた——沖縄について、筆者はそういう印象を持っている。

沖縄の雑誌や小説を、最近いく冊か、まとめて読んでみた。沖縄は文学不毛の地、という言葉があるそうだが、必ずしもそうとばかりは思わない。しかし民謡や伝説の後に殺風景な政治談義や政治的小説がきて、その中間が殆どない、ということは、否定しがたい事実である。（沖縄県《ママ》から出た最初の芥川賞受賞作は、政治的な小説だった。）

（村松剛「沖縄報告」（『戦後の神話』一九六八年五月、日本教文社刊収録）

ここでこの批評家が、いったいどのような「沖縄の雑誌や小説」をまとめて読んだかは判然としない。むろん、「沖縄県から出た最初の芥川賞受賞作」である大城立裕「カクテル・パーティー」（六七年）を読んでいることは確かだし、ごく初期の雑誌「新沖縄文学」（沖縄タイムス社、全九十五冊、六六〜九三年）の何冊かに目を通しもしただろう。（引用した文章のなかに見える「沖縄は文学不毛の地」という言葉は、雑誌「新沖縄文学」創刊号に掲載された座談会のテーマであった。）

だが、そこで「否定しがたい事実」として断言されている、「民謡や伝説の後に殺風景な政治談義や政治的小説がきて、その中間がない。」という認識については、強い違和感なしにそれを読むことはではない。「民謡や伝説」と「政治談義や政治的小説」の「中間」といったものが、いかなる表現であり得るか、それすら不可解であるが、その脱落を嘆いてみせるこの文章が、戦後沖縄文学におけるなにごとか、しかも決定的ななにごとかを、完全に無視し欠落させていることは指摘しなければなるまい。この批評家は、「中間」という文学形態の問題として事を曖昧な地点に回収しつつ、「民謡や伝説の後に殺風景な政治談義や政治的小説がきた」（傍点、筆者）という時間的推移について、些かの言及もせずに、巧妙にそこを空白にしているのである。いったいいつ、沖縄の文学というものが、自ずからなだらかに「民謡や伝説の後に政治談義や政治的小説」へと推移したことがあっただろうか。懐かしく愛おしむべきらしい「美しい伝説」や「民謡や伝説」を忘れて「殺風景」な「政治的小説」に偏向している、などといった、およそオリエンタリズムと呼ぶことさえ恥ずかしい認識を露呈させているこの文章は、だが、戦争とそれに続く米軍支配という圧倒的な暴力の継続に対して、およそ無知を装おうという意味において、それ自体ほとんど暴力的と言えるだろう。戦争とそれに続く米軍支配という破壊力を目の前に見据えながら、そうした現実をはたして言葉で表象できるか、そのことを問い続けてきた戦後沖縄文学の表現の試みが、そこではそっくりネグレクトされているのである。逆に言えば、この村松の文章は、その意図的とも見える戦争や植民地支配という現実の無視という政治性において、却って、戦後沖縄文学の試行してきた軌跡を、今またあらためて再認識させてくれるなかなか得難いボンクラ批評と言えるかもしれない。

「戦後」という時間を奪われるようにして、戦争とその持続である米軍支配という植民地状況に殆ど押しつぶされなが

ら、しかし、その現実をなにがしかの言葉にしようとしてきた行為の中にこそ、戦後沖縄文学のはじまりは見出されなくてはならない。そして、村松がネグレクトしているその地点にこそ、雑誌「琉大文学」の豊かな試行が見出されてくるのである。はやくは、「沖縄の民衆の戦後はじめての、総合的な抵抗運動であった一九五六年の土地問題闘争において、琉球大学の学生が六名、退学処分をうけ一名が謹慎処分を受けたが、『琉大文学』はそのうちの四名を同人に連ねているところの、そのような雑誌であった」と大江健三郎『沖縄ノート』（一九七〇年）に語られ、そして、鹿野政直「『否《ノン》』の文学――『琉大文学』の航跡」（『戦後沖縄の思想像』収録、一九八七年朝日新聞社刊）という画期的な論文によってすぐれた考察がなされながら、だが、その後、本格的な論及もないままとなっている感の否めぬこの雑誌を通じて、一九五〇年代の戦後沖縄文学への一視点を提示してみたい[1]。

2　回避される文学

　戦争を回避して、いかなる「戦後沖縄文学」もあり得ないこと。今に想起すべきそのことを、今から五十年近く前その批評活動のはじまりに見据えていた一人の表現者がいる。文学に限らず思想全体にわたって、戦後沖縄を代表する批評家である新川明にとって、雑誌「琉大文学」第七号（五四年十一月）に発表した「戦後沖縄文学批判ノート」は、まさに、本格的な批評活動の始動というべきテクストであった。戦後沖縄文学史においてエポックメーキングなこの「戦後沖縄文学批判ノート」は、大田良博「黒ダイヤ」（四九年）や大城立裕「老翁記」（四九年）などの、戦後沖縄の文学の成果についてふれ、一定の評価をしつつもそこに「私小説的性格」の桎梏を見出しこれを批判している。「吾々は今日からでも吾々の強力な民族文学を創るべく眼をひらかねばならぬ。」などといった調子に、あまりに明瞭に、当時竹内好らによって議論されていた国民文学論の影響[2]が見られるし、その些か声高な批判については、「琉大文学」第八号（五五年二月、発売後琉球大学当局によって回収処分）掲載の「北谷太郎」名の「われわれの内部の問題」において、新川自身「独善的な調子の高さ単純な排他主義の色が濃い」という自己批判をしている。だが、そこには、「文壇らしきものを突き崩すことに自ずと力を入れ」るという否定的精神の確かな発露があったと言うべきだろう。

　むろん、若い世代からの先輩世代の表現者への突き上げは、どのような文学集団の出発にも見られることであるから、ここで新川の戦後沖縄文学批判はさほど突出したものではないと言えるかもしれない。だが、この「戦後沖縄文学批判ノート」において、次のような言葉が書き継がれる時、その批判

は、極めて重要な視点を提示し始めるのである。

吾々は多かれ少なかれ戦争という冷厳な経験を経てきている以上、すぎて来た自に対してより厳格な批判と反省をなし、強じんな吾々の文学を創らねばいけないだろう。

（中略）

戦争文学について言えばタイムス社「鉄の暴風」仲宗根政善「沖縄の悲劇」大田、外間「沖縄健児隊」などの作品は出た。だがこれら手記的作品はまだ本格的文学として、完全なものではなかったようだ。

ここで、新川によって「本格的文学として、完全なものではなかった」と指摘されている三冊は、今現在、沖縄戦を沖縄（人）の側からとらえた沖縄戦記録として最も広く読まれている戦記となっている。『鉄の暴風』（五〇年）は、タイムスの記者であった牧港篤三、大田良博が取材・執筆に当たり、豊平良顕の監修により、一九五〇年、沖縄タイムス編で、朝日新聞社から発刊された戦記である。初版の表紙に「現地人による沖縄戦記」と銘うっているように、徹底して沖縄の住民側から見た沖縄戦の惨状がそこでは語られていて、今なおその衝撃力を失っていない。また、仲宗根政善『沖縄の悲劇』（五一年）について言うならば、現在「ひめゆりの塔をめぐる人々の手記」として文庫本等で広く読まれていることは周知のことであり、『沖縄健児隊』（五三年）の方は、前沖縄県知事である大田昌秀をはじめ、その多くが南部戦線で戦死を遂げた学徒兵の中の、生き残った人々の手記を集めたもので、これも沖縄戦記のいわば古典である。いずれもが、沖縄戦の実相を伝え、継承すべき戦争体験を今に教えてくれる記録として貴重な証言なのだが、いま、問題にしたいのはこれらの戦記自体ではない。むしろ、これを、一九五四年段階において、「本格的文学として、完全なものではなかった」とする新川の批評の位相こそが問われなければならない。

新川はそこで、これらの戦記を「文学」というカテゴリーにおいて捉え、そこにある種の物足りなさを感じたことを隠していないのだが、こうした反応は、実は、かなり異色といっていいだろう。圧倒的な賞賛と共感の中で迎えられたこれらの戦記の何に不完全なものを見出しているのか、その鋭敏な批判のなかから、新川の思考の、そして更には「琉大文学」という雑誌の目指そうとした批評性が発見されてくるように思える。

そこで、遠回りを怖れずに、今一度、沖縄戦記録の語りを見届けておこう。右の沖縄戦戦記について、その共通するところを考えてみるとき、これらの戦記が、沖縄（人）側からみた沖縄戦の記録であり、また、フィクションではない、という二つの点について極めて自覚的に書かれそして編まれているということは注目されねばならないだろう。

取り立てて言うほどのこともない当然な事のようではあるが、だが、これが当然でないところから、沖縄戦は語られ始めたことはやはり確認しておきたい。既に、岡本恵徳、仲程昌徳、大城将保（嶋津与志）といった研究者によって、詳しく論じられているところだが(3)、沖縄戦が正面から描かれる嚆矢となったのは、一九四七年に出版された古川成美『沖縄の最後』である。古川は翌々年には続編とも言うべき『死生の門』を出版することになるのだが、日本軍の視点のみから沖縄戦を切り取り、更には占領者となった米軍への殆ど手放しの礼賛が見られるばかりのこの二冊については、「一人の兵士として沖縄戦の凄惨な戦いを戦いながら、その中で何を見たのか、まったく疑いたくなる」（仲程昌徳『沖縄の戦記』）という言葉がその内実を良く言い当てている。

だがここでは、この古川の沖縄戦記が後の沖縄戦の語りに与えたと考えられる影響の方に注目したい。古川の二冊については、発刊当時から鋭い反応が提示されているのだが、それは、何よりもまず、故郷沖縄を離れるなどして沖縄研究に専念していた人々によって提示されたのだった。金城朝永、仲原善忠、比嘉春潮らによる厳しい批判がそれに当たるのだが、その批判の中で繰り返し要求されてくるものこそ、「沖縄人」による沖縄戦記録、なのであった。

沖縄戦に対しては、私どもは、これが沖縄人自身の手により、沖縄人の立場から、沖縄人のその島々における戦時下及び戦闘時や、終戦直後の生活や受難に関する各人各方面から観た真相や実感が、冷静に、そして忠実に精密な文献や記録として書き遺されることを、この哀れな島人や国の歴史のためにものぞんでいる。

金城朝永「琉球に取材した文学」（一九四八年～四九年、「沖縄文学全集」第十七巻に収録）

ここで吐露されている金城の願いの中に、その後の沖縄戦の語りのある種の規範が示されているといえるだろう。語られる対象であることから逃れて自ら語ろうとする主体化への意志。そこで希求されているのは、「沖縄人自身」あるいは「沖縄人の立場」から沖縄戦を語る、ということであり、それは、翻って言えば、沖縄戦の「真相や実感」を語るという行為を介して、「沖縄人」という主体を立ち上げることの自覚が求められているということにもなるだろう。しかも、その時、沖縄人によって語られる沖縄戦は、「冷静に、そして忠実に精密な文献や記録」として遺されなければならない、とされることとなる。沖縄人の立場によっていること、そして、フィクションではなく精密な文献や記録であること。この沖縄戦の語りの規範は、はっきりと、『鉄の暴風』そして『沖縄の悲劇』へと浸透していくことになった。事実、『鉄の暴風』そして『沖縄の悲劇』においては、正確を期す、という執筆態度の表明は、何にも先んじて、それが「文学」であろうとすることに対して、厳しく自らを戒めるのであった(4)。

ここにおいて、沖縄戦を語ることのある種の規範性は、「沖縄人」が戦争の真実を「冷静に、そして忠実に精密な文献や記録」として記述するという、いわば純粋化への志向を固め、それ以外の語りのあり方を予め封じていくような機能をになったとは言えないだろうか。たとえば、『鉄の暴風』がどのような編集方針を以て書かれそして発表されようとしたかについて(5)、この書の監修を勤めた豊平良顕は、「沖縄戦記脱稿記」という副題を掲げた「鉄の暴風と記録文学」(一九五〇年一月、「月刊タイムス第十二号」掲載)という文章において切々と語っていたのだが、その中に、そうした志向を読みとることができる。

沖縄戦に於て、沖縄じんが体験した事実は沖縄人の血肉と化し、精神の一部分となっている。その精神をとおして沖縄戦の事実を、偽りなく記録し得たものと、思っている。特定の作者ではなく、沖縄戦の事実を執筆者が記録したということになる。つかんで沖縄戦の事実を執筆者が記録したということになる。だから記録文学としての価値も、適当に評価されていゝと私は確信する。文学的な野心を持たなかったゞけに、むしろ効果的だったと思う。

「共通的な精神」としての「沖縄戦の真実」を「沖縄人の立場から」書くという態度の必要性が明瞭に説かれている文章だが、そこではまた「主観的な、わざとらしい文学的な描写を控えた事実そのままの記録」という前提が絶対の要請となってもいた。先に引用した金城朝永の、「沖縄人の立場から」なる「忠実に精密な文献や記録」としての沖縄戦記録への願いが、ここでいよいよ実を結ぼうとしているというべきかもしれない。そこにあるのは、個々の主観（「文学」）を越えた、沖縄戦体験者としての歴史的主体たる「沖縄人」による、「事実」としての沖縄戦記録への強い要求であり、翻って言えば、そこで排除されていこうとするのは「沖縄人」というカテゴリーにまつろわぬ存在であり、また、「文学」であったと考えることもできるように思える。

こうした沖縄戦の語りと文学フィクションとの間の、排除と包摂をめぐる葛藤は、『鉄の暴風』の翌年、一九五一年に出版された仲宗根政善『沖縄の悲劇』のなかにもその影を落としている。『沖縄の悲劇』の執筆動機を語り明かしているとも見える「まえがき」の中に、次のような言葉が見出せる。

この記録は文学でもなく、生き残った生徒の手記を集めて編纂した実録であり、氏名も日時も場所も正確を期した。

無論のこと、こうした「文学」忌避については、この言葉の前段に見える「この悲劇が戦後、あるいは詩歌によまれ、あるいは小説につづられ、映画、演劇、舞踊になって人々の涙をそそっている。ところがこの事実は、しだいに誤り語り伝えられ伝説化しようとしている。」という仲宗根自身の危機意識から呼び招かれていることは、決して看過されてはならない。けれど、その危機意識のなかに、同時に、「乙女らが書き残そうとした厳粛な事実を私は誤りなく伝えなければならない義務を背負わされている。」という伝道者的スタンスが露わにされていることもまた認めなくてはならないだろう。

これらの戦記を、いまあらためて読み返すとき、そこに見出されるのは、沖縄戦を伝えなければならないという意識と、沖縄戦のことを戦死者たちになりかわって代弁できる、またしなければならないという意識との融合という事態そのものである。その融合の中で、しかし、「沖縄人」という語る主体のあり方はほぼ不問に付され、そして「文学」という表現形式は些かいかがわしい作為性として忌避されようとしていた、そうは言えないだろうか。更に言うならば、巻き込まれた「悲劇」としての沖縄戦、そして、米軍からだけでなく「友軍」たる日本軍によっても殺害されるような圧倒的な被害体験としての沖縄戦が、確かな重みと切実さを持った言葉で提示されていながら、その一方で、同時に、自らも加担したであろう沖縄戦や、「沖縄人」という主体に容易に回収され得ぬような幾多の人々によって生きられたであろう沖縄戦が、そこから抜け落ちてはいなかっただろうか、と、そのことが気になる。過ぎ去った「悲劇」として沖縄戦を語るその行為自体を、ひとまずは問うてみること。過ぎ去りようもなく、持続し、また自らもそこに加担しているかもしれない戦争を、たとえば、フィクションという表現のなかにおいて想像してみることの可能性。

そうした問いとして、先の新川の批評「戦後沖縄文学批判ノート」を再度読み返してみることはできないだろうか。「戦後」というくびきそのものを問い、「沖縄」そのものを問い返す「批判」がそこに明らかになってくるはずである。

3 「戦後」を撃つ思考

ここでもう一度、先の新川の批評に戻りたい。『鉄の暴風』『沖縄の悲劇』『沖縄健児隊』をして、「本格的文学として、完全なものではなかった」とする新川は、そこで次のような言葉を連ねていた。

> その例を最も人々に知られ、あの戦争の最も痛ましい犠牲者であったひめゆりの乙女たちにとってみるならば、吾々が今彼女等を語る場合、祖国の為に何疑うこともなく死んでいった乙女たちの像を、問題として提出する側も、それを受ける一般の側も、案外安易なセンチメンタリズムの場のみで為していたのではなかったか。(中略)あのような社会に生まれ、育ち、教育された彼女等であれば、それが可哀想な無智であるにしろ、彼女等が若し戦争に対する積極的な協力者であったとしたら、吾々は単に彼女等の可憐さのみを単純に美化して考えることは大きに危険なことだと思う。／そしてその点で彼女等は、そのように思想的或いは、社会的認識において盲目にされていたという限り、たしかに美しい犠牲者ではあった。だけどこの時その美しい言葉のみに眩惑されることなく吾々は彼女等を犠牲にしたその者の血塗られた手の持ち主（日本の天皇絶対主義）の本質を見極めなければならないのだ。（傍点は原文）

厳しい言葉である。そもそも「ひめゆりの乙女たち」の事が「あるいは詩歌によまれ、あるいは小説につづられ、映画、演劇、舞踊になって人々の涙をそそっている」といった「伝説化」に対する警戒から書かれたのが仲宗根の『沖縄の悲劇』であったわけだが、その享受のあり方の中にさえ「センチメンタリズムの場」の発生する危険を見出さないではおかない新川の批評は、沖縄戦の背後に天皇制を見出しつつ、そのことに「無智」であったことを批判する行為を介して、沖縄戦を「悲劇」化するそのこと自体を問題化しているのである。そこで意図されていたのは、たとえば「ひめゆりの乙女たち」の生存者を批判するといった粗雑な議論では無論なくて、むしろそうした人々を「美しい犠牲者」として美化してしまうような「社会的認識」こそが問題とされねばならないということの表明であり、そこから新川の批判は「血塗られた手の持ち主」＝天皇制へとその批判の方向を定めていくのであった。その時、沖縄の戦後文学として評価を受けていた、『鉄の暴風』などの「戦記文学」は、「あのような日本の悲劇が本質的な所で捉えられてなく、戦争―敗戦―戦後の歴史の流れを、それらの作品を通して明確に透視することができない、という意味」において、批判されることになるのはあるいは必然であっただろう。過ぎ去った過去の「悲劇」として語ることを回避しつつ、それを、敗戦―戦後という連続のなかに見出していくという過程のなかで、「自に対してより厳格な批判と反省」へと再編していく現在的契機となって、戦争は、新川のなかで生き直されようとしていた、とあるいは言うべきなのかもしれない。

事実、この「戦後沖縄文学批判ノート」においては、戦後直ぐに復活をとげた山里永吉、新垣美登子らの後を受ける形で、「月刊タイムス」や「うるま春秋」といった新聞メディアの懸賞小説への応募を通じてその活躍を見せてきた新しい書き手たち、すなわち大城立裕、大田良博、嘉陽安男などといった作家群をその射程に収めつつ、彼らの小説の中に、「戦争という吾々が考え得る中での最大の「悪」を、その結末としての自国の敗戦を、単に「一種の災害」としてのみ感ずる精神は、そのような精神が若し仮りに戦争そのものの「悪」としてその悲惨なり、悲劇性を描くにしても、この最大の「悪」である戦争をあくまで外部的「悪」或いは外部的「不条理」として描き、捉えることとしか出来なくなる」危険を嗅ぎ取っていく。これを沖縄の状況に照らしてみれば、ここにおける新川の指摘は、沖縄において沖縄戦を「一種の災害」として描くことを拒むということであり、沖縄戦を沖縄において「外部的「悪」」として一方的に外在化させては語ってはならない、という、そうした思考として捉えうるのである。沖縄戦はこの時、「沖縄人」という主体に閉じることのない広がりと、「戦争―敗戦―戦後」という持続的なスパーンにおいて再構成されるべき、批評の核となるのであった。

たとえば、この「戦後沖縄文学批判ノート」においては、城龍吉（大城立裕）「老翁記」や冬山晃「帰郷」と並んで、「戦後の沖縄で初めて小説と呼べる作品」（岡本恵徳）(6)と評される大田良博「黒ダイヤ」が特に取り上げられ論じられていたが、そこに、新川の批評の志向は明かである。「一編を通読してみて、その人の柔和と純情をあらわす黒ダイヤのような瞳を持つパニヤン少年、その少年に寄せる作者の人間的親近感と共感は直接に読者にも伝わってくるし作者の詩人としてのキメ細かい文章と相俟って一応成功した短編小説と呼ぶことが出来よう」とひとまずは評価を寄せてはいる。この「黒ダイヤ」という作品は、ながきにわるインドネシアでの従軍生活を回想する語り手「私」によって、戦中から戦後にかけてのインドネシア独立戦争下の混沌とした状況のなかで、親近感をよせ交流を深めていた現地の少年「パニヤン」が、久しい音信不通の後、独立戦争に参加する兵士となって「私」の前に現れ、感慨を深める、といった筋立ての小説であって、どことなく、日本軍占領下のシンガポールを舞台する井伏鱒二「花の町」(一九四三)を思い起こさせるような内容となっている。一読すると、従軍兵士と現地少年とのほのぼのとした交流が描かれているとも読めるこの「黒ダイヤ」について、しかし、新川は、「作者或いは「私」が、その立場、日本軍の本質的な性格に疑いを持っていなかった事」を見出し、そのうえで、「本質的に侵略者であった日本軍の立場にある「自分」とインドネシアとの関係、新しい進駐軍(侵略者)である英軍に対するインドネシアの民族解放運動、それらの全体的把握が不可能だった」という限界を指摘するのであった。戦争の終わり(日本の侵略の中止)がまた戦争の始まり(英国の進駐、オランダの再植民地化)であり、また、侵略の終わりがまた新たなる侵略の始まりであること、ここで、新川の指摘は、そうした「全体的な把握」の必要を説いていると言えるのだが、ここに言及されているインドネシアの解放運動は、言うまでもなく、沖縄の「戦後」そのものをそこに見出すことの別ではない。被占領者として眼差されている「パニアン少年」の多くを語らぬ(語れぬ)姿にこそ、むしろ沖縄は発見されようとしていた、と言えるのではないか。たとえば、次のような言葉を、傍証として読み届けるとき、いよいよ、新川の、ひいては「琉大文学」のスタンスは明確なものとなってくるだろう。

戦争は終わった。が、引きつづき占領政策は強行され、単に個人的、部分的にアメリカ人のヒューマニスティックな物語が多いことは否定しないが、そのような局部的なもので、大局的な沖縄の位置というものの、彼らの占領者としての性格を見ることが出来ぬ程、僕たちは近視眼的ではありたくないのだ。

新川明「僕たちの批評態度について」(「琉大文学第十一号」五六年三月、発禁処分)

戦争が終わったとは言っても、それに続く圧倒的な占領政策が強行されている状況下、そうした状況を見過ごすような「近視眼的でありたくない」という態度を取るということは、殆ど、表現の抹殺という暴力とぎりぎりの攻防をなすということである。事実、この十一号は発売禁止、となり、活動母体である琉球大学文芸部は半年間活動停止処分をうけ、更には土地接収問題闘争と連動する形で、同人の四人が退学処分を蒙っている。つまりは、「琉大文学」という雑誌が選び取った表現とは、表現それ自体が大きく制限され禁圧されているという、そのことを表現するというような背理を選択することであり、また、軍事占領下にあり、いつ果てるともない植民地下に生きているという現実を、はっきりとした読者を想定することもできぬまま、だが誰かに向けて訴えそして呼び交わそうとする、そうした切迫した衝動であったとも言えるだろう。「戦争は終わった。」という一面において不可思議とも見える安定を見せようとする沖縄の戦後状況そのものを拒否しつつ、沖縄だけに閉じない他者へとむけて言葉を開いていこうとする試行の中に、今また、「琉大文学」の可能性が見出されなくてはならない。

4 反植民地文学への回路

述べてきたように、新川の批評の中に、雑誌「琉大文学」の試行するところが見出されてきたのは確かだが、しかし、ここで新川のみに焦点を絞ることはゆるされない。というのも、新川の突出しているとも見える批評は、だが、その他、多くの「琉大文学」同人達あるいは大城立裕をはじめとする雑誌同人外部の幾多の表現者たちとの論争的対話の中から産み出されてきたからである。むろん、「琉大文学」の全てを見渡すことはできないから、ここでは、先の章で論じたような、戦争を持続の下に見出し、植民地化され占領下されている沖縄の現実を、表現の困難の中にこそ刻みつけようとした試みに焦点を当てて考えてみたい。

たとえば、新川と並んで、五〇年代を通じ「琉大文学」を詩と批評の両面で牽引してきた川満信一は、第八号（五五年二月、発売後回収）に掲載された「この頃おもうこと」という注目すべきエッセーの最後で、次のような言葉を記していた。

> わけの解らない片輪な言葉使いや、惨な文章でしかお互に思うこと感じることを表現するほかないという事実がすでに沖縄で文学するものの苦痛の表明なのだ。／もっと自分の感じたまゝを、思ったまゝを、自分の心の底から湧いてきた言葉で表現できたら……

軍政下の沖縄において表現するという行為が、如何なる現実的な困難をともなっていたかをしかと思わせるに十分な言葉が、そこに書き付けてあるわけだが、その表現の困難の中から、川満が、その「わけの解らない片輪な言葉使い」をもって呼びかけようとする先に、次のような人々のつながりがほの見えてこようとしている。このエッセーの冒頭ちかく。

> 生活することそれ自体がすでに戦争への直接、間接の協

力にほかならない社会状況下で、如何にして私達は人間性のモラルを支えたら良いだろう。此の島の住民と同じく、長い圧迫の歴史を持っていた民族が、ようやく歴史の重荷をくつがえして新しい自分達の歴史を切り抜いていこうとしていのだが、こうした民族の平和への欲求を裏切って、ふたたび彼等に屈辱と悲惨の歴史をくりかえさせるための計画に参加しなければならない自分達の立場の苦しさをどう解決すべきだろうか。

既に、この前々号の「第六号」に寄せた「「塵境」論」において、「戦後沖縄文学の最高峰」と銘打たれた山里永吉「塵境」を烈しく批判して、「一体作者は戦争中河童の国に眠っていたのか?」と問うていた川満なのだが、この「この頃おもうこと」においては、更にその思考を進め、朝鮮戦争という戦争の拡大を目の当たりにして、その戦争にシステマティックに加担させられてしまっているという沖縄の現実を見出している。しかも、その戦争の当事者性の発見において、同時に、同じ植民地状況にあえぎそして戦争の下に殺戮されていく朝鮮半島の人々との共生(共死と言うべきか)感を手繰り寄せていこうとするのである。ここにおいて、戦争は、今まさに生起し続けそして自らが加担する暴力の顕現として、「戦後」などありえない沖縄の現在を照らし返す契機となるのであった。

「戦後」という時間がまた新たな戦争のはじまりであり、被害者であり同時に加害者でもあるという意味で、沖縄がその戦争の当事者であることの発見。そのことは、実は、川満にのみ自覚されていたことではなかった。多かれ少なかれ、この五〇年代の「琉大文学」には、批評を始め、詩や小説、短歌や俳句などの表現のそこここにこの意識は見出される。そして、こうした複眼的認識を、明確な小説的方法において提示しえた作品こそ、「第七号」(五四年十一月)に掲載された池沢聡(岡本恵徳)「空疎な回想」(後、五五年九月号「新日本文学」に転載されるさい「ガード」と改題)であったということは看過されてはならない。

発表されるや、翌「第八号」において、北谷太郎(新川明)「われわれの内部の問題」、栄野川泰「七号の詩と小説をめぐって」において本格的な分析が提示され、更には「第九号」においては、再びの、新川・栄野川、両者の応酬に、大城立裕「作品と批評と」も加わって批評が展開されるといった事情が明らかにしているように、この小説が、当時から高い注目を集めたことがわかる。これだけの注目を集める池沢(岡本)の「空疎な回想」(「ガード」)が提示した問いとはいったい何であったか。

この小説は、主人公「研三」が、米軍基地の見回り役(ガード）としてカービン銃を抱えながら、闇を斬るようなサーチライトに追われるようにして有刺鉄線の縁を歩く場面から始まっている。神経症的な不安感を抱え、「何時でも誰かに監視されてて居る」ような思いに囚われながら、しかし、彼は住民が基地内に忍び込むことを監視しているのである。監視していながら同時に監視されているような矛盾は、つまりは、「同じ島の住民」である侵入者を、自らの手で射殺しなければならないという

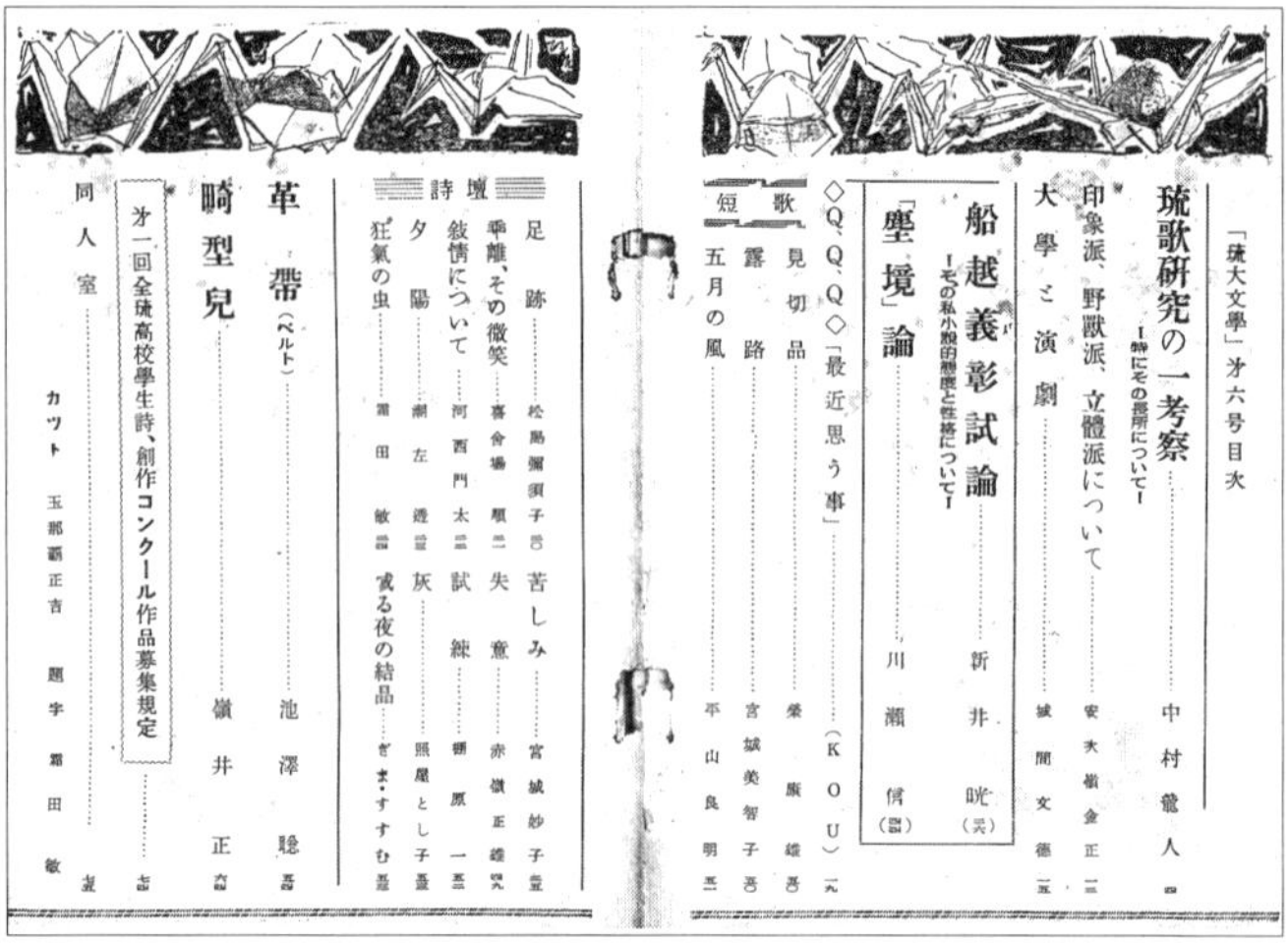

「琉大文學」才六号目次

琉歌研究の一考察……中村龍人 四
―特にその長所について―
印象派、野獣派、立體派について……安次嶺金正 一一
大學と演劇……城間文徳 一五
船越義彰試論……新井晄（三六）
―その私小說的態度と性格について―
「塵境」論……川瀬信（四四）
◇Q、Q、Q◇「最近思う事」……（KOU）一九
短歌
見切品……桑江廣雄 二〇
露路……宮城美智子 二〇
五月の風……平山良明 二一
詩壇
足跡……松島彌須子 三〇　苦しみ……宮城妙子 三二
乖離、その微笑……喜舎場順 三一　失意……赤嶺正雄 四九
敍情について……河西門太 三二　試練……栃原一 三三
夕陽……瀬左透 三三　灰……照屋とし子 三四
狂氣の虫……霜田敏 三四　或る夜の結晶……さま・すすむ 三五
革帯（ベルト）……池澤聡 五四
畸型兒……嶺井正 六四
才一回全琉高校學生詩、創作コンクール作品募集規定……七四
同人室……七五
カット　玉那覇正吉　題字　霜田敏

『琉大文学』６号目次

その職務から招来されているとも読みうる。かつて中国戦線で何人もの人間を殺した「研三」であったが、今、この沖縄において誰かを射殺しなければならぬことに、逆に脅かされているのだ。一方、副主人公「行雄」は「家の貧困」を抱えながら、射殺するに至る自らを正当化しようとまたもがいているのだけれど、その「研三」「行雄」両者の言葉のすれ違いの中に、米軍政下において、「同じ島の住民」が殺し殺されるという戦争を今なお生きなければならない現実が露呈されてくる。そのすれ違いの中で、結局、病をおして見回りにたった「研三」は侵入した住民によって撲殺されてしまう。その死を知った「行雄」は「物の怪につかれたよう」な混乱を見せ、次のような言葉を吐き散らすのだった。

　こんな社会で殺人することなしに生きられるのかい？射殺か、そうでなけりゃ、研三のように相手にやられるのがオチじゃないのかい、確かに研三は好い奴だ、好い男さ。だけど見ろ、射殺しなかったために、逆にやられたではないか。（略）こゝでは、射殺するか、でなければ、自分で死ぬハメになるのは判りきった事ではないか！

射殺するか、そうでなければ射殺される、という関係。ここにおいて、「沖縄人の盗賊にそなえられた沖縄人のガード」

(大城立裕「作品と批評と」第八号)といったねじれの中に、実は、全く触れられていないという不在性において、逆説的に、その圧倒的な力の支配を行使する米軍(基地)という存在が浮び上ってくることとなる。池沢(岡本)の「ガード」にお

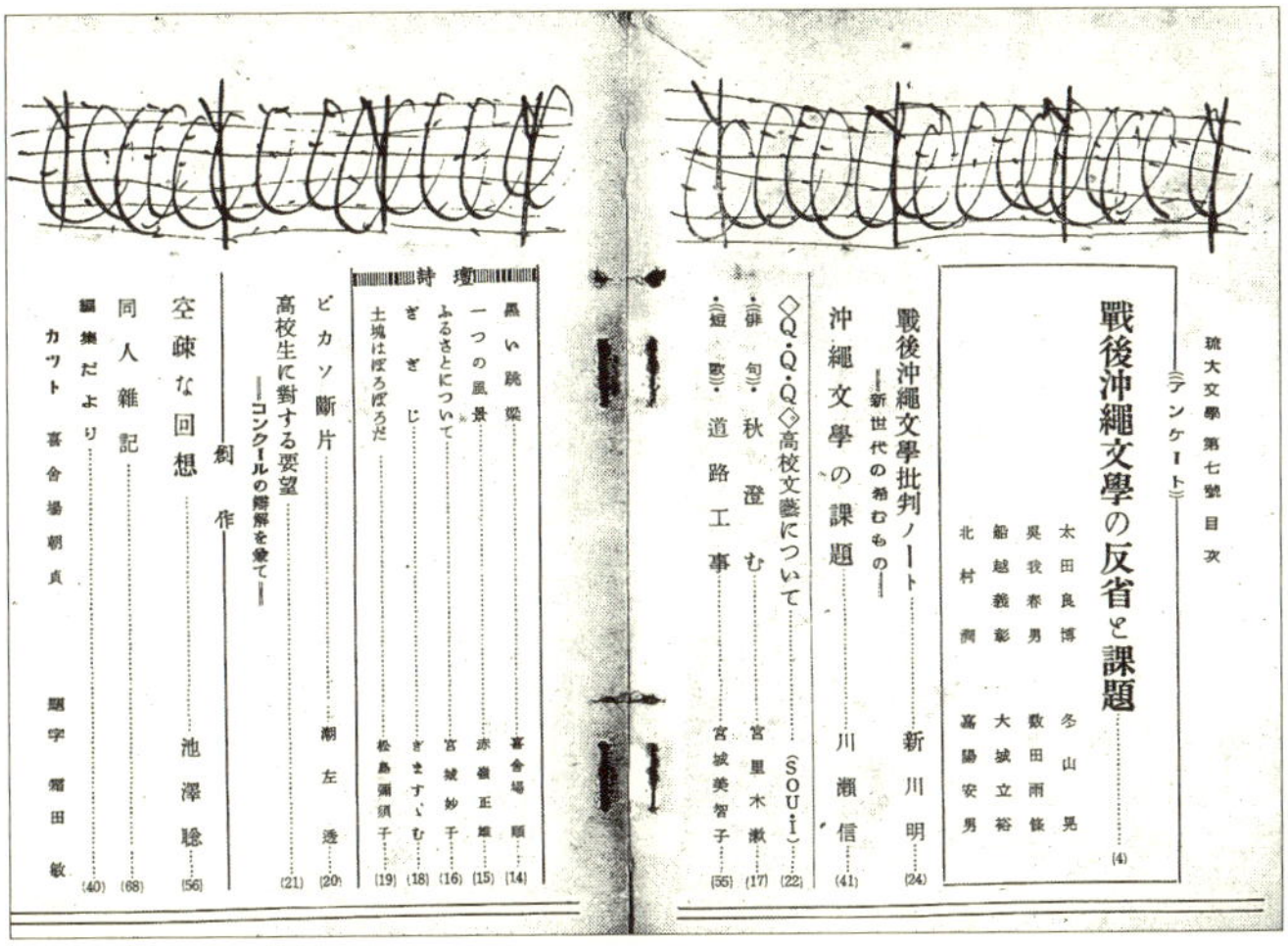
琉大文學第七號目次

《アンケート》
戰後沖縄文學の反省と課題……(4)
太田良博　冬山晃
吳我春男　數田雨條
船越義彰　大城立裕
北村潤　嘉陽安男

戰後沖縄文學批判ノート……新川明(24)
——新世代の希むもの——
沖縄文學の課題……川瀨信(41)
◇Q・Q・Q◇高校文藝について……(SOU・I)(22)
・《俳句》・秋澄む……宮里木漱(17)
・《短歌》・道路工事……宮城美智子(55)

詩壇
黒い跳梁……喜舍場順(14)
一つの風景……赤嶺正雄(15)
ふるさとについて……宮城妙子(16)
ざざじ……ぎますゝむ(18)
土塊はぼろぼろだ……松島彌須子(19)

ピカソ斷片……潮左透(20)
高校生に對する要望……(21)
——コンクールの贈解を發て——

創作
空疎な回想……池澤聰(56)

同人雜記……(68)
編集だより……(40)
カット　喜舍場朝貞　題字　霜田敏

『琉大文学』7号目次

いては、沖縄に生きるということが、一つには、監視し監視されるという立場の反転の中に、そして次には、殺し殺されるという立場の反転という可逆的な関係性の中で、はっきり提示されていることが読みとられるべきだろう。この場合

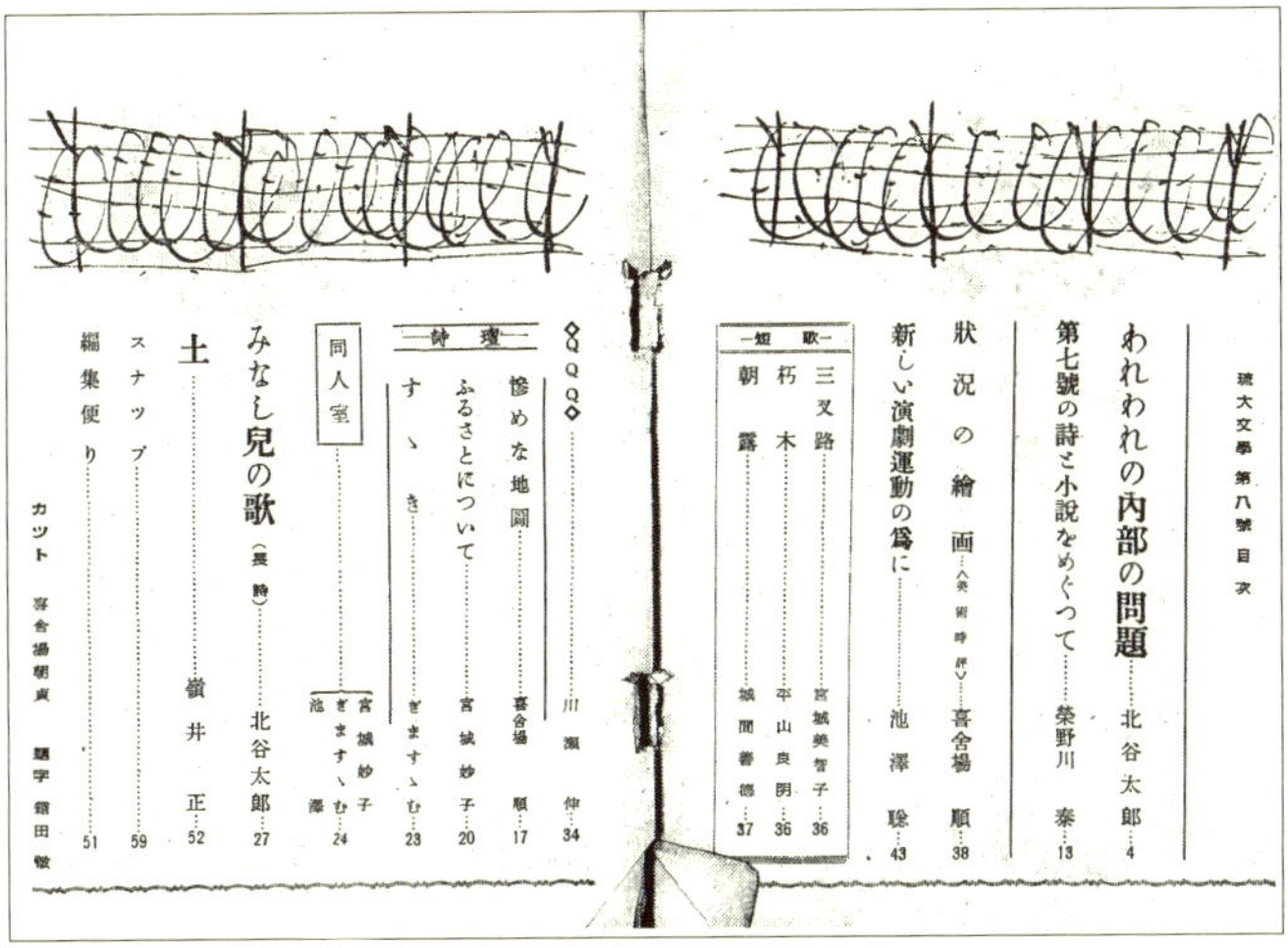
琉大文學第八號目次

われわれの内部の問題……北谷太郎 4
第七號の詩と小説をめぐつて……榮野川泰 13
狀況の繪画……〈美術時評〉……喜舍場順 38
新しい演劇運動の爲に……池澤聰 43

—短歌—
三叉路……宮城美智子 36
朽木……平山良明 36
朝露……城間善德 37

◇QQQ◇……川瀨仲 34

—詩壇—
慘めな地圖……喜舍場順 17
ふるさとについて……宮城妙子 20
すゝき……ぎますゝむ 23

同人室……宮城妙子　ぎますゝむ　池澤 24

みなし兒の歌(長詩)……北谷太郎 27
土……嶺井正 52
スナップ……59
編集便り……51
カット　喜舍場朝貞　題字　霜田敏

『琉大文学』8号目次

「沖縄人」とは、およそ明確な理由などあり得ない場において互いが互いに暴力(殺戮)を発動し続ける存在の謂いに他ならない。決してその内部を描かれ語られることのない巨大な暗闇のような米軍基地の、その境界において、内なる戦争を生き続けるほかない存在のねじれを、植民地沖縄の現実として提示しえているのが、「ガード」という小説なのである。記述したように、沖縄戦記録というものが、戦争を振り返ることによる、「沖縄人」という主体の創造(想像)であっ

たとするならば、むしろ、ここで、池沢（岡本）の「ガード」という小説は、反転し続ける暴力というシステム下において痛ましい現実を生きる「沖縄人」の分裂した主体の相貌を刻むことに成功していると言えるだろう。

そうした意味において、「ガード」というタイトルは極めて示唆的である。誰が誰のために何を「ガード」しているのか?この「ガード」という小説においては、「ガード」されているはずの基地や米兵は一切描かれていない。全く空白である。ただ、その闇の中から放たれる「サーチライト」だけが外にむかって閉じられた沖縄を照らすばかりだ。守っているはずのガードをはじめ誰もがそこを見ることはかなわず、ただサーチライトで追われるだけ。その奪われた視界の中で「同じ島の住人」たちは互いを殺し合っているのである。ここにおいて、問いは反転されなければならない。殺し合うのは、何を「ガード」しなければならないからなのか?

「同じ島の住人」が殺し合う関係を、無言のうちに構成しているもの。植民地下において、現地人同士が分派し暴力を行使しあうという見慣れた構図を、その圧倒的な力を背景に生成させているもの。この小説は、その不在性のうちにおいて、絶対的な支配力である米軍の見えざる恐怖と暴力を、極めて象徴的な形で表出しているのである。しかも、重要なのは、その支配の構図の中において、監視し監視され、そして殺し殺されるといった暴力的関係を生きている者同士が、実は、巨きな支配力によって、そのような関係を生きざるを得なくなるようにしむけられた同じ被抑圧者であり被植民地者であるという、そのことが発見されていることである。

殺し合う互いの中にまた自らの姿を見出し、そして「沖縄」という枠をさえ越えて支配さている他者の中に自らを見出していくこと。そしてその他者への言葉を開いていこうとする試みにおいて、雑誌「琉大文学」はその画期的意味を獲得していこうとするのである。

5 「かなしい兄弟たち」へ

発売禁止となりかつ半年間の部活動停止処分を受ける要因となるに至って、今現在、ほとんど幻の雑誌となってしまった「琉大文学第十一号」（五六年三月）は、そこに新川明『有色人種』抄」を読み届けることができるということにおいて、記憶されるべき書物と言えるだろう。一九五六年の段階において沖縄でこのような詩が書かれたということはやはり驚嘆に値する。この長い詩を全て引用することは叶わぬことだが、その呼びかける言葉にまずは耳をすまそう。

故郷を離れて
東洋《ファーイースト》の見知らぬ島に

駐留する占領者の従順な手下キミたち。
陽気にチューインガムを噛み
島の女たちとたわむれ
得意に町を闊歩するキミたち。

（略）

キミにつながるキミたちの
祖父が　曾祖父が
祖母が　曾祖母が
ひきづった船倉の重い鎖の音。
つながれて新大陸へ渡る
苦渋の歴史について
だがキミたちよ。考えたことがあるのか。　この黄色
いボクらの前で。

綿つみに――。
舟引きに――。
足枷と手枷で　　キミたちの
父や母やその親たちがくり返し歌ったかずかずの歌。
爪先に
肩の肉塊《シシ》に
ほとばしった血を啜って歌った歌を
忘れたきょうの　かなしい兄弟たちよ！

（略）

故郷《クニ》の町の公園の　ベンチに腰掛けることも。
共に学校に出ることも許されない
長いしきたりの
皮膚が黒いという尊さについて
だが、キミたちよ。
考えたことはあるのか。　この黄色いボクら前で。

黒真珠のように輝く肌
エネルギッシュなキミたちの口唇
兄弟よ。
鉄板のようなその肌を磨き。
親たちの口唇から洩れた底知れぬ悲しみと怒りの歌を
たくましいキミらの口唇に再びのせ。
熔けた鉄塊のように燃え。
キミたちの上にお丶いかぶさり
キミたちを圧しつぶそうとする全べてを
焼きつくせ！

「かなしい兄弟」へと呼びかけられたこの詩の言葉は、ここで、沖縄の米軍支配といういっけん二項対立的な抑圧の構図に、可能性としての共闘という回路を導き入れようとして

いる。「沖縄人」がひといろではないように、また、米兵もひといろではない。支配し暴力をふるうものは、また、支配され暴力を振るわれるものでもある。「ほとばしった血を啜って歌った歌を　忘れたきょう」を生きている別の存在(『有色人種』)のなかに、人はまた自分を発見し、呼びかけようとする。その呼びかけの中から、支配―被支配という二元的な構図を突き崩す、多元的なつながりがみいだされなくてはならない、そのことをこの新川明の『『有色人種』抄」は直裁に訴えている。この詩を理由に、発売が禁止されたということは、だから、当然と言えば当然かもしれない。連帯は、その可能性が示されたそれだけで、支配の構図そのものの虚構を照らし返すことになる。

鹿野政直は前掲書の中で、新川のこの詩を引いてこう論じていた。「抑圧者のなかの被抑圧者層・被差別層にたいし、おなじ被抑圧者・被差別者としての論理と感情をこめて、連帯を呼びかけていた。そういう意志表示は、占領下の文学として初めての型であった。」と。それが果たして「初めての型」であったかどうかは明かではないとしても、この詩が「占領下の文学」として、注目すべき試行に満ちていることの指摘として首肯されるところである。ここで、もう一度立ち返るべきだろう、五〇年代の戦後沖縄文学を考えるとは、占領下の文学を思考することであり、更に謂うならば、軍事的植民地下の文学を思考することに他ならないことを。しかも、重要なのは、軍事占領という沖縄の現実に眼をこらしつつ(嶺井正「伊江島」九号、豊川善一「サーチライト」十一号、など)、同時に、沖縄や日本を越えて、当時アジアやアフリカ、また南米で生起していたいわゆる民族解放運動への共感と連動への可能性を模索していたという、そうした「琉大文学」の射程の広がりである。「戦後」という思考自体を問い、むしろ戦争が持続し占領と植民地化が拡大していく時代の中で、自らの分裂しかねない姿をはっきりと見据えつつ、その自分の姿をまた多くの抑圧を蒙る人々の中に見出していこうとしたところに、五〇年代の「琉大文学」の類い希な可能性があったと言える。

「みずからの作風を理論的意識過剰のために痩せさせるかたわら、花鳥風月や抒情を蔑み、ユーモアを解さず、風土性に眼もくれず、エロスの入り込む余地を排したところ、文学の可能性の芽を摘み取った罪は大きいと言えよう。」(大城立裕)[7]などといった見解がないわけではないが、そうした論難がおよそ当たらないことは既に見てきた幾つもの批評や小説・詩が明らかにしている。むしろ、「花鳥風月や抒情」に置換されて怪しまないような「文学」そのものを問い直し、検閲という現実的禁圧のそのさなかにあって、なお沖縄の現実に批判的に向き合い、加えて、他の被抑圧者たちとの連帯へとその言葉を差し向けていこうとした表現の試行は、植民地文学のあり得べきすがたとして、今こそ再評価されねばならない。

五〇年代も終わりを迎え、新川、川満、岡本といった初期メンバーにかわって、儀間進、伊礼孝、清田政信、中里友豪といったメンバーが中心的な役割を担うようになって、「琉大文学」自体にも変容の兆しが見えてくる。「政治の文学がはじき合える地点、実践活動と文学が連続し得た地点」（清田政信「変革のイメージ」第十八号、五九年十二月）であったのが、新川たちの時代であって、自らは基地闘争に破れるという経過のなかで、自己の内面の混乱に表現の錨を降ろしていこうとする清田の表現などに、この時期の「琉大文学」の変容のあり方は如実に示されている。

だが、それだけで片づけきれない動きも、また、確かに見出せることも事実である。たとえば、いれいたかしの代表的な批評「「壊疸」の部分を設定し、撃て」（第十八号、五九年十二月）の中に次のような言葉が見える。

「世界」十一月号「世界の潮5『フランスの暗雲』」の前書きに「壊疸とはからだの一部が生活力を失いその機能を失うことである。『尋問』についてこの六日、フランスの深夜社から出版された『カングレーヌ』が暴露した事実は、アルジェリアをかかえたフランスが、まさにこの絶望的な病にむしばまれている」として、アルジェリア戦争解決のため、フランス国民から対独レジスタンスの勇士として熱狂的（?）な歓迎を受けて第四共和国崩壊後のフランス政権を握ったドゴールの新アルジェリア政策の効なく、今や全く「組織の一部の機能が消滅」しつつあると、ぼくにとって実に比喩的な教示の言葉があった。フランスはアルジェリアを支配する限りたえず革命的状況にあり、F．L．が独立国になることにゆり、ますます国内の均衡はとれなくなるだろう。（中略）

ぼくたちは、沖縄における文学活動の貧困さをとりたてて問題にせず、支配者の肉体を機能停止させるための「壊疸」の菌を大いに生産し、放つことにより、沖縄における詩運動の新しい出発としたい。

ここで想起したいのは、「琉大文学」が、まさに、アルジェリア解放戦争と同時期に活動していたというその事実である。しかも、こうしてはっきり自覚される形で、植民地解放運動の世界的な潮流に対して、極めて敏感に反応しつつ、その連動の中から、沖縄の問題を捉え返そうとしていたことは注目されていいだろう。いれいの文章において、フランス植民地下のアルジェリアは、占領され植民地化され続けている沖縄の文脈の中に再構成される。「国家」が植民地（「壊疸」）を抱えることによって、機能不全を起こしていくというのであれば、むしろ、その「壊疸」たる文学を自らの表現として積極的に選び取ろうとする、いれいのこの思考のあり方には、やはり、「琉大文学」の文学的かつ思想的可能性が脈々と受け継がれていることが明瞭に示されている。また、いれい達と共に主要メンバーのひとりであった儀間進が、後にはその批評活動のなかで、フランツ・ファノンへの傾斜を深めていくこと(8)をも視野に収めるとき、「琉大文学」という雑誌が五〇年代の試行を如何に内在的に発展させつつ、それぞれの表現者の後に続く個々の活動に豊かな滋養を与えていくことになったが想像される。

「反復帰論」や「民衆論」にその後の批評や詩作に結実していくことになる新川明や川満信一、近現代沖縄文学の全面的な捉え直しと住民運動にその活動をむけていく岡本恵徳や言語（沖縄口）の実践的な見直しを精力的に展開していく儀間進など、「琉大文学」に関わった人々のその後の活動の源に、雑誌「琉大文学」があったことは、やはり間違いのないことと思われる。

五〇年代、占領下の沖縄において、厳しい検閲規制の網目をくぐり抜けながら、言語化し得ぬような衝動や政治的闘争をその困難さのなかにおいて表出し、「戦後」という閉じられた思考を、今に持続する戦争の潜勢力への発見を通じて撃ち続け、更には、植民地解放を戦い続けている朝鮮半島や南米、東南アジアやアフリカの人々の生きようのなかにまた自らの生きる現実の姿を発見しその他者たちに呼びかけようと試みた文学、そのことの持つ意味を、雑誌「琉大文学」は今こそ明らかにしようとしている。

註

（1）鹿野政直『戦後沖縄の思想像』（一九八七年、朝日新聞刊）のほか、「琉大文学」にふれた論考としては、以下のようなものがある。仲程昌徳「解説　沖縄現代小説史」（『沖縄文学全集第七巻小説Ⅱ』国書刊行会、一九九〇年七月）、大城貞俊「解説　文学論の周辺」（『沖縄文学全集第十七巻評論Ⅰ』一九九二年六月）、目取真俊「米民政府時代の文学」（『岩波講座　日本文学史第十五巻』一九九六年五月刊）。また、大城立裕『光源を求めて』（沖縄タイムス社、一九九七年七月）、新川明『沖縄・統合と反逆』（筑摩書房、二〇〇〇年六月）の二冊は、「琉大文学」の評価をめぐって、前者の全面的否定とそれに対する後者の反論が展開されていて特に注目される。

（2）この他、初期「琉大文学」がいわゆる国民文学論の強い影響を受けていたことを示す論及として、川瀬信（川満信一）「沖縄文学の課題」（「琉大文学第七号」一九五四年十一月）、「座談会　沖縄に於ける民族文化の伝統と継承」（「琉大文学第九号」五五年七月）などがある。
（3）岡本恵徳「沖縄戦戦記について—その初期作品を中心に」（「琉球大学法文学部国文学論集第二十四号」、のち『沖縄文学の地平』三一書房収録、一九八一年刊）、仲程昌徳「沖縄の戦記」（「文学」一九七二年四月号、のち『近代沖縄文学の展開』三一書房収録、一九八一年刊）、同『沖縄の戦記』（朝日新聞社、一九八二年刊）、同「沖縄の戦記　その領分」（『島歌の昭和史　沖縄文学の領分』凱風社収録、一九八八年八月刊）、大城将保「沖縄戦はどう書かれたか」（「沖縄思潮第四号」一九七四年七月）、同「沖縄—歴史と文学」（「歴史学研究第四五九号」一九七八年六月）などを参照。
（4）たとえば、『鉄の暴風』初版（一九五〇年八月、朝日新聞社）の奥付には、「無断上演ヲ禁ズ」という但し書きが見える。
（5）『鉄の暴風』出版前後の様子については、『沖縄の証言』（一九七一年五月、沖縄タイムス）収録の「「鉄の暴風」発刊」の項目に証言があり、豊平良顕や牧港篤三らの回顧が掲載されている。
（6）岡本恵徳『現代文学にみる沖縄の自画像』（一九九六年六月、高文社刊）の五十三ページ。
（7）註1で言及した大城立裕『光源を求めて』の中、「文学のたたかい」の項目における指摘。
（8）儀間進「琉球弧第二号」一九七〇年十一月（のち『琉球弧　沖縄文化の模索』群出版収録、一九七九年刊）を参照のこと。

付記　本論で論及した作品の多くについては、『沖縄文学全集第七巻小説Ⅱ』（国書刊行会、一九九〇年）と『沖縄文学全集第十七巻評論Ⅰ』（国書刊行会、一九九二年）に収録された形で読むことができるが、雑誌「琉大文学」全三十三冊自体は、現在復刻されておらず、その全体を読むことが困難となっている。（沖縄県立図書館、琉球大学図書館いずれの所蔵も多くの欠落がある。）今回論考をなすにあたり、岡本恵徳氏から「琉大文学」のオリジナルの多くをお借りすることができた。氏のご配慮なくして、この拙論は書き得なかった。岡本氏に深く感謝申し上げたい。

［**新城郁夫**（しんじょういくお）一九六七年沖縄生まれ。琉球大学法文学部助教授。主な論文として、「〈企て〉としての少年　目取真俊論」（『新潮』一九九八年八月号）、「井伏鱒二『シグレ島叙景』からの眺望——アイロニーとしての都市小説」（『日本近代文学』第五九集、一九九八年一〇月）、「川端康成『愛する人達』論——『婦人公論』という表象空間」（『川端文学の世界2　その発展』勉誠出版、一九九九年）、「言語的葛藤としての沖縄——知念正真『人類館』の射程」（『昭和文学研究』第四〇集、二〇〇〇年三月）など。第一回松本清張研究奨励賞（共同研究、一九九九年）。

戦後文学はどこへ行ったか
やくざ小説の諸相

野崎六助

一

今はなき『現代の眼』誌上に、いっぷう変わった劇画が連載されていたことがある。原作猪野健治、画鳥居しげよしによる『戦後水滸伝』である。上段三分の二が原作つきの劇画、

「戦後水滸伝」第二回
(『現代の眼』1974年4月号)

下段三分の一が解説と銘打って、劇画ストーリーとは関連のない戦後仁侠史の歴史記述となっている。本のかたちでは、現代評論社から上下本として、一九七六年に刊行された。

原作者による歴史記述の分は、後年、独立して増補を加えられ、何回か復刊され、現在も『やくざ戦後史』のタイトルで文庫化されている。だが劇画版は、わたしの知るかぎり、初刊のままだろう。猪野はこれを「やくざを素材にした反差別アクション」と規定している。物語は敗戦直後の闇市から始まり、物語とは別個の解説もまた独自の敗戦期規定から始まる。

——昭和二十年をやくざ維新と呼ぶ、と。

敗戦後の短い時期に、猪野は、窮民革命論のわずかな可能性を探り出そうと試みる。アウトロウ集団を体制側の補完物としてでなく、その戦闘性と結束性によって「革命への武装

部隊」として位置づけようとする。これは猪野のやくざ論の基底ともいうべき視点であるが、その客観的妥当性を検討することは本稿の意図ではない。注意しておきたいのは作品の発表時期（連載は、七四年三月から七五年八月）である。戦後三十年の節目、というよりヒロヒト在位五十周年にあたっていた時期。当時、頂点にあったかと思われる窮民革命論の興隆は、もちろんこの反差別アクション劇画にも濃密に投影されていた。

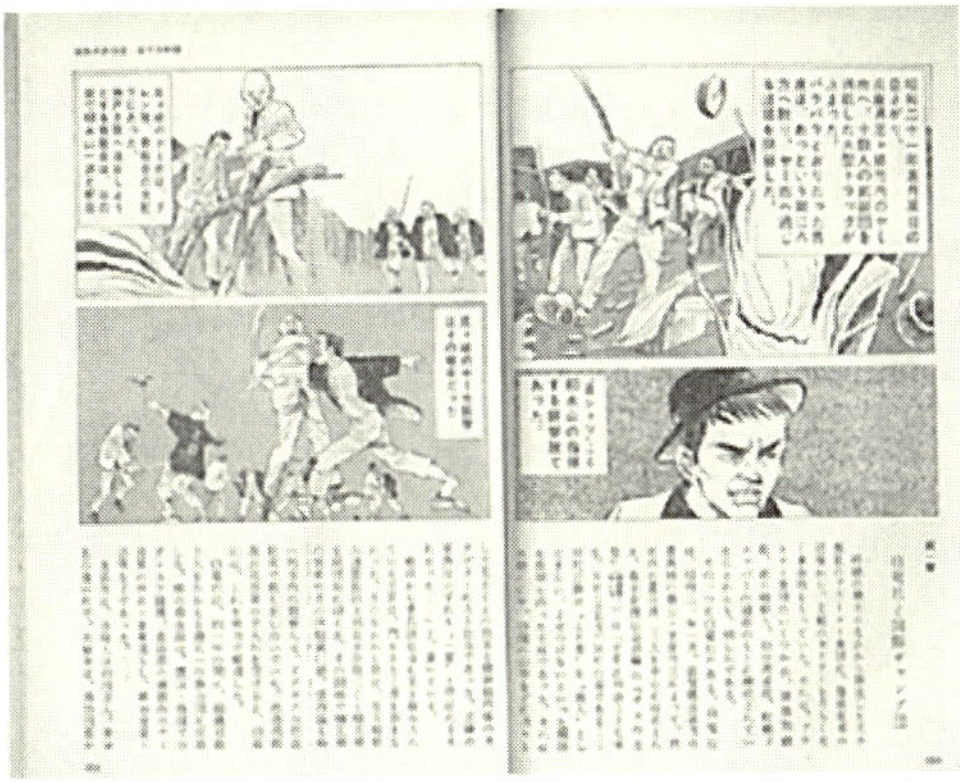
「戦後水滸伝」第二回（『現代の眼』1974年4月号）

正統派マルキシズムによる、アウトロウ集団＝ルンペン・プロレタリアートという規定を、猪野は、激しく批判した。やくざの反権力性、攻撃性に関するロマン的な視点は変わらないにしても、その論調は『戦後水滸伝』にとりわけ激越に刻印されているように思う。そこに見えるものは時代の影だ。七十年代、前半から中半にかけて、やくざ映画はいまだ娯楽の一部門として大きな勢力を持っていた。一方、長い反動と挫折の時期が足元をぐずぐずに崩していき、東アジア反日武装戦線の決起が霹靂のごとく降り来った。敗北感と飛翔との甚だしい懸崖に立たされ、このままで終わることを潔しとしない心情は広く一般的だったといえる。そこに提起された反差別アクション劇画は、一種のアジテーションのようにも作用したのかもしれない。じじつ、劇画版『戦後水滸伝』の最終ページには、反日武装戦線と武闘派右翼と「不退転の極道者」との心情的血縁がパセティックに書きつけられるのであった。

『戦後水滸伝』のモチーフには、敗戦後状況の可能性への大胆な読みかえと問題提起があった。それは現時点からふりかえってみるなら、時代の特徴的な身ぶりであったと思える。あの時代にしか成立しえない質が作品に内在している、ということだ。後で詳しくふれることになるが、偶然の符号のように、同時期に、戦後やくざに関する重要な書物が次つぎと現われてきた。もちろん猪野と共通するテーゼを備えたものは一つもないが、いずれも書かれるべくして書かれたものである。六〇年代末から七〇年代全般にわたってやくざ映画が大衆的娯楽の有力な領域でありつづけたことは隠れもない事実だ。それに連動したわけではないにしても、やくざ関連の本も一定の需要を持ったのである。これはあまり考察されてこなかった論点ではないだろうか。

さて、今では入手しにくいと思われる劇画『戦後水滸伝』のストーリー部分をかんたんに紹介しておくことにしよう。物語は、八・一五以後の神戸に始まる。闇市に勢力を拡げる「三国人」グループと日本人やくざとの抗争がつづく。そこに、日本人も「戦勝国民」もまじえた国際ギャング団が加わっていく。国際ギャング団は史実にもとづいたものだが、劇画では、あとの菅谷組組長菅谷政雄（別名、ボンノ）、あとの柳川組組長柳川次郎（本名、梁元錫）、あとの柳川組二代目組長谷川康太郎（本名、康東華）をモデルにした人物が同一組織に属していたと設定されている。国際ギャング団は派手な行動とは裏腹に戦後一年にいたるよりも早く壊滅させられる。じっさいに菅谷は十数年投獄されるわけで、劇画版でも菅谷にあたる人物はすぐに退場していく。柳川をモデルにした人物柳だけが逮捕を免れるが、彼らの「地下共和国」の夢はもろくも潰えさる。劇中の柳は、国家権力を甘く見すぎていたことを痛感し、独自に組織をつくっていこうと決意する。フィクションが大幅に入ってくるのはここからだ。柳の物語は、じっさいの柳川組の軌跡とは一致していない。

以下のストーリーを追うことは省略するが、やくざのブレーンとして元左翼の破滅的人物が登場してくるところに作者の独特の屈折がみられる。おまけに同タイプの人物が二人出てくる。どちらも陰惨きわまりない性格で、揃って救いようのないアル中。モデルがいたのかどうか知らないが、両方とも陰々滅滅たる風貌に描かれている。他の人物は陽性なのに、左翼くずれのアル中二人は寒々としたペンタッチで描き分けられているのだ。この点は、劇画版の印象を決定している。ブレーンはやくざに生き延びる術を教える。心のなかには酒しかない虚ろで陰惨な男は、やくざに必要とされることによって、辛うじて己れの居場所を見つけていくわけだ。

劇画の柳は、しぶとく生き延びる道を歩むが、警察による頂上作戦に抗することはできず、偽装解散に追いこまれる。在日を数多く含む柳の組織が韓国進出を果たしていく七〇年代のところで、物語は閉じられる。じっさいの柳川組も在日が主体となった組としてよく知られていた。ただその絶対数は、幹部クラスのほとんどが在日によって占められていたのみで、全体の三割ほどだという。

二

菅谷組と柳川組。現実にあった二つの広域暴力団の名前が出た。どちらも全国一の大組織山口組の二次団体であったが、それから離れても市井の話題となることが多かった。いっときは華やかな権勢を誇りながら、その末路は栄光とはほど遠い。またその悲惨さは、二つの組織とも二次団体であったという条件に引きずられたことからくるのだろう。その点を少し考えてみたい。

菅谷政雄はボンノと通称され、伊達男の親分として有名である。戦後初期のアウトロウぶりと勢力において、後に日本一の組織の頂点に立つ三代目山口組組長田岡一雄をしのいでいたともいわれる。「三国人」との抗争にさいして田岡の危地をボンノが救ったというエピソードも残っている。田岡自身が『自伝』において、この話を書いていた。しかし十数年を経て出獄してきたボンノにとって、山口組の二次団体に組みこまれることしか選択肢はなかった。菅谷組はやがて山口組内最大の二次団体まで膨張していく。それもボンノの実力だったとすれば、他ならぬその「力」こそが晩年のボンノを「悲劇」に突き落としたといえるだろう。

山口組は日本最大の暴力組織に成長していくわけだが、それをたんに田岡という個人の立志伝として語ることは正しくない。田岡がいかにヤクザ組織を、戦後日本社会の変容に合わせて近代的に整備していったかに注目しなければならない。親分子分の絆を裁量していく人間的器量も大きかっただろうし、その点は、山口組について書かれた書物が共通して指摘するところだが、それはさておきここで注意しておきたいのは、その組織運営の原理だと思える。山口組は単一の組織ではなく、ピラミッド型に下部団体を束ねていく組織図によって勢力を伸ばしていった。これは、たとえば建設業界が、下請け、孫請け会社に支えられながら上部にゼネコン、スーパーゼネコンを配するといった構図とまったく相似形だといえる。

山口組は他府県に縄張りを伸ばすときに、本家を動かす必要はない。山口組「全国制覇」といわれた侵略行動にあって、現場ではたらくのは下部組織である。やくざ帝国主義の尖兵を努めるのは、最高上位にいっても二次団体のところでとどまる。その実働部隊として最も恐れられた組織が菅谷組であり、柳川組であった。とくに柳川組は「殺しの軍団」の異名を取り、その名は必ず血なまぐさい抗争事件に結びつけられた。やくざの勢力拡張は平和には進行しない。一九六〇年代の前半は一般に大抗争時代として知られている。体制側の対応は、やくざ撃滅の方針に一元化していた。事の当否はさておき、各組織は敵方と戦う以上に、警察による執拗な攻撃にさらされることになった。

そうした流れにあって柳川組は解散声明を出す。この解散への山口組の迅速な反応に組織原理の貫徹ぶりがよく表われている。上部団体の承認をえないで組を解散したという理由によって、山口組は、柳川次郎と谷川康太郎を絶縁処分にした。多年の功労にたいする配慮は少しもない。世論の反暴力団風潮と警察による攻撃に屈した下部組織への断固たる処分だった。他に同調する組織を出さないための見せしめの意味もあった。

　ところで、この柳川組の実力者二人があっけなく解散を決意した真因について、『実録柳川組の戦闘』を著した飯干晃一は含蓄の深い意見を書いている。決定は、柳川と谷川のほとんど阿吽の呼吸のような会話でなされた。やりとりを復元しその意味を深読みしようとしてもわからない。そこで飯干が想像しているのは、暴力団の背後にいる銀行もしくは企業の存在である。彼らを傭ったことのある銀行ないしは企業に火の粉がかかるのを食い止めるために、彼らは解散を決意せざるをえなかったということだ。上部団体の拘束力より具体的な傭い主への顧慮が上回ったのである。この事実は、やくざが資本主義社会の寄生階級としてどれだけ深い根を張っているかの示唆となるだろう。

　ボンノもまた親団体から絶縁処分を受けるのだが、菅谷組のケースは、いっそう一般にはわかりにくいやくざ社会のルールを語っている。ボンノは山口組二次団体中、最大の組織力を持つ組長だった。やくざ社会も人間の集まりであるから妬み嫉みにかこまれることを避けられない。ボンノは田岡の盃をもらう（二次団体の組長として公認される）ことでは新参者だった。山口組には古くからの直系組長が多く、彼らは一様にボンノを嫌い怖れていたという。勢力の誇示はそのまま山口組組織内での孤立を意味していた。

　山口組について書かれた書物のほとんどは、こうした空気を反映していて、ボンノを冷ややかに描くか、あるいは大組織のなかの異端児のように不公平に扱っている。あからさまにではないにしろ、ボンノが田岡にたいして親分子分の礼儀を欠いていたようなニュアンスの話も残っている。やくざにとって親分は一人だけのはずだが、ボンノは自分がボスと呼ばれることを好んだという。たんなる稚気といって済まされない数々の積み重ねが、「悲劇」の大流に連なっていったのだろう。

　菅谷組の下部組織に福井に拠点を持つ川内組があった。山口組からみれば三次団体になるが、菅谷組内最大の組織まで伸張していく。川内組と菅谷組とが不和になっていく構図が、そのまま菅谷組と山口組との微妙な関係を映しているかのようだった。ようするに川内組組長川内弘が上部団体のボンノよりも「いい顔」になりつつあったのだ。事件の推移を詳しく追っていくとかなりわずらわしくなるので省略するが、やくざ同士の抗争の絡まりとは別の因子がここに入ってくることに触れないわけにはいかない。

　それは映画である。『仁義なき戦い』に始まる東映やくざ「実録」映画路線は、まだ盛んに作られていた。実録のネタをどしどし掘り返していくわけだから、次第に材料不足になることは致し方ない。実在する人物をモデルにするのはもちろんだが、過去に決着のついている事件ばかりにとどまっていられなくなる。東映という会社のアウトロウ性は、今ふりかえってみても不思議なところがあり、世論がいかにやくざ映画を敵視しようが客が入っているあいだは方針を日和らなかった。現役のやくざをヒーローに仕立てあげた作品が連続する。高倉健が若き日の田岡一雄を演じる『山口組三代目』（原作は田岡自身の筆による『田岡一雄自伝』）であり、菅原文太が若き日のボンノを演じる『神戸国際ギャング』であり、松方弘樹が川内弘を演じる『北陸代理戦争』である。現実の抗争がなまなましすぎて撮影が不可能になった作品もあるが、『北陸代理戦争』の場合は強行された。

映画公開のしばらく後、川内はヒットマンに殺され、その責任を問われてボンノは山口組から絶縁される。絶縁はやくざにとって死刑宣告にも等しく、ボンノには堅気になるか、あるいはそれを拒否して殺されるかしか選択の余地がなくなった。しかしボンノはそのどちらも撥ねつけて、菅谷組の看板を降ろさないまま数年耐えた。当然のことながら、山口組について書かれた多くの書物は、ボンノへの同情をほとんど示していない。

話は飛ぶが、田岡とボンノは二人の最晩年に、ボンノが詫びを入れ引退を報告するかたちで、和解している。この和解の場面は多くの書物に描かれているにもかかわらず、なぜかやくざ者の渡世の不条理さを感受させるものは少ない。和解のあと間もなく、二人はどちらも病死した。映画化された『最後の博徒』（この作品については後述する）にも、このシーンが、丹波哲郎の田岡、鶴田浩二のボンノという配役で演じられている。鶴田という俳優の個性もあって、一方的な絶縁処分を受けた男の苦衷が腹に収まる名場面となっていた。

三

少し事実にこだわりすぎた記述になった。ここまでは前説として読んでいただきたい。久しぶりに読み返した劇画『戦後水滸伝』は、ある種の郷愁をわたしに与えたのかもしれない。世代的なトラウマとしてほとんどの東映やくざ映画は観ているが、当時も今も猪野のやくざ論とやくざ映画のドラマツルギーは、わたしのなかでは一本につながらない。今もビデオオリジナルの作品としてやくざ映画は量産されている。だがわたしにはそれらを片っ端から観るという習慣はすでになくなっている。プログラム・ピクチャーというものは習慣がなくなれば、ほとんど観なくなる。だから、新しいスターたちが演じているやくざドラマの世界にたいする興味は非常に希薄なものだ。

また、職業的に新刊ミステリを大量に読んでいると、確率的に警察もの・刑事ものに接する機会が想像以上に増えてつくづくうんざりしてしまう。ときどき天を仰いで、自分が何という非合理な世界に迷いこんでしまったのかと叫び出したくなることがある。ミステリ作家とは基本的に遵法的な存在なのだろう。その一点をとっても、とても自分などには勤まりそうもない職業だと思えることがある。やくざもまたミステリ作家が好んで描く、というか描くことを要請される社会的タイプだが、一般にいえば、その重要度、共感度はとても警察官の比ではないように感じられる。

この小文は、戦後を、戦後やくざがどう描かれたかという観点から読みなおしていこうとする試みである。だがもともと「やくざもの」の熱心な読者ですらなかったし、調べた範囲もごく少ないので、以下は中間報告のようなものとして寛恕されたい。やくざジャーナリズムというものは確かに存在するのだが、それに関しても知るところはほとんどない。ただわたしのぎりぎりのモチーフは、戦後への新たな視角を得たいという欲求もさることながら、やくざの生き死にの記録によって日本人とは何か、何であったのか、という問いへの答えをまさぐりたいところに存するのだろう。たぶんそういった願望なのだが、芽生えたのはそんなに以前のことではない。それ故まだ充分にモチーフが自分のなかで発酵しているわけではない。その意味でも、このレポートは現段階では、暫定的なものにとどまると予想される。

先に、猪野健治のやくざ論が特異なものではないか、という意味のことを書いたが、それは猪野の論考をおとしめるためではない。わたしは実感的に充分には同意できないが、やくざの義侠の精神の階級的急進性を抉り出す猪野の論考は傾聴に値すると思う。

権力の意志によって自在に動かし得る集団を体制内順応集団と呼ぶならば、親分の意志によってしか動かない無頼集団は明らかにその圏外の存在である。

親分子分の無頼集団は、腕力、統率力、経済力、知識、洞察力、人望、社交性その他の優劣によって結盟した人間の支配関係であるが、そこに加盟する分子は、生まれながらにして当該集団に組み込まれたわけではなく、自己の意志によって加盟するか、または自己に属する階級から落伍して、生きる拠りどころを求めて流入した窮民たちである。かくてその加盟者は、体制内での生活スペースを失った階級底部の出身層が主流となる。(中略)親分子分の無頼集団は、階級底部の出身層で構成されているが故に、その違法性の内側に反体制集団の機能を内蔵してきたのである。

(中略)

天保（一八三〇年～）以後、無頼の主流となった博徒は、この時代における窮民の唯一の武装集団であった。彼らは腰に禁制の長脇差を帯び、公然と法を無視して、幕府の統制の緩慢を縫って横行した。それでも博徒は、社会的に公認されることのない博奕が職業として成り立っているうちは、総体として体制に順応する。だが、その寄生的生活基盤がいったんおびやかされるや必然的に〝窮民の唯一の武装集団〟としての性格をむき出しにする。この場合、彼らを一揆や革命の前衛部隊に転化させる起爆剤となるのが〝義侠の精神〟である。

——『やくざと日本人』

これを仮説的に冒頭に置いた上で、やくざについて書かれた文献を検討していくことが、作業の手順として適切ではないかと思える。

繰り返しになるが、「やくざもの」というジャンルがどのていど流通（市民化とは別に、量的な意味で）しているか、わたしはほとんど知らない。例えば、菅谷政雄の生涯を描いた『伝説のやくざボンノ』は、左翼系の出版社ながら「やくざもの」を熱心に出している三一書房から初刊され、現在は「やくざもの」の最も豊かなストックを誇る幻冬舎アウトロー文庫の一冊となっているが、初出は月刊『実話時代』という雑誌に連載されたものだ。実売部数は十万部をこえているという証言もあるが、わたしはこの雑誌を閲覧する手段を知らない。市民が利用する図書館には基本的に「やくざもの」が排除されているようだし、この雑誌は国会図書館の目録にも載っていない。

わたしの手元には、『増刊実話ドキュメント』（竹書房）の最新号がある。これは捜し出すのにかなり苦労した本だ。内容のほとんどは、溝口敦の『山口組四代目　荒らぶる獅子』を原作にした劇画である。だが、原作に描かれた山口組四代目竹中正久の実弟の竹中組組長竹中武への直撃インタビュー（これも溝口による）が巻頭に載っているところが独特である。山口組四代目がナンバー2の部下とボディガードと共にヒットマンによって射殺されてしまった事件は、いまだに記憶に残っているだろう。さまざまな内紛をかかえた日本最大の暴力団の跡目争いを制した人物が、その位置についてからあまり時間を経ずして殺されてしまったのである。その前後の事件を追っているウォッチャーなら注目せざるをえない内容になっている。

　四代目組長という首領の首を取られた山口組の報復もドキュメントの格好の材料となった。日本最大の暴力団が真っ二つに割れて抗争したわけだ。山口組は分裂して出た相手の一和会を、結果的には完膚なきまでに撃破したが、一和会のトップの首を取るまでには到らなかった。戦争に敗北した一和会は降伏することによって抗争を終結させた。そのわだかまりがまだ残っているというのが竹中武の論点である。『荒らぶる獅子』は一九八八年に発刊されている。十年後に文庫化され、その解説文を書いているのは竹中武なのだ。一般的には、文庫の解説は、行き当たりばったりに書かれた、どうでもいい内容のものが多いが、これは実弟でしかも現役の組長によって記された破格の檄文である。

　同じ雑誌の誌上に、『山口組本家直系若中113人衆』の広告が載っている。そこには五代目組長渡辺芳則の顔写真を中心として、日本最大の組織の直系組長の全員のリストが書かれている、ということだ。この本は「全国書店にて絶賛発売中！」と銘打たれているが、書店で見かけたことはない。ただしインターネット書店では買えるだろう。わたしはコンビニで前記の雑誌を買ったが、どこのチェーンでも陳列されていたわけではない。要するに「やくざもの」は容易に市民化しがたいジャンルであることがいえる。

　しかし市民社会の公許良俗からつまはじきされながらも一定のしかも多数の潜在的読者はいるのだろう。この領域で書かれた書物がベストセラーになる可能性はそれほど低くないのかもしれない。たとえば本年（この文章の執筆時、二〇〇〇年）六月に出た、ロバート・ホワイティングの『東京アンダーワールド』は、素材の面白さもあって売れ行きよく映画化も決まった。これなどは典型的なアウトロウものである。著者は、東京の裏社会に暗躍した一人のアメリカ人フィクサーの半生を追いながら、同時に、裏から見た戦後史を問いなおすという作業も怠らない。基本にあるのは「東京のマフィア・ボス」と呼ばれた男の破天荒な生きざまである。読者の多数はそこに触れたくて本を手に取るのだろう。市民社会はアウトロウをその域外に排除しながらも、その風狂ぶりへの興味は決して手放さないはずだ。

　この領域を専門にするとみなせる書き手で、プラスの意味にしろマイナスの意味にしろ、わたしが注目してきた者は、猪野健治はべつにおくとして、次の人たちである。藤田五郎、安藤昇、飯干晃一、本田靖春、溝口敦、正延哲士、日名子暁、宮崎学。

　このうち、やくざ組織の構成員だった前歴を持つのは、藤田と安藤の二人である。

安藤昇は安藤組組長として名を売った人物。予科練くずれの愚連隊、大学出のインテリやくざ、戦後経済やくざのはしり、などと華やかなイメージを背負っている。これも有名な横井英樹襲撃事件によって逮捕され、下獄した。出獄後、往年の勢力を盛り返すことは難しく、組を解散した。暴力団の自主的な解散の先駆けとしても話題になった。手記をもとにした映画に松竹で主演したことを契機に映画スターに転身する。一九六五年のことである。実録やくざ路線に自分自身の役で出演したのは、彼が最初で最後だろう。あとにやくざ映画の本場、東映に移って主演級のスターの一人となった。もちろん安藤組を扱った作品においても彼自身の役を演じた。逮捕状が出てから捕縛されるまでの三十四日間の逃亡を描いた番外編（『安藤昇のわが逃亡とSEXの記録』一九七六年公開）もあって、その内容は、組長が潜伏先のアジトで沢山の女たちと次々に戯れるシーンからなるポルノ映画である。

作詞作曲もよくし自作を歌うシンガーソングライターでもあった。曲目は演歌だったが。特異なカリスマ性と多彩なタレント性を兼ね備えて、常に話題をふりまく才人である。俳優を退いても映画プロデュースに関わり、家相研究にも手を染めている。著書も多岐にわたり、『九門女相術　アソコで見抜く、ツキを呼ぶ女、奪う女』『あげまん入門』など、軟派ものもある。これらはおいて、問題にすべきは、体験をもとにした手記だろう。『やくざと抗争』『激動　血ぬられた半生』がある。後者は某有名出版社が刊行を見合わせたものである。安藤の文体は、どれほど絶望的な状況を語っても、本質的には陽性で楽天性に貫かれている。だがそこに明確に刻印されているのは、戦争によって自己の階級基盤から離脱し、糊口の道を探った男の遍歴の構図である。

藤田五郎は比較すると、華やかな経歴に包まれているわけではないが、作家としての重要性ははるかに上である。人斬り五郎の異名を持った人物であり、一時期の彼の著書には、「匕首《ドス》をペンに持ちかえた」というフレーズがついていた。安藤組とは因縁があって、対立する東声会に所属していた。安藤が服役しているあいだ組長代行の位置にあった花形敬を、抗争で殺害した背後にいたのが藤田だった。

経歴はともあれ、作家としてのデビュー作『無頼』（一九六七年）は絶唱といってよい。あとで自身が私小説というように、実体験をもとにしているが、痛恨の想いを吐き尽くした記録である。藤田にとって、やくざであったことは、人間のカルマを背負うに等しかったと顧みられている。安藤の陽にたいして、こちらは徹底的に陰である。『無頼』は日活において渡哲也松原智恵子主演で映画化され、五本のシリーズになった。『仁義なき戦い』に数年先行した実録やくざ路線である。メロドラマティックな構成で、俳優の個性もそれほど暗くないのだが、原作者の想いに乗り移られたかのように暗鬱なシリーズだった。それを証明するように、渡哲也が歌うテーマ曲〝人斬り五郎の唄〟は発禁になった。《やくざの胸はなぜに辛い。心を許せるダチもなく》本源的な暗さの輝きがときおりボッと燃え立つような藤田の世界に、体制側は目敏く危険な不穏さを見て取ったのだろうか。

藤田の著書は五十冊をこえているようだが、現在では非常に入手しにくくなっている。永遠に残る書物はないにしても、この事実は、「やくざもの」領域の本が市民社会で辿る宿命を語っているような気がする。

四

他の書き手は、実体験によるのではなく、ある一定のシンパシーと知識とをもってこの領域に入ってきた報告者、記録者ということになる。

飯干晃一は、なかでも最も成功した作家だといえるだろう。成功とは、ここでは、栄達という意味ではなく、この分野では最も売れる人気作家になったというほどの意味だ。飯干の人気は、彼が社会部の新聞記者だったという前歴と無関係ではない。彼は常に対象との距離を客観的に測りながら、やくざを描いていたといえるだろう。それは市民社会がやくざの生態をこわごわ覗きたがる欲求とほぼ同一線上にあるはずだ。市民社会は基本的には敵対物と認識するやくざを、監視の対象として保っておきたいし、自分たちにとっては非日常である彼らの日常をこまごまと観察してみたいのだ。

飯干はそうした需要に最も巧みに答えたのである。公平な視点は必要ではない。公平を装った視点があればいい。やくざ同士の抗争、もしくはやくざと国家暴力団との死闘を記録する、公平を装った報告が望まれたのだ。

すでに故人となった飯干には百冊を軽くこえる著書がある。やくざ映画の指標的作品とみなされるヒット作『仁義なき戦い』の原作者であり、飯干自身の代表作をその原作だと断定してもそれほど不正確ではあるまい。犯罪世界を描きつづけた作家としてミステリ作家に分類されても不思議ではないが、五百名以上の作家データを載せた『日本ミステリー事典』（新潮社、二〇〇〇年）に飯干の項目はない。その人気も、せいぜいが風俗的な中間小説の生産者とみなされて終わるらしい。それもまたやくざ世界にこだわった書き手が甘んじて受けねばならない「差別」であると断言するのは言い過ぎだろうか。

飯干は『山口組三代目』によって作家デビューした。一九七一年である。それ以降も山口組ものは多く、『雷鳴の山口組』『条理なき戦い』『もう一つの日本　山口組』『ネオ山口組の野望』などがある。それらは小説であるというより読み物だった。山口組ウォッチャーの有力な一人と位置づけられるだろう。

三冊目の『仁義なき戦い』が出世作となった。しかしこれは、サブタイトルに「美能組元組長美能幸三の手記より」とあるように、正確には、全面的に飯干の著書とはいえない。共著のような体裁で、飯干の手腕は美能の手記を編纂して補助的な記述を入れていったところに示される。原稿用紙にして七百枚あったといわれる手記は引用という形で、このノンフィクション作品に生かされている。手記が、いったいどういう経緯で飯干の執筆の素材とされたのかは、わからない。美能自身の著書として出すと、美能の命が狙われる可能性があることを恐れたのだろうか。しかし、すべて人物を実名で書き、原手記の筆者として美能の名前も公表しているのだから、命の危険への配慮ではなかったはずだ。美能には他に『仁義ひとり旅』という著書がある。手記がそれのみでは一般に理解しずらい作品だったとしても、解説などを付加することによって読者に受け入れられるだろう。なぜ飯干の著書とされたのか。この作品で最初に引っかかる点は、そうした不透明さなのである。

二十年にわたった広島やくざ戦争の渦中にあって生き延びた当事者が数年をかけて、獄中で書いた記録が『仁義なき戦い』の元になった手記である。登場人物は数多く、人物関係は錯綜していて、その点からいっても決して読みやすい本ではない。とくに下巻の『決戦篇』は、抗争が当事者たちの個性に左右されて長い膠着状況をみせ、ドラマとしての流れを疎外する話になっている。著者はこれによって昭和史の一つの知られざる流れを書こうとしたと記している。原子爆弾の直撃を受けた都市における戦後やくざの生態を通して、ある程度はその目論見は果たされたのだろう。裏面史というモチーフは「やくざもの」ライターが決まって口にすることかもしれない。

飯干によれば美能の手記は次の一行で《唐突に終わっていた》

つまらん連中が上に立ったから、下の者が苦労し、流血を重ねたのである。

これが唐突なのかどうかは、わたしには判断できないが、もし美能の手記のみを素材として読んで、この結末の一行に辿りついたとすれば、これを唐突とは感じなかったような気がする。これを唐突とするのは、あくまで飯干の主観であり、批評であり、いっそういうなら作為であるだろう。

おそらくここには手記の作者による万感の想いが沈んでい

る。血塗られた抗争を日常とするやくざに一般人のような死生観がまったくないわけではないだろう。同輩が数多く死する事態への慚愧の念から彼らがまったく無縁であるとは思いにくい。藤田の『無頼』に濃厚にあり、安藤の『やくざと抗争』にも明快にあった、最終ページに漂う名状しがたい徒労感。彼らは顧みて彼らの命の獲り合いがなにものも残さなかったことを悟って、愕然とするのである。美能幸三の手記の最終行にも重たく沈んでいるのは、こうしたデスペレートな徒労感ではないのか。美能が『仁義なき戦い』の作者にたいしてどんな不快感を持っていたかは推測するしかない。飯干のほうは美能の性格にたいして作品のなかで正直に感想をもらしている。繰り返される一つの主観は、「彼はやくざにしては人が好すぎる」というものだ。これは表面的なだけではなく、不公平な感想であり、作者の器の卑少さを語っている。そして飯干はそうした美能に少しも人間的魅力を感じていないらしい。作者が魅力を感じたのは、美能の元親分であり敵対することになったマキャベリストの山村だった。登場人物のだれに思い入れするのも作者の恣意とはいえ、手記を提供した人物に対する共感の希薄さは異様に思える。

こうした徒労感は、一方で、滅びの美学と通じている。そこに共感が少しでもなければ原手記著者を満足させる作品は成り立たない。映画『仁義なき戦い』のシナリオを書いた笠原和夫は、美能に初めて会いにいって、映画化プランをにべもなく断られた第一印象について書いている。美能の頑な態度はそもそも原作者飯干への失望の延長であったように思われてならない。笠原と美能が打ち解けるのは、戦争体験の共通性をきっかけにしてからだと、笠原は書いている。二人を結んだものは滅びを甘んじて受ける戦争世代の死生観であったような気がする。飯干もだいたい同世代であるが、共有するものはなかったのだろう。

映画のストーリーは原作からも実録からも外れているが、抗争のあとの徒労感に迫るところでは、原手記の慟哭により近づいている。原作者が持たなかった登場人物たちへの愛惜を、脚色者の笠原は自然と身につけていた。戦争によって自分のような余計者、半端者が生き長らえてしまった――。こうした嘆きを、例えば鶴田浩二というやくざ映画スターは、あたかも生理感のように演じてやまなかった。笠原は、いくつかの映画で、己れの情念がごく自然に鶴田によって演じられていくことへの、驚きと喜びを表明していた。どちらもやくざの蒼白な心情を、異なる手段によって、訴えることのできる表現者だったのである。

本田靖春の名をここに並べることは不当かもしれない。本田は『疵　花形敬とその時代』において、戦後の過渡期にしか生きられなかったアウトロウの肖像を見事に描いている。しかしそれは、『不当逮捕』『村が消えた』『「戦後」　美空ひばりとその時代』などの、戦後史に関する本田の一連の仕事の一つとして読まれるべきだ。だが、時代と不協和音をたてる人物への著者の偏愛は、彼にアウトロウへの共感が充分に潜在していることを示すのではないだろうか。

溝口敦は『山口組ドキュメント　血と抗争』でデビューした。一九六八年のことであり、飯干よりも早い。食品添加物に関する数冊の著書もあり、厳密には「やくざもの」専任ライターではない。だが山口組関連の本が多く、山口組ウォッチャーの代表者とみなしても不正確ではないだろう。溝口の作品の特徴は、『武闘派三代目山口組若頭』『荒らぶる獅子山口組四代目』のように、大組織の頂点にあがった人物の列伝にウェイトを置いて構成されている点である。そうした側面からいうと、山口組正史の記録者ともみなせるだろう。

飯干や溝口の仕事は、大組織を素材に使った現代社会史研究の一部門と位置づけるほうがいいかもしれない。その意味で、領域は異なっても、戸川猪佐武の『小説吉田学校』、城山三郎の『小説日本銀行』、高杉良の『小説日本興業銀行』などの読み物と同質なのである。

正延哲士は比べて非常に対照的な題材を選ぶ書き手である。正史には記されることのない敗者の軌跡にたいするこだわりがみられる。「やくざもの」に移行したのは、代表作である『最後の博徒　波谷守之の半生』（一九八四年）以降だろう。著者が波谷を知るのは「冤罪事件を闘うやくざ」がいると教えられてからだという。やくざが冤罪に抗議して、裁判闘争を闘う、という話からして破格だが、さらに波谷という人物は知れば知るほど型破りの途方もない人物だったのである。先に、登場人物への共感を欠いた読み物は虚しいという評価を書いた。その点、『最後の博徒』は逆に、溢れんばかりの愛情と敬意が主人公に捧げられたドキュメントである。

興味深いのは、この作品もまた対象人物自らによって書かれた手記を元に構成されているという点である。手記はただし、最高裁に上告するにあたって被告人の波谷が上告趣意書に代わるものとして綴った記録だ。著者の記述の合間に手記が引用されるという『仁義なき戦い』のスタイルを、故意にかどうかわからないが、『最後の博徒』は踏襲したのである。結果的に、両作品の本質的な差異は見逃しようのないものとして残った。作者の志の高低も、である。

波谷守之は博奕のみを生活の資としたやくざで、その勝負は勝っても負けても巨額なものだったという。日本で三人の大勝負師の一人といわれる。その心根も清廉潔白、まるで侠客映画のなかの理想のヒーローを思わせ、化石やくざと評する者もいた。小説に出てくれば現実離れしていると印象されるだろうが、ノンフィクションで描かれると驚きを持つ。

波谷の物語は、この小文がこれまでふれてきた二人の親分と重要な局面においてクロスする。二人とは、美能幸三とボンノこと菅谷政雄である。波谷の名前は『仁義なき戦い』の前半のエピソードに初めて出てくる。山村組の組員だった美能が対立する組織の土岡組長を狙撃して重傷を負わせた。土岡組組員の波谷は、報復のために山村組長を直接狙い、単身、山村組事務所に乗りこんでいった。美能と波谷は兄弟分だった。波谷は結果として、親分の仇を撃てなかったのだが、抗争の過程でさらに実父の命も獲られる。父親の報復も、さまざまな要因が複雑に絡まりあって実行できなかった。『仁義なき戦い』のストーリーは、抗争の火蓋がきられる直前に警察が介入し、美能を逮捕したところでフィナーレとなる。

そこから美能の手記が書かれ、ヒット作の映画が作られるという別の回路が始まるわけだが、そこに先立って重大なエピソードが置かれた。それは美能組の解散だ。解散を説得したのは波谷だった。彼は言ったという。《美能よい。わしがあきらめたんじゃ。あの人たちはもう、おまはんが残りの人生をかけて闘うような男じゃないど》と。自分があきらめたとは、親分と父親の仇を獲れなかったことをさす。これにはまだ後日譚がある。『仁義なき戦い』が週刊誌に連載され始めたとき、広島やくざの内情が醜悪に暴露されたことに憤激した若い者がいて、美能を殺る動きがあったという。それを押さえたのは波谷だった。

美能を引退させたことに伴って、波谷は広島を出た。かねてから知っていたボンノの舎弟となり、大阪に本拠を構えたのである。山口組の三次団体として正式に認可されたかたちだが、波谷はふつうのやくざが持つ野心とは無縁で、菱のマークもつけなかったという。ここで菅谷組と川内組との内紛が起こり、波谷は冤罪事件に巻きこまれていく。川内弘を射殺したヒットマンの部隊に波谷組の者が二名含まれていたところから、親分波谷に殺人教唆の容疑が被せられた。それより前に起こったのはボンノの山口組からの絶縁処分だった。波谷はボンノに堅気になるしかないと説得を試みる。

「あんたの今まで売った男の誇りが、堅気にはささんでしょう。……ならばあんたは　殺される以外に道はないじゃないですか。私はあんたに、墓の中まで従いていく。しかしあんたは、自分の誇りと意地と、菅谷組千余人のことも、よく考えてやってくんない」

まるで、端正につくられた悲劇の侠客映画から抜け出してきた人物が口にするような科白である。

しかし波谷はボンノのそばに仕えていることはできなかった。自分自身が逮捕され、長い裁判闘争を闘うことになったからである。前述した、田岡とボンノとの最晩年の会談の場面にしても、溝口の『荒らぶる獅子』と正延の『伝説のやくざボンノ』とでは、ほぼ同じ会話のやりとりを記録しながら陰影がまるで違う。著者の目線が、前者では竹中正久と田岡に据えられているのに対して、後者ではボンノに据えられている違いのみではない。敗者に肩入れしたい矜持のような質が正延の本にはあるのである。

正延は『最後の博徒』につづいてその続編も『波谷守之外伝』として書いている。

最後の博徒は、その十年後、組を解散して、拳銃自殺を遂げた。享年六五歳。

日名子暁には、「やくざもの」のまとまった著書はない。雑誌（主として『別冊宝島』）の記事で印象に残ることが多いので、ここに加えた。日名子は正延哲士の『最後の愚連隊稲川会外伝』の文庫解説で、正延の作家的姿勢について注意をうながしている。対象の選び方の卓抜さについては、指摘されるまでもないだろう。日名子は「やくざの取材は人間的器量のぶつかり合いだ」という意味のことを書いている。それが正延にはあり、自分には備わっていないから、やくざを主人公としたものが書けないのだ、と続く。これは大変な謙遜のように思われる。べつだん器量に欠けるライターでもやくざジャーナリズムは勤まるのではないか、というのがわたしの素朴な感想だ。日名子の論理は、逆に、中途半端な興味では「やくざもの」を書くべきではないという警告のようにも読める。

宮崎学は特異なタイプの作家なので、彼の一部の著作を対象にして、ここに並べると限定しておこう。宮崎のデビュー作『突破者』は自伝とされているが、質としては「遅れてきた全共闘小説」を大きく出ていない。生きざまの呈示が、いかにもかつての時代を彷彿させるスタイルなのだ。『突破者』の記述に従うかぎり、宮崎は育ちも一時期の日常も、やくざそのものだったといえる。しかし彼を、安藤や藤田のような元渡世人作家とみなすのは、無理なように思える。

この小文で対象になってくるのは、宮崎の著作の『不逞者』一冊だ。この本は、安藤昇の著作などで有名なやくざ界のヒーロー万年東一と、戦前から戦後にかけての共産主義運動における在日のスターでありながら、故国に帰ったその晩年が明らかになっていない金天海の半生を並列した、いっぷう変わった歴史記述である。

万年の生きざまを追うなら、「兵隊やくざ」といわれた反抗者ぶりと体制の寄生者として活動した時期とが、一人の人物のうちに矛盾なく同居していたことがわかる。まさしく猪野健治が主張する、革命的前衛と寄生階級の両義性を示す好例かもしれない。この人物は、やくざ世界で頂点に立てるほどの器量があったにもかかわらず、ゼネコン型のアウトロウ組織近代化を徹底的に嫌い、あえて縦割りの人間関係ではなく、横断的ネットワークに賭けた。宮崎が呈示する万年像は、その独立不羈の勝手気ままを通したアウトロウ像に尽きる。これで途切れるなら単なるヒーロー讃歌に傾くが、続けて在日コミュニストの星であった金天海の半生を並べてくるところが宮崎の特異性である。つまりは政治闘争の現場にあっては、スト破りとストライキ労働者として命のやりとりをしていたかもしれない二人を同列に並べて、歴史の教訓として引き出してくる。これは宮崎にしか採りえなかった歴史認識だと思える。どれほど奇矯に聞こえるものであろうと、左右両翼の横断は宮崎の基本的なスタンスなのだろう。

『不逞者』は一種のアジテーション文書でもある。政治思想の外面的な差異を軽視し、心情の共通項を探る著者のスタンスは、かつての竹中労に通じる。窮民革命論の発信源であった竹中労に、である。

笠原和夫について少し補足しておきたい。東映やくざ映画に数々の名作、問題作をもたらせた脚本家は、やはりアウトロウ世界と情念を一にする書き手だったと思う。映画『仁義なき戦い』の成立事情を回想する裏話は面白い。心をくだいてドラマ化しようとした腹案が、次つぎと壊されていく。主人公の恋人役を設定したところ、原手記著者の反対によってボツとなり、クライマックスのところも会社の方針によっておかしなシーンに書き換えねばならなくなる。こうしたエピソードを語る笠原の文体はどこか飄々としていて、恨み事や言い訳を連ねる調子とはほど遠い。技術屋に徹した潔さがある。

まったく計算外といいながら、『仁義なき戦い』のラスト

――兄弟分の葬儀にのりこんだ主人公が祭壇に銃弾を撃ちこんで「おまえはこんな大層なことをされて満足なのか」と問う――は、原手記著者の無念の想いを、これ以上はないほど見事にドラマ化することに成功していた。やくざ映画の定型からみれば、カタルシスに欠けていると感じさせたが、今観ると違和感はまったくない。シナリオ作者としては意に添わない書き直しであっても、笠原は本能的に原手記の情念に身をゆだねたのだろう。

余談であるが、東映やくざ映画の現場ではたらいた者の回顧録として、最も興味深い書物が三冊ある。プロデューサーの立場から俊藤浩滋の『仁侠映画伝』（山根貞男との共著）がある。監督の立場からマキノ雅弘の『映画渡世』があって、これが最高に面白い。自らの半生を語る口調がそのまま仁侠映画の名シーンに高まっていく奇跡のような語り口である。もう一冊が笠原の『破滅の美学』（初刊タイトルは『鎧を着てぃる男たち』）だ。やくざ映画の実作者たちが、そのメンタリティにおいて「やくざ思考」に満ちていたという事実には、考えてみたら当たり前とはいえ、感心してしまった。

五

ここまでわたしが名前をあげてきた書き手のうち、わたしが最も心を引きずられる者は、すでに明らかに読み取れたと思うが、藤田五郎と正延哲士である。彼らの著作は代替不可能なものとして、特有なやくざ読み物なのだ。

藤田のデビュー作『無頼』と『無頼詩集』（ともに南北社刊）を、わたしは若い頃、手に入れて読んでいる。しかし、そうしたノスタルジックな感傷が評価を不正確にしているわけではない。四六判ソフトカバーのその二冊は手放してしまったが、鮮烈な印象は消え去らなかった。『無頼』は一九七三年に加筆された新版が刊行されている。現在、わたしが持っているのはこの版である。鈍重なほどに暗い筆運びは何ら変わっていない。「懲役とは刑務所だけで味わうものではないというやくざの哀しみ」は、藤田の文章のどこを切っても噴きあがるように充満している。

藤田の第四作（おそらく）『斬《はず》る』をさいきん読んだ。ストーリーはありふれたメロドラマだが、そこにぶちまけられた蒼白い情念は息苦しいまでにどろりと重い。作者は「前書き」で書いている――。小説作品に先立つ前口上は一般的にいえば不要であり、それを引用して議論を進めることはじつは作者への非礼にあたるのだが……。ちなみに藤田の本にはたいてい「前書き」が付されている。

私には様々な哀しみと愛憎が付きまじわっているような気がする。これは私の業としか言えない。

心の底にくすぶるどろどろした醜さは、私が死んで火葬場の灰になっても、なお、なおるまい。

拙劣ともいえる文体でありながら、なにものにも取り換えがたい触感がある。例えば《ふと五郎は刃を突き刺したときの、重い内臓の手応えを思い出して……》という一節にある生理感を、いったいどうやって分析できるのか。絶望が駆け足で背中から追いすがってくるような匂い。そうした匂いは藤田の本のどのページからも靄いたってくる。このような動物的なおめきと絶望的な生理を大衆小説のジャンルに叩きつけた者は、わたしの知るかぎり、他には大藪春彦ただ一人である。

やくざはカルマを背負った人間だ。やくざになるしかない深いカルマを負った男には、同種の哀しみを分かち合う女が魅かれる道理である。やくざ社会において、女は男たちの犠牲に供されるだけの存在だ。人権思想に則ればいろいろと異見もあるだろうが、やくざの世界にフェミニズムが適用される可能性はほとんど想像しにくい。『無頼』はカルマにのたうちまわる一人の男の物語であると同時に、そうした男に同行し、ぼろぼろに蝕まれてしまった女へのレクイエムである。やくざ者藤田のカルマは、そうした女を何人も喰いものにしたのかもしれないが、作家藤田は女たちへの懺悔の言葉を綴ることができた。

『斬《はす》る』は、愛した女を苦界に沈め、貢がせた金で覚醒剤におぼれる無頼の男を描いた。《フィクションである――》と作者は絶叫しているが、どんな形式を選ぶにしろ、藤田の初期作品が発している匂いは一つであった。

『斬《はす》る』は後年、加筆されてタイトルも『黒匕首《ドス》仁義』に変わった。初刊本は、主人公が堅気になって新天地をめざす前に凶刃に倒れるところで、中断されるように終わっていた。主人公の死が暗示されていたのだが、彼が命を助けられるという設定の最終章がついたのである。主人公の名も佐竹五郎から佐竹三朗に変わった。前書きも、先に引用した後段が《私は心の底にくすぶりつづけている醜を、あまり外に吐き出さず、死の棺の中に入れて火葬場までもっていって灰にすべきだと思っている》と、変更されている。ニュアンスの違いは著しい。作家のなかで大きな心境の変化があったことは否定できない。

自分の体験に根ざした叫びを吐き出したあと、藤田は、歴史を調べやくざ者の事跡を取材して作品化する方向に仕事を転換していった。『関東やくざ者』『九州やくざ者』『関西極道者』『実録監獄仁義』『実録東海の親分衆』などである。時期は、七十年代のなかば、『仁義なき戦い』や『戦後水滸伝』や『やくざと抗争』など、この小文が扱ってきた文献とほぼ重なっているわけだ。詳しく検討する余裕はないが、それらもまた藤田でしか書けない哀しみの世界であった。さらに藤田は、『公安百年史』（編著）、『仁侠百年史』『仁侠百年史物語』などの著作に向かっていく。

やくざ者は男を売り出しながら、その一方で、仲間を殺し、女たちに犠牲を強いることになる。抗争の果てに、彼が突き落とされるのは「すべてが徒労だったのではないか」という残酷な覚醒である。藤田の作品は、彼がやくざ渡世から足を洗ってさえ、カルマを捨てきることができなかったことを雄弁に証明している。市民社会に安住の場処を見つけられなかったという意味においても、きわめて正当な表現者の道だったと思える。「匕首《ドス》をペンに持ちかえた」作家というイメージをまといつづけた彼が、「拳銃をペンに持ちかえた作家」大藪春彦とある種の共通性を帯びていることに何の不思議もないのである。

「やくざもの」に関わるさまざまな書き手たちの検討を終えて、あえて結論めいたことを記すなら、彼らの共通モチーフを一つ取り出すことができる。それは——戦争体験の影であり、戦後社会への不同調（もっといえば、敵対）である。やくざ研究はつまるところ、日本的特殊性という普遍命題への考察に進まざるをえない。彼らを語ることは、興味本位や暇つぶしでないとするなら、必然的に、人間とは何であり、はたまた日本人とは何であるか、という問いに突き当たっていく。その過程にあって、問いはまた、彼らの背負った戦争体験の傷が何であったかという磁場に、ふたたび跳ね返されるはずだ。美能幸三や安藤昇や藤田五郎の背にのしかかった戦争が、一般的な戦争体験、戦後体験とどう異なり、どう重なっていたのか。それが問われていくだろう。

戦後文学はどこに行ったか。

この一文はようやく、あらかじめ仮設しておいた前提事項に戻ってくることができた。しかしこの問いに充全に答えきることはいまだ容易ではない。断っておいたとおりに中間報告として、ひとまず一段落をつけることにしたい。

［**野崎六助**（のざきろくすけ）作家、評論家。著書多数。］

「満洲文学」から「戦後文学」へ

牛島春子氏インタビュー（聞き手・川村湊）

『祝という男』という作品で知られる牛島春子氏（一九一三年、久留米市生まれ）は、いわゆる「満洲国」で文学活動を行った日本人で、現在まで「現役」の文学者として活動しているほとんど唯一人といってよい作家である（他には秋原勝二氏がいる）。

私（川村）は、ゆまに書房から刊行されている『植民地文学精選集』シリーズに、『牛島春子作品集』を新編集で入れさせていただこうと思い、編集者といっしょに牛島春子氏を訪ねた。当年、八十九歳の牛島氏の、団地の五階の部屋にお邪魔して、二時間ほどお話をうかがった。話は満洲時代から、戦後に及んだが、それをあまり聞き手の主観をまじえない形で、極力、語られた言葉通りに再現しようとしたのが、以下の対談である。

インタビューを行うにあたっては、坂本正博氏作成の『牛島春子年譜』を参照した。これは第一稿が雑誌『朱夏』第十号（一九八九年、せらび書房）に掲載されているほか、第二稿がインターネットで検索できる。また、対談を行うきっかけとなった『牛島春子作品集』は、ゆまに書房発行の『日本植民地文学精選集』第二期・満洲編の一冊として、二〇〇一年十月に刊行された（資料参照）。そのなかの谷内剛氏作成の「牛島春子書誌」、川村湊「解説」を参照されたい。なお、インタビューを行うにあたって、ゆまに書房編集部の谷内氏に多大なお世話をいただいた。記して感謝したい。なお、※（ ）内は、聞き手による後からの補足説明である。（「満人」「奉

天」「新京」など、現在では使用するのにふさわしくない言葉があるが、時代性を活かすものとして、対談中では「 」付きで使用した。もとより、時代的な用法ということであり、差別や植民地主義の肯定などとは無縁であることはいうまでもない）

『豚』から『王属官』へ――デビュー作の頃

川村　牛島春子さんの作品集を編みたいということでうかがったんですが、満洲時代にお書きになったもので、まだ未確認とか、研究者の方が見ていらっしゃらないものも結構ありますね。

満洲時代の牛島春子氏

牛島　私もひねくれてますからね。自分のものも、ちゃんととっていないんですよ。

川村　今回は資料的価値ということも考えて、新しく活字を組むのではなくて、初出の形で出してまとめたいと思っています。雑誌で出たものをそのまま印刷するという形で、資料としてちゃんと出したいということです。『祝という男』は最初、『満洲新聞』に連載されたものですね。

牛島　満洲在住の作家が何人か連載したもののなかの一つでした。

川村　ただ、その掲載された『満洲新聞』というのも、もうないでしょうね。※（その後、国会図書館で現物が見つかり、『祝という男』は挿し絵入りの初出の形で、『牛島春子作品集』に収録された）

牛島　ありませんでしょうね。編集長はプロレタリア文学作家の山田清三郎さんでした。

川村　『満洲新聞』からは無理だと思うんですが、『文藝春秋』に載る前に満洲で出された『日満露在満作家短篇選集』（一九四〇年、春陽堂）がありますね。そこに載ったものを底本にして、影印版として出したいと思います。初出の形でそのまま出したいと思っていますが、あれは版のたびに本文を書き直されたというか、手を入れられたところがあるんですか。※（『日満露在満作家短篇選集』も、前記、『日本植民地文学精選集』第

二期・満洲編の一冊として刊行された）

牛島　いや、ありません。ありませんけど、祝廉天という名前は、本当は祝廉夫という名前だったんですが、印刷の時に間違ったんですね。それを書き直さなかったのは、祝廉夫というのは本名だったんです。本名を使ったことに気がとがめましてね、それで「夫」を「天」と印刷を間違ったのをそのままにしたんです。

川村　それは最初の『満洲新聞』の時から間違っていたのですか。

牛島　いや、そうではなく、後で単行本が出ましたね。その時です。※（これは牛島氏の思い違いである。『満洲新聞』の初出では印刷面が悪く、鮮明ではないが、「祝廉天」となっており、天には「てん」とルビがついている。だから、次の牛島氏の発言は誤解である）

川村　橋川文三さんが編集した『昭和戦争文学全集』（集英社）に収録されましたね。

牛島　たぶんそこで「祝廉天」になったと思います。間違っていたというのは知りながら、その理由は、本名だったから間違ったのをほっといたんです。

川村　あれは何回か活字になっていて、ずっと「祝廉天」ということになってしまっていますね。

牛島　実名ですから、気がとがめて祝廉天でもいいということにしたんです。

川村　最初にお書きになった『王属官』、あれはもともとは『豚』という題名だったんですね。それを赤川幸一（孝一）さんが勝手に変えたということですが。

牛島　大同劇団の藤川研一さんが演劇にした時に、『王属官』という名前に変えたんです。※（これは牛島氏の思い違いで、第一回建国記念文芸賞の当選作として『大新京日報』に発表された時から、『王属官』と改題されており、赤川幸一氏によるものである）

川村　これは満洲の第一回建国記念文芸賞に応募して、作品そのものは『大新京日報』に掲載されたんですね。

牛島　え、どこに載ったんですって？

川村　『大新京日報』、「新京」（現長春）で出されていた新聞です。

牛島　そうですか。私はその頃、「奉天」（現瀋陽）にいたので知りませんでした。

川村　赤川幸一さんにはお会いになったんですか。『豚』という作品を読んで、文芸賞に選んだということですが、審査員ということで。

牛島　藤川さんとはお会いしましたが、赤川さんという方は知りませんね。選者は誰か知りません。

川村　赤川次郎という人気作家のお父さんなんですが。『北窗』という雑誌に書いたエッセイに『豚』を選んだことを書いています。
牛島　私は赤川さんという方は知りません。
川村　赤川さんは満映にいらっしゃったんですが。満洲国政府の民生部にいた時に、建国記念文芸賞の審査をしていたんです。
牛島　私は藤川さんなら知っていますけどね。戦後も東京でお会いしたりしてますから。
川村　じゃあ、赤川さんとはご面識はないんですね。
牛島　ええ、お会いしたことはないと思います。『豚』という作品はもうどこにもないんですね。
川村　ほかの雑誌やアンソロジーに転載されたということはないんですか。
牛島　ありません。『月刊満洲』には、私は二つぐらい小説を書いていますよ。あれも一冊もないんでしょうか。
川村　昭和十四年の『九目先生』ですね。坂本正博さんの作った牛島さんの年譜でも未確認ということですから、御覧になっていないようですね。もう一つは昭和十六年の『手紙』という作品ですね。
牛島　実物はないのに、記録は残っているんですね。
川村　こういう作品も、もう探すことはできないですね。
牛島　戦後何十年経《た》って、もう出てこないですから。
川村　『王属官』というのは中国語訳が出ています。東方国民文庫のシリーズで、満日文化協会刊ですね。劉貴徳という人が訳したことになっています。私も現物は見たことはないのですが、古書店の目録に載っていたことがありますから、実際にあることはあるんでしょう。とても高い値段（十四万円？）でしたので、手が出ませんでした。だから、極端にいうと、中国語訳からもう一回日本語に翻訳し直すということは可能ですね。
牛島　知らないうちにいつの間にか『王属官』という名前になっていて、芝居になったりしたんですね。藤川さんが舞台にしたんですね。
川村　そのお芝居は御覧になったことはあるんですか、満洲で。
牛島　ええ、招待されて見に行きました、藤川さんに。
川村　大同劇団関係者に別役《べっちゃく》憲夫さんという方がいらっしゃいましたが、お会いになったことはありますか。今劇作家として活躍なさっている別役《べつやく》実さんのお父さんですが。
牛島　何年か後に、劇団の方に招待されて、一席設けて下さったので、お会いしたかもしれませんね、その時に。けれど、覚えておりません。
川村　あと、『満洲よもやま』（満洲文話会編・発行）に載った『牝鶏』や、『大陸の相貌』（満洲文話会編・満洲日日新聞社・大連日日新聞社発行々）の『二太々《アルタイタイ》の命』などは私が持っていますし、『文學界』（一九四一年四月号）の『張鳳山』、『中央公論』（一九四二年九月号）の『福寿草』などは手に入ります。

牛島　満洲建国十周年記念ということで、作品の最後のほうに不本意なことを付け加えたような気がします、そんな記憶があります。※（『福寿草』は「満洲小説特選」として掲載され、「満洲建国十周年記念・この貧しい作品を建国以来治安工作につくされた日系警察官に贈る」という題辞が付いている）

川村　その時代のご自分の作品を読み返したりしたことはありますか。

牛島　いえ、ありません。私、自分の作品を読みかえすなんてとてもできません。お話を聞いて、はぁーんと感心して聞いているだけなんですよ。

川村　戦後に書かれたもので『過去』というのがありますね。

牛島　野田宇太郎さんがやっていた『藝林閒歩』に書いたものです。

川村　これは満洲のことを書いたものですか。

牛島　私はよく覚えていませんね。

川村　未確認のものは探し切れないでしょうね。『農村を描け』というエッセイを『満洲浪曼』に書いていらっしゃいますが、『満洲浪曼』には同人としてお入りになっていたということですか。北村謙次郎さんがやっていた雑誌ですが。

牛島　意識して入ったということじゃないんです。『農村を描け』について一言いいたいんですが、私は『農村を描け』なんて、号令みたいな題名はつけてないんです。私の責任なんですが、題名を付け忘れて送って、向こうで内容を見て『農村を描け』って付けたんですね。私はそんな号令をかけるような題はまったく考えていなかったんです。だから、非常に不本意ですね。その題は。内容はそんなものだったと思いますが。

川村　その頃は北村謙次郎さんや『満洲浪曼』の方とはご面識はあったんですね。

牛島　山田清三郎さんが編集長をやっていましたよね、『満洲新聞』かどこかで。その時に集まって、連載小説を書くということでお会いしたような気がします、北村さんとは。『満洲浪曼』には一回エッセイを書いただけだと思います。同人ではなかったですから。

川村　他の満洲で出ていた雑誌、『満洲行政』なんかにもお書きになっていますね。

牛島　朝鮮人の開拓団のことを書こうと思って、一回だけ書いたのがあります。※（『処女地』第一部「水溝開拓」という作品のこと）

川村　『苦力』というのもありますね。

牛島　それは覚えていない。

川村　『雪空』というのが最初に『満洲行政』に載せられて

現在の牛島春子氏。2001年4月10日（撮影・谷内剛）

います。

牛島　そうですね。『豚』というのが、私の満洲で書いた最初の作品ですが。

川村　『豚』が満洲国の建国記念の文学賞に当選していただいたという賞金、当時の百円というのはどれぐらいなものなんでしょうかね。

牛島　よかったんじゃないでしょうか。いろいろなものを買いましたからね、そのお金で（笑）。

川村　まあ、今まで出てきたものをまとめて、今度の作品集には収録しようと思っています。

牛島　他には『笙子』というのを書きました。これも満洲に関係したものです。私の親友が満洲に結婚して近くにいて、引き揚げて来てすぐに亡くなりました。そのことを書きました。私、手許にあったものを全部、久留米の図書館に送ってしまいました。それから、『或る旅』。

川村　それは『九州文学』に発表したものですね、一九五一年に。

牛島　それは戦後、引き揚げの時に子供を連れてあちこち歩いた時のことを書いたものではないでしょうか。

川村　野田宇太郎さんとはどういうお知り合いですか。

牛島　久留米の関係ですね、丸山豊さんなんかとも知り合いでした。そこで知り合ったんです。それからずうっとおつきあいしていますね。野田さんはその頃詩を書いていらっしゃいましたね。

川村　文芸誌『街路樹』に参加して、そこに野田さんたちがいらっしゃったんですね。

牛島　『街路樹』を作ったのは青木勇さんという人です。

川村　それはお兄さん（牛島磐雄）の友人ということですね。

牛島　はい、兄の友人でした。あの頃は久留米は本当に文学が盛んでした。

川村　その頃、牛島さんは久留米高女の学生で、詩を書いていたんですね。文学活動というのは、その女学生時代に詩を書いていたのというのが初めですか。

牛島　女学生の時に、詩というより手記をノートにずうっと書いていて、警察に捕まった時に、不思議と両親がそれをずうっと大切に持っていてくれたということがありましたね。戦争中も疎開しながら持ち歩いていたそうです。面白かったんでしょうね、娘の書いたものが。それは手許に返って、今、久留米の図書館にあります。

川村　戦後に引き揚げのことを書いたものも収録しようと思っています。

牛島　大体、新聞に書いたものが多くて、書き流したものばかりなんですよ。

川村　『祝という男』の舞台を再訪しての文章もありましたね。

牛島　四、五年前、毎日新聞に書いたものもあります。敗戦のことを。県内版だと思いますが、戦後五十年ということで。

共産党時代と満洲時代

川村　当時、満洲には日本で共産主義運動をしていて、満洲へ渡った人がたくさんいましたね。山田清三郎さんもそうですし、野川隆という人もいました。牛島さんもプロレタリア運動していて、捕まって、満洲へ渡ったわけですが、逃げたというか、亡命したというような意識はおありだったのですか。

牛島　それはありましたね。満洲のほうがいくらか自由でしたから。

川村　牛嶋晴男さんと結婚してから渡ったんですね。※（牛島春子と牛嶋晴男という同姓同士の結婚である。名前の類似ももちろん偶然である）

牛島　私の姉婿が軍人で新京にいましてね。苦力なんかを使っていたんです。そこに晴男さんが頼って行ったんです、私のツテで。

川村　満洲では監視といったものはあったんでしょうか。

牛島　執行猶予五年で満洲に行きましたからね。執行猶予のうち、動勢はしっかりとつかまれていましたでしょう。満洲国の役人の奥さんで、ものも書いていましたから。いくらでも調べられるでしょう。私は平気でしたが。プロレタリア運動では、女性でひどい拷問にあった人もいました。私の場合はそうでもなかったですが。※（牛島春子氏は、日本共産党に入党し、プロレタリア運動を行っていて、そのために逮捕、一九三五年に懲役二年、執行猶予五年の判決を受けた）

川村　西田信春さんは、その頃は違った名前で九州にいらっしゃったんですか。※（西田信春は日本共産党九州地方委員会準備委員長で、牛島氏らの指導者だった）

牛島　あの人はペンネームをいくつも持っていらっしゃって、お部屋もいくつも変えて、同志の女性と若夫婦という形で住んでいらっしゃいましたけれど。

川村　西田さんも刑務所で死んだというか、殺されたんですね。『西田信春書簡・追憶』（一九七〇年、土筆社）という本を読みましたが。

牛島　そもそもその本のはじめはね、私が久留米の新聞に『物語・西田信春』というのを書いたんです。それを本にしたいとおっしゃる出版社の人がやってきて、私はもし、西田信春さんのことを知りたければ、中野重治さんのところに行って下さいといったんです。それが『西田信春書簡・追憶』の出版につながったんです。

川村　『物語・西田信春』というのは出版されたんですか。

牛島　その時、出版社の方には中野重治さんをご紹介しましたから、書簡・追憶集が出たんですね。新聞に連載した『物語・西田信春』は、久留米の図書館に切り抜きのまとめたのがあります。

川村　中野重治さんとのご関係は？

牛島　特に親しいということではありませんが、新日本文学会での関係ですね。久留米にも来て下さいましたし。手紙も何通かいただきました。川端（康成）さんからもいただいたのに、どこかに見えなくなった。一通だけ川端さんの手紙が残っているなあ。

川村　それは満洲時代にいただいたものですか。

牛島　いや、それは戦後です。満州時代にお目にかかったのは二回きりですね。

川村　それは川端さんが満洲にいらっしゃって、それでお会いしたということですね。結構、あの頃は日本から文学者が満洲へ行ったようですね。

牛島　それは、もう、ゾロゾロという感じです。よく来てましたよ。

川村　檀一雄なんかは長く滞在したようですね。

牛島　ああ、檀さんね。

川村　檀さんとはお会いしましたか。九州出身ということもありますが。

（撮影・谷内剛）

牛島　白秋祭に来られたんではないでしょうかね。それから一二回は会っていますね。特に坐り込んで話すということはなかったけれど、同席したり、ちょっとしたあいさつをしたり、声をかけられたりしたりということです。

川村　檀さんは『満洲浪曼』の人たちと親しくて、北村謙次郎さんが『北辺慕情記』（一九六〇年、大学書房）という回想記を書いていますが、そのなかに檀さんが出てきますね。新京の酒場で酒を飲んでいるという話ですが。長谷川濬《しゅん》さんなんかといっしょにということですが、長谷川濬さんはご存じですか。

牛島　お会いしたことがあるという程度です。

川村　弟の長谷川四郎さんはいかがですか。

牛島　長谷川四郎さんは、新日本文学会でお会いしたり、福岡へいらっしゃったりしてね。その程度のおつきあいでした。四郎さんはどうしていますか？

川村　もうお亡くなりになりました。もうかなりになるでしょうか。

牛島　そうですか。私より年上でしたから。

川村　長谷川濬さんも四郎さんも満洲時代には、満洲のことを小説などに書いてましたが、お読みになったことはありますか。

牛島　いえ、読んでいません。『満洲浪曼』には一度しか書いたことがなく、同人として私の名前が載っていたようですが、そんな気持ちはあまりありませんでした。山田清三郎さんが一番親しくしたほうでしょうね。昔のことをを知っていますからね。

ああ、私の『物語・西田信春』はお読みになっていないんですね。あそこに私のあの頃のことが書いてあるんです。刑務所に入っていたことや、西田信春さんのことなんかは。

川村　そうですか。

牛島　西田信春さんと中野重治さんがあんなに親しかったということは、ずっと後になってから知りました。

川村　中野さんのエッセイなんかにも西田さんのことがよく出てきますね。

牛島　さっきも話したように、出版社の方が私の本を出したいといってきて、それがきっかけとなって西田書簡集が出たんです。あまり、関係ないか。

川村　牛島さんの満洲時代にお書きになったものと、戦後に書かれたものはちょっと感じが違うと思います。

牛島　そうでしょうね。

川村　それは満洲時代が特別な時期だったとも思うんですが。やっぱり、その『豚』とか『祝という男』をお書きになった時は、満洲人というか、違った民族のことを書きたいということだったんでしょうか。

牛島　なるべく陰の部分を書きたかったんです。満洲国万歳ではなくってね。それを何となく、あからさまにではなく、何となく書きたかったわけですよ。

川村　その頃、山田清三郎さんとか、北村謙次郎さんとか、「満洲文学」を創るんだと言っていた人がいたんですが、彼らの書いたものを読むと、結局自分たちのことを書いているんですね。満洲国を創った日本人ということで、建国ものというか、そういう歴史的なことを書いているだけで、そこに住んでいる日本人、満洲人、朝鮮人、いろいろな人がいっぱいいたけれど、そういうところに目を向けて書いた作品というのは、私の見たところあまりないわけで、その数少ないものの一つが『祝という男』だと思ったんですね。結局、満洲へ行った日本人たちは自分たちのことしか書いていない。そこにいる満洲人のことを書いていないし、それを見ている自分というものも書いていないと思っているんです。

牛島　ああ、そうですか。

川村　そのなかで、牛島さんと、この前に本が出た日向《ひなた》伸夫という人がいて、その『第八号転轍器』などが例外的なものだと思うんですね。日向さんは、満鉄に勤めていて、その満鉄で一番下、一番下というのは語弊があるかもしれませんが、転轍手として働いているロシア人、満洲人に焦点を当てた作品を書いています。そういうのは牛島さんとか日向さんとか珍しい例で、他の人たちは満洲国万歳ということに帰結してしまうと思うんです。※（日向伸夫の作品集『第八号転轍器』も、『日本植民地文学精選集』第一期・満洲編の一冊として刊行されている）

牛島　そういえば、川端さんは、日向伸夫さんだけのことをおっしゃっていましたね。会った時に。

川村　それは満洲でお会いした時ですか。

牛島　川端さんとは何回もお会いしました、満洲でも日本でも。

川村　日向さんとはお会いしたことはあるんですか。

牛島　満洲ではお会いしませんでした。

川村　作品はお読みになっていましたか。

牛島　いや、読んでいません。評判がよかったことは聞いていましたが。川端さんも、日向さんの作品だけを問題にしていましたからね。

川村　浅見淵さんの知り合いということで、その紹介によって東京の方で本になったということですね。日向さんは、満鉄からいったん日本に戻り、そして沖縄で戦死しています。本は小説の『第八号転轍器』一冊と、『辺土旅情』などのエッセイ集二冊が出てます。

牛島　そう、兵隊に行ったんですね。お会いしたことはないけれど……。

「満洲文学」研究の現状

牛島　話は別ですが、今、吉林師範大学にいらっしゃる呂元明さんからは、手紙をいただきました。

川村　呂さんは私も知り合いで、中国や日本でも何回もお会いしました。中国でも呂さんをはじめとして、ここ何年間の間に、ようやく満洲時代の文学、文化のことが研究できるようになったということです。それまでは「偽満洲国」のことや、「淪陥期」のことは研究することも許されないという感じでしたから。

三、四年前に中国に行った時、満洲時代に活躍した古丁という人の作品集がようやく出されていました。

牛島　ああ、古丁さんね。※（一九一四～六四年。満州国時代の「満人」作家の代表的な作家。日本で『平沙』などの小説が翻訳、紹介された。満洲国政府の役人だった。解放後は反右派闘争で一九五八年に投獄され、六四年に獄死した）

川村　もちろん、解放後初めて『古丁作品選』（李春燕編、春風文芸出版社）というのが出たんです。

牛島　もう大分前になるんですが、長春に行きました時にね、あの古丁さんなんかどうされていらっしゃいますかと聞いたら、あの方呆《ぼ》けましてね、とおっしゃっていましたよ、中国側の人が。

川村　古丁さんは、解放後早くにお亡くなりになったと聞いていますが……。※（前記のように古丁は一九六四年に獄死。「解放後早く」とはいえない。四十代で「呆けた」というのも疑問が残る）

牛島　じゃあ、生きているうちのことでしょうね、呆けましたというのは。

川村　山丁さんは長くお元気でしたね。四、五年前に行った時お会いして少し話をうかがいました。梁山丁さんですが。ただ、あの方も二、三年前に亡くなりましたが。

牛島　ああ、そうですか。私は前に行った時、中国の作家に会いたいといったら、二、三人集まって下さいました。中国は今、開放運動で、わりあいと自由にものが書けるようになりましたといってました。お名前忘れてしまいましたね、二人か、三人か来て下さいまして。その時に爵青さんて方いらっしゃいましたよね、といったら、何やらムニャムニャいってました（笑）。ごまかされました。※（爵青も満洲国時代の

「満人」作家。牛島春子の『福寿草』といっしょに、「満洲小説特選」として『中央公論』に『凍った園庭に降りて』が翻訳、紹介された）

川村　その頃はまだそうしたものが許されていなかった時期ですからね。

牛島　古丁さんは、あの方は呆けた、爵青さんについては、はっきりいわなかったですね。後で聞いたら爵青さんは二重スパイだったという話を聞きましたが、どうなんでしょうか。

川村　ううん、どうでしょうかね。山丁さんから聞いたんですが、満洲時代は日本側から中国側のスパイだと疑われ、解放後は今度は共産党に、お前たちは日本側に協力した裏切り者、漢奸だということで、いじめられ、さらに文化大革命の時にまた改めて弾圧されたというんですね。だから、山丁さんも文化大革命の時に思想改造所に入れられ、日本時代よりももっと苦労したとおっしゃってました。まあ、それは日本人に気を配ったいいかただったかもしれませんが。だから、文革の時に親日派だということで、刑務所のようなところに入れられた人もたくさんいて、そこで亡くなった人もいたようですね。

牛島　作品というのはデリケートですから、しんどいですね。いろんな読まれ方をするから。

川村　満洲時代に本を出したということだけで、内容に関係なく、親日派、日本協力者とされてしまうということだったようです。もちろん、日本万歳などと書いているんじゃないのですが、表面的には反日のことを書けるはずがない。それで表面の言葉だけを読んで、漢奸にされてしまうんですね。解放の時と文革の時と二回も弾圧される。ここ五、六年になってようやく「郷土文学」として、満洲の郷土を描いた文学として再評価されるようになって、復権したということになるんですね。

今は山丁さんの本も出て、満洲文学全集のようなものも出ているそうです。

牛島　ああ、それはよかったなあ。

川村　ただ、まだ研究の方は、これはダメであるという前提から始めなければならないんですね、「偽満洲国」の文学であるということで。

牛島　政治的なことは、やむをえませんですよね。

川村　ただ、若い人のなかには、満洲文学を客観的に研究しようという動きも出ています。中国側のものだけでなく、日本人の書いたものも含めた「満洲文学」の研究ということです。そういう動きが、中国でも日本でも出ています。

牛島　五十年、六十年も前のことで、もう歴史になっていますけど。そうですか。

満洲国って、何年続きました？

川村　十五年ですね、大同が四年、康徳が十一年ですね。

牛島　私のいた時は康徳だった。

川村　だけど、満洲にはそれ以前から日本が進出していましたからね。正式の植民地支配は十五年だけれど、その前から、日露戦争の時から侵略は始まっていましたからね。

満洲時代には中国人、満洲人の文学者方とは全然お会いするということはなかったんですか。古丁さんとか、山丁さんとか、爵青さんなんかと。

牛島　『満洲新聞』に『祝という男』を連載する時に、山田清三郎さんに集められましたよ。十人あまり、連載するのにね。あの時にひととおりお会いしたと思いますけどね。

川村　それは日本人だけじゃなくて、「満洲人」も、皆さんいっしょだったんですね。※（『日満露在満作家短篇選集』に収録された作家が、この時、山田清三郎（前掲書の編者）に呼ばれた人たちだとすると、日本人では北村謙次郎、鈴木啓佐吉、竹内正一、牛島春子であり、「満洲人」は爵青と呉瑛、ロシア人はヤンコーフスカヤとネスメエロフであると考えられる。もちろん、これらの人々も全員出席したとは限らないし、他の人が出席していた可能性もあるので、牛島氏の会ったのがこれらの人々だと断定することはできない）

牛島　ええ、そうですね。しかし、私は意識してああいう方たちとつきあうのを避けていましたから。作家でございというう雰囲気があまり好きじゃなかったですから。日本からも、川端さんもそうだけれど、たくさんの作家がたびたび見えられましたね。顔ぐらいは出しましたが、ほとんど覚えていませんね。

川村　横田文子さんとはお会いしましたか。※（横田文子。一九〇九〜八五年。小説家。十八歳の時プロレタリア作家同盟に参加。一九三八年に渡満し、『満洲浪曼』の同人となる。日本に引き揚げた後も文学活動を続ける）

牛島　その頃にお会いしたかもしれませんが、それ以後、つきあいというほどのことはないんです。

川村　牛島さんとちょっと立場が似ているかなと思ったんです。プロレタリア運動をして、満洲に渡ってものを書いていた女性ということで……。

牛島　そうですか。

川村　牛島さんは、いわゆるプロレタリア文学というようなことはなさっていらっしゃらないんですね。

牛島　ええ、そうです。政治運動でした。

川村　プロレタリア文学に対するご関心はなかったのですか。

牛島　なかったわけじゃないけど、あの頃は文学よりも政治だと思っていた。

川村　いさましかったわけですね。（笑）それで、満洲に渡ってから小説を書いてみようと思ったんですか。

牛島　もともと文学少女でしたからね。それでいよいよ政治

牛島春子氏と川村湊。2001年4月10日（撮影・谷内剛）

から解放されて、満洲で書こうと思ったんですけどね。でも、政治運動をやっていると、ヨロイを着ていましたから脱ぐのに時間がかかりましたね。

川村　作者ご本人に聞くというのも変ですが、『豚』というのは、どんな作品だったのでしょうか。

牛島　これはね、奉天省公署に勤めている中国人が、晴男の同僚でしてね、その人が家に遊びに来まして、いっしょに満人街を案内してくれたりしましてね、農村で「満人」の役人が悪いことをしているという実話を話してくれたんですよ。それをそのまま脚色して書いたんですよ。豚に税金がかかるという嘘をいって、お金を取るという悪いことをしている役人の話なんです。

川村　主人公の名前が「王」ということですね。

牛島　王属官ということだから、主人公は「王」なんでしょうね。原題は『豚』ですが。

川村　私のところに大同劇団が東京で上演した時のパンフレットがあります。それには劇としての『王属官』の内容がちょっと書いてありましたね。

牛島　上演されるたびにいろいろと脚色されて、終いには王属官が凄い二枚目になっちゃうんです。恋人ができたりして。

川村　映画や漫画にもなったということですね。※（映画は一九四〇年、高橋紀・藤川研一監督、満洲映画協会製作『王属官』、漫画は、藤井図夢作『王属官』――『満洲映画』一九四〇年九月号掲載）

牛島　私の最初に書いたテーマ、悪いことをした役人を摘発するというテーマは遙かに霞《かす》んじゃったんですね。演劇が面白かったんですね。

川村　作品が一人歩きして、原作とは違ったものになっちゃうという例ですね。

牛島　演劇にするということも、私には何の挨拶もないし、私も挨拶をしないし。

川村　その頃は日本で満洲人が出てくるような劇が見たいとか、満洲のことを知りたい、見たいという機運というか、欲求があったんでしょうかね。

牛島　満鉄にいた先輩の方たちが作った『作文』というがありましたが、その頃は私は知りませんでした。満洲国の文学運動なんてことは。そんなことを知らないまま、書きたいことを書いたということなんです。たまたま、原稿を募集していたから。

川村　その後、『文學界』やら『中央公論』から書いてくれという注文が来るようになって、日本へ送ったということですね。

牛島　でも、そうして頼まれた作品というのは、ほとんどが不本意な作品なんですね。私は無器用なんです。お尻をたたかれて書いたという感じしかありませんですね。

川村　池島信平さんは、当時、満洲文藝春秋社にいたんですね。

牛島　池島さんは、家に来て下さって、その後に作品集の話が出て、そして終戦ですよね。

川村　池島さんが『雑誌記者』（一九五八年、中央公論社）という本のなかで、牛島さんのことも含めてその頃のことを少しだけ書いていますね。永井龍男さんも満洲にいらっしゃいましたね。

牛島　永井さんは知りませんね。あれは何年だったでしょうか。池島さんには、私は腹を立てているんですよ。原稿を書いて渡して、そのまま死んでしまったんです。その原稿を返してくれといったら、原稿はなくなりました、というんですね。

川村　それは『文藝春秋』に書いた原稿ということですね。

牛島　池島さんから二回ぐらい原稿を注文されて、送ったんですが、「なくなりました」というんですね。「なくなりました」というのはどういう意味でしょうか。私は米軍の関係かなと勘ぐったんですがね。

川村　そういう内容のものだったんですか。

牛島　しばらく作品が書けなかったんですが、何とか書いたんですよ。それを送ったけれど、やはり気に入らないから返してくれといったんです。それが「なくなった」というんです。社長になるような人が、他人の原稿をなくすなんてことがあるんでしょうか。池島さんが福岡に来たんですが、私は会わなかったんですよ、腹を立てて。

「戦後」の満洲追憶

川村　戦後にお書きになったもので本になっているのは『霧

雨の夜の男』（一九六〇年、鏡浦書房）ですね。小説で本になっているのはあれだけですか。それ以外に小説を本にしようという話はなかったんですか。

牛島　はい、『新日本文学』にいくつか書きましたけどね。うーん、なかったですね。ただ、新聞社からやたらと原稿を書けといってきて、その書いたものを私家版として出したのが『ある微笑』（一九八〇年、創樹社）ですね。

川村　出すのがおイヤで、みんな断っていらっしゃるのかなと思ったんです。

牛島　戦後は、書く人が少なかったのか、新聞社からやたらと私に書け書けといってきたんですよ。いろいろ書きましたけど……。

川村　『霧雨の夜の男』は、跋文を野間宏さんがお書きになっていますね。

牛島　そう、野間さんがね。野間さんとは親しくしていましたから。あれも出版社の人が書け書けといったから、書いたようなもんですがね。

川村　あのようなルポ的な書き方というのは、あの当時あまりなかったのではないでしょうか。裁判記録を小説のなかに入れるという方法は、新しいものじゃなかったでしょうか。

※（『霧雨の夜の男』は、共産党員が駐在所に爆弾を投げ込んで逮捕された菅生《すごう》事件をテーマとした小説。警察のスパイによるフレームアップ事件として問題になり、作品はその裁判や鑑定の過程をルポルタージュ風に書いている）

牛島　そういうことはあまり知りませんですけどね。

川村　あれ以来、野間さんの『狭山裁判』とか、佐木隆三さんのものとか、裁判記録を使ったルポ風のものも多くなってきますが。小説のなかにそういう裁判記録のようなものを入れて小説を書くというのは、牛島さんのあれが最初のものといってよいのではないでしょうか。あれは何年でしょうか。

牛島　一九六〇年ですね。

川村　松川事件のことを広津和郎さんが書いたというようなのはありましたが、小説としてはなかったのではないでしょうか。開高健さんが『片隅の迷路』という徳島ラジオ商殺しのことを小説として書いたものもありましたが。

牛島　野田宇太郎さんが「菅生事件」という題名にすればよかったのにといってましたね。

川村　副題には「菅生事件」とありますね。

牛島　そうですけどね。あれを出した鏡浦書房というのもなくなりましたね。

川村　満洲時代に牛島さんが小説を書くということについて、晴男さんは満洲国の官僚、お役人だったわけですけれども、それに対して何か問題になるとか、何かおっしゃるようなことはなかったんですか。

牛島　それが何にもいわなかったんです。役所ではわかっていたんですけどね。牛島春子は君の奥さんなんだそうだねと、上役から言われたりして、オレの女房が牛島春子ですと、答えたといったぐらいですね。満洲でもこっちに帰ってきても何にもいいませんでした。

川村　ただ、やっぱりお役所のなかでは、まずいなというような上司なんかがいたのではないでしょうか。

牛島　こっちに帰ってきてから、晴男がヨーロッパの行政視察に行きましてね、私費で。ぐるっと廻ってその報告を冊子にして配りましてね。その時に「奥さんがいらっしゃるけん」といわれたといってましたね（笑）。私が監修でもしたのかと思ったんでしょうかね。一生懸命に書いて、薄い本にして出したんですけどね。そういう点では、私の自由にさせてくれましたね。

川村　『或る微笑』のなかで、戦後に満洲のことをまとめて書きたいということをおっしゃっていますが、それはお書きになっているんですか。

牛島　書かないかということはいわれましたけどね。

川村　書いたままで原稿で持っていらっしゃるのではないかと思ったんですが。

牛島　健康体じゃないんです。自律神経失調症というのですが、情緒不安定とか、手足が冷えるとか、ダメですね、根のいる仕事はダメです。鬱状態になったり。ここ何年か、そういう状態なんです。この頃は、文章はまとまったものは書けないけれど、俳句ならできるかなと思っています。

川村　満洲からの引き揚げは、大変だったでしょうね。

牛島　私には面白かったですね。世の中がばぁーっとひっくりかえったでしょう。そんなことを体験できるなんてめったにありませんものね。満洲という国がひっくりかえって、今まで日本人がやってきたことがすべて何にもなくなる。苦労といえば苦労ですけど、私のところは、子供三人も、晴男も日本に帰ってきていますし、面白い体験だったと今ならいえますね。もちろん、いろいろな体験をした人がいて、面白いなんてとんでもないと思う人もいるでしょうけどね。

（二〇〇一年四月十日・福岡市）

○資料

牛島春子略年譜

一九一三年　（大正二年）久留米市で父・牛島丞太郎、母・あやめの二女として生まれる。

一九二九年　久留米高等女学校卒業。

一九三一年　日本足袋久留米地下足袋工場（後のブリジストン）に入社。労働運動を行う。

一九三三年　逮捕され、拘置される。

一九三五年　懲役二年執行猶予五年の判決を受ける。
一九三六年　牛嶋晴男と結婚。満洲国に渡り、「奉天」に住む。
一九三七年　短篇『豚』が第一回建国記念文芸賞に当選（二等一席）。拝泉県拝泉に移る。
一九三八年　「新京」に移転。
一九四〇年　『祝という男』が芥川賞候補作となり、『文藝春秋』に転載される。
一九四五年　営口で敗戦を迎える。
一九四六年　子供三人を連れて、七月に福岡県に引き揚げる。
一九四八年　新日本文学会久留米支部の創立に参加。
一九六三年　『霧雨の夜の男』を刊行。
一九八〇年　『ある微笑――わたしのヴァリエテ』を刊行。
二〇〇一年　『牛島春子作品集』を刊行。

『日本植民地文学精選集』第二期全二十七巻・ゆまに書房、二〇〇一年十月刊行。

○満洲編（川村湊編）
第二十一巻『牛島春子作品集』、第二十二巻『野川隆・今村栄治・塙英夫作品集』、第二十三巻『日満露在満作家短篇選集』、第二十四巻・打木村治『光をつくる人々』、第二十五巻・大滝重直『劉家の人々』、第二十六巻・檜山陸郎『哥薩克（カザック）』。

○朝鮮編（白川豊編）
第二十七巻『半島作家短篇集』、第二十八巻『新半島文学選集第一輯』、第二十九巻『新半島文学選集第二輯』、第三十巻・金聖珉『緑旗連盟』、第三十一巻・張赫宙『和戦何れも辞せず』、第三十二巻・野口稔（張赫宙）『岩本志願兵』、第三十三巻・李無影『情熱の書』。

○台湾編（河原功編）
第三十四巻・藤原泉三郎『陳忠少年の話』、第三十五巻・陳垂映『暖流寒流』、第三十六巻・阿Q弟『可愛的仇人』、第三十七巻・坂口䙥子『鄭一家／曙光』、第三十八巻・林熊生『船中の殺人／龍山寺の曹老人』、第三十九巻・呂赫若『清秋』。

○南洋群島編（川村湊編）
第四十巻・丸山義二『帆船天祐丸』、第四十一巻・野口正章『外地』、第四十二巻・山田克郎『炎の島』、第四十三巻・大久保康雄『孤独の海』。

○樺太編（川村湊編）
第四十四巻『譲原昌子作品集』、第四十五巻『大鹿卓作品集』、第四十六巻・伊藤冨士雄『村の人々』、第四十七巻・寒川光太郎『草人』。

「戦後文学」の起源について

〃最後の頁〃からの出発

栗原幸夫

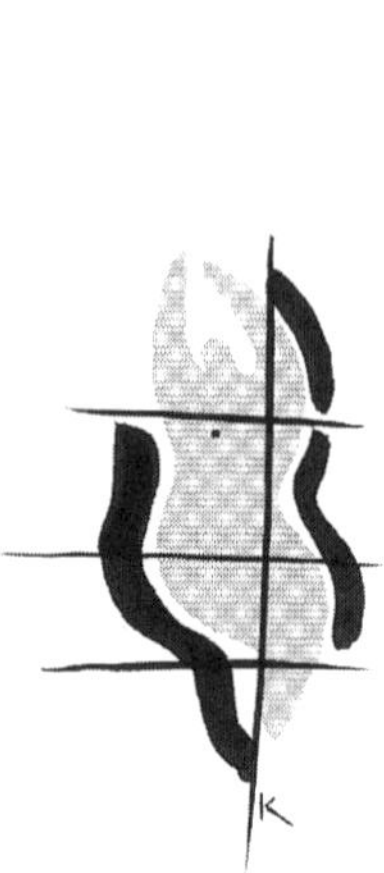

戦争中とくにその末期の文学・思想について、そこには見るべきものはなにもなく、ただ戦争協力と荒廃だけがあったという見方がある。これはまったく間違った見方だ。この見方からは、戦後文学・戦後思想はなんらそれ自身の内的必然性によって生まれたのではなく、せいぜい占領政策の申し子にすぎないか、あるいは戦争に協力した知識人が無反省に再転向して時流に迎合したものにすぎない、という評価しか生まれない。じじつ戦後文学否定論者のおおくがこのような立場に立っている。しかしこれは事実に即していない。このような一面的な見方を克服するためには、「戦後的なもの」がいつ、どこで生まれたのか、その起源をさぐることが必要である。

1　遺書として

その頃、日本人の大部分は、生きて戦争の終わりを迎えられるとは、おもっていなかった。死を決意したというわけではない。まして、死して悠久の大義に生きるというような理念を信じたわけではない。世俗的な言葉で言えば「じたばたしても仕方がない」というあきらめの境地と言おうか、しかしそこにはデカダンスもセンチメンタリズムもほとんどなかったようにおもう。それを小林秀雄の目から見ればやはり「国民はだまって事変に処した」ということになるのだろう。しかしこの「だまって」という沈黙のなかには、いろいろな思想の萌芽がうずまいていたはずである。

「戦後的なもの」は戦争の「外部」からとつぜん姿を現したのではなかった。それは戦争の「内部」に胚胎していたのである。だから、いままで信じていた戦争の理念が敗戦によっていっきょに崩壊し、なにが善でなにが悪であるのかその基準を人びとが喪失した時代、それが「戦後」だというのは、たしかに戦後の実存主義的な感性に適応的な説明ではあるが一面的だ。

「戦後」派とは戦争体験派であり、その体験の中心は言うまでもなく「死」である。明日しれぬ命という実感は、兵役を目前にした若い世代を内省的にした。何のために自分はこの世に生まれたのかというような、前世代の青年たちにとっては観念的な問いでしかなかったものが、死を否応なく意識しないではいられない日常のなかできわめて具体的な切迫した問いとして、青年たちをとらえた。おそらくこのときほど日本の青年が哲学に関心を抱いた時はなかっただろう。そしてマルクス主義が禁圧された思想的空白のなかでこの人たちが出会ったのは、西田哲学だった。あるいはもう少し広い意味での京都学派の哲学だった。その中心は言うまでもなく「主体性」である。あらゆる戦後思想・文学に共通するキーワードが「主体性」であったことはあらためて言うまでもないが、その「主体性」論の誕生の地もまた戦争期の状況なのである。

戦争末期の状況のなかで、死と直面しながら、自分の存在の痕跡を残そうとした孤独な営み——それが戦後思想・文学が胚胎した誕生の地である。だからそこにうまれた一群の作品は、多かれ少なかれ「遺書」のおもむきをもっている。そのようなものとして、花田清輝『自明の理』『復興期の精神』、武田泰淳『司馬遷—史記の世界』、竹内好『魯迅』、本多秋五『「戦争と平和」論』、埴谷雄高『不合理ゆえに吾信ず』、文学以外では、丸山真男『日本政治思想史研究』、石母田正『中世的世界の形成』などを、われわれはすぐに思い浮かべることができる。これらがどのような状況の下で書かれたか、それを代表的に語っている文章をつぎに引いておこう。本多秋五は戦後にはじめて刊行された『「戦争と平和」論』（一九四七年九月、鎌倉文庫刊）の「はしがき」につぎのように書いている。

『「戦争と平和」』に、最初自分の問題のあることを感じたのは、昭和一二年から一三年にかけて、役所の歳末首休暇にこの小説を読みはじめたときからであった。

昭和一六年の一月役所を罷め、以来明けても暮れてもトルストイで、一八年の一〇月、一まず稿を終えた。読み直しをしながら順々にタイプにまわし、タイプの打ち終わるまでにまた一年かかった。

最初から、発表は、たとえできたとしても、十年後のことと覚悟していた。しかし、いずれ自分は兵隊に取られるだろう、取られないまでも、戦死同様の死に方をする確率がすこぶる大きい、死んだあとには、せめて子供と原稿だけは残っていてほしい、と思ってタイプに打たせたのであった。タイプに打ち終えたのは、一九年一〇月のことであった。フィリッピン方面の敗色が明らかになり、十数日の後にはＢ29の東京初空襲を迎えるころであった。」

本多秋五が陸軍二等兵として召集されたのはそれから半年あまり後の翌年五月である。

竹内好の『魯迅』は一九四四年一二月に日本評論社から出版されたが、戦後再刊された創元文庫版（一九五二年九月刊）の「あとがき」に彼はつぎのように書いた。

「私の『魯迅』は、いまではもう古い。改めて出すだけの価値があるかどうか、疑問である。しかし、一方からいうと、この『魯迅』は私にとって、なつかしい本である。追い立てられるような気持ちで、明日の生命が保しがたい環境で、これだけは書き残しておきたいと思うことを、精いっぱいに書いた本である。遺書、というほど大げさなものではないが、それに近い気持ちであった。そして実際、これが完成した直後に召集令状が来たのを、天佑のように思ったことを覚えている。その張りつめた気持ちは、いまでもこの本を読みかえすとき甦ってくるものである。私は『魯迅』を書くことによって私なりの生の自覚を得た。この「処女作」は、ほかのどの本よりも私にはなつかしい。」

竹内に召集令状が来たのは『魯迅』の原稿を出版社にわたしてひと月もたたない一九四三年一二月一日である。

ほかの著者たちにとっても事情はほとんどおなじであった。もうひとり、社会科学の方からひろっておこう。

丸山真男は戦中に書かれた論文を本にした『日本政治思想史研究』の「英語版への著者の序文」に、「一九四四年七月という時期に応召することは、生きてふたたび学究生活に戻れるという期待を私にほとんど断念させるに充分な条件であった。私はこの論文（「国民主義の『前期的』形成」をさす）を「遺書」のつもりであとに残して行った」と書いている。

昭和初年のマルクス主義運動の壊滅のなかから生まれたこれらの人たちの著作が、さまざまな意味合いで「戦後」の文学と思想におおきな影響をもったことはあらためていうまでもないが、しかしこれらは「戦後」を予見して書かれたのではなく、まったくその反対に、日本の近代文学／思想の「最後の言葉」として書かれたということは、とくに強調しておきたい。彼らに戦後への展望はないのである。それにもかかわらず、彼らの戦争末期の作品が「戦後」をひらくものとして戦後に迎えられたのはなぜか。近代文学の「最後の言葉」がなぜ「戦後的なもの」でありえたのか。いくつかの視点からそれを考えてみたい、というのがこの稿のモチーフである。

2　転向の影の下で

藤田省三は「戦後の議論の前提――経験について」（『精神史的考察』所収）のなかで、「戦後の思考の前提は経験であった。どこまでも経験であった。いわゆる「戦争体験」に還元し切ることの出来ない色々のレベルにおける経験であった。経験的基礎からかけ離れて宙に浮いた「議論」や天から降ってきた「虚妄」の思想体系が何の内部的葛藤も経ないで内容空疎な全体像となっていたのが戦後の思考状況なのではない」と言い、その「戦後経験」として、第一に、国家（機構）の没落が不思議にも明るさを含んでいるという事の発見、第二に、すべてのものが両義性のふくらみを持っていることの自覚、第三に、「もう一つの戦前」、「隠された戦前」の発見、「もう一つの世界史的文脈」の発見をあげ、つぎのようにつづけている。

「私たちはとかく戦後の「価値転換」という表面に眼を奪われるあまり、戦後の思考の実質が実は「もう一つの戦前」によって形成されていたことを見失いやすい。しかし戦後の経験を思考によって造形する際に働いていたものは殆ど尽くと言っていいぐらい「もう一つの戦前」なのであった。「もう一つの戦前」が次々と姿を現し、一つ又一つと発見されて行く過程が戦後史なのであった。過去についての発見が現在を形造り未来の在り方を構想させるという、動的な時間感覚の存在と働きが其処にはあった。そこでは過去は既存の所与ではない。更めて発見されるものであり、その意味で現在の営みであり、明日にも又更めて発見されるものであるという点で未来なのでもあった。「もう一つの」という言葉の意味はそこにあり、複合的な時間意識と「未来を含む歴史意識」がそこに躍動していた。この時間の両義性と可逆関係が戦後経験の第四の核心をなしていた。」

藤田省三がここで指摘した四つの柱は、われわれが「戦後」を考えるときに説得的であるように見えるし、また同感するところも多い。たしかに、マルクス主義の復活と隆盛という方から見れば、戦後の新しさには「もう一つの戦前」の発見、あるいは正当な復権ということがあったのは間違いない。「獄中十八年」や「亡命十六年」が、畏敬や希望の国民的な広がりを持ち得たのがそのことを雄弁に語っている。

しかしこれは、「もう一つの戦前」の無批判的な復活にはげしく抗うことをつうじて、はじめて「戦後的なもの」が見えてきたという私の経験とひどく違っているようにおもわれる。敗戦直後のいわゆる「主体性論争」にせよ共産党内部の志賀・神山論争にせよ、そこで争われたのは「もう一つの戦前」と「もう一つの戦中」、戦前のオーソドックスなマルクス主義の無批判的な復活にたいする戦中経験に固執する自立的な思想・運動者の対立だったのである。

吉本隆明はかつて「戦後文学は、わたし流のことば遣いで、ひとくちに云ってしまえば、転向者または戦争傍観者の文学である」(「戦後文学は何処へ行ったか」)と言ったことがある。彼はこれを否定的な規定として言ったのだったが、私は肯定的な意味をこめてこれを承認したい。「戦後的なもの」の出発点は「転向」である。もちろんすべての転向が戦後に往く道であったわけではない。それではなにが転向を生んだのか、転向によってなにが可能になったのか、そしてその可能性のなにが「戦後」につうじていたのか。――

私は先に「戦後」を準備することになった何冊かの本をあげたが、そのすべてが多かれ少なかれ「転向」の影のもとでの労作であったことに注目しなければならない。当時の厳重な言論統制と検閲制度のもとでは、体制批判的なすべての言論が「奴隷の言葉」を使わざるをえず、「マルクス曰く」というスタイルの戦前型の文章は完全に影をひそめたが、そのことはまた否応なく思想の自立をうながす結果ともなった。しかしそこで決定的な契機となったのは「奴隷の言葉」ではなく「転向」だった。もちろんすべての転向が思想の自立を準備したわけではない。転向したプロレタリア作家の大部分は、プロレタリア文学理論の核心をなした「政治の優位性」論をそのまま温存して、逆のヴェクトルをもった政治に「従属」していったのである。「政治か文学かではない文学だ」と見得を切った林房雄も、数年の後には天皇制と侵略戦争のイデオローグとして「政治の優位性」を実践することになる。

林房雄と同世代のプロレタリア文学運動の中心的な担い手のなかで、転向をつうじて思想の自立への道を歩むことに成功したのは、わずかに中野重治だけだったといってもいい。(私の「中野重治と転向の問題」「敗北からの再建の道――三〇年代後半の中野重治」、いずれも『歴史の道標から』れんが書房新社刊、を参照いただきたい)。

ここでは中野重治より一世代後の、「戦後文学」の実質的な担い手となった人たち――彼らもまた、その大部分が多かれ少なかれ末期のプロレタリア文化運動にかかわり、逮捕・転向を体験していた――の「転向」について検討する。

埴谷雄高は一九三〇年、二十歳の時に出席不良のために日本大学予科を除籍され、プロレタリア科学研究所農業問題研究会をへて農民闘争社に入り、翌年には日本共産党に入党、三二年三月に逮捕され不敬罪と治安維持法によって起訴される。翌三三年一一月、転向を表明して懲役二年執行猶予四年の判決をうけて出所。彼の転向の契機は一つには彼が体験した党のなかになお無自覚に温存されているピラミッド型の階層構造にたいする批判と、彼がアナーキストからボリシェヴィズムに転ずるに当たって決定的な役割をはたした『国家と革命』でレーニンが描いた国家の死滅という未来図が、現実の革命のなかではまったくの絵空事でしかないことの発見であり、もう一つは獄中でのカントとくにその『純粋理性批判』中の先験的弁証論との出会いだった。その出会いについて彼は戦後につぎのように書いている。

「恐らく人生には、ひとつの決定的な出会いという瞬間があるのだろう。他のものにとってはさしたる事柄でないひとつの事象が、その当人にとっては生死の大事となることがあるのだろう。私にとって、先験的弁証論はまさしくそれであった。晨に道を聞けば、夕に死すとも可なり、とはかくのごときものかと魂の奥底深く酷しく思いしった。〔……〕勿論、この領域は吾々を果てなき迷妄へ誘う仮象の論理学としてカント自身から否定的な判決を受け、そこに拡げられる形而上学をこれも駄目、それも駄目、あれも駄目と冷厳に容赦なく論破するカントの論証法は、殆んど絶望的に抗しがたいほど決定的な力強さをもっている。けれども、自我の誤謬推理、宇宙論の二律背反、最高存在の証明不可能の課題は、カントが過酷に論証し得た以上の過酷な重味をもって吾々にのしかかるが故に、まさしくそれ故に、課題的なのである。少くとも私は、殆んど解き得ざる課題に直面したが故にまさしく真の課題に当面したごとき凄まじい戦慄をおぼえた。私の眩暈は、同時に、私の覚醒なのであった。〔……〕そして、嘗てカントの課題であったものがまた私の課題となったとき、私のまずとるべき方法は極端化であった。灰色の壁に囲まれたなかに、ただひとりで眼を閉じて端坐していること、そのこと自体がもはや私に無限の問いかけを呼ぶ課題なのであった。私が眼前に意識するものより私が意識すること自体が端的な課題なのであった。」（「あまりに近代文学的な」）

これは「戦後文学」のひとつの峰である『死霊』が、すでにこのときに作者のなかに胚胎したことの明確な証言である。そして埴谷雄高の転向は革命思想からの水平な離脱つまりそれから何かへの転化ではなく、垂直な飛翔であり、その垂直軸からみればそれは根底化という様相をしめす。永久革命者というフェーズにおいて彼は非転向である。

埴谷雄高がこの国のマルクス主義の理論と運動から宇宙の高みにまで一挙に離脱したのにたいし、本多秋五の場合はその思想的自立へのあゆみは慎重であり、まさにその対極に位置した。彼は戦後に書かれた「転向文学論」のなかで「小林多喜二の線」ということを言っている。

「小林多喜二の線は、外的強制にあって挫折した。もちろん、外的強制は非合理なものであった。しかし、それはある歴史の現実性をつかんでいた。その意味で、それは非合理的合理であった。それと合理的なものとの戦いは、この合理的なものが観念性をまぬがれえなかったかぎりで、非合理と合理的非合理との戦いであった。この二つのものの戦いは、われわれの眼前いたるところに見出されるのであるが、歴史の急カーブにおける抵抗最大の点では、この二つのものの戦いが、生きた人間を呑みつくして戦われる。問題は、この非合理なもののもつ現実性、合理的なものの漂わされている観念性にある。詰まり、母なる国民大衆の動きにある。」

　これは、プロレタリア科学研究所芸術部会のもっとも期待された理論家であり、またプロレタリア科学同盟執行委員会の一メンバーとして一九三三年一一月二三日に検挙された本多秋五が、自分の経験にてらして転向を運動論的に語った数少ない文章のひとつである。ではここで言われている「小林多喜二の線」とは何か。本多秋五はそれを「当時の戦闘的なプロレタリア文化活動家に愛用された言葉でいえば、職業的革命家《ベルーフス・レヴォルチョネール》たる道であった。もっと正確には、文学者にして同時に職業革命家たる道であった」と言っている。

　がんらいプロレタリア作家同盟は、一、日本におけるプロレタリア文学の確立、二、ブルジョワジー、ファシストおよび社会ファシストの文学との闘争、三、労働者農民その他の勤労者の文学的欲求の充足、の三項目を目的にかかげ、これを承認する者を同盟員としてきたのだから、「革命的プロレタリアートの陣列にあっては、文芸家もまた基本的にはプロレタリアートの政治家に外ならない」（宮本顕治）とか、「政治の優位性の全面的理解は、単に「主題の積極性」および組織的活動等による補助的任務を行うことにあるばかりでなく、又自己を最も革命的な作家、即ち「党の作家」に発展させることを意味する」（小林多喜二）とか、「ナルプにはより同伴者的、より小ブルジョワ的作家はいるが、同伴者作家や小ブルジョワ作家はいない」（同）とか、「我が同盟は、あらゆる革命的作家を成員として獲得して行くものであるが、その中に、指導のボルシェヴィキ的方向を拒む「同伴者グループ」が別個に存在し得るものではない」（「右翼的偏向との闘争に関する決議」）とか言われると、そんなことを決めた覚えはない、と開きなおる人間が出てきても当然だった。

　まして「主観的要因の強化」が、創作活動よりも組織活動により重点をおくことであったり、多数者獲得とはプロレタリア文学の読者を獲得することではなく、党や組合の拡大のことだと言われ、作家に共産党や全協のオルグの役割まで背負い込ませようとするに至って、ついに作家の反乱は避けられなくなった。さらに加えて、ボリシェヴィーキ的指導は、「三二年テーゼ」の戦略をそのまま文化運動にもち込んで、「戦争とファシズムにたいする闘争」のスローガンを「戦争と絶対主義（天皇制）にたいする闘争」と書きかえ、ことごとに「×××テロル反対」「戦争とブルジョア・地主的××

制支配に奉仕する反動文化打倒」等々のスローガンを機関誌に書きつらねることによって、組織全体をますます非合法化していった。日和見主義とは、このようなボリシェヴィーキ化以来の方針について行けずに、それ以前の状態にとどまっている者の総称にほかならなかった。（拙著『プロレタリア文学とその時代』参照）

文化運動とその組織を非合法の共産党と半非合法の全協の拡大・強化のための「補助組織」と位置づけ、大衆組織でありながら「ボリシェヴィキ的指導」つまり共産党の指導をその成員が無条件に受け入れることを要求する「芸術運動のボリシェヴィキ化」の路線は、その提唱者であった蔵原惟人が逮捕された後も宮本顕治や小林多喜二によって継承され、「議論の余地なきもの」と称して一切の批判や逡巡に日和見主義のレッテルを貼って攻撃したのである。

「小林多喜二の線」とはとりもなおさずこのような「文化運動のボリシェヴィキ化」の路線にほかならなかった。そして「転向」の初発の姿は、この路線にたいする疑問・逡巡・反対であり、その路線からの離脱なのであった。本多秋五も「転向文学論」のなかで、「「右翼的偏向」ないし「調停派」ないし「攪乱者」は、事実においても転向と一本につながったのであるが、それを事前に一本と直感させたのは、そこに暗黙に、しかも歴然と、小林多喜二の線が、ひとびとの頭のなかに描かれていたからである。小林多喜二の線からの離脱——これが、それらを「転向」と一本のもの、と直感させたのである」と言っている。

「小林多喜二の線」からの離脱がただちに「転向」としてしか実現しなかったのは、それにかわる現実的な運動が存在しなかったからである。なぜそれが存在しえなかったかといえば、そのためには「ボリシェヴィキ的指導」つまり共産党に異を立てる以外になかったからである。インテリゲンチャのなかに党の神秘化・絶対化の心情が支配していた当時にあって、それをあえておこなえたのは、全協刷新同盟で分派闘争の修羅場をくぐった神山茂夫ら少数の労働者活動家たちだけだった。（上原清三「「左翼」作家への抗議」、『神山茂夫著作集・第一巻』参照）

だから「転向」を文字通りの転向に終わらせず、思想的自立への契機に転化するためには、自分がいままで「議論の余地なきもの」としてきたもろもろの理念と理論を相対化し、再検討することが避けてとおれぬ道であった。エルダー・ジェネレーションの中野重治はそれを「日本の革命運動の伝統の革命的批判」と呼びその道を歩んだ。後続の世代である埴谷雄高、本多秋五、平野謙、武田泰淳、そしてやや異なった道を通って花田清輝、竹内好などがそれぞれの経験をはぐくみながら、それぞれの自立の道を歩んだ。そして今日、それらの歩みを見渡すと、当然のことながらそこにはきわめて個性的な多様性が存在すると同時に、おどろくほどの問題関心の類似性を発見するのである。

3　必然と自由

では、そのような多様性のなかにみられる共通の問題意識とはどういうものだったか、そしてそれが「戦後的なもの」の誕生の地になったのはなぜか、を見ていきたい。そこでまず、本多秋五の『トルストイ論集』「あとがき」の長い引用からはじめる。彼はこのように語っている。

> 『戦争と平和』は、一九三七年の暮から翌年の正月にかけて初めて読んだとき、ここに自分の問題が内蔵されていると感じた。
>
> トルストイは青年の理想や願望が一つ一つ破れて行くのを描き、一国家、一国民の運命においても同様のことが繰り返されて行くのを描いた。人間の意志願望とは無関係なある力が歴史を動かしているという感銘がここにはある。それが私をひきつけたらしい。
>
> そこからトルストイは、歴史は人をつくり、人は歴史をつくる、歴史における個人の役割りはどれほどのものか、という問題にぶつかった。それが自由と必然の問題である。それは最初からトルストイが予想していたことではなかったが、そこへ導かれてみると不可避な到達点と思われた。それはまた私にとっても、大変に興味ある問題であった。
>
> 私は大学一年のときエンゲルスの『反デューリング論』を読んで、第三篇社会主義のなかの、今の翻訳では《理論的概説》とあるその第二章の最後にあらわれる「必然の国から自由の国への人類の飛躍」にいたって、びっくり仰天した。今まで考えて見たこともない人類史の未来図がそこに除幕されていたからである。そのときの瞠目的な印象は永く私の頭に残った。
>
> 自由と必然との関係については、おなじ書物の別の個所に書かれている。
>
> ヘーゲルは、自由と必然性の関係をはじめて正しく述べた人である。彼にとっては、自由とは必然性の洞察である。「必然性が盲目なのは、それが理解されないかぎりにおいてのみである。」（傍点はエンゲルス）自由は、夢想のうちで自然法則から独立する点にあるのではなく、これらの法則を認識すること、そしてそれによって、これらの法則を特定の目的のために計画的に作用させる可能性を得ることにある。……自由とは、自然的必然性の認識にもとづいて、われわれ自身ならびに外的自然を支配することである。したがって、自由は、必然的に歴史的発展の産物である。

（国民文庫、村田陽一訳『反デューリング論』1、第一篇哲学）

ここを読んで、そうだ、と思った。初めて聞く意見ではあるが、たしかに思い当る節があるので、そうであるにちがいなかろう、と思った。そして、そこで、安心していた。

「満洲事変」から「支那事変」へ、そしてその後の戦争の拡大深化と、「黙って事変に処した」国民の動向とは、マルクス主義の理論体系という骸骨の一部を齧っただけで何かわかったような気になっていた私にとって、まったく理解できないものであった。

ヘーゲルとエンゲルスの「自由とは必然の洞察」論ではやって行けなくなった。

「必然性」もわかりにくいものであった。必然性があるとして、歴史のなかでどこまでが必然か、そんなことは容易にわかるものではない。しかし、「自由」はもっとわからなかった。「自由は必然の洞察である」といっても、「自由は自然的必然性の認識である」といっても、渇いた人間の前に「地面を掘って地下水に達すれば、そこに水がある。」という真理をおかれたようなものである。今日ただ今、金もなければ、いいたいことをいうこともできず、やる瀬ない悶々の情を訴える術も知らない人間にとって、何の間尺にも合いはしない。

いつか、ヘーゲルとエンゲルスの「自由」の概念は、桶狭間に殴り込みをかけた信長の「自由」を説明しえない、と考えたことがあった。ヘーゲルとエンゲルスに対する八つ当りだが、そこにも幾分の理由があったはずである。」

ここには「昭和」のはじめに新思潮としてのマルクス主義に出会った若いインテリゲンチャが経験した、わずか十年のあいだの目まぐるしい転変の精神史が要約されている。「理想や願望が一つ一つ破れて行」った青年たちは、『戦争と平和』の主人公たちであると同時に本多秋五の同世代の青年たちである。「一国家、一国民の運命」とはナポレオン戦争下のロシアであると同時に日中戦争下の日本と日本人である。なぜ自分は歴史の流れのなかでいまここにいるのか？　ここにいることの必然性のなかで自分の自由とは何か？　戦前の日本マルクス主義の最後の言葉は、「軍事的・半封建的資本主義」が存在するかぎり戦争は不可避であるという認識だった。この不可避＝必然性を解体するのは唯一「プロレタリア革命に強行的に転化する傾向をもつブルジョワ民主主義革命」であるとされた。そしてその可能性が潰えたとき、左翼インテリゲンチャたちは赤裸で必然性＝戦争に呑みこまれていったのである。そこでは日本資本主義の脆弱性という認識は、もはや自分一個の「自由」とはなり得なかった。そしていうまでもなく、この必然性のなかでの自由の探求は、人はいかに生きるべきか、という問いと直結していた。

このような問題意識が生まれる場所は「歴史」だった。ミーチン＝ラズモフスキーの『史的唯物論』のような「教程」類で学んだ「歴史観」では、とうていこの問いに答えることはできなかった。

戦中期は歴史哲学の時代だった。唯物史観が権力の弾圧によって退場を余儀なくされた後に、この歴史哲学の時代がやってきた。その時代を担ったのは京都学派だった。先鞭をつけたのはプロレタリア科学研究所哲学部会の責任者を解任された三木清の『歴史哲学』（一九三二年）である。それに高坂正顕『歴史的世界』（一九三七年）がつづき、高山岩男『世界史の哲学』（一九四二年）でひとつの頂点に達する。周辺をも含めてこの人たちは政治的な差異をふくみながら、「近代の超克」派を形成することになる。これとの関連で、西田哲学のなかからその批判を通じて出発した花田清輝が、最後まで「近代の超克」派であったことの戦後的な意味は、あとで検討したい。

しかしこのようないわば大文字の歴史とは異なった歴史への関心があった。かつての唯物史観が歴史の必然性をかかげて人びとを階級闘争の戦線に動員したのと同じように、「世界史の哲学」もまた歴史の必然性をかかげて人びとを「大東亜戦争」へと駆り立てたのだったが、それとは異なる文学的な歴史への関心が生まれた。それを代表するのが小林秀雄の『歴史と文学』（一九四一年）一巻にほかならない。本多秋五は「当時――単行本『歴史と文学』の発行されたのは昭和一六年九月のことであった――孤独と懐疑のうちに自由を探し求めていた僕は、『歴史と文学』や『文学と自分』のなかにベルグソンや臨済のそれに似た自由を確信的に、しかもたしかに肉声で語っている現代日本人の声をきき、それまで無縁にひとしかった小林秀雄の世界が急に自分に生きて作用しはじめるのを感じたのであった」（「小林秀雄論」）と書いている。

かつて本多秋五たち若い左翼インテリゲンチャにとっては、人間の中心に「宿命」を見る小林秀雄は理解不能な「変な奴」（同上）でしかなかった。しかし運動の崩壊と転向と戦争というわば三重苦に突き落とされたとき、彼らはプロレタリアートの歴史的使命という目的論的な人間観から、いやでも自分個人の宿命に直面しなければならなかったのである。その地点で小林秀雄と彼らを分かったのは、前者が宿命を絶対化し現実を絶対化したのにたいし、後者がその宿命を「必然性」として受け入れながらそのなかで「自由」を追いもとめた点にあった。と言ってもその違いはそれほど大きなものではない。小林秀雄も「抵抗が感じられない処に自由も亦ない」（「疑惑Ⅱ」）と言っている。

「トルストイの宿命論は、絶対追求者の現実肯定の形といえる。宿命論は当然に諦念の哲学である。意欲放棄の哲学である。しかし、意欲もまた宿命の産物と見られるとき、宿命論は意欲の固執を帰結する。宿命論は自我肯定の哲学でもある。／一八一二年役は「行わるべくして行われた」とトルストイはいう。そのトルストイが、それを「人間の理性と人間のあらゆる天性に反する」という。人間によって、行わるべくして行われた事件が、人間の天性に反するとは何の謂か？必然を必然とのみ眺めたなら、「単純でしかも恐ろしい意義」などなかっただろう。現実の矛盾が肯定され、歴史の「不合理」が腹の底まで承認されていたら、ハーディの『覇王たち《ダイナスツ》』のような冷やかな観照の歴史文学は書かれたとしても、『戦争と平和』は書かれなかったであろう。「人間の理知にとって、様々な現象に対する原因の綜合は、とうてい不可解なものである。しかし原因探求の要求は元来人間の心に備わったいる。」（第一三編第一節）まさにその不可解不可抗なものに対して、一方それを認めつつ、他方あくまでそれを解明し、それに向って抗争せんとするところ、運命忍従の諦念と歴史解明の意欲との相戦うところ、そこにこそ『戦争と平和』の発展がある。」（本多秋五『「戦争と平和」論』第三章）

一八一二年役を「大東亜戦争」と読みかえ、「『戦争と平和』の発展」をわれわれの自由と読みかえれば、この一節は戦争下の本多秋五の心象風景を語り尽くしていると言っても過言でない。

4　自同律と自明の理

一九三三年十一月、転向した埴谷雄高は懲役二年、執行猶予四年の判決をうけて豊多摩刑務所を出所する。「ひとの思想によって考えるのを止めてからの私には、虚無の日々をいとおしむものうさがおぼえられた」（『不合理ゆえに吾信ず』）と彼は書く。

埴谷雄高はこれから数年間、当時、九段下にあった大橋図書館にかよいデモノロギイ関係の本を読んだりしてすごす。「灰色の壁から出たのちの私は、馬鹿げたことには、ひたすら、論理学と悪魔学に耽溺した。それらは一見奇妙な領域であったが、私にとっては、その二つはシャム兄弟のごとく一端が結びついている双生児であった。ひとつは私の思考を厳密に統御する巨大な壁にも似た形式で、他のひとつはあらゆる制約と形式を破って奔出しようとする生のエネルギイの最も始源的なかたちと私に思われた」（「あまりに近代文学的な」）と彼は回想している。埴谷雄高にとってデモノロギイは、「自同律の不快」をこえて「存在の革命」にいたる思考の通路をきりひらくにあたってひとつの補助的な役割を果たした。とはいえ、彼にとっての「存在の革命」はけっして錬金術のような高等魔術の「アート」ではないのである。彼にとって問題はつねに「考え方」なのであった。「他に異なった思惟形式がある筈だとは誰でも感ずるであろう。何処に？　その頭蓋をうちわっている狂人を眺めているかのような表象を私はつねにもつ」（『不合理ゆえに吾信ず』）と彼は言っている。

埴谷雄高にとっての「論理学」と「悪魔学」は、本多秋五にとっての「必然」と「自由」に相当する。埴谷雄高の言う「自同律の不快」、つまりAはAであることとの不快とは、本多秋五の「必然性」とそれほどへだたったものではない。本多秋五がそれを歴史のなかで考えたのにたいし、埴谷雄高は存在論的に考えたのである。そのような問題に関心が向く背後には、巨大な必然として彼らを呑みこんだ戦争があったことはいうまでもない。

埴谷雄高が自同律について独自の考えを展開するのは戦後になってからだが、戦争の末期におなじ問題を執拗に考えつづけていたのが花田清輝である。やがて戦後文学の両極を形成することになるこの二人は、戦争中には相知ることはなかった。花田は埴谷の『不合理ゆえに吾信ず』を知らず、埴谷は花田の『自明の理』も『文化組織』に連載され戦後に『復興期の精神』としてまとめられたルネッサンス的人間の探究も読んでいない。しかしそれにもかかわらず、この両者にはおどろくほどの問題意識の類似があり、同時に戦後の対立を充分に予測させる相違があった。

花田清輝は一九〇九年の生まれ、本多秋五は一九〇八年、埴谷雄高は一九一〇年の生まれである。つまり彼らが大学を卒業あるいは退学した一九三〇年前後は、マルクス主義と左翼運動のもっとも盛んなときであり、埴谷雄高は非合法の共産党員に、本多秋五は半非合法のプロレタリア科学同盟常任中央委員となった。ところが花田清輝はこの時代にマルクス主義にはほとんど関心を示さず、もっぱら西田哲学と映画、そしてモダニズム系の芸術に関心をもってすごす。彼がマルクス主義に本格的にとりくむのは、すでに運動も崩壊した後の一九三六年からである。

「その後、わたしはマルクスやレーニンの本を読みだしたが、これとて、べつだん、共産主義に興味をもっていたからではない。戦争がすでにはじまっていたので、そういう「危険な本」は古本屋の店頭に一山いくらで並んでおり、しごく、簡単に手に入れることができたからだ。わたしは、それらの本に教えられて、インフレーションや地代や国際収支について書いた。そうして、その種の一夜づけの論文を、おそれげもなく雑誌社に売った。マルクス主義者からの反撃がなかったのは、当時、かれらがむりやりに沈黙させられていたからであろう。そのため、わたしは、いつかわたし自身を、マルクス主義者の一人だとおもうようになった。」（「読書的自叙伝」）

そのような思想的転換を花田清輝にもたらしたひとつのきっかけは、松島トキとの結婚である。彼女は市バスの車掌として、左翼労働運動の拠点であった東京市交通労働組合に属し、活動家の経歴を持っていた。後に花田はこんな事を書いている。——「戦争中、たえず義民的なものにたいしてわたしのいだき続けていた劣等感について告白して置かなければならない。そのときは、すでにただの女房にすぎなかったが、どうやらわたしの女房は、元義民だったらしいのだ。したがって、二人で街をあるいていると、かの女は、ときどき、特高から、なれなれしく声をかけられたり、ネンネコで赤ん坊を背負って大井警察へ呼ばれて行ったりした。そして、そのつど、特高は完全にわたしを黙殺したので、わたしは、かの女にたいしてハバがきかないような気分を味わわないわけにはいかなかった。」(「恒民無敵」)

彼女は結婚後、銀座のバーにつとめて生活を支え、また後には、かつて『レーニン重要著作集』などの左翼出版社として有名だった白揚社や戦後いちはやく『戸坂潤選集』や石母田正の名著『中世的世界の形成』を刊行した伊藤書店の有能な編集者となった。ちなみに『戸坂潤選集』は花田の蔵書によって編集されたという。

花田清輝の最初の評論集『自明の理』は、一九四一年七月に彼の主宰する「文化再出発の会」から刊行された。そのタイトルがしめすように、形式論理の批判と弁証法的論理の称揚がかくれたモチーフになっている。

「形式論理の諸法則は、自同律に還元される。そうして、この自同律ほど、自明であるとともに、また神秘的なものはあるまい。〔……〕なるほど、ものはつねに何らかの仕方でAでもあり、非Aでもある。あらゆるものは矛盾にみちており、不断に変化しつつある。心理主義的な芸術家はそれを知らないではない。否、かれらはそれを知りすぎるほど知っているのだ。論理的なものがつねに歴史的なものであり、生産技術の未発達な時代において形式論理が栄え、十九世紀にはいり、資本主義的産業技術が発展するとともに、もはやそれが昨日の王座から追われてしまったものであるという事実に間違いのないかぎり、いやでも現代の知識人は形式論理的思惟の虚妄を痛感させられている。況んや歴史の転形期にのぞみ、風波はげしき階級分化の過程に生き、自己の動揺する心理を持ち扱いかねているかれらである。

とはいえ、表現するということは別なことだ。心理的変化と、そのすべての動揺にたいして、できるだけ完全な表現をあたえるためには、これをひとまずその相対的安定性と普遍性において認識しなければならぬ。差別性を抽象して、対象をそれ自身と同一のものとして捉えなければならぬ。ここにおいて形式論理が再び登場する。」(「錯乱の論理」、『文化組織』一九四〇年三月号)

ほぼおなじ頃、埴谷雄高は彼の処女作にあたる「Credo,

quia absurdum」（「不合理ゆえに吾信ず」、『構想』一九三九年一〇月号）で、「賓辞の魔力について苦み悩んだあげく、私は、或る不思議へ近づいてゆく自身を仄かに感じた。／〔…〕／すべて主張は偽りである。或るものをその同一のものとしてなにか他のものから表白するものは正しいことではない」と書き、さらに「私が《自同律の不快》と呼んでいたもの、それをいまは語るべきか」と書いていた。

5　ルネッサンス的人間の研究

花田清輝が戦後文学のパイオニアとして登場するのは言うまでもなく『復興期の精神』によってだが、それを構成する諸篇は「ルネッサンス的人間の探究」としてそのほとんどが一九四一年四月号から一九四三年一〇月号までの『文化組織』に掲載された。

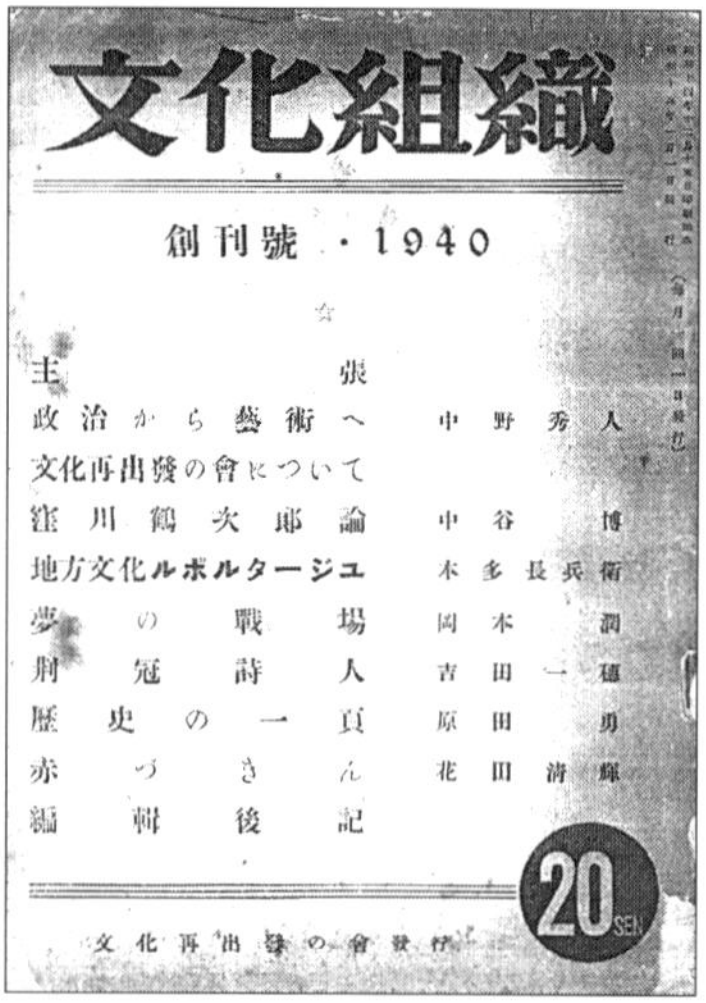
文化組織
創刊號・1940
☆
主張
政治から藝術へ　中野秀人
文化再出發の會について
窪川鶴次郎論　中谷博
地方文化ルポルタージユ　本多長兵衛
夢の戦場　岡本潤
荊冠詩人　吉田一穂
歴史の一頁　原田勇
赤づきん　花田清輝
編輯後記
20SEN
文化再出發の會發行

花田清輝は、人びとはルネッサンスを闇のなかから浮かびあがってきた、明るい、生命にみちあふれた世界としてイメージしているが、本当にそうだろうかと問う。死なくしてどうして再生がありえようか。「再生は、死とともにはじまり、結末から発端にむかって帰ることによっておわる。」

「当時における人間は、誰も彼も、多かれ少かれ、かれらがどん詰りの状態に達してしまったことを知っていたのではないのか。果までできたのだ。すべてが地ひびきをたてて崩壊する。明るい未来というものは考えられない。ただ自滅あるのみだ。にも拘らず、かれらはなお存在しつづけているのである。ここにおいて、かれらはクラヴェリナのように再生する。再生せざるを得ない。人間的であると同時に非人間的な、あの厖大なかれらの仕事の堆積は、すでに生きることをやめた人間の、やむにやまれぬ死からの反撃ではなかったか。」（「球面三角—ポー」、『文化組織』一九四一年一二月号）

クラヴェリナというのは、生息条件が悪くなると自分の器官をどんどん単純化し、ついには胚子的な状態になるが、環境が好転するとふたたび構造が複雑化しもとの生体を回復する小さな海鞘《ほや》貝の一種である。ここで花田清輝は「注目すべき点は、死が——小さな、白い、不透明な球状をした死が、自らのうちに、生を展開するに足る組織的な力を、黙々とひそめていたということだ」と、この貝に託して自分の抵抗の意志を語っているのである。

このようなルネッサンス観がこの時期にどこから花田清輝にやってきたのか。たしかにルネッサンスは一種の流行であった。イタリアは枢軸国の友邦であった。一九四二年にはレオナルド・ダヴィンチ展がひらかれ、中学生の私も見に行った。隠れ左翼の側でもたとえば羽仁五郎の『ミケルアンヂェロ』（岩波新書、一九三九年刊）が「ミケルアンヂェロは、いま、生きている。うたがうひとは、『ダヴィデ』を見よ」というその書き出しで、遅れてきた少年たちの胸をしびれさせていた。しかし花田清輝にとってルネッサンスはけっして明るくも自由でも解放でもなかったのである。そのようなルネッサンス観を彼にもたらしたのは、おそらくフランツ・ボルケナウの『封建的世界像から近代的世界像へ』だっただろうと私はおもっている。

「マニュファクチュア時代の哲学史研究」という副題をもつこの著作は、『近世世界観成立史』（新島繁・横川次郎共訳）という題名で、一九三五年に叢文閣からその上巻が出版されたが、下巻は未刊に終わった（戦後、一九五九年に水田洋らによって完訳版がみすず書房から出版された）。しかしこの本は、戦争中の丸山真男、奈良本辰也、石田雄、武谷三男、原光雄、近藤洋逸、田中吉六らの仕事に大きな影響を与えた。このなかで花田清輝との関係で注目すべきは田中吉六である。彼の代表作『スミスとマルクス』は戦後、花田が編集顧問となった真善美社から一九四八年六月に刊行されたが、そのノートはすでに一九三六年から七年頃に書かれたという。花田清輝は中野正剛の大政翼賛会入りを機に「東大陸社」を退職し、文化再出発の会とその機関誌『文化組織』の刊行に全力を注ぐ一方、生活のために秋山清の紹介で「林業新聞社」に就職する。そこで出会ったのが田中吉六だった。久保覚の周到な年譜（『花田清輝全集』別巻II）には「同社で、マルクス主義研究者の田中吉六を知り、翌年一〇月に田中吉六が退職するまで、毎日欠かさず喫茶店で「再生産論」など日本資本主義論やマルクス主義の理論的問題について討論を重ねる」とある。

田中吉六が『スミスとマルクス』を書くうえで、方法的に依拠したのがボルケナウの本だった。そしてその訳書は、水田洋の『封建的世界像から近代的世界像へ』訳者序文によると、花田が古本屋でマルクス文献のゾッキ本をあさっていたころ、やはりゾッキ本として店頭に積まれていたのである。ボルケナウは「著者の序文」でつぎのように言っている。

「わたしの眼に映じたままの十七世紀の一般的性格について述べておきたい。それは人類史上もっとも陰惨な時代の一つである、とわたしはあえて言いたい。まだ宗教が大多数の人心を確実に支配している。しかもこの宗教は、その柔和な宥和的な相貌をかなぐりすてて、ただ恐ろしい相貌のみをとどめていた。〔……〕中世の拘束された生活秩序から、ただその圧迫だけがのこされた。ルネサンスの巨人たちがほめたたえた美の国は、没落してしまった。シェークスピアがなおたたえることのできた、英雄的心情の誇らしげな自尊心は、色あせてしまった。ラシーヌにとって、激情とは、二度と取返しのつかない呪いの深淵へとみちびくものでしかない。死さえもが、資料のしめすところによれば、この恐ろしい世紀にあっては、他のいかなる時代よりも苛酷だったようである。死ぬことは、まだ、人類がむかえるべき明るい日にたいする信仰によってやわらげられていなかったし、またもはや、一つの自己完結した生活圏に当然おこるべき自明の出来事として安心できるものでもなかった。啓蒙の光はなお地獄の恐怖を和らげておらず、かといってまた、素朴な信仰の時代の甘美さはうしなわれて、もはや、そこから楽園の微光がさしこんでくることも期待できない。このおそるべき時代の地上の地獄のなかで、あの鋼鉄のように堅固な個々の思想家がうまれた。かれらはその熱烈さにおいてピュアリタンの「信心家(godlys)」にもおとらず、生きることがもちうる意味をひろく探求したのである。」(みすず書房版、I・二一頁)

私はボルケナウのこの本が花田の「ルネッサンス的人間の探求」の種本だなどと言おうとしているのではない。彼は、ルネッサンスとくにその後期を中世から近代への転形期としてとらえ、その煉獄のような世界のなかで近代を切り開いた「鋼鉄のような思想家」がどのようにして生まれたかを、たんなる思想史としてでもなく、芸術史としてでもなく、また社会経済史としてでもなく、それらを統合した精神史的な視野において描き出したこの本から、いまをいかに生きるかを考察する手がかりをえているのである。彼は戦争末期の現在を「すべてが地ひびきをたてて崩壊する」どん詰まり、つまり一大転形期ととらえ、おなじく中世のどん詰まりであったルネッサンスの知識人の像を描くことでこの転形期における知識人の生き方、彼に即していえば「たたかいかた」を提示するのである。花田清輝にとって抵抗も芸術も、すべてはこのどん詰まり、つまり終焉からはじまる。

しかし、現在のどん詰まりは言うまでもなく中世のどん詰まりではない。終焉を迎えているのは近代である。だから花田の目はルネサンス的人間にたいする評価と同時に批判を含むことになる。
「例をあげる必要があるであろうか。『デカメロン』の著者は、晩年、司祭となり、ダンテの地獄篇を講義した。ルターは、農民戦争の勃発とともに大衆に見捨てられ、さびしく笛を吹いていた。ハイネは、放蕩息子のように神に帰った。ストリンドベリは——ストリンドベリもまた敬虔な神秘主義者に転向した。終焉の地コローノスにたどりついたオイディプスのように、いたましい挫折とはげしい悔恨とを経て、かれらはようやく眼がみえるようになる。盲目のオイディプスは誰からも手をひかれず、人びとの先頭に立って、神苑の奥深く、歩いて行く。透明な冬の日ざしを思わせるこのような晩年にたっするためには、我々は相も変わらず、朝、昼、晩の三拍子をとって進まなければならないのであろうか。テーベの王となるために、スフィンクスの謎を解かなければならないのであろうか。父を殺し、母と結婚しなければならないのであろうか。それは、まったく馬鹿気ている。いきなり晩年から出発するのが、ルネッサンス的人間の克服の上にたつ、我々すべての運命であり、一気に物々しく年をとってしまうのは、なにもラディゲのような「天才」ばかりのたどる道ではあるまい。したがってまた我々は、消え去る青春の足音の木魂するのをききながら、『退屈な話』の老人のように、しずかに頭をふることもないのだ。むろん、ルネッサンス的人間の轍を踏まないということは、馬鹿気たことをしまいとつとめ、平穏無事な生涯をおくるということではない。いったい、うまれて、次第に年をとって、もうろくしてしまうほど、馬鹿気たことがあるであろうか。退屈な話があるであろうか。オイディプスの晩年からはじめるということは、むしろ、そういう植物や、動物のような状態からの我々の脱出によって可能であり、人間の生長や、世代の闘争や、歴史的発展などにたいする生物学的解釈への訣別を意味する。一言にしていえば、それはエヴォリューションとレヴォリューションとの区別の上に立つということだ。語呂が似ているせいか、イギリス人は、屡々この二つの言葉の意味を混同する。」（「晩年の思想」、『文化組織』一九四三年六月号）
『復興期の精神』はルネッサンス的人間の探究であると同時にその「超克」の探究でもあったことを見逃してはならない。花田清輝にとって「近代」とは希求されると同時に超克されるべき対象なのである。

6 「どん詰まり」から

あらゆる意味で「どん詰まりにきた」と時代を見切るとき、とつぜんあらゆるものがその輪郭を鮮明にし、人びとはそれをしっかりと見極める目を獲得するのである。それを川端康成風に「末期の目」と呼ぶか、『死霊』の主人公のひとり黒川建吉のように「死滅した眼」と呼ぶか、あるいは「二十歳にして心すでに朽ちたり」と頽唐期の詩人を気取るかはともかく、明日への安易な楽観を決定的に奪われた人間に残された問いは、ただ、われわれは何処からきたのかという問い以外にない。

花田清輝はエドガア・アラン・ポウが彼の代表作である『大鴉』の制作過程を語った「構成の哲学」（"The Philosophy of Composition" 創元社版『ポウ全集・3』所収では「構成の原理」となっている。）を引きながら、「究極の言葉は、たちまち発端の言葉に転化する。万事が終ったと思った瞬間、新しく万事が始る」というポウの作詩法に注目し、さらに「人は死の観念に附き纏われることによって、きわめて生産的にもなり、組織的にもなるのではないか」、死の観念こそ「私流に、一言で表現すれば、あらゆる闘争の麺麭種だ、ということになる。したがって、白鳥の歌をうたうためには、人は、かならずこの観念を所有していなければならず、またポーの勇敢に試みたように、まず、結びの一句から、はじめなければなるまい。どん詰まり《デヌウマン》からの反撃は、それほど困難ではない。死の記憶が、絶えず我々を驀進させ、死の想像が、つねに我々を組織的に一定の軌道のうちに保つ」（「終末観―ポー」、『蝋人形』一九四二年一一月号）という。

この時期、なにが終ったとおもわれていたのだろうか。終焉について、あるいは終末について語った人は多い。八紘一宇だの大東亜だの新秩序だのとかけ声は明るかったが、終末感は人びとの胸に深く根付いていたのである。

戦争中、もっともauthenticな生き方をしたと私が考える中野重治は、日中戦争の勃発後わずか一ヵ月の後に、この「事変」を「過去のすべての事件の決算としての一つの事件」（「条件づき感想」、『改造』一九三七年九月号）と呼んだ。彼にとってもやはりこの戦争が意味するものはひとつの終焉であり決算だったのである。

日本浪曼派の保田與重郎にとっても目前の事態は「文明開化の論理の終焉」（「文明開化の論理の終焉について」、『コギト』一九三九年一月号）であった。彼はこの論文のなかで「日本の文明開化の最後の段階はマルクス主義文芸であった。マルクス主義文芸運動が、明治以降の文明開化史の最後段階であったのだ」と言い、また「マルクス主義は、文明開化主義の終末現象にほかならぬ」とも言っている。

これに小林秀雄の、わが国の自然主義小説はブルジョワ文学というより封建主義的文学で、マルクス主義文芸はこれをブルジョワ文学と誤認して攻撃し、結果的には文学の近代化を実現したにすぎない、という主張（「私小説論」、『経済往来』一九三五年五〜八月号）や、それと伴走した中村光夫の「ブルジョア文学もないうちから、そのブルジョア文学を否定するプロレタリア文学が登場し、勝利（一時的にしろ）するという我国独特の奇観」（「転向作家論」、『文学界』一九三五年二月号）とか、「我国のプロレタリア文学は文学のブルジョア化（近代化）運動の現われであった」（『行動』、一九三五年四月号）というような発言をかさねてみると、この時期に、「近代」あるいは「近代文学」という問題が、どれほどの複雑な様相をあらわしてきたかがわかる。

林達夫のいうように、まさに時代は「歴史の暮方」を迎えたのであったが、しかし言うまでもなく、ミネルバの梟は歴史の暮れ方に飛び始める。日本の近代の相矛盾する様相が随所に露呈したことは、その近代が「終焉」を迎えていることの、そしてその近代の総体的な認識が可能になったことの証明なのである。

日本のマルクス主義は、一九三二年以来、『日本資本主義発達史講座』（全7函、岩波書店刊）というかたちで、近代日本の総体的な把握に一応の結論をつけた。もちろんそこには少なからぬ弱点があり、その弱点からさまざまな誤った行動的選択が生まれた。しかし同時に、その誤りの一部はすでに戦争中に地下文書のかたちで批判されていた。（神山茂夫『日本農業における資本主義の発達』、『神山茂夫著作集・3』所収を参照）。

日本におけるブルジョワ文学の非在を主張する小林・中村と、その対蹠的なところから文明開化の論理の終焉を主張する保田輿重郎とは、しかしその後その違いを明確にしていくことはなかった。一方、「泣いて」『文学界』入りを拒絶した中野重治は、この両者の日本近代にたいする認識をもっともよく批判し得た一人だった。彼は日本がまぎれもなく資本主義社会であり、そこに生まれた自然主義文学はブルジョワ的なものにほかならないと指摘しながら、「中村氏や小林氏の判断はとるにも足らぬものだろうか。私はそうは思わない。日本の自然主義文学が封建主義文学だったとか、日本にはブルジョア文学などというものはなかったのだとかいうことは間違いだが、この間違いとしての「冗談」は、日本のブルジョア文学がそれほど封建的なものを引きずってきたことの、日本ブルジョアジーの封建主義にたいする戦いがそれほど中途半端で、その勝利が不徹底で、敵である封建主義とのずるずるべったりの妥協にすべりこんだことの、そしてこの妥協のためにうっちゃらかしにされたブルジョア的なものをプロレタリアートが拾いあげねばならなかったことの左まえの反映にほかならぬと思う。鏡に映ったものは左まえだったけれども、鏡の質がよければ正しく映っただろうところの実体はあったしあるのである」（「二つの文学の新しい関係」、『教育・国語教育』一九三六年四月号）と、日本の「独特の近代」をふまえて答えているのである。

一見矛盾した言い方のようではあるが、日本では超近代の実現は近代の実現をうちに含みながらでなければ不可能であり、また、近代の実現も、それが超近代の思想と運動によって牽引されないかぎり不可能だったのである。この関係を無視したすべての「近代の超克論」や「世界史の哲学」は、「新秩序建設」を呼号する侵略主義にとりこまれ、その補完物になる以外に道をもたなかった。特殊な日本近代の認識の正否がひとつの思想、一つの行動の運命を決めたのである。（その例として生産力理論、昭和研究会の東亜協同体論、あるいは平野義太郎の民族政治学などを想起されたい。）

これらの変節した旧マルクス主義理論家たちについて、花田清輝は「ロビンソンの幸福」（『文化組織』一九四二年六月号）のなかで、つぎのように書いた。

「すべてを社会的・歴史的に規定し――つまるところ、時間にさまざまな名前をつけ、我々の破壊の理論家は、アジア的生産様式や半封建的地代について、若干、スコラ哲学的な論争をしたにとどまり、幸か不幸か、かれらの大部分は、わが身を焼きつくす蛾のよろこびを知らずにおわった。縦にむかって、バベルの塔のように伸びつづけていた時間的世界が、突然、横にむかって、万里の長城のようにひろがりはじめたとき、かれらの時間にたいする挑戦は終止符をうたれた。しかし、いったい、理論家とはなんであろうか。かれらの時間や空間にたいする挑戦とはなんであろうか。ナポレオンの猛烈な言葉をつかうならば、所詮かれらは「絶えず本を書かずにはおれない虫けら」にすぎないのではあるまいか。」

この痛烈な翼賛知識人批判の文章を正確に読みとるためには、今日では若干の注釈が必要である。――さまざまな名前をつけられた「時間」とは、日本の当面する革命を社会主義革命とするか、あるいはそれより一段階前のブルジョワ民主主義革命とするかという、戦略論争における革命の性格規定を意味する。そしてその論争に参加した理論家たちは若干のスコラ的な論争をやっただけで、実際の革命に参加することはできなかった。ところが日本の半封建制、後進性を暴くに熱中した彼らは、ひとたび侵略戦争が始ってアジアにたいする日本の「指導的役割」が強調されるや、半封建的日本にたいする挑戦のかわりに、アジアの後進性にたいする日本の先進性という主張をはじめた。いったいこういう「理論家」とはなんであろうか。しょせんかれらは「絶えず本を書かずにはおれない虫けら」なのだ、というわけである。

まことに日本の近代（＝資本主義的社会経済構成）をどのようにとらえるかは、あらゆる理論・思想にとっての試金石であった。「最近の所謂「歴史小説」の問題に寄せて」（署名・高瀬太郎、『クオタリイ日本文学』第一輯、一九三三年一月）

という長論文によって蔵原惟人の衣鉢を継ぐ理論家として注目された本多秋五は、すでにこの論文のなかで林房雄の『青年』や島崎藤村の『夜明け前』における維新史の理解とそこから発する作者の日本近代理解の狂いが、作者と作品をどこに導くかを予言的に分析している。これにつづく「森鴎外論」(『文化集団』一九三四年八月号)では前者になお色濃く残っていた文芸社会学的な記述が後景にしりぞき、特殊な「近代」のなかで鴎外の人と作品が内在的に解明されている。それは蔵原惟人的な輸入理論としてのマルクス主義文芸理論が、日本社会の総体的な認識という場に直面することによって、いかに土着化していったかをしめすひとつの里程標であった。

「憲兵が、大東亜、と問えば、私は、アンドロメダ、と答えて、ついにこの星雲のごとき本体を察知せしめるところなく、敗戦時まで過ごしきたった」(「平和投票」)と書く埴谷雄高は、その共産党員としての地下生活時代に党の農業綱領策定に参加した経験をもっている。その彼が、一九二〇年代から三〇年代にかけて日本のマルクス主義者のあいだでかわされた日本資本主義論争に関心をもったことは疑いない。しかしその後の埴谷雄高にとって、「近代」という問題は日本の現実からはるかに「アンドロメダ」的な論理の世界に飛翔している。彼の自同律にたいする挑戦は、合理主義や実証主義に代表される近代的思考様式を超克する試みであり、ポウとランボオとドストエフスキーを先蹤者とするその流れの発見であり それへの参加であった。とはいえその埴谷雄高もまた、他方では『死霊』において、前近代的な「アジア的思考様式の極点」として津田康造を位置づけ、彼にたいする宣戦布告をする首猛夫を描くのである。(『死霊』第二章)

中野重治の世代と本多秋五、花田清輝、埴谷雄高たち後の「戦後派」とのあいだには、時代は「どん詰まり」にきたという共通の認識がありながら、しかしそのあとの歩みには微妙な対立が見られる。中野重治の戦争末期の到達点は『斎藤茂吉ノオト』(一九四二年六月、筑摩書房刊)だが、それにいたる連作『歌のわかれ』(「鑿」「手」「歌のわかれ」、一九四〇年八月、新潮社刊)で自分の青春をあとづけた作者は、このノオトでさらにそれを現代日本の“Sturum-und Drangperiode”とかさなった茂吉の青春との対比において、日本の近代と近代文学の宿命的な姿をえがきだすのである。そこにはかつて「郷土望景詩」に現れた憤怒」で萩原朔太郎の憤怒に共感しながら開発資本主義を一刀両断にして社会主義による救済を説いた中野青年はもはやいない。彼の目は成熟しおだやかになったが、しかしそこにはいささかの郷愁がただよう。そのような中野重治を花田清輝は「たとえば、或るノスタルジアは、いかにも戦闘的な顔つきをして、かつてわが国にも青春の時代があり、当時、世代の対立は熾烈をきわめたものだ、などという。かれが古びた青年であることはいうまでもない。青春は過ぎ去ってしまったが、晩年はまだ訪れて来ない。ツルゲーネフ風にいうならば、かれは希望に似た哀惜と、哀惜に似た希望との間を彷徨しているのだ。なぜ一気に物々しく年をとってしまうことができないのか」(「晩年の思想」)と批判する。花田のいらだちは、中野重治ともあろうものがなぜ斎藤茂吉と自分の青春にこだわって、近代の地平にまで後退してしまうのかというらだちだったと言えるだろうか。

しかしそれでは花田清輝の超近代の思想がこの時期にどれだけの可能性をもっていたかといえば、これもまたはなはだ心許ないものでしかなかっただろう。たしかに憲兵隊の一部には近代の超克論を危険思想視する者がいたことは事実だが、総じてこの超克論は時代の流行思潮だったのである。そしてその実現形態は昭和研究会であり「満州帝国」であり大東亜共栄圏だった。もちろん花田清輝はこれらにいささかも同調はしていない。しかしこれら、とくに昭和研究会にたいする批判に典型的にあらわれているように、彼の批判はもっとラディカルになれという挑発に終始した。

「改良主義的な意図をいだいた人びとは、屡々、封建勢力と資本勢力の均衡の上に立つ国家を「超階級的」であるかのごとくに錯覚し、この二つの勢力の妥協を企てながら、なにか素晴らしい「ユートピア」でもつくり上げつつあるかのように思いこむ」(「ユートピアの誕生—モーア」、『文化組織』一九四二年一二月号)と、彼は天皇制国家のもとでのユートピアを描き出すもろもろの超克論を嘲笑する。そして彼はコペルニクスに託して彼の「闘争の仕方」をつぎのように書いたのだった。

「進歩派の漫罵も、保守派の讃辞も、コペルニクスにとっては、無意味であった。ほんとうのことがわかれば、かれらのすべてが、たちまち共同戦線をはり、顔いろをかえ、猛然と歯をむきだしてかれに飛びかかってくることはあきらかだ。しかし、そんなことは大して気にする必要はない。何故というのに、かれにはかれ一流の闘争の仕方があるからだ。すなわち、両派の対立を対立のまま釣合わせ、闘争の激化をはかり、自滅をまつこと。その間にかれの理論が正しいものであるかぎり、それは、どんどん各方面にひろがってゆくにちがいない。」

「自分自身、本気になって闘争するつもりのない人間にかぎって、派手な闘争に喝采するのであり、そうして、喝采することによって、わずかに自分を慰め観念的に昂奮するものなのだ。」

「ほんとうの素朴さは——そうしてまた、ほんとうの謙虚さは、知識の限界をきわめることによってうまれてくる。それは、ほんとうの闘争が、一見平和にみえるようなものだ。」

（「コッペルニクス的転向」、『文化組織』一九四一年七月号、『復興期の精神』収録にあたり「天体図―コペルニクス」と改題）

7　最後の頁が最初の頁

　本多秋五は「『「戦争と平和」論』の意味」（『群像』一九六一年二月号）という短文のなかで、「私は『戦争と平和』のなかに自我再生の道を学んだ。私の文章は、現実の壁につき当てた自我の挫折と、その再生を語っているはずである。ボロジノの戦いを私は「自由」と「必然」の戦いだと読んだ、ということの意味がそれである。別の言葉でいえば、あれは客観的には転向の書であった。（主観的には、私は当時自分を転向者と思っていなかった。思っていたらあの書は書けなかっただろう。）公式破却の道を求める書であった」と書いた。

　自由とは必然の認識であり、その必然の実現にむかって自分の行動を律することが倫理的な生き方だという考えは、一九二〇年代のインテリゲンチャを深くとらえた人生論であった。そこには、伊藤整が後に「認識者と求道者」と呼んだ二律背反を生む前の、新思想がなおわかわかしいロマンチシズムを身にまとっていた時代の息吹があった。彼らの自我の解放は、最高の認識とその認識にもとづく「唯一の党」の実践への献身のなかで実現すると信じられていた。しかし急速に時代は暗転し、自我追求の道と弾圧下の政治主義的な「運動」とのギャップは鋭い対立となって、運動をも運動参加者をも挫折へとはこんでいったのである。

　このような自我の挫折は、一九三〇年代の文学的インテリゲンチャが多かれ少なかれ体験したことである。「薔薇、屈辱、自同律――つづめて云えば俺はこれだけ」という埴谷雄高の独白も、そのことの表現以外ではない。

　エンゲルス風に、あるいはさらにさかのぼってヘーゲル風に、「自由とは必然の認識だ」といい、その必然の認識にもとづく実行に身を投じることによって個人の自由もまた実現するのだという理解に、自分の体験から疑問符を付した人たちは、「こころならずもの転向」から「こころからの転向」への関門をくぐったといえなくもない。その意味では本多秋五が自著を「客観的には転向の書であった」というのは正しい。しかしこの「転向」は同時に「公式破却の道」の探究そのものであったのである。もしこの「公式」が当然にも破却されるべきもの以外のなにものでもなかったとしたら、これははたして「転向」であろうか。むしろこれは思想的な「回心」とでも呼ぶべきではないか。なぜならこのとき彼は、思想が真の思想であるための第一条件である「経験」に、その両足でがっしりと立ったからである。

　戦後文学の小説ジャンルにおける第一声となった野間宏の『暗い絵』の主人公・深見進介は日中戦争の前夜に、革命は二年以内にくるという認識のもとにその準備に献身する友人たちの選択を情勢に促迫された「仕方のない正しさ」でしかないと感じ、彼らとはことなる「仕方のない正しさではない、仕方のない正しさをもう一度真直ぐに、しゃんと直す」道を探求する。それは彼にとって「自己完成」の道であり「自我実現」の道でもあった。『暗い絵』もまた文字通り必然における自由を追い求めた作品だったのである。

　もう一つの戦後文学を代表する作品『自由の彼方で』で椎名麟三が提出したのも、「プロレタリアート」という神話化されたものではない現実の下層労働者にとっての実存的な自由という問題だった。

　こうして戦争中の自由を巡る思索と体験は、戦後文学を戦後文学たらしめた酵母だった。そしてそれらの体験はまた、マルクス主義には「空隙」があると主張し、戦争中の体験とオーソドックスな「弁証法的唯物論」のあいだにあるこの「空隙」を埋める主体的な唯物論の探究をかかげた梅本克己をはじめとする「主体性論」が、戦後思想の出発点となった理由でもあった。

　歴史・自由・主体——このトリアーデが戦争下に「戦後的なもの」を準備する誕生の地であった。問題が広くそして深く共有されたのは、その文学的ジェネレーションがわずか十数年前のマルクス主義の思想的・文学的「制覇」を身をもって体験していた世代だったからである。

　「最後の頁が最初の頁」というのは花田清輝の初期の文章のタイトルだが、戦争末期にあたかも「遺書」のように、そしてまた近代日本の思想・文学の最後の言葉のように残された一群の作品を戦後からさかのぼって読むとき、これほど適切な言葉はないようにおもわれる。

［**栗原幸夫**（くりはらゆきお）一九二七年生まれ。著書に『プロレタリア文学とその時代』平凡社、一九七一年、『歴史の道標から』れんが書房新社、一九八九年、『革命幻談　つい昨日の話』社会評論社、一九九〇年、『世紀を越える——この時代の経験』社会評論社、二〇〇一年など多数。］

大阪という植民地
織田作之助論

川村　湊

1

大阪には一九七〇年代に一年間ほど住んだことがある。門《かど》真《ま》の文化住宅街の一角だった。「文化住宅」というのは、「文化」と略称される、木造二階建ての棟割長屋式のアパート（分譲もあったらしい）のことであり、門真には大きな家電メーカーの工場があり、その下請け工場の従業員やら関係者やらが多く住み着き、「文化住宅」の建物が犇《ひし》めく、「文化」の迷路のような街並みが構成されていた。

　私は時々、休日の夕方の銭湯や縄暖簾《なわのれん》の店への行き帰りなどに、その迷路のような街並みを歩き、狭い路上に自転車や植木鉢や帚や空箱やガラスの空《から》容器が、ごちゃごちゃと置かれている路地裏の小路を好んで散歩した。歩いても歩いても、文化住宅の街並みは尽きない。このまま自分の部屋に戻れず、「文化住宅」の迷宮都市の中で迷子となってしまうのではないか。そんな不安が浮かんでくるほど、東西も南北もわからなくなるほど、木造二階建ての貧しげな「文化住宅」の波は延々と目の前に打ち寄せてくるのだった。

　その街に住み始めてから、私は大阪が阪神工業地帯の中心であり、産業都市・工業都市という側面を持っていることに改めて気づいた。その工業・産業の都市に住む中・下層の労働者、勤労者たち。彼らの生活しているのが、そうした「文化」と名付けられた住居（建物）であることに私はようやく思い至った。私はその「文化」の一部屋からラッシュの私鉄に乗って、京橋の大手スーパーの店内にあった中国美術工芸品店の従業員として勤めていたのだが、アパートのある門真と京橋との往復の生活では、ちっとも「大阪暮らし」という感じがしなかった。私は休日に「梅田」（キタ）や「なんば」（ミナミ）の繁華街を歩き、なるほどこれがカミガタとかナニワといわれる「大阪」なんだと実感したものだった。それほど、門真市（と、それに隣接する守口市）の「文化住宅街」は、上方文化や大阪文化とは縁のない「非文化」的な街並みでしかないと思わずにはいられなかった。

大阪というのは、私にとって武田麟太郎の大阪であり、織田作之助の大阪であり、あるいは藤沢桓夫や田辺聖子の「大阪」だった。それは通天閣や天王寺公園であり、大阪城や道頓堀であり、船場や天満橋や法善寺横町であり、釜ヶ崎や飛田遊廓の「大阪」であって、「文化住宅」の森のような門真の風景は、私にとっての「大阪」ではなかった。もちろん、それが「文学」によって作られたイメージとしての大阪にしかすぎないと言い切ることは簡単だ。しかし、坂口安吾がその織田作之助論『大阪の反逆』で語っているように、大阪は東京という帝国の首都（帝都）の中央集権制度に対する唯一といってよい「反逆」の拠点だった。だが、それは大阪の民衆・庶民文化が持つ、新興都市・東京に対する「文化的優越性」に拠るものであるというより、近代日本における〝一人勝ち〟の東京に対しての、日本の他の都市の精一杯の「反抗」にしかすぎないともいえる（坂口安吾の言葉でいえば「東京への反逆、つまり日本の在来文化への反逆が、大阪の名に於いて行はれる」ということなのだ）。それはもともと大阪（上方）文化という実体的なものを主張するというより、「東京」への対抗的なものであり、気質的・感情的なものであり、「地盤的感情、地盤的情熱（地方的感情、情熱）」にほかならなかったのである。

私は不動産屋のガラス戸に貼られた空き家、空き室の貼り紙の中に「文化」という文字を見つけて、いつも少しくすぐったい思いに駆られた。大阪の「文化」がここにある、と私は思った。それはダジャレや皮肉ではなく（少しはその気味もあるが）、私のように大阪に流れ着いた人間が、まずそうした下層の住居である「文化住宅」に住み、そこで大阪という「文化」の最初の洗礼を受けるということなのだ。それは同じような下層民、流浪民の住居であっても、東京のアパート文化や下宿や下駄履き長屋の「文化」というものと、やはり違っている。大阪の「文化（住宅）」は、まさに大阪の「文化」というべきなのである。

2

江戸川乱歩が大阪に一時期住み、大阪という「謎」を堪能したということは、専門家や熱心なファンでなければ、うっかり見過ごしてしまうようなことかもしれない。彼の探偵小説としての出世作『二銭銅貨』や『屋根裏の散歩者』という作品の舞台が、近代都市としての東京であることは間違いないが、その作品の中に描かれている「都市」としての構造や、家屋の見取り図は、むしろ東京ではなく大阪のものである。より、正確にいえば大阪府下の守口、門真の周辺であって、探偵小説家としての江戸川乱歩は、この守口や門真の周辺で住居を転々としながら、その初期の探偵小説作品を書き続けたのである。

大阪の郷土史家・大野正義は、こうした江戸川乱歩の大阪時代の居住した家屋を実地に探訪して「江戸川乱歩と守口・門真」（『ふるさと文学館・第三二巻　大阪Ⅱ』一九九三年、ぎょうせい）というエッセイを書いた。そこでは、乱歩が一九二〇年（大正九）十月から一九二六年（大正十五）一月まで、断続的に守口、門真界隈に住み、処女作『二銭銅貨』から、『D坂の殺人事件』『心理試験』『人間椅子』『踊る一寸法師』などの初期、というより探偵小説家・江戸川乱歩としての短篇小説の傑作群を、この大阪府下の北河内の借家で書き続けたことが実証されているのである。

たとえば、『屋根裏の散歩者』は、乱歩が当時住んでいた守口市（当時は守口町外島六九四）にあった「二戸二棟」の二階家の書斎において書かれたもので、乱歩の父親が借りていた隣家の空き家の二階部屋を借り、その天井板をはがして屋根裏を観察したことから発想したものであることを、乱歩はそのエッセイや『貼雑年譜』に書き残している。『新青年』に約束した原稿の〆切が近づいて苦労していた時に、天井の節穴をながめながら寝ころんでいて、ふとあの節穴から毒薬を垂らしたらどうだろうか、という『屋根裏の散歩者』の基本的なトリックが閃《ひらめ》いたというのである。

乱歩が当時住んでいたのは「二戸一棟」の借家であり、父親や弟妹たちが住んでいた借家に、妻子持ちの乱歩一家が転がり込んでくるという具合で、住環境はそれほどよかったとは思えない。門真では一軒家の借家だったが、守口では「四軒長屋」の真ん中の二軒分の借家だったり、先の「二軒一棟」の借家だったりして、下層とまではいかなくとも、決して高級住宅街でもなければ、芦屋や宝塚のような新興の中産階級の住む場所ではなかった。

しかし、私が住んでいた一九七〇年代の門真の「文化住宅」の森が、やはりどちらかといえば、ブルーカラーの勤労者、ホワイトカラーでも若年、下級階層の勤労者向けの居住地ということになっていた（はっきりいうと、ややスラム化していた）のと較べると、当時の守口・門真には「文化」の名前にふさわしい「モダン」なハイカラさが少しはあったのかもしれない。大野正義が乱歩旧宅（跡）を探索した一九七〇年代には、大正時代の「四軒長屋」や「二軒一棟」の建物がまだ残っていたというから、私が七〇年代に住んでいた「文化住宅」の森は、乱歩の住んでいた大正時代からひき続いていたというべきだろう。ただし、それは五十年、半世紀を経てすっかり老朽化し、スラム化していたのであるが。「文化住宅」とは「大正後半期から昭和前半期にかけて建てられた、生活上、簡易・便利な新形式の住宅のこと」というのが『広辞苑』での定義であり、乱歩の〝不気味な隣人〟〝怪しい同居者（同一の建築物内での）〟というテーマを持つ初期作品群は、まさに「文化住宅」という住環境の産物であったというべきなのである。

乱歩は守口・門真に足掛け四、五年住んだのだが、江戸川に代わりうるような淀川の影響など、その作品上ではほとんど受けていないように見える。大阪（府下）で書いた『D坂の殺人事件』や『屋根裏の散歩者』も、舞台は東京であると明記されている（D坂は、乱歩が古本屋をやっていた団子坂）。彼が職業作家として立とうと決意するのは、大阪でだが、それまでにも生まれ故郷の三重県はもちろんのこと、東京、名古屋、大阪と居住地を転々とし、また早稲田大学を卒業以来、職業もまた転々としている。

大阪時代には、弁護士事務所の事務職員、毎日新聞社の営業部員、失業者を経て、職業作家となった。弁護士は三百代言、新聞社員は新聞ゴロという言葉があったのだから、現在から感じるのと違って、そうした乱歩の職歴は、いささかいかがわしいものといわざるをえない。東京でも大阪でも名古屋でも、そうした乱歩や、彼の創造した私立探偵・明智小五郎といった高等遊民（中層遊民？）たちは、都市の下層・中層の遊民、都市への流民、流れ者という立場とそう違っていないところにいたのであり、彼らは大阪の「文化住宅」、東京の同潤会アパートといった、新形式の住宅に住みながらも、都市の中心ではなく、あくまでも都市の周辺部に、いつでも移住・移動の可能な、身軽な「遊民」あるいは「流民」として存在していたのであり、畢竟「放浪者」であり「移民」にほかならなかった。

乱歩の感性は、自分も含めたそうした「移民（散歩者＝放浪者）」をいわば「犯罪者」の予備軍のように思いなし、殺人事件や盗難事件を夢想した。不気味で、危険で、何が起きるかわからない物騒な暗黒の都市。大阪であれ東京であれ、日本の近代都市はそうした「移民」の流入によって、浪花の都や江戸の町とは違った新しい「大阪」「東京」という「都市」へと変貌していったのである。

3

大阪は移動民の街だった。流入し、流出する人口によって、常に新陳代謝をしている町。そしてそのことによって、徐々に膨らみ、拡大してゆく都市。もっとも大阪的な小説家である織田作之助の書いた出世作『俗臭』は、和歌山県有田郡湯浅から、零落した家を再興するために大阪へ「金儲け」にやって来た児子《にご》権右衛門を主人公とする話である。冷やしあめの行商から扇子の屋台売り、灸療治から廃球（切れた電球）買い、屑鉄の古物商で百万円という身上を築き、弟妹たちにもそれぞれ家を持たせた家長としての権右衛門の成功譚が物語られている。

もちろん、大阪の物語だからといって、必ずしも成功譚である必要はない。やはり、大阪出身の小説家である武田麟太郎は、大阪を描いた作品として『釜ヶ崎』という小説を書いているが、十二歳まで釜ヶ崎で育ったという主人公の「小説家」が、まるで落魄の人生の吹き溜まりであるかのような釜ヶ崎を再訪して、女装の売春婦（夫？）や腹を空かせた酩酊者、〝人殺し〟の粥屋、浮浪者たちとその相手としての露店業者などと関わりを持つという作品である。小説の冒頭には「カツテ、幾人カノ外来者ガ、案内者ナクシテ、コノ密集地域ノ奥深ク迷イ込ミ、ソノママ行先不明トナリシ事ノアリシヲ聞ク」という「ある大阪地誌」に書かれていたという文章が引用されている。

危険な魔窟、いかがわしい貧民窟としての「釜ヶ崎」というイメージを強調しているこの文章を掲げたところに、作者の武田麟太郎が、いわば「外来者」の視線によってこの釜ヶ崎という〝特殊〟な地域を見学し、その見聞を小説として書くという作品の構造を設定していることがわかる。作者は作品の最後にも「大阪市不良住宅地区沿革」という客観的な資料からの引用文を掲げ、いわば公的な文章によって挟み込まれた形で、「小説家」の個人的な釜ヶ崎体験が物語られるのだ。

兄弟ともに女装して売春をしている家族は、その父親が「田舎から来た鍛冶屋」だった。火傷で倒れた彼の代わりに、母親が白粉工場に永年勤めたが、中毒（鉛中毒だろう）のために片手がまるっきり動かない身体障害者となり、二十歳と未成年の兄と弟の息子二人が、客を取って生計を立てなければならなくなったのである。また、小説家の主人公に一宿一飯の恩恵に与る酔っぱらいの男は、若い時に「郷里へ帰って貰った女房」に間男され、女房はその男の子供を産んで逃げていったというから、やはり「大阪」出身ではなく、地方から大阪へと出てきた男にほかならない。『釜ヶ崎』には、この街の成り立ちがこのように書かれている。

――現在の釜ヶ崎密集地域も明治三十五年頃までは、僅かに紀州街道に沿うて旅人相手の八軒長屋が存在したるに過ぎない。

その後、東区の野田某氏が始めて、労働者向きの、低廉なる住宅を建設して、労働者を収容したるが、尚当時に於いて依然として、百軒足らずの一寒村に過ぎなかった。

以後、大阪市の発展に伴いて、下寺町広田町方面に巣食っていた細民は次第に追い出されて南下し、安住の地を求め、期せずして、集団したるが、現在の釜ヶ崎にして、そこに純長町細民部落を形成するに到り、下級労働者、無頼の徒、無職者は激増し、街道筋に存在する木賃宿は各地より集まる各種の行商人遊芸人等の巣窟となり、附近一帯の住民の生活に甚だしい悪影響を与えつつある。

武田麟太郎は、この釜ヶ崎に隣接する南区日本橋一丁目に一九〇四年（明治三十七）に生まれている。父親は倉敷出身の巡査で、作家の生地のスラム地域を担当の勤務地としていた。作家も大阪生まれとはいえ、大阪への「移動民」の息子であり、また、父親が巡査、後に関西大学法科夜間部に通って弁護士資格を取り、警察署長まで務めた人物であり、母親が津田英学塾に学んだ才媛であって、武田麟太郎が生まれ故郷の釜ヶ崎のスラム街を「外来者」の眼によって眺めていたとしても、それは無理のないことだろう。もっとも、父親が市電の衝突事故で怪我をし、その療養のための費用捻出で家がひどく困窮したということもあり、貧窮生活、窮乏の暮しといったものを、彼がまったく知らずに育ったというわけではなかった。

一九一〇年代から二〇年代初頭にかけて大阪は、道路や鉄道の建設や敷設、あるいは河川工事や港湾施設の増設や改修・改築工事のために、いわゆる土木工事の「人夫」、土工が多く必要とされることになり、肉体労働者が近隣地域、近県から流入し、それはやがて九州、四国、山陰・山陽といった遠隔地からも離農者、あるいは土地を持つことのできない農家の次・三男坊の大阪への流入、移動をもたらした。大阪は大大阪として近代的な大都市に変貌すると同時に、こうした下層労働者が、「蜂の巣長屋」と俗称される背の低い棟割長屋の並んだ、いわゆる「長町」に居住し、釜ヶ崎のような下層社会、スラム街を形成していったのである。

さらに一九二〇年代後半以降は、大阪市周辺に中小、あるいは零細の工場がいくつも作られ、その工場労働者として、やはり多くの流入人口の増加があった。ガラス工、ゴム工、紡績工などの労働集約産業が多くの男子、女子、若年労働者を必要としたのである。織田作之助の『俗臭』で町工場の電球工場が粗悪な製品を作り、商標だけが同じ大手の電球会社にそれを引き取らせることによって大儲けをしたり、武田麟太郎の『釜ヶ崎』のなかで、小説家の母親がセルロイド櫛にアラビアゴムで金具を貼り付けるという内職をしていたのも、こうした大阪という町の「中小零細工場」の密集地という性格が、文学作品の世界に反映したものにほかならない。これらの中小零細企業からやがて日本を代表するような家電メーカーも生まれてくる。守口や門真に「文化住宅」が建ち並び始まるのは、こうした工業都市、産業都市としての大阪が周辺各地域へとその版図を広げていった時期からなのである。

4

織田作之助の『わが町』は、もっとも大阪的、というより、ナニワ的、カミガタ的な「町」と人物を作品世界に取り入れた小説といってよいだろう。主な舞台は人力車引きや売れない落語家、煙管の「羅宇しかへ（え）屋」たちが住む大阪の河童《がたろ》路地。主人公は、俥《くるま》引きの佐渡島他吉、人呼んで「ベンゲットの他あやん」である。

彼がそう呼ばれているのは、フィリピンに移民労働者として渡り、かの「ベンゲット道路」の工事に参加したという履歴があるためだ。マニラからバギオまで、ダクバン・バギオ山頂間八十キロの開削工事は難工事として知られ、「ベンゲット」といえば、まるで「二〇三高地」が日本兵の血と肉の犠牲によって陥落したような意味で、日本人工夫の多くの血の犠牲によって完遂されたものだった。このベンゲットの道路工事は、植民地フィリピンの宗主国としてのアメリカが、地元のフィリピン人はもとより、アメリカ人、中国人、ロシア人、スペイン人の技師・労働者を使っても完成させられず、忍耐強く、努力家である日本人の移民労働者を使ってようやく完成させたという評判のものだった。

事実は、好条件に引きつけられてマニラの港に上陸した日本人工夫たちは、予《あらかじ》め示されていた労働条件や賃金が虚偽であり、さらに思いがけない気候の不順や風土病や危険な発破工事などに苦しめられ、多くの犠牲者を出しても、日本へ帰ることができなかった。帰国の手続きも知らず、また旅費もなく、工事をしゃにむに完成させて、晴れて工事を完成させて帰国する以外に道がなかったからである。それはまさに異国での奴隷労働のようなものであり、それに耐え、それまでに他国の労働者ではどうしても成し遂げられなかった難工事を仕上げたという矜持以外には、彼らには何の報酬もなかったといってよいのだ（他あやんが、マニラから神戸に着くと、大阪までの旅費を除くと所持金は十銭だった。これが彼の足掛け六年の移民労働の成果だったのである）。ただ、それは明治の三〇年代において、世界へ向かって「日本人」の不屈な意地を示したものとして誇らしく思われていたのである。

佐渡島他吉は、こうした日本人工夫の意気地を発揮した「男」として、「ベンゲットの他あやん」という名前を自称・他称する権利を手に入れた。彼はさらに女婿の新太郎を無理矢理に勧めてマニラに行かせ、結果的に娘の初枝と婿の間の一粒種の君枝を親なし子にしてしまい、祖父と孫娘の二人家族として暮らさなければならない羽目に陥った。俥を引く後から走ってついて行く少女時代の君枝。彼女に同情して他吉のところに後添いになろうとしたオトラ婆さんや、君枝を見初めて嫁にしたいという申し入れを、他吉はことごとく壊してしまう。それは、他吉が君枝と、君枝の両親に対して負い目を負っているからであり、嫌がる新太郎を無理にマニラに行かせ、コレラで死なせたこと、そのショックもあって、君枝を産んですぐに初枝が死んでしまい、君枝を親なし子にしてしまったのは祖父の自分であるという自覚があるからだ。彼は祖父の腕一本で孫娘の君枝を真っ当な人間、しっかりとした「女」に育て上げなければならない義務と責任を、君枝とその死んだ両親に負っているのである。

『わが町』は、上方落語の噺家・〆団治が一種の狂言廻し役を務めていることに示されるように、大阪の人情噺という趣がある。また、この長篇小説の中に、織田作の出世作『夫婦善哉』がほぼそのまま埋め込まれているように、作家の「大阪もの」の集大成という感じもある。しかし、この小説が大阪ではなく、フィリピンの「ベンゲット」の工事現場から始まり、主人公の佐渡島他吉が、背中の青龍の刺青を肌脱ぎにして見せるような「ベンゲットの他あやん」としてデビューする場面がそれに続くという構成は、「わが町」としての「大阪」が、フィリピン、マニラ、ベンゲットといった「異国」や「異文化の世界」と通底しているということを表していると考えてもよい。きわめて国内的《ドメスティック》であり、地方的《ローカル》であると思われている土地（大阪）、人物（佐渡島他吉）がむしろ「他の国」「他の世界」とつながっている。そんなローカリズムとグローバリズムとの逆説的な関係が『わが町』という小説では示されていると思われる。

もちろん、この小説の書かれたのが、「大東亜戦争」の戦争下であり（一九四二年刊）、日本軍の南方作戦に便乗した「御用文学」だからこそ、無理にフィリピンやマニラといった名前を出したと考えることもできる。「ベンゲットの他あやん」は、別に「河童路地の他あやん」であってもよかったのであり、それが「ベンゲット」となったのは、まさに織田作の戦争協力であり、時局便乗ぶりを証明していると非難することは、たぶんそれほど筋違いなことではない（日本軍のフィリピン進出の際に、高齢の他吉がベンゲット道の案内を買って出るというエピソードがある。役所には相手にされなかったが、愛国者「ベンゲットの他あやん」の面目躍如たるものがある。——ルソン島での日本軍の戦闘についての記録としては、高木俊朗『ルソン戦記　ベンゲット道』〈一九八五年、文藝春秋〉がある)。

　だが、他吉が「マニラはわいの町や」といい、婿の新太郎を強制的にマニラに出稼ぎに行かせ、あまつさえ死なせてしまうということは、単に時局便乗のために「フィリピン」「マニラ」を持ち出してきたというより、大阪あるいは河童路地という他吉にとっての「わが町」が、マニラという「わいの町」と重なっていることを意味していると考えることもできる。つまり、大阪はそれだけ「アジア」的な町なのであり、「ベンゲットの他あやん」にとって、フィリピン、マニラという「異郷」は、まさに「故郷」にそのまままつながり、重なってゆく場所にほかならなかった。いってみれば、大阪は「移民」の流入し、流出する町にほかならず、そうした「移民」たちの「異郷」あるいは「故郷」としての「わが町」としての大阪が、織田作之助の小説の主題たらざるをえなかったのである。

5

織田作之助が書いた「ベンゲット道路工事」が、『わが町』で書かれた通りの事実経過や、現実の歴史を持っているかどうかは、あまり問題であるとは思えない。小説としては大石千代子に『ベンゲット移民』（一九三九年、岡倉書房）があり、この二つの小説作品の歴史的事実について早瀬晋三が『「ベンゲット移民」の虚像と実像　近代日本・東南アジア関係史の一考察』（一九八九年、同文舘出版）において究明を試みているが、千五百人の工事従事者のうち、七百人が事故やマラリア、赤痢などの風土病、栄養失調で死亡したといわれるこの「ベンゲット移民」は、日本の移民史においても、その初期のきわめて悲惨な例といえるだろう（ただし、早瀬晋三は、こうした悲惨さや難工事を強調すること自体が、ベンゲット移民の「神話」を作り出したのだと批判している）。

　低賃金、劣悪な自然あるいは社会環境、不法な移民労働者の募集と契約のいい加減さ。アメリカのアジア侵略という植民地政策に心ならずも加担してしまったことの日本側の負い目が、「アメリカ人、中国人、フィリピン人、ロシア人、スペイン人にも成し遂げられなかった難工事を、日本人が血と汗と精神力で完成させた」という「ベンゲット移民」のエスノセントリズム（自民族中心主義）をむしろ強調することとなったのだ。「移民」は、人々を「国際化」させるよりも、むしろもっとそのナショナリズムやエスノセントリズムを高揚させる。アメリカとの戦争が、日本人の移民排斥や移民停止に端を発したものであることはいうまでもないし、ブラジルの移民たちが戦後に「勝ち組」と「負け組」とに分かれて流血の惨事を引き起こしたことはよく知られている。海外移民は人々のグローバル化、インターナショナリズムを醸成するのではなく、逆に短期的にはナショナリズムを刺激するものなのである。

大石千代子は、『ベンゲット移民』の長谷川時雨の「序文」によれば「結婚直後人生の初旅に、夫君の任地南米ブラジルに出立した」という経歴を持っており、堺利彦や鶴田知也を生んだ福岡県豊津の出身であり、鶴田知也の同人誌に所属して文学修行をした閨秀作家である（『ベンゲット移民』の装幀をした福田新生は、鶴田知也の実弟）。おそらく大石千代子には、ベンゲット移民は苦難に満ちた「日本の移民史」のなかの一齣であり、そして日本人の「移民」が、政府や斡旋業者の宣伝するような楽天的なものでないことはよく知っていたと思われる（大石千代子の夫は外務省職員であり、彼女はブラジル、フィリピンの任地に同行している）。米国にとっても、日本にとっても、いわば国策的な事業であるのに、栄養不良、医薬品や治療施設、衛生設備の欠乏と貧困さのために、労働者たちがバタバタと倒れ、客地で死去するという工事現場の現実は、いくら「移民史」が悲惨で残酷な事例で覆い尽くされているといっても、簡単に見過ごすことのできないものといえるだろう。

大石千代子は、そうしたベンゲット移民の悲惨な状況を創作として書いたのだが、しかし、その「移民」をめぐる言説に付き物のナショナリズム、エスノセントリズムについて日本人文学者として認識し、内省しているとは思われない。ブラジルへの日本移民について実地に観察している彼女は、「ベンゲットの他あやん」という典型的な「大阪の庶民」を、一方では南進論の庶民版である「ベンゲット移民」であるとし、その最期をプラネタリウムで南十字星を仰がせたままで死なせた織田作之助のように、不確かな知識や不十分な取材によって、無理に、しかも誤った設定によって「移民」と「本国」とを精神的に結びつけようとはしなかった（もちろん、マニラ、バギオは赤道の北に位置し、南十字星を見ることはできない。織田作之助のフィリピン、マニラ、ベンゲットについての知識は、こうした地理的な「過ち」を平気で冒す程度のものだった）。

だが、大石千代子は悲惨な「移民」の状況を、「悲壮」な「日本人移民（皇国移民！）」として造形することによって、「日本人」の血と汗と涙と精神力（大和魂）によって完成された「ベンゲット道路」という「神話」を確立してしまうことになったのだ。悲惨から悲壮への転換。織田作之助の「移民」と「マニラ」についての無知や誤解はご愛嬌ともいえるものだったが、大石千代子の悲壮な「移民像」の創出、創造は「政治的」なイデオロギー性を孕んでいた。彼女の『ベンゲット移民』という小説が、戦後においても二度、改題されて再刊されたということは（『人柱』一九六〇年、新流社。『ベンゲット道路』一九六三年、日本週報社――早瀬・前掲書に拠る）、戦前・戦中と戦後の「アジア」と日本人との関わりが、本質的には変化せず、過去のアジア関与が反省されることがなかったことを示していると思われるのである。

織田作之助の『わが町』も、戦前には『ベンゲットの星』の題でエノケン一座と井上演劇道場によって二度、舞台化され、戦後においては一九五六年に日活で映画化（川島雄三監督）され、さらに新派芝居として舞台化（『佐渡島他吉の生涯』一九五九年～八五年、十回公演）されており、「ベンゲットの他あやん」役は森繁久弥の当たり狂言となった。しかし、これは必ずしも日本人のアジア関与の「戦後版」として戦前・戦中の南進論的な南方関与に直接的につながっているものとは思われない。アメリカ人との現場監督と喧嘩し、ピストルの威嚇射撃を受け、フィリピンから強制送還される、あるいはアメリカ人の妾の「からゆきさん」とのロマンスといった、原作小説にはないエピソードの付け加えという芝居の脚色は、むしろ戦後の反米的な日本人の庶民感覚に根ざしたものと考えることができる（原作の「他あやん」には、日本に帰ってきて、神戸でホテル専属の車引きとなり、気に入らない米人の客を俥ごとひっくりかえし、ホテルをクビになるという些細なエピソードがあるだけだ）。

6

織田作之助は、「大阪」と「異郷」とが結びつけられ、重ねられる長篇小説をもう一篇書いている。題名はそのものずばりの『異郷』であり、一九四三年（昭和十八）九月に萬里閣から刊行されている。内容は、大阪の商人である淡路屋の番頭・伝兵衛たちの乗り込んだ三十艘もの船が駿河沖で難船し、伝兵衛は仲間十五人とともに北千島に漂着し、飢餓と寒さと病気などで次々と仲間を失い、カムチャッカに送られ、そこでも残った仲間たちと死に別れたり、生き別れたりして、ついには伝兵衛ただ一人となってモスクワにまでたどりつき、ピョートル大帝の支配下のペテルブルグの貴族社会で、日本語学校の教師として数奇な半生を送ることになるというものである。

このデンベ（伝兵衛）とロシア貴族の娘ナターシャの恋物語が第一部のハイライトであり、異国での異民族の、さらに階級の異なった異性との密かな、そして哀切な「恋愛」が、歴史的事実とほとんどかけ離れた、やや荒唐無稽なストーリー展開で物語られるのである。

第二部は、それから百年近く経った後の、いわばデンベの後輩となる日本人のロシア漂着民の史実を踏まえた物語だ。デンベのように漂着民としてロシアへ行き、日本に帰還を果たした最初の日本人が大黒屋幸太夫だが、そこには日本との政治交渉を狙うロシア帝国の帝国主義的南下政策の思惑が働いていた。そうした日本との交渉役として派遣されたロシアの軍人のなかに、デンベが決闘した時の介添人となったコロゾフ中尉の曾孫に当たるコロゾフ少尉という人物がいて、デンベの魂を「オサカ」に連れて行ってやりたいと主張し、ロシア艦の大阪回航を実現する。彼は曽祖父の時代からペテルブルグで生を終えたデンベが故郷の「オサカ」へ帰りたがっていたことを、三代前の先祖からの伝説として聞かされていたのである。

このコロゾフ少尉による「デンベ」の魂の大阪への帰郷によって、小説の物語展開としては、つながりの悪い第一部と第二部とは、ようやく着地を決めることになる。すなわち、これは大阪を故郷とするデンベたち、漂流民、漂泊民の懐郷の物語であり、大阪に「帰れなかった」大阪人の寄る辺ない魂の悲劇なのである。

言葉も、民族も、文化も、風習も、宗教もすべてが違う異国の首都ペテルブルグにいて「大阪」を慕い続けていた淡路屋伝兵衛と、大阪の街にいて、「マニラ」を（その象徴としての南十字星を）、憧れ続けていた佐渡島他吉。その向き合う方向は逆向きだが、「異郷」と「故郷」の狭間で命を終えた「大阪人」が主人公であるという点では共通している。

また、この二つの作品が南進論と北進論という、戦前・戦中の日本がその帝国主義拡張政策を採っていた頃の侵略的イデオロギーの影響を受けたものであることは明らかだろう。だが、そうした大日本帝国の帝国主義進出と、その時局への便乗という要因だけで『わが町』と『異郷』という二篇の長篇小説が、織田作之助によって書かれたと主張することはあまりにも小説家の生理や小説の書かれ方というものを無視したものだ。

青山光二が角川文庫版の『わが町』の「解説」でうまく指摘しているように、『わが町』という小説は戦時下の戦争協力の文学として「ゲートルぐらいは巻いている」のである。しかし、戦意高揚、戦争協力としてはそれ以上のものでも、それ以下のものでもない。坂口安吾が真珠湾の九軍神をモデルに『真珠』を書き、太宰治が「大東亜の親和」をスローガンに『惜別』を書いたことよりも、「ベンゲットの他あやん」や「デンベ」の物語は、ほとんど聖戦遂行にも、八紘一宇の精神の高揚にも、大東亜共栄圏の確立にも役立ったとは思えない。統一国家としての日本や大和魂よりも、「大阪」や「大阪人」の浪花根性を説くような「ローカル」な作品が、

「一億一心」を目指す「国民文学」たりえないのは当然だったのである。

織田作之助は『異郷』の「あとがき」で「作者の描く大阪の町が往々にして架空の町であるやうに、この人物もこの作品に描いた限りでは殆んど架空の人物に近いと言つても良い」といっている。織田作之助が描く「大阪」は、作者自身が意識しているように「往々にして架空の町」だった。もちろん、織田作之助の「大阪」に限らず、武田麟太郎の、藤沢桓夫の、田辺聖子の、「描かれた大阪」が、現実の町をそのままに引き写したものではなく、「架空の町」であるということは小説＝フィクションのイロハともいえるのだが、織田作之助はいかにも「大阪らしい大阪」を読者に呈示するには、それがあくまでも「架空の町」であり、虚構であり、想像力によって創り上げられたものであることが必須なことを知っていたのである。

それは大阪対東京というニセの対立関係の創出であったり（阪神タイガース対読売ジャイアンツといった――これは決して厳密に「対等」なライバル同士ではない）、関西（上方＝大阪）文化圏対関東（東京）文化圏という図式的な（だからこそ、空想的な）関わりのなかに浮かび上がってくる「大阪」なのである。「がめつい」「しぶちん」「もうかりまっか」という商売人の町としての大阪（これは中央集権の政治都市、皇居のある王都・帝都としての東京に対する対抗的イメージにほかならない）。こうした創り上げられた「大阪像」に対して、織田作之助は、『わが町』や『異郷』で描いたように、故郷としての「大阪」と、異郷としての「マニラ」あるいは「ペテルブルグ」という関係性のなかにこそ、「大阪」という町の原イメージがあると指摘してみせた。

大阪は、その内部に「非大阪」的なものを孕むことによって「大阪」たりえている。あるいは、デンベが常に郷愁に胸を焦がしていた「オサカ」こそが、異郷と故郷の交わる幻想の都市としての「大阪」なのだ。釜ヶ崎も「河童路地」も、いかにも「大阪」的でありながら、そこは実は大阪以外の故郷から風に吹かれて掃き溜まったような放浪する「移民」たちの多く住む場所なのであり、門真や守口のような「文化住宅」の密集地帯という「大阪」的光景も、よそ者の流入、周辺地帯への拡大、非大阪的なものの大阪への繰り入れ、繰り込みというプロセスを経ながら、織田作之助のいう「架空の町」としての「大阪」という幻想を産出し続けたのである。

7

東京がその中心に、空虚な皇居の森を抱え込んでいるように、大阪はその内部にエスニック・マイノリティー（少数民族）のいわばコロニー的な密集的な居住地を抱え込んでいる。

「猪飼野《いかいの》」と呼ばれる在日朝鮮人居住地帯がそうであり、少数民族というわけにはいかないが、沖縄出身者、奄美出身者が多く住む地域があり、またいわゆる都市部落と称される被差別部落の区域もある。これらの地域は、イメージ的には「大阪」という大円のなかに、色の異なったそれぞれの小円があり、円周を接しながら独自の存在を示しており、その混沌・混合した色合いが、「大阪」的なものを形成としているといってよい。

文化学者の杉原達は、その『越境する民——近代大阪の朝鮮人史研究』（一九九八年、新幹社）で、四代目桂米団治の創作落語『代書屋』をマクラに、大阪の「今里」からの世界史という構想を語っている。「今里」は、大阪府の東成区、生野区、東大阪一帯に広がる在日朝鮮人の多く居住する地域の一部であり、いわゆる猪飼野と近接している。『代書屋』は、日本人の代書屋のところに朝鮮人の男が「トッコンションメン（渡航証明）」を依頼に来るという話であり、一九三〇年代末の大阪の現実の社会状況を反映しているものと思われる。当時、朝鮮人が日本へ渡ってくるのは「渡航証明」が必要だった。男の妹が紡績会社の女工として、朝鮮の済州島の郷里から「内地」の大阪にやって来るためには、さまざまに完備した書類を提出して警察の判をもらった「証明書」がなければ、日本人であるはずの朝鮮人が「国内」である日本に渡って来ることができなかった。『代書屋』という落語は、朝鮮人の男の片言の日本語や、近代的な戸籍制度の未整備な朝鮮の「遅れ」を笑っているのだが、少なくとも同じ大阪に住む「朝鮮人」の姿を見ているし、彼らには内地の日本人には必要のない「渡航証明」が必要であるという程度の認識はこの落語の聞き手の側にもあったのである。

つまり、大阪が「わが町」だとしたら、その町には言葉に訛りのある異邦からやって来た「移民」が混じっているということは、大阪人には自明なことだった。杉原達の前掲書によれば、在阪の在日朝鮮人は、一九二二年に一万三千三百三十七人、これが一九四二年には戦前最高の四十一万二千七百四十八人となっている。二十年間で三十倍以上になっているのだ。一九二〇年代から、大阪の工業都市化、産業都市化が、若年の工場労働者を中心に大幅な人口流入を見たことは既述したが（3章）、そこには西日本の各地方からと、済州島、全羅道、慶尚道などの朝鮮半島からの労働移民が多く見られた。「君が代丸」という定期運行船が大阪―済州島間を通い、工事現場の肉体労働者、紡績工場の女工など、家族、親族の同胞社会のネットワークを通じて、朝鮮半島からの「国内」移民は増加の一方をたどり、そして彼らは大阪市内やその周辺に入植地、朝鮮人の集落としてのコロニーを形成していったのである（「君が代丸」と猪飼野地区の形成については金賛汀『異邦人は君が代丸に乗って』（一九八五年、岩波新書）を参照のこと）。

しかし、いかにコロニー化しようと、主に済州島からの「移民」による在日朝鮮人人口の増加が、東成区、生野区などに集中し、さらにそれが基本的に旧来の住人を排除したり、追い出したりするだけの勢いを持たず、低所得層の日本人と混在、混住、雑居していることを思えば、その地域において「わが町」の住民として朝鮮人が目につかないはずはなく、日本人と朝鮮人という民族を越えた、さまざまな人間的な接触、関わりがないことのほうが珍しく、異例なことになるだろう。

大阪という町は、現在においても、そうした在日朝鮮人のような「定住外国人」と出会う町であり、それは日本に属しているというより、アジアや「世界」に属しており、近代の日本史の枠組みのなかで論じられるより、「世界史」的なパースペクティブにおいて語られるべきである。それは国際都市・大阪といった上滑りの称号ではなく、大阪のなかの「国際性」そのものなのである。

大阪生まれ、大阪育ちの小説家・田辺聖子の『私の大阪八景』（一九六五年、文藝春秋新社）は、作家自身の自伝的小説といってよいものだが、その戦前・戦中の少女時代、女学生時代を通じて、在日の「朝鮮人」の姿がところどころに描かれている。福島界隈に住んでいた時に、近所に引っ越してきた「タケ子」の家は「朝鮮人」の家だった。「日のあたらないぼろ家に大小とりまぜ六、七人住んでいるのだった。奥から片目のくぼんだお岩のようなタケ子の母ちゃんが朝鮮服を着て出て来」ると、主人公のトキコたち、小学生は「朝鮮の山奥で　かすかにきこえる豚の声。ブー・ブー」と、囃し立てるのである。

女学校が上がったトキコたちに向かって、校長先生が朝鮮を今後「朝鮮」と呼ぶのは正しくない、日本の領土であるのだから「半島」と呼ぶべきだ、として、「半島人」の老婆に親切にした「内地人」の女学生の例を朝礼で訓示した。トキコはそれに感激して、帰り道、信号でまごまごしている朝鮮服の老婆の手を引いてあげようとしたら、勘違いされて、大声を上げられ、近くの朝鮮人風の男から「何テスカ?」と非難がましく睨み付けられた。

四貫島の教会に通っているトキコたちに聖書やキリストのことを教えてくれる若い男の牧師は、「ボク先生」と呼ばれていた。「僕サン」か「牧サン」かと思っていたら、「朴先生」だとわかった。彼は朝鮮人の牧師だったのである。そして、敗戦直後の鶴橋の闇市で「何タ?　買エナイカ、買エナイナラタマレ。タレモ買ッテクレト頼マナイヨ。にっぽん負ケタ、威バルナ！」と怒鳴っていた朝鮮人。

田辺聖子は、自分がほとんど無意識的に出会った「朝鮮人」を記憶し、その出会いの風景を書き付ける。それはまさしく大阪的風景であり、そうした「移民」たちの姿があってこそ、初めて「大阪」の風景は完成するのだとさえ思わせるほどだ。大阪に限ったことではないが、人生のどこかの道で「在日朝鮮人」とすれ違わない日本人はいないはずだ、ただそれに気がつかず、また忘れ去ってしまったということはあったとしても。

まともに「大阪」のことを書こうとしたら、あるいは大阪を小説の舞台にしようとしたら、主人公か傍役か、点描的な人物であるかは別にして、「大阪」の外部からやって来て、大阪に住み着いた「移民」たちのことを無視、黙殺することはできない。田辺聖子の描いた「朝鮮人」たちは、まさに隣組の朝鮮人であり、同級生の「タケ子」であり、「ボク先生」であり、闇市で、これまでの差別視や抑圧をいっきょに挽回、復讐しようとする被抑圧民族としての朝鮮人である。小学生、あるいは女学生としての「トキコ」が、日本人と朝鮮人との民族的葛藤の歴史や、偏見や予断に満ちた現実に対して、正しい知識や定見を持つことはほぼ不可能だった。だが、そうした朝鮮服や朝鮮訛のおじさんやおばさん、「朝鮮人」と後ろ指を指される老婆や子供たちがいることは、「トキコ」のような「八紘一宇の精神」を持った「大和撫子」候補生の目にも明らかに映じるものだった。まさにそれは「大阪八景」の欠かせない登場人物として、画面のなかに描かれなければならなかったのである。

8

こうした「移民の町」としての大阪を見ていると、織田作之助の大阪を描いた小説のなかに、在日朝鮮人や中国人の姿が見当たらないこと、フィリピン人やロシア人といった「外国人」をその作品世界のなかに登場させながら、大阪がその内部に抱えた「移民」としての異民族の姿の見当たらないことが不審に思われてくることを否定するわけにはいかない。『わが町』や『異郷』という作品で、むしろグローバルな位相での移民、漂流民の故郷としての「大阪」を描き出そうとした織田作之助が、大阪のなかの放浪者としての「移民」――その最大の人口を持つのが在日朝鮮人だった――にほとんど興味も関心も示していなかったように見えることに、私は「大阪」という「架空の町」を文学として創造しようとしていた作家の（あるいは日本の近代文学そのものの）大きな欠落（欠陥）を見るような思いがする。それは在日朝鮮人だけではなく、「琉球人」と呼ばれた沖縄県出身者、また同様に異民族視されていた奄美群島の出身者も「大阪」の文学の世界には登場しないものとして排除されてきたといって過言ではない。

もちろん、ないものねだりをすることが、私のこの文章の主意ではない。何故、大阪が抱えた移民の世界が、彼には見えなかったのか。あるいは、見えていたとしてもそれを描こうとしなかったのは、何故なのか。すでに論じてきた通り、彼には「ベンゲットの他あやん」や「デンベ」という、異郷を抱え込んだ「大阪人」を創造し、「大阪」という町を「架空の町」として文学的に形象化しようとした。もし、こうした作品がなく、『夫婦善哉』や『青春の逆説』や『世相』や『土曜夫人』といった作品でのみ彼が小説家として記憶されるのであれば、私のいっていることは「ないものねだり」であり、後世のさかしらさで前の時代の人間の業績を云々するものということになるだろう。だが、彼には明らかに「アジア」とつながる商都としての大阪、「移民」たちや漂着民のたどりつく「都市」という見方や感じ方が存在していた。そう考えると、それは単なるないものねだりの言とはいえなくなる。大阪での放浪者たちを描いたといわれる彼の文学が、異国からの放浪者、異民族の移民たちを見出さなかったのは、やはりそれなりの意味を持っていたと考えざるをえなくなるのである。

文学研究者の渡邊巳三郎は「人生の放浪を描く——織田作之助の文学の一側面」（『季刊アーガマ』一四〇号、一九九六年、阿含宗出版社）という論文において、興味深い指摘を行っている。織田作之助の出世作『俗臭』（一九三九年九月）は、一九三九年下半期の芥川賞候補となり、寒川光太郎の『密猟者』と受賞を争い、最終的には賞を逸したものの評価は高く、文壇への登壇が約束されたのだが、第一作品集『夫婦善哉』に収録された『俗臭』は、同人誌『海風』第六号に発表された初稿を大幅に改変したもので、「原型をとどめぬ迄に書き改められ、初稿の約二分の一の分量に書き縮められた」というのである。その改稿の主な部分は「初稿『俗臭』で、大きな比重をもって、力を籠めて描かれている千恵造の妻、部落出身の賀来子に対し、立身出世の中心人物、権右衛門の妻、政江が加える、さまざまな差別・迫害の描写が殆どカットされ」ているというのだ。

改稿された、現行（講談社全集版）の『俗臭』には、「千恵造はどうあっても結婚を承認しがたいような女と変な仲になり、居たたまれずにどこかへ逐電してしまい、風の便りに聞けば朝鮮の京城で小さな玉突屋を経営しながら、ほそぼそ暮しているとのことだった」とあるだけで、これだけでは代用教員をやっていた千恵造の「逐電」の理由がよくわからない。もう一ヶ所「三人の娘が出来て、その娘たちの将来の縁談を想えば、千恵造もこの際世間態をはばかるような結婚は慎むべきであったかも知れぬ」とあって、千恵造の結婚相手が「世間態をはばかる」ような相手であったことが示唆される。これは、読む者が読めば「被差別部落出身者」との婚姻を意味するものであることがわかる書き方ということになる。

初稿で「大きな比重をもって」描かれていた「部落出身の賀来子」に対し「政江が加える、さまざまな差別・迫害の描写」がほとんど削除されたというのは、ストーリーを「権右衛門―政江」の夫婦の筋に絞り、物語がその兄弟姉妹に分散してしまっていたことを改善するためということもあるだろうが、やはり、「被差別部落」出身者に対する「差別・迫害」が作者自身、あるいはそれが芥川賞選考委員会というらいわば檜舞台に出されることによって、忌避されたと見ることはあながち的はずれな憶測ではないと思える。

初稿『俗臭』の載った『海風』第六号は本富士署管内で発売禁止処分を受けたのだが、それは、賀来子からその父親が「部落」出身であることを聞いた政江が驚愕するシーンがあるのを「風俗壊乱」のおそれがあると決めつけられたからだという。「東大前の書店へ雑誌を没収しに来た巡査は、パラパラとページを繰って、『(政江が)……興奮の余り、便通を催おした』という件りを詠み上げ、けしからんという憤激のおももちでパンパンと表紙を叩いたそうである」(青山光二『作品解題』講談社版全集1)。

もちろん、これはたとえ「部落民」に対する露骨で、滑稽な「差別」があったとしても、そうした「部落差別」の現実をありのままに書いてはいけないという社会的な抑圧にほかならない。庶民の味方である巡査は、そこに書き留められている「被差別部落」出身者に対する露骨で、えげつない「差別」に憤激したのだ。そうしたことは、「あってはならない」ことであり、ならば、当然「書いてはならない」というのが、素朴な正義の実現者としての巡査(警察)の判断であったのだ。

作者の織田作之助は、もちろん小説のなかの架空の登場人物の政江のような「被差別部落」に対する差別感を持っていたわけではない。登場人物の思想と作者の思想とを単純にむすびつけてしまうのは、笑うべき小説のもっとも拙劣な読み方だ。だが、『俗臭』という自作を守るためには、こうした「風俗壊乱」的な部分を切り捨てなければならなかった。たとえ、そうした「部落差別」ということが大阪の町で現実に行われているものであったとしても、それをそのまま書くことは「風俗」を攪乱し、壊乱することだったからだ。ここには、あるいは東京(東日本)と大阪(西日本)とでは、「被差別部落」に対する差別感に相違があるということと関連しているのかもしれない。東京の巡査(警察)は、西日本に陰湿に残されている現実の差別を問題にすることよりも、観念的な平等や正義を全うすることのほうに熱心だったのである（こうした食い違いは、現在でもしばしば見受けられる）。

残念ながら、初稿『俗臭』の収録された同人誌『海風』を入手することは困難であり、改稿されたものとの、その細部の異同を確認することはできないが、織田作之助には、この初稿と改稿の二つの『俗臭』以外に同じテーマ、登場人物を使ってもう一度書き直したと思われる作品『素顔』（『新潮』一九四二年十月号）がある。これは改稿された『俗臭』をもう一度、初稿に近づける形で再改稿した作品であると考えられる（渡邊巳三郎は「此等は同巧異曲の作品と言われるが、筆者はこれを全く同じ材料を扱った、同一作品と見る」と書いている）。この『素顔』と改稿された『俗臭』を比較検討することによって、この改稿、改作の本当の意味がどのへんにあるのかを解明することができるだろう（初稿と改稿された二つの『俗臭』については、塚越和夫もその「俗臭」論〈『無頼派とその周辺』二〇〇一年、葦真文社〉で比較を行っているが、「被差別（部落）」というモチーフはそこでは取り上げられていない。権右衛門・政江という夫婦の成金ぶりの相違に焦点は絞られている）。

9

『素顔』は、『俗臭』が権右衛門とその妻・政江の夫婦を中心とした物語だとしたら、権右衛門の弟である千恵造とその妻・賀来子を主人公とした物語である。『素顔』では、権右衛門は亀右衛門、政江は勝子であり、千恵造は基作、賀来子はそのままカク子という名前で登場する。基作が飲み歩いて知り合いになった女給の「松美」は「部落の娘」だった。「松美はそこだけの名で本名はカク子、賀の字の下に来の字を書いてそう読ませると、やがて知るくらいなんだか心惹かれたが、基作に岡惚れしていた年増の女給に言わせると、松美は部落の娘だという」というのである。南河内の賀来子の出身の村へ行き、母一人娘一人の家に泊まってきた基作は、娘たちの縁談に差し支えるという亀右衛門・勝子の兄夫婦の反対を押し切って一緒になるが、姪たちの縁談が破談になったのをきっかけに、「朝鮮の京城」へ行き、そこで撞球場を経営して暮らすことにしたのである。

改稿後の『俗臭』では曖昧だった賀来子の出自が、『素顔』では「部落の娘」と明確に書かれており、また数行のエピソードでしかない基作（千恵造）と賀来子との「朝鮮」での生活が『素顔』ではむしろ中心的なストーリーとなり、京城の「新町裏小路」を客を引いていた賀来子の隠されていた過去や、廃電球を再生させようとする基作の血の滲むような努力などが物語られる。「部落の娘」である賀来子の出自、そして京城で娼婦だったその「過去」など、基作にとって乗り越えるべき試練である事柄は、しかし、結果的には基作と賀来子との精神的な結びつきを強めることとなっても、そのことが二人の関係を破綻させることにはならない。

これはもちろん、織田作之助が「部落の娘」と噂される賀来子に同情的、共感的ではあっても、決して差別的な感情を持って描いていないことを示している。いわば、『素顔』は「反差別」的な思想によって書かれているのであり、初稿『俗臭』の政江の賀来子に対する「差別・迫害」の言辞を否定する考え方で貫かれている。こうした「反差別」的な傾向は、基作が五島で沈没船引き揚げに従事し、その「人夫たちのなかには半島人が多く、基作のアリラン節の口笛は、咳でしばしば途切れたが、正調であった」という文章で示されるとおり、基作と被差別の朝鮮人との人間的な交わり、つきあいが示唆されることにもつながっている。

ただ、『素顔』でのこうした書き方が、織田作之助の小説のなかに「朝鮮人」が登場する数少ない例であり、その後に、織田作之助の作品世界からは「移民」の姿は消えてしまうのである。また、大阪や西日本において、移住民としての人口も多く、在日朝鮮人と同じように同じ出身地の者同士が「集落」を作って居住する傾向のあった沖縄人についても、『素顔』のなかのこんな文章が、織田作之助の小説のなかでは稀少な例となっている。「勝子が琉球から来てむやみに色の黒いごつごつした女中を、千鶴子の後釜に押しつけようとした時は、基作は三日休んだ」。しかし、これは明らかに織田作之助、あるいは典型的な大阪人の持っていた「沖縄人」への蔑視が根底にあるといわざるをえない。もちろん、それは意識的なものではないが。

『素顔』には、このように当時、被差別の立場にあった「部落民」「半島人」「琉球人」がそろって顔を出しているという、織田作之助の小説としては珍しい作品世界を構成しているのだが、しかし、それ以後の作品において、こうしたあからさまな社会的な「差別」の対象となりそうな登場人物たちは姿を消してしまう。『素顔』という小説が書かれたのは、その基になる作品『俗臭』が登場人物の「部落差別」の言動をリアルに描くことによって、「風俗壊乱」として発禁になったことに対し、「反部落差別」の作品として、それをもう一度書き直すことが、織田作之助にとってどうしても必要だったからだろう。「部落差別」の言辞を吐く登場人物を出したということで、作品そのものが「差別」的な小説であると捉えられることは、織田作之助にとって耐えられない屈辱であったのではないか。むしろ、彼は基作や賀来子の側にシンパシーを感じているのであり、それは改稿された『俗臭』や『素顔』を見れば明らかなのである。

しかし、それがいったん仕上がると、彼はもはや大阪における「差別」される人々の姿や影、そして大阪人における「差別」の意識を追究することを止めてしまった。初稿の『俗臭』で書かれた「差別・迫害」は、『素顔』の「反差別」「同情」によって中和され、それはもはや主題としては、織田作之助の小説の世界から見失われてゆく。

織田作之助は、大阪に住む「被差別部落」の住人たちを「わが町」から結果的には排除した。彼ら、彼女らは「見えない」場所で、「見えない」存在として生きていなければならなかった。そうでなければ、「差別する者」と「差別を受ける者」との間を画す〝一線〟は「ない」ものとして無視しなければならないものだった。同じく貧しく、同じく無知であり、同じく社会の下積みにいる。そこには、むろん「差別」があってはならなかった。実際には、政江の賀来子に対する「差別」や「迫害」のように、厳然とそこにあるものであっても、それは言語化したり、文章化したりするべきものではなかった（と、織田作之助は、考えたのである）。

「被差別部落」のない、そうした織田作之助の「架空の町」の町としての大阪に、さらに、より「差別」や「迫害」を受けかねない存在としての沖縄・奄美出身者、在日朝鮮人や定住外国人が住み着く（着ける）はずがなかった。もちろん、繰り返すが、織田作之助がそうした「移民」たちを差別し、排斥するような感覚、考えを持っていたということでは断じて、ない。ただ、彼は現実のままの「大阪」を描くということは、社会の側から要請する文学の幅を大きく超えてしまうものであることを知っていたのである。

やがて、開高健の『日本三文オペラ』（これは奇しくも織田作之助の先輩作家・武田麟太郎の代表作と同題である）や小松左京の『日本アパッチ族』という小説で描き出されることになる「アパッチ族」という奇妙な「大阪」的な放浪者、移民たちの活動家集団が蠢き始める大阪を棄てて（梁石日の『夜を賭けて』も、このアパッチ族を描いたものだ）、彼は「東京」へ乗り込む。『土曜夫人』のような都市の風俗を書くことになる。それは彼の内部でもすでに「大阪」が滅んでいたからである。

それは大阪だけのことではない。『わが町』『異郷』で「架空の町」の大阪を描いていた織田作之助は、自分の書いているのが「亡んだ国」としての「日本」でしかないことに、とうに気づいていたのである。それは安吾がいう「反逆」すべき「日本の在来文化」が、すでに滅んでいることに彼が気づいたからにほかならない。

「——日本なんて、どうせ、いっぺん亡んだ国や。当たり前ならいま頃は、太平洋の底へ沈んでしもウてるはずのを、アメリカのおナサケで、こうして助かってるんや。正にデカダンスだよ！　民主主義もクソもあるもんか！　いきなり、デカダンスへ行くべきだよ。デカダンスから始めるんだよ」（青山光二『青春の賭け——小説・織田作之助』）。

もはや、「東京に対する大阪」といった二項対立はない。近代日本に植民地化された「大阪」は、少なくとも日本全体がアメリカによって占領され、植民地化された時に、解消されたのだから。だが、むろんそれはもっと広い帝国主義—植民地の版図のなかに、大阪が包摂されたということにほかならない。

「大阪」がないように、「日本」もない。西鶴の描いた「大阪」も、戦争中の日本人が必死の思いで作り上げようとした「日本」も、もちろん、その解放や独立や共栄を日本人たちが鼓吹した「大東亜」というものもなかった。その絶望感、デカダンスは、織田作之助を最後の「神風」特攻隊として、戦後において自爆せしめたのかもしれない。「大阪」という架空の町へのノスタルジーは、彼の最後の砦だった。そして、織田作之助も、太宰治も、そうしたオキュパイド・ジャパン（占領下日本）の植民地化された大阪や、植民地化された東京や津軽に対して、〝グッド・バイ〟したのである。

使用したテクスト

『織田作之助全集』1〜8巻・一九七〇年、講談社。

『異郷』一九四三年、萬里閣。

『わが町』一九五五年、角川文庫。

大野正義「江戸川乱歩と守口・門真」『ふるさと文学館・第三一巻大阪Ⅱ』一九九三年、ぎょうせい。

『坂口安吾全集・第五巻』二〇〇〇年、筑摩書房。

『武田麟太郎全集』1〜3巻・一九七七年、新潮社。

大石千代子『ベンゲット移民』一九三九年、岡倉書房。

早瀬晋三『「ベンゲット移民」の虚像と実像　近代日本・東南アジア関係史の一考察』一九八九年、同文舘出版。

杉原達『越境する民——近代大阪の朝鮮人史研究』一九九八年、新幹社。

田辺聖子『私の大阪八景』二〇〇〇年、岩波現代文庫。

渡邊巳三郎「人生の放浪を描く——織田作之助の文学の一側面」『季刊アーガマ　文藝特集・織田作之助　その世界』一四〇号、一九九六年、阿含宗出版社。

青山光二『青春の賭け　小説織田作之助』一九七八年、中公文庫。

日・独・伊・敗戦三国の戦後文学

池田浩士（ドイツ文学）
和田忠彦（イタリア文学）
栗原幸夫（日本文学）

ベルリン発行の『ベルリン・ローマ・東京』（1940年10月）。上段右は表紙、中左はドイツ語、日本語の両目次ページ。下段は同誌同号に掲載された三巨頭の写真。

はじめに

栗原　この座談会では、第二次世界大戦中に「枢軸国」とよばれた、日本、ドイツ、イタリア三国の戦後文学を比較しながら、どのような違い、あるいは共通点があるのかを論じあってみたいと思います。

日本の場合、海外に亡命していた作家はおそらく鹿地亘ひとりですが、ドイツでは多くの作家が亡命していました。イタリアにも亡命した作家が若干いますが、いわゆる〈戦後文学〉という特殊な形態を支えたのは、戦争中に亡命せず、自国に残っていた作家が中心でした。そこでまず、かれらが「敗戦」ないしは「終戦」を、どのように迎えたのかをあきらかにしておきたいと思います。

敗戦の迎えかた・日本

栗原　日本の「敗戦」は、ドイツやイタリアの場合とかなり違いがあります。ドイツではベルリンが陥落し、ファシズム政権が粉砕されたところで戦争が終わります。イタリアでは、ムッソリーニを自分たちの手で引きずりおろして、その後、ドイツ占領軍に対するレジスタンスの時期がある。日本ではそういうことはまったくなくて、ある日とつぜん、天皇のひと声で戦争が終わってしまう。戦争をはじめた人間によって戦争が終わらせられる、奇妙な状態で終戦になります。そういう意味では、あえて「終戦」という言葉を使ってもいいのではないかと思っています。

のちに〈戦後文学〉の中心となる作家たちがどのように終戦を迎えたかというと、典型的なのは『近代文学』の同人、荒正人、小田切秀雄、埴谷雄高たちです。かれらは敗戦によって自分たちが解放されたという実感をもった人たちでした。たとえば荒正人はポツダム宣言受諾のニュースを聞いて、「驕れるものは久しからず」とカラカラ笑ったという有名なエピソードがありますし、小田切秀雄は天皇の放送を聴いてうれしくて身体がふるえたそうです。埴谷雄高はその放送を聴いた翌日に勤めを辞め、家を売り払うまで、おれは文学をやるんだと、家族に宣言する。かれらは希望をもって戦争の終わりを迎えたといえるでしょう。

それに対して、もうひとつ前の世代の中野重治は、召集された老兵として終戦を迎えます。かれはのちに「米配給所は残るか」という小説を書きますが、そこにはみじんも解放感はありません。終戦から数日後のある日、主人公は女の先生が子どもたちを引率してくるのに出会う。しかし、これまで子どもたちに「欲しがりません勝つまでは」と教えていたその教師が、終戦という事態をいったいどのように子どもたちに説明するのか考えると、その女教師の顔を見ていられなかった、というエピソードが書かれています。

中野重治は、自分よりもひと世代若い『近代文学』派の人たちのように、歓呼をもって敗戦を受け取ることができなかった。江藤淳はそれを愛国的な立場から悲劇として論じていますが、中野がそのとき考えたのは、自分たちの運動が戦前に敗北した、その最後のどん詰まりとして敗戦が来たという思いでした。その違いが、敗戦からわずか半年たらずに起こった「批評の人間性」をめぐる論争——荒正人、平野謙批判として爆発したのではないでしょうか。これがのちに江藤淳と本多秋五の「無条件降伏論争」につながります。もちろん、武田泰淳や堀田善衛をはじめとする外地にいたひとたちは、かれら独自の観点を身に付けて日本へ帰ってきたのですが、戦後文学を担った作家たちの多くが「これで解放されるんだ」と敗戦を受け取ったことは事実だと思います。日本の状況はおおよそこのようなものでした。

日独伊三国同盟調印式。左から来栖日本大使、チヤーノ・イタリア外相、ヒトラー、リッベントロプ・ドイツ外相。『ベルリンローマ東京』(1940年10月より)

敗戦の迎えかた・ドイツ

池田　ドイツの場合は、いま栗原さんが挙げられた日本の例とは異なる観点を導入せざるをえません。というのも最初にご指摘があったとおり、ドイツ文学の主要な作家のほとんどが、一九三三年一月末のナチ党による政権掌握ののち、第二次大戦の以前に国外に亡命していたからです。これはソ連にせよ、アメリカにせよ、どちらに亡命した作家の場合でも同じですが、かれらのなかには連合軍の将校になってドイツを占領に来た作家もいるので、負けた国にいて敗戦を体験したひとたちだけではなく、かなり多数の作家が「外から」解放を迎えたということが、日本とのおおきな違いです。

もうひとつは、日本のようには敗戦ののち率直に感情を表現できない状況にあったことです。それは敗戦までの十三年間にわたる、ナチス時代の全時期、戦争以前にさかのぼる問題です。一九三九年九月に第二次大戦がはじまるわけですが、

池田浩士

和田忠彦

栗原幸夫

それ以前からすでに亡命していたひとが敗戦を外で迎えると、開戦以前からドイツに留まってしまったひとは、敗戦とともに解放されたというより、むしろ沈黙に追いやられてしまう。かれらはしばらくすると「内面的亡命だった」「国内亡命だった」という免罪の口実を見つけなければならなくなりますが、言葉を取り戻しはじめるのは、ようやく四七年春になってからです。ですからドイツでは、敗戦をどのように受けとめたのかについて、かなり屈折したかたちでしか考えられません。

ハインリヒ・ベルのように、われわれがドイツ戦後文学の担い手と考えている若い世代でさえも戦争中に兵士だったという意味では戦中派ですが、四七年になると、戦時下にはまだ作家として活動していなかったひとが中心となって声を挙げていく。翼賛体制のなかで屈折を体験しながら作品を書きつづけた日本の作家は、プラスのイメージであれマイナスのイメージであれ、敗戦後にもう一度その時代を捉えなおすことができましたが、ドイツの場合はそれをひとまず無化しました。

第二次大戦以前とナチス時代以前の「ふたつの戦前」を、戦後と結び付けて考えるようになったのは西独で〈四七年グループ〉が形成されはじめたころからです。東独でも、抵抗運動と強制収容所の体験を描いたギュンター・ヴァイゼンボルンの『メモリアル』（邦訳『炎と果実』）が出たのは一九四八年でした。しかしもちろんこれは、東独の戦後文学がすべてそうであるように、共産党系の抵抗運動を英雄的、感動的に描くのが基調で、その意味では、ナチス・ドイツの敗北を「解放」してとらえる立場からのものでした。ヴォルフガング・ボルヒェルトやH・ベルのように、復員兵だった作家たちが個別に書きはじめていましたが、戦争体験をナチス時代の過去とつないで現代の表現のなかに取り込んでいく作業には、まったくなっていなかった。単純な敗戦体験でした。しかも決定的なことに、ドイツは東西に分裂してしまった。ですから敗戦とともにはじまった問題は、戦争体験との対決ということ以上に、ナチス時代との対決が決定的におおきなテーマになっていって、それが言葉を獲得するのも、やはり敗戦後二年を経てからです。

栗原　敗戦直後に発言した作家のうちでも、亡命作家たちは大手をふって発言しますね。

池田　そうです。それと、国内にとどまった作家たちでナチス時代の体験を作品化して敗戦直後にいちはやく発表したのは、ハンス・ファラダとエルンスト・ヴィーヒェルトです。はじめはナチスに同調しながら途中で袂をわかって、ナチスから弾きだされてしまう。敗戦当時、ファラダはアルコール矯正施設にいましたが、ヴィーヒェルトは一九三八年に二ヵ月ほど収容所に入れられていたこともあって、かれらは亡命作家と同じような発言権を持つことになります。ファラダの『だれもが一人で死んでいく』(四七)とヴィーヒェルトの『死者の森』(四八)は、作品としてもきわめてすぐれたもので、非ナチの右翼だった有名なエルンスト・ユンガーがやはり国内での抵抗をすでに一九三九年に書いていたと称して一九四九年に発表した『大理石の断崖の上で』などと比べれば、質的な差異は歴然としています。それからもう一つ別の観点からふりかえると、西ドイツでも日本でも戦後文学の担い手として知られるヨーゼフ・マルティン-バウアーやマンフレート・ハウスマンは、ナチス時代にもドイツを代表する作家でした。また、わたしの学生時代のころには東独社会主義文学の輝ける星だとばかり思っていたペーター・フーヘルは、じつはナチ時代には詩ととりわけ放送劇の分野での輝かしい星で、すでにナチスが政権を獲得する前年に、突撃隊(SA)文学賞(詩部門)を受けていたんですね。かれらが戦後の東西ドイツで、ナチス時代をまったくなかったことにしてあらたに書きはじめるのも、やはり四七年以降です。

敗戦の迎えかた・イタリア

和田　イタリアの場合、この事態を「敗戦」と捉えた人間がはたしてどのくらいいたのか――それが日本やドイツと異なる点です。文学者はもちろん、黒シャツを着たファシストもふくむ国民一般の多くが、ムッソリーニ解任以降の二年にわたる内戦状態とその後に訪れる終戦を、「解放」として捉えていました。終戦を「解放」として捉えてしまったことが、戦争体験やファシズム体験をいまだに総括し、表現しきれていない最大の原因となっています。

さきほど栗原さんが、日本の場合はあえて「終戦」でもいいのではないかとおっしゃいましたが、イタリアでも「終戦」と呼ぶことでそれを「解放」と錯覚したり、意味を置き換えるような恣意性を抑制することはできます。図式化すれば、日本の終戦に天皇が担った役割を、イタリアではレジスタンスが担ったということです。

また池田さんが、ドイツの「第二次大戦以前」と「ナチス以前」というふたつの戦前を指摘されましたが、イタリアの場合もまったく同様です。ただし時期としてはもうすこし以前までさかのぼって――一九世紀後半のいわゆる「国家統一《リソルジメント》」までとは言わないにせよ――第一次大戦後からファシストの擡頭にいたるまでの数年間の「戦前」と、四〇年に参戦するまでのファシズム体制下の「戦前」があります。これらをどう「戦後」と結びつけて考えるかが、イタリアでも問題になります。そうすると「戦前」と呼ばれている時代が、その前の時代から見ると「戦中」と相対化してされる。つまりレジスタンスやファシズムに参加して「戦後」に表現活動をはじめた作家たちの体験が、結果的にはわずかなタイムラグしかないまま、ほぼ同時に表象される。ドイツの場合は「四七年以降」とはっきりと時間を区切ることができますが、イタリアの場合はわずかなタイムラグで、前の時代のすぐ後を追うようにして作品が発表されることになります。こうした違いは、イタリアのファシズムとナチズム、天皇制ファシズム、それぞれの違いに起因するのではないでしょうか。

敗戦と戦争責任

池田　ドイツの敗戦前後をイメージするときに重要なのは、すでに四四年十月二十一日にはオランダおよびベルギーとの国境の都市アーヒェンがアメリカ軍に占領されていたことです。敗戦の半年以上前から国内に敵軍が侵入していました。ソ連軍がドイツ東端の東プロイセンに突入したのはすでに四四年十月十一日のことです。そういう状況でナチスは、国民をすべて「人民突撃隊」として編成していきます。これにはインテリであれ労働者であれ、兵隊に行っていない者は男も女もすべて含められ、最終局面には国民全員で連合軍と戦うことが日常的に強制されました。日本の場合にも同じような制度がありましたが、ドイツではすでに国内で敵軍に殺された民衆が実際にかなりいたわけです。そういう意味でいうと、敗戦直後の実感としては「敗北」という意識がおおきくて、これは「終戦」ではないんですね。

第一次大戦時には「敗戦」のことを言い表わすのに「崩壊（**Zusammenbruch**）」という言葉が用いられていました。第二次大戦でも実感としては「崩壊」だったようで、敗戦体験を描く作品ではよくこの言葉が使われいますが、興味深いことにそれが次第になくなって、「戦争が終わったとき（**als der Krieg zu Ende war**）」という表現になります。これは敗戦直後の体験をあつめたアンソロジーの題名にまで使われるのですが、戦後四〇年代後半から五〇年代にかけての西ドイツは戦争が終わったとき、つまり「終戦」と言いなおすことによって、敗れたのはナチ体制であるとし、意識的にナチス時代と距離を置いてきたといえます。

栗原　第一次世界大戦でドイツが敗北したのは、国内の裏切り者たちのせいで「崩壊」したからだと、ナチスが主張しましたね。その「崩壊」とつながっているんですか。

池田　そうです。いわゆる「匕首伝説」ですね。背後からアイクチで一突きされたという。第一次大戦は戦争では勝利していたけれども、勃発した革命によって背後から裏切られて「崩壊」したという。

和田　戦争体験の総括を考えるうえで、この三カ国では違ったかたちで問題になったということですね。イタリアでは、当事者にとって非常に都合のいいことに、大手をふって声高に「解放」と言える状況がありました。四八年の共和制下における第一四回総選挙までの数年間、なし崩し的に「解放」と言い続けることができましたが、逆にファシズムや戦争体験をきちんと総括する機会を失ってきたわけです。

池田　東ドイツではイタリアと同じように「解放」ですね。

栗原　日本はレジスタンスもないのに、なんで「解放」になってしまったんだろう（笑）。これはやはり「胸の底では」という転向と、そのひとつ前の段階として「心ならずも」の転向があって、それが免罪符になってきたのでしょうね。

和田　イタリアでは一九三〇年代の後半に「内面的」なものではなく、かなり主体的な〈転向〉がありました。この転向は、日本の場合とは反対にファシストからコミュニストへの転向で、はっきり目に見えるかたちで表現されていました。ひとつ例を挙げるとすれば、エリオ・ヴィットリーニの『シチリアでの会話』（邦訳『シシリーの憂鬱』（文芸春秋社刊））ですが、この小説は、スペイン内戦におけるファシスト政府のフランコ側への荷担を契機に、「革命」思想・運動としてのファシズムに失望した青年が、あらたな「革命」の理想を託す対象としてコミュニズムを択ぶという一種の〈転向〉の記録でもあります。こうしたファシズムからコミュニズムへという〈転向〉が、とりわけ三六年秋以降、顕著にみられます。ふたつの、一見対極に位置するかにみえる思想が、「革命」という理想を回転軸にして、いとも簡単に表裏を入れ換えてしまう――それがイタリアにおける〈主体的転向〉の現実でした。

池田　日本では「獄中十八年」といっても、ほんのひとにぎりです。逆にいうと、ほとんどすべてのひとが〈転向〉にかかわった。ドイツでは、ネームヴァリューがあって自立して生活することができた作家はほとんど亡命しましたから、日本のような内面的な亡命、国内亡命では、かれらの前では発言権が持てませんでした。それがナチス時代の内在的な総括、再検討を遅らせることになった。

それともうひとつ、日本の場合は「進駐軍」の指令による戦犯の追放がありますが、ドイツでは戦後のかなり早い時期にナチ戦犯を裁くための法律が制定されて裁判が始まることになりますね、ナチスに協力した作家たちの。禁固刑二〇年や財産の半分没収など、日本とくらべると、かれらの多くはかなり実害を受けています。ナチスに協力してしまった、ないしはナチスそのものであった作家たちは、自分たちがやった行為に対しては確信犯だったので（笑）、刑事罰を受けるとそれで終わってしまう。たとえば、『ドイツへの信念』（一九三二）と『良心の命令』（三七）の二大長篇小説によってナチ時代のベストセラー作家のひとりだったハンス・ツェーバーラインは、突撃隊（ＳＡ）の旅団長として行なった住民虐殺の罪を問われて、戦後の裁判で「死刑三回」の判決が確定しましたが、その直後に西独憲法（基本法）が制定されて、それによって死刑が廃止されたため、終身刑に減刑され、しかも、健康上の理由で、五八年に釈放されてしまいます。こういう刑罰によってドイツではナチス体験の処理が表面的に終わっていて、ずっと後まで内在的な歴史の捉えかえしがはじまらなかった。

栗原　ちょうど対極的なのが日本の文学者の戦争責任論ですね。新日本文学会は小林秀雄までを含む戦犯リストを発表したりした。しかし責任を追求するほうが自分のことを棚に挙げたそのやりかたは、問題の本格的な追究を閉ざしてしまった。しかもアメリカの占領軍は文学者までは追放にしない。林房雄たちくらいです。ドイツの場合は自分たちの手で裁いて、しかも実質のある判決を下したが、日本の場合は自分たちで裁くことはまったくやっていない。批判するほうは自分のことを棚に挙げてしか戦争責任を追求することができなかった。ちょうどうらはらですね。この問題はイタリアではどう捉えられていましたか。

和田　戦争責任を追求されたのは、たとえばダンヌンツィオやピランデッロのような戦前から大物だった作家たちでした。しかしかれらが支持していたファシズムの時代には、すでにかれらの作品は読者からも体制からも見離されていたのが現状です。だれも支持していない表現者を戦犯として指弾するという滑稽な構図になりました。そのいっぽうでかれらを指弾した側にも滑稽な、というより巧妙な構図が出現したわけです。

イタリアのレジスタンスはそもそも五党連立の国民解放委員会をつくってスタートしましたが、戦後の解放と同時に内部分裂をはじめます。自分たちから言い出したのか排除されたのか、社会党も共産党もそこから離脱して、結果的に残ったのは、戦後に王政から共和制に移行していく体制を担ったキリスト教民主党でした。このキリスト教民主党と、その背後のヴァチカンが戦犯を指弾したわけですが、本来ファシズム体制を維持したおおきな原動力のひとつは、一九二九年のラテラノ条約によるヴァチカンとファシズム体制との妥協にあります。これがなければファシズム体制はあれほど強固なものにはならなかったと考えると、ファシズムを背後から支えた人間が、戦後もふたたび共和国を支え、かれらが自分たちの戦争責任を非常に巧妙に隠蔽するような構図だったんです。

〈戦後文学〉と〈戦争体験文学〉

栗原　日本では当時、「戦後文学というけれども、戦争のことばかりで戦後のことなんかぜんぜん書いていないじゃないか」という批判がありました。これは揶揄していってるわけですが、やはり日本の戦後文学の特徴をうまく表現していますす。ここで指摘されたように、日本の戦後文学は〈戦争体験文学〉だったんですね。ドイツの〈四七年グループ〉は代表的な〈戦後派〉でしょうが、そこはずいぶん違いますね。

和田　イタリアでは問題はどうしても「解放」に収斂していくわけですが、戦争体験文学、戦後文学の多くは、おもにレジスタンスを扱った作品です。そのときに問題なのは、対ファシズム、対ナチズムとの関係において絶対的に善である、という視点が圧倒的多数だったことです。それが結果的には、戦争体験をしっかり描ききれなかったという課題を残してしまって、イタリアの〈戦後文学〉がなかなか終わらなかった状況を象徴的に示しています。そういうなかで、ファシズム時代、あるいは戦中に幼かった書き手や、戦後になって書きはじめた作家たちだけが、レジスタンスとファシズムを相対化した視点から作品を書くことができた。そのうちのひとりが、当時大学生だったイタロ・カルヴィーノでした。

池田　それは何年ころからはじまるのですか？

和田　四七年に「くもの巣の小道」という最初の中篇小説が刊行されますが、それ以前の四四年くらいから、かれは短編小説を書きはじめています。そのときカルヴィーノは二十一歳ですから、かれがレジスタンスに参加して、そのなかで見たものをほぼ同時に短編として書きはじめているということになりますね。

池田　ナチス・ドイツの文学作品の先駆的な研究者であるエルンスト・レーヴィが、かなり早くからつぎのような意味のことを指摘しています。「第一次世界大戦の戦後文学はまさに〈戦争体験文学〉なのだが、第二次世界大戦の戦後文学には、戦争体験文学がない」。つまり、あまりにもその体験がおぞましく、兵士として参加したひとたちの行為が文学表現の埒を越えてしまった、だから第二次大戦の戦争体験文学は生まれえなかった、というのです。この指摘にはわたしもまったく同感で、実際にもそのとおりだったと思います。ですからドイツではどの作品も〈復員体験〉で、ドイツへ着いたところからはじまる、というストーリーなんですね。H・ベルの『汽車は遅れなかった』、日本でも全集が出たヴォルフガング・ボルヒェルトの『戸口の外で』（四七）も同様です。ボルヒェルトの作品は、復員兵が必ずしも主人公ではありませんが、例えば、還ってこずに死んでしまった兵士が、生前になにをしたのかという戦前の話を、死んでしまった男の物語として描いています。しかしここには戦場そのもの、戦争そのものはほとんど描かれていません。

和田　それはイタリアも同じかもしれません。戦場そのもの、といっても内戦の戦場を描いたものはありますが、たとえばアフリカ戦線やロシアの戦場を描いているものは非常にすくない。

栗原　日本では大岡昇平が戦争を描いていますが、あれも加害者としての兵士ではないですよね。

戦後文学の起点

栗原　日本の場合でとくに顕著なのは、「戦後の文学」のなかに、とくに〈戦後文学〉と呼べるものがはっきりあって、これを担ったのはほとんどすべて戦前のプロレタリア文化運動に多かれ少なかれかかわった人たちです。かれらも転向したのですが、林房雄みたいに国家主義者になったのは比較的少数で、とくに〈戦後文学〉の表現者たちは、心のなかで抵抗の意志を持ちつづけていました。

かれらには戦前のプロレタリア文化運動の観念的な理論や方針に批判があって、その批判が正当に運動のなかで受けとめられなかったことが、最初の転向のきっかけになっています。そのために、中野重治の言葉を使えば「日本の革命運動の伝統の革命的批判」、転向を「悪かった」とする罪悪感だけではなくて、自分が転向せざるをえなくなった契機が、じつは運動そのもののなかにあったのではないかという疑問が生じていた。もちろん弾圧もありましたがそれだけでなくて、運動に踏みとどまれなかった理由は運動のマイナスに起因するのではないか――そこからさまざまな転向論がでてきました。そうした経過を踏まえて自分のポジションを作りあげたのが、日本の〈戦後派〉です。

その典型的な例が、トルストイを論じた本多秋五の『「戦争と平和」論』でしょう。かれがそこで問いかけたものは、歴史と歴史の必然性、そのなかでの個人のありかた、そして個人はどのように自由でありうるのかという問題です。つまり必然のなかで自由とはどのように可能なのかを、かれはあの膨大な本を書いて追求した。この問題はすべての戦後文学者が戦中にこだわった問題です。しかもそれは相談して生まれたのではなく、ひとりひとりがバラバラに考え、こだわっていた問題だった。たとえば埴谷雄高はそれをもっとも象徴的に「自同律の不快」といったわけです。「こうでしかありえない自分」とはいったい何者なのかを問いながら、戦争に巻き込まれていった自分という存在の自由を考えた。これはいちばん抽象的なレヴェルで、花田清輝の場合はもっとリアリスティックに必然の問題を考えた。『自明の理』とはかれの戦争中の最初の評論集のタイトルですが、この「自明の理」をいかに転倒させるかが、かれの戦争中の仕事のキーになっていました。

マルクス主義を通して教わった「歴史の必然性」なるものは、戦争に行き着いてしまった。では、この戦争のなかで、自分たちにはどのように自由が可能なのか。この、ある意味では実存主義的な問題にぶつかりながらそれをくぐり抜けたことが、かれらを〈戦後派〉として登場させた最大の契機だった。つまり、かれらが自己形成を遂げたのは戦争中だったというのがわたしの意見です。ではドイツやイタリアの場合には、このような戦中から戦後への連続性を捉えることができるのでしょうか。

池田　プロレタリア文化運動の担い手たちはほとんど亡命していたわけですが、アメリカやメキシコへ行った少数をのぞくと、戦後はたいてい東ドイツに帰りました。東ドイツでは一九六〇年くらいまで、依然としてプロレタリア文学運動の伝統やその延長線上に自分たちの文学があると考えていたので、日本のような屈折はありませんし、〈転向〉しなくてもよかった。自分たちの正義が勝利したということで、ナチズムに対しても外在的な批判しかできない。ナチス時代に生きた人びとの心に届くような批判はできていませんでした。スターリン批判以降に、一九二九年生まれのクリスタ・ヴォルフたちの世代が現われて、プロレタリア文学運動を、否定的な意味で捉えなおそうとしたのが、一九六〇年代に入ってからです。

いっぽう、西ドイツに戻った作家にとっては、今度はスターリニズムが「悪」ですから、かれらからすれば、東へ帰ったプロレタリア文学運動の伝統は、ドイツの歴史や大地、民衆に根ざした文学表現ではなかったと了解されてしまう。ようやく西側の文学者たちがプロレタリア文学運動をもういちど考えなおすのもやはり六〇年代はじめのことですから、戦後十五年も経ってから、こうした動きが現われることになります。

亡命先から帰ってきた大家たちももちろんいますが、B・ブレヒトやA・ゼーガース、J・ベッヒャーたちは政治的信念のうえではそれまでと同じでなにも変わらない。T・マンはむしろ旧約聖書の神話の時代のほうへ行ってしまって、戦後ドイツの現実とはなんの格闘もしていません。したがって敗戦直後のドイツでは、プロレタリア文学運動の過去とナチス時代を、自分の生きた道として、その果てにいま自分がここにいるのだと、深刻に受けとめられませんでした。これが戦後、西でも東でもドイツ文学が振るわなかった理由です。ナチズムと戦争という現実にぶつかり、その苦闘のなかから、戦後の萌芽となるようななにかを自分なりに獲得していったとは思えないんですね。

栗原 〈四七年グループ〉はどうですか？

池田 ある意味でいうと、かれらは表現者としては戦争中の責任がほとんどありません。リーダーや年輩の作家は戦争中もすこしは書いていますが、若い世代が描いた敗戦体験に匹敵するほどにはナチス時代のことを描いていません。栗原さんがおっしゃるように、戦後の萌芽がナチス時代に育まれたと捉えることが難しくて、アルフレート・アンデルシュやH・ベルがナチス時代を主題にした作品を書きはじめるのは、五〇年代後半からです。アンデルシュの『ザンジバル』（五七）とベルの『九時半の玉突き』（五九）は、いずれも日本語にも翻訳されていますが、戦後西ドイツ社会の現実との対決のなかでナチ時代と向きあったすぐれた表現で、これらこそドイツの〈戦後文学〉と呼ぶにふさわしいのかもしれません。これより十年前の〈四七年グループ〉の出発点は焼け跡闇市時代で、そのまえとの連続性はそれほど鮮烈にはないと考えたほうがいいでしょう。

戦後ドイツの文学運動

池田 〈四七年グループ〉は文字通りグループなのですが、参加者の名前は少数を除いてほとんど日本へ紹介されていません。H・ベルやアルフレート・アンデルシュの主要な作品は翻訳されているし、すぐれた作品が紹介されているのですが、それがどのように登場してきたのかについては、あまり論じられませんでした。荒正人や本多秋五が『近代文学』を中心にした文学運動から生まれてきたことを抜きにしては考えられないように、ドイツの〈四七年グループ〉もほんとうは同じです。やはり戦後の西ドイツで最初にできた文学者の運動体です。このグループには敗戦前に作品を書いていた作家もいますが、比率からすると、戦中世代で戦後になってから書きはじめたひとが多数を占めています。廃墟のなかから新しいドイツ文学をどうやって創造していくか、というただ一点の共通項をもって、四七年秋の討論集会から活動をはじめました。

このグループが生まれてきた背景には、日本とはかなり違ったドイツの状況が前提にあります。ドイツではナチス時代は終わっても、引き続き、政治的に東西冷戦の焦点になります。西側で活動するといっても、非常に政治的な東側の存在を意識した、ソ連占領地域との対比でしかなにもできない。

四七年ころからは、西と東が固定化されて別々の国家になっていくプロセスがはじまるのですが、東西の冷戦構造が可視的になると、それにともなってドイツという国家が、将来このままソ連占領地区と米英仏三国占領地とに分裂していくことが明確になっていきます。その過程で、新しいドイツの文化をどうやってつくっていくかという共通のテーマを中心にして集まったのが、この〈四七年グループ〉です。

こうした冷戦構造化のプロセスと切り離しがたく、いっぽうでナチス時代を自分たちなりに総括することなしには新しいドイツ文学をつくることができない——かれらはこのふたつの政治的なテーマに縛られながら、戦後文学を担っていきました。ですから、たとえば、ある発言が東ドイツのひとの発言と直接に重なってしまうと、西ドイツでは東のスパイであるといって糾弾されるような状況でしか活動できなかった。そしてこのグループのもうひとつおおきな特徴は、亡命したひとがほとんどいないことです。むしろ、敗戦前は東欧や中欧で活動していたハンガリー人やルーマニア人が戦後に西ドイツへ来て、ここに参加していきます。そうした外国人もいるというのが特徴になっています。

〈四七年グループ〉の活動の中心は朗読会で、はじめは一年に二回くらい、その後はもっと頻繁になります。ヨーロッパではあたりまえですが、作品をそれぞれ朗読し、作品を批判しあいながら、いま自分たちの文学表現のテーマはなにか、それをどのような文体で表現するのかといった、具体的な作品の生産プロセスについて意識的に討論する。さらに、毎年自分たちで賞を出すようになります。新しくグループに入ってきたひとたちの出版を助成し、そのなかから選考して、自分たち〈四七年グループ〉の賞を与えていく。こうして出版社と結託しながら、積極的に自分たちを売り出していくんですね。ベルやアンデルシュのような才能あるひとりの文学者がたまたまいい作品を書いて、それが刊行されるということではなく、意識的に自分たちの作品を市場に送り出していくという戦略でした。

ドイツ文学というのは、たとえばいつまで経っても詩人と物書きを区別するように、非常にハイブロウでした。〈四七年グループ〉の戦略はその反対で、コマーシャリズムに乗りながら積極的に売り出す、読者に伝えるということに意識的で、それが新しかったんです。そのなかからH・ベルやアンデルシュのような非常にすぐれた表現者が出てくるし、あるいはベルが晩年に赤軍派にかかわることになるのも、絶えずこうした、東西対立もふくめた政治状況との対決があったからでしょうね。

栗原　とくにアンデルシュやリヒターは思想的にもラディカルですよね。はじめかれらは政治雑誌を出して発売禁止になったりした。

池田　西ドイツにいたかれらにとって共産党は非合法でしたが、スターリニズムにも批判的でしたから、東ドイツへ行った作家よりもずっとラディカルでした。いま栗原さんがおっしゃったように、占領軍の言論統制とも確執をかもす志があった。

栗原　日本の場合は、新日本文学会の中心になった旧プロレタリア作家たちも依然としてスターリニストだし、ソ連万歳でしょう（笑）。『近代文学』グループが賞を設けたのはその後期ですが、比較的はじめからソ連にたいして「おかしい」という感覚をもっていましたし、粛清問題についてもずいぶん早くから関心を示していました。そういう点は〈四七年グループ〉とも共通するのではないかと思います。

ネオレアリズモをめぐって

栗原　イタリアの場合、文学運動的な戦後文学はどのようにあらわれたのでしょうか。日本では映画を通じて、ネオレアリズモの影響が決定的ですね。

和田　解放直後のイタリアには、いまお話にでた〈四七年グループ〉や日本の『近代文学』のような存在がありませんでした。ネオレアリズモという思潮は、すくなくとも運動ではなく、文学から映画にいたるまでの全般的傾向を総称するものです。そこにかかわっているひとたちが個別に戦争体験やレジスタンス体験と向かい合おうとした結果が、〈ネオレアリズモ〉と総称されたと考えたほうがいいでしょう。ネオレアリズモが、とくに日本では映画をきっかけとして異様なまでの興奮をもって受け入れられたのは、もうひとつの敗戦国に対する羨望のまなざしだったと思います。日本の終戦の迎えかたと同じでアメリカ経由なのですが、戦中の体験をもうひとつの敗戦国がどう捉えているか、自分たち日本人が表現しえないものを表現しているのだ、という代償行為だったのではないでしょうか。それをわたしは批判的に考えているのですが、リアリズモの映画を観ながら涙を流すことによって解消され、本来考えられるべきなのに置きざりにされてしまった課題は、五〇年代の日本にすでにあったはずです。そこでなにが置きざりにされたのかについて、アメリカを媒介としたもうひとつの敗戦国との関係という視点からは、まだ本格的に批判されていません。これはおおきな問題だと思います。

同時に文学運動としての〈戦後文学〉という現象もイタリアには存在しなかったのですが、さまざまな雑誌を媒体としてそこに多くの作家たちが集まっていました。グラムシが獄中で死んで、トリアッティが一九四四年にイタリアに帰ってくる。まだ戦中なのですが、その時点で戦後の文化運動はスタートしていたといえます。その年、トリアッティが帰国するのと時を同じくして、共産党からは『リナシタ（再生）』という文化総合誌が創刊される。そこでは戦後の文化運動がどうあるべきかについて共産党から提案がなされる。いっぽう解放直後には、ヴィットリーニたちを中心とした文学者たちが『ポリテクニコ』誌上で、党に従属しない文化の自立を主張して、トリアッティと激しく論争する。その文化論争が、ある意味ではイタリアの戦後文学の流れのなかで唯一、文学運動的な現象でした。それ以外にイタリアの戦後文学でテーマとなったものには、流刑とレジスタンスがあります。プリモ・レーヴィの収容所体験もここにくわえられるでしょう。ほんとうは流刑と一緒に論じてはいけないのですが、むしろレーヴィの活動は、ここでわれわれが話題にする戦後文学のなかでもマージナルな例として位置づけられるべきものであって、かれ以外の作家たち——たとえばルロ・レーヴィの『キリストはエボリにとどまりぬ』や、チェーザレ・パヴェーゼの『流刑』や『月とかがり火』といった小説作品——が描いたファシズム時代の流刑や、レジスタンスを通して現在までどのように生き抜いたかという問題が、イタリアの戦後イタリアの戦後文学のテーマであり、特徴であるといえますね。

池田　ネオレアリズモ映画のシナリオはどういうひとが書いたんですか？

和田　有名なのは、デ・シーカたちと組んでいたチェーザレ・ザヴァッティーニです。かれは戦前戦中から有名なユーモア作家で、こういう作家たちの多くが戦後映画の脚本に参加していました。

池田　敗戦後の西ドイツ映画にはとくにメロドラマが多かったのですが、そのシナリオライターのほとんどがナチス時代から活躍していて、それだけは前の時代から戦後に連続しているんですね。ナチス時代に有名だった作家、たとえば、もと表現主義者だったクルト・ハイニッケのように、戦後の文学史からは名前が消えてしまうにもかかわらず、大衆的娯楽映画のシナリオを書いている。そういう作家がほかにもいたようで、ネオレアリズモと西ドイツの娯楽映画の脚本家たちを比較して考えると、とても興味深いですね。

和田　『郵便配達は二度ベルを鳴らす』として知られているヴィスコンティの『妄執』（一九四一）がネオレアリズモのはじまりと呼ばれていますが、それもムッソリーニが大量に資本投下してつくったチネチッタのローマ映画実験学校で学んだひとたちが撮影しています。デ・シーカをはじめ、みんなそこで技術を学びましたし、ファシズムの資本が戦後のネオレアリズモを準備したわけです。チネチッタはいまも残っていますが、日本でも戦後最初に増村保造がここで学び、その成果を六〇年代に日本で表現することになります。

栗原 ネオレアリズモの映画が日本に影響を与えたのは一九五〇年から五二年くらいでしたが、わたしはまさにその時代に感激して観ていた（笑）。そのころは日本でもアメリカの占領体制に対するレジスタンスがやっとでてきたころなんですね。火炎ビン闘争もあったし、占領軍がもっとも問題になった時期です。それでわたしなんかもっぱらアジテーションとして観た（笑）。

和田 わたしはその直後に生まれた人間ですが（笑）、当時ネオレアリズモを観ていた自分の親の話を聞いても、けっこう感動しています。その感動のしかたは、自分たちが体験できなかった「レジスタンス」を代行してくれたというものでした。

栗原 それもあったでしょうね。と同時に、あのとき日本では占領軍に対する抵抗が現実に運動として問題になっていたときですから、『無防備都市』を観た後なんて勇気倍増して「やるぞ」という気持ちにさせられた（笑）。

海外文学との交流

池田 戦後、あるいはそれ以後のドイツ文学の展開に触媒的な役割をはたしたという点では、亡命作家のなかでもアンナ・ゼーガースは別格でした。反ナチ・レジスタンス小説の白眉である『第七の十字架』は亡命中の一九四二年に英語で発表されたものですが、戦後に出た凡百の同主題の作品など足もとにも及ばないもので、作者のナチ以前の足跡と反ナチの実践とがうわっつらのものではないことを物語っています。もちろん、この作品はドイツでは戦後に初めて出版されました。

かの女はソ連ではなく、メキシコへ亡命しましたが、帰ってきてから書いた小説にメキシコを舞台にしたものが数多くあります。しかもかの女は、ただメキシコの体験を書いただけではなく、インディオの歴史や生活にすごく関心を持つ。『クリザンタ』というとてもすばらしい短篇小説がありますが、亡命してヨーロッパ以外の世界を発見して帰ってきた作家が、ドイツにはあまりいません。その意味でゼーガースはとても重要なのですが、東ドイツへ行ったことで、かの女の成果があまり生かされませんでした。ドイツにはカール・マイのような〈異境もの〉の伝統があるのですが、ヨーロッパ以外の、いわゆる第三世界を描こうとしたゼーガースの試みがドイツで生かされていれば、その後のドイツ文学は変わったのではないかと思います。

もちろん七〇年以降には外国人出稼ぎ労働者、というよりは移民労働者たちが〈外部〉を持ち込むことになって、西独作家たちがこれと対決することを余儀なくされるようになったばかりでなく、移民労働者のなかから書き手が現われるようになることによって、ようやく西ドイツの文学表現が豊かになりはじめます。

栗原　ドイツには東から西へ移ってくる作家がいますよね。ビーアマンのように往来したひともふくめて。

池田　そうですね。もちろん哲学者のエルンスト・ブロッホのように一九六一年にベルリンの壁が築かれたとき東独に絶望して西へ移ったひともいましたが、東から西への文学者たちの移住が大きな問題となるのは、東西ドイツが激動期を迎えた一九六〇年代の終わりになってからです。それでドイツの文学に活気がでてきたのかもしれません。

栗原　面白いことに、イタリア文学はアメリカ文学の影響が非常につよい。ところが日本では、戦前はもちろん戦後派に影響を与えたのも、もっぱらドストエーフスキイだった（笑）。日本のプロレタリア文学でもアメリカの社会派文学の影響はほとんどありません。前田河廣一郎がアメリカのアプトン・シンクレアを一生懸命紹介したし、『文藝戦線』の細田民樹などにもその影響が多少ありますが、しかしアメリカ文学が主流にはならなかった。

和田　なぜイタリアの戦後文学にアメリカ文学が影響を与えているかというと、これもネオレアリズモ同様、ファシズム時代に準備されていました。一九三〇年代に大量にアメリカ文学が翻訳され、四二年には先にも挙げたヴィットリーニの手になる『アメリカーナ』と題された大部の現代小説翻訳アンソロジーまで刊行され、その成果が戦後になってあらわれたわけです。それとイタリアの戦後文学に第三世界が決定的な影響を及ぼしてくるのは、六〇年代後半からですね。

池田　ヴェトナム戦争前後からでしょうか、ドイツでは日本の日韓闘争のころに、イラン皇帝のパーレヴィの西独訪問でオーネゾルク（心配ない）という名前の学生が殺された事件がありましたが、あのころから、すくなくとも西ドイツでは、ヨーロッパ以外の文化圏からの衝撃がありました。

和田　戦後イタリア文学の変遷を見ていると、プリミティヴな意味での第三世界の発見や存在が認識されるようになると、現地へ行って体験してきたことを表現した作家が登場します。さらにアントナーロスのような旧植民地、たとえば北アフリカのエリトリアの二世三世がイタリア語で活動をはじめる。そのプロセスは日本の場合にも……。

栗原　そうですね、金達寿の『後裔の街』が戦後かなり早くに刊行されていますし、日本統治地代の朝鮮を描いた田中英光の『酔いどれ船』が、花田清輝の『綜合文化』に掲載されています。しかし全体として、日本の戦後文学は非常に一国主義的で、外が見えていない印象がつよいですね。

戦後文学はいつ終わったか

栗原　年代をはっきり確定できるわけではありませんが、日本の戦後文学がひとつの決算期を迎え、終焉するのは、一九五二年だとわたしは考えています。それは野間宏が「真空地帯」を書いた年です。野間の「暗い絵」は日本の戦後文学の最初の年、一九四六年に発表されていますが、「真空地帯」はすでに戦後文学的な問題意識から抜け出している作品です。また武田泰淳の『風媒花』、椎名麟三の『邂逅』もこの年に発表されました。そう考えると――ほんとうに終焉したのはもうすこし後でしょうが――五二年ころをメルクマールにしていいのではないでしょうか。

　この時期は、朝鮮戦争を通して戦後日本がアメリカを介した加害国になると同時に、すでに前年には講和条約が結ばれていて、いちおう占領が終わっています。中村光夫が「戦後文学ではない、占領下の文学というべきだ」と主張しましたし、佐々木基一や平野謙がそれに同調するようなことを言って『近代文学』派のなかで論争になりました。もちろん占領と結びつけて日本の戦後文学を考える必要はありますが、しかし「占領によってもたらされた自由にあぐらをかいた文学だ」という中村光夫や江藤淳の評価には賛成できない。わたしは戦後文学、戦後的なものの萌芽が、すでに戦争中にあったと考えているので、かれらのような戦後文学否定論には同意しません。ただ占領の終わりはひとつのメルクマールでしょう。

和田　わたしはイタリアの戦後文学の終焉を一九五六年に見ています。その理由のひとつは、作家たちの対共産党関係が決定的に変わったからで、五七年には多くの作家たちが共産党を去っています。もうひとつにはネオレアリズモが商業主義に呑み込まれて疲弊したことです。これらはどちらの場合も、レジスタンスなりファシズム体験なりを描くことが戦後文学の第一の課題ではなくなってしまった時期にあたります。ヴィットリーニが一九四五年に刊行した『人間と人間にあらざるもの』のようなミラノの内戦を描いた作品や、さらにもっと相対的な視点から描いたカルヴィーノの『くもの巣の小道』といった作品を、もはや戦後文学は生み出しえなくなっていました。

　一九世紀のプリミティヴで人道主義的な社会主義運動を描いたネオレアリズモ的な作品に、ヴァスコ・プラトリーニの『メテッロ』があります。しかしこの作品が発表された一九五五年の時点では、レジスタンスの記憶に変わる代償としての力をすでに持ちえなくなっていました。もしこの作品が四〇年代の後半に刊行されていれば、レジスタンスの記憶と重ねて、もっとおおきな力を持ちえたでしょうね。こうした作品と入れ代わるようにして登場したパゾリーニの『生命ある若者』にはローマの下層民や若者が描かれていますが、こちらのほうが、レジスタンスの記憶を描くことによって一時的に見えなくされていた社会状況をはるかに鋭敏に映しだしていました。

もうひとつ、わたしがイタリアの戦後文学の終焉を考えるときに気になるのは、グラムシの問題です。四四年にトリアッティが帰ってくると、その直後にグラムシの膨大な『獄中ノート』が出版される。その翌年には『獄中ノート』のなかから有名な『文学と国民生活』が発表になる。そうすると戦後文学にかかわった文学者たちにとって、グラムシが提起した問題とどう向き合うかが急務の課題となりました。グラムシと向き合うと、それだけトリアッティと反目するという状況が何年間か続きますが、その反目がじつは正しかったのだと決断できたのが、おそらくこの一九五六年でした。また、こうした状況を象徴するように、五七年にはパゾリーニの『グラムシの遺骨』という有名な詩集が刊行されています。このようにグラムシとの関係で考えても、この時代がひと区切りになるのではないでしょうか。

池田　ドイツの戦後文学の終わりを考えるときに、東西ふたつの国家が成立した四九年秋の九月から十月をメルクマールにしようと、わたしははじめ考えていました。当初から東と西に分裂してはいましたが、はっきりとふたつのドイツが成立し、広い意味での戦争体験文学、復員文学、あるいはナチス時代の過去を描くような文学作品が、いちおう出揃う時期です。ただ、これで一区切りつけていいのかをあらためて考えてみると、どうやらドイツの場合はふたつのドイツの成立が、文学のうえで決定的な転機になったとは言えない、と捉えたほうがいいようです。

東ドイツにシフトして考えると、スターリン批判の時代がおおきな曲がり角になりますが、それが文学の領域では六〇年代はじめまで続きました。いっぽう同じ時期に西ドイツでは、こんどは〈六一年グループ〉という新しい運動が登場します。こうしたことを考えると、ドイツの戦後は六〇年代はじめに終わったと考えたい。戦後がすごく長く続いて、それが終わりを告げるまで十五年かかったわけです。

ドイツ〈61年グループ〉の登場

池田　〈六一年グループ〉については、日本ではほとんど紹介されていませんね。わたしはすごく大事なグループだと思うのですが、ドイツでも文学史的にはかなり隠蔽されています。

かれらは当時一マルクほどで買えた廉価なシリーズを十八冊くらい出して、自分たちのグループの無名な作家たちの作品を、ひとつの出版社と結んで刊行します。これは〈四七年グループ〉のようにジャーナリズムに売り込むという戦略とは異なるものでした。

このグループは、一九六一年三月三一日にドルトムントで開かれた会合からはじまります。参加者は約五〇名で、かれらも朗読会を開いて活動していくのですが、現代文学における人間とインダストリーというテーマで文学にとりくむことを申し合わせて、同じ年の七月三日に、〈ドルトムント六一年グループ〉として旗揚げする。ゆるやかなグループなのですが、その後二年間の討論を経て、六四年に綱領をつくります。たとえば、「工業社会およびその社会における諸問題との文学・芸術的な対決」「テクノロジー時代との精神的な対決」「他国民衆の社会的文学との連携」、そしてもうひとつ重要なのは「先行する労働者文学およびその歴史との批判的なとりくみ」です。つまり西ドイツの「奇跡の復興」のなかで労働の概念が変わってきますが、その新しい労働現場や工業社会での人間の生きかたを、積極的に文学のテーマに取りあげようとしました。しかもそれを、戦前の社会派文学の歴史を再発見することと意識的に結びつけて試みたのです。

六一年から六九年までの九年間でだいたい活動を終えますが、メンバーだったのべ三七名のなかから、ふたりの名前を挙げておく必要があります。ひとりは日本でも大きな反響を呼んだ『最底辺』のギュンター・ヴァルラフ、四二年生まれです。もうひとりは四四年生まれのペーター・パウル・ツァール、のちに赤軍に連帯して「政治犯」になってしまいます。かれらはナチス時代を体験しなかった世代であると同時に、まったく新しい工業社会として自立する過程にあった西ドイツで、それらを主題にしていく。

綱領を読んでみると、プロレタリア文学の歴史をもういちど自分たちで再検討するとありますが、とくにナチス擡頭の直前にルカーチたちによって交わされた「ルポルタージュか形象化か」という論争を捉えなおします。そして、自分たちの主要な表現方法をルポルタージュだと考える。その後のヴァルラフやツァールの仕事も、すべてここからはじまるわけですね。西ドイツではこの後、ノスタルジックかつ歴史的なものとしてプロレタリア文学を捉えなおそうとする作家があらわれますが、その前にこのようなグループが存在していたということは注目しておく必要があります。

この時期の文学表現にとっては、もはやナチス時代の過去だけが問題ではなくなっていました。西ドイツでは、ナチズムを生んでいくプロセスにあったプロレタリア文学の伝統を、東ドイツとはまったく違った観点から捉えなおそうとします。いっぽう、東ドイツでもやはりこのころからプロレタリア文学が再評価しなおされる。

このように考えるとドイツの六一年は、ナチス時代をあいだにはさむ、広い意味での「戦前」とナチス時代を経た「戦後」とがつながる時代のはじまりであり、政治的にはベルリンの壁がつくられるのですが、ナチス時代や戦争に象徴される「過去との対決」という枠がはずれた、新しい時代が到来したと言えるのではないでしょうか。

戦後文学から現代文学へ

和田　ドイツの〈六一年グループ〉のようなものはイタリアにもあって、それは〈六三年グループ〉としてあらわれます。そこで提起される問題、つまり言語（表現）とイデオロギーは等号でむすばれうるのか、むすばれるべきなのかという問い掛けは、すでにイタリアでは五六年に出ているし、それがまたドイツの〈六一年グループ〉の提起と重なってくるんですね。そう考えると、五六年前後から六三年までのあいだが、戦後文学からつぎの文学への移行期と捉えられるわけです。

池田　和田さんがおっしゃたこととの類比関係で考えてみると、五六年というのはブレヒトが亡くなる年であり、それにスターリン批判の後の文学が登場する時代です。たしかにドイツでも五五～六年にはベルリン暴動やハンガリー事件があって、そこにメルクマールを置いてもいいかとも思うのですが、具体的な文学の動きとしては、そのころに集中的にあらわれたものが見えないんですね。

わたしがとくに六一年ころに区切りを置くのは、逆説的に聞こえますが、このころから、ほんとうにナチス時代のことを描く作品が出てくるからです。アンデルシュの『ザンジバル』やベルの『九時半の玉突き』が切り開いた地平を、ペーター・ヴァイス、ウーヴェ・ヨーンゾンなどが本格的に豊かにしはじめるのが、六一年ごろからです。あるいは東ドイツに目を向けると、エーリク・ノイチュの『石たちの軌跡』が出るのは六四年ですが、ノイチュの最初の作品集の刊行がやはり六一年です。アーピッツの五八年の作品『裸で狼の群れのなかに』がナチス時代以前のプロレタリア文学の伝統を政治的にも共産党史観にのっとって継承した作品だったとすれば、東ドイツでも、共産党をレジスタンスの主役にした作品だけではなく、ナチス時代をもういちど自分たちなりに、具体的な人間にそくして描くようになるのが六〇年代はじめになってからです。また、ナチス時代の研究もこのころまでは本格的にはまだありませんでした。最初のまとまったナチス文学研究であるフランツ・ショーナウアーの『第三帝国のドイツ文学』と、これまた最初のナチス文化史として日本でも教養文庫に収められていまなお基本文献のひとつになっているヘルマン・グラーザーの『第三帝国』（邦訳『ヒトラーとナチス』）が刊行されたのが、いずれも一九六一年でした。つまり、この時期に戦後が終わってはじめて、ナチス時代が見えるようになった、あるいは見ようとしはじめました。

和田　イタリアでもこの時期までは、未来派の研究が完全にストップしていました。これは未来派とファシズムとの関係が取り沙汰されていたためです。それがようやく解禁になって、アヴァンギャルドの問題が正当に考えられるようになっていく。

栗原　いまのお二人のお話は、とても面白くうかがいました。日本も非常に似ているな。日本で戦前のプロレタリア文学の批判的評価が本格的になされるのは一九五五年以後です。『近代文学』グループの座談会をまとめた『討論 日本プロレタリア文学運動史』がひとつの契機になっているのですが、それまでは「政治主義的」「功利主義的」といった皮相な批判しかなかった。それをきちんと理論化したのは吉本隆明の「前世代の詩人たち」からはじまる一連のプロレタリア文学批判で、そこではじめて戦後文学も批判にさらされるわけです。

わたしが一九五二年をひとつの転機として捉えたのはフィクションを中心に考えてみたからですが、戦後文学をはっきり対象化し、それを乗り越えていく契機をつくったのは、一九五七年の吉本隆明による批判です。それ以来ようやく本格化していきましたが、それは同時に、一九五六年の経済白書が「もはや戦後ではない」と述べた時期に重なります。

和田　イタリアではこの時期から、グラムシに代わる象徴的な存在としてベンヤミンやバフチーンの紹介がはじまります。またエンツェンスベルガーやサルトルが雑誌に寄稿しはじめるなど、ごくふつうに視線が外に向かっていく。こうした現象はどの国にもあって、それが「戦後文学の終わり」を象徴しているのかもしれませんね。

（二〇〇〇年一二月九日、文京区女性センターで）

［**栗原幸夫**（くりはらゆきお）一五〇ページ参照。］

［**池田浩士**（いけだひろし）京都大学教員（現代文明論）。著書に『死刑の［昭和］史』、『海外進出文学論序説』『火野葦平論』（ともにインパクト出版会）、など多数。最新編訳書として「ドイツナチズム文学集成」（柏書房。全一三巻のうち第一巻『ドイツの運命』が刊行されている）。］

［**和田忠彦**（わだただひこ）東京外国語大学教員。著書に『ヴェネツィア 水の夢』（筑摩書房）、訳書にカルヴィーノ『魔法の庭』（晶文社）同『サン・ジョヴァンニの道—書かれなかった［自伝］』（朝日新聞社）、エーコ『エーコの文体練習』（新潮社）、同『永遠のファシズム』（岩波書店）など多数。］

この時代を読みかえるために

必読文献ガイド

『新日本文学』一九九九年一一月号
『社会文学』二〇〇〇年第一四号

並木洋之

『新日本文学』は一九七九年の「特集――中野重治　人とその全仕事」以来、二十年ぶりの中野重治特集を組んだ。一方、『社会文学』は〈いままで個人の作家をとりあげてこなかった　日本社会文学会の慣例をやぶ〉って、はじめての特集を組んだ。

この二冊ばかりではない。ここ数年の中野研究の充実には目を見張らされるものがある。『中野重治――文学の根源から』小田切秀雄、『評伝中野重治』松下裕、『中野重治拾遺』小川重明、『中野重治論思想と文学の行方』木村幸雄、『中野重治〈書く〉ことの倫理』竹内栄美子、『中野重治訪問記』松尾尊兊、『中野重治とモダン・マルクス主義』M・シルババーグ、『柳田国男とその弟子たち――民俗学を学ぶマルクス主義者』鶴見太郎などの単行本の他、「中野重治の会」編集の『中野重治研究第一輯』、明治学院大学言語文化研究所の『言語文化』16「特集・中野重治歿後20年」などが相次ぐように出ている。短い紙幅のなかで、これらを網羅的に紹介することは到底不可能だ。これら最近の研究動向については、『社会文学』所収の竹内栄美子「中野重治研究の現在―資料と書誌から―」が、『新日本文学』の特集まで含めて丁寧に論評していることを始めに紹介しておいて、ここでは二冊の特集を取り上げることにしよう。

『新日本文学』は、中野重治自身がその創立の発起人の一人であり、敗戦直後から現在に至るまで活動を継続してきた「新日本文学会」の機関誌である。『社会文学』はいわゆる学会誌ということになるのだろう。『新日本文学』が、小川重明「『標準語の問題』のこと」、田所泉「新日本文学会と中野重治」など戦後の文学運動との関わりで中野を取り上げているところ、また作品論や研究というのではないが、鰀目卯女、松下裕、中野武彦、川崎彰彦、岸田今日子、藤森節子といった人たちが好エ

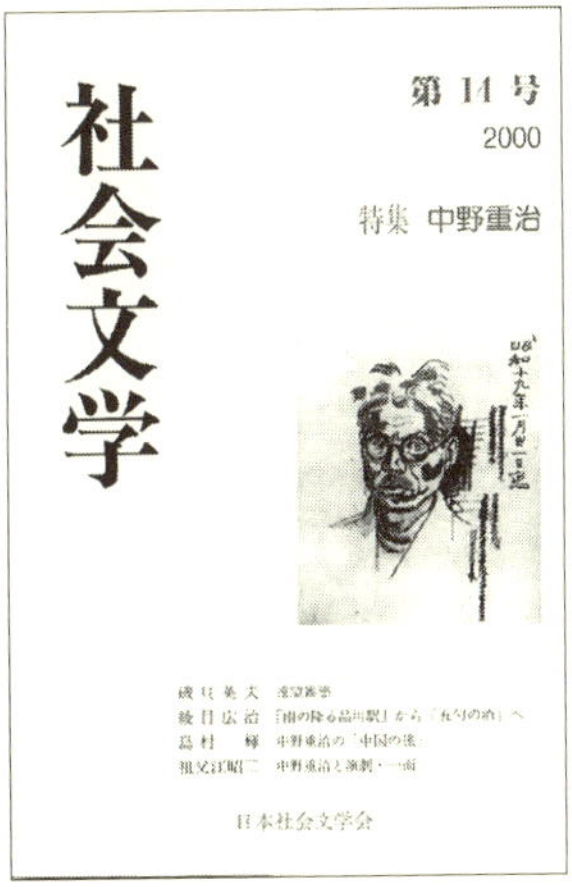

ッセイを寄せていること、《葉書アンケート》（中野重治は今日読まれる必要があるか、読むべき作品は、などを質問したもの。加藤周一や鶴見俊輔などが回答を寄せているが、惜しむらくは数が少ない）などの好企画を行っていることなどが、学会誌とは異なる『新日本文学』の特徴であろう。

『社会文学』の巻頭言は拍子抜けするようなものだったが、『新日本文学』の巻頭、栗原幸夫『中野重治「再発見」の現在』は、ここ一〇年の研究動向を紹介しつつ、〈アクチュアルに中野重治を論じた論考のほとんどすべてが、戦中と敗戦直後の時期の問題に集中している〉とし、それは〈「戦後」というものを再検討するというこの時代の課題にかさなり、その「戦後」の出発点となった「天皇による終戦」を許すことになった戦中の「抵抗」を再検討するという課題につながった〉と、中野論活況の意味をきわめて正当に位置づけて見せている。中野重治が再び読まれはじめているのは、この閉塞した現在の状況が中野を求めているからだ。第三次全集が刊行されたのもそのためだろう。

そういった意味では、巻頭言には関わらず『社会文学』も『新日本文学』と共通する焦点を結んでいる。一例をあげれば、中野重治と天皇制の問題、作品でいえば「五勺の酒」に言及した論が多いということだ。一九九九年の「日の丸・君が代法制化」は、「戦後民主主義」があまりにも天皇制の問題を軽視してきたことを改めて浮き彫りにさせたが、このことはまた、中野重治を読み直すことの必要性を私たちに痛感させるものでもあった。『社会文学』の綾目広治『「雨の降る品川駅」から「五勺の酒」へ——中野重治と天皇制』と『新日本文学』の直原弘道「『五勺の酒』再々論」は、真正面からこの問題を考えようとしているし、『社会文学』の大牧富士夫「中野重治と朝鮮」、横手一彦「閉域に置かれた言葉——中野重治と敗戦期検閲」、『新日本文学』の栗原幸夫、林淑美「〈中野重治〉という現在」、菊池章一「中野重治と憲法」等は、それぞれの角度からこの問題に触れているといえよう。

ここでは、綾目の論を中心に少しだけ言及しておきたい。先日（二〇〇〇年十月十四日）行われた「中野重治の会」主催のシンポジウム「ふたたび中野重治と朝鮮」においても「雨の降る品川駅」と「五勺の酒」が取り上げられ、その関係について改めて考える機会があったからでもある。乱暴なまとめ方になってしまうかもしれないが、綾目は「雨の降る品川駅」には〈革命闘争を個人的テロルに短絡化〉させてしまいかねないものがあり、それは〈天皇制に対する闘争という問題を、真正面から深く広く考察した体験〉が当時の中野になかったからであるとし、戦後の「五勺の酒」は〈広やかな観点を持つ地平〉に進み出ているると評価している。

しかし私は、「雨の降る品川駅」の作者であったからこそ「五勺の酒」を書くことが出来たと考えてみたいのだ。栗原も述べているように三四年の「転向」は中野に〈天皇制について二まわりも三まわりも深くとらえる契機〉を与えた。しかし、それは「雨の降る品川駅」の否定ということではなかったはずだ。シンポジウムで伊藤晃が言っていたように「雨の降る品川駅」は〈天皇制に敵対するものとしての自分を同じ戦線に立つ同志（朝鮮人・筆者註）に告げようとする感情の昂揚〉から生まれていることは間違いなく、〈天皇暗殺を使嗾するような〉詩ではない。大牧も、中野と李北満らとの関係を紹介しながら、〈革命的ロマンティシズムのたぎるがまま詩は書かれるべくして書かれ〉、これを読んだ朝鮮人たちに感動をもって受けとめられたと書いている。〈昭和初期の革命運動そのものに含まれていた混乱〉の中に「雨の降る品川駅」を位置づけてしまうことは、プロレタリア文学運動や初期の中野重治を清算主義的に見ることになりはしないか。朝鮮民族の解放は日本の革命に従属する問題だと捉えがちだった昭和初期の革命運動の水準を、「雨の降る品川駅」はむしろ越えていたといってもいいのではないか。二七年テーゼなどとの関係でこの詩を説明することも可能だろう。しかし、追放されようとしている朝鮮人同志と連帯しようとすることによって、この時、中野重治は両民族の解放のために打倒しなければならない真の敵の形姿をまざまざと捕捉することができたのだと、今は読みたい。

その中野重治でなければ「五勺の酒」は書くことができなかった。綾目は「五勺の酒」を評価する一方で、昭和天皇の〈政治責任、戦争責任の問題が不問に付されそうな傾きがあるとも批判している。「五勺の酒」の〈校長〉批判としてはその通りであるが、綾目も書いているように中野は〈校長〉と同じ考えではなかった。むしろ中野は、その時もその後も、死の四ヶ月前に書いた『中野重治全集』第十三巻「著者うしろ書」に至るまで、一貫して天皇の政治責任、戦争責任を問い続け、それが風化していくことに警鐘を鳴らし続けた希有な文学者だった。しかし、〈校長〉の主張にそって読んでいっても、菊池が述べているように、日本国憲法の〈第一章全八条の廃止と、第二章の第九条、第三章の第十条から第四十条までの完全実施〉を〈校長〉は求めているとも言えるのであって、この〈校長〉の主張は今こそ真剣に検討されるべきものであろう。鶴見俊輔は《葉書アンケート》で、読むべき作品として「五勺の酒」ひとつだけをあげ、その理由として〈天皇の地位の未来を考えるとき、示唆をうけます〉と回答しているが、これは〈校長〉の主張をまっすぐに受け取ったからだろう。

綾目は〈中野重治は、江藤淳説のような曲解を誘発するような叙述のままで筆を擱いてはならなかった〉とも言っているが、やはり栗原が丁寧に論じているように、江藤にとって〈転向とは単純に天皇制への回帰でしかない〉、江藤には「五勺の酒」は最初から読めるはずはないのだ。大西巨人は〈中野を「天皇敬愛者」に見立てることで、江藤は「復讐」をいたずらに実行したのです〉と言っているのだが、ともかく江藤の読みは恣意的なものであって、江藤が何を言おうと、それは作品の責任ではない。

書評の枠を超えた綾目論批判のようになってしまったが、論自体はよくまとまり、中野重治と天皇制の問題を考える上での見取り図を示してくれる好論であることは間違いない。現状への危機感がこの論を書かせているのだということもよく伝わってくる。しかし、可能性において中野重治を再発見していくこと、中野の考えたことの続きを考えることが、現在の状況下では特に必要なはずで、「雨の降る品川駅」「五勺の酒」などもそのように論じられるべきだろう。上記の論たちはそのための様々な材料や刺激を読者に提供してくれるはずである。中でも、林淑美が「君が代・日の丸法制化」をめぐる論議の中で日本共産党がおかした決定的な過ちに、中野重治が生きていれば同じように書いただろうと思われる鋭さで迫っていることは注目されるべきだ。

他にも、『社会文学』の丸山珪一「晩年の芥川龍之介その側面――中野重治との関わりで――」は、「僕の瑞威から」から読みとれる晩年の芥川の天皇制批判と中野重治との関係を考える上で大きな刺激を与えてくれるし、古江研也「民族尊重とインターナショナル――中野重治の本居宣長観――」も面白い。また、中野重治の「再発見」ということでいえば、M・シルババーグ『中野重治とモダン・マルクス主義』をめぐって、針生一郎、甲斐与志夫（『新日本文学』）と深江浩（『社会文学』）がそれぞれ論じているのも興味深かった。

［『新日本文学』新日本文学会発行　定価八五一円］
［『社会文学』社会文学会発行・不二出版発売　定価一八〇〇円＋税］

【本多秋五『物語戦後文学史』】

黒田大河

本多秋五・荒正人・平野謙・埴谷雄高・佐々木基一・山室静・小田切秀雄の七人が創刊同人となった『近代文学』。彼らが戦後の民主主義革命の波に乗った新日本文学会の政治至上主義に異議をとなえて戦後批評の一翼を担い、野間宏、梅崎春生、椎名麟三ら戦後派の作家達を発見し支持することで戦後文学を切り拓いていった時代。その混沌とした熱気に満ちた時代を現在のわれわれは再現し追体験できるだろうか。本多秋五『物語戦後文学史』はその時代の証言としてわれわれの前に置かれている。

『物語戦後文学史』は一九五八年一〇月から一九六三年一一月の五年間にわたって『週刊読書人』に連載された。連載の始めには次のような「素朴な驚異」が記されている。

> 日本の復興は、世界に類例まれなほどのテンポを示したが、おなじものが、予期せず希望しなかった事態をもたらしている。いわゆる「未曾有の繁栄と未曾有の頽廃」が相たずさえてわれわれを訪れたのである。このような変化は一体どうしておこったのだろう？

戦後一三年の軌跡は、朝鮮戦争の勃発、サンフランシスコ講和条約の締結、特需景気を経て、危機感を根底に潜めた相対的な安定へと日本を導き、中野好夫が「もはや『戦後』ではない」と立言した一九五六年もすでに通り過ぎていた。「未曾有の繁栄と未曾有の頽廃」の現在から戦後文学の時代への距離を常に意識しつつ本多は筆を進めている。それは「流れのなかにいるものに、流れの真の姿は見えない」（結びの言葉）からであったが、同時にそれは現在という到達点を安全地帯として過去を客観視することではなかった。「まだその延長と余波のなかにいる」現在から戦後を捉える作業は、不安定な足下を確かめながらこれまでの道程を振り返ることであった。「堂々めぐりをやっているうちに、うまく行けばラセン形にすすみ出ることができるだろう、というのが私の目算である。私は急がないのである」という本多の記述方法は、個人的な回想に終わらず、冷徹な歴史叙述にも陥らない『物語戦後文学史』の特質を示しているのである。

　叙述は『近代文学』創刊、「政治と文学」論争、文学者の戦争責任論と、本多自身が身近に体験した部分から始められる。現在との距離を常に意識したスタンスは、当時の現実に密着した視点と、大きく俯瞰する視点とを併存させている。中野重治に執筆を依頼するくだり。「君等は、中条や僕の原稿をとって、五千円の回収に使う。しかし、レアクションが起った場合、僕等をテロにさらすことになる。それをどう思うか？」と詰問される。敗戦直後の民主主義革命の中ですでに反動を予想する中野を、当時の本多は理解出来なかったという。だが、その厳しい姿勢が「政治と文学」論争の導火線となっていたこと、「日本共産党こそ唯一の『人間的』で『健全』で『純粋』な政党」だとする「中野の希望的認識といわんよりは詩人的信仰」がその根底にあったことを指摘する。他方「蔵原惟人と小林秀雄を重ねてアウフヘーベンする」方向を目指していた『近代文学』同人が、「政治の優位性」に疑義を提出したのは、他の誰よりも政治への強い関心を持つ故だったという逆説。政治＝日本共産党への信頼に根差した時代の熱気が確かにそこにはあった。同時に本多の執筆当時すでにその幻想は破れかけていたものでもあった。

> 戦後文学が考えた「政治」の当体は、その後「日共」と略称され、「マル共」などと蔑称された共産党でなかったのはもちろん、具体的な日本共産党ですらなく、固有名詞と抽象名詞の中間位の語感でよばれた「共産党」は、あらゆる願望と可能の集約点であった（結びの言葉）

　安保闘争の敗北を通り過ぎた一九六三年時点のこの言葉に見る断絶から、その跡をはるかに踏み越えた現在のわれわれは、かえって失われた時代の輝きを想像させられるのだ。

　戦後文学の時代を総体として捉えようとする本多の筆は、続いて石川淳・坂口安吾・織田作之助ら無頼派を描きだす。例えば、「焼跡のイエス」の衝撃がこう記される。

> ある意味では、この小説は当時、今日われわれが読む以上によく理解されたともいえる。当時の読者にとって、この小説は、額ぶちに入れて壁にかけられ、一定の距離から眺める画のようなものではなかった。特攻隊員が一夜にして強盗となり、囚人変じて英雄となる時代であった。どんな可能性もないとは断言できず、あらゆる可能性が空気中にざわめいて感じ

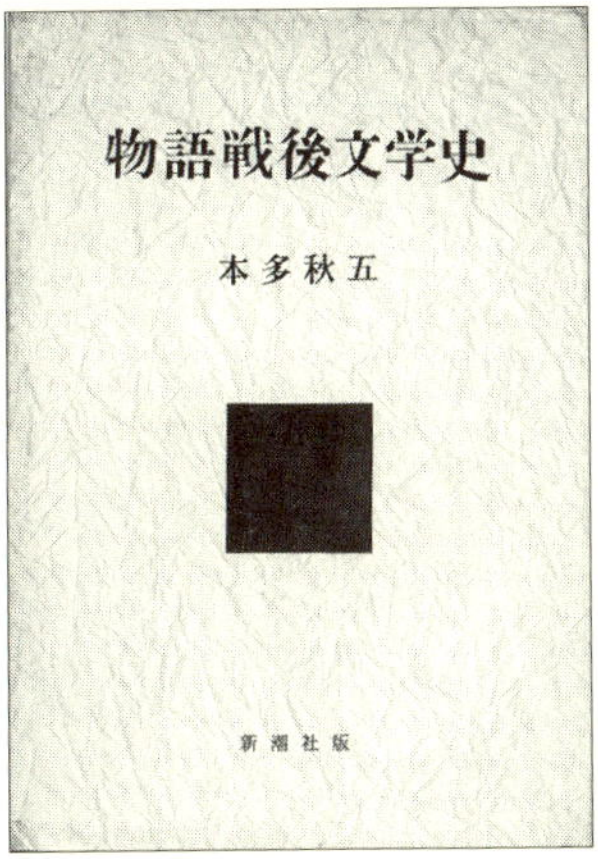

られた時代であった。

本多は時代と文学作品が切り結ぶ深さをすくい上げようとしている。「堕落論」を書いた坂口安吾もまた奇跡的に「日本文学の歴史、または日本国民の歴史と、もっとも太い線で交わった」のだ。無頼派を受け入れる時代の輝きは可能性に満ちた戦後の出発点だった。

だが、その可能性は占領下という限定の下に置かれていたのではないか、とする中村光夫の「占領下の文学」（一九五二、六、『文学』）、敗戦直後に河上徹太郎が「配給された『自由』」を語ったのと共通するものを感じ、本多は反論する。「われわれに許された自由は、たしかに占領政策のワク内のものではあったが、ときにはそのワクと抵触するところまでつき進んだのであった」。後に江藤淳とかわされた「無条件降伏」論争の火種がここに蒔かれていた。本多はあくまでも可能性としての戦後派擁護にこだわるのである。

本多が取り上げるのは野間宏、梅崎春生、中村真一郎、椎名麟三、大岡昇平、武田泰淳、安部公房、堀田善衛ら狭義の戦後派に留まらない。太宰治、田中英光ら無頼派。花田清輝、福田恆存、竹山道雄、竹内好らの評論活動。三島由紀夫、伊藤整の独自のスタンスにも筆を延ばす。本多は戦後文学の「混沌として可能性をはらんだ全体」を捉えようとしているのだ。なぜなら「その泡立ち、鳴りどよもす可能性の沸騰のなかで、誰にも計算不可能な相互作用と相互浸透が行われた。それは今日みる戦後派文学者の、各個性の算術的総和などではない。その特殊な沸騰状態を見落せば、戦後文学は、整理され、ガラス箱に収められた、博物館の陳列品になる」（結びの言葉）からである。自ら「戦後文学史ノート」と呼ぶ体系化されない記述は、可能性としての戦後文学の総体をその背後に浮かび上がらせる方法なのである。

野間宏の「暗い絵」について「発表当時にはすこぶる晦渋な作品であり、それを支持した『近代文学』の批評家たちにも、決して全幅的にわかったとはいえぬ作品であった。しかも、この作品は『近代文学』の同人たちが待望したのにもっとも近い作品であった」と批評と実作の不可解な共鳴を語り、椎名麟三の「深夜の酒宴」について「共産主義者とニヒリズムの、ここにみるような結びつきは、日本の読者にそれまで馴染みのないものであった。（略）椎名麟三の第一印象は、怪物あらわる！という感じであった」と前例のないその難解さを語る時、またそれぞれのその後の到達点を野間宏の「共産党の信仰者」への「宗教的回心」と、椎名麟三のキリスト教への接近による日常性への崇拝に見定め「出発当初のほとばしるような内圧は、戦後派作家から去ったとすべきだろうか」と言う時、われわれは既に失われた戦後文学の可能性の深みに思い至る。また、例えば安部公房が「戦後文学における○○第一号として――この○○が何であるかは私にもよくわからぬが、とにかく、彼が何かの第一号であることにはまちがいない――前人未発の道を切りひらきつつある」と言い、太宰治について「彼は滅亡の歌の歌い手として戦後文学に参加した。彼は、たしかに最後のなにかであった。あえていえば、人造センイの時代を迎える時期の純絹であった」とする同時代の実感が示される時、太宰治の戦前と安部公房のその後を知るわれわれには、二人が交錯した戦後文学の時代の拡がりを測定し得る思いがするのである。

　石原慎太郎が「太陽の季節」を発表し、その年下半期の芥川賞を受賞することになる一九五五年頃を個別の作家の検証の一応の下限として考察はなされて行くが、物語の中盤では「民主主義文学内部の分派闘争」「『国民文学』をめぐる論議」という一九五〇年頃の状況に密着した考察がなされている。コミンフォルムの日本共産党批判に端を発する『新日本文学』と『人民文学』の対立を考察の中心とするこの部分は、本多自身「さっぱり面白くない」「部分が眼球を覆った」（あとがき）と言う。渦中にいた者の視点を相対化する視点が失われているのである。「私自身が現在、まだその延長の延長――それは連鎖反応をよびおこして末ひろがりにひろがっている――のなかにまき込まれている」と本多が言うように、一九五五年の六全協、一九六〇年の安保闘争などの政治的な節目における対立を現在の視点から代入しながら読むべき箇所かもしれない。ただ、本多にとって近すぎて描けなかった状況は、われわれの現在からは遠くなりすぎてもいるのだが。

　結びの言葉として本多は「若い世代の人々よ、出来うべくんば戦後文学の精神を精神とせよ、たとえそれが戦後文学の徹底的否定になろうとも」と語った。当時の「若い世代」であった大江健三郎は連載終了以前の一九六三年二月、「戦後文学をどう受けとめたか」において、中村光夫の「占領下の文学」によって逆説的に戦後文学に出会ったのだと語っている。われわれも現在との遠い距離を意識しつつ本多の証言を読もう（それは既に遺言となってしまった）。戦後文学を読むこと、その時代を再現することは、現在へ続く自分の足下を見つめ直す行為なのである。

［全三巻　新潮社、最初が一九六〇年、続が六二年、完結篇が六五年刊。岩波同時代ライブラリーで九二年に復刊］

【吉本隆明『戦後詩史論』】

細見和之

　いま吉本隆明という存在は、読者のなかでどのような位置にあるのだろう。八〇年代以降は、吉本氏の本など見向きもしない、それがある種の「知識人」のスタイルと化した感すらあるが、ぼくは吉本氏の著作や発言に絶えず啓発されてきた。激しいブレを感じることもあったし、いまでもそうだ。とりわけ、「第三世界」や「南北問題」にたいするあの過剰なまでの拒絶反応はなになのか。そこには、裏返しの超倫理主義すら感じられるほどだ。しかし、そのような振幅までふくめて、疑いもなくぼくは吉本氏に敬意をおぼえてきたのである。本書もまたぼくのそのような読書体

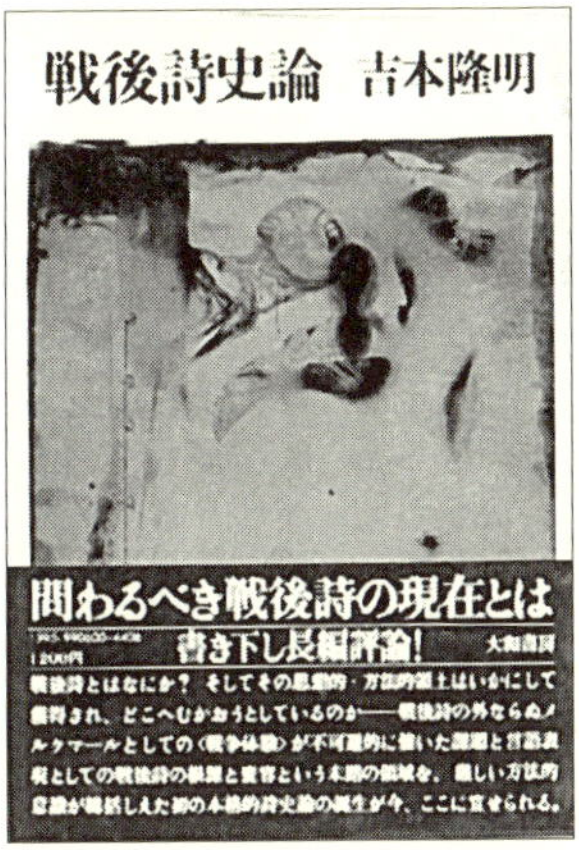

験のなかの一冊である。

本書はまず、「戦後詩史論」「戦後詩の体験」「修辞的な現在」の三つの論考からなる論集として一九七八年に大和書房より刊行され、五年後、新たなエッセイ「若い現代詩」を収めた増補版として同じく大和書房より出版された。以来、後者の増補版は、「戦後」の日本の詩を語るうえでの貴重な基本的文献と見なされてきた。たんに吉本氏の著書のひとつとしてではなく、およそ「戦後詩」を論じる際の規範的な視点を与えた著作という地位を、少なくとも詩の領域（詩の書き手と詩の読者）においては獲得している、と言える。ぼくが手元においているのもこの増補版である。

ただし、本書を一読して読者は、各論考のあいだの手法、文体の大きな差異にとまどうことになるだろう。さらに限定すると、冒頭の「戦後詩史論」と「修辞的な現在」のあいだの際立った落差である。前者ではたとえば、一方で小熊秀雄、岡崎清一郎、山之口貘らプロレタリア詩の詩人たち、他方で西脇順三郎、北園克衛、村野四郎らモダニズム詩の詩人たちの職業と居住地の遍歴が図表化して対比されている。後者では、そのような生活上の境遇が参照されることはいっさいない。これにはまずもって、原稿の執筆時期のちがいが考慮されねばならない。

「あとがき」にも記されているとおり、「戦後詩史論」の初出は書誌ユリイカから六巻本で刊行された『現代詩全集』だが、これは一九五九年から一九六〇年にかけて出版されている。ぼくの手元の版では、第一巻の奥付に刊行日は記されていないが、第二巻には一九五九年六月三〇日、それ以降は数か月おきに刊行され、第六巻には一九六〇年三月二〇日の日付が記されている（ただし明らかな誤植で「一六九〇年三月二〇日」となっている）。「戦後詩史論」の執筆はまさしく六〇年安保の前夜であって、吉本氏が谷川雁、村上一郎とともに「試行」を刊行する以前、『言語にとって美とはなにか』がそこに連載されはじめる以前なのである（ぼくが確認したかぎりでは、ほとんど原稿に訂正は加えられていないようだ）。一方、「修辞的な現在」はほぼ初版刊行時、一九七八年の執筆と考えられる。したがって、ふたつの論考のあいだには二〇年近い時間の隔たりが存在しているのである。

最初に本書が「規範的な視点を与えた」と記したが、その際にはまずもって、後半の「修辞的な現在」と「若い現代詩」の二篇の影響が決定的だったと言える。当時の先鋭な若手詩人を代表していた平出隆の「吹上坂」とさだまさしの「無縁坂」を並列的に論じたり、谷川俊太郎と中島みゆきの連続性を指摘する視点は、それなりに新鮮に受けとめられたのである。吉本氏自身はここからさらに、『マス・イメージ論』『ハイ・イメージ論』の世界に踏み込み、サブ・カルチャーやファッションの領域にまでいっそう深く手を伸ばしてゆく。あの物議をかもした『「反核」異論』（深夜叢書社、一九八二年）の刊行とも平行する時期である。

さて、その注目を集めた「修辞的な現在」

は以下のように書き起こされている。

　戦後詩は現在詩についても詩人についても正統的な関心を惹きつけるところから遠く隔たってしまった。しかも誰からも等しい距離で隔たったといってよい。感性の土壌や思想の独在によって、詩人たちの個性を択りわけるのは無意味になっている。詩人と詩人を区別する差異は言葉であり、修辞的なこだわりである。

　この重々しい諦念に満ちた断定はいったいなにを語っているのか。非常に分かりやすく言えば、どんなに権威ある「戦後詩」を引き合いに出しても、いまならさしずめ「結構イケテル」とか「うざったい」とか「ムカツク」といった言葉に対応するような「批評」しか惹起しえないという事態であり、そのような反応に吉本氏自身をふくめ、それなりに首肯せざるをえないという事情である。どんなに「重くて深い」戦後詩も、せいぜい言いようのちがい（修辞的な差異）としてしか受けとめられない現状。そして、そこを踏まえて書かれている、もっと若い世代の「現代詩」――。

　これ以降の吉本氏はそういう現状を「大衆の時代」として肯定しているかのように受けとめられているかもしれないが、すくなくとも「修辞的な現在」の吉本氏は、むしろそこにギリギリの防波堤を築こうとしていたのだ。このあたりの機微は、「あとがき」においていっそうあからさまに語られている。「戦後詩の体験」と、とりわけ「修辞的な現在」を書き進める際の自らの難渋ぶりに触れて、吉本氏はこう記しているのである。

　まるで自分自身に不満なように戦後詩に不満だというのが最もいけなかった。〔中略〕つまらないと思っている詩を論じたとて面白かろうはずがない。だいいちに戦後詩がみなつまらないとおもえる視点にはどこかに欠陥があるのではないか。どういうふうに頑張ってもこれだけなのだということを肯定し得ない論は成り立たない。

　あるとき、鮎川信夫であれ田村隆一であれ、「戦後詩」のすべてがことごとくつまらないとしか思えなくなった。思想も感性のちがいもなにほどのものでもない。せいぜいそれらはもののいいようのちがいにすぎないのではないか、そういう反問が自分のうちで絶えず響きはじめる。しかし、ここから「戦後詩」をすっぱり切り捨てるのではなく、ギリギリのところで「肯定」する語り口を見いだすこと、それが「修辞的な現在」における吉本氏の態度なのである。ここには、自ら優れた戦後詩の書き手であった吉本氏による、七〇年代後半における日本の戦後詩のひとつの自己肖像が提示されているのだ。

　ただし、およそ二〇年前の「戦後詩史論」の吉本氏は、このような態度をとってはいない。「感性の土壌や思想の独在によって、詩人たちの個性を択りわける」のは必ずしも無意味とは見なされていない。したがって、「修辞的な現在」という視点は吉本氏のかつての「戦後詩」理解へも波及的な効果をおよぼすことになる。たとえば、「戦後詩史論」の枠内で論じられていた吉岡実の名作「僧侶」は、「修辞的な現在」においてまさしく〈修辞的差異〉という視点から論じなおされている。前者では作品「僧侶」にそくして吉岡実に「戦前の生活派の詩人よりもむしろ真の生活派にぞくする詩人」という意表をつく規定が与えられているのにたいして、おなじ「僧侶」を引きながら後者では、「〈不協和〉な光景を紡ぎ出そうとする衝迫力がつくりだした砂漠の遺跡のなかのような一こまの風景」と評され、さらには「わが国の戦後詩は生活の現実の場それ自体に〈意味〉をうしなったところから発しているといったほうがいい。〔中略〕現実の場から修辞的な場へ〈意味〉を移しかえようとする無意識の願望につらぬかれていた」とも記されている。〈生活派〉の吉岡実から〈修辞派〉の吉岡実への反転——。ここにはなにが生じているのか。

概して本書において「戦後詩」という規定の範囲が必ずしも明瞭ではないのだが、大きくは平出隆や荒川洋治までがそこにはふくまれていると思われる。平出や荒川の〈修辞的〉な作品は、すでに吉岡実らの代表的な戦後詩に無意識的にはらまれていた「修辞的な場」への欲望を意識的に実現したものであり、そのかぎりで、「戦後詩史」の枠内で論じられるべきである、それが吉本氏の立場であろう。それにしても、「戦後詩」を〈修辞的な現在〉へと単線的に収斂させるのには、ぼくは違和感をおぼえずにいられない。あるいは、〈修辞的な現在〉などと言ってしまえば、最初からなにもかもが差異化どころか無差別化されざるをえないではないか。この袋小路のような事態はどこに起因しているのか。

この点であらためて注目されるべきは、冒頭の「戦後詩史論」における、小熊秀雄、淵上毛銭、山之口貘ら、吉本氏が「不定職インテリゲンチャ」と呼ぶ一群の詩人への高い評価である。これにたいして、西脇順三郎、北園克衛、村野四郎らモダニストは、表面的にどれほどの言語実験を企てているように見えようとも、自らの想像力の世界を「恒定生活者的な世界」に限定し、それを越え出ようとはしなかった、と評されている。論考「修辞的な現在」の視点は、「戦後詩」の総体をあらためて、あたかもこの「モダニスト」たちの狭隘な想像力の世界の出来事として語りなおすもの、ということになる。

そうなのだろうか。「戦後詩」はおしなべて、「恒定生活者的な世界」の内部で言葉を紡いできたのだろうか。そうではなかっただろうと思う。あくまで七〇年代後半にいたって事態はあたかもそう見えるようになった、ということではないだろうか。平たく言えば、資本による包摂、高度消費社会の成立、管理社会化の進展、それらがいっさいを、「不定職インテリゲンチャ」の存立を許さない「恒定生活者的な世界」の〈修辞〉として現象させている、ということではないだろうか。このような視点は吉本氏の論考「修辞的な現在」にも実際に垣間見えているものだ。つまり、吉本氏の〈修辞的な現在〉という視座は、そういう現実総体にたいする根本的な違和、さらには全否定という志向をも同時に内包していたのである。

九〇年代以降の現実は、この〈修辞的な現在〉を取り巻いている外部というものをあらためて露呈させてきたと思われる。あの印象的な「不定職インテリゲンチャ」の問題もまたこの〈外部〉との関連でふたたび問われることになったのではないか。この〈外部〉を持ち出す際に生じうる欺瞞性、場合によってはテロリズム、それらにたいする根本的な歯止めとして、吉本氏の思考はいまなおぼくには貴重なものと思われる。しかし、〈修辞的な現在〉という息苦しい箱庭的な世界があたかも世界の唯一の現実であると断言したとき、そこには別種の欺瞞もまた生じうるのではないか。このふたつの欺瞞のあいだの緊張関係のなかであらためて「戦後詩」を論じること、それが不可欠なのだ。そしてその際には、「日本」ないし「日本語」という枠組み自体が相対化されることも、おそらく必須となるにちがいない。たとえば、〈修辞的な現在〉とはおよそ対極的な位置で書かれた金時鐘『猪狩野詩集』が東京新聞出版局から刊行されたのは一九七八年、まさしく『戦後詩史論』と同じ年の出来事だったのだ。一冊の詩史論と一冊の詩集の、この決定的な同時性と乖離性を徹底的に思考すること、そのことがいま、「日本語」の問題として問われねばならない。

［大和書房、一九七八年九月刊］

『綜合文化』と真善美社の周辺

栗原幸夫

『近代文学』と『綜合文化』は、ともに戦後の文学のなかで特異な位置を占める「戦後文学」（あるいは「戦後派」の文学）の機関誌的な役割を果たした雑誌である。従来の「戦後文学」研究の多くが前者には相応のスペースを割きながら後者については論及したものが少ないことにしめされるように、両者の文学史的な位置づけにはややバランスを失しているという感を否めない。そのことは前者は早くから復刻版が作られたにもかかわらず、後者はいまだにそれが存在しないということにもあらわれている。

山室静、平野謙、本多秋五、埴谷雄高、荒正人、佐々木基一、小田切秀雄の七人を同人として一九四五年一二月三〇日にその創刊号を刊行した『近代文学』は、小田切の脱退、二次にわたる同人の拡大、そしてふたたび六人の創刊同人制への改組をへて、一九六四年八月刊行の一八五号をもって終刊となった。

これにたいし『綜合文化』は一九四七年七月創刊、四九年一月までに一九号を発行したにすぎない。この事実だけを見れば『近代文学』が「戦後文学」のメイン・カレントとみなされることに不思議はないが、しかし『近代文学』も雑誌としてつよい影響力をもったのは「終戦」からの二、三年にすぎないという事実を考えれば、たんに刊行期間の長短でその評価を短絡させることはできない。

『近代文学』がその名のように、主体性、近代的自我、ヒューマニズムという近代の地平に立ったのにたいし、『綜合文化』はどちらかといえば、前衛芸術、近代科学批判、文化革命の課題の追究に力点を置いたと単純化すれば言えるだろう。そこには後に見るように、この二つの雑誌の戦争中にさかのぼる源流の違いが色濃く反映している。前近代的関係に支配されながら高度に発達した資本主義国として特異な帝国主義戦争をたたかった日本という認識を前提にすれば、『近代文学』の近代の地平と『綜合文化』の超近代の地平はかならずしも対立ではなく、相互浸透の関係の成立の上に立つあたらしい「戦後文学・芸術」の可能性を予想することもまた空論ではなかった。事実、両者の間の相互交流は親密であり、前者の埴谷雄高、平野謙、荒正人が後者

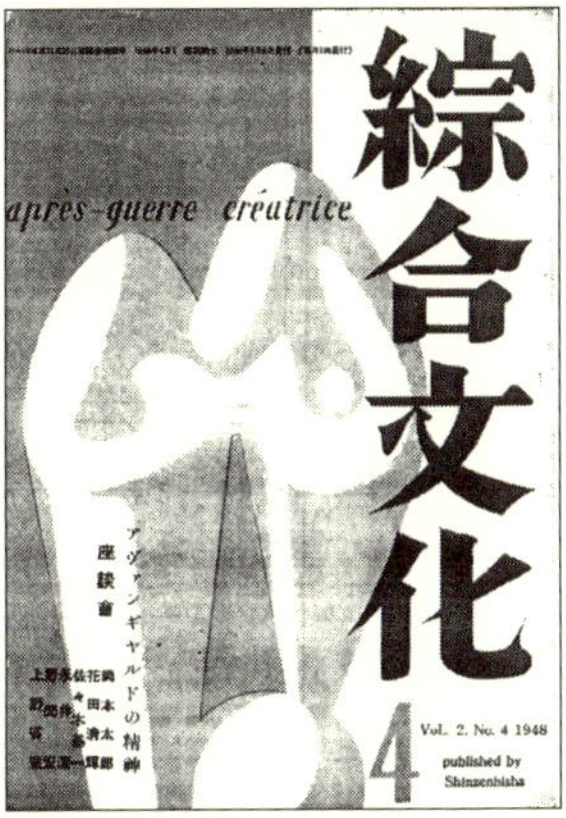

の誌面に登場し、また後者の主幹というべき花田清輝は『近代文学』第一次同人拡大（一九四七年七月）の際にその同人に参加したのである。そして執筆者も大幅に重複している。しかしそれにもかかわらず、そのあいだには見逃すことのできない相違があった。

その相違の集中点は運動意識の濃淡にかかわる。『近代文学』もその創刊号巻頭にかかげられた本多秋五のマニフェスト的な「芸術・歴史・人間」に端的にしめされているように、プロレタリア文学以来の過去の総括に立って、左右、文壇内外をとわず既成の権威にたいするたたかいを宣言したという意味では、そこに運動的な志向をみることができるが、しかしそれはあくまでもかつてのプロレタリア文化運動での共通体験から戦争中を雑誌『現代文学』を中心の場所として反戦ないし厭戦の姿勢ですごしたという共通の記憶を軸とする友情によって結ばれたものだった。運動にはインパーソナルな人間関係こそが重要だという花田清輝の運動論からすれば、七人の同人の濃密な友情を基軸とする『近代文学』は、とうてい運動のオルガンとはいえずたんなる同人誌にすぎないということになろう。

これにたいし『綜合文化』は、綜合文化協会という花田清輝が主唱した運動体の機関誌として創刊されたものだった。この協会の「宣言」（『綜合文化』一九四七年七月創刊号、野間宏の執筆と伝えられる）にはつぎのように書かれている。

「敗戦は一八六八年の日本の出発の誤りを明らかにした。そしてわれわれは眼の前の廃墟こそ、われわれの過去のほんとうの姿であつたことを知るのである。あらゆる被ひを戦火にやきつくされたわれわれの生命は、この廃墟のなかではじめて生命の源につきあたる。」

「われわれの形成する人間こそ、分裂した社会物質を統一するものでなければならない。それ故、それはまた、個と集団、個人と社会、政治と文化の結合、魂と肉体、批評と創造、芸術と科学の媒介、すなはち二十世紀の課題である新しい生活の創造を自らに問ふ人間である。たゞわれわれはこれを遂行しうるものはわれわれ新世代をおいて他にないことを確信する。」

そして「規約」にはおこなうべき事業として啓蒙的講座、講演会、文化的大衆集会、展覧会、映画会、演劇会、音楽会、その他の開催、各文化サークルへの講師の派遣、そして「一切の創造的業績の出版ならびに機関誌『綜合文化』の発行」がうたわれている。

これはいうまでもなく、戦争中に花田清輝を中心に結成された文化再出発の会の戦後版であり、『綜合文化』はその機関誌『文化組織』（一九四〇年一月～一九四三年一〇月、全四二号）の戦後版であった。

『近代文学』の源流である『現代文学』が一九三八年に本庄陸男、小熊秀雄、那珂孝平、堀田昇一らプロレタリア文学の最終局面で活躍した作家を中心に創刊された『槐』が一九四〇年一月に改題されたものであり、上記に平野謙、山室静、赤木俊（荒正人）、佐々木基一らが加わり、執筆者には岩上順一、徳永直、川崎長太郎、中野重治、壺井繁治、福田恆存、小田切秀雄、石川淳、本多秋五、花田清輝らをそろえ、杉山英樹の「バルザックの世界」や本多秋五の「『戦争と平和』について」、坂口安吾の「日本文化私観」などの力作が掲載された。戦時中の非文壇的、非時流的な文芸同人誌である。

これにたいし『文化組織』は、一九四〇年一月に文化再出発の会の機関誌として花田清輝、中野秀人、岡本潤、吉田一穂らによって創刊され、小野十三郎、北川冬彦、田木繁、赤木俊介、秋山清、竹田敏行、堀田昇一、金子光晴、内田巌、柳瀬正夢、関根弘らが執筆した。戦後に『復興期の精神』として刊行された花田清輝の一連のルネッサンス的人間の研究、岡本潤、秋山清、小野十三郎らの詩、田木繁の小説などが特筆される。

これらに埴谷雄高らの『構想』（一九三九年一〇月から一九四一年一二月、全七号）をくわえれば、戦争下に「戦後文学」を準備した源流のおおよそを見ることができるが、それについては小田切進編『現代日本文芸総覧・上巻』の雑誌細目と解題を、また別掲の拙稿「戦後文学」の起源について」を参照していただくとして、ここでは本題である『綜合文化』とその周辺で行われた出版活動について概観することにしたい。

※

『綜合文化』の創刊には花田清輝と中野正剛の二人の子息による真善美社の出版活動が先行していた。花田の『復興期の精神』はこの真善美社の前身である我観社から一九四六年一〇月に刊行され、再版は真善美社から出された。『綜合文化』が一九四七年七月に創刊されるまでに、真善美社からはすでに、前記の『復興期の精神』のほかに岡本潤『襤褸の旗』、小野十三郎、荒正人、森宏一ら『公開状――若き世代の立場から』、蔵原惟人、中野重治、小林秀雄、宮本百合子、『近代文学』同人著『世代の告白――転形期の文学を語る』、加藤周一、中村真一郎、福永武彦著『１９４６文学的考察』、宮本忍『気胸と成形』の六点が刊行されている。以後、『綜合文化』と真善美社の単行本は両輪となって、既成の文芸出版社が「戦後派」作家に門戸を開くまで、「戦後文学」の最大の拠点となったのである。

『綜合文化』の大きな特徴は、『近代文学』が文学主義をまもっているのにたいし、そのタイトルの通り総合芸術への志向が編集にも強く反映していることである。科学評論家の星野芳郎や哲学者の三浦つとむ、田中吉六が公式マルクス主義者の「近代主義批判」に反撃を加え、竹内好が「指導者意識について」で権威主義を批判するなど、戦後のマルクス主義復活のなかに顕著にあらわれた公式主義・事大主義を徹底的に批判した。また、詩では岡本潤や中村真一郎、福永武彦らマチネ・ポエチックの作品のほか、小野十三郎や長光太の詩論が注目され、また演劇、絵画、映画などの分野にもひろく問題を提起した。小説では、野間宏「顔の中の赤い月」、島尾敏雄「夢の中での日常」、安部公房「名もなき夜のために」、田中英光「酔いどれ船」などが掲載され、エッセイでは埴谷雄高の「即席演説」をはじめ、原田義人、白井健三郎、杉浦明平、関根弘などが活躍した。

また第二巻二号（四八年二月）から七号に連続して掲載された座談会は、一回一回が独立したものであったが、そこにはこの雑誌の主張が意見の葛藤を通じて展開されているので、つぎにそのテーマと参加者を記録しておく。（ちなみに花田清輝はこの座談会への出席をのぞいて誌上には登場していない。）

「戦後《アプレ・ゲール》文学の方法を求めて」（佐々木基一、花田清輝、野間宏、福田恆存、加藤周一、関根弘）、▼「悲劇について」（岡本太郎、花田清輝、加藤周一、野間宏、佐々木基一）、▼「アヴァンギャルドの精神」（中野秀人、佐々木基一、岡本太郎、野間宏、永井潔、花田清輝）、▼「小説の面白さ」（平野謙、花田清輝、椎名麟三、野間宏、佐々木基一）、▼「文学における無意識の役割」（南博、野間宏、花田清輝、佐々木基一、矢内原伊作）、▼「リアリズムをめぐって」（岩上順一、佐々木基一、加藤周一、中村真一郎、荒正人、野間宏、花田清輝）

　一方、真善美社の単行本出版はきわめて活発で、「アプレゲール新人創作選」と銘打ったシリーズが一九四七年一〇月に野間宏の『暗い絵』で刊行を始め、中村真一郎『死の影の下に』、馬淵量司『不毛の墓場』、福永武彦『塔』、田木繁『私一人は別物だ』、竹田敏行『最後に退場』、小田仁二郎『触手』、安部公房『終りし道の標べに』、島尾敏雄『単独旅行者』まで九冊を刊行した。またこのシリーズ以外でも、埴谷雄高の『死霊　Ｉ』や堀田昇一の『自由ヶ丘パルテノン』、田中英光の『嘘と少女』などの小説、花田清輝の『錯乱の論理』、福田恆存『平衡感覚』、佐々木基一『個性復興』、平野謙『戦後文芸評論』など戦後の代表的な評論集、また今村太平の『映画論入門』『漫画映画論』などのほか、田中吉六の『スミスとマルクス』、服部之総・信夫清三郎の『日本マニュファクチュア史論』、早川二郎の『日本文化史ノート』など戦時中にひそかに書きつがれた社会科学の分野の労作も刊行された。

　後に花田清輝は、「真善美社は、社員もろとも、ぐんぐん成長していった。そして、本郷にビルを買って溜池のバラックから移転していった。もはや私の督戦の必要はなかった。しかし、綜合文化協会のほうは、その主要メンバーだった加藤周一や中村真一郎たちが、脱退して、河出書房から、『方舟』を出しはじめて以来、さっぱり、ふるわなくなってしまった。ちょうどそのころ、わたしは岡本太郎と知り合いになった。かれは、わたしの『錯乱の論理』を——戦争中、返品の山をきずいた『自明の理』の戦後版を、一読して以来、当然、わたしが、かれと共にアヴァンギャルド芸術運動をするものだと考え、機関誌のことなどについても、ひとりで、いろいろ、頭をひねっていたらしいのである。わたしは、かれと共に、夜の会をつくり、東中野のモナミや、本郷のなんとかいうお寺で、しばしば、会合をもった。そして、その運動のなかから、私の『アヴァンギャルド芸術』や『さちゅりこん』がうまれたのである」（「風景について」）と当時を回想しているが、最盛期は同時に崩壊の始まりでもあった。極度のインフレーションと既成文芸出版社の「新人」獲得に挟撃されて、敗戦直後に生まれた小出版社は次々に倒産した。一九四九年の一月号をもって『綜合文化』は廃刊となり綜合文化協会と真善美社も解体するにいたる。また夜の会も『新

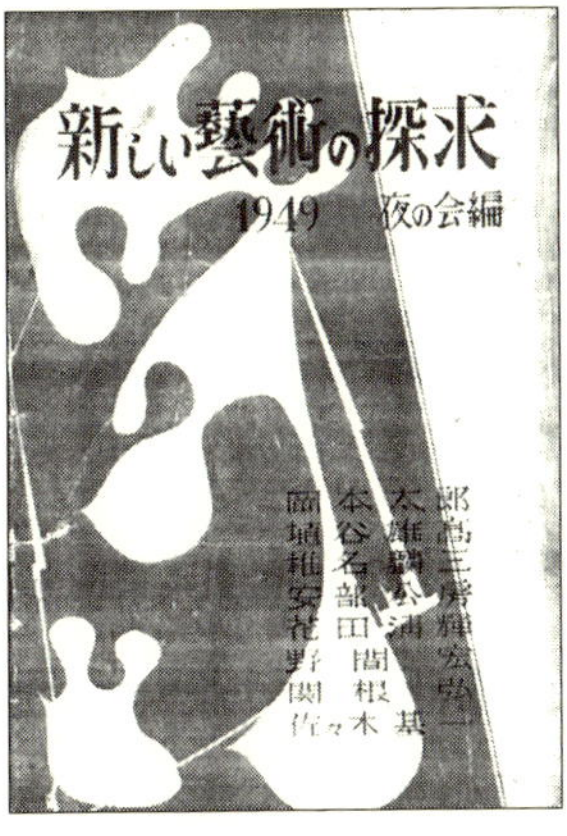

しい芸術の探求』（一九四九年五月、月曜書房刊）一冊を残して消滅する。「戦後文学」の大きな区切り目がきたのである。その意味で、この『新しい芸術の探求』は、『綜合文化』がめざした前衛芸術とリアリズム芸術の総合という理念を体系化しようとした最後の試みとして、記念碑的な意味をもっていると言えよう。その目次はつぎのとおりである。

対極主義／岡本太郎 ▽創造のモメント／安部公房 ▽反時代精神／埴谷雄高 ▽人間の条件について／椎名麟三 ▽リアリズム序説／花田清輝 ▽実験小説論／野間宏 ▽社会主義リアリズムについて／関根弘 ▽フィクションについて／佐々木基一

なお、『綜合文化』の総目次および真善美社の刊行書目は故・久保覚編『花田清輝全集・別巻Ⅱ』の「資料」篇にある。本稿執筆に当たり同書から多大の恩恵を受けた。また、関連する時代の証言としては、埴谷雄高『影絵の時代』、小川徹『花田清輝の生涯』などがある。

江藤淳『忘れたことと忘れさせられたこと』

平井 玄

So What?（それがどうした）の連続だった。

読み通すのに、これほど苦労した本も近年珍しい。別に難しいわけではない。それなりの資料読解を通じた理路整然とした形式的な論理の積み重ねである。ここには、右翼もの、保守ものの文章にありがちな妄想的な没論理もなければ、それに伴う下品さもあたう限り抑えられている。そこに江藤淳の矜持を強く感じた。

それでも退屈なのだ。この作品には著者のいじましい執念が籠っている。暗くトグロを巻いている。その「執念」が実に退屈なのである。

江藤淳が言いたいのは、次のようなことである。

①敗戦時、日本軍と異なり、日本国家は「無条件」降伏していない。

②なぜなら、国家組織そのものが全面崩壊したドイツと違い、日本は未だ抵抗可能な軍備を残す合法的な政府の下に統治されていた。

③八月一五日の前と後の期間における支配の正統性に全く断絶はない。

④従って「降伏」は、大日本帝国憲法下の政治主体が「対等」の立場で国際協定にサインした結果、つまりあくまで国際法的な事態である。

⑤だから、アメリカ軍による直接的な軍事支配ではなく制限された「保障占領」、それも局地的な「部分占領」にすぎない。

⑥その事実を証明するのは、むしろ戦争直後における朝日新聞紙上の論説や美濃部達吉へのインタヴュー記事なのである。

⑦多くの日本人は、そのことをほとんど本

能的に知っていた。だからこそ政府に協力し、外国人の目から見れば「異常な平静さ」をもって対処した。ここには「精神的には敗北していない」人々の誇り高い姿がある。

⑧しかし約一カ月後、占領当局による超法規的な検閲の開始によって、こうした事実を伝える言論は排除され、全くのタブーとなった。

⑨こうした閉ざされた言説空間の中で、敗戦を「無条件降伏」とし、その環境を「解放」と感じ取るような戦後の歪んだ自我が形成される。その最たるものが「近代文学」に代表される一連の戦後文学だった。

以上、整理してみた各項のすべてに〝So What?〟という声が響く。声というよりトランペットの音が鳴っている。マイルス・デイヴィスの『カインド・オブ・ブルー』一曲目のあの曲のことである。マイルスの誰よりも醒めた眼がそう言う。なぜマイルスか、は後で示そう。

　まず言えるのは、国際法を敗けて言いだす愚かしさ、ということである。この点については、朝鮮侵略を相互条約に基づく合法的行為だと言いつのる自由主義史観派の先駆けといっていい。しかし、スタンフォード大学の大学人たちをはじめとするアメリカの反共知識人たちの思考法を知悉していたはずの江藤淳は、もっと確信犯だったのではないか。そこを少し掘り下げてみたい。

　雑になるのを承知でわかりやすく言えば、「国際法」とはプロレスのルールのようなものである。それは破られることを前提としている。しかし、観客から料金を取るためのリングそのものはブチ壊さないよう、暗黙のうちに機能する。流血の場外乱闘はあっても、最後は皆リングに上がってゲームは終わるのである。一六四八年、三十年戦争を終結させるためにヨーロッパ諸国によって結ばれたウエストファリア条約以来、大ざっぱに言ってそのように機能してきたと思う。ここでは「観客」を、領土、資源、植民地、エネルギー、市場、「料金」を利潤とでも読み換えてもらえれば、事態はより鮮明に見えてくるはずだ。リングそのものを正面からブチ壊そうとしたのがレーニン、毛沢東型の世界革命運動であり、それに対抗したのがヒトラーの世界征服戦争だったが、それらの退場後、リング維持の圧力はいっそう強化された。

　プロレスに喩えたのは何も話を面白くしたいだけではない。プロレスそのものが、数多くの民族や宗教が流入し続けるアメリカ社会における公共的なネゴシエーションの在り方の変化とともに発展してきたスポーツであり、いわゆる「国際政治」こそ巨大なショーとしての観客民主主義そのものだからである。多民族社会のモダン・フォークロアといっていい。江藤淳にプロレスとはおよそ似合わないが、チャーチルのイギリスからダレスのアメリカへと受け継がれた外交プロフェッショナルたちのレスラーにも似た交渉力のタフネスは、英米系教養に支えられた戦後保守知識人たちにとって一種羨望の的だったのではないだろうか。プロレスのメタファーもあながちトリッキーとは言えまい。

　そして、プロレスには必ずリングを取り仕切る興行主がいる。話を戻そう。①から⑧までは、少なくとも明文化された国際法関係の解釈としてはほぼその通りだろう。だが、それがどうしたというのだ。「条件つき降伏」だったのは家永三郎も認めるとおり周知の事実である。ただし江藤が言うのとは全く異なる条件の下で。つまり、この文章が書かれて以降明らかになったのは、沖縄を差し出して天皇制を守ってもらう、という決して明文化されなかった「条件」なのである。ポツダム宣言以前から、日本の反共要塞化と引き換えに国体存続を図る工作が天皇とその秘密機関員によって続けられていた。外交にはこうした密約が付きものだということを、リアリストの著者は十二分にご存知のはずだ。いわば、そうした「条件」そのものを規定するフィールド（視野）、その視野の設定権をアメリカが握っていた、ということである。問題は「無条件」か「条件つき」か、ではない。むしろ条件を決定する「メタ条件」なのである。

下の図と年表を見てほしい。

図の大円はアメリカという興行主が東アジアに設営したリング、つまり法の境界を設定する際の視野である。中の小円が江藤淳のリング、すなわち彼の見ている視野になる。一九四五年七月二六日のポツダム宣言から九月初旬までは、アメリカによる日本占領解釈は国際法上の合法性の枠内にあったと言っていいだろう。沖縄も統治形態はまだアイマイで未決定である。そしてアメリカの黒人社会も大量に徴兵されたとはいえ、部隊は人種別、南北戦争以来の初期公民権法は州法の壁によってブロックされ、ほとんどの黒人コミュニティは合法圏の外にあった。

それが九月十日ごろから、文献上では九月十五日以降、占領解釈は超法規性を強めてい

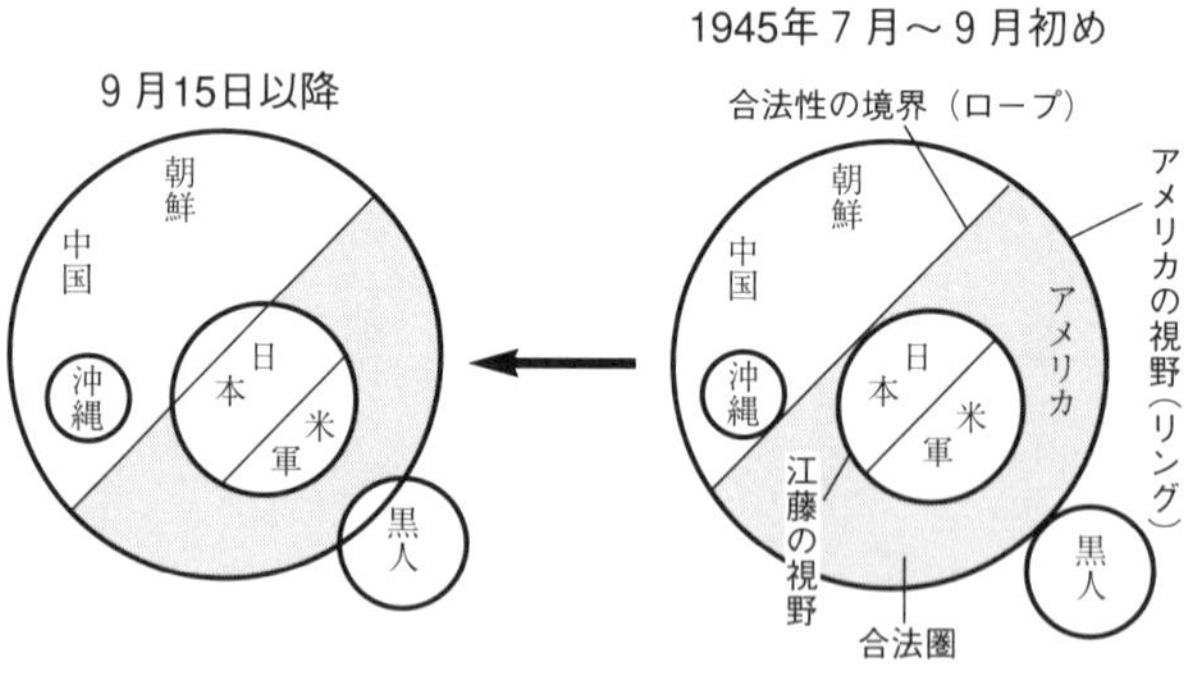

1945年

４月１日	米軍沖縄上陸
12日	米大統領ローズヴェルト死去。トルーマン就任
７月１日	秋田県花岡鉱山で中国人俘虜蜂起
26日	日本降伏を要求するポツダム宣言
８月６・９日	広島と長崎に原爆投下
８日	ソ連参戦
15日	日本敗戦
16日	ソウルで朝鮮共産党（長安派）結成
20日	朴憲永ら朝鮮共産党再建準備委「８月テーゼ」発表
９月２日	東京湾ミズーリ号上で日本降伏文書調印
11月５日	朝鮮労働組合全国評議会を結成
11日	呂運亨ら朝鮮人民党結成
19日	重慶で中国内戦反対大会
26日	チャーリー・パーカーのコンボにマイルス参加。「コ・コ」セッション

※この年、アメリカ・ニューヨーク州とニュージャージー州で黒人雇用差別を禁止する州法制定。46年12月、人種差別撤廃をめざす公民権委員会を連邦政府が設置。

く。沖縄でも米軍による直接統治が始まる。注意しておきたいのは、ローズヴェルトの死(四月一二日)によって停滞していた黒人社会の合法圏への限定的組み入れが、東アジア情勢の急展開によってジワリと動き出すことだ。より危険性の高いアジア型ゲリラ戦争の予感の中で、民族混成部隊の編成と黒人たちの後方での工場動員への準備だった。

その下のクロニクルが、こうした視野の設定と移動を促した一九四五年の東アジアをめぐる政治抗争史のほんの一端である。日本占領米軍が最も敏感に反応したと思われる朝鮮情勢にやや詳しく、アメリカ黒人の動向を少し加えた。

日本敗戦直後の朝鮮で間髪を入れず左翼の動きが始まるのが分かるが、その後ソウルの中央政治の舞台での大きなトピックは、十一月の労働運動全国組織の結成まで空白がある。まさにこの時期にこそ、地域草の根での親日派追放運動や労働組合結成が激発していたのである。中国でもほぼ同じ時期に内戦反対大会が各地で開かれているということは、それだけ底辺で内戦の危険が迫っていたということを示している。どこから火が点いてもおかしくないこうした東アジアの動静を見ていたアメリカ政府は、九月半ばに入ってはっきりとリングのロープの位置を移動したのである。アメリカ軍による「条件つき」から「無条件」への支配的な言説布置の変化はこうして生じる。しかしその目的は、江藤淳が言うような「日本国家の独立性の否定」というより、ナショナリズムの気流が左へ流れていくことへの危惧だったと思う。戦中からの政府の対応力を超えて、左右を問わずナショナルな不満が朝鮮や中国の動向と結びつく可能性を叩くことが必要だったのだろう。ナショナリズムをコントロールする、そのためにこそ占領政策が超法規化される。アメリカは右翼や保守派を見ていただけではない。それにも増して中国や朝鮮を見ていた。

『ベルリン文化戦争』(ヴォルフガング・シヴェルブシュ著、福本義憲訳、法大出版局)という本が出ている。これと全く同じ時期、ベルリンの言説空間の布置、つまりリングの設営をめぐってソ連とアメリカの文化組織が鋭く競い合っていたことをこの本は詳細に記している。文学者集団、劇場、ラジオ、映画、出版、雑誌をめぐる陣取り合戦が、再建された共産党と社会民主党、さらに米ソそれぞれの内部の諸勢力が混線して絡まり合いながら繰り広げられる。国際法の解釈が直接のテーマとされていたわけではないが、ドイツ占領に際して国際条約上の拮抗点となったベルリンで、占領政策の正統性を奪い合うように文化の闘争が闘われていたのである。それは単なる軍事制圧のカムフラージュではなかった。双方の内部で初期に力を持っていた普遍主義的なナショナリズム批判派が次第に追われ、伏在するドイツ文化ナショナリズムの気運を米ソの国際戦略へと誘導するような傾向に置き換えられていったことに、その問題性は現われている。米ソの戦略に沿って、まさに「ナチをどのように記憶するか」、あるいは「ナチのどの部分をどのように忘れさせるか」を争う文化戦争の一端だったのである。

ここまでくれば、江藤淳が期せずして切り拓いてしまった問いの空間が見えてくる。アメリカ軍の検閲とそれに対する江藤が描くささやかな抵抗に実のところ真の闘いはない。それは、「天皇の戦争のどの部分をどう忘れさせるか」をめぐる内部闘争だったと言っていい。著者は、閉ざされた言語空間の中で育まれた戦後の「歪んだ自我」と言う。しかし、十全な自我などどこにもない。むしろ、その歪みや軋みこそ自我である。戦後文学や言説の真の問題は、興行主アメリカのリングを超えた朝鮮や中国からアメリカ黒人社会にいたる広大な空間の中で、どのような自我を育んでいけるのか——にあったし、今もあるのだと思う。特有の粘りと弾みと、そして歪みを持った構成体として。

聡明な江藤淳は、国際条約がプロレスのリングのようなものに近いことを知っていたと思う。そして自身確信犯であることが、彼の執念を暗く退屈にする。だから私たちは、常に合法圏の境界線上に置かれ、いいように使われ殺され歴史の中で小突き回されてきた黒人たちの中の一人、マイルス・デイヴィスとともに言おう——So What? と。

マイルスは、この曲を含むアルバム『カインド・オヴ・ブルー』が録音されて四カ月後の一九五九年八月二六日、ニューヨークのジャズ・クラブ「バードランド」前の路上で、タクシーに乗る白人女性ファンを見送ったというだけで、白人警官に殴り倒され、血塗れになって逮捕されている。ちょうど二年前、

五七年八月には南北戦争以来初めての公民権法が成立していたにもかかわらず。この強欲で傲慢な興行主は、今も地球上のいたるところでロープを勝手に張り続けているのである。

［文芸春秋社、一九七九年刊、文春文庫で一九九六年復刊。］

●読みかえる視座

昭和初年代文学史における短歌

田中　綾

文学史の欠落――短歌の存在

ここに一首の〈発禁〉短歌がある。

　をとめらの雛まつる日に戦をばとどめし
　　いさを思ひ出でにけり

昭和八年三月[1]三日の作だが、長い詞書きには「一年前のことを思ひいでて（中略）白川大将の遺族に贈れる歌」とある。「戦をばとどめしいさを」とは、前年三月三日に第一次上海事変の停戦を宣言した白川義則（上海派遣軍司令官）を指しており、そしてこの歌の作者は昭和天皇である。

天皇の短歌が発禁――といっても発表禁止の意だが――になった経緯[2]は、まず天皇から鈴木貫太郎侍従長にこの歌が伝えられ、そして本庄繁侍従武官長が陸軍省と相談したところ、内容的に軍の士気にかかわるとして十年間は秘密にするよう求められたのだった。大陸における陸軍の積極的な姿勢を天皇が憂慮していたことも、この歌の公表を妨げたものと思われる。もっとも、白川が停戦を決めた二日前に「満洲国」の建国も宣言されており、上海での停戦行為は平和主義からというより外国勢力の介入を避けるためだったとも考えられる。とはいえ、陸軍の指示によって天皇の短歌が公表を禁じられたことは、昭和の史実として私たちも記憶にとどめるべきであろう。

天皇の〈発禁〉短歌をことさら持ち出したのは、『文学史を読みかえる』第三・四巻を読み、そこに短歌や俳句への言及がほとんどないことに疑問を感じたからである。かつて平野謙は「昭和文学史」[3]のあとがきに、「最初から詩・短歌・俳句などに言及することはあきらめていました（以下略）」と記していたけれど、では今日あらたに昭和文学史を読みかえるならば、平野謙が論じ得なかった短詩型文学をも視野に入れた読みかえ作業こそ行われるべきだろう。なかでも私が短歌を見落とせないと感じるのは、それが天皇（制）の詩形でもあるからである。戦時下の文学史を見据えるならば、やはり短歌と天皇制の問題も視野に入れる必要があるだろう。

そもそも、日本の文芸といえばかつては和歌を指していた。昭和初年代においても、周知のように、作家たちの創作は学生時代の短歌創作から始まることが多かった。しかしながら戦後すぐの「第二芸術」論争の影響なのか、今日の昭和文学研究は散文に偏り、短詩型文学からは遠くなっているようである。もちろん、磯田光一のように、塚本邦雄ら現代前衛短歌に理解を示した卓抜な批評家の存在もある。しかしその磯田でさえ、『比較転向論序説』（68）で鑑賞した保田與重郎の若き日の短歌が、石川啄木短歌のヴァリエーション(4)にすぎないことには言及していなかった。與重郎の青年期の閉塞感を明治末期の啄木の心境と重ね合わせたならば、磯田のさらなる卓見が披露されただろうに…と惜しまれるばかりである。

「文学史」の読みかえに近代短歌を欠落させないこと、その視座から、次に戦時下の中野重治と短歌について見ていきたい。

戦時下の中野重治と短歌

中野重治の戦時下の仕事に、小説『歌のわかれ』(昭15)や『齋藤茂吉ノオト』(昭18)の執筆等短歌にかかわるものを見出すことができるが、かれが当時注目していたのは四歳年下の歌人・坪野哲久《てつきゆう》であった。哲久は重治と同じ北陸の風土に育っただけに、幼い頃から浄土真宗のことばになじんでいたなど共通点はいくつも挙げられる。また、哲久はかつて日本プロレタリア作家同盟(ナルプ)に加盟しており、戦旗社の社員として検挙経験もあるなど、重治との距離の近さがうかがえるだろうか。

その坪野哲久の第二歌集『百花《びやくげ》』(昭14)について、中野重治の書評「二つの本」(「新潮」昭15・5)がある。そこでは、哲久の作風がしだいに象徴性を帯びて「独り合点」になってきた点への「不満感」や、茂吉らを論じた哲久の歌論の言いまわしが「観念的」になりすぎている点が指摘されていたのだが、重治のそれらの「不満」は、哲久とお互いごく近い性質をもっていたからこそ生じたもののように思われるのだ。

まず、書評中に引用された哲久の歌論を見てみよう。「歌壇長老論(承前)」(「短歌研究」昭15・4)は齋藤茂吉と北原白秋の当時の新作を評したものであるが、その前半部、茂吉の作風を受け継ぎ、短歌を「高度の抒情詩たらしめるために、本然の生命を吹き込まう」と企てる動きが歌壇の一部で起こっている、という一文がある。その「本然の生命」という言いまわしが観念的で具体性がないと重治は指摘したのであるが、「本然の生命」とは、哲久にとっては「〈個〉性」と同義なのであった。

さかのぼって「短歌研究」(昭11・7)での哲久の「歌壇時評」を見てみよう。ここでは「何のために歌をつくるか」という根本的な問いが提示されているのだが、その問いに対してプロレタリア歌人らが、「階級の為に」歌を作るのだ、などともっともらしく答えることに嫌気がさした哲久は、もっと作者個人の持つ「生々とした生命感に満ちた短歌観(傍点は引用者)」を欲すると主張した。公式的な、使い古された手形をもってやすやすと答えることの冷淡さ、空々しさを見抜き、個人主義的ではない〈個〉性に重きをおいて作歌することを目指したのである。

ところで「個」とは、中野重治が茂吉の短歌を鑑賞する際のキーワードでもあった。『齋藤茂吉ノオト』所収の「個の問題」において、重治は茂吉短歌の特質を「個の肯定」とし、それにおいて茂吉と島木赤彦らとを明確に区別させていた。茂吉の自己肯定とは何も「利己的、個人主義的」ということではなく、「自己の責任において、自己の肉眼を通して」歌うことであり、「生身の己をとおして一般者に至ろうとする行き方」なのだと重治は述べている。個から発して普遍に至る茂吉歌の特質を見出した中野重治の胸中には、そのような「個」のあり方への共感があったと見ても差し支えないだろう。

個から発して普遍へ至る短歌、それは坪野哲久もくり返し述べたところであった。合同歌集『新風十人』（昭15）で、哲久は自選短歌とともに寄せた小文にこのようなことを記している――「作歌はとことんまで個に執著しなければならないのである。個を究め個に徹底すればするほど自然的に社会なり時代なりに繋がりをもち、ふかく響きあふに相違ない（傍点は引用者）」。その言に漏れず、昭和十年代の哲久の短歌は「個」に執する点で他の同時代歌人を圧倒しているのである。

瞋《いか》りもて一生《ひとよ》つらぬけ夢しげくあらば一個の窮措大《きゅうそだい》のみ
くちぐちに多勢《たぜい》を恃《たの》むこゑあぐれ魯《おろ》かしもわれや個をさぐりかねつ
個に執《しふ》し個をかたむけてきりひらかばすがやかならめあめつち通《かよ》ふ
以上『新風十人』より

「瞋り」をもって一生を貫けと言挙げし、夢や理想をもつことのできる存在は「窮措大」（＝貧しい学生）のみとする一首目。大衆と対置された「窮措大」はすなわち「個」を指し、それは同時に哲久自身を指すものであろう。二首目、周囲がたとえば〈国民〉のような言葉を恃んでいる時代に、「個をさぐりかね」ている自分はなんと魯鈍なのかと詠嘆している。しかしここには、ともすると天皇制国家権力に無批判に従いやすい大衆と、「個」を凝視する自身とを隔てようとする意志があるだろう。そして三首目では、天上と地上、あるいは形而上と形而下とがかくも離れてしまった戦時言論統制下で、「個」に執し、「個」なる精神を傾けて時代を切り拓いたならば清々しいだろう、と思いを馳せている。思うに戦時下とは、こう歌わせるほどにも天と地、理想と現実とがかけ離れてしまった時代であったのだろう。これは転向の問題に限らず、二十歳代を夢と理想とに生きた知識人たちの、苦しげな詠嘆ともとれるだろうか。

しかしながら、昭和十年代にあえて「個」に執することは、夢敗れた果ての自己逃避の姿勢なのではない。世の大勢《たいせい》から己を守り、己の思想を保持することを意味すると私は考えている。世の「大勢」と書いたが、これは国家権力と、そしてその側に従いやすい国民の両者を指している。その二つに押し流されない強靭な「個」の精神こそ、執すべき対象だったのであろう。

プロレタリア短歌運動に深くかかわった坪野哲久は、自身が「大衆のなかの一人」（前出「歌壇時評」）であるという認識は常に持ち続けていた。けれどもその「大衆」とは、国家権力と結びつきやすいモッブ、または俗衆を意味するものではない。また、理想主義的なマルクス主義者たちは大衆を聖なる存在ととらえがちであったが、哲久は大衆が何らかのきっかけでやすやすとモッブ化するということもすでに認識していたと思われる。だからこそ哲久は、国家権力とも国民概念とも距離をおき、「個」に徹し、「個」に執する道を選んだのだろう。その点でも中野重治とひじょうに近いものが見てとれるのである。

重治の小説「村の家」（昭10）は、転向小説の代表作としてすでに論じ尽くされた感もあるけれど、作中人物である勉次の父・孫蔵のセリフに次のようなものがある。大学まで出した長男（勉次にとっては兄）が病死したことを回想し、「村のものァみんな気の毒なっていうじゃろ。しかし中にゃ肚で喜んでるものもあるんじゃ（中略）百姓ってもなそんなもんじゃない。なんか人に困ったことがありゃ、我が身が得したようにしてうるしがるんじゃ」と。これは「百姓」を見下した物言いではなく、他人の不幸をどこかで嬉しがる心性が人間には本能的にあるという認識であり、しかも自身（または作者・中野重治）にすらそのような大衆的な心性がありうることを認識したうえでの言である。大衆とは必ずしも公式論で考えられたような聖なる存在ではなく、そしてその意味において、いわゆる知識人たちも大衆の一人でしかないのである。だからこそ重治も哲久も、自身を大衆の一人だと認識したうえで、「個」に執し、「個」から発する言語表現を戦時下の自身に課したのであろう。

重治の書評「二つの本」に戻るが、かれが「愛読してきた」哲久の短歌は、確かに昭和十三年頃からしだいに象徴的な作風へと変化していた。それを重治は「壺の奥のようなところで詩人が坐りこんでしまった結果」と不満をあらわにしたのだが、実はそこに中野重治の短歌鑑賞能力の限界が見られるのである。戦時下の、なかんずく〈短歌〉という天皇（制）の詩形において、象徴的手法の効果は注目されなければならないものである。しかしそこまでは重治の思いが及ばなかったのであろう。

たとえば哲久の次のような歌。

胸ふかくつちかひし花くるひ咲きつひに
阿《おもね》るすべさへしらず
『新風十人』

心の奥深いところで大切に養い育ててきた抵抗の「花」、それが狂い咲く時、天皇制国家権力にも大衆にも「阿る」ことのない〈個〉が光を発するのである。「つひに阿るすべさへしらず」――このような表現が〈発禁〉にもならず堂々と活字化され、戦時下の心ある人々に響いたことは想像できないだろうか？天皇制の詩形でもって、権力にも大衆にも抵抗を試みるという反語的な効力は、象徴的手法を活かせる短歌ならではのものと言えるだろう。散文では活かしきれないこの象徴性こそ、戦時下の哲久に必要な、そして最高の武器であったと私は思うのである。

中野重治はこの書評で、「私は歌や詩のわかる小説家である」(5)と書き、「無論半分は冗談だけれども」と続けていた。象徴的手法の評価に関してはかれの短歌理解の限界が見られるけれど、詩歌に常に関心を寄せ、詩歌の「わかる」小説家であろうとした重治の姿勢には信頼をおぼえる。

結語を急ぐが、文学史から短歌史を孤立させないこと、これが私にとっての課題であり、そして主張でもあると述べておきたい。

注

（1）小堀桂一郎『昭和天皇』（PHP新書99）では四月二十七日作という説も記されている。

（2）田所泉『歌くらべ　明治天皇と昭和天皇』（創樹社99）参照。

（3）『現代日本文学史』（筑摩書房67）所収。

（4）例えば與重郎の「テロリストのかなしき宿命も思ひつゝ宰相の車に爆弾をうつ」は、啄木の「やや遠きものに思ひし／テロリストの悲しき心も――／近づく日のあり。」、「宰相の馬車駆り来るその前にわざと転びて馬車停《と》めて見る」を思わせる。

（5）中野重治の短歌雑誌への寄稿はいくつかあるが、このような表現は一度しか見られない。小林広一「中野重治における短歌の位置」（「短歌」73・11）も参照。

［田中綾（たなかあや）一九七〇年生まれ。歌人。現代短歌研究会。『権力と抒情詩』（ながらみ書房）二〇〇一年刊］

●読みかえる視座

一九五〇年代をジェンダー・メタファーで読みかえる

鈴木直子

占領終了直後、大宅壮一はアメリカによる占領でもっとも恩恵を享受したのは女性たちであると述べている（「一番得をしたのは女——占領下の世相を斬る」『文藝春秋』一九五二、九）。民主主義の「家庭教師」たるGHQはとくに念入りに「日本の婦人たち」にその「真髄を教えこ」み、男性よりも優れた生徒である彼女たちは「ふるアメリカに袖はぬらさじ」どころか「アメリカニズムにびしょ濡れ」になっている、などと揶揄する。戦後の女性に対するこのような皮肉なまなざしは、ナショナルな敗北感とジェンダー秩序の崩壊との交差する地点において成立している。女性たちの戦後の「自由」は、ここではあくまで「アメリカ」という国籍を帯びたものとして受け取られる。新憲法下で新しい権利を獲得した女性たち（のセクシュアリティ）は、戦後の自由と民主主義の象徴であると同時に、敗戦国・被占領国の男性の権威の失墜の象徴でもあるのだ。明治の「新しい女」、昭和初期の「モガ」に代わって、戦後初期＝占領期には「パンパン」をはじめとする「アメリカニズムにびしょ濡れ」の女性たちが、男性の（ナショナルな）アイデンティティとジェンダー秩序を脅かす存在として浮上するわけだ。それにしても、女性たちの〈自由〉への意志や主体性を矮小化し、〈アメリカ〉による手ほどきという受動性へとおとしめることで、日本男性の領域たるはずの日本女性たちがアメリカニズムに犯されているというレトリックを成立させるこうした言説操作のあざとさには、目を瞠らざるをえない。

一九五〇年代は、占領・検閲の時代を終え、アメリカによる占領時代の記憶を物語化する過程で、このような戦後版「新しい女」たち——娼婦やメイド、英語教師や通訳などについてのナラティヴが大量に生産されることになる時期である。そもそもこの期の文学は、戦後文学というよりポスト占領の文学と呼ぶ方がふさわしい。占領と東京裁判、与えられた新憲法とによって、植民地朝鮮・台湾・満州（そして沖縄をも）の記憶を帝国主義の過去とともに葬り去った新生日本は、アメリカとの関係に問題を焦点化、占領からの脱却を課題にナショナルアイデンティティを創造する。その過程で被占領体験は女性表象をとおして物語化される。帝国主義の正当性を物語のレヴェルで保証するために、ジェンダーメタファーを導入する方法は、P・ヒューム(『征服の修辞学』)がポカホンタスの物語を読み解いたごとく、植民地主義言説の常套手段だが、日本の一九五〇年代(の女性表象)はこうした視点から読み直すことができよう。

●

従来、田村泰次郎「肉体の門」など「パンパン」を扱った作品は、チャタレイ裁判(のちには「愛のコリーダ」裁判)に代表される検閲との戦いとの連続性や、性表現の自由というパラダイムの中で、戦後の「性の解放」の文脈において語られてきた。しかし、この期の女性(のセクシュアリティ)の表象はナショナルアレゴリーとして読むべきだと提案するアメリカの日本研究者マイケル・モラスキーは、こうした点においてもっとも鋭く戦後文学を読みかえる試みを行っている(Michael S. Molasky,"The American Occupation of Japan and Okinawa: Literature and Memory" ,London: Routledge, 1999. うち第四章は「戦後日本の表象としての売春」として坂元昌樹・鈴木直子訳で『みすず』(一九九九・一一―二〇〇〇・二)誌上に発表。全訳は晧星社より同訳『占領の記憶、記憶の占領』(仮題)として近刊予定)。

モラスキー(前掲第四章)は戦後売春に関する言説をつぶさに分析する。戦後の世相を代表する「パンパン」は、そもそも政府・警察の指導で成立したRAA=特殊慰安施設協会に伴って出現する。RAAが振りまいた物語は、上流・中流階級の家庭での伝統的な役割を受け入れている女性たちの貞操を守るために下層階級の女性を動員する、というものである。この組織的売春を戦中の従軍「慰安婦」制度との連続性で考えることは十分可能である(藤目ゆき『性の歴史学』参照)。モラスキーはさらに、RAAのこうしたレトリックに「女性に潜在する不純な性的欲望の噴出を制御しようと」する意図があったと解釈し、「娼婦の持つ社会的秩序の転覆可能性を回収」しようとしていると述べる。

モラスキーによって再発見された『日本の貞操』(水野浩編、蒼樹社 一九五二)や『女の防波堤』(田中貴美子著、第二書房 一九五七)などは一九五〇年代に量産された「パンパン」物語のベストセラーであるが、彼はこれらを「国民的アレゴリー」として読み解いていく。表題が示すごとく、女性身体――占領者に犯されつつある日本人娼婦たち――を日本国家のメタファーとしてイメージするこれらの物語は、娼婦たちの様々な内的外的事情をすべて占領軍兵士たちのせいにしており、無垢な女性が米兵に強姦されることによって転落していく物語にパターン化して収斂させていくことになる。占領者に貞操を脅かされる女性身体を、占領下の日本人の共有体験として表象することによって、娼婦たちの実情をありのままに書くことよりも、国民的体験のアレゴリーを創出することに専ら興味を集中させ、結果的に敗戦と占領の男性の屈辱感を糊塗してしまっている、とモラスキーは分析する。じっさい、自らドキュメンタリーを謳い、長い間真の手記であると信じられてきた『日本の貞操』『女の防波堤』が、実は男性の手になる創作であったという衝撃的事実をモラスキーはつきとめている。

●

娼婦とならび、〈アメリカ〉に接触するもうひとつの女性の形態は、メイドである。

安岡章太郎の事実上のデビュー作「ガラスの靴」(一九五一)は、取り上げられることが少なく、戦後の世相を写したものとされている作品だが、占領と女性表象の問題を考える上では興味深い。猟銃店でアルバイトする語り手「僕」は、原宿の接収家屋で占領米軍医のメイドとして住み込む少女悦子と出会う。軍医の留守中、「僕」と悦子は豊かな食料を肴に一夏の楽しいときを過ごすのだが、ふたりの夢のような日々は、主人の急な帰宅によって突如終わりを告げる。表題が示すように、この物語はアメリカがもたらした恩恵をまさにシンデレラ・リバティ——期限付き・ヒモつきの自由として描こうとしている。ここで悦子は「私」を占領の恩恵の享受へといざなう存在である。「ずっと昔からこの家でそだてられた娘」であるかのように「皮のストゥール」に腰掛けて、「クラッカー」や「ジェロ・パイ」など横文字の食料を「僕」に供する悦子は、「僕」と〈アメリカ〉のあいだにありながら、「僕」に劣等感を抱かせるような〈アメリカ〉の権威を帯びているわけではない。むしろ逆に、「よわよわし」く「菓子の砂糖や牛乳の甘さ」を思わせる頼りなげな少女性の持ち主であり、「僕」は「彼女を自分の「持ちもの」にした感じ」がし、さらに家全体が「僕ら二人のものも同然」に思えてくる。この偽りの所有感覚はもちろんシンデレラ・リバティにすぎないわけだが、それを助長するのは悦子である。無知や無邪気を装う彼女の「オトギ芝居」がほんとうに芝居なのかは「僕」にはわからないが、「騙されることの快楽」に溺れていくのは「僕」の側であり、彼女の意図は語りによって巧妙に隠され、真実と虚構との境界を混乱させるいかがわしげな存在となる。このように、メイドは〈アメリカ〉と日本の境界であるとともに、真偽の別、事実と芝居の別をも曖昧に撹乱してしまう境界的存在なのだ。

身体や生活レベルで〈アメリカ〉に接触するのが娼婦やメイドたちであるとすれば、言葉によって〈アメリカ〉に接近しているのが英語を操る女性たち——英語教師や通訳たちである。小島信夫「アメリカン・スクール」（一九五四）の女性英語教師ミチ子は英語が堪能であり、その英語能力と女性であることとによって、日本人男性の同僚たちに対して優位に立つ。ミチ子に声をかけるとおりがかりの米兵たちにもらう様々な贈り物を彼女は同僚に分配する。また学校ではハイヒール、路上では運動靴といった具合に、男性たちとは違って器用に靴を履き替えるのもミチ子である。しかしナラティヴは、男性教師伊佐を対置させることで、ミチ子の優位性を覆す方向に向かう。伊佐はまったく英語を話すことができないでいるのだが、そうした言語喪失は、占領者のことばである英語を拒絶することで自らのアイデンティティを明け渡すまいとする抵抗の沈黙として巧みに価値付けられる。こうした人物配置によって、〈アメリカ〉の恩恵をもたらすミチ子の能力——英語力と女性性は、彼女自身のアイデンティティの境界性、ないしは喪失というネガティヴな意味付けに変わる。こうして英語をあやつる才女の権威は、知の掌握者ではなく、靴を履き替えるように簡単に喪失しがちな希薄なアイデンティティしかもたない（それは同時に貞操の危うさの暗喩でもある）、アメリカと日本人男性の単なる仲介者の地位へと貶められるのである。（この作品の解釈についてはモラスキー前掲書第一章のほか、ノーマ・フィールド「「悲惨」な島国のパラドックス」（テツオ・ナジタ他編『戦後日本の精神史——その再検討』岩波書店一九八八所収）を参照。）

安岡章太郎と小島信夫、それに娼婦を描き続けた吉行淳之介らはいずれも、一九五〇年代前半に相次いで芥川賞を受賞したいわゆる「第三の新人」たちである。服部達の評論「劣等生、小不具者、そして市民——第三の新人から第四の新人へ」(一九五五)の表題のとおり、彼らは当初第一次戦後派との比較の中で消極的で小粒の作家として捉えられてきた。が、敗戦と占領の屈辱感を自覚的にセクシュアリティの暗喩に構築していく彼らの作品において、娼婦、メイド、英語教師たちの表象はきわめてナショナルな隠喩に満ちている。

「第三の新人」らの作品をはじめとして一九五〇年代文学は、植民地の記憶を忘却し、日本をアメリカの植民地として位置づけるナラティヴがジェンダーメタファーを通じて形成されるポスト占領の文学として読みかえることができる。六〇年代になると、忘却したはずの植民地の亡霊は、沖縄「復帰」問題として戦後日本を悩ますことになるのだが、これは次号の課題となろう。

[**鈴木直子**(すずきなおこ)一九六九年生まれ。藤女子大学教員。]

●読みかえる視座

『種蒔く人』の研究動向

大和田　茂

今年(二〇〇一年)は『種蒔く人』創刊から、八〇周年にあたる。日本のプロレタリア文学の始点となり、ときには文学史において近代文学と現代文学を画する雑誌として位置付けられてきた本誌が、今年節目の年を迎えることに注目する人は、今では少ないだろう。ただ、『種蒔く人』発祥の地である秋田市では、地元の『種蒔く人』顕彰会と現在東京で研究活動を行なっている『種蒔く人』『文芸戦線』を読む会の共催で、一〇月に記念シンポジウム他が開かれる予定で、地元新聞社、放送局は様ざまな報道を始めているという。

『種蒔く人』の復刻版は、一九六一年七月、日本近代文学研究所から発行されたが、それまでは名のみ高くて見ることが困難な雑誌で、研究文献は数えるほどであった。そのご研究が盛んになったかというと、実はそれほどでもなかった。しかし皮肉なことに九〇年代初頭の社会主義国家解体後に、関連研究書がいくつか出てきているのである。つまり最近になって、『種蒔く人』はやっと本格的に再検討されているということなのである。

研究対象としては扱われたのはむろん戦後になってからだが、小牧近江、金子洋文ら主要同人たちには長命な人が多かったので、戦前からの貴重な回想的記録の方が研究文献より多いと言って過言ではない。まずそれら主要なものを列挙しておきたい。

関係者総勢一四名が参加した座談会「日本に於ける社会主義文学の抬頭期を語る」(『人民文庫』36・1~3)、同じく主要同人が出席した座談会「プロレタリア文学運動史」

（『社会主義文学』第12～14号、60～62）、座談会「『文芸戦線』をめぐって」の第一回（『唯物史観』77・1）など、興味深い証言が次々に飛び出す必見の記録である。ほかに、聞き書きも列挙すべきだが、代表的なものとしては秋田の野淵敏と雨宮正衛が編集・出版した『「種蒔く人」の形成と問題性――小牧近江氏に聞く』（秋田文学社67・11）が、過度に厳しい評価もあるが、歴史に隠れていた曖昧な点を徹底的に聞きただそうとして、収録資料とともに貴重な文献になっている。

同人たちの回想記としては、小牧の『異国の戦争』（小説、日本評論社30・11初版）『ある現代史』（法政大学出版局65・9）『種蒔くひとびと』（鎌倉春秋社78・4）、金子『種蒔く人伝』（労働大学84・7）、今野賢三『「種蒔く人」とその運動』（『種蒔く人』顕彰会62・10）、『花塵録』（無明舎出版82・11）、佐々木孝丸『風雪新劇志』（現代社59・1）、青野季吉『文学五十年』（筑摩書房57・12）、そして前記復刻版別冊（解説は小田切進）にのった小牧、金子、今野賢三の回想などがある。

このように歴史的事件、文壇的事件としての『種蒔く人』発刊については、これまで数々の同時代人の証言が豊富であった。であるから、研究調査もこれらを拠り所に進められてきたのであるが、ただ注意しなければならないのは、以上はかなり時間が経過してからの発言、叙述でありで、記憶違いも散見されるので、相互に照合したり本誌や別資料などで補強することが必要である。これまで往々にして同人の発言を鵜呑にした研究文献もあったから。

復刻版発刊以前に本誌の全容を詳しく紹介したのは稲垣達郎「『種蒔く人』概観」（58・1、3、5、『稲垣達郎学藝文集』第三巻筑摩書房82）である。いわゆる土崎版三冊から東京版廃刊までを十全にカバーし、本誌が掲げる「行動と批判」の行動（運動）面と「世界主義文芸雑誌」として特色を浮かび上がらせている。つづいて、小田切進は『昭和文学の成立』（勁草書房65・7）のなかの「『種蒔く人』の出発」で、〈しごと全体が輝かしい意味をもっていた〉とする稲垣の評価を引き継ぎなら多面的に検討を加え、本誌が昭和文学または現代文学前史ではなく、〈そこに示されるまったく新しい目的・主題・方法・感覚等々はそれまでの大正期文学のどこからも見出すことのできない性格のものであり、昭和文学の成立をたどってゆうこうとすればどうしてもここからはじめるほかない〉と述べ、平野謙、瀬沼茂樹に自説の近似を見ながら、今でも諸説ある昭和文学・現代文学の時代区分問題に一石を投じ、一つの定説化に役割を果たしている。

そして、この小田切論文以後、秋田では不断に顕彰活動が行なわれていたが、七〇年、八〇年代には特筆すべき研究書・論文がほとんど現れなかった。稲垣・小田切論文による文学史定位が確立されたとみるべきか。ただ、飛鳥井雅道『日本プロレタリア文学史論』（八木書店82・11）は、小田切同様に掲載された小説への一定の評価と「フレクシブルな感覚」に注目しながらも、本誌が大杉栄らの『近代思想』（一九一二年一〇月創刊）と同じく〈文芸運動の形をとりつつも、実は政治運動の準備〉を策した雑誌であり、両誌をプロレタリア文学の第一期の中に括るという自説を展開していて、この点小田切説に対立し、さらにナップ寄りのプロレタリア文学史観に貫かれた山田清三郎『プロレタリア文学史・上』（理論社54・5）におけるプロレタリア文学成立を画する雑誌という見方とも反する。さらに飛鳥井とは違う方向では、同郷の秋田の主要同人と交わり、長年本誌の研究にも携わってきた分銅惇作が、最近のインタビュー（『週刊新社会』01・3・6）で、小牧近江のフランス留学が森鴎外の留学以上に近代文学にもたらした思想的影響を重大とみて、実質的には『種蒔く人』から日本近代文学が始まるとまで断言する。本誌をめぐる時代区分の問題、現代文学の出発を告げる雑誌か否かの議論は、いまだ決着がついていないといってよい。

さて、九〇年代であるが、この一〇年ほど研究の中心テーマは、小牧近江がもち込んだクラルテ運動または国際共産主義運動と本誌の関係及び主要同人の作家論のにあるといってよく、これらをめぐってようやく深まりを見せている。列挙してみよう。A北条常久『「種蒔く人」研究――秋田の同人を中心として――』（桜楓社92・1）、B祖父江昭二『二〇世紀文学の黎明期――「種蒔く人」前後』（新日本出版社93・2）、C北条『種蒔く人小牧近江の青春』（筑摩書房95・7）、D渡辺一民『フランスの誘惑――近代日本精神史試論』（岩波書店95・10）、E雑誌『彷書月刊』の特集「大正ヒューマニズムの青春・『種蒔く人』」（98・11）、F布野栄一ほか九名『「種蒔く人」の潮流――世界主義・平和の文学』（文治堂書店99・5）、そしてG安斉育郎・李修京編著『クラルテ運動と「種蒔く人」』（御茶の水書房00・4）。

Aは実に本誌に関するはじめての総合的な研究書で、小牧、金子、今野の作家論のほかに北条は〈あくまで『種蒔く人』はフランスのクラルテ運動の初期の精神〉すなわち知識人たちの共同戦線への志向と第三インターナショナルの思想を体現した雑誌であり、日本のそれまでの社会主義的雑誌と区別されるとする。時代区分としては小田切に近い。Fで祖父江は、社会主義同盟解散後まさに中核になう文化思想雑誌を受け入れる土壌が日本にあったからこそ、この共同戦線的文芸雑誌が広く支持された根拠もあったとみる。Dでフランス文学者渡辺は、小牧を精神的に育んだ当時のフランスのイメージは以後の文学者たちが描く〈憧憬〉とは異なる、つまり明治初期の中江兆民と同じくそれは〈戦争と革命〉から切り離せないものであり、当時インテリ無用論もあった日本に突如、知識人の共同戦線を提起し、アンリ・バルビュスとロマン・ロランの論争をそっくり掲載した小牧の強靭でしなやかな姿勢は彼の特異なフランス体験に基づくものと分析する。小牧のフランス体験に『種蒔く人』出現への動きをさぐる重要なカギがあることは明らかである。

Aで北条はなおも本誌のモデルとなった『ドゥマン』という、レーニンにつながる反戦集団ツィンメルワルト派のフランス青年たちがスイスで出していた小雑誌の紹介を行ない、本誌との類似点を見出しているのに対し、日・仏・韓の学者や作家たちのシンポジウムの記録であるGで、小牧はあくまでそれを参考にした程度だろうと渡辺は本誌の独自性を強調する。さらに北条は小牧が『種蒔く人』を出す必然を求めて、フランスにおける小牧の青春を評伝（C）として書き、なぜ本誌が広範な思想と行動をとり得たか、その問題を明らかにする。むろんそこには彼が第一次世界大戦の悲惨さを目の当たりにしロランやバルビュスに傾倒したこと、年少にして迎えた逆境をチャンスに転換する天性の才能をもっていたという、いわば〈個と時代〉の問題が孕まれていたであろう。欧州戦争とよばれた第一次大戦が日本にとって対岸の火事的戦争であったとは通説にすぎない。少なくとも文化・思想的には重大な転換期、つまりその世界的同時性を日本にもたらしているのである。

小牧の留学時代、フランスで生まれたクラルテ運動の詳細やその国際的影響という問題に初めて正面から取り組んだのが、Gである。一九九六年一一月九、一〇日、京都・立命館大学で行われた国際シンポジウムは、おそらく日本で、いや世界でもはじめてフランス及び韓国人研究者の口からクラルテ運動について聞く機会を得た画期的なもので、二十世紀末にやっと研究が国際化したという思いがする。まずパリ第八大学のダニエル・タルタコフスキーは、知識人が〈平和主義〉を先導する伝統があるフランスでは大戦後「戦争を憎悪」する大きな流れが形成されたが、様々な平和主義の中で、バルビュスという大作家を先頭に立てた啓蒙運動でもあるクラルテの「参加《アンガージュマン》」が、最初に〈平和の布告を批准した〉ソビエト・ロシアに接近、第三インターナショナルを支持、仏共産党の誕生に寄与したという複雑な経緯と、当初世界に広く知識人の連帯をうたった運動の二年後における変容を跡づけた。また、ゴンクール賞作家ベルナール・シャスパンは、『クラルテ』を通読し、やはりいかにその〈平和主義〉が反戦とかけ離れているか、同誌は戦争を告発しつつも平和の防衛が中心課題となっていない、武装闘争への支持が現れている点ですぐに非暴力主義者ロランの離反を招き、のちバルビュスさえも否定される反平和主義に転化する過程を報告した。両氏とも小牧が日本に持ち帰った〈思想のインターナショナル〉というクラルテ運動の陽明なイメージを否定し、共産党と結びつく硬直した運動という姿を提示したが、このためヨーロッパでは持続的に運動が広がった国はなかっただろうという。その意味では、初期クラルテ運動を忠実に実践したのは日本だけであったのか。さらに追究したい課題だ。

いやもう一国、韓国へはどうか。韓国中央大学の任軒永は、日本へ留学した金基鎮が『種蒔く人』を愛読、バルビュス・ロラン論争から教訓を得て、祖国で朝鮮プロレタリア芸術同盟（カップ）創設に参加したこと、現在の韓国では「戦争」と「革命」が過去のものではなく、依然として文学の重要な課題であると述べた。なお、本書では別稿で李修京がバルビュス・小牧・金を貫くクラルテ運動の影響とその展開を詳しく論じ、興味深い。

各作家論は、北条や須田久美、大崎哲人（ともにF所収ほか）らが近年論文を発表しているが、著作目録など基本的書誌等が未整備。また国際主義ではなく〈世界主義文芸雑誌〉と名乗ったことの意味、文芸雑誌としてまともな位置付け、読者投稿欄である〈聳人欄〉、〈地方欄〉などが果たした役割と位置、これに関連しての〈世界主義〉すなわちグローバリズムと〈地方〉の関係、今日的に言えばグローカリズムの先駆的価値など、この雑誌にはまだ調査研究する問題は多い。

［大和田茂（おおわだしげる）一九五〇年生まれ。日本近代文学専攻。著書に『社会文学・一九二〇年前後』不二出版、『評伝平澤計七』恆文社ほか。］

●読みかえる視座

〈放浪の作家〉林芙美子が書いた仏印

羽矢みずき

1

林芙美子の戦後の代表作として位置付けられている長編小説『浮雲』（『風雪』昭和二十四年十一月号～昭和二十五年八月号、その後『文学界』昭和二十五年九月号～昭和二十六年四月号）において、仏印（仏領印度支那／現在のベトナム）という場所は、二人主人公（1）のゆき子・富岡が昭和十八年から二十一年までを過ごした舞台として設定されている。主人公の一人であるゆき子は、昭和十八年十月に仏印での林業調査の仕事で派遣されるタイピスに志願し、「病院船」で仏印に入る。彼女がタイピストであることや「病院船」によって渡航した（2）という設定は、翻って『病院船』（大嶽康子　女子文苑社　昭和十四年十月）『従軍タイピスト』（桜田常久　赤門書房　昭和十六年四月）といった時局小説が好評を博していた戦時下出版状況を鑑みると、『浮雲』の同時代読者にとっては容易にイメージを結びやすい設定であったと考えられる。

一方、富岡は農林技師であり、資源の開拓が〈外地〉に求められていたこの時期に、農林省から仏印へ派遣された。二人は高原の街ダラットの「地方山林事務所」で出会う。戦争が日常化していた〈内地〉とはかけ離れた「澄んだ高原の空に、甘い仏蘭西の言葉」に満ちた高原の街ダラットの生活と、そこで繰り広げられた富岡との愛情関係は、以後ゆき子を仏印という空間に牽引し続けることになる。戦争の暗い影がテクストの遠景に置かれることによって、仏印という空間は「平穏」のイメージに収斂されていくのだ。同時に、そこには植民地特有の文化の混在した状況が仄見えるのである。

　夕もやのたなびいた高原に、ひがんざくらの並木が所々トラックとすれ違ひ、段丘になつた森のなかに、別荘風な豪華な建物が散見された。いかだかづらの牡丹色の花ざかりの別荘もあれば、テニスコートのまはりに、ミモザを植ゑてあるところもある。金色の花をつけたミモザの木はあるかなきかの匂ひを、そばを通るトラックにたゞよはせてくれた。ゆき子は夢見心地であつた。森の都サイゴンの比ではないものを、この高原の雄大さのなかに感じた。三角のすげ笠をかぶつた安南の百姓女が、てんびんをかついでトラックに道をゆづるのもゐた。

　高原のダラットの街は、ゆき子の眼には空に写る蜃気楼のやうにも見えた。ランビァン山を背景にして、湖を前にしたダラットの段丘の街はゆき子の不安や空想を根こそぎくつがへしてくれた。

（『浮雲』六）

さて、林芙美子は昭和十七年十月から昭和十八年五月まで、窪川（佐多）稲子・小山いと子・美川きよ・水木洋子ら五人の女性作家と共に、当時日本の占領下であった東南アジアの各地へ戦地慰問という名目で派遣された。滞在中に日本の雑誌に送った記事から、芙美子はマレー半島のシンガポールを起点にボルネオ島・ジャワ島・スマトラ島という順路で慰問したと判断される。マレー半島とスマトラ島北部を廻ってきた佐多稲子は、ジャワ島からスマトラ島南部を廻ってきた芙美子とスマトラ島のメダンという街で合流している。芙美子が稲子の宿泊していた毎日新聞社に短期間同宿して、お汁粉を作ったというどこか長閑なエピソードは、稲子側の記録（『佐多稲子全集』　第四巻　あとがき」講談社　昭和五十三年三月）から辿ることができる。一方、芙美子にも滞在した各地の街の様子や風物を紹介した記事は数多く存在する。「南方初だより」（『婦人朝日』昭和十八年一月六日）「南の雨」（『婦人朝日』昭和十八年二月十日）「スラバヤの蛍」（『婦人朝日』昭和十八年三月十日）「果物と女の足」（『週刊朝日』昭和十八年五月十六日）「ジャワの夜はガメロンで」（『週刊朝日』昭和十八年五月二十三日）「南方朗漫誌　芭蕉の葉包み」（『週刊朝日』昭和十八年五月三十日）「スマトラ―西風の島」（『改造』昭和十八年六月一日～七月一日）「赤道の下」（「東京新聞」昭和十八年六月十一日～十三日）。

〈南方〉各地から多くの報告を送り続けた芙美子だが、意外にも仏印に関する報告をその中に見出すことはできない。全集の年表やその他の資料に窺うと、一連の東南アジアへの旅の中に芙美子が仏印を訪れたという記載は数多く認められるが、彼女自身の手による記録・紀行文などは存在せず、唯一『浮雲』の物語世界内にのみ仏印に関する情報を見ることができる。こういった事実の中に何を読みとるべきなのであろうか。

2

戦地慰問という任務を作家の視点で捉えた芙美子の〈南方〉報告には、興味深い内容のものが少なくない。しかし、すでに〈放浪の作家〉の名をもってその地位を確立していた彼女が〈南方〉へ赴き、そこで行われつつあることをその筆で捉えることに、多数の読者が熱い期待を寄せたはずである。国策として の南進志向が高まると共に、国民の憧憬の念をかきたてるべく〈南方〉に関する書籍も数多く出版されていたこの時期、〈南方〉は資源の豊かな楽園として国民に喧伝されていた。遠い夢のような南の楽園を〈放浪の作家〉が物語ること自体が、読者に限りないエキゾティシズムとロマンを与えるのに十分な装置となっていたのである。

女性作家林芙美子は、『放浪記』によって誕生した。昭和初期の恐慌下、生活苦による女の放浪が『放浪記』の基軸であり、多くの読者の共感を呼んだ。のみならず、この作品が好評をもって迎えられ、さらに書き継がれていった背景には、逞しく生き抜く主人公の姿に励まされた読者、またその読者からの反響に支えられて書き続ける作者、という感情の往還に伴う相乗作用があったのである。かつて貧しさゆえの生活苦への共感を読者より受けた芙美子の筆致は、太平洋戦争が厳しい局面を迎えつつあった昭和十八年、豊かな楽園に読者の眼を誘うものとして利用されたのだと言えるだろう。生活苦を綴ったその筆が、豊かな異郷での生活を語っても違和感がないほどに時代は移り変わっていた。芙美子が、読者にとってまだ見ぬ夢のような〈南方〉の楽園を華麗に旅する姿は、彼女が従来〈放浪〉というイメージを纏っていた作家であったがゆえに、さらにコスモポリタン的な芙美子像を構築する方向へと変容していったのではないだろうか。しかし、かつての貧しさゆえの〈放浪〉は豊かさを享受する旅へと変化したことで、その言葉の内実においては全くの反転がもたらされていたのだと考えられる。〈放浪の作家〉というイメージは終生芙美子と共にあったが、その包含する要素には時代の要請する色彩が幾重にも重ねられたのである。

> 南の広い土地土地で私は沢山の果物を見た。マンゴーだのドリアンだのは内地でも知らないひとが沢山あるだらうと思ふ。ドリアンは中の実がシュークリームのやうに白くねばつこくて漬け物のやうな匂ひがするけれど、食べ馴れて来るとなかなかおいしいものだ。（中略）極楽の国がどんな処かは知らないけれど、私は南へ旅をしてみて、地上の極楽という処はこの南の土地々ではないのかと思へた。数かぎりもなく果物は実り、鳥はさへづり、野猿さへも人怖ぢしないで田舎の道端へ出て来る。
> 樹木も巨大なものがすくすくと生ひ繁つてゐる。二月だといふのに、どうかすると、五月の爽かな宵をおもふやうなきれいな黄昏があつて、詩心がなくても、この風物には惹かれてしまふに違ひない。
> （「果物と女の足」「週刊朝日」昭和十八年五月十六日）

南国特有の果物や美しい風物に言及して、〈南方〉が「地上の極楽」であることを強調している。豊かな現地の風景描写は、おそらく日本の多くの人々の心を捉え羨望の念をかきたてたことだろう。

> 馬来でも、ボルネオでも、ジャワでも、女のひとはたいがいは裸足で歩いてゐた。（中略）インドネシヤの女の足は汚いけれど、馴れて来ると、その足は段々と美しく見えて来るし、第一、生活的で風刺をひそめてゐる。働く女の足、何処までも歩む女の足は美しい。靴をはいたり、靴下をはいたりして、人間本然のものを虚無的に忘れ去つてゐる、あのむつかしい文化的といふものが、インドネシヤの女の生活のなかにはあまりないやうに思へる。長い間、白人の支配下にあつて、文化的なものを身につけたつもりでゐても、うつかりと、女の足だけは原始時代そのまゝで、黒い足は裸足のまゝだ。
> （同前）

現地の女性の足を美しいと捉える眼差しには、働く女への賞賛、さらには西洋の「文化的」とされる政治的侵略の論理に囚われず逞しく日常生活を営む東南アジアの女性の存在に、自由な有り様を尊ぶ心が込められている。女として働くことを追求して描いた『放浪記』の作者は、肉体を酷使して働く現地の女たちの姿に共感できたのかもしれない。しかし、生活に「文化的なもの」が浸透していない状況を「原始時代そのまゝ」と形容することは、理想郷の生活を活写する一方で、現地人の後進性を示唆していると見ることも可能であり、ここに芙美子の眼差しに内包されている二重性の意味を見出すことができるのである。

　それはまた、前掲した現地の「果物」や風物の記述と「女の足」に関する記述の間に、日本を称揚する文章が唐突に差し挟まれるという構成上の不自然さにも、日本の先進性と〈南方〉の地域の後進性という枠組みでの捉え返しが看取できる。さらに「南のかうした土地土地が、どうしてもつと早くから私達の地理歴史の教養の中にじつくりとはいつて来なかつたのかと口惜しくも考へる。」という口吻に、〈大東亜共栄圏〉に象徴される当時の国家的スローガンが仄見えるのである。東南アジア各地を巡り、日本軍の進攻の足跡を追って戦時下に活躍する〈放浪の作家〉のイメージを髣髴とさせる文面である。

　しかし、ここで紹介した紀行文の舞台であったシンガポール・ボルネオ・ジャワ・スマトラなどと同列に、仏印という土地が〈書かれなかった〉ことに着眼すると、〈放浪〉のイメージの読みかえが可能であるように思われる。さらに、芙美子が戦後の時空から顧みて、『浮雲』の中に仏印をどのように〈書いた〉のかを分析することは、敗戦後空間を〈放浪する作家〉芙美子の新しいイメージを指し示す方途となるのではないだろうか。

　次に、芙美子と同時代日本人にとっての〈幻の仏印〉の実相について考えてみたい。

3

　日本の仏印への進駐は、昭和十六年五月六日の〈日・仏印経済協定〉の調印、同年七月二十九日の〈日・仏印共同防衛協定〉の締結を経て、本格的に進められていった。この昭和十六年前後という時期、国内においても仏印に関する書籍が盛んに刊行され、現地に関する多岐に渡る分析と調査が詳細に行われていたが、いずれも日本の仏印進出を正当化するための〈八紘一宇、アジアの解放〉のスローガンを基底におく論調に貫かれていた。すなわちいずれもが、「印度支那半島と日本との結合は、この半島のもつ地域的発展の必然的過程であり、また大東亜共栄圏と名づけられる地域生成への一契機」と主張、フランスの支配下にあった現地人を「白人の支配機構の下」から解放し、なおかつ「印度支那の発展の為に一層必要なものは日本人である」（室賀信夫『世界地理政治体系　印度支那』白楊社　昭和十六年十一月）という、日本が仏印にとっての「指導者」たり得る立場にあることが強調された文脈の数々である。こういった奢った意識は、すでに半世紀に渡る宗主国フランスの統治下に築かれた独特の文化や生活様式を何の抵抗もなく奪取し、新たな支配者としてそれらを享受することを促すものであり、いわば壮大な国家規模の幻想の中にこそ、南国の別天地仏印のイメージは存在していたのである。

　こうした国家レベルでの仏印幻想に対して、私的な旅行記や印象記といった当時の雑誌に掲載されたような記事に、民衆レベルへ深化された仏印のイメージが語られていることも見過ごせない。

　河内は綺麗な街だ。東洋の小巴里と云はれるが、実際東洋ではその風雅さで並び得る都会はない。道幅は広く、落ついた街路樹の緑は豊富で、市内に散在する小公園には赤、黄、青の花々が目のさめるやうな鮮やかさで群れ咲いてゐる。市の中央のプチ・ラック（小さな湖）の周辺は公園になり、その付近の目貫き通りには贅沢品を売る店や、カフェ、映画館が並び、湖畔の花売り場には何時も花好きなフランス女が集まつてゐる。（中略）プチ・ラツクに張り出したカフエ、ル・ラツクでカクテル・ローズにほろ酔ひ加減になつてゐると、対岸のダンシングから湖面を渡つてワルツの爽やかな響きが聞こえてくる。すると隅の方で語り合つてゐた若い恋人同志が立上がつて、この遠いメロディーに静かに踊り始める。（中略）露天のダンシングでは星空の下で踊り、静かな木陰のテーブルでは必ずロマンスが語られる。

（前田雄二「仏印の現状」『改造』昭和十五年八月）

仏印を訪れた誰もが、まず目を奪われるのは、フランス文化の影響を色濃く受けているエキゾティックな美しい街並みと、そこで暮らす人々の優雅な生活ぶりである。ハノイ・サイゴンのような「東洋の小巴里」と言われるほどの美しい街を持つ、夢のような国仏印の同時代的なイメージを伝える同様の記事は、この時期驚くほどの数にのぼり、少なからぬ日本人が仏印への夢を募らせ異郷へと誘われる契機となったのである。

都市に整然と形成されている文化的産物に〈楽園〉のイメージを語る一方で、これらの紀行文は当時の仏印の街のもう一つの姿を掬い上げている。「仏人の館の間へぽつりと牛小屋のやうな、苫屋根のひくい安南人の小屋」が立ち、大湖の「向かひ側の方では本当の安南の土民風俗が見られる。市も立つ、古い風俗絵巻のやうだ。日本の風俗習慣と比べたなら徳川時代、あるものは足利時代以前のやうなおもむきだ。」（長谷川春子「河内と海防情景」『改造』昭和十五年八月）というように、西洋風の華やかな美しい街並みと相反する現地の安南人の貧しい生活ぶりや後進性の描出に、植民地都市の病根である異文化間に生じる齟齬と混乱の様相が示されている。長きに渡る文化の混在による弊害を、当時仏印通として著名であった小松清は「安南の文化がすつかり影をけして、フランスと支那との混血児的な植民地文化が薄つぺらなかたちで蔓まつてゐる」（「サイゴンの地図」『中央公論』昭和十六年九月）と訴え、混在する文化の中で不自由に生きることを強いられている安南人の姿を的確に捉えている。

こういった仏印の風物を伝える雑誌・書籍の書き手として、書くことを本業とする作家の他に、現地の林業を調査するために農林省から派遣された農林技師もいた。日本人農林技師の明永久次郎もその一人であった。明永は明治二十二年福岡県に生まれ、大正五年に東京帝国大学林学科を卒業した後に農林省林業試験所に勤務し、昭和四年のドイツ留学を経て、昭和十六年に仏印の森林調査に従事した人物(3)である。彼が著した『仏印林業紀行』（成美堂　昭和十八年十月）は、樹木を中心とする植物のことをつぶさに観察し報告している他に、仏印の生活習慣・気候風土・各地の街の特徴など詳細な事象にまで目配りが及んでおり、同工異曲の仏印紀行の中で異彩を放っている。また特筆すべきなのは、この書が『浮雲』を書く際に、林芙美子が多方面に渡る知識の殆どを依拠したと考えられる資料であることなのだ。

4

まず、一例を引用してみよう。

尚支那肉桂は古来男子の若返り薬として愛用せられて居る。即ちこの肉桂の皮を削つて湯に入れて呑めば効果顕著である由。

この若返り用には王様肉桂が特に珍重せられる。（中略）王様肉桂は安南では桂と称せられ支那名では肉桂と称せられる。北部安南の安南山彙及びその支脈の山中に極めて稀に産し、特にネーアン州のソン、スアン及びクイ、シャウの無人の山中はこれが産地として有名である。この樹は小喬木で大なるものも高さ八米、直径四〇センチ位である。この肉桂は主として安南宮廷用として『止め木』であつて、その伐採は自由ではない。山地住民モン族の酋長が安南の官辺より伐採許可証を受けて之を行ひ、酋長はその部下を放つて絶えず王様肉桂の探索に当たらしめてゐる。これが発見は一に神仏の加護に依るものとし、盛大な宗教的儀礼を行つた後初めて山林に入ると言ふ。探しに出た部下が一、二年も帰らない事は珍しくない。之が発見は老練なるもの丶みよくなし得る所で、彼等はこの木の発する芳香に依つて識別するもの丶やうである。稀に探し当て得たものは官憲に申告して伐採剥皮する。剥皮した皮は官憲の出張を乞ひ一々官印が押される。

（『仏印林業紀行』）

「肉桂」を巡る堅実な文章は、『浮雲』の世界では、現地女性との情交という官能的な記憶の中に、仏印での生活を蘇らせた農林技師富岡の回想へと融け込んでいく。

――肉桂は昔から、男子の若返りの薬として愛用せられてゐるものだと、ニウは時々、富岡が疲れて、ベッドでものうい休息をとつてゐると、桂皮を削つて、熱い湯にとかして持つて来てくれた事があつた。

この若返り薬の肉桂は、王様肉桂と云ふのが珍重されて、富岡たちは、ネーアン州のソンとか、スアンや、クイ、シャウのやうな無人の山中に探検に行つた事もあつた。王様肉桂は、安南では、桂と云はれて、北部安南の山中に稀に生殖した。肉桂は小喬木で、昔は安南の宮廷用として、止め木とされて、民間の伐採は自由ではなかつたので、山地住民のモン族の酋長が、安南の官辺から、伐採許可証を貰つて肉桂を取りに行つたものである。肉桂樹を発見する事は、何よりも神仏の加護に依るものとして、盛大な宗教的儀礼を行つて、初めて深い山中に這入るのだと、山林局長のマルコン氏に聞いた。探検に出たモン族は一年も二年も戻つて来ない事は珍しくない事で、老練なものでなければ発見出来ないのださうである。芳香をたよりに探して、稀に探しあてたとなると、官憲に申告して、伐採剥皮の上、これに官印を押して貰はなければならなかつた。タンノアのあたりの山で、富岡は、時々この肉桂の芳香を嗅いだ。

（『浮雲』三十）

『仏印林業紀行』から『浮雲』に取り込まれているいくつかのエピソードは、富岡の「南方の林業に就いてのノスタルヂィ」として、戦後の東京で生活の糧に彼が農業雑誌に書いた、「南の果物の思ひ出」「漆の話」「或る農林技師の思ひ出」と題する回想記に収斂されていく。ここには、物語の中に囲い込まれたもう一つの物語を提示するという構造が指摘できるのだ。仏印における農林業の実際、日本では見られない珍奇で美しい花々や果実・草木の記録を主眼とした富岡の明快な文体は、他のテクスト部分とは明らかに異質の趣を見せている。しかし、さらに留意すべきことがある。

富岡という男は妻がありながら仏印で女遊びを繰り返し、戦後の東京では生活力の無さからその妻を死なせ、ゆき子に借金をするといった展開から、従来情けない男性像としての側面ばかりが読者に印象付けられている。しかし、その反面、彼に内包されている農林技師としての自負と知識人特有のロマンティシズムとが、物語の随所に強調されていることは注視に値する。『仏印林業紀行』は、そうした富岡のもう一つの貌を補強するための装置として、物語世界内に導入されたものではなかったのだろうか。現に同書から取り込まれたエピソードの内容や、原型を損なわないまま採用された文体から逆照射される富岡像――戦時下の当局の方針に疑念を抱きながらも、国策に従わなければならない官吏の矛盾を自覚する人物――に重層性を持たせることにも大きな効果を上げているのだ。

『仏印林業紀行』という書物自体は、植民地政策という国家の論理の背景なくして成立し得ないものであったが、対象を丹念に観察して得た知識を誠実に綴る明永の真摯な執筆姿勢には、国策に翻弄されない普遍的な記録を残そうとする一農林技師の自負を看取できるのである。こういった性質を持つ『仏印林業紀行』は、当時複数の国家の思惑が幾重にも交錯していた仏印という場を、本来のあるがままの姿で把握するためのフィルターとして『浮雲』の世界において機能したのである。

この書の最大の魅力は、農林技師である著者がその専門知識を十分に活用して書いた樹木の観察・記録という型通りの報告に留まらず、仏印に古くから伝わる伝説・習俗・信仰心までをも愛着のある文章で紹介していることにある。

> ビンラウとキンマ（蒟醤）とは、ココ椰子と共に熱帯の人々に最も関係の深い植物であつて、一度熱帯に歩を踏み入れた者の永く忘れる事の出来ないものである。（中略）ビンラウとキンマは同地方住民の嗜好品として、或は民族の上に深く喰ひ入つて、これ又住民の生活と切り離し得ざるものとなつて居る。私共は到る処の市場に於て、累々と積まれたビンラウの青果に目をみはり、農婦のさゝやかな店に瑞々しいキンマの緑葉が並べて居るのに好奇心を湧かしたのである。（中略）
>
> このビンラウとキンマには哀れな伝説が残つて居る。話は今は昔安南の王者であつたフン・ヴォン四世の御世の事である。その廷臣カオの家に、タン・カンと呼ぶ兄弟があつた。幼にして父を失つたこの兄弟は特に仲が良かつた。偶々兄弟が身を寄せたルウ家の一人娘と相愛の仲となつた兄が結婚してからは、最早兄の心は弟の上になかつた。
>
> （『仏印林業紀行』）

「ビンラウ」と「キンマ」という樹木の起源に纏わる伝説であり、兄弟愛・夫婦愛を讃えたこの転生譚は、『浮雲』の中にも富岡が「仏印の思い出」に執筆する形で登場しており、ここも『浮雲』のテクストと『仏印林業紀行』の一致する箇所の一つである。この伝説から生まれた結婚に纏わる風習は、「真実と真心とを象徴する」ものとして仏印に広く伝わっていることが示され、著者がいかに現地の人々の生活習慣を詳細に調査していたかがわかる。この執筆姿勢は、仏印に対する重層性を持たせた理解を読者に与えると同時に、官吏としての立場を越えて、神秘的で奥深い歴史を持つ仏印という国を理解しようとしていた明永久次郎のロマンティシズムを伝えている。こういった明永の仏印理解の在り方は、東京裁判・新興宗教の流行・南方回顧・敗戦後国境としての屋久島といった、大量の同時代情報を取り込んで生成されている『浮雲』というテクストの中に、〈物を書く人間〉という富岡の人物造型を喚起すべき決定的な力を及ぼしたものと確定できよう。

　戦時下の仏印で矛盾を抱えて悩み、自己を確立できなかった富岡は、国民的なレベルの仏印幻想が消滅した後に、仏印の回想記を〈書く〉という行為を通して、戦後の社会復興とシンクロするかのように精神の復興というべき自己の確立を果たしていく。そうした戦後世界での富岡の精神の復興を示唆するものとして、仏印幻想という戦前の論理に囚われなかった農林技師明永久次郎の視点によって、普遍的に捉えられた仏印の情報が『浮雲』には必要であったのである。『仏印林業紀行』は、いかなるイデオロギーにも拘束されずに仏印を相対化して理解し得た人物の、戦後世界に通用する感性と、それに支えられた仏印情報を『浮雲』の物語世界に提供しているのだ。芙美子が『仏印林業紀行』をいかに読んだのか、その書物のいかなる要素を活用できると判断したのか、そうした疑問に応えることによって、芙美子が敗戦後の世界にどのような仏印を〈書いた〉のかが初めて明らかになるのではないだろうか。

註

（1）『放浪記』のイメージが定着していた林芙美子の作品ということで、従来の『浮雲』論は、ゆき子というヒロインにのみ焦点を当てて論じられてきた。しかし拙稿「二つの「仏印」／二つの「屋久島」――林芙美子『浮雲』論」（『立教大学日本文学』第八十一号　一九九八年十二月）において、もう一人の主人公富岡の〈男の物語〉として読めることを検証した。

（2）「病院船」による南方行きは、『軍政』（黒田秀俊　学風書院　昭和二十七年十二月）によると、当時の国際法に反する違法行為であり、戦局が悪化している事を示唆する非常時下の行為であるとみなせる。

（3）明永久次郎は、この後昭和十八年に華北産業科学研究所に勤務し、昭和二十四年には日本大学農獣医学部教授に就任した。主な著作に『薪炭林の改良』（信濃山林会　昭和十三年）『油脂林業油桐』（河出書房　昭和二十年）『農村林業　林産必携』（アヅミ書房　昭和二十六年）『林業改良普及叢書第十一　農家の山林経営』（全国林業普及会　昭和三十六年）などがある。

［羽矢みずき（はやみずき）立教大学大学院博士課程　日本近代文学専攻］

戦時下の大佛次郎の文学表現
従軍体験を中心に

相川美恵子

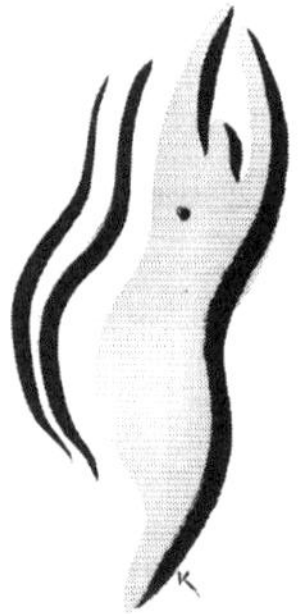

1

戦時下における大佛次郎[1]の表現活動については、これまでいくらかの論考がある。だが、それらには彼の表現活動のある部分を取り出して、それによって全体を代表させようとしているところがありはしなかったか。たとえば鶴見俊輔の考察[2]は主に満州事変から日中戦争にかけての時期に重点が置かれ、それ以降については「乞食大将」によって語らせて十分とした。また関幸夫[3]は、もっぱら日中戦争から対英米戦の時期にかけてこの作家が発表した従軍記事や随筆のみを集中的に取り上げ、同じ作家によって書かれた小説群については考察の対象にしなかった。勝又浩[4]は、それまで看過されてきた南方視察体験をとりあげたが、それは、それ以前の、従軍体験も含むこの作家の戦場体験との関わりにおいて考察されることがなかった。

一口に戦争体験といっても、満州事変からたどれば十五年に及ぶ。その間に体験したことは単純に「戦争体験」として一括できるものではないだろうし、また、発表された表現についても「戦時下の表現」としてひとくくりにすることはできない。ここでは今日まで語られることのなかった作品から、主として大佛次郎の文学表現と従軍体験との関わりについて探っていこうとするものだが、それは、いくらかでも戦時下におけるこの作家の全体像を鮮明にしたいがためである。その時にまず注目されるのは、西日本新聞に一九四二年一月五日から四三年八月六日にかけて連載された時代小説「愛火」である。

2

「愛火」の舞台は大阪夏の陣である。信州飯田城下に住む小笠原伊織之助は、藩が東軍についているにもかかわらず、父親の命令に従って西軍に身を投じる。一方、許嫁のお文は、伊織之助の姉であるお種を説得し、伊織之助を連れ戻す為に一緒に大阪に向かう。これに、飯田城主の弟で、無頼を持て余す頼母がいわゆる援助者として加わって物語が展開し、最後は、一行が船で「呂宋」をめざすところで終わる。

語り手や登場人物の言葉の中には極端に侵略的、排外主義的なものが混じっている。例えば次の言葉。

> かう云ふ話を知つてゐるか、太閤が大明征伐に名護屋まで出かける時、側の者が朝鮮大明といろいろ交渉が起こるからは、あの国の文字に明るい者をお連れになつてはと云つた時、いや、さやうな者は要らぬ。あちらの人間に我が国のいろはを使はさせればよいではないかと云つたといふのを知つてゐるか(5)

また、場合によっては秀頼を「呂宋」へ亡命させたいという考えを持つ真田幸村は、その理由を次のように語る。

> 少人数の西班牙人がゐても、日本の武士が三千四千と結束して掛れば、苦もなく全島を我が手にをさめられる。そのことは右大臣家が太閤の志を継ぐことも成つて無意味のことではない。(6)

従ってこれらの言葉だけを拾い集めてつなぎ、「外洋は、手をつけたら染まりさうに藍の色が濃い黒潮である。一路、南の高砂、呂宋の島々に通じてゐるのだ。太閤の夢を実現しようと企てた不敵な人々は、所願どおり南へ渡つたのである。」(7)という最後の語りに結びつけてこの物語を読むということもできる。

けれどもそのような読みに収斂させることを拒むものが、伊織之助とお文という二人の主人公の描き方を通して提出されているのではないか。例えば伊織之助である。彼は最初は父親の命令に素直に従い、落城のおりにもまた、秀頼の影武者となるよう命じられるとこれに従うのであるが、最後には、幽閉された薩摩の地で「駄目です。もう沢山なのだ」と言って、政治の道具として生きることを拒絶する。「愛火」を伊織之助の物語として読めば、これは戦線離脱を描いた物語である(8)とはいえないか。

けれども伊織之助以上に重要な意味をもつのはお文である。お文の父親は東軍に参加しているので、伊織之助と彼女とは敵味方の関係にあるのだが、お文にとっては、そんなことはたいしたことではない。また、伊織之助の父親が、かつて自分が秀吉に仕えていたことにこだわって息子を大阪に送り込んだことを知ると、「それだけのことで、みすみす死地へ、お兄さま（伊織之助のこと……筆者注）をお遣りになりましたか」と迫る。お文にとって大切なのは、武士の意地や権力の行方ではなく、許嫁の命である。お種と一緒に大阪へ向かったお文は、伊織之助が薩摩に下ったと聞くとすかさず後を追う。船が岸に近づけないと分かると自分で小舟を下ろし、月明かりをたよりに薩摩藩の領土に入っていく。「伊織之助さまは御無事でいらつしやる。行けば必ずお目にかかれるのだ。」「好いことが行く手に待つてゐるのだ」と明るい気持ちで歩き続けるお文の様子は、次のように語られる。

疲れていたが、顔色は輝いてゐた。道で行き会つた者が、思わず振り返つて見たいくらゐに、無邪気で美しい。誰かが自分に害をするかも知れぬといふ疑ひは、お文の心にはないのである。何事も倖せに行く。随分と辛く苦しい月日が永く続いたのだから今度こそ本当に自分が倖せに成れるやうに変つて来る。(9)

幽閉されている伊織之助のもとへ、お文が「幽霊」のように現れ「まゐりませう」と言う。お文の「ひたむきな熱情」にひきづられるようにして伊織之助は脱出を決意する。伊織之助も含め、登場してくる男たちがいずれも死に場所を探しているのに対して、お文は、愛しい人に生きていてほしい、愛しい人に会いたい、という一念で動く。

川端康成が一九四三年に『新潮』に書いた「ざくろ」という、わずか八枚ほどの短編がある。出征の挨拶に来た啓吉という青年を、きみ子という娘が母親と一緒に玄関先で見送るというものである。ふたりはことばを交わすこともなく別れるのだが、その直後、きみ子は啓吉がかじりかけて落としたざくろをひろって自分の唇にあて、啓吉と一体になった自分を感じる。そして「啓吉に悟られないで心いっぱいの別れ方をしたように思い、またいつまでも啓吉を待っていられるように思うのだった」(10)というきみ子の思いの記述で物語は閉じる。

きみ子をとなりにおくと、お文の愛の形がよくわかる。

啓吉に対するきみ子の愛情が、戦争という現実を超えた永遠性を獲得していることは間違いない。どのような過酷な戦争も啓吉へのきみ子の愛を破壊することはできないだろう。その意味において、戦争は決して個人のささやかな幸福を奪

『死よりも強し』表紙と背、裏表紙（大佛次郎記念館蔵）

うことはできないのだ、そのようにこの官能的な美しさを秘めた短編を読むことも可能だろう。しかしきみ子の愛の形は啓吉とともに生きることをたちきったところにある。それは銃後にいる娘たちに、銃後を受け入れ、銃後を生きる覚悟をするように促し、諭す方向を持つ。これはつまり一九四三年の現実を受け入れる方向を持つということだ。(11)

事実、玄関先での別れは日本中で見られたのであり「心いっぱいの別れ方をしたように思い、また、いつまでも啓吉を待っていられるように思うのだった」というのは、大切な人を送り出さなければならない人たちの思いでもあったはずだ。この物語はその日常と地続きのところで書かれ、読まれた。

　それに対してお文の愛の形も物語そのものも、銃後を踏み越えていく。観念による絶対的な愛の成就などお文にはわからない。お文にとって理不尽なのは恋人を奪っていった戦争である。だから彼女は恋人を奪い返しに行くのである。物語はこの彼女の無邪気さを最後まで潰さないように露払いの役として頼母を置き、それなりにあわやの場面を重ねつつも万事に都合よく展開していって遂に彼女を恋人と共に船に乗せ、日本を脱出させてしまう。

　実は「愛火」は翌年、八紘社から単行本になって出された時に『死よりも強し』と改題されている。題からはいかにも決戦下の日本にふさわしいとの印象を受けるが、本当のところは、この題はお文が伊織之助に会う場面を描いたこの最後の章につけられた章題から採ったものである。従って『死よりも強し』が意味しているのは恋人を思う女性の思いの強さ、連載時の題名を借りれば、まさしく愛の火は死の論理＝戦争の論理よりも強いということなのである。「愛火」をお文の物語として読む時、この物語は恋人を戦場から奪い返す物語として読めるのであり、それは題名にも託されて世に出た。

きみ子が、現実の中から作家によって抽象されて生まれた女性だとしたら、お文は作家の頭の中で作りだされた人工的な女性であり、「愛火」は現実から飛躍した、およそ実現不可能な絵空事のメロドラマとしかいいようがない。だが絵空事でしか書けないことがあるということ、逆に言えば絵空事ならば書くことができる領域がまだ残されていたということを、この物語は教えてくれているのではないか。

3

大佛次郎は虚構とは何かということについて極めて意識的であった。次に示すのは一九七三年に出版された『大佛次郎自選集　現代小説』の第三巻『真夏の夜の夢／おかしな奴／黒潮』のあとがきの一部である。

> 日本の文壇では、いつまでも所謂自然主義文学の根が残り、文学や私小説が真面目で神聖だと執念深く信じて硬化したままだったから、西欧に於ける如く歴史書地理書博物書まで文学的側面が大いに人に認められ、また小説も、旧時代の「告白」からとっくに遠ざかって、存分に創作して軽いものも重いものも可笑しいものも純文学などと区別なく文学として大切にされているのに対し、日本の小説は、告白体のぬるま湯に腰をつけたまま、いつまでも軽小説を軽蔑し不問に附していたのである。ヒジキや豆腐ばかり食って深刻な顔付でいたら、架空の大きなデッサンは書けないからでもあった。
>
> （略）
>
> ……私が大衆小説を書き出した半世紀前は実に旧自然主義の浪のうねりが高く、泉鏡花の作品でも、月給取りでなく幽艶な美女の幽霊が出る故に文学とは認められなかった。[12]

これは過去半世紀を振り返っての弁であるが、半世紀近く前にも同様のことを彼は「西洋文芸と大衆文芸」[13]と「土耳古人の手紙」[14]で書いており、日本のいわゆる私小説的な伝統との対峙がこの人にとってどれほど重要な意味をもっていたかがうかがわれる。大佛次郎は西洋の小説にあって日本の小説に貧しいものの最たるものを、「架空の大きなデッサン」を書く力――これを虚構をつくる力といってもいいと思うが――とみた。また、その為に日本の小説の多くには社会性が欠落しているともみた。彼は、西洋の小説、具体的には「人生への省察も深く形式も芸術的な一段高い小説」で、かつ「大衆を支配している」小説、「個人的な作家として内部の世界にこもるよりは外部の世界、社会への熱情に浮かされて」いる次のような作家、すなわち、ウェルズ、サバチニ、サーストン、ガルスオージイ、ベネット、コナン・ドイル、ピエル・ブノア、ケッセル、デコブラ、シェンケビッチ、ユーゴォ、ディッケンズ、ポオ(15)らの小説を理想のモデルにして自分の文学を育てていこうと考えていた。当時、台頭著しかった日本の大衆文学はこのような理想を抱く作家に、まずは恰好の舞台を提供したといえる。

しかしながら、彼は自分もまたその名で呼ばれるところの大衆作家の仕事に対して、その時すでに絶望してもいたし、その将来についても悲観的だった。「西洋文芸と大衆文芸」の中で、彼はジャーナリズム的な人気を博していた当時の大衆文学全般に対して、次のように批判する。

（大衆小説は……補足は引用者）発表の形式が、日刊新聞と娯楽雑誌に限られている為に、また、ジャーナリズムの営利的の傾向が飛躍の危険を悦ばない為に、発生の最初の勢いにも似ず、この小説界のヴァンダル族は早くも足に重い鎖をつけられて了ったように見える。

（略）

日本の大衆文学に、どれだけの内容があり社会的な批判があったか？　そのことも一応は考えたい。単純な興味の提供だけならば、云うまでもなく、文字を介した小説は端的に視覚に訴え肉体的な感動をさえ呼ぶ現代の映画の魔力に及びもつかないのである。現在の所謂大衆文学が、映画劇のストオリなり、ポスター・ヴァリューを与える役割だけを勤めていると云はれても殆ど僕らは弁解する術がないのである。(16)

彼が考える虚構とは読者大衆を楽しませ出版ジャーナリズムを儲けさせることだけのものではなかった。それは社会批判と結びつくことも必要だったのである。この随筆が一九三三年に、また、「日本の文学は平凡な中に無限に細かい陰影を見つけ出すのに成功の極致に達したかも知れぬ」「僕は文壇の私小説に対する信仰の根強さを、この国に残る封建的な空気を前提とせずには、どうも理解できない」と論じた「土耳古人の手紙」が一九三五年に書かれているのは注目されていい。彼は一九三〇年に「ドレフュス事件」(17)を、一九三五年に「ブウランジェ将軍の悲劇」(18)を書いて、形成されつつあったファシズムに警鐘を鳴らした。この二作はノンフィクションとされるが、フランスという遠い国に半世紀ほど前に実際にあったこと、という枠組みを借りて三〇年代の日本の現実を描くというのは一つの仕掛けであり、虚構の力、社会批判の武器としての力が働いている。

そして同時にこれらが当時の検閲をすり抜けて、後に回想したときの彼の言葉を使えば「わかる人だけにわかるよう」

[19]な作品になったことが教えるように、虚構は検閲という形で押しつけられてくる国家の暴力的な力から自分の表現活動を守り、カムフラージュする上でも、ぜひとも手放せないものであったと考えられる。

これは逆にいえば、大佛次郎の表現活動が最も無防備になるのは、虚構性が有効に働かない場合であるといえる。

次に示すのは、彼が南方視察の一環としてマラッカのペンダァ・ヒレ第二小学校を訪ねた時の感想の一部である。「君が代」や「海行かば」などの四部合唱も、劇も対話も「全部が漏れなく日本語で行われ」たのを参観した大佛は次のように感じたという。

> 皮膚の色さまぐ\の顔が、子どもらしい生真面目さで、熱心な表情で声を揃えて歌つてゐるのを見ると、こちらの瞼が熱くなつて来るやうな心持ちである。（略）その時私は、馬来半島の中でも英国の直轄領だつたこの、マラッカ州の小学校で日本語が斯くも見事に喋られ、文章に書かれてゐるのを見たのだ。その刹那に感じた心の明るさは実に何とも云ひやうがない。[20]

さて、戦後すぐ、大佛は旧植民地を歩いた体験を回想し、「特にジャバ、スマトラ、マライ半島を廻って軍政下の人の動きを見た経験」を語っているのだが、それによれば例えば、マライ半島で、彼は次のように感じたという。

> なるほど日本的なものは南方に氾濫していた。金屏風も青畳も三味線迄来てゐた。マレイ人の青年たちは訓練されて日本流の禊を実行してゐた。そして指導者が土人達の禊を見て、これで日本的な指導が出来たと満悦してゐる。（略）命令だけで人が動くもの、仕事は完成したものと独善的に信じて済ませる世界には、進歩もなければ生命もない。[21]

もし、この回想を、当時の彼の心に去来したものとして素直に受けとるならば、やはり当時、マラッカの小学校で「瞼が熱くなるような感じ」や「心の明るさ」を感じたと書いた大佛は本心を偽っていたことになるか、日本語教育だけは例外的に認めていたことになる。だが、何にせよ、誤解しようがない表現を書き残した事実と責任は看過されない。

しかしここではその当然のことを指摘した上で、ほぼ同時期に、ジャワで発行されていた雑誌『新ジャワ』に掲載された随筆「浦島」に注目したい。[22]「浦島」は四千字程度のものだが、小森という「満州」の新京出身の軍人を語り手に設定している。南方に送られた小森が三年ぶりに新京に帰ってきて馴染みの飲み屋にくり出し酔っぱらってくだをまくという設定である。その中に次のような表現が挟まれる。

内地じやおでん屋まで閉めさせたつて? 国民におでん屋で政府や大臣の悪口ぐらゐ云はせるようにせんで、何が政治ぢや!

何だつて、さう内地へ帰りたがる?内地の役所なんて、どこに魅力があるんだ?また何か小煩さい新しい規則でも作つて出すか?

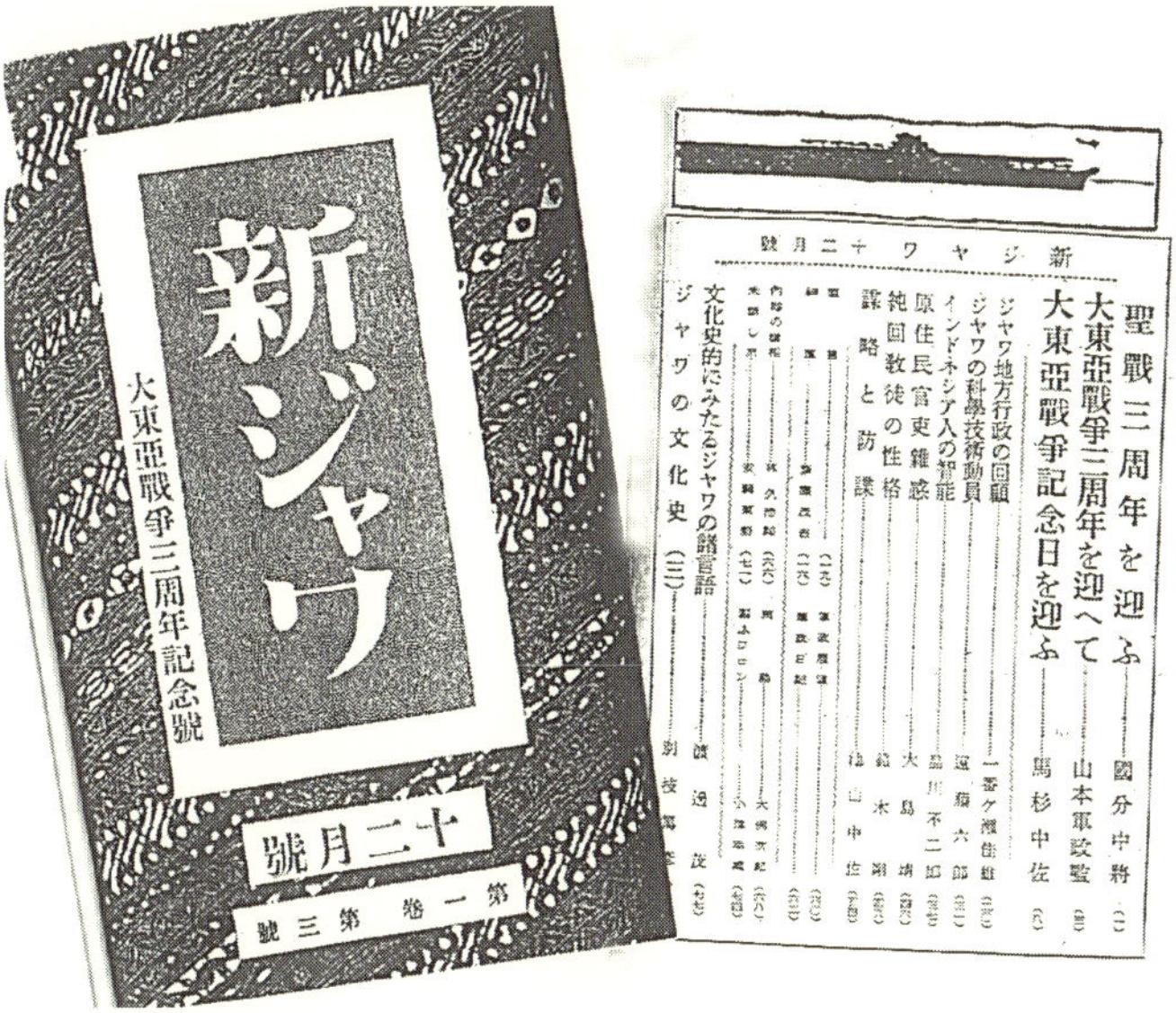

『新ジャワ』1944年12月号の表紙と目次

小森は飛行機事故で鼻を削がれ、今もその傷が残っているのだが、鼻だけが付け根から削がれて後は無傷だという設定もふざけていると言えばふざけている。大佛次郎は学生時代にゴーゴリの『鼻』を真似た短編を書いている。(23)そこからヒントをとったと考えて間違いない。また負傷時の経験は次のように、まるで自分自身を道化にしないではいられないとでもいうように自嘲的に語られる。

飛行機が飛び出してからも手をやつて鼻を病院に忘れて来なかつたかどうか確かめて見た。

『不思議の国のアリス』に登場するチシャ猫は、体の全部が消えてしまった最後に笑いだけが残るという猫だが、「浦島」もまた、読み終わった後に酩酊した小森の暗い哄笑が耳に残る。

「明るい仲間」第１回（『サンデー毎日』1941年４月６日）

素直に思いを語るというのとは違って「浦島」にはつくったスタイルがある。公に認められた見解から幾分でもはずれたところに私の声を響かせたいと思う時、彼はこのように虚構をとりこむのではないか。

4

しかし「ドレフュス事件」も「ブウランジェ将軍の悲劇」も、登場人物たちは、設定された時代の設定された国のその場所に確かに生きていたに違いないと読者に感じさせる実在観がある。人物の造形には不自然な誇張がなく、物語の世界とよく調和している。大佛次郎が作りだしたキャラクターの中で最も虚構性が高いのは鞍馬天狗だが、彼の超人的活動も肉体の制約は勿論のこと、幕末という時代の制約の範囲内に限定されている。読者は京都の闇の中で鞍馬天狗が新撰組と斬り合うことを自然だと感じるし、読んでいる間はそこで展開していく事件について、これはありえないことだとは感じない。作者は虚構に真実性を与えるために、時代状況から彼らの言動が浮かないように、あるいは浮いても不自然とは感じられない範囲に制御しているのである。それに対して「愛火」のお文には実在性が乏しく、許嫁を単身救い出すくだりなどは、これは現実にはあり得ない展開だ、無理がある、つまり絵空事だと感じる。簡単に言えば虚構が、設定された時代と状況から浮いている、著しく逸脱していると感じるのである。

ありえないことをさもありえるように書くというのでなく、ありえないことをあってほしいものとして書くという方法は、じつは「愛火」が最初ではない。一九四一年に大佛次郎は「明るい仲間」という現代小説を『サンデー毎日』に連載している。[24]「明るい仲間」は一口でいえば会社の買収の話である。買収される側の会社は、金の細工を施した高級なガラス製品を製造販売している山村の会社であり、買収する側は時流に乗って軍需産業に参入し、急速に実績をあげてきた藤山の会社である。桃代という若い女性を主な視点人物とし、彼女の目を通して、前半は、山村の息子であり「支那」へ旅立つ拓三という若者と、彼に縁の人々がスケッチ風に描かれる。

拓三は徴兵されて「支那」へ行き、先日帰国したばかりなのに、今度は自発的に再び「支那」へ行く決心をした人物という設定である。拓三の父親は息子が後継者となることを期待していた。また酒場《バー》「マスコット」に集う愛すべき友人たちもいた。さらには、自分に思いを寄せる静子（藤山の令嬢）もいる。「支那」へ行くということはこうしたものを捨てることである。ではなぜ彼は行くのか。物語には彼が戦地で具体的に何を見たのか、どのような経験をしたのかということは一切書かれていないのだが、漠然と本人が語った言葉を拾い集めると次のようになる。まず、彼は自動車隊に配属されたのだが、地雷で部下を二人死なせたこと、その時、自分は助手席に乗っていた為に偶然助かったこと、「人間があんなに凄まじい働きをしてゐるところはないと思つた。その中に加わつて働くと云ふのに興味を感じた」こと、「支那人の難民を見てゐて、気の毒で早く何とかしてやりたいと」思ったことである。つまり詳細はわからないが、向こう＝戦場を体験してしまった以上、その体験を無いことにして「内地」の生活を続けることはもうできないというのが「支那」へ行く理由であろうと読み取れる。逆にいえば拓三の戦場体験とは、家族、友人を含めた、これまで彼の人生を作り上げてきたものの全てを丸ごと捨てさせてしまうような、決定的な体験だったと思われる。しかしそれ以上のことはやはりこの物語からはわからない。ただ後でのべるが、拓三は、大佛次郎の従軍体験なしには生まれなかった人物と考えられる。

後半の主人公は拓三の父親の山村である。彼は自分たち古いブルジョアの時代が終わったのを感じ、藤山の会社に自分の会社の株を全て買い取って貰う決心をする。そして、岐阜か長野にあるという黒馬岳の山麓を一坪三〇銭で買い取って林檎の木を植えようという「マスコット」の客たちの、酔った席での夢話に乗ろうとする。静代の電報で事を知った拓三が帰国の途についたという情報が入ると、山村はこの期に桃代と息子を結婚させ一緒に黒馬岳に連れていきたいと願う。林檎の木はエデンの園を、そこに避難して戦争の過ぎるのを待つというのはノアの方舟を連想させる。この設定は聖書からヒントを得たものだろう。

最終章の章題が「夢を喰ふ人」となっているように、彼の願望は一九四一年現在の日本では、現実性を著しく欠落させた絵空事である。読者もまたそう感じるだろう。しかしこの絵空事——ありえないことをあってほしいこととして書く方法もまた、大佛次郎の従軍体験と深く関わっていると考えられるのだ。

5

大佛次郎は一九四〇年六月一三日から七月一三日まで火野

葦平、棟田博、木村毅、竹田敏彦と共に文芸春秋社の従軍記者として、宜昌戦線に派遣されている。拓三が遭遇した事故は、大佛次郎らを乗せていた自動車隊に現実に起きたことが素材になっている。彼は「宜昌戦線を見て」（上）（下）(25)の中で、事故の翌日に「誰か市中で流弾に中《ママ》つて戦死したと云ふ話を聞いた」と記している。自分が助かったのは偶然の幸運に過ぎないという拓三の感慨は大佛次郎のものである。同じ記事の中には寸断された道路を自動車で七日間も「毬のように転がされて運ばれた」こと、暑さ、不潔さ、「死体が浮いている川の水で米を研ぐ」兵隊のこと、「敵の迫撃砲弾が百五十メートルの近くに落ち初《ママ》めたのには、驚いた」こと「前線の食事は殆どぼくの口には通らなかったこと」なども書かれている。ただし記事は「内地」は前線の苦労をもっと知るべきだというかたちどおりの終わり方になっている。(26)

　むしろこの従軍で受けた衝撃は、帰国した後に、しかし「明るい仲間」より前に書かれた短編「帰還」(27)でよく読み取れる。大佛次郎は従軍中に、宜昌から撤退してくる第一一軍とおぼしき一隊にあっている。おそらくその時に取材したものだろうが、「帰還」は、この部隊が宜昌を占領する直前の何日間かを、随伴した二人の従軍記者の物語として描いている。「人間があんなに凄まじい働きをしてゐるところはないと思つた」という拓三の言葉はもともとはこの「帰還」の中で使われた表現である。また「凄まじさ」の具体的な中身も背景も、こちらに記されている。それによれば、第一に「目の前にある眺望が、昨日見たものと少しも変つてゐないやうに感じ」る広さであり、散発的になる小銃の音がむしろ強調してしまうところのその静けさである。第二に行軍から取り残されてしまった主人公らが感じる恐怖である。自分たちが、広大で静かな大地のどこに潜んでいるか分からない中国軍ゲリラの的になっているという恐怖である。第三に「仕事も何も忘れて呑み込まれて了つた」「書きたいと思ふ隙さへなく、次から次と変化してくる状況に躰をはめて行くだけで精一杯」の状況の経験である。それはさらに語り手の言葉を借りれば「生きることを許してくれた」だけで精一杯の体験、「暦も時間も失く」「勇気や度胸ではなく」「ただ動いてゐなければならないから動いてゐる」経験である。

　実際には、本格的な戦闘は記者一行の到着以前に終了しており、「帰還」に描かれた世界は、大佛の見聞に大幅に想像力が加わって生まれた虚構の世界である。しかしそれは、前線での一刹那をぜひともクローズアップして書いてみたいという表現欲求を抑えられない程度の衝撃を、この初めての戦場体験が大佛次郎に与えたということではなかっただろうか。実際、「帰還」が今読んでも強い印象を残すのは、感傷的な語りや内省的な語りを排し、会話を多く使ったテンポのある文体、またこの作家の特徴である臨場感を作りだす描写の力によって、作家の衝撃を結晶化しているからではないか。次に示すのはその一例である。

雨の音のほかに、外が何となく騒がしくなつてゐるやうだつたが、一粁とはなれないところで機関銃を発射する響が聞えて来た。すぐとこれに山砲の唸り声が加はつた。浜野はそれまでの苦しい思案をふいと切断されたやうに、むくりと起きなほつた。

『やつてる！』

『大分近いですよ』(28)

敵弾があまり遠くない民家の屋根に落ちて火の色が閃いた。樹々の繁みは濡れてゐたし、雨水が流れてゐる道路が白く光つて、また吸ひ込まれたやうに暗くなると、建物の崩壊する凄まじい音がひろがつた。(29)

「帰還」は、これを読んだ「内地」の人間に、情報ではない本物の戦争とはどんなものかを、理屈ではなく感性を通して教える力を持っている。それは具体的にいえば、次に本文を引用するが、主人公の一人の浜野が「ひどかつた」戦闘の後にダリアの花を見て驚く、その驚きを読者もまた我が驚きとすることができ、彼の無防備な眠りを我が眠りとすることができる、そのような、いわば感情の回路を通して本物の戦争を教える力があるということである。

宜昌はまだ包囲されてゐて、夏の光の強い窓の外には殷々と郊外の砲声が聞えてゐた。通りを隔ててすぐ前が石の塀に米国旗をペンキで描いて、バンガロウ風の建物が青芝の庭に向ひ、花壇にはダリアの花が光に美しく咲き誇つてゐた。浜野は、何となく突然に驚いて、その花の色を見まもり、これは何と云ふことだと、どうにも腑に落ちないやうな感情だつたが、やがて部屋の隅のソファに腰を下ろすと、埃まみれの姿のまま、ぐつたりと腕を垂れて眠つて了つてゐた。(30)

「帰還」は虚構の力の一つの証明であろう。しかしその虚構の力は、この場合、前線を生き延びる個人の一刹那をいきいきと再現することにのみ発揮され、なぜその個人がそこにいるのかを問うてみるという方向には発揮されていない。いや、後者への方向性を作家自らが閉じてしまっているからこそ、つまりこの戦争という現実を引き受けてしまっているからこそ、前者へと力が向かうのだ。従ってこの力はただ前線の生々しい現実の前で「内地」の人間を粛然とさせるようにのみ機能する。真面目になるように、誠実になるようにと感情の回路を通って促す。そしてそのことで、前線と銃後を一つにしてこの聖戦を戦わなければならないという国家の支配的な意志——まさしく従軍記者たちに国家が期待したのはそれの為の奉仕だったわけだが——に十分に応える作品となってしまっている。

さて、このようにたどってくると、「明るい仲間」に登場する拓三もまた、現在進行しつつある戦争こそ、もっと言えば前線こそがまさに現実であり、その現実から逃げないことこそが人間的な誠実さであるとするような意志の総体をあらわしているように思えるのだ。その意志の総体は、自分たちが今まさに戦闘状態にあるという現実を理由にして、戦争の原因、つまり過去を問わないし、戦争の結果つまり未来を正確に予測しようとしない。それは文字通り徹底した現実主義である。この現実主義の前ではなぜ戦わなければならないのかという切実な問い——そこには反語の響きも含まれる——は無意味にならざるを得ない。大佛次郎が従軍によって知ったのは、そして「帰還」によって証明してしまったのは、この現実主義の圧倒的な勝利ということではなかったろうか。

だが「明るい仲間」が「帰還」と異なるのは、拓三が誠実にこの戦争を受け入れようとする意志を代表するとして、その対局に、拓三の父親の山村をおき、彼にこの戦争に巻き込まれまいとする意志を代表させたところにある。すでにのべたように会社を売った金で山を買い、戦争が過ぎるのをそこでひっそりと待ちたいという山村の決意は、およそ実行可能性の乏しい絵空事である。しかし絵空事を書くというのは、現実主義の圧倒的勝利の前で大佛がとることのできた最後の異議申し立てなのではなかったか。山村は、西洋の技術を学ぶために何度も渡航し、投資し、優れた製品の開発に懸命だった過去から現在のブルジョア社会を見る視点を持っている。また、林檎の木が採算に見あう程の実をつけるまでに三〇年はかかるという「マスコット」の客の話に対して、技術があれば一〇年で何とかなると彼が語るのは重要である。彼は未来を漠然とではなくできるだけ正確に見ようとする人物なのである。ということは、この戦争の原因と結果が彼の頭の中にあるということでもあろう。拓三を戦地から呼び戻そうという願望は、過去と未来を見据えた上での彼の判断なのである。

6

「明るい仲間」の連載が終わって三カ月後の一九四二年一月から、鳥羽伏見の戦いを舞台にした時代小説「春待つ国」の連載が『講談倶楽部』で始まっている。「春待つ国」は軍部から度々批判があったらしく(31)、翌年の八月で連載を中断しているのだが、この中に登場するひとりの女が、「明るい仲間」の桃代から「愛火」のお文への橋渡し的な役割を果たしているようで興味ぶかい。会津藩出身の若い武士の貢が女に出会うのは、京都での開戦を知って戦場へ向かう途中である。「今、戦をしては絶対にいけないんだ」という貢に対して、女は、それならば、してはいけないはずの「戦が初ま《ママ》つてしまつたとしても、あなた様は、お出でになりますまいね」と念を押す。「日本の国の為にしてはいけない戦に、お出でになる理由が御座いますか?」というのが女の言い分である。それに対して貢は「男には男だけの世界があるんですな。女の人には恐らく、話しても分からぬことでせう」とにげる。去っていく貢に対して女は次のように言葉をかける。

『無駄に、命をなくすことは御座いませんのね。いいえ』
と、はつきりと、
『ただ、私は、……いつまでもあなた様がお元気でいらつしやるやうにお祈りしてゐるんですわ』(32)

桃代は胸を傷めながらも、去っていく男に言葉をかけることはできなかった。女は戦いにいこうとする男の前に立ちふさがり、むだに死ぬ必要はないと説いた。お文は自分独りでも男を救うつもりで、戦場に出向いていく。後になるほど、いいかえれば戦争の広がりと日本の側にとっての悪化が著しくなるのに合わせるように、女性たちの行動は、ということはなぜ、戦わなければならないのか、という問いかけの声は大胆になっていく。この他に男の道とは武士をやめて帰農することだと説く「男の道」(33)も含めるなら、四〇年から四三年にかけてのこの作家の文学表現の中に、時局の進行をよしとしない姿勢の表明があったことが確認できる。

　しかし一方で、戦局の悪化は彼に別の作品を書かせた。楠木正成自決後の息子と母親を、鎌倉方の武将、新左衛門の視点から描いた「みくまり物語」(34)である。次に引くのは、新左衛門が正成らの自決した場所を発見する長い冒頭部分の一部である。

案のとおり、薄暗い屋内にも土間から、板張の床の上まで、人の死骸で充満して、凄惨な姿を示していた。夥しい血が流れていた。しかも、最初から新左衛門の心を打った、ことりと音ひとつない異様な静けさがここでも頭から圧しかかって来た。/新左衛門は、床に足をかけた姿勢で、一番奥にある二つの死骸を睨み見た。/胸を割るようにして太い声が、新左衛門の唇から漏れた。/「判官どのか!」(35)

ここにある緊迫感や、抑制された痛みの感情がこの物語全体を貫いているものである。それは読むものを粛然とさせ、襟を正させ、亡き指導者の遺志を引き継ぎがねばならないと思わせるだけの力がある。ここで私たちは、この物語の連載開始半年前に、連合艦隊の司令長官だった山本五十六が戦死したことを重ねてみるべきだろう。国葬は六月、『新太陽』七月号には大佛次郎の「山本元帥の武運に寄す」が載る。「帰還」が銃後と前線の距離を感情において越えさせる機能を持ったのと同様の機能を、「みくまり物語」もまた持ったと考えられる。この時大佛次郎は現実主義に足を取られ、すなわちなぜ戦わなければならないのかという問いを自身によって封印してしまい、ただこの戦争を誠実に、真面目に戦わなければならないとする一臣民になっていたのではないか。

7

敗戦を目前にした一九四四年一〇月から、大佛次郎は朝日新聞に「乞食大将」の連載を始める。(36) 黒田家の家臣、後藤又兵衛が主人の長政との不和から禄を離れ、大阪城で戦死するまでを描いたこの物語が語るところは、誇りある死にざまとはどうあるべきかということである。作者は又兵衛が、主君を前にしてもいかに節を曲げず、おもねらず、堂々とその生を全うしたかを描く。「ドレフュス事件」以来、大佛次郎が軍人を描く場合には、そこに必ず当時の日本の軍人像が重ねられているものとみなければならない。従って、「後藤又兵衛の姿をかりて理想化された武人を描き、この理想の武人が禄をはなれざるを得ぬ事情を描くことによって、目前の軍人階級を批判している」(37) という鶴見俊輔の指摘は正しい。けれども同時にこの作品を、「帰還」から「みくまり物語」につながる真面目で誠実な物語の系譜に置いてみるということが必要なのではないか。すなわち、死地からの脱出、生還を描いた四一年の「帰還」から、死者への深い鎮魂を描いた四三年の「みくまり物語」へ、そして誇りある死とは何かを描いた四四年の「乞食大将」へと、現在進行しつつあるこの戦争の経緯に沿うような作品——ただしそれは文字どおりの「翼賛」とは程遠い——が生まれている事実を見るならば、そこに、なぜ戦わなければならないのかという問いを封印して、ただ、この戦争に誠実であろうとするもうひとりの大佛次郎がいたことがわかるのではないか。

「乞食大将」の執筆を促した要因に、いわゆる「南方視察」がある。大佛次郎は同盟通信社の嘱託として、ただし後に彼が語ったところでは「自費」で(38)、マレー半島、ジャワ、スマトラと周り、ニコバル、アンダマン、マラッカにも立ち寄っている。期間は一九四三年一〇月から翌年の二月までであった。帰国後につけはじめた日記に、視察後の心境の変化を綴ったくだりが二カ所ある。

南方の旅行を境界として従前あったような己れに対する不満なり不安は明らかに減じて来ている。自分の出来ることをすればいいのだと云う心の置き方が落着きと成って来ているように思われる。(39)

去年の出発前には随分荒れていた。それから南に飛ぶ空の上でつくづくと死ぬのだったら無念だな、今ぐらい仕事が出来るような気でいる時はないと感じ、帰れたらほんとうに働いてやると繰返し考えたことを思いだす。(40)

南方視察から大佛次郎が得たこととしては第一に南方の自然に触発されて、日本の自然を再発見したということがある。それは直接には「内地」(41)のように南方と日本を比較した随筆に認められ、やがて「帰郷」(42)「宗方姉妹」(43)の中の京都の描写に結実していく。第二に日本人が現地の人々に自分たちの文化を押しつけている現状を見たことから、「日本的といふが如何に日本人に依つて誤られてゐるか?また、どれだけ日本人が日本を知らずにゐるか、」(44)という問いを抱いたということがある。この問いは、敗戦後の日本人の変わり身のはやさを見たことで一層深められ、「土耳古人の対話」(45)「カメレオンの自由——文化に就いて」(46)等の随筆を生む。また「帰郷」「風船」(47)も、そのような問いなしには生まれ得なかった作品である。

けれども主として戦後に書かれたこれらの作品と違って、「乞食大将」の執筆に向かわせたのは、直接的には別の体験だったように思われる。それは先の日記にもあったように、やはりこの瞬間にも死ぬかもしれないと切実に覚悟を決めなければならない体験であったのではないか。旅行前の鬱屈が何に原因するものなのかはわからない。だが旅行を期に出直そうという気持ちになっていったことは読み取れる。その過程のなかで、なぜ戦わなければならないのかという問いは不毛なものになり、今あるこの状況から逃げることなく、どう誠実に戦わなければならないのかという問いの方が、重くなっていったのではないだろうか。

8

だが、問題は戦時下の大佛次郎よりも、戦後の彼のほうにある。それはつまり、戦中に彼が「愛火」等の絵空事的な作品を通して、ともかくもなぜ戦わなければならないのかと問い続けてきたことに関わってであり、戦後、彼はその問いかけを、なぜ戦わなければならなかったのかと置き直して、それに応える責任があったからである。

しかし明らかに戦争責任の問題を意識して書かれた「ゆうれい船」(48)においても「橋」(49)においても、彼は自分の問いから逃げている。それはそもそもの設定において明らかなのであって、「ゆうれい船」では戦争は海での遭難事故にたとえられ、「橋」では戦争は、上層部の命令に従って戦うより他の選択権がない状況に限定されている。つまり、当人にとって、戦争が本人の意思決定を超えた極限状況になるように設定されている。そのような場において描くことが可能なのは、ただ彼らがいかによく戦ったか、「橋」の中の言葉を用いれば「日本の名誉を考えて」戦ったか、「自己の命以上に大切なものが世に在り得ることを、身を以て物語って死んで」(50)いったかということだけである。

生を選択する権利をあらかじめ剥奪されたような状況の中でいかに誇り高く戦ったかということは、そのような極限状況にいたる過程を誰がなぜつくったのかということとは別である。にもかかわらず大佛次郎は前者を語って、後者を語らなかった。

同じことは「宗方姉妹」のあとがきに記された、「満鉄」社員に寄せられた好意的な文章についても言える。次にその一部を引用する。

私は交際しながら知的な満鉄人が好きであった。満州国となり、関東軍の天下になってからもこの人々は、ヒューマンに誠実に五族協和を願い、僻地の医療に従ったり、奥地に不足する物資の輸送に熱心に働きまわっていた。軍人のように任務で働くのでなく、進んで自発的に働き、人の為になる仕事を愛している気風が見受けられた。(51)

大佛次郎がつきあった「満鉄」の社員らが知的で良心的であったことと、彼らの個人的資質を超えて、あるいはそれをむしろ積極的に利用して行われた一連の政策の是非を検証することとは別のことである。しかし彼は前者を強調し、後者については語らない。(52)

しかしそれは、一九四二年に、「日本の国の為にしてはいけない戦に、お出でになる理由が御座いますか?」と正面きって問うたひとりの女の切実さに、また、一九四三年に「それだけのことで、みすみす死地へ、お兄さまをお遣りになりましたか。」と迫ったお文の切実さによく応えているとはいえない。

注

(1) 大佛次郎は一九四〇年六月一三日から七月一三日まで文芸春秋社の従軍記者として、当時の「中支一帯」に派遣された。帰国した翌々日(一五日)には文芸銃後運動の講師として、横浜第三陸軍病院で報告している。八月三日から七日までは朝鮮へ、やはり文芸銃後運動の講師として行く。一九四一年七月二九日も文芸銃後運動の講師として、青森市の公民館にいる。九月一七日から三〇日までは朝日新聞主催による「戦地慰問」で「満州」へ行く。一九四三年一〇月から四四年二月までは同盟通信社の嘱託として「南方方面」を旅行している。これらについての報告記事や随筆がその都度、発表されている。補足すると、一九四〇年一二月に日本出版文化協会が発足した時に文化委員と図書推薦委員になった。一九四二年三月には大政翼賛会鎌倉支部の文化部長に就任。一九四三年八月には大東亜文学者会議に参加している。

（2）鶴見俊輔「鞍馬天狗の進化」『講座・現代芸術　第五巻　権力と芸術』一九五八

（3）関幸夫『知識人ノート』新日本出版社　一九八八

（4）勝又浩「大仏次郎――揺れる良識」『南方徴用作家』（神谷忠孝・木村一信編）世界思想社　一九九六

（5）『死よりも強し』八紘社　一九四四　二二九頁

（6）同右　二〇一頁

（7）同右　四一四頁

（8）『氷の階段』（「都新聞」一九三九・一二／一九～四〇・六／一八　中断。その後書き下ろしを加えて一九四一、中央公論社から単行本発行）に工場労働者として登場する健三という青年がいる。彼は物語の終わりで徴兵されていくのだが、自発的でなく戦地へ送られて政争の道具にされた伊織之助の物語は、健三のその後の物語としても読むことができる。

（9）注5四〇五頁

（10）『掌の小説』新潮文庫　一九九〇　四二頁

（11）田中実は『小説の力』（大修館書店　一九九六）の中で「ざくろ」について次のように述べている。

死者を美しく沈黙させるきみ子の愛は、殺された死者の恨みや怒り、不平や不満の魂を優しく慰め、鎮魂するであろう。きみ子の啓吉にたいするこの愛のかたち、これこそ皇国史観を支え、男達を安んじて戦地へ赴かせる観念ではなかろうか。（二〇六～二〇七頁）

同感である。

（12）朝日新聞社　一九七三　五六四頁～五頁

（13）『日本文学講座　第14巻』改造社　一九三三

（14）東京朝日新聞　一九三五・三／二二～二五　ただし本文の確認は『大佛次郎随筆全集　第三巻』所収の「日付のある文章」でおこなった。

（15）同右　二七〇頁

（16）同右　二七一頁

（17）『改造』四～一〇月号

（18）『改造』一月～一九三六・九月号

（19）『文芸春秋』一九六八年五月号に掲載された、松本清張との対談記事「文学五十年、この孤独な歩み」の中で、ブウランジェ将軍に荒木貞夫が重ねられていることを軍部に気づかれなかったのかと聞かれて、大佛次郎は「僕は、わかる人だけにわかるように上手に書いた。」とコメントしている。ただしこの記事の確認は『日本歴史文学館　18赤穂浪士』（講談社　一九八一）の巻末付録でおこなった。
(20)「南の言葉──日本語の教場」(1)〜(3) 河北新報 夕刊 一九四三/一〇〜一二 引用文は(2)に掲載されている
(21)「「文化局」の創設を要望す」(1)〜(3) 東京新聞 一九四五・一二/一四〜一七
(22)『新ジャワ』一九四四・一二 『大佛次郎敗戦日記』(草思社 一九九五)九月二四日のところに「木原君続いて門田君、浦島の原稿「査閲部の者がふるえ上がった」と云う。検閲通らぬらし。」の一文がある。「木原君」とは東京新聞記者の木原清、「門田君」とは朝日新聞記者の門田勲である。「浦島」の原稿は最初、朝日新聞に掲載予定だったと考えられる。「新ジャワ」は日本軍政下の旧インドネシアで、一九四四年一〇月から四五年八月まで一一冊刊行された雑誌。子細は『南方軍政関係資料④』(倉沢愛子編 龍渓書舎 一九九〇)
(23)『校友会雑誌』一九一七 ただし作品の確認は『おさらぎ選書』第五集(大佛次郎記念会 一九九一)
(24)四/六〜八/三一 一九四二年一月に杉山書店から単行本『明るい仲間』として出版された。
(25)東京朝日新聞七/八〜九
(26)「宜昌戦線を見て」はその後、加筆修正されて、「襄東作戦従軍記 宜昌」としてその年の『文芸春秋』八月号に掲載され、次いで「宜昌」として『宜昌戦線』(博文館 一九四二)に収録される。『宜昌戦線』は、火野葦平、棟田博、木村毅、竹田敏彦との共著である。序文に、木村、大佛、竹田の三人が初めての従軍にもかかわらず「砲弾の中でもおちついてゐる」ことに、前線経験者の火野と棟田が感心した旨が記されている。「砲弾」というのは、翌日には宜昌を発つという前日の夕刻に、「敵」から迫撃砲弾が打ち込まれた時の事をさしていると考えられる。この時、一行の世話役だった菊池中尉が語った言葉が竹田によって書き留められている。それは次のとおりである。

「とにかく、これで皆さんも従軍のスリルは相当に味わった訳です。しかし、皆さんの落ちついた態度には感心しました。」といって讃めてくれた。(傍点、引用者)

「宜昌入城記」『宜昌戦線』二二五頁

まるでその言葉を裏付けるように、大佛次郎は「宜昌戦線を見て」の中で、「一発落ちると、代る代る僕らは屁をした。妙に具合よく臀が云ふことを肯いた…」などと景気のよい、しかし今では読むに絶えない文章を残した。のち、「襄東作戦従軍記 宜昌」「宜昌」の中では、「不思議と恐怖はなかつた。運、不運ということは頭に閃いた。どつちでもいいやうな心持ちがしてゐる」という無難な文章に変えられたが。酷暑と中国兵の死臭とでろくに食事もとれないでいた大佛次郎に、視察の最終日にきて突然に体験した迫撃砲弾を「スリル」として楽しむ余裕があったとは考えにくい。従軍作家たちの挙動は常に軍人たちのまなざしにさらされていたのであり、そのまなざしこそが作家たちの行動から感性までを現場にふさわしいものに矯正していったことがこれらの文章から推測される。なお、『宜昌戦線』の存在は池田浩士『火野葦平論』(インパクト出版会 二〇〇〇)に教えられた。

(27)『オール読み物』一九四一・二
(28)「帰還」『その人』博文館　一九四一・四　四八頁
(29)同右　四九～五〇頁
(30)同右　五二頁
(31)『講談社の歩んだ五十年』講談社　一九五九
(32)『講談倶楽部』一九四二・六　五三頁
(33)日本農業新聞　一九四三・一／二一～一〇／一一
(34)毎日新聞　夕刊　一九四三・一〇／七～一一／一　翌年、三つの短編と二つの随筆を加えて『みくまり物語』として白林書房から刊行される。この本はGHQの「禁止本及びその他の出版物」というメモランダム（一九四六・二／二六）に載った。
(35)『大楠公　楠木正成』徳間文庫　一九九〇　三一三頁
(36)一九四四・一〇／二五～四五・三／六　中断後、『新太陽』一九四五・一二　『モダン日本』一九四六・一＝二～三　一九四七年に苦楽社から単行本『乞食大将』（＝は合併号）
(37)鶴見俊輔「鞍馬天狗の進化」『講座・現代芸術　第五巻　権力と芸術』一九五八　ただし記述の確認は『鶴見俊輔集6　限界芸術論』（筑摩書房　一九九一）二一七頁
(38)「あとがき」『大佛次郎自選集　現代小説　第四巻　帰郷』朝日新聞社　一九七二　四〇五頁
(39)一九四四年一〇月九日付　『大佛次郎敗戦日記』草思社　一九九五　三六頁
(40)同右　一〇月三一日付　五六頁
(41)『新ジャワ』一九四四・八
(42)毎日新聞　一九四八・五／一七～一一／二一
(43)朝日新聞　一九四九・六／二五～一二／三一
(44)注21
(45)『人間喜劇』一九四八・七～一〇
(46)『潮流』一九四六・一
(47)毎日新聞　一九五五・一／二〇～九／一〇
(48)朝日新聞　一九五六・六／二一～五七・五／一七
(49)毎日新聞　一九五七・一〇／二八～五八・四／二一
(50)同右　二三二頁
(51)「あとがき」『大佛次郎自選集　現代小説　第五巻　宗方姉妹』朝日新聞社一九七三　四四七頁
(52)大佛次郎のこのあとがきについては既に村上光彦が『大佛次郎その精神の冒険』（朝日新聞社　一九七七）で指摘している。（一九九頁～一九五頁）

※大佛次郎記念館の皆様には、貴重な資料の閲覧、複写等々で大変お世話になりました。この場を借りて深くお礼を申し上げます。

［**相川美恵子**（あいかわみえこ）一九六〇年生まれ。大垣女子短期大学非常勤講師。］

文学における「土人」

中河與一と村上龍

土屋　忍

土人さんが月夜にワッショイワッショイお祭りだ
ドンドコ　ドンドコ　ドンドコ　ドンドコ
槍ふってヤオー　腰ふってヤオー
椰子の木囲んで　ドンドコ　ドンドコ　ドンドドン
月夜の渚はにぎやかだ　ドンドドン
（「土人さんのおどり」川田孝子唄、加藤省吾作詞、海沼実作曲、仁木他喜雄編曲、コロンビアレコード、一九五五・六より）

一、消えた「土人」──『限りなく透明に近いブルー』

「どう？　土人みたいでしょ」
「（肌の色が焼けて）ずいぶん黒くなったね」と言葉をかけると嬉しそうにそう答えた女性がいる。彼女は私の知人で一九歳。平成一一年、一九九九年の夏のことである。

また、それより少し前にはこんなこともあった。ある国に国賓待遇で招かれた「戦中派」の研究者に、帰国後、現地の様子を尋ねたときのことだ。研究者は次のように教えてくれた。

「都市部ではベンツが走ってるけど、奥に行くと〝土人〟みたいなのもいるよ」。

「土人」は、今なお人々の記憶に残り、また伝承されている日本語であるが、『消えた日本語辞典』（奥山益朗編、東京堂出版、一九九三）に収録されていることから考えても、すでに過去の言葉と認定する向きがあるようだ。かつては、今以上の頻度で用いられた言葉だったにちがいない。いわゆる戦後文学、現代文学の作品においても、「土人」の語は繰り返し用いられてきた。例えば村上龍の「限りなく透明に近いブルー」には、次のような一節がみられる。

「赤ちゃんみたいに物を見ちゃだめよ」とたしなめるリリーに向かって主人公のリュウが応じる場面である。車の中から見える景色と見ながら考えたことを、頭の中で混ぜ合わせて「記念写真みたいな情景」をつくり、その写真の中の人間達が動くようにしているのだという。

（……）すると必ずね、必ずものすごくでっかい宮殿みたいなものになるんだ。（……）いろんな人間が集まっていろんな事をやってる宮殿みたいなものが頭の中ででき上がるんだよ。

そしてその宮殿を完成させて中を見ると面白いんだぞ、まるでこの地球を雲の上から見てるようなものさ、何でもあるんだから世界中の全てのものがあるんだ。どんな人でもいるし話す言葉も違うし、宮殿の柱はいろんな様式で建てられていて、全ゆる国の料理が並んでいる。

映画のセットなんかよりはるかに巨大でもっと精密なものなんだ。いろんな人がいるよ、本当にいろんな人が。盲や乞食や不具者や道化や小人、金モールで飾りたてた将軍や血塗れの兵士、人食い土人や女装した黒人やらプリマドンナや闘牛士とかボディビルの選手とか、砂漠で祈る遊牧民とかね、全部の人が会場にいて何かしてるんだ。それを俺は見るわけさ。

いつも宮殿は海の辺にあってきれいなんだ、俺の宮殿なんだよ。

「限りなく透明に近いブルー」は、一九七六（昭和五一）年に群像新人文学賞受賞作として『群像』（講談社、一九七六・六）に掲載された村上龍のデビュー作である。最近刊行された『村上龍自選小説集』では、「消費される青春」と題した第一巻（集英社、一九九七・六）に収められている。ところが、自選小説集の「限りなく透明に近いブルー」では、「土人」の語がすべて消えている(1)。引用した箇所で言うと、「人食い土人や」という部分が削除されているのである。

「限りなく透明に近いブルー」は、『群像』に掲載されて以来、芥川賞受賞作として『文芸春秋』（一九七六・七）に再録され、続けて単行本（講談社、一九七六・七）となる。さらに講談社文庫版（一九七八・一二）が刊行される。そして二年余りの間に一〇〇万部をゆうに超えるベストセラーとなる。しかし、その間、改稿の形跡は特にみあたらない。デビューから二〇年が経過し一九九七年に自選小説集が刊行されたとき、

「限りなく透明に近いブルー」というテクストからはじめて「土人」の語が削除されたのである。

一方、よく知られるように、被占領期に書かれた竹山道雄の『ビルマの竪琴』（中央公論社、一九四八）の中にも「人食い土人」が登場する。こちらは21世紀を迎えた今日においても、該当個所の削除や改訂は確認されていない。ただしその場面は、映画版「ビルマの竪琴」（市川崑監督、和田夏十脚本、一九五六／一九八五）では、映像化されなかった部分である。

部隊を離れ、僧に扮する「水島」（主人公）は、「人食い人種」と遭遇し親切にされるが、彼を食べるために太らせていたことがわかり、ついに彼らに食べられる日が来る（結局「水島」は竪琴の力によって助かる）。「土人」が登場するのはその場面である。


翌朝日の出の時刻に、私は裸にされて、川の中の岩の上にねかされて、体中をいたいほどごしごしと洗われました。土人たちも身をきよめました。それから、私はかざりたてた檻に入れられました。私は竪琴をもってその中に坐り込みました。土人たちは檻をかついで、この部落の中央の社の前にはこんでいって、そこにすえました。


『ビルマの竪琴』の「人食い人種」は、作品中では「野蛮人」「蛮人」「未開な人」、そして「土人」と呼ばれる。それらは、「水島」が「隊長殿」と「戦友諸君」に宛てた手紙文を隊長が朗読する言葉（第三部「僧の手紙」）として語られているが、手紙の中の「土人」たちは、物語内の登場人物でもある。

それに対して『限りなく…』（講談社、一九七六）の「土人」は、登場人物というよりはイメージである。「土人」の削除を通じてイメージ素のひとつが失われたと言ってよいだろう。失われた「土人」イメージを探るために、ここでは少し丁寧に見てみよう。冒頭の引用箇所であげられている「人食い土人」は、「盲や乞食や不具者や道化や小人」などと同様「俺の宮殿」内で動くイメージとしての人間であり、頭の中の「俺」の観察対象である。「宮殿」には「いろんな人」が集まり、いわば人種（主に視覚によって種類分けされた人間達）の博覧会がおこなわれている。「会場」という言葉から連想されるように、「宮殿」とは、オーダーメイドの博覧会「会場」だと言えよう。歴史的出来事に喩えて言うなら、それは東京大正博覧会のイメージである。

大正三（一九一四）年の三月に開催された東京大正博覧会には、「朝鮮館」「満州館」「台湾館」「北海道館」といった各地パビリオンと並んで「南洋館」が一ヶ月の間展示された。南洋館には「喰い人種」（「人喰い人種」という呼称ではなかった）として紹介された種族も連れてこられており、見せ物となった。大正一〇（一九二二）年一月より断続的に発表された志賀直哉の『暗夜行路』の前半部には、主人公の「時任謙作」の年下の友人として登場する「宮本」が、南洋館の「土人の踊り」をみるために博覧会に通っていたというエピソードが語られているが、おそらくそれは東京大正博のことである。博覧会の開催直後の大正三（一九一四）年四月に出版された『実業之日本』大正博覧会写真号所収の岩本千綱「邦人凝視の集中點南洋の實物説明」によると、「南洋館」では主にジャワ、マレー、シンガポール、ボルネオの物と人を紹介し、家屋の模型を作成し、美術工芸品や武器や楽器、果物等を陳列し、踊りを含め吹き矢や護謨栽培の実演などがおこなわれたようだ。岩本の文章には、実際に連れてきた「土人」たちの説明とともに、「人を食ふというワイルド・サカイ種族」についても記されている。彼らは「生食族」であるが実際に接すると「如何にも従順」であり、人食いといっても過去のことで、しかもその情報も伝聞であることが明記されている。それでも〝人食い土人〟という記号は南洋館の呼び物のひとつであった。今でも靖国神社の敷地でおこなわれている「見せ物」を知る日本の見物客にとっての博覧会とは、夜店で買った綿飴を食べながら見せ物小屋に入り「蛇女」や「ロブスター男」を見るような感覚の延長で出かけた場所だったのかもしれない。『ビルマの竪琴』における無意味とも言える「人食い人種」の登場と「土人」描写には、そうした見せ物興行的な読者サービスが感じられる。

『ビルマの竪琴』は、ともに生きることの喜び、死の悲しみ、同胞としての死者への哀悼、望郷の念、国籍を超えた人間と人間の結びつきなどを描いた児童向けの「思想小説」(2)であるが、敗戦・侵略・占領といった事実を巧妙に隠蔽している。国家の戦争を否定的に語り人々の情緒に訴えながらも、結果的には国民の戦争を正当化する面もみられる小説である。戦争をひき起こした「国家」とそれに利用された「国民」という構図の中に、感動的な物語をはめ込み、「戦争」を観念的に表現しているからである。観念的なのは、戦場として選ばれたビルマも同様である。竹山自身は、執筆にあたって、作品の舞台に設定したビルマのことを「ほとんど勉強もしていないし研究もしていない」(3)。だからこそ、僧になった水島が南方上座部仏教の戒律に反するはずの楽器（竪琴）演奏をおこなうという荒唐無稽な設定の上で話が展開されることになったのだろう(4)。先にみた「人食い人種」の「土人」についても同様であり、その造型に文学的リアリティはない。〈文明／未開（＝野蛮・食人）〉といった図式をあてはめて小説を批判する公式論者には格好の素材を提供するかもしれないが、そもそも作品内に描かれる必然性が皆無なのだ。

ここで見方を変えるなら、展示をおこなう側と展示を消費する側の一方的欲望を満たそうとする「博覧会」事業は、展示される対象との双方向的な交換を意図するものではなく、植民地の縮図とみなすこともできる。お伽噺の中の宮殿の如く実現不可能なものとして描かれてはいるものの、容易に〝裸の王様〟を想定できる『限りなく透明に近いブルー』の「宮殿」においても、そうした植民地主義の縮図を見出すことが可能である。言ってみれば「人食い土人」らは、植民地下の住人なのである。しかし、種類の違う人間たちを特権的位置から眺めていたいという肥大した欲望の彼方にこそ存在していた「宮殿」は、結局「俺」（リュウ）自身が起こした戦争によって「廃虚」となる。「宮殿」なき後に建設されるのは「都市」である。ＬＳＤをやってふたたび「宮殿」をつくろうとしたその時、リュウはリリーにこう語りかける。「宮殿じゃなくて都市になったんだ、都市さ」。

東京大正博覧会の会場には、リュウの「宮殿」のように様々なモノとヒトが集められた。それは当時の「日本」が誇る勢力範囲の提示でもあったが、「東京」が誇る権勢の提示でもあった。「土人の踊り」をみるために南洋館に通ったのは、『暗夜行路』の「宮本」のような旅好きの風来坊だけではなかったのだ。先に紹介した『実業之日本』大正博覧会写真号には、実業之日本社の『東京案内』の広告とともに、警視庁警務部長の小濱松次郎による「地方から東京見物に来た人の必讀すべき注意」という文章が掲載されているが、一ヶ月にわたって開催された博覧会という一大事業には、東京見物をする地方からの客があらかじめあてこまれていた。都の人（都人）と都の人から見た「その土地の人」（土人）は、「日本人」という主体を形成して、その外郭に「土人」を見出したのである。大正博の主体は、当時の「日本」であり、その起源は「東京」であった。やがて「廃虚」になるリュウの「宮殿」も、そのようなものとしてあったと考えられる。「戦争」によって「廃虚」となった「宮殿」が、中央集権的な戦前の日本の幻影だとするならば、「都市」とは戦後の日本という幻影である。そして彼が生きているのは、「基地」という名の敗戦後の日本であった。

リリーはリュウの「都市」を受け容れようとする。「また都市を作ってあたしに話して聞かせてよ、きっと雨が降っているわね、その都市には」。現に外は雨なのだ。だが、「飛行場を付け加えるのを」忘れたリュウは、「飛行機（ジェット機）」によって頭の中の「都市」を失ってしまう。「俺の都市」を破壊したのは「黒い夜そのもののような巨大な鳥」なんだとリュウはリリーに訴える。「鳥を殺さなきゃ俺は俺のことがわからなくなるんだ」「俺は鳥を殺すよ、リリー、鳥を殺さなきゃ俺が殺されるよ」といったリュウの言葉はリリーに伝わらない。ひとりになった「僕」（リュウ）は「地面にしゃがみ、鳥を待った」。「鳥」が戦後のアメリカの幻影だとするならば、「宮殿」「廃墟」「都市」「鳥」とは、リュウをして歴史的記憶を語らしめる幻想の言葉となるのである。『限りなく透明に近いブルー』における「土人」とは、記憶を喚起する言語によってイメージされる歴史の中の登場人物なのである。「都市」にも「土人」がいるとするなら、それはリュウ自身であろう。「盲」も「小人」も「遊牧民」もみな、微弱な羽虫のようにしか飛べない彼自身の姿なのである。羽虫と飛行機の差は超えがたいものとしてある。「宮殿」なきあとに、どれだけがんばって「都市」づくりをしてみても、より大きな存在、より大きな幻影に脅かされ、以前みた「都市」が幻影として存在できなくなる。

リュウは、自分が「人形」であるという意識にさいなまれ、実際にジャクソンから「おい、リュウ、お前は全く人形だな、俺達の黄色い人形さ」と言われる。「宮殿」づくりがそうした自己イメージに対する復讐だとするならば、「宮殿」も「都市」も、田舎の人間（土人）が何も知らずに憧れる都会のような場所なのであろう。言うまでもなくそんな場所はどこを探してもない。実在しないが頭の中には存在する。そんなイメージの世界において、何とか優位に立とうとする欲望も、自身の裏切りにより消滅する。「宮殿」をつくろうとしても破壊され、「都市」を描いてみても決して優位に立つことは出来ない。それどころか現実には、博覧会の会場で陳列された「土人」の如く、「黄色い人形」として陳列され、見せ物になっている自己の姿があるのみである。

かつてコロニアリストとして活躍した矢内原忠雄は、師弟関係にあった新渡戸稲造の講義録を編集、刊行するにあたって、『『土人』なる語を『土著人』若しくは『原住民』と改めた」旨を「編者序」に記した（ただし、理由は記されていない）(5)。一方、同様に「土人」の語を書き換えた『村上龍自選小説集』では、編者や作者による断り書きがみられなかった。注釈を避けた改訂作業というのは、『新約聖書』(6)や個人全集を始めとする「正典」の編集過程においては昨今（とりわけ「無人警察」事件以降）頻繁にみられる現象である。ただしこれらは、後世の読者によるテクストの再解釈というよりも、後世の信者による本文の無断改竄である。それに対して現存作家である村上龍のテクストの場合、作者自身が作品に手を入れたか、あるいは作者の了承を経て「土人」の語を誰かが削除したのかのどちらかであり、そうした手続きそのものを隠してしまうという状況はどう考えても奇妙である。

みてきたように、『限りなく…』における「土人」とは、文字を文学たらしめる重要なイメージと関わる日本語であり、少なくとも『ビルマの竪琴』における「土人」と比べて作品内におかれる必然性も高いのである。「読者カード」の少数意見にも敏感に反応しなければならない大手出版社の強い意向が仮にあったにせよ、言葉の使用自体を控える決断までには、何らかの苦渋の選択があったのではないだろうか。ともかく、「土人」とは一般的に多くの問題を含む言葉のようだ。遡って他の用例をみながら、もう少し検討してみたい。

二、「土人」の起源

「土人」の語の起源は案外古い。「土」の下に「人」と書く呼称が最初に使用された文献は、管見によれば平安初期の歴史書『続日本紀』の巻第四においてである。そこでは「土人」を「くにひと」と読ませたと考えられている。意味は「その土地に本貫のある者」、つまりはその土地に本籍地のある公民という意味で、「(浮)浪人」と対比的な用語である。「(浮)浪人」とは、「本貫地を離れて他の土地に転住したり、居住が定まらない者」のことである。少なくとも、土地とそこに住む人間をセットで管理しようとする古代律令制の為政者の立場からみるならば、ネガティブな意味合いを含むのは、「浪人」でこそあれ「土人」ではないだろう。ただし、『吾妻鏡』や『俳諧・写経社集』といった文献の用例をみても、みやこ、都会の人を「土人」と呼ぶことはないようなので、会話の上では、お国のひと、郷土人、地方に住む人の意味が転じて、辺地の人、在の人、田舎者といったネガティブな意味を含めて使われたと推測することもできる。

したがって、地方の人間を見下す意識と「土人」とが結びつき、蔑称として機能したプロセスを想像することはできるが、「ジャップ」や「毛唐」のようにはじめから蔑視を意図するスラングではない。現代日本では、先に紹介した女性のように「土人」を自己を表象する言葉として使う人がいる一方で、その言葉を聴くだけで顔をしかめる人がいる。忌々しい過去の残滓と捉える向きもあるようだ。

実は現在、テレビや新聞などの報道機関では、「土人」という言葉は「差別語」と認定されており、使用を避ける申し合わせになっている。たとえば共同通信社がつくっている一九九七年度版『記者ハンドブック』の「差別語、不快用語」の項では、「土人」の語を「現地人」「先住民族」に言い換えるよう指示している。朝日新聞社の対応はさらに敏感である。一九九四年版『取り決め集』(朝日新聞社)をみると「土人」の語はすでになく、「現地人」までもが禁句とされ、「現地の人」や「○○国の人」と言い換えるよう例示されている。また、『朝日新聞』一九九七年五月一〇日付の「天声人語」では、成立したばかりの「アイヌ文化振興法」(一九九七年五月八日成立)を評価する文脈において「北海道旧土人保護法」(一八九九年)をとりあげ、次のように書いている。

『土人』という差別的な響きを持つ意味合いのことばが、この法律の性格を的確に象徴している。だが、それは延々と生き続けた。国会で八日、代わって『アイヌ文化振興法』が成立するまで、ほぼ一世紀の間。

「土人」という言葉が「差別」を体現しており、用いること自体とんでもないことだ、という断言がみてとれる。先にみた『限りなく透明に近いブルー』の「土人」は、アイヌを指す言葉ではないが、それでもこうした論調が村上龍に作品の書き直しをさせた原因になっているものと思われる。だが、高みに立って過去を断罪しようとする口調をそこに読みとり、「天声人語」を名指しでたしなめる意見も提出されている。

漢文学者の高島俊男は、連載中のエッセー「お言葉ですが…」(『週刊文春』一九九七年六月五日)の中で、「土人」ということばを槍玉にあげることで読者の情緒に訴え、「差別的な響きを持つ意味合いのことば」などとわざわざもってまわった言いかたをしてまで「差別的」といいたがる書き手の神経を「ほとんどあさましい感じがする」と述べる。そして高島は、一八九九年、すなわち明治三二年に成立した「北海道旧土人保護法」当時の日本人一般にはアイヌを見下す意識が確かにあったという事実を確認したうえで、天声人語が言うような「差別的な響きを持つ意味合い」を含まない「土人」の用例を、江戸と明治の文献からひとつづつあげている。江戸の文献とは、ある地方で講義をおこなった学者が自分を呼んでくれた「土人」に大変お世話になったという意味の手紙文であり、明治の文献の方は、岸田吟香が台湾に行ったときに川で「土人」に助けられたことを報告する新聞記事である。高島俊男は、「天声人語」における「土人」観を「土人」の原義に基づいて批判しているのであり、現代の立場を絶対化して機械的に過去(戦前の日本)を断罪しようと働きかける『朝日新聞』の精神を批判しているのである。

「北海道旧土人」とは、開拓使がアイヌ民族を新たな「平民」と位置づけつつも、いわゆる「内地人」とその出自において「区別」できるよう名づけた呼称であった。したがって、保護、隔離という名の植民地主義、差別がその語の由来だと言える。したがって「北海道旧土人」に関する限り、「天声人語」の言うとおりである。ただ、そこから「土人」一般の語義へと直結させることによって、書き手の正義感らしきものが乱暴に打ち出されてしまったために余計な反感を買ったのだろう。反感を表明した高島俊男が例に挙げた手紙と新聞記事にしても、彼が言うように確かに「土人」は侮蔑的な表現ではないのだが、どちらも「地方」の人と出会った「都会」の人の自意識の反映であり、さらに言えば、「土人」を発見しその素朴さと親切に感動するという「都会」の側から「田舎」をみたときに現われる構図の典型がそこにはあり、自己中心的な差別心理が隠れていると言えなくもないのである。たとえば亀井秀雄は、仮名垣魯文と総生寛の『西洋道中膝栗毛』（明治三九年）が、「十返舎一九『東海道中膝栗毛』の、江戸と田舎を対照した滑稽譚の潜んでいた差別感を、文明開化の論理によって自己正当化しながら、アジア民族への差別感に拡張し、顕在化した」作品であることを喝破した(7)が、『西洋道中膝栗毛』にでてくる「土人」という呼称にも、やはり事実としての差別感は反映されているとみるべきであり、「天声人語」のように闇雲に「土人」の語を目の敵にする必要もないが、高島のように『朝日』を皮肉って終わりにすべき問題でもないのである。「土人」という言葉を消すだけで『西洋道中膝栗毛』的差別意識が解消されるわけではない。よもや『東海道中膝栗毛』的差別感に至っては、メディアではあまり問題化されないが、その根の深さを目の当たりにするや否や、はたと立ち止まってしまうしかないのである。

次に、辞書を通して「土人」の歴史をざっと通覧してみたい。辞書が認定する意味の歴史をたどってみると、あるときから「土人」には差別的なニュアンスが含まれているとされたことがわかる。

明治二五（一八九二）年に山田美妙が口述・編集した『日本語大辞書』は、明治期の東京語を知る貴重な資料と言われるものだが、「土人」の項には「漢語。其國ニ生マレタ人」（二一一六頁）とだけ記載されている。これは『続日本紀』の用例と一致する。しかし昭和三〇（一九五五）年刊行の『広辞苑』初版では、「その土地に生まれ住む人」という意味の他に、「原始的生活をする土着の人種」、と「土でつくった人形。つちにんぎょう。どろにんぎょう」が記されている。ところが同じ『広辞苑』でも昭和五一（一九七六）年第二版補訂版からは、「土人」の第二義として記載されていた「原始的生活をする土着の人種」が「未開の土着人」と書き換えられており、さらに「軽侮の意を含んで使われた」という過去形による注釈が加えられる(8)。

一般に汎用度も信用度も高いと思われる『広辞苑』的言語観によると、昭和三〇（一九五五）年の時点では「土人」という言葉に「原始的生活をする人」というニュアンスが含まれていたのであり、それが昭和五一（一九七六）年には「原始的生活」よりも「未開」という言葉が選ばれたのである。そして時代を遡り、過去に「軽侮」すなわち人をバカにする意味でも使われたことを認めたのである。「その土地に生まれ住む人」という意味の言葉が「原始的生活をする人」あるいは「未開の土着人」の意味を併せ持つようになった背景には、未知なる土地とそこに住む人間を発見する外からの眼差しがあったものと思われる。「内地人」は「北海道旧土人」と「台湾蕃人」を「外地」で発見したのであり、そうした特定集団による組織的発見は、先住民・先住の地に対する侵略や収奪、あるいは「教化」という名の洗脳を招来する。それでは「南洋土人」はどうだろうか。『広辞苑』と同様に汎用度の高い『岩波国語事典』初版（昭和三八〔一九六三〕）には、「土人」の用例として「南洋の土人」が挙げられている。

どじん【土人】土着の住民。土民。原始的生活をする、土着の人種。特に黒色人種。「南洋の―」

川村湊は、主に戦前の「土人」表象について着目し、「『北海道旧土人』『南洋土人』『台湾蕃人』とも呼ばれた人々を一般的に侮蔑的なニュアンスを含めて呼ぶ言い方が、『土人』の語の〝本来〟の使い方であったことは言うまでもない」(9)としている。「北海道旧土人」とは、さきほども述べたように、保護、隔離という名の植民地主義と差別が語の由来である。「台湾蕃人」も、「蕃人」の原義が「蛮人」ではなく「草深い場所に住む人」だとはいえ、日清戦争で獲得した台湾植民地において皇民化を進め、「蕃人」を「熟蕃」と「生蕃」とに分けてきた歴史を背負う言葉である(10)。「北海道旧土人」も「台湾蕃人」も、強制的に「日本人」化されたのであり、日本人が日本語でその文脈を考える限り、みずからを端的に悪とみなす地点からスタートするしかない。にもかかわらず、『広辞苑』や『岩波国語辞典』では、「北海道旧土人」や「台湾蕃人」など存在しなかったかのようである。そうした文脈において、『天声人語』や川村湊の断言的な物言いは政治的な正当性（Political Correctness）をもつ。

それでは「南洋土人」はどうだろうか。ドイツ領南洋諸島を日本が領有したとき、当時東京帝国大学講師だった鳥居龍藏は、「我が南洋土人の奇習」（『學生』大正四・五〔一九一五〕）という一文を著しているが、そこで「南洋」という言葉について次のように前置きしている。「邦人の所謂南洋といふ語は殆ど意味を成さないものである。人々によりその呼稱の範圍は異なるけれど、寧ろ非學術的の語で、邦人の所謂『南洋』といふ範圍の稱は歐米にはない。今回占領の島の如きも、地理的に言へば太平洋諸島である」。「南洋の土人」が『岩波国語辞典』の例として選ばれたのは、政治的にも心理的にも曖昧であり、なおかつ一般的関心も高かったからであろう。地理的概念としての南洋は、北海道や台湾とは異なり曖昧であり、「戦前の日本」において観念的に想像された「南洋」は、名指しされた当事者自身が自立や独立を意識するような（させられるような）共同体の単位ではなかった。そこで次に、「南洋の土人」にしぼって考察を深めていきたい。

三、中河與一と「南洋の土人」

まず、南洋方面への関心がどのような推移で高まっていったのかを該当図書のおおよその出版数で概観してみたい。昭和一七（一九四二）年に遠藤書店がみずから編纂して刊行した『南方書の研究と解説』の調査によれば、南方関係の書籍は、明治の四四年間に三四冊刊行されており、大正の一四年間には一八一冊刊行されている。そして、昭和一六（一九四一）年一二月八日から翌昭和一七年一年間に発刊された大東亜関係文献をつぶさに調査した天野敬太郎編の『大東亜資料総覧』（大雅堂、昭和一九［一九四四］）を参考に開戦直後の一年間に刊行された南方書の数を推計すると一三〇〇冊あまりになる。明治に三四冊、大正には一八一冊、そして昭和の一七年一年間だけで約一三〇〇冊。さきほど辞書の歴史にみた記述の変化の様子と併せ考えるなら、大正期から昭和一〇年代までの間には、南方書の数が飛躍的に増加しており、それにともない「南洋の土人」の記述も増えていったと考えることができる。ここで一気に「南進論の隆盛」や「膨張主義の拡大」、「植民地主義の蔓延」などと時代の雰囲気をまとめあげて、単純に裁断するやり方をとることはせずに、もう少し具体的にみていくこととする。

さきほどもみたように、大正三（一九一四）年の三月には「東京大正博覧会」が開催され、そこにはパビリオンのひとつとして「南洋館」が一ヶ月間展示された。前述の『実業之日本』には、文字通り「南洋の土人」と題するコラムが掲載されているので紹介しておく。

> 南洋館に足を踏み入れると、一面に南洋の空氣が漂ふてゐる。南洋の風物を背景とした下に、種々の南洋の特有植物が生々と茂つて居る處に、人形の土人がゴリラや大蛇を捕へやうとする容子が珍らしい。其他南洋の特産物や、土人の日常生活に用ゆる器具等を陳列し、殊に目新らしいのは南洋土人其儘の小舍を建て、生活狀態を彷彿たらしめて居るさうだ。同館では今度態々南洋から同伴して來た土人は廿五人で、其中に女は七人居るが、一番巾をきかして居るのはタンタオマレー人のバネカと云ふ金縁の眼鏡を掛けたハイカラ紳士で、本妻の外に妾二人まで抱へて四人の子供があるさうだ。（以下略、ルビは省略した）

調子がよくておどけた筆致ではあるが、「土人」を非人間視しているわけではないしひどく侮蔑しているわけでもない。自分たちと異なる者の存在を好奇の眼で眺め、面白がったり親しみを感じたりしているだけである。筆者自身が「土人」の立場にたって考えてみても、茶化されているとは感じても、腹をたてることはないと思う。上司と部下、教官と学生の間でかわされるかけあいの範囲内であろう。善い悪いを別にすれば、今で言うテレビ的なノリでの〝つっこみ〟文体が想起されるので、戦前の差別的な物言いとして否定しさる気にはなれない。当時の南洋観を「南洋の土人」観を探るために、もう少し具体的事例に沿ってみていくことにする。

東京大正博覧会が開催された同じ年の一〇月には日本海軍が赤道以北のドイツ領南洋諸島を占領している。志賀重昂の『南洋時事』以来、「南洋」とは第一に南洋諸島（内南洋）のことだったと言える。しかし南洋館が対象とした主な地理的範囲は東南アジア地域だった。「南洋」は、この博覧会を契機にして、東南アジア地域を表象する一般概念としての機能を強めたものと考えられる。

図Ａ　現代漫画大観３『明治大正史』（非売品）、中央美術社、昭和３（1928）年８月、233頁。

大正博覧会の翌年、大正四（一九一五）年になると、今度は南洋諸島のひとつクサイ島の人々二二名が観光団として来日、八月一日には東京に入り、新聞紙面をにぎわせる。「時事新報」（七月二九日）では、「隅に置けないお世辞者　新領土なる南洋諸島の土人観光団」という書き出しで記事にしている。日本が赤道以北のドイツ領南洋諸島の正式な委任統治国となるのは、三年後の五月であるが、気分はすでに「新領土」だったのだろう。そのことは先に挙げた鳥居龍蔵の「我が南洋土人の奇習」も同様である(11)。クサイ島から来日した一行については、美人画で知られた田中比左良も風俗画（図Ａ）で表現している。そこに付された「黒黄ワキアイアイ」という手書きのキャプションからもわかるように、白人種のいない場所での友好的な様子と肌の色のコントラストとが「統治—被統治」という関係を和やかなものに見せている。大正期には明治の四倍以上の南方書が出版され、昭和期にはさらにそれ以上の南方書が出版された。その南方書の中には、紀行文を含めた多くの現地報告の書があった。それらのほとんどは、作者が国家やそれに準ずる機関、宗教団体などから派遣されて現地を訪問し、書いたものである。しかし、その他多くの人々は現地に行くだけの資力や機会を持っていない。いくら出版物が増えたとしても、わざわざ書物を購入して読む者の数が限られているとするならば、博覧会の南洋館での催しと観光団の来日は、「南洋」及び「南洋の土人」なるものを実際にその眼で見、イメージする機会になったと言えるだろう。「土人」が「南洋の土人」を指す場合でも、明らかに侮蔑的なニュアンスをこめて呼ぶ言い方はもちろんある。たとえば高見順の小説『諸民族』（新潮社、昭和一七［一九四二］）には次のような一節がある。

（なんだ、偉さうに股を開いて、―こつちは窮屈で困つてゐるのだ。もう少し遠慮したらどんなものか。）腹立ちを言葉にすると、さうなる。それが聽て、かうなつてきた。（なんだ、この土人め、土人の癖して偉さうに股を開いて、―土人らしく、日本人に対しては、もう少し遠慮したらどんなものか！）

括弧（　）の中は、バスの中で大股を広げて席を占領するジャワ人に対して主人公の〈私〉が呟く内面の言葉である。土人の「土」に傍点を打って濁音を強め、侮蔑の感情をこめている。これは明らかに「現地の人」という意味を超えた使い方である。この部分には「『土人』の語の〝本来〟の使い方」が意識されていると言える。それでは、次のような用例はどうだろうか。

A　土人は皆裸で生活してゐます。山に果物があり、海に魚類があり、彼等は眞つ黒な身體を木にすりつけ、海に浸し、毎日毎日思ふことが少ないのです。

B　或る日、島の土人ルパクは、例の木の枝を傳つて天に登つて行つたのですが、そこにあつた美しい玉が欲しくなつて、つひそれを盗んで島へ歸りました。

C　「驟雨だ。いい雨がくるぞ」
土人達は誰れでもさう思いました。
スコールといふのは南洋特有の雨で、突如としてやつてくると、ザアーッと恐怖すべき勢ひで草も木も叩きつけるやうに降るのですが、十分もすると嘘のやうに止む。ところでその後の涼しさと来たら、云ふに云はれぬ爽快さで、大氣の中でこんないい氣持ちを経驗するといふ事は、恐らく南洋以外では出来ない事に違ひありません。

D　土人達は黒い皮膚をピカピカと雨にうたれながら山の方へ續々と走つて逃げ出しました。「巻き込まれるぞ。早く逃げろ」だが竝んでゐる民家や、逃げおくれた人間は、第一の波が來ると同時に忽ちの間にさらはれてしまひました。（…）人間は鈴なりのやうに、なるべく高い木、高い木にと登つてゆきました。

『天の夕顔』等の作品で知られる中河與一は、戦前の一時期、小笠原諸島、マーシャル諸島、マリアナ諸島、シンガポール、セイロン島等を旅して南洋紀行を著している。それが『熱帯紀行』であり、ABCDはすべて、その冒頭に収録されている「天から生えた木」から引用した。

　中河與一の『熱帯紀行』は、昭和九（一九三四）年一二月に竹村書房から出版され、六年後の昭和一五（一九四〇）年一二月には第一書房から『熱帯圏』（図Bを参照）という作品名で改訂版が出された（その際、六作品が加わり、三作品が削除されている）。ちなみに『熱帯圏』で新たに付された「序」の冒頭には、「小説を書き始めた當初から南方への關心は常に自分の心から離れた事はなかつた。自分の空想は何時も熱帯に呼ばれ、そこの風土を逍遙ひつづけた」とある。ここでは、改訂の意味を探ることはせず、具体的に引用文をみていくが、その前に「海外紀行」「南洋紀行」としての『熱帯紀行』の特徴について二点だけ触れておく。

図B　中河與一『熱帯圏』第一書房、昭和15（1940）年12月の表紙。『熱帯紀行』を改版した『熱帯圏』は、当時の「外地」でも発売された。

　第一にそれは、「紀行」と名づけられながら中身が「小説編」と「随筆編」とに分けられた点である。「小説」から始まる紀行文集なのだ。小説編には七作品、随筆編には一三作品掲載されており、頁数はほぼ二分されている。大正時代に書かれた佐藤春夫の『南方紀行』（大正一一［一九二二］）や芥川龍之介の『支那遊記』（大正一四［一九二五］）などでは、冒頭が往路の船の上の描写が始まり、そこで旅の実現に至る経緯や同乗する人間たちの状況が説明されて、その後に未知の土地での見聞と印象がつづくといった形になっている。それに対して『熱帯紀行』の始まりは、「天から生えた木」という短篇小説である。作者自身も、随筆編の「サイパン島紀」の冒頭で、「総ての旅行記は先づ航海から初まる。何も航海から書き出す必要はない」と記している。『熱帯紀行』の六年後、改訂版の『熱帯圏』と同じ年には、金子光晴の『マレー蘭印紀行』が出版されるが、その冒頭の「センブロン河」の初出は「小説」としての掲載だった。金子光晴と中河與一の影響関係、紀行文集として編まれた『マレー蘭印紀行』と

『熱帯紀行』それぞれに収録されている初出の発表順序、前後関係については今のところ不明である。しかし、さしあたって次のように言えるかと思う。ほぼ同時期に書き継がれ、やがて一冊の紀行文集として編まれて出版された二冊の南洋紀行『熱帯紀行』と『マレー蘭印紀行』とは、必ずしも写実を旨とはせずに、小説という虚構形式によって何らかの真実を伝えようとして書かれた紀行文だったのである。

第二の特徴は、二〇作品からなる『熱帯紀行』のうち、一六作品に「土人」の語が使用されていることである。小説編には三九回、随筆編には二六回、計六五回「土人」が登場する。四頁に一回以上登場する勘定になる。また、小説編における「土人」のうち一〇回は「カナカ土人」と民族名とともに用いられている。これは、作品内の「土人」が主として特定の単一民族を指示していることの現れである。さらに、それが「内南洋」(主に太平洋諸島域)の「土人」であることから考えるなら、対比され得る他民族は限定されていると言えよう。『マレー蘭印紀行』をはじめとする「外南洋」(主に東南アジア地域)を対象とした紀行文の場合、地元先住民と外来の支配者、あるいは両者の配合といった単線的な色分けを人種、民族の面から想定することは到底できない。そこには「支那人」(「華僑」「華人」)や「印度人」(「苦力」「印僑」「タミル人」)等、あるいは「混血」の存在が介在しているため、「土人」と名指されたまとまりの範囲やそれらがおかれた立場は重層的である。しかし、それに対して『熱帯紀行』で想定されている関係性には、スペイン、ドイツ、日本といった外来の統治者と地元島民、そして両者の混血という比較的シンプルな構図がみられる。やはり「内南洋」を対象とした中島敦の『南島譚』(昭和一七〔一九四二〕)でもそれは同様である。「内南洋」の「土人」は、民族名を特定できる島民を指すことが多く、その意味で「民族」としての「日本人」と対照して考えやすかったのではないだろうか。

それでは、引用文にはいりたい。「天から生えた木」には、計四回「土人」の語が用いられている。該当個所をすべて引用したので順にあたっていくことにする。

Aの「土人」はその土地の人であり、文意からすると「未開の人」という意味にもとれる。Bの「土人」は単に、その土地に住んでいる人、「島民」という意味であり、Cの「土人」は、天候に敏感な地元民というくらいの意味になるだろう。そしてDの「土人」は、肌の黒い現地の人、ということになろうかと思う。これらの「土人」は、どれも「土人」の第一義である「その土地の人」という意味を持ち、さらに文脈から読みとるなら、Aでは固有名詞とともに用いられ、「未開」であることが強調される。一方Bでは、島民の総称としての意味が大きいといえる。またCでは、「自然」に敏感であるという性質に力点がおかれており、Dではその肌の黒さが特に言及されている。

「天から生えた木」は、『熱帯紀行』の冒頭におかれた小説であり、「南太平洋に浮んでゐる無數の島々は、大抵みな珊瑚礁で出来てゐます」という一文から始まる神話的な物語である。この作品に登場する「南洋の土人」は、「裸」で生活しており、肌の色が黒くて、踊りが好きな人々であり、〃非文明〃〃未開〃〃野性〃などの意味合いが連想される存在である。『熱帯紀行』は、冒頭にこのような神話的短篇を配置することにより、「土人」を「土人」としてそのまま受け容れる表現空間をつくっている。「土人」は「未開」であるが、「未開」だから劣っているのではなく、「未開」だからこそ味わえるスコールの爽快さ、独特の化粧や入れ墨、喫煙の楽しさがあるのだとされる。もちろんここでの「土人」は自称ではない。島民が自己を「土人」や「先住民」と認識することは、もともとなかったことであろう。読者にとっての「土人」はあくまで他者としてしか存在しえない。「土人」を主人公としたこの小説は、「土人」以外の読者を念頭において成立しているのである。

『熱帯紀行』には、短編小説「大森林州」という南米を舞台にした作品も収録されている。「天から生えた木」では「土人」が物語の主体であり、登場人物もすべて「土人」であったが、ここでは「僕」という文明人が登場する。「僕」は「目的のない旅行者」であり、「確かに知るといふ事は最も危險な事かも知れない。吾々の文明が危險に滿ちてゐるのも、それは知識の持つてゐる一つの運命かも知れない」と感じている。「文明人という奴はね、どんな馬鹿でもお金さえあれば、威張れるように出来ている人種さ」と「僕」が森林で生活する子供「メメ」に語る（教える）場面からもわかるように、「僕」とは、文明／未開という思考の枠組を有しており、それを相対的に把握している人物なのである。

「土人」という呼称が「メメ」に与えられることはない。「メメ」に出会い、「僕」は価値観の転倒を夢想する。——労働を貨幣で測る賃金と言う尺度をもたずに好きで働いている人々にとって、労働賃金とは労働者が支払うべきものとなるだろう。「マルクスは從來の哲學を逆立ちさせた（大森林州—引用者注）は、更らに、このマト・グロッソーは、だが、マルクスをも逆立ちさせるに違ひなかつた」と。

少なくとも小説的には、上部構造と下部構造もまたさらに反転可能な関係にあるのである。こうしたいわば反転の哲学は、随所に見られる。たとえば小説編の三番目におかれた「追っかける男」は、ひたすら無用の愛情のために生きる「木幡」という男の一生を、南洋を舞台に描いた小品であるが、そこには次のような箇所がある。

（…）というのは、大体、私は男は理性によって、女は愛情によって生きているものと考えているからです。現在が男性中心の世界であるのは、現在の世界が理性を中心にして組織せられているからで、若し愛情が生活の基本になるような時代がくれば女性中心の世界が来るだろうと考えています。男が優れているのではないし、女が優れているのでもない。だが、決して同じではない。（…）

男女の分け方に関して甚だ月並みな見解と言えようが、登場人物の「私」が現行の価値観をひっくり返して女性中心の世界の訪れを想像しているところに着目するならば、ここにも反転の哲学を見出すことができる。また随筆篇の「セイロン島の叔父」という文章中では、イタリア人を「土人」と呼び、親しみをあらわす手紙文が引用されている。明らかに作者は、『熱帯紀行』全体の中で、「土人」という語をかなり意識的に用いているのである。そしてそれが紀行文の虚構性を支えているのである。口絵のキャプションの付け方をみても同じ結論になるだろう。というのも、12ほどある口絵のキャプションには多くは南洋の人々が映っているが、にもかかわらず、「土人」という呼称は用いられてはいないからである。口絵はすべて写真である。作者（あるいは編集者）は、モデルが特定できる相手に対しては直接的に「土人」と呼ぶことはしなかったし、できなかったのである。そして、「文明人」の他者として「土人」を想定し「土人」を主人公にしたのである。『熱帯紀行』が刊行された翌年から『朝日新聞』に連載された長編小説『愛恋無限』（昭和一一年五月に第一書房より刊行）にも「南洋の娘」が登場するが、そこでも「土人」という言葉は用いられていない。おそらく小説の舞台が「日本」だからであろう。

中河與一が、作品や場によって「土人」を使用したり避けたりしていたのは、「土人」という言葉の総体に差別的な意味合いが含まれていることを承知していたからに違いない。しかし、文学の言葉は、時代と社会によって形成されるそうした言葉のイメージを、ずらしたり異化したりする働きをもっている。「土人」の語が六五回も登場する『熱帯紀行』を「土人」の用法に着目して読み直すならば、次のような観点を見出すことができる。すなわち、「土人」というイメージを付与することによって周縁やマイノリティを造り出そうとする文明社会と、文明社会によって「土人」イメージを担わされている未開社会とが、その関係性において反転可能であり、また文明社会の優位性を信じる共同体の価値体系そのものも転覆可能であるということである。この観点の背後にあるのは反転の哲学であった。

やがて中河與一は、いわゆる「偶然論」を主張することになる。彼の反転の哲学は、『熱帯紀行』刊行の翌年、昭和一〇（一九三五）年一月九日〜一一日付の『東京朝日新聞』に掲載される「偶然の毛鞠」や、それに続く横光利一の「純粋小説論」（『改造』昭和一〇・四）を経て同年七月に発表された「偶然文学論」（『新潮』）へと、いわば導かれる思考だったのである。やはり同じ年の一二月、萩原朔太郎は、中河與一の『偶然と文学』（昭和一〇・一二）への共感を次のように記している。

（…）即ちヴァレリイの言うように、詩は偶然の産物であり、不思議なチャンスの連続である。詩人と天才とは決して合理主義のメカニズムを承諾しない。ナポレオンが運命論者であった意味において、すべての詩人は皆運命論者なのである。中河氏の偶然論は、この点における「詩人の勝利」を主張するのだ。そして詩人の勝利とは、それ自ら「自然主義の敗北」を意味するのだ。（…）

朔太郎は、中河の「偶然論」を「合理主義のメカニズムを承諾しない」立場として捉えており、「自然主義の敗北」を決定づける故に評価する。つまり、現行の勢力を「必然論」と規定し、それを仮想敵とみなす反勢力の誕生を歓待しているのである。

遅れて生まれた者から見ればバカバカしいとしか言いようのない一元的な言説空間が形成されていたとしても、その当時においては多くの人の無意識を支配し、何とはなしにこれこそ当たり前という感覚が、点在する違和感を抑圧し続ける時代というのがあるとしよう。昭和十年前後もまたそのような時代だったとするならば、「偶然論」は、法則や因果律を絶対視しがちであった当時の歴史意識や文学論の趨勢に対してある程度有効な立論であり、また勇気ある反動であったということができる。朔太郎はそこに「詩人の勝利」を夢見たが、果たして中河自身は、「偶然の産物」といえるような「詩」を残しているのだろうか。

「偶然論」を提起した中河與一は、昭和一〇年一二月一一日より『朝日新聞』紙上で長編小説「愛戀無限」の連載を開始する（〜翌一一年四月二〇日）。「偶然論」を当時の諸問題の基底に据えて時代と取り組み、「驚き」や「飛躍」や「思ひつき」の効用を述べ、「偶然性を梃子とした新たな思考の枠組みを提起しようとした」中河は、自らの「偶然論」を展開させたはずの小説『愛戀無限』においては、ある種の定型的な論理に捕らわれ、「ロマン主義的な愛の論理に従順な物語として形象化」してしまったのではないかと山崎義光は論じている(12)。その後の軌跡をも睨んだ一種の中河批判である。

山崎の分析に基づき、「愛戀無限」よりも少し前に発表された『熱帯紀行』を併せて再考するならば、この時代の中河與一は、属する世界が明らかに異なる二者を定型的に設定し、両者の平和的合致を関係の理想としながらも、双方の立場が偶然に反転する可能性を描こうとしたと言えるのではないだろうか。『熱帯紀行』とは、「土人」世界を「土人」中心にスケッチした紀行文であった。基本的にそれは、文明(人)の未開(人)に対する視線の独占を示すものであったが、政治的な支配関係や都鄙関係、及びそれらをめぐる(被)差別感を追認する作品ではなかった。いつかは文明人になるであろう遅れた存在として「土人」をみなすのではなく、むしろ、文明人と運命的に対立する概念として「土人」をうちだし、「土人」の住む世界を魅力的に描き、文明社会に価値をおく「われわれ」の価値観の反転可能性を示唆していた。その意味では注目すべき紀行文である。しかし、朔太郎の「偶然論」理解が示すように、「偶然論」がいわば批判的主体として流通することはあっても、世界を書き換えるような文学的立場を形成するには至らなかった。『熱帯紀行』に即して言うならば、書く主体としての「土人」を創造することはできなかったのである。

四、結び―文学の「土人」/「土人」の文学―

『限りなく透明に近いブルー』には、自らを「土人」に重ねてゆくような表現思想がみてとれた。『熱帯紀行』には、他者としての「土人」を主人公とする言語空間が創出されていた。前者は、芥川龍之介の「神々の微笑」(大正一一、一九二二年)における「事によるとデウス自身も、此の國の土人に変わるでしょう」、金子光晴の『マレー蘭印紀行』(昭和一五、一九四〇年)における「土人は、おのれが土で造られたものと信じている。/いわれのない卑下だ。かつて、私のうえにも金銭、あるいは、容貌などにむかっての卑下が、どれほど私の姿をみじめにさせたことであるか。人種の差別が受けるたましいのいたみ。それは目にみえぬ獄」といった「戦前の文学」の有名な一節を想起させる。そして、野坂昭如の『日本土人の思想』(中央公論社、一九六九年)や田村隆一『土人の唄』(青土社、一九八六年)とも通底するのである。後者は、戦後に書かれた三浦朱門の「ポナペ島」(一九五六年)や水木しげるの『娘に語るお父さんの戦記』(社会批評社、一九九九年)にもみられる点である。彼らはいずれも「土人」の語の一般的用法を見据え、そのイメージを逆用するようなレトリックを遺してきた。それは、戦前・戦後の「土人」表象を通覧してはじめてみえてくることであった。また、一九五五年にコロンビアレコードから発売された童謡「土人さんのおどり」（冒頭に歌詞の一部を引用したので参照のこと）を聴く限りにおいては、「土人」になりきろうとする行為も、「土人」を他者としてイメージする想像力も、文学者の特権ではないようだ。日常会話のレベルでは、朝日新聞らが標的にする類の「土人」ではなく、野坂や水木が見出したのと同様の「土人」が共有され、口にのぼることもあったのだろう。

　冒頭で紹介した女性の言にみるように、今日の日本では、黒い肌をめぐる価値観が以前と異なり、なかば転倒している。そのことは、前史に「あいのこ」をもつ「混血（児）」が、やがて「ハーフ」「クォーター」となり憧憬の対象となっていった現象をも想起させる。「土人」みたいになりたくてなった未成年の女性の「土人」観と、まだ遅れている人々という意味で「土人」の語を用いた「戦中派」研究者の「土人」観は、ある意味では逆立ちした関係にある。価値観の変動が著しく、全く異なるイメージを同時に表象し続ける「土人」という言葉は、多くの問題を抱えたまま今なお生きる日本語なのである。

付記　本論は文部省科学研究費補助金（日本学術振興会特別研究員奨励費）による研究成果の一部である。また、日本比較文学会北海道・東北支部大会（二〇〇〇年度、岩手大学）での口頭発表と内容が重なる部分があることをことわっておきたい。発表会場においては、普段接することにない方々から様々な御意見を多数賜り、微妙な問題を含む本論のテーマをより慎重に扱う必要性を再認識する機会に恵まれた。当日、司会の労をとってくださった中村三春氏、真っ先に批判的見解を提示してくださった佐々木昭夫氏には、特にこの場を借りて感謝の意を表したい。

注

（1）引用箇所以外の「土人」の語をめぐる削除、書き換えは次の通りである。

「サブローはアフリカの土人が戦う時に叫ぶ声で笑って」

→「サブローはアフリカの原住民が戦う時に叫ぶ声で笑って」

「ジャマイカの土人達が好む血と油で煮詰めたスープのようなものが喉の奥に詰まっていて」

→「ジャマイカの原住民が好む血と油で煮詰めたスープのようなものが喉の奥に詰まっていて」

「軍医の部屋、先端に毒が塗られたニューギニアの土人の槍が飾ってある部屋で、厚化粧の日本人の女は足をバタバタさせて股を見せた」

→「軍医の部屋、先端に毒が塗られたニューギニアの槍が飾ってある部屋で、厚化粧の日本人の女は足をバタバタさせて股を見せた」

　なお、本稿では触れなかったが、「盲」は「盲人」に、「不具者」

は「身体障害者」に書き換えられている。また、「クロ」というジャーゴンは生かされているが、「クロンボ」の語は基本的に「黒人」に書き換えられている。

（2）佐藤泉「解説」（ポケット日本文学館⑨『ビルマの竪琴』講談社、一九九五・七）、二五五頁。

（3）川村湊／成田龍一／上野千鶴子／奥泉光／イ・ヨンスク／井上ひさし／高橋源一郎『戦争はどのように語られてきたか』（朝日新聞社、一九九九・八）における川村湊の発言（六九頁）。

（4）正木恒夫『植民地幻想』（みすず書房、一九九五・七）には、ビルマの僧が竪琴を弾くはずはないのだということが「衝撃的な事実」（七頁）と記されている。

（5）矢内原忠雄編『新渡戸博士　植民政策講義及論文集』（岩波書店、昭和一八年七月、一九四三）、三頁。

（6）新共同訳では、「らい病」が「重い皮膚病」と書き換えられるなど単語レベルの改訂がみられるが、テクストに断り書きは見られない。

（7）亀井秀雄『感性の変革』講談社、一九八三・六、一八三頁。

（8）ここでは、日本語の国語事典のみを参照したが、少なくとも書き言葉においては、「土人」の用法に介在したであろう翻訳の役割も無視することはできない。以下、英語との関係に限る話となるが、例えば『研究社新和英大辞典』では大正七（一九一八）年の初版に「土人」の項を設けて以来、一貫して a native, an aboriginal, an aborigines, an indigene といった単語を当てる形で扱っており、平成七（一九九五）年の31版に至るまで大きな変更は見られないが、『研究社新和英大辞典』の場合には、昭和五五（一九八〇）年版より、“a native”の訳語から「土人」が消えている。和英辞典では「日本語」として残しながら、一方英和辞典では外された格好だ。外されたのは、『広辞苑』で「軽侮の意を含んで使われた」という注釈が加えられた数年後のことである。

　また、岩波書店の『英和辞典』（一九七〇年版）の“a native”の項には、「白人」に対しての「土人」という説明が添えられており、まるで「土人」が輸入された言葉（概念）であるかの如くである。

　ちなみに『限りなく透明に近いブルー』の英訳版 *ALMOST TRANSPARENT BLUE*, translated by Nancy Andrew, Kodansya International, 1977, 1981 をみると、「人食い土人」は“cannibals”、「アフリカの土人が戦うときに叫ぶ声で」は“like an African war cry”、「ジャマイカの土人達が好む血と油で煮詰めたスープのようなもの」は“something like the soup Jamaicans make with blood and grease”、「ニューギニアの土人の槍」は“New Guinean spears”とそれぞれ対応しており、「土人」の訳語は見当たらない。訳出しなくても意味は通るので、イメージの問題はさておき、自選小説集よりも一足早く削除したのかもしれない。一方、『ビルマの竪琴』の英訳版 *HARP OF BURMA*, translated by Howard Hibbett, Charles E. Tuttle Co, UNESCO, 1966, 1985 では、登場人物である「土人たち」が“the natives”と訳出されている。

（9）川村湊『南洋・樺太の日本文学』筑摩書房、一九九四・一二、四八―四九頁。

（10）帝国日本にとって都合のいい「蕃人」を「熟蕃」、抵抗の気配のある「蕃人」を「生蕃」として区別した。「教化」のための「理蕃政策」が生んだ一方的な区別である。賀川豊彦のような社会運動家もそうした枠内で台湾をみていた。

（11）そこで鳥居は、「南洋土人」における風俗習慣が「原始的のものである」ことを言うとともに、「日本人」との人種上の類似を指摘している。原始的生活と人種的類似の同時発見については、現代日本の文化研究者や国際交流に携わる者をはじめとする様々な人々の口からしばしば聴くことのできる口吻である。彼ら彼女らの反応は、共感型と忌避型とに大別される。忌避型の多くは一種の欧米崇拝者であり、欧米的思考を経由して人種間の「本質的」格差をめぐる問題に行き当たり、「原始的生活」の存在をまるで地雷のように扱い、できるだけその周辺には触れないように「知的」に済まそうと振る舞う。共感型の多くは、「小田実」・「藤原新也」・『地球の歩き方』的思考方法を経由し、「原始的生活」を、現代に生きるための技術及び方法として習得する（しようとする）人々である。その土地の地域の歴史や文化を繰り返し表現することで西洋的または中華的な知の力学に対抗しようとする人々もまた共感型だと言ってよい。

「アッコにおまかせ！」（二〇〇〇年三月一九日放映、TBS系列）というテレビ番組で、タレントの一色紗英が、東南アジアやインドをひとりで旅するのが好きだと語り、司会者にその理由を尋ねられ、「文明のない国が好きだから」と答えた。翌週の同じ番組で司会者は、それを不適切な発言として謝罪した（具体的な言い換えはなく本人のコメントもなし）。抗議がない限りテレビ局がみずから謝罪することはまず考えられないので、何らかの申し入れがあったものと思われる。申し入れたのは東南アジアから来た留学生かもしれないし、投稿するのが趣味の視聴者かもしれない。いずれにしても彼女の場合は、精神が忌避型にもかかわらず行動だけは共感型という例のように見受けられる。番組制作者の多くも彼女と同様の言動を示すケースが多いのであるが、公の場で発言することはない。

（12）山崎義光「中河與一の偶然論と『愛戀無限』」（文学・思想懇話会編『近代の夢と知性—文学思想の昭和十年前後（1925-1945）—』二〇〇〇・一〇、翰林書房）、一四三—一五九頁。

土屋忍（つちやしのぶ）一九六七年北海道生まれ。早稲田大学政治経済学部卒業後、㈱電通勤務を経て、一九九三年東北大学大学院・国際文化研究科に入学。九八年に同大学院博士課程を退学し、専任助手に就任（〜二〇〇一年）。現在は日本学術振興会特別研究員（国外）東北学院大学非常勤講師（日本文学）、仙台市立看護専門学校非常勤講師（比較文化論）。主要論文は、「北原武夫とジャワの薔薇——軍服を着て立ちつくす」（神谷忠孝・木村一信編『南方徴用作家』世界思想社、一九九六）、「肉体の記憶としてのバリ——山田詠美『熱帯安楽椅子』論」（『日本近代文学第55集、一九九六・一〇』）、「大東亜戦争の物語と抗日『自由タイ』の記録——『クーカム』をめぐって」（『国際文化研究』第4号、一九九七・一二）等。また編著として、『近代の夢と知性——文学・思想の昭和一〇年前後（一九二五〜一九四五）』（翰林書房、二〇〇〇）がある。現在の主な研究課題は「日本近代文学における『南洋』である。」

橘外男の敗戦感覚

谷口　基

はじめに

「実話」という特殊な文学ジャンルより出発した橘外男は、文壇登場からわずか二年数ヶ月で直木賞を獲得、一気に大衆文学の頂点に駆け上がるという幸運に恵まれながら、いわゆる文壇作家たちとは終生異質のスタンスをとり続けた。受賞後の感想に〈只自分の云ひ度い事を書き立ててゐるに過ぎません〉〈芸術的な作品を作らうと云ふ意図も野心も毛頭ありません〉と嘯いた橘には、直木賞評議員のひとり久米正雄が勧めたように、権威ある文学賞を得たことを機に〈本格的な作家〉（「第七回　芥川龍之介賞直木三十五賞決定発表」『文藝春秋』昭和一三・九）に転身する、などという意識はなかったようだ。自己の嗜好に叶ったものが書けさえすれば、それが彼にとって最上の文学的営為であったのだろう。内容の真偽は問わない。読者の日常を遥かに離れた異郷や特殊世界をリアルに、豊かな想像力と奔放な語り口で練り上げた物語空間、それが橘外男の「実話」的小説なのだ。奇抜な題材と異風の野人的文体とによって、菊池寛、白井喬二らに将来を嘱望されながら、輸出業者との二足の草鞋を履き続け、戦時下は満映に職を得ると、直ちに休筆。彼の地における文学活動の形跡は皆無。敗戦後日本に引き揚げてきた後は、生活に追われて濫作を重ねる、といった具合に、逞しく戦前・戦後を生き抜いてきた。エキゾシズム、グロテスク、エロティシズムに彩られた橘一流の「実話」は、敗戦直後より叢生したカストリ雑誌には格好の「商品」であり、ためにその戦前の作品も数多く再発表の舞台を得ることとなった。プロットは同一でありながら、題名、舞台設定が異なるヴァリアントが異様に多いことも、橘外男の作家性を読み解く重要なポイントとも言えよう。それら作品の戦前（戦時下）・戦後の変化相を詳細に読み解くならば、この作家なりに深刻な敗戦感覚がその断層に見出し得るように思われるからだ。

　それは、ソ連の満州侵攻に伴う「亡国」体験の記憶に兆すものと解釈できるが、殊に橘が拘泥した要素は、軍隊・兵士たちによる民間人への性暴力、すなわち戦時強姦の光景なのである。作家としての出発時点より、「女を襲う男の物語」の様々な形態を自らの作品に試み続けた橘外男という小説家が、満州居留邦人として実際に直面した暴力によって、どのように自身の幻想世界を変形させたか。本論は、その痕跡を彼の敗戦後創作史の中に求めたものである。

一　得意分野「人獣交婚譚」

　広汎な執筆領域を誇った橘外男が、とりわけて強い執着を示したモチーフが「人獣交婚譚」である。多くは、辺境の地に美しい人間の女性と〈類人猿〉に代表される醜怪な半獣半人との条理を超えた交情劇を描いたもので、橘の生涯文学史の全域にわたって作品が確認される。数量的にも最多を誇る「得意分野」にあたるが、その起点は彼の文壇登場前夜にまで遡及する。

　群馬県立高崎中学校の中退、札幌の鉄道管理局での公金横領と、それに続く投獄。厳格な軍人一家から放逐された不良文学青年・橘外男の初めて志した小説が、有島武郎の序文を巻頭に掲げた全三巻千二百頁の恋愛大長編『太陽の沈みゆく時』（第一巻「地の微笑」大正一一・七、第二巻「地の微笑　続篇」同・一二、終篇「天の微笑」大正一二・七　いずれも日本書院刊行）である。朗々と謳い上げられた悲愴美の世界は、有島をして〈生命力の全部を瀉がうとしてゐられる〉と言わしめた野性の熱気に満たされ、以後、絶筆『ある小説家の思い出』（『小説新潮』昭和三三・八〜三四・一一）に至るまで、その作品史の中で木霊のように繰り返し立ち現れる、傷だらけの半生記の原型が既にここには認められる。無名の新人の作品ながら、同作は好評のうちに版を重ね、勢いを得た橘は、同じ版元より『主よ身許に近づかん』（大正一三・一二）『艶魔地獄　一名或る死刑囚のグリンプス』（大正一四・一二）『地に残る影』（昭和二・一二）の三長編をたて続けに発表している。世に容れられぬ孤独な魂と、清純な悲恋と、独特のキリスト教理解に基づく人道主義に支えられたこれら最初期作品群の中で、しかし『艶魔地獄』一篇のみは明らかに他と異質なテーマ性を孕んで屹立しているのだ。

物語は、婦女誘拐、強姦致死など十指に余る罪を問われ、死刑台の露と消えた〈殆ど無学文盲に近い一土方〉の身の上話を、語り手が聞き書きするという体裁である。その醜貌故に人間と野獣の中間的存在に目された代賀太一は、社会と家庭に守られた美しい女性たちを狙い、強姦殺人を重ねる。おびただしい伏字の背後に透かし見られる太一の思想は、強姦殺人によってのみ、自己と女たちとの間にある障壁を突破し得ると信じたアウト・ロウの陰惨な世界観を伝えてくる。橘外男の「人獣交婚譚」の濫觴はここにあるのだ。

獣とは〈類人猿《ゴリラ》〉の如き半獣人のみを指示する呼称ではない。醜貌の男、身障者、外国人、下層労働者、あるいは語り手として登場する作者の分身すらもこの名は包含する。彼らはその肉体上の特徴、あるいはその生きる世界の特殊性をもって、恋慕する美女に対しては常に「異人」の領域に配置されている。醜貌と逞しい肉体、旺盛な精力、そして相手女性に対する常軌を逸した執着・独占欲。これら特性を備えた男たち、そして雄どもの欲望渦巻く暗黒世界の中から、橘文学に特有の〈類人猿〉という暗喩は浮上してきた。「人獣交婚譚」、すなわち「女を襲う男の物語」の発生である。

だが、この分野に属する作品群は、川村湊氏、東雅夫氏がともに〈同工異曲〉という厳しい評価を下していること(1)からも理解されるように、似たような内容の物語が、実に多い。しかも、先述したように、過去に発表した作品を僅かに設定変更しただけの改作を敗戦後、あたかも新作のように装って相当多数再発表しているのだから、はなはだ、たちが悪い。だが、その際の手続きとして、作者が内容に新たに盛り込んだ描写と、削ぎ落とした描写との関係に、ある種の志向性が認められることは看過できない。特定の何かが加えられ、あるいは抹消されることによって、敗戦後の橘外男の「人獣交婚譚」の物語には大きな変化がもたらされているのだ。

橘の敗戦前文学活動の終業は、昭和一八年の「大空を恋ふる」(『新太陽』昭和一八・二〜?)。本格的な創作の再開は二一年の後半頃と推測される。そこでまずは、実話作家としてのデビューから戦中に休筆するまでの時間域において発表された「美女と野獣」をめぐる物語を、その内容から三系列に大別しておきたい。

第一に、人間女性が、類人猿もしくは類人猿的怪人に対して愛情を抱いたり、人間男性もしくは一般的男性には求め得ぬ美点を認めたがために、その愛を全うするために人間界もしくは一般社会と訣別する物語。獣医科器械商〈ミスタ・タチバナ〉こと語り手と、外国商館の社長の姪、未亡人アグネスとの恋と破綻を、軽妙、かつ荘厳に語る「白耳義の地図」(『文藝春秋』昭和一一・八)や、ベルギーの医学博士夫人で自らも医師である美女リューネが、〈サーマ〉と呼ばれる

〈類人猿《ゴリラ》とバンツ土人の女との間に生れた半類人猿半人類〉との愛に目覚め、夫を捨ててコンゴのジャングルに姿を消す「博士《ドクトル》デ・ドウニヨールの「診断記録《ヴィザム・リベルタム》」」（同　昭和一一・一〇）、娘ほどに歳の離れた妻と再婚した実業家が、アフリカの地で呪術的魅力をもった黒人に接触したばかりに、彼に妻を奪われる怪奇な悲劇「南海の情鬼」（『オール讀物』昭和一二・五～六）などがある。

　第二は、類人猿もしくは類人猿的怪人が人間女性に恋慕したことで生れた悲劇。一種の愛憎物語とも言えようか。アルゼンチンの国民的劇作家が、醜い自分に体も許さず、心も開かない高慢で美しい妻をついに凌辱・殺害するに至るまでの苦悩を回想した「鬼畜の告白書」（『オール讀物』昭和一二・一二）、サンチャゴ大学遺伝生物学探検隊の一同が、三十二年前謎の失踪を遂げたチリの侯爵夫人と、類人猿を操る奇怪な半獣人作家との愛憎劇の痕跡を、アマゾンの秘境に発見する「死の蔭《チャプロ・マチュロ》探検記」（同　昭和一三・七）、類人猿の言語を偏執的な情熱で追求する老学者と、彼の研究の犠牲となってゴリラに惨殺された令嬢の、想像を絶する日々を綴った日記体の作品「令嬢エミーラの日記」（同　昭和一四・三）などが該当する。

　第三は、半獣半人の怪物的人物が、権力や暴力によって女性を拉致、暴行、殺害するという猟奇的内容。この系列は、南アフリカ、トングワットの山中に城塞のごとき土砦を構えた〈人間性と犬の魂を半々に持つた〉ズーヴァン土人の酋長が、白人女性数十人を誘拐、暴行、惨殺する「怪人シプリアノ」（『オール讀物』昭和一二・四）、パラグアイ、ボリビア両国の係争国境グランチャコの酷熱地帯に迷い込んだアルゼンチン鉱山技師たちが、獣頭人身の〈半獣半人〉と生けるが如き一群の死美人の立ち姿を発見する「マトモッソ渓谷」（『新青年』昭和一四・三）の二作に代表される。

　約三年間の空白を経て、これら「人獣交婚譚」のモチーフは微妙な変貌を見せることになる。前掲三系列に属する作品より、特徴ある転生を遂げた数作を手がかりとして、敗戦後蘇った「人獣交婚譚」の新方向を次章に探っていきたい。

二　人獣相愛の行方

橘は敗戦後、『別冊文藝春秋』に連載した「予は如何にして文士となりしか」（昭和三一・四）の続編「貴婦人とゴリラ」（同・六）で、「博士《ドクトル》デ・ドウニヨールの「診断記録《ヴィザム・リベルタム》」」の構想を評した夫人の手厳しい言葉を臆面もなく引用している。

「……阿弗利加の密林から類人猿が出て来て、白人の奥さんを引っ攫つたら、奥さんが御亭主よりも類人猿の方が好きになつちまつて、もう欧州へ帰らなかつた……なんて、まるで子供のお伽噺見たい！　なまじグロつぽいだけに、お伽噺にもなりやしないわ。バカバカしくて、人に話も出来やしないぢやありませんか！　小説家になるんぢやないから何を書いたつて構はないやうなもんだけれど、それぢやいくら書いたつて、文藝春秋で、載せちやくれないわよ」（傍点は論者）。

夫人の評価の当否はさておき、ここでは〈奥さんが御亭主よりも類人猿の方が好きになる〉という表現がされた箇所を注目されたい。先に紹介した第一系列・人獣相愛の物語では、この「博士《ドクトル》デ・ドウニヨールの「診断記録《ヴィザム・リベルタム》」」がとりわけ特徴ある転生を強いられているが、再発表テクストには「死境アフリカ」（『りべらる』昭二六・一）を比較の対象として選択した(2)。

まずは原型テクストを以下に引用する。夫人言うところの〈好きになる〉プロセスは暗示的な描写のみで流されている。

リユーネは私を離るる百二十ヤードの眼前を、今こちらに向つて歩んで来るところであつた。しかも、驚くべし！　見よ！　蓊鬱たる大深林を背にして、その上半身は乳房も露に一糸を纏はずわずかに襲われた当夜身に着けていた乗馬ズボンのみを穿いて、そのズボンの裾はボロボロに裂けてゐる！

「おう！　リユーネ！　リユーネ！　リユーネ！　リユーネ！」と私は躍り上がつて、死物狂いに駈け上がつた。

私の叫び声に驚かされて、一瞬リユーネは歩みを停めて私のほうへ眼を凝らしてゐたが、走り寄つて行くのが私と判然認め得たのであらう。

「シャルル！」と明瞭に叫んだ。しかも何たる奇怪不思議ぞ！　私を見て躍り上がつて来るべき彼女は、まるで悪漢にでも逐はれているかの如く、急に身を翻へすと必死になつて、小暗い密林の中に逃げ込まうとした。

リユーネの叫びに応じて樹上から降り来たったのは獣人サーマ。その猿臂に抱かれ、彼女は〈さも安心したやうにほつとしたやうに、私を見返つて莞爾と笑つた〉。両者の間に性的交渉がもたれ、その非日常の悦楽に我を忘れたがためのみにリユーネが人間界と訣別する動機を得たとは限るまい。少なくとも、サーマの腕の中で〈満面の媚態と圏娜かしき愛と抱擁と満足と信倚〉を見せる彼女には精神的の安住を得た人間の表情を読み取るべき余地が残されているとは言えまいか。ドウニヨール博士自身の確信である〈私がこの眼で確かに見たリユーネの愛があのサーマに与えられていたという明白な一つの事実〉（傍点は論者）、そこには肉の快楽に限定され得ない崇高な〈愛〉の介在を読者に印象付ける可能性が残されている。

では戦後に同作品を母胎に再生産された「死境アフリカ」

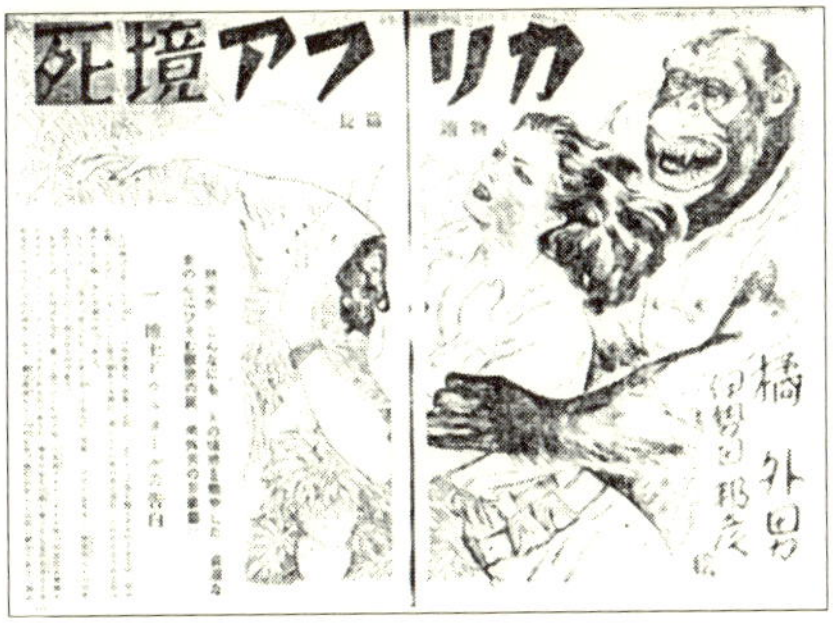

の該当箇所はどうであろうか。

瞬間、愕然として立ち止まつた。言葉はわからなかつたが、甘い甘い囁き！　声は正しく、リューネであつた。しかも、リューネは私を離るる百二十碼の彼方の叢深く、遊び戯れるかの如く嫣然たる微笑を泛べて、身をくねらせてゐる。

しかも更に驚くべし、見よ草に蔽はれたるその下半身は見るべくもなかつたが鬱蒼たる大深林を背にしてその上半身は、真つ白な豊かな乳房もあらはに、一糸まとはぬ全裸の姿であつた。

私の叫び声に驚ろかされて、一瞬リューネは顔を挙げて私の方へ眼を凝らしたが、走り寄って行くのが私と認めたのであらう。

「シャルル！」と疲れたやうにうつとりと、そして何かこう、幾分厭しげな調子で叫んだ。しかも何たる奇怪不思議ぞ《ママ》私を見て、懐かしさうに当然躍り上がって来べき筈の彼女は、まるで子供が邪魔ものにでも見つかつたかの如く、急に身をくねらすと必死になって、小暗い密林の中に逃げ込もうとした。（中略）下半身もまた真白な裸体の私の妻のリューネは、サーマに掻き抱かれたまま、その美しい肉体を、惜しげもなく獣の嗜欲に任かせ切つてゐる処であつた。


あからさまな人獣交歓絵図の加筆は、真実の愛を得て俗界に別れを告げる清らかな表情を、妖婦の微笑みへと変転せしめた。「死境アフリカ」は、「博士デ・ドウニヨールの「診断記録」」に胚胎した新ヒューマニズムの可能性を、雄による雌の性的攻略という次元にまで引き戻した物語であると言わざるを得ない。盛り込まれた要素はカストリ雑誌には不可欠の性愛の描写。従って、目の前で妻と野獣の愛欲図を見せつけられることで、夫たる博士の屈辱と苦悩もまた強調される。教養も知性も、社会的存在である人間の価値を構築する要素はすべて敗北した。ここでは、妻を奪われたことで、獣人から間接的精神的に「征服」されてしまった男性像のイメージが、原型テクスト以上にはっきりと掲げられているのである。

三　「獣性」に回収される「人間性」

第二系列の「鬼畜の告白書」は、単純な改題・再発表作『ひと我を鬼畜と呼ばん』（『笑の泉』昭和三二年一月臨時増刊）

の他に、大幅に加筆されて、澁澤龍彦も絶賛した[3]「陰獣トリステサ」（『ホープ』昭二二・一〜四）に、更に同一内容で舞台のみを日本に移した「陰獣」（『探偵実話』昭二九・一〜六）への転生を遂げた。

原型テクスト「鬼畜の告白書」[4]の語り手セザレ・デイアミニは妻の殺害を振り返って、〈私はただ鏖殺しにしたかつたから鏖殺しにしたに過ぎぬ〉と、〈復讐の喜び〉〈勝利者の快感と征服者の満足〉に浸りつつ、自己の陥った異常心理について告白する。

死刑執行後の私の屍体をどうぞ妻のアリシアと一緒に埋づめて戴きたい。墓も別々にせず、一基の墓標の下に仲睦まじく眠らせて戴きたい。

愛と憎しみとの相剋を私は生まれ変り妻のアリシアと味ひ尽くして行きたいのだ。其の外には何の望みもない。最も私の性に合つたアリシアと云ふ女を此の世で見出した以上、もうあの女との相剋なしにはセザレ・デイアミニは死んでも眼がつぶり切れぬのだ。

名目だけの妻との愛憎織りなす生活の果てに到達した修羅の悦楽に、思いがけずも彼は理想郷を見出した。〈鬼畜〉とは、その悦楽に耽る自己を肯定するデイアミニが、自らに贈った呼び名でもあったのだ。ひと、我を鬼畜と呼ばん。されど、我もとより鬼畜なり。

ところが、「鬼畜の告白書」の発展形である「陰獣トリステサ」ならびに「陰獣」は、約五年の月日を隔てて、夫人殺害後の主人公の心理が、自身の言葉によって以下の如く変形されているのだ。

泣いて詫びる妻を殺した事によつて、私を野獣の如き夫と目するならばこれにも一言明快なる反駁を加へて置かう。若し私が野獣の如き夫であつたならば、恐らくは自己の存分にした後私は犬に汚された如き妻は棄て去つてしまつたであらう。

しかし私は野獣ではない。野獣の如き真似はして見たが、遂に野獣にはなり切れなかつた。汚れた妻を尚も棄て切れず死を越えて、これを完全に抱擁して置んが為めに、遂にこれを殺してしまつたのである。（「陰獣トリステサ」）

泣いて詫びる妻を殺したことを以って、私を野獣の如き夫と罵るならば、宜しいこれにも一言、明快なる反駁を加えておこう。断じて私は、野獣ではない。もし私が野獣であったならば、これほど迄にも自分の存分にした肉の亡骸の如き汚れ果てた妻はそのまま棄てて顧みなかったであろう。

再度いう。だから私は野獣ではない。野獣の如き真似はしたが、遂に野獣にはなり切れなかったのだ。存分にした妻を尚も棄て切れず死を越えてこれを完全に抱擁せんがために……だから遂にこれを殺してしまったのである。（「陰獣」）

彼らは容貌魁偉な大男であったデイアミニと異なり、一般人よりも体力の劣る身障者（内翻転）として造形されており、それだけに自己の「人間」としての矜持を誇り高く保持していた。これは、両作品に人間とかけ離れた、「性欲の獣」が登場させせられていることと関連して大きな効果を上げている設定だ。二作品では、トロエス・アピエラド（「陰獣トリステサ」）、あるいはチャードリア（「陰獣」）と称する、女性の性欲のはけ口として品種改良された犬が、それぞれの妻と痴戯に耽る。いわば獣以下の存在とさげずまれた二作品の語り手たちは、いずれも文字通りの獣性を代表するこの犬たちを射殺し、妻を奪還し、人間としての自己を貫徹し、獣性への勝利を叫ぶのである。こうした観点からみるならば、二作品は、「博士デ・ドウニヨールの「診療記録」」の後日談のような構成であるとも言えよう。「征服された男」の復讐劇。しかし、奪い返したしたはずの妻は、本当の意味では自分のもとには帰ってこない。自分を愛さない妻を自分に従わせるためには、そして、挫かれた自己の男性性を回復するためには、死を以て彼女を従属せしめるしか方法はない(5)。

「死を超えた完全な抱擁」という意識は、二作品における語り手たちにとっては、それぞれの蛮行への免罪符としても機能する。これによって、世間からの評価はさておき、個人的な価値観の上において彼らはむしろ獣以下の存在から「人間」の領域に引き戻されたのだから。しかし、それを実現するための通過儀礼は、自分の意のままにならない女性を強引に自分だけの所有に帰するための行為、自己中心的で倒錯した愛情表現にすぎなかったのである。

「死を越えた完全な抱擁」という行為は、戦前の「令嬢エミーラの日記」にも既に確認できる。同作品は導入部が新たに加筆されて『怪奇小説　獣愛』として千代田書林から昭和二四年一月、単行本が刊行されている。山下武氏作成の年譜には、『読物クラブ』昭和二三年二月号に「令嬢エミーラの日記」のタイトルが認められるが、論者は実物未見のため、このテクストと戦前初出との異同については詳かにできない。また、『獣愛』刊行の同年一一月、『りべらる別冊』に『獣愛』そのままの内容の「魔境アフリカの美女」が発表されており、さらに前述の山下氏年譜に拠れば、昭和三一年にも「エンゲルベルト博士の令嬢」と改題され、『ロマンス別冊　小説読本』の誌面に登場している。本論では『獣愛』を敗戦後テクストの一例として比較対照に引用したい。

「令嬢エミーラの日記」初出プロットは以下のようなものである。

エミーラの父は〈人猿同祖論〉を唱える動物発生学の権威。父娘はコンゴで、捕えた〈類人猿〉に様々なアプローチを試み、感情の起伏に伴って発せられるその言語を研究していた。文明世界を遥かに離れた辺境の地で、研究スタッフは次第に神経を病み、エミーラにみだらな振舞いをしかける者さえ出て来る。あさましい人間関係に疲れ果てたエミーラは、いつしか醜い〈類人猿〉を唯一の友と感じ始めるが、ある日檻を破って暴れ出た〈類人猿〉に父も婚約者も殺されてしまう。彼女が当時のポルトガル領アンゴラとベルギー領コンゴの境界を劃定する測量隊に発見された時には、片腕片脚をもぎとられた死体となり果てていた。死体の傍らに散乱した日記様の記録からエミーラの過去へと、物語は溯行するのだ。測量隊を案内した現地人は、彼女を争って二匹のゴリラが戦い、勝った方が彼女を殺したのだと説明する。この言葉は図らずも「死を越えた完全な抱擁」に通じる欲望、換言するならば、類人猿の中の「人間性」を強調するものとなっている。

一方、『獣愛』に代表される敗戦後テクストでは、大幅に加筆訂正された導入部において、測量隊のひとりである語り手の目前であからさまな「人獣交歓」の図が展開される。

その叢の蔭には一匹の巨大な類人猿が腹這ひに寝そべつて、下に確かとひとりの白人の女を組み敷いてゐるのであつた。しかも、組み敷かれた白人の女は全裸と見えて、類人猿に組み敷かれながら投げ出した片脚が、類人猿の腹の下の叢の蔭から、我々の眼に留つたわけなのであつた。

(中略)

「ね、オワワ……あたしがお前を愛している事は、わかつているぢやな……い……の……? ね、後生ですから、もうそんなに苛めないでねえ……苦しいから……あ、痛た痛た、、、、、痛たいからよう!」

怨ずるが如く泣くが如く、媚ぶるが如く訴ふるが如く、さながら苦痛に、顔を顰め切つてゐるかのやうな声であつた。

ゴリラ同士の死闘の場面がこれに続き、この期に乗じて逃亡を計ろうとした白人女性は、二匹のゴリラの怪力によってまっぷたつに引き裂かれてしまう。

黒い身体は左右に分れて、しかも女の真白な身体を両方から、引つ張り合つてゐるのであつた。たゞさへ凄い類人猿の膂力が、力を込めて両方から引つ張るのであつた。見る見る女の身体は、引き絞つた弓の弦のやうに緊張して顔は苦痛に歪んでもはや息も絶え絶えであつたらう。(中略)しかも獣の悲しさには、互に女を争つてむうん！ と力を込めたのであらう。忽ちビシッと鞭ででもひつぱたいたやうな音が、私の処迄も耳を打つて、その瞬間、女の身体が左右によぢれて右腕と左脚とが、ポッキリと附け根からねぢ切れてしまつた。颯つと噴き出した血が、忽ち女の身体を真つ紅に染めて、……脚を掴んだ類人猿は血に染んだ身体を、逆さに肩にかけたと見る間に身を翻して、脱兎の如くに森の奥眼蒐けて逃げ出した。

敗戦後に捕捉されたこの衝撃的なシーンが何を想起させるかといえば、それは文字通りの〈獣愛〉＝野獣の愛の作法であろう。と同時にこの構図は、愛するものを他に渡すより、我が手でこれを殺すことで「所有欲」の貫徹を主張する、という敗戦前テクストに胚胎していた「人間的行為」の身勝手さをも端的に表現し得る。すべてが「弾み」と「勢い」で解釈できるはずの野獣の仕業が、嫉妬、独占欲、エゴイズムといった、「人間性」に相通じる意識よりもたらされたとすれば、それは何たる皮肉であろうか。敗戦前テクストでは、仄聞体のうちに暗示されていた類人猿のネガティブな「人間性」。それはそのまま敗戦後の改作の中にも継承されているのみならず、さらにそのマイナス度(非人間性)を飛躍的に高めてしまったと言えるだろう。ここに見られた類人猿の「人間性」と、「陰獣トリステサ」などの殺人者たる男たちの「人間性」との酷似は、橘の敗戦後作品が主張するヒューマニズムの内容を、異常なまでの独占欲と執着心と嫉妬心に代表させてしまうことになる。「人間性＝獣性」という命題がここから導き出されてくるのだ。

四　ふたたび「人間性」のあやうさ

第三系列の二作品は、それぞれの特徴ある趣向が一作品のうちに統合されることで、戦後における橘外男の代表的モチーフを生み出した。即ち「怪人シプリアノ」にみられた、辺境土着の奇怪無惨なる権力者による美女狩りの趣向と、「マトモッソ渓谷」における、生けるが如き死美人の群像というエピソードが一本化されて、「青白き裸女群像」(『旬刊ニュース』昭和二三・三～二四・五)に結実するのである。その後同作品は、少年少女向けミステリーとして一度書き改められ(『双面の舞姫』昭和二九・四　偕成社刊)、さらに、舞台をフランスから日本へ移して「地底の美肉」と改題、『探偵実話』昭和三三年五月号より五回連載で再発表された。

美女狩りを行う男が類人猿でも半人半獣でもない、れっきとした人間の権力者である、という設定変更の意義は大きい。辺境の土地に広大な地下城塞を構えた旧時代の権力者であるその男は、〈海坊主のやうな天刑病患者〉であり、配下を使って誘拐させた美女を遇すること〈冷酷残忍を極め〉る。レプラに関する同時代的な誤解や偏見が作中に多々認められ、それらが物語の醸し出す異様な怪奇性を高めることに寄与していることは断るべくもない。しかしここでは、女性に対する徹底した差別意識と嗜虐性の出処を、はっきりと人間の、それも男性性の中の狂気に求めているところに着目したい。類人猿も半獣半人も退場させられたこの舞台で、狂気に満ちた暴力を恣にしている主人公は「人間」、そして「男」そのものなのだ。

以上三つの系列を横断する敗戦後テクストの最大公約数をまとめると、まず、敗戦前テクストでは擁護されていた類人猿の「人間性」が「獣性」の前に力を失ってきたこと、そして、殺人者たる男たちが拠り所とする「人間性」は、類人猿すらも持ち得る「人間性」であり、本来的には最もネガティブなかたちの「人間性」であること、最後に、最上級の狂気と暴力性はむしろ「人間性」の中に存する、という三点が指摘できる。敗戦後に群をなして再生した橘の「人獣交婚譚」は、それぞれが互いに力を及ぼし合うことで、ヒューマニズムを排斥し、マイナスの意味での「人間性」を前面に押し出すように配置されているかに見えるのだ。人間の性、男の性に関わる狂気を抉り出す、というテーマは、先述したように、橘の最初期作品『艶魔地獄』に既に現れてはいた。しかし代賀太一の暗黒の半生が培った世界観にぴったりと意識を添わせた当時の作者の態度は敗戦後作品の中では完全に失われている。「陰獣トリステサ」などの男たちが一筋の光明として取りすがる、己が「人間性」。それは類人猿の「獣愛」に示されたものと同根の性質、文化によって強姦が罪と目される時代以前における性本能の擬似的復興、雄による雌の征服をもって完了する生殖のルールに根ざす女性差別(6)から生まれた「強姦者の論理」である。ただし、そうした観点に立って、強姦者たちの矜持を冷酷に否定する方向性を橘外男が敗戦後作品群の中でにわかに示し始めたとは考え難い。故に「人間性」もしくは男性性の正体が「獣性」に同一であったことを橘が主張するに至った経緯を明らかにする作業にあたり有効な比較の素材として、次章に橘自身の敗戦後創作史に顕著な一傾向を共有する作品群を例示したい。

五　軍隊暴力（戦時強姦）という新テーマ

軍隊暴力（戦時強姦）は、敗戦後初めて橘外男の作品に採り入れられた。これらも、その後幾たびか題名や設定を微妙に変化させながら再発表、再々発表される運命にあったが、代表作四編の梗概を以下に紹介する。

「塀に凭れた夫」（『オール讀物』昭和二二・三）では、ドイツ軍占領下のフランスにおける、ナチス兵士たちの婦女暴行が生々しく描かれる。銃剣を擬され身動きかなわぬ目前で妻を汚された夫は発狂するが、妻は戦争の終結とともに新しい人生を歩き始める。

『泥濘』（板垣書店　昭和二三・五　初出未詳）は、一九四〇年のナチスによるノルウェー侵攻に伴う混乱の中で、一貴婦人の味わう絶え間なき辛酸、遂に戦後の仮法廷で殺人の罪を問われるまでに至る、その痛わしい転落模様を描いた中編小説である。

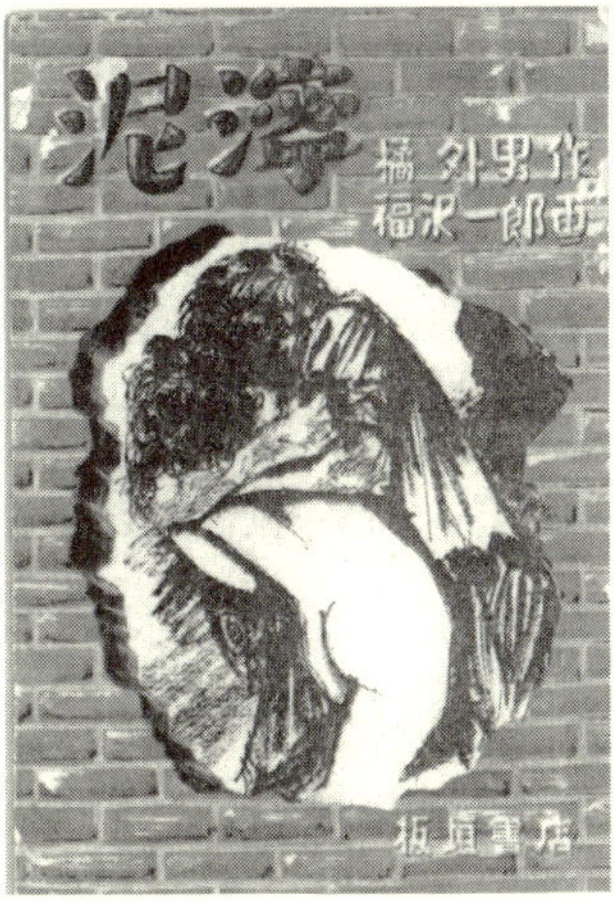

「スカバアンゲルの一夜」（『小説新潮』同年・八）は前作同様、ナチス制圧下のノルウェーを舞台に、ドイツ人兵士たちの集団暴力をきっかけに滅んでいく、二組の夫婦の悲劇を中心に描く。

「五十何番目の夫」[7]（『オール小説』昭和二四・二）では、東京軍事裁判における南京大虐殺実行犯の陳述を真実として受け入れかねている日本人たちへ向けて、ひとりのフランス人が印度支那で目撃した駐留日本軍の蛮行、すなわち日本人兵士数十人がフランス人税関長の美しい令嬢を犯したあげくに絞殺した事件の顛末を語る。

以上四篇の作品では、事件後の物語の道筋は大きく二つに分岐している。まず、暴行の結果、女たちは殺され、男たち（夫、恋人など）は発狂・自滅するという流れ。「スカバアンゲルの一夜」では、目前で親友フォルケの妻を兵士に犯されたヨルゲンセンが、その衝撃から立ち直れないフォルケから執拗に贖罪を求められ、遂にこれを殺害してしまう。その直後、今度はヨルゲンセン自身の妻が押し入ってきたドイツ兵たちに暴行、絞殺されてしまい、事件を知ったヨルゲンセンは発狂する。また「五十何番目の夫」では、惨劇の後、令嬢を密かに恋い慕っていた現地人の召使いが精神に異常をきたし、彼女の遺体を盗み出すと、これを固く抱擁しつつ毒を仰ぎ死んでいく、という猟奇的展開を見せる。これらに対して、犯されたことを乗り越え、新しい生を全うすべく、かつて無かった美や生命力を身に纏う女たちと、発狂あるいは自滅の道を辿る男たち（夫、情夫など）との対照的な「その後」を構成する流れがある。「泥濘」のヒロイン、フォルデライト伯爵夫人は戦渦のさなかに夫と生き別れ、頼みとする下男イヴァルにも裏切られ、強制的にその情婦にされるが、ナチス

兵士の集団暴行を受けてからは、嫉妬に狂ったイヴァルの指図でドイツ軍相手の慰安婦に身を落とす。しかし、娼館で再会した夫から姦通を責められると、下男イヴァルを刺殺、自身の潔白を証明するために法廷に立つ。すべての証言を終えた夫人の姿は、以下の如く描写される。〈美しいは美しいながらに、昔のように聡明な感覚美といつたものは影も形もなく、連日連夜肉体をしいたげている娼婦達に見るような、あのあおぐろい線が眼の下を隈どつて、不健康な青白い皮膚に男によつて眼ざまされ十二分に爛熟し切つた、情熱的な眼を何処かに忍ばせているように感ぜられた〉。そして、愛する妻を犯され発狂した夫を目の当たりにした「塀に凭れた夫」の語り手ベーラル医師は、終戦後従姉妹の家で、その時の被害者である美しい主婦フランソワーズに再会、悲劇の痕跡を全く留めず、かえって美しく、豊かになった彼女の姿、その翳りのない言葉に接し、ひたすら圧倒される。

　ここに設定された女たちの新生は、言うまでもなく、女故の図太さ・逞しさの結果、あるいは男によって促された美の開花などとの通俗的解釈を安易に許す要素が多分にあり、これもまた「強姦者の論理」に支配された展開と受け取られよう。「殺される女」「再生する女」の二典型に女性被害者が分かれていることに対し、妻や情婦、あるいは意中の人を目前で犯されるという恥辱を味わった男性たちは、精神的にも肉体的にも死なねばならぬ運命が用意されており、「征服された男」の脆弱さが、殊更に強調されていることも、その素因として働き得る。こうした視点のありかたを「前時代的」と一括して不問に帰す愚は避けられねばなるまい。これらは、負の体験を乗り越えて生きていく女性の身の上にさえ淫婦的、妖婦的魅力を付加しないではいられない、小説家橘外男自身の想像力の限界が露呈した要素にほかならないからだ。しかし、橘は一方で、加害者としての兵士たちを徹底して情なき「野獣」のイメージで描く。一例のみ引用する。

　私は夢中でスグ眼の前にゐる兵士の肩を鷲掴みにしました。

「止めて下さい！　かう云ふ野蛮な事を！　スグ止めて下さい！」

いら立たしさうに、その兵士の肘を押へました。

「べらぼうめえ……どうせ俺たちは野蛮でえ」

と列中から嘲るやうな大声が起りました。

私はその前の兵士の肘を抑へ、肩を掴んで、彼等の良心に訴へて隊列を中断させようと焦りましたが、一人として列を離れる者はありません。しかもその間にも、列は一歩一歩と犇めいて、玄関から出て来る兵士たちは列の兵たちと大声に笑い交しながら、聞くに堪えぬ卑猥な言を吐き散らしつつ私の背後を通り過ぎて行くのです。二人や三人でなし、もはや寸時の猶予もなりません。こんな五十人も六十人もの荒くれた兵隊たちに襲はれては、もはや令嬢の息の根の続かう道理はないのです。しかも既に何人何十人の兵隊たちが、私の背後を過ぎ去って行ったものでせうか。弄ばれてゐる令嬢の呻めき声が此処にまで聞へて来るやうな気持ちです。(「五十何番目の夫」)

敗戦後の橘外男に、こうした無惨きわまる戦時強姦の光景を執拗に再現させた苦しみの根は、おそらく彼自身の戦時下の体験から生じたものであろう。ノルウェーやフランスにおけるナチス、印度支那における日本軍などの蛮行に仮託された占領軍の無法は、彼の眼の前に差しつけられた現実そのものの変形表現であったと思われる。

六　満州で目撃したこと・類人猿神話の終焉

橘が自身の見た地獄絵図をつまびらかにしたのは、昭和二九年の時点である。同年『面白倶楽部』二月、三月号に分載された「赤旗翻れば」(8)からは、昭和二〇年八月九日のソ連参戦に始まる、満州居留邦人たちの嘗めたこの世のものとも思われぬ「亡国」の苦患が、耳覆わしめる叫喚・慟哭とともに伝わってくる。

焼き討ちされた日本人街から、両手首、片耳を切り落とされた若い母親がたった一人、死んだ赤ん坊を背負って雨の中を蹌踉と歩いてくるエピソードにはじまり、作者は堰を切ったかのように満州国における〈日本人の命の大安売り〉の模様に筆を揮う。ソ連兵の持つ〈マンドリン銃〉が火を吐くところ、人形のように斃される男たち。家族の目前で凌辱される女性たち。辱めを恥じて毒を嚥下する人妻や処女。そして、足手まといになる年寄り、病人、幼児までをも我が手にかけ生地獄さながらの逃避行を続けてきた北満開拓団の人々との出会いを綴った場面には、重要な一節が含まれている。

「もうすぐだから……な、もうスグだから、我慢してくんど！　みんなお前には、手を合わして拝んどるだから。さ、我慢してくんど、もうちっとんところだから！　な」と二人ばかりの男が、女の両脇から抱き抱えんばかりにして、引き摺って行く。女は二十七、八、取っても三十二、三とはならなかったであろう。憔悴てはいても、骨組みの逞しい身体に、男のジャンパーを引っかけて破れた股引を左足にだけ纏っている。が、その股引も、また裂けて、所々ヒラヒラと垂れ下がって、歩くたんびに腰も太腿も、マル見えであった。しかもこの女もまた、新京目抜きの大通りを、両股を開いて、婦人の恥部をマル出しに歩いて行く。

何げなくそこへ眼をやった瞬間、呀っ！　と思わず私は、顔を背けずにはいられなかった。腫れ上がって、さながら熟ぜた柘榴の実であった。なるほど跛を曳き股を開いてガニ脚をして、痛えよう痛えよう！　と泣き喚いている！　も道理、女は呻き苦しんで、歩行の困難を訴えているのである。（中略）

私も男だから、決して性欲がないとはいわぬ。しかし、浅ましい人間の獣欲なぞは、犬に食われて呪われてあれ！　というのである。一体、幾人の男によってこれらの女たちが凌辱されたのか、何十人によって輪姦されたのであろうか？

ここに登場した女たちは、逃避行のさなかに、あらゆる交通路において、検問通過の代償としてソ連兵に差し出され続けた犠牲者である。

彼女らの叫びの彼方には、目前で弄ばれる女たちを救うことを能わなかった男たちの怯懦と屈辱がはっきりと見て取れる。この時の語り手自身もその怯懦と屈辱を自己のものとして共有し得たのだ。〈浅ましい人間の獣欲〉に蹂躙された女たちの呻吟を前に、彼は底知れぬ憤りを覚えずにはいられない。敗戦後、橘が自作の中に、性暴力によって女性を奪われ、怯懦と屈辱のうちに斃れる男性のイメージを明瞭に描き込んだ理由はここにある。性暴力ほど戦争の残酷さを端的に表現した行為はあり得ない。集団による、男性面前での婦女暴行は、まさしく〈それ自体が形を変えた戦闘〉（長谷川博子「儀式としての性暴力」『ナショナル・ヒストリーを超えて』平一〇・五　東京大学出版会）なのだから。

この忌まわしい行為をめぐって、「赤旗翻れば」では、他にも注目すべきくだりが指摘できる。居留民分会長をつとめる医師柴山氏が、日本人婦人たちへ（そして日本人男性たちへ）、ソ連兵に襲われた時の物理的・精神的対処法を教示する際に発した言葉である。

たとえ国が敗れても、男子は日本人としての気概を持つべし。婦人は心さえ清らかなれば、それでよろしいという一つの貞操観を持って……この際は自分の身を守る、何ものもないのですから、仕方がない、蝮に噛まれたと諦めて、身体は犯されても、心さえ日本人として、しっかりしたものを持っていれば、それで少しも恥ずるところはないという気持ちを持って、決して無暗に、命を棄ててはなりません。

野獣からの辱めを耐え、生きるべきだ、というこのメッセージは、男性側からの嫉妬や独占欲、即ち、男性の社会的立場に殉じる行為としての自殺への批判、換言するならば、「死を越えた完全な抱擁」を女性側に要求する男性的視点への批判もが込められている。死に遅れて、性暴力の犠牲にならざるを得なかった女性たちへ向けられた男たちの視線は内地に生還した後も限りなく冷たい。それは「征服された」日本の男たちがひとしなみに同胞女性に対して有した憎悪と差別のまなざしなのだ。伊地知進「愛欲の三十八度線」(『にっぽん読切増刊特集読物版』昭和二四・七)終幕間際より一例を引く。

さて、然し、釜山収容所につき、愈々祖國近しと玄海の波をみた時、俊二の胸の奥には冷たい黒いものが三度塊をつくるのだつた。寺院収容所の夜、喘へぐ唇と熱くほてつた肌を接した時、同様の姿で同様のことをしてゐたであらう過ぎし夜々の艶子のことがふつと脳膜に映ると、今までいきり立ち燃へてゐた情熱が水をかけられたようにすつと退いて、あとはさむざむとした荒涼たる気持ちとなり、凋んだゴム風船のような力のない男となつてしまつた。

「征服された男」の後遺症と、それに苦しめられる女性の物語は、意外にも、戦後性風俗の諸相を売り物とするカストリ誌には採り上げられる頻度が低い。真意はいざ知れず、先の大戦で日本女性がいかに残虐な暴力の対象とされたか、いかに軍隊というもの、ひいては戦争というものが理不尽な暴力性を帯びているものであるか、という「事実」を声高に叫ぶ編集姿勢(9)と比すと、これは片手おちとも言うべき現象ではないか。

「赤旗翻れば」においても、〈蝮〉という「獣」がソ連兵士の隠喩として用いられていることから理解できるように、また、同作品以前に橘が試みた軍隊暴力の描写に兵士たちの所業を振り返り見る場合も、そこには例外無く〈野獣のような顔〉〈獣みたいな真似〉〈野獣の犠牲〉などの表現が付されている。欲望を満たした後、犠牲者を顧みぬはまだしも、あるいはこれを殺害し、あるいは拉致し去り、強姦を繰り返す。兵士たちの所行は「陰獣トリステサ」の主人公が負わされたイメージとしての〈獣〉の比ではない。

また、「五十何番目の夫」での、犠牲者の家の前に行列する兵士たちの姿は、無理なく、アジア各地に設置した慰安所の前に群れる日本兵の醜悪なイメージを髣髴とさせる。戦地における日本兵の蛮行、拉致してきた現地女性への暴行は、慰安所を擬制するかたち――〈慰安所制度を経験してきた将兵による、慰安所を自らの手で擬制した継続的組織的強姦〉（川田文子『戦争と性近代公娼制度・慰安所制度をめぐって』平七・四　明石書店）――をしばしばとったと聞く。この作品を橘が「赤旗翻れば」以前に発表したことは、今日においても日本人の被害者意識を強く煽る引揚げ体験の〈対蹠地点〉（竹内好、鶴見俊輔「本当の被害者は誰なのか」『潮』昭和四六・八）に、仏印における日本兵の戦時強姦を設定し得た点において意義深いものだとは言えまいか。前掲した「赤旗翻れば」の柴山医師の話もまた、邦人女性への暴行を食い止めるために、分会から費用を出して〈ソ連兵の暴行を禦ぐための家を作っている。日本人としては風教上、遺憾極まる家を建てている〉と続いている。

戦時強姦や従軍慰安婦も、カストリ雑誌には頻発するテーマであるが、しかし、そこには加害者としての日本男性、日本兵士が描かれたケースは殆ど見られない(10)。そのかわりに描かれたのは、たとえばユートピアのような海軍慰安施設の日々（鳴海さだ「慰安婦部隊」『小説文庫オール実話版』昭和二四・一二）であったり、引揚の際に性暴力の被害者となった女性たちからの訴えだ。

かつて日本兵も北京や南京で、もつとひどい事をしたのだから、私達もそのしかえしをされても仕方がないのだと、誰彼は云う。しかし、私は少くとも何一つそんな非道いことをされなければならぬいわれはない筈だ。

（松井京子「無蓋車の悪夢」『りべらる』昭和三〇・一）

嘗ての日本人の〝征服者〟としての圧政をいい、暴虐をいつて、「お前たちもやつたではないか」と、あのころ、よくいわれたものだつた。

「朝鮮で、満州で何をお前たちはしたか」

「マニラで何をした？」

真珠湾をわすれるな？　の言葉と同意語にこの言葉が使われていたことを私はあとになつて知つた。

だが、だからといつて、あの暴虐、淫虐が正当に理由ず《ママ》けられていいものか、どうか。悪いこい《ママ》は悪い。暴に報ゆるに暴を以てすることで理由ずけられるならば、「文明の名に於て」裁いた筈の戦争裁判は一体どう考えればいいのだろうか……。

（佐藤かな子「二つの収容所――満州引揚者の手記――」同前）

川村湊氏は、「赤旗翻れば」の〈無惨、残虐の場面〉を評して以下のように指摘している。

もちろん、こうした残虐シーンが現実の出来事かどうだったかと問うことはあまり意味がない。敗戦と同時にさまざまな流言蜚語が飛び交ったことは容易に想像できることだが、それはそれまでの満州国のスローガン、「王道楽土」と「五族協和」が画に描いた餅であって、それを鼓吹していた日本人自身もほとんど信じていなかったということを無惨に表している。

（『文学から見る「満州」』平一〇・一二　吉川弘文館）

そうした自己欺瞞に満ちた戦時下日本人の意識を裏返したところに、橘外男の作品のリアリズムはある。戦時下発表された「新京哈爾賓赤毛布」（『文芸春秋』昭和一五・四〜六）の第三回「松花江の感慨」で、彼は、自身がハルビンの街角で実見した風景――華美に着飾った驕慢な様子の日本人婦人の姿態に〈貪るがごとき視線〉を向けている〈満人車夫〉――を通して、満州帝国の未来への確たる不安を語っていた。こうした性的なまなざしの中に、抑圧された側の人間の暴力の可能性を予感することが橘には可能であったが、それはそのまま、抑圧者日本人という、自己を含めた共同体の性質をも彼が既に認識していたということにはなるまいか。「赤旗翻れば」という作品から、特定の民族に対する怨嗟の念を導き出すことはかえって困難である。「女を襲う男の物語」を得意とした作家は、征服者と被征服者、その両極端に立たされた男性性の無惨さをそこに集約したのである。何故、敗戦後、彼の一連の「人獣交婚譚」では、〈類人猿〉や強姦者たちの「人間性」は転倒していったのか。その答えはおそらく、幻想の強姦者としての橘外男の心胆すら寒からしめた軍隊暴力の理不尽さの、執拗なまでの再現の中に求められるものであろう。橘は、一方的な愛、獣の如き愛の作法をもって美女を遇する〈類人猿〉、あるいは類人猿的男性を多数造形してきた。彼ら強姦者には、相手女性への手前勝手な「愛」があった。それは既述したように、強姦者（男性側）の自己肯定的な論理を紡ぎ出す源泉と目される「愛」のかたちであるが、それあるが故に、彼らは完全なる野獣とは一線を画する存在でいられたのである。少なくも、敗戦前までは。だが、敗戦後作品群の中に再生した時、彼らの大義名分は作者自身によってすら信じられるものではなくなっていたのだ。橘外男の類人猿神話は、敗戦とともに終わりを告げたのである。

注

（1）川村湊「「外側」にいる少年」（『ユリイカ』昭和六一・九）、東雅夫『日本幻想作家名鑑』（幻想文学出版局　平成三・九）。

（2）山下武氏作成の年譜に拠れば「獣面奇人譚」（『探偵実話』昭

和三二・五）という異本も存在する。「南海の情鬼」は「淫獣」『妖奇』昭和二七・十〜?）と改題、再発表されている。
（3）『青白き裸女群像』（桃源社　昭和四七・六）解説より。
（4）『米西戦争の蔭に』（春秋社　昭和一二・二）には「鬼畜作家の告白書」と改題収録。
（5）「博士デ・ドウニヨールの「診断」記録」、「死境アフリカ」いずれの作品にも、以下の一文がある。「黒いサーマの腕の中に見え隠れする白いリューネを狙つて、私はじつと一発放つた」。挫かれた男性性の代償として、男は欲望の対象の死を願うのである。
（6）小田晋『異常性愛の精神医学』（芸文社　平成七・八）。
（7）末永昭二氏の調査に拠れば、初出は『魅惑』昭和二三年六月号掲載の「死面の化粧」であるが、内容未確認のため、「五十何番目の夫」をテクストとした。同作は「五十一番目の夫」（『別冊モダン日本』昭和二六・一、『探偵実話』昭和三十四・七）と改題され再発表、再々発表されている。
（8）「麻袋の行列」と改題され『神の地は汚された』（河出書房　昭和三一・二）に収録。
（9）たとえば、「ヒットラーに関する二つの報告」（『りべらる』昭和三〇・一　南小路友隆「供出された未亡人」山本和彦「類人猿に抱かれた女達」）では、かつての同盟国ドイツの戦時中の暴虐が否定的かつ、扇情的に扱われている。
（10）数少ない例外として、村田吾一「世界大戦性的異聞　女達は裸にされた」（『千一夜』昭和二七・九）の「中国篇」に、北支における討匪征伐の際の、日本人兵士による中国人女性への性暴力と虐殺の模様が紹介されている。ただし、カストリ雑誌は、出版形態の特殊性故に、今日、タイトル総数はおろか、個別の巻号数などのデータも正確な把握が困難であることに加え、現存する資料の数も限られていることから、加害者としての日本軍・日本人兵士が描かれた創作や「実話」が、この種の媒体に、ここで紹介した他にも多数存在する可能性を否定し去ることはできない。

＊本論の主旨は、『東横学園女子短期大学女性文化研究所紀要』第五号（平成八・三）に発表した「類人猿と軍隊」を総体的に改稿・発展させたものであり、同論と一部重複する箇所があることをお断りしておきたい。なお、書誌データに関しては、前論に引き続いて、山下武氏、末永昭二氏の先行調査を参考とさせて戴いた。謹んで謝意を申し上げたい。

［**谷口基**（たにぐちもとい）一九六四年東京生まれ。立教大学非常勤講師。日本近代文学専攻。『新青年』研究会所属。共著に『「新青年」読本』（作品社）、『渡辺温――嘘吐き（ラ・メデタ）の彗星』（博文館新社）などがある。］

書評

かけがえのない個人として語りあうために

秋山洋子

ノーマ・フィールド『祖母のくに』

ノーマ・フィールドは、一九四〇年代に生まれ、六〇年代に大学生活を送っている。私と同世代に属する日本生まれとはいえ、日本人を母に、米国軍人を父に生まれた彼女は米軍基地内のアメリカンスクールに通い、英語で読み書きを身につけた。前作『天皇の逝く国で』は、三人の異端の日本人を通じて昭和天皇の死をめぐる状況を鋭くえぐった著作だが、オリジナルは英語であり、日本の読者には不要な説明と思えるところもあった。

第二作である本書では、四編のエッセイが日本語で書きおろされている。中年になってから、編集者のすすめで書きはじめたという日本語は、どことなくぎこちなく、それゆえにういういしい。扱い慣れない陶器を慎重に並べていくような緊張感と、新たに獲得した書きことばで表現することの「なんともいえない不思議な、新鮮な悦び」が伝わってくる。

簡潔な、選び抜かれた言葉でスケッチされているのは、著者の人生の途上で大きな役割を演じ、去っていった人々だ。たとえば、つぎの一節は、病に倒れた祖母のもとへ駆けつける途上の描写である。

「私にとって日本とは祖母が取り仕切るくにだったのだ。彼女が倒れた瞬間、その宇宙に張りめぐらされた、目に見えない糸がぷつんと切れてしまった。だから、ものとものとの関係が消えた、ばらばらの、ぬけがらばかりの世界のなかを、私はみなしごのように運ばれていくのだ」。天皇の逝く「国」に対して、祖母の取り仕切る「くに」がひらがなで書かれているのは、むろん意識的に選ばれたものだ。

「秘書の話」で語られるのは、大学で秘書を志願してきた障害をもつ黒人女性・セプテンバー、「嫁ならざる嫁」では、古い時代のアメリカ人らしさをつらぬいて世を去った義父。その三人に、もうひとり、孤独な少女だった著者が「この本なしには、私は生きていかれなかった」という『ジェイン・エア』を加えてもいい。どのエッセイも、相手をくっきりと浮き彫りにしながら、同時に自己を語っている。

「『ジェイン・エア』を読みつづけることによって、私は女は可愛くなくてもよいのだ、という素朴な、しかしこの上もない教訓を得たばかりではなく、同時に、内面そのものを獲得しはじめたような気がする。内面とは、外には見えぬ努力、情熱、理念、失望、葛藤。そして、それが見える心の持ち主が周囲に実在しないかに思えた時期に、小説をとおしてその可能性をみいだし、また人の内面を読みとる訓練を重ねたものだ。」

女というアイデンティティに違和感を覚え、本の世界に没頭する少女は、私自身の幼い日にも重なるが、私には日本人というアイデンティティを問うことは必要なかった。ふたつの国の間に生まれた著者は、そのどちらにも所属できないと感じたゆえに、心の内にむける目をいっそう研ぎ澄ませていったにちがいない。人の内面の「それぞれのそうした独特の襞を見いだすのが世の中とかかわっていくことだ、と信じてきた」。

人の内面の独特な襞を見いだす能力は、自分と価値観の違う人間、たとえば義父を語る文によくあらわれている。六〇年代の反体制運動や対抗文化のなかで自己を形成した（その体験は日本の同世代にも共通する）著者にとって、アメリカ中産階級の伝統的なモラルとライフスタイルを守りつづける義父は、ときに退屈で、いらだたしい存在でもあった。

それでもなお、相手を「独特かつ文字どおりにかけがえのない」個人として対しつづけてきた年月ののちに、互いの頑固さや皮肉好きを共通する性格としていとおしむにいたる「嫁ならざる嫁」の視線が、このエッセイを忘れがたいものにしている。

「独特かつ文字どおりにかけがえのない」という表現は、本書の後半を占める日本の戦争責任を扱った論文「戦争と謝罪——日本、アジア、五〇周年、そしてその後」の中で、『ショアー』における証言の意味を論じるショシャナ・フェルマンのことばとして紹介され、さらに〈従軍慰安婦〉の証言にむかいあう自分たちの姿勢を問う文脈で再引用されている。侵略戦争の被害者に対する日本政府の態度を歴史的にたどり、他の国による謝罪の例と比較検討し、謝罪という行為の意味を問いつめてゆく論文は、前半の私的なエッセイとはまったく性格を異にするようにみえる。けれども、個人について、また証言についていわれる「独特かつかけがえのない」というキイワードが両者のあいだをつないでいる。フェルマンを引きながら著者は、証言と謝罪とは対話的なプロセスであって、証言者と謝罪者は個人としてむかいあい、双方が語り、かつ耳をかたむけねばならないという。そのために必要なのは、それなしには正義のあり得ない能力、「つまり原則をだいじにする能力、そしてそれゆえに、わたしたちが事実上何ひとつ知らない人のいのちを思いやることのできる能力である」。

複雑で周到なこの論文を、私はあまりにも単純化してしまったかもしれない。この論文では、さまざまな矛盾しあう問題点が取り上げられる。たとえば、加害者であり同時に補償を受けていない被害者でもある日本の一般市民をどう位置づけるか、日本人が謝罪すべきだと主張する欧米人は自らの植民地主義にどう向き合うべきか、「自分はまだ生まれていなかったから関係ない」という声にはどう答えるか。最後の問いに対して著者は、謝罪は過去の罪過に対してだけでなく、被害者と加害者が共有する現在のために、そして共通の未来のためになされるのだと説く。それを紙上で主張するにとどまらず、自らもひとりの「対話者」として、二〇〇〇年一二月に東京で開かれた「女性国際戦犯法廷」に積極的にかかわってきた。

本書全体をつらぬいているもうひとつのキイワードは「ことば」である。「ことばと世界のあいだを行き来して両方を探り、重ねてみては、ことばの理解、ものごとの認識を調節して、生きることの意味をたどる」作業を、著者は読者に呼びかけている。そしてまた、教師として大学の新入生に向けた講演「教育の目的」の中で、若者たちに世界との相互作用を通じて学ぶことを呼びかける。日本語で書かれたエッセイがモノローグだとすれば、こちらはダイアローグ。巻末に添えられた英語の原文は、著者のもうひとつのことばとして、日本語とはまたちがうリズムと息づかいとを（完全にはわからないにしても）感じさせてくれる。ちかごろの大学生に向かうとき、とまどうことの多い日々だが、もういちど学生たちに届くことばを探してみたいと思わされる力を持っている。

［みすず書房、二〇〇〇円＋税］

書評

戦後責任を問い戦争責任を問う

坂口 博

池田浩士『火野葦平論』

火野葦平が再び脚光を浴びている。どうして葦平なのか？ また、なぜ今なのか？ その内実は、単なる「戦争」へのノスタルジーから、現代批判の武器として作品群を蘇生させる試みまで、きわめて多岐にわたり、一概にまとめることはできない。しかし、かつての「兵隊三部作」受容もそうであったように、各地で、幅広い世代が葦平文学を読み直していることは間違いない。その主軸は、いわゆる「戦争を知らない」若年層である。

その重要な契機の一つは、池田浩士の『インパクション』連載をはじめとした、一連の論考であった。九六年六月発表の序章「なぜいま火野葦平か？」は、まさしく葦平再評価の序幕を告げるにふさわしい出来事だった。連載完結後二年余を経て、大幅な加筆訂正に、書き下ろしの二章を加え、ようやく一冊にまとめられた本書は、文句抜きで質量ともに記念碑的な大著と断定できる。戦争と革命の世紀、二十世紀の終りにあわせての刊行にも、著者の強いメッセージが伺える。

著者はいう。「火野葦平の文学表現は……愛読と鑽仰の対象であるよりは対決と克服の対象でありつづけている」（あとがき）。この言葉は、葦平の戦記の背後に、日本陸軍を、日本の海外進出＝アジア侵略の歴史を見る限り、いま真摯に文学史＝現代史の読みかえを続けている人々の共通認識でもあろう。そして、その際に著者のとった「作品が書かれ読まれた現場の感覚を追体験する」「のちの歴史のなかで確定された価値評価や当否の判断を、さかのぼって過去の現場に適用しない」（同前）という原則は、改めて「文学研究」の領域へも具体的な批判として生きている。

ただ、この方法は簡単なようでいて、実に難しいことも周知であろう。日本の四五年敗

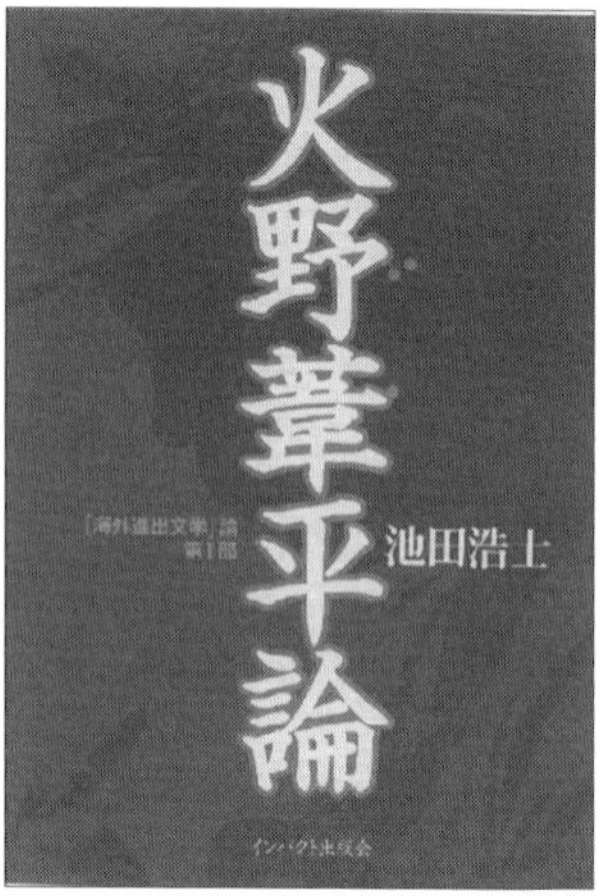

戦後に発表された葦平論のほとんどが、のちに獲得した視点を自明のものとしている。もちろん、不可逆的な歴史時間の流れのなかで生きて、考えている私たちは、事後の思考を払拭することなど、完全には不可能だ。それにしても、昨今の歴史教科書問題などに見られるように、事柄が現在もアクチュアルな問題性をはらんでいるがゆえに、いっそうこの原則は困難をきわめても必要とされる。

それは「三つの例外」（未公刊の日記・手帖からの引用と、三一年労働争議当時の宣伝ビラ。いずれも火野葦平資料館所蔵）を持つとはいえ、かえって同時代の表現に論考資料を限定した結果、多数の貴重な資料が再発見されている。そのことは、本書の註を見るだけでも歴然としているし、そのほとんどは、従来の葦平論のなかでは紹介されることもなかった。また、未だ使用されずにいる膨大な資料の山も容易に推察できる。続篇の「石炭の文学史」にも期待が高まる。

それにしても、私たちの「戦後」は何ともつかぬ不毛な時間を過ごしてきたのだろうか。バブル経済破綻後の「失われた十年」など、その顕著な象徴でしかない。「戦争体験の内実化と血肉化を避け、怠ってきたのが、戦後民主主義の歴史」（Ⅳ章）だから、いくらその延長上で肯定的に葦平をとらえていても、所詮「戦後＝戦前」の枠内にとどまる。

細かな具体例をひとつ挙げるなら、「麦と兵隊」一篇も、発表当時に広汎な読者が受容したテクストと、現在流布しているテクストは全く違うといってもよい。また広い意味でのコンテクストも表面的には大きく変動したため、いわば「麦と兵隊」という作品は二重に変容を強いられたままなのだ。それを再度「現場」に戻すには、厳密な本文批評の作業も必要とする。高崎隆治も回顧するように、中学生でさえ（ここは「だから」が正確な表現かも知れない）、「火野葦平の従軍記にみられる巧妙に削除された部分から、捕虜の虐殺を読みとった」（佐々木元勝『続・野戦郵便旗』序文）のだ。一般には、軍当局による削除と後日の追加が問題とされるが、初出・初刊以降の削除もあり、それは今日まで復元されていない。

さらに、著者も危惧を抱く「誠実さと庶民性」（序章）に関して付け加えるならば、現代社会に蔓延する、功利主義と自己決定論に根拠をおく合理主義に対して、かろうじて対抗できる私たち庶民の生き方、考え方は「義理と人情」に立つ以外には、おそらくありえない。葦平が生まれ育った町、また数多くの作品の舞台となった若松をも含む「筑豊」でいうなら、「川筋気質」として語られるものである。もちろん、それは歪められたかたちで「任侠」の精神として知られている。もっとわかり易くいえば、かつての高倉健と藤純子に代表される東映ヤクザ映画の世界に見ることができる。しかし、その積極面を一言で表わすなら、「強きをくじき弱きを助ける」生き方である。強権にもの申す姿勢である。葦平が戦地で、また労働の現場でいちばん嫌悪したのは「弱肉強食」の世界であった。

「誠実さ」もこの側面を欠くならば、無力なだけでなく、著者の指摘するように「資本主義の精髄そのものにほかならない営為」（X章）でしかない。ただ、何が強く、誰が弱いかの規準はむつかしいし、その前提となる庶民感覚も無謬ではありえない。中国で、フィリピンで、ビルマで、対米英の軍隊に対して、葦平自身がどのように対処したかの細かな検証は今後の課題となる。

まさしく、著者のいうように、火野葦平の「戦後責任を問い、それによって戦争責任を問いなおす作業は、本質的にはこれからようやく始まる」（序章）。そして、それはすぐれて私たち「読者の問題にほかならないのだ」（終章）。火野葦平、その作品群は安閑とした読者の立場を許さない迫力と具体性を、現在でも持続している。反撥するにせよ、称賛するにしても、その前で立ち止まり、考え、さらなる一歩を踏みだすためには、「読者」の側の変貌も、きびしく要求されるのだ。

池田浩士『火野葦平論』は、そうした作品構造をも全篇をとおして明らかにしている。

［インパクト出版会、五六〇〇円＋税］

書評

言葉を「綴る」のは誰か？

黒田大河

川村湊『作文のなかの大日本帝国』

本書において筆者が主な分析対象として取り上げたのは、朝鮮・台湾・満洲など、いわゆる「外地」の子供達の作文＝綴り方である。皇民化教育の中、現地の子供達によって「国語」で綴られた「日本人」たらんとする「純真な心」、支配階級として「外地」に赴いた日本人の子弟によって綴られた無意識の「帝国意識」がそこに提示される。『海を渡った日本語――植民地の「国語」の時間』（一九九四・一二、青土社）で論じられた植民地・占領地における「国語」教育の問題を引き継ぐのが本書での試みである。前著においては、母語を収奪し日本語を「国語」として強要する言語帝国主義が、子供達の内面をも収奪して行くさまが描かれたが、本書では内面化された帝国主義が「自発的」な「綴り方」として表現されるさまが問題化されて行く。これが本書の第一の特色である。「人間に対する最大の強制とは、それがあたかも自分たちの自発的な意志であるかのように本人たちが錯覚してしまうということ」（序論）だという筆者の認識が、作文＝綴り方という内面を組織化する装置を分析する視線の根底に置かれている。

筆者の仕事のメインカレントと目される「外地」の日本文学＝植民地文学の発掘と再検討は、『〈酔いどれ船〉の青春』（一九八六・一二、講談社／二〇〇〇・八、インパクト出版会より復刊）における朝鮮に始まり、『異郷の昭和文学――「満州」と近代日本』（一九九〇・一〇、岩波新書）における満洲、『南洋・樺太の日本文学』（一九九四・一二、筑摩書房）における南洋群島・北方などを経て、『生まれたらそこがふるさと――在日朝鮮人文学論』（一九九九・九、平凡社選書）における在日朝鮮人文学、『風を読む水に書く――マイノリティー文学論』（二〇〇〇・五、講談社）におけるアイヌ文学、沖縄文学から、公害病患者、原爆被災者、ハンセン病患者の文学形象へと、現代のわれわれの足下にまでその分析対象を延長させて来た。植民地における「国語」教育というもう一つの仕事の流れを汲む本書においても、「外地」の子供達の「綴り方」を出発点とした分析は、帝国意識を内在化した同時代の文学作品へと、また、戦後民主主義の下での作文教育へとその分析が敷衍されて行く。これが本書の第二の特色である。

　本書は全体がⅠ「『作文』の帝国」とⅡ「帝国の文学」の二部で構成され、「序論」として「日本の『帝国意識』と言語政策」が置かれている。北海道のアイヌ同化政策、「琉球処分」後の沖縄での国語政策、植民地朝鮮での「国語」政策の同型性を取り上げ、滅びゆく自民族という意識と母語使用への罪悪感こそが「自発的」と感じられるまでに内面化した帝国意識／植民地意識であると分析する。また、その意識をもたらしたイデオロギー装置は戦後日本の中枢に形を変えていまだに埋め込まれている、と本書全体の前提となる認識が示されている。

　本書の中心であるⅠでは、まず「作文のなかの帝国――子どもたちは何を書いたのか」において芦田恵之助、鈴木三重吉、石森延男らの作文教育が検討される。芦田恵之助の「随意選題」による「綴り方教育」は、子どもが「おのづから書いた文」を生活に密着した表現として評価する。だがそれは自然なものとしての「自分の心」を作文の中で捏造させられることであった。芦田の問題意識は「自分の書きたいものをなんでも書けばいい」というイデオロギーとして石森延男に受け継がれる。その中で、作文は「内心から湧きあがってくる帝国意識」を組織化する装置となる。芦田が南洋庁と朝鮮の、石森が満洲の国語教育に関わっていたことは偶然ではなかったのだ。

　次節「海を渡った作文――銃後と前線を結ぶもの」では戦地への慰問文、朝鮮の国民学校での模範文、台湾の高砂族の作文などが取り上げられる。子供達の生活に即した物の見方、考え方の「適正」な指導方法として、戦時下の国民学校での綴り方教育と、人民戦線的な活動と見なされ弾圧されるに至った戦前の生活綴り方運動との連続性が見い出される。子供達が「自発的」に書いた綴り方は、「それぞれの正しさを発揮してしまう」のである。

　「教室の忘れ物――戦後の『生活綴り方』の展開」では生活綴り方運動における戦後が取り上げられる。本書唯一の書き下ろしの部分であるこの章は、筆者川村湊の個人史とも重ね合わされている。「戦後民主主義教育のなかで『作文』を書かされてきた私は、間接的に石森延男の『作文教育』の影響を受けていたわけだ」（あとがき）と筆者は言う。『つづり方兄妹』、無着成恭編『山びこ学校』、寒川道夫編『詩集・山芋』など筆者が受容した生活綴り方運動の遺産の中に、隠蔽され忘却された植民地・戦争の記憶が鮮やかに浮き彫りにされる。それは戦前の生活綴り方運動が「自発性」を重んじるが故に、かえって「自発性」を仮構した戦時下の綴り方に吸収され、そのことの忘却の上に戦後再生したこととパラレルである。「戦前の生活綴り方運動も、

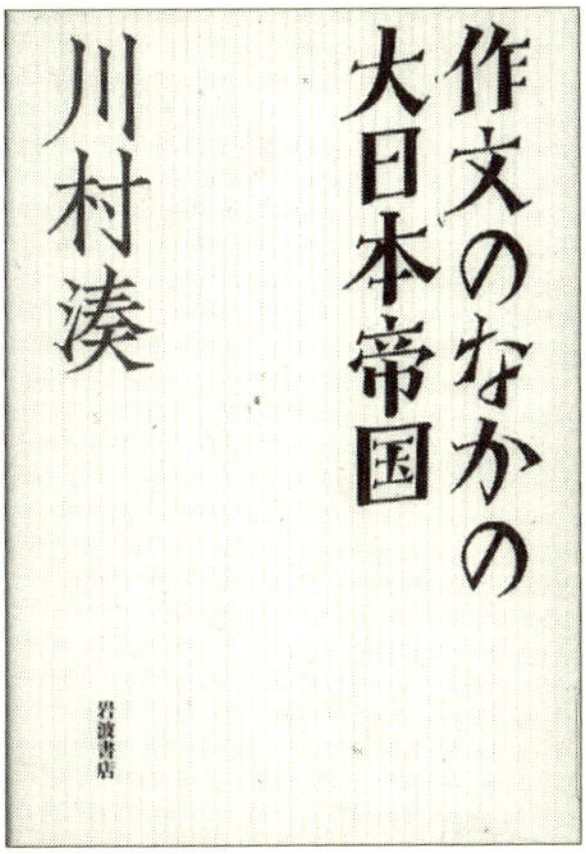

戦後のその再生も、社会主義・共産主義のイデオロギーの支配下にあった」と筆者は言う。団塊の世代の筆者は戦後の生活綴り方運動＝戦後民主主義によって「自発的」に社会運動に参加し、そして挫折したのだった。

筆者は「文章を書くことの自発性や内発性への疑義」（あとがき）を本書のモチーフとして語る。「『文章』を書くことの特権性と倫理とは、常に問い直されなければならない」とも言う。ただ問題は、批評の言葉はどこに立つか、また立ち得るか、である。例えば「海を渡った作文」の章において筆者は植民地の子供達の作文を表面的な意味と逆転させて解釈する。朝鮮において、志願兵の息子を送り出す母親は作文に表現されている姿は「うれしさうに」であっても、その心中は「アイゴヤァ！」という悲哀の叫びであふれていたはずだとする。しかし、この場合「自発的」に心底から喜んで息子を戦地に送る、そこまで内面の植民地主義は進行してしまっていたと捉えることも可能ではないか。筆者はどのようにして内面を想定し得るのだろうか。「自発的」に表現された内面を疑う筆者の批評の言葉が、新たに内面を仮構する特権的な位置に立ってしまう危険はないのだろうか。他者の内面を収奪する植民地主義に抗する批評の言葉が、「被害者」という固定化したイメージを引き起こすこと、そこにも内面の収奪の惧れがあるのではないか。新たな資料の発掘によって、戦後的な視点から裁断されてきた植民地文学や戦時下文学に光を当てて来た筆者ゆえに、あえて疑問を提示しておきたい。もちろん、筆者は、決して高みに立っているわけではない。「教室の忘れ物」の章に明らかなように、本書において初めて団塊の世代としての自分自身を対象化しようとしているのである。そこに筆者の「倫理」を感じるのは私だけではないはずである。

「帝国の文学」を論じたⅡでは「アジアのなかの日本近代文学」が総論、「『帝国』の漱石」では「満韓ところどころ」の漱石と朝鮮・満洲体験が、「『植民地』の憂鬱——埴谷雄高と楊逵《ようき》」では「死霊」の埴谷雄高と台湾体験が、「移民と棄民」では「蒼氓」の石川達三と南米移民が論じられる。一見植民地文学を扱った従前の著作の補遺とも見えるⅡ部も、文学者の「自発的」な作品をも帝国意識の「作文」として捉える試みだと言えよう。言葉を「綴る」のは自分自身とは限らないのである。

〔岩波書店、二四〇〇円＋税〕

書評

〈引き裂かれた身体〉の解剖へ

――日本―台湾の植民地的非対称性におかれた文化に対する歴史的批判

崎山政毅

丸川哲史『台湾、ポストコロニアルの身体』

台湾が、日本の社会変革を求める運動（とりわけ連帯運動）や批判的研究作業の歴史に、一つの主題として、ほとんど登場してこなかったのはなぜなのだろうか。「第三世界」に向き合う運動という領域に限定しても、台湾は「第三世界主義」と「第三世界革命」の矛盾に満ちた合わせ鏡からすっぽりと落ちてしまっている。

おそらく、その「欠落」には、植民地期以来不断に歴史化され構造化されてきた「南」に向かう植民地主義に支えられた、社会的な「無意識」が働いているのではないだろうか。本書『台湾、ポストコロニアルの身体』は、台湾をめぐるこの「無意識」にきわめて明晰な問題意識をもって切り込んでいく、刺激的な試みである。

著者・丸川哲史は、本書の基調に「身体」という言葉をすえている。それは、「記憶」と「歴史」に対して向けられた、彼の眼差しによるものである。彼の言う「身体」とは、検閲や忘却、変形や圧縮といった、さまざまな「操作」が加えられた「記憶」に結ばれている。

だがその「身体」とは、「記憶」を可処分財のように所有するものではない。あたかも襞の奥に包み込まれるように、植民地の歴史過程で身体化されとどめおかれてきた「記憶」が、何らかの歴史の裂開を通じて再帰し顕れるときに、打ちのめすかもしれない「身体」である。

そして同時にこの「身体」は、台湾の近現代史のただ中に顕れてくる、植民地化の手段であり結果でもある複数の言語や記憶がもつ「文化的身体」が、互いに軋みをあげ重合しながら分かちあったであろう、台湾という一つの「身体」でもある。

記憶と歴史とが何度となく力として横切っていくこの「身体」は、しかし、台湾の地政学的境界のなかに閉ざされてはならないものである。「日本」、「中国」、「台湾」という結節点を含む歴史的諸関係の動態において、「台湾」における「身体」、あるいは「台湾」という「身体」は、はじめてその多形的な姿を浮き彫りにするからだ。

本書で繰り返し言及されている、侯孝賢の映画『悲情城市』が、その好例といえる。この映画は自分を台湾に誘った契機だと、丸川は述べる。だが、台湾であらためてこの映画を観たとき、「日本で漫然と観た」ときには気付かなかった別様の眼差しを彼は獲得する。

『悲情城市』は「玉音放送」のシーンにはじまり、一九四七年の国民党による大規模な白色テロル「二・二八事件」を中軸にすえて、ある本省人家族の悲劇を描いている。だが、なにゆえに「玉音放送」が最初のシーンなのか、台湾にとって「玉音」とは何なのか。そ

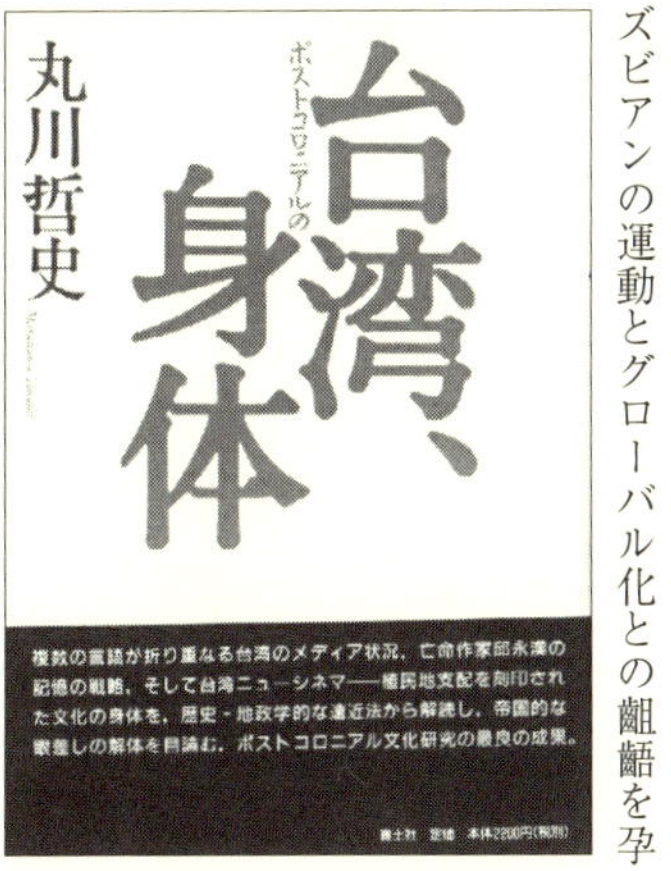

して「二・二八事件」はどのような歴史的事件なのか。

日本で最初に観たときには意識化しなかった、これらの問いが意味している複雑な連なりと断絶の過程、そしてそこに生まれ出てきた表現が開く領野に、著者は分け入っていく。

書名と同じタイトルを冠した第一章と第二章では、「台湾」をめぐる「ポストコロニアル状況」の配置が緻密に分析されている。この二つの章では、一九八七年の戒厳令解除を大きな転機としておさえながら、台湾の多言語状況と政治過程、メディアのもつ効果、原住民の権利回復運動（反原発にみられる環境運動との連動もここで語られる）やゲイ・レズビアンの運動とグローバル化との齟齬を孕んだ関係などが、多重にそして多層的に絡み合いながら一個の「状況」を生みだしていることが鮮明に伝わってくる。

そして、「二・二八事件」をめぐる第三章では、台湾のテクストに刻み込まれた、記憶と身体（あるいは記憶の身体というべきなのかもしれないが）を闘技場とする抗争が、みごとに剔出される。

この章では、クロノロジカルな歴史がふまえられつつ、一九四五年の日本の敗戦と植民地の放棄にはじまる「前史」がまず述べられている。日本語から中国語への「公用語」の転換、日本語の雑誌・新聞の発行禁止。台湾にとって新たな「植民地的遭遇」であった、この言葉をめぐる政治は、国民党系の人びと（外省人）の台湾への大量移住を物質的条件に、日本語を用いることで得てきた本省人の地位のゆらぎをもたらし、虐殺へと結果していく。

「二・二八事件において、虐殺の対象が主に日本語世代の男性知識人に向けられた事実は、まさにこの事件が、国民党にとっては、「日本の影」の消去を目的とした「内戦」となってしまったことを物語っている」（八五頁）。

ここに見られる輻輳する諸力は、翻って、台湾人にとっての「日本語」を、あらためて問題化するべき歴史性の前にさらすものである。たとえばそれは、第三章の最後に触れられている、孤蓬万里（呉建堂）の編になる『日本語』の歌集『台湾万葉集』である。丸川は、孤蓬万里たちの短歌に、「過去の時間」と「現在の時間」との狭間に横たわる「断絶的時間」を読んでいる。そして、彼らにとっての「日本語」とは、「植民地によって強制され、さらにポスト植民地権力によって奪われた、二重の意味での外国語」（九二頁、強調は丸川）にほかならない、と述べる。

この指摘は、的確なばかりでなく、植民地の「死後の生」たる表現に向き合うさいの「方法」を鋭く問うている。そしてその「方法」は、邱永漢という表現者を介して、みごとに示される。二・二八事件をきっかけに「台湾独立運動」にかかわった後、香港を経て一九五三年に日本に到来する。そして五五年下半期直木賞受賞者となったが直木賞作家として生きることなかった（生きられなかった）。この邱永漢の戦後初期作品群を丸川が読み解いていく作業において、ポスト植民地の表現にわけ入る彼の「方法」は、その具体的な力を示しているだろう（第四～六章、四・五章の初出は『〈転向〉の明暗』）。

丸川は邱永漢の文学を、ジル・ドゥルーズとフェリックス・ガタリがカフカの文学に向けた「マイナー文学」、すなわち、マイノリティになる（＝生成変化する）という動きの中に召喚される力を糸口に読み、次の様に位置づける。

「邱による文学的試みは、いわば日本文学史上においては特異な、旧植民地の記憶を携えた「亡命者文学」とも位置づけられ得るものであろう」（九九頁）。

このときの「亡命者」とは、「血統」と「土地」のどちらにも還元できないアイデンティティの揺らぎの狭間に、「台湾独立」と「大陸との統一」の狭間にある。そして何よりも、日本人に対して「書くことの不可能性」と書かずにはいられないという「書かないことの不可能性」の狭間にあって、つねに動き続ける邱の存在様態を示すものにほかならない。

説得的であり魅力にみちた批評である。しかし、だからこそ、丸川の読みに若干の違和感を感じざるを得ない。それはなぜかというと、丸川が「亡命者」という強烈なイメージ喚起力をもつ語で邱永漢の作品を位置づけているからである。

この「亡命者」という語にかんして、丸川はドゥルーズ＝ガタリやエドワード・サイードを援用しながら、下手をすると求心的なロマン化作用をもたらしてしまうイメージ喚起力をずらそうとしている。その作業にうなずきながらも、しかし、「説明」の述語が増殖していくような感を拭いきれない。

邱永漢の作品は、植民地の記憶への繰り返される回帰にその根をおきながら、同時に追放や逃亡の希求とその「不可能性」に彩られており、邱の転身（あるいは転針）と絶え間ない移動をもエピソード的な断片としてもっている。

ならばそこには、共存しえないはずの敵対的な力がじっさいには併存してしまっている、ある種の「矛盾」が紡ぎあげられているだろう。そのとき、どうしようもなく「ささい」だが排除も無視もできない諸断片が、その「矛盾」の中核におかれるように思う。では、そうした断片は、「亡命者の文学」にうまくおさまるのだろうか。「亡命者」がいかにそのあり方を多様に開いていこうとも、そこからこぼれ落ちてしまわないか。

台湾の歴史的な位置性にまとわりつく、「台湾」を不可視化してきた権力構造からの離脱が、批評においても試みられなければならないとしたら、「亡命者」という語が関係としての台湾の単独性において新たな力を獲得しうる途を、あらためて構想することが求められているように思う。

さて、つづく第七章では香港のウォン・カーウァイ（王家衛）監督になる映画『ブエノスアイレス』が取り上げられている。だがそこでの分析は、「香港映画」として括ったあげくに「分析」するような陳腐さに陥りはしない。台湾、香港をはじめとした「華南世界」とアイデンティティをめぐる想像力の空間が、さまざまな非対称性の「中間地点」をかかえることで、不断に分岐し複数化していく。そうした運動が、『ブエノスアイレス』の中に、そして『ブエノスアイレス』をつうじて明らかにされている。

第八章では『悲情城市』と『多桑（トウサ

ン）』（呉念慎監督）が軸におかれながら、「台湾ニューシネマ」が分析されている。

八〇年代「台湾ニューシネマ」において映像的に多産された、日本の植民地支配の遺産としての「台湾らしさ」「田園風景」が解体されていくという、グローバル化と台湾の「準」帝国主義化（この規定には大いに異義があるが）のなかでの社会変容をおさえながら、丸川は、歴史－地政学的文脈を欠落させた「台湾ニューシネマ」受容の問題性を指摘する。この指摘は、『多桑』をめぐる具体性として提出されている。つまり、日本と台湾との歴史－地政学的な非対称性を顕在化させつつ文化変容の問題として受け止め提示するような介入が必要だとする観点である。

言葉を換えれば、その観点は、章のタイトルが明示しているように、日本の脱帝国化と台湾の脱植民地化という非対称な関係が求める課題として、分節化することを求めているのである。

『悲情城市』の分析では、必要条件ともいえるそうした課題の設定にとどまることなく、歴史－地政学的に構造化された非対称な関係が脱植民地化に対して及ぼす「修辞の政治学」を明らかにするところへと、歩が進められる。

ここでいう「修辞の政治学」とは、女性をオリエンタルな記号として表象する物神化のうえに成り立つ、台湾を女性化＝犠牲者化するようなドラマトゥルギーの反復再生産である。それは、「被植民者（ネイティヴ）の自画像の画定において、必然的に異性愛者男性の欲望の対象としての「女性」が、いわば抵抗のための主体ではなく、媒介項としてのみ動員される事態」（二二四頁）にほかならない。

こうした事態を前にしたときわれわれには、台湾と日本の異性愛者男性とが分かち合ってしまう、帝国的なまなざしの接合とオリエンタリズムの「自己複写」を、いかにして止揚するのかが問われている。それは丸川によれば「脱植民地化という課題が、旧帝国と旧植民地の国境を越えた文化受容において、必然的に脱帝国化の試みへと繋がる、いや繋がらねばならない側面が存在する」（同上）ことである。

いかにしてその課題を現勢化するのか。それは著者一人に任せて放り出すことができるような問題ではないことは言うまでもない。

終章では、二〇〇〇年三月の台湾総統選挙の結果をふまえた、いますでに準備されている（準備されつつある）可能性が取り上げられている。この章での分析は、新たな始まりを予感させるものではあるが、その胎動をはっきりとあらたな可能性として提示し共有していく作業は、いまだ十分なものとはいえない。だがそれは間違いなく開始されたのであり、試行錯誤をおそれずに、個的であると同時に集団的であるようなたたかいを構想していくことを、要請するにちがいない。そして、そのたたかいには、文学批評を新たな想像力の生起する場に転換しつづけていく試みも含まれているはずだ。

以上、本書を概観してきたが、ここで再度「ポストコロニアル」という言葉の問題に立ち戻ろう。この言葉は、現在、たしかにインフレーションを起こしたかのように広がり、ときには状況一般に溶解させられてしまう無力な形容として用いられもする。だが、丸川のこの作品は、そうした愚かしい「流行」や「惰性」とはまったく無縁な、一個のみごとな作品である。

日本に生き日本語を使うことに、ともすれ

ば無自覚・無批判になりがちなわれわれの「いま・ここ」を、繰り返しとらえなおすこと。帝国以降・植民地以降が無意識化してきた「帝国的なるもの」「植民地的なるもの」への抵抗を、現実の諸関係の「あいだに生える雑草」のような異なる可能性として織りなすこと。脱帝国主義・脱植民地・脱冷戦・脱内戦（陳光興の分析による）という、いまだ果たされていない密接に関連する諸課題を、倦むことない批判の作業のなかから、新たな言葉の「身体」を伴った新たな問題として問題化すること。

それらの問題に向き合い、その複雑さを複雑さのままに受け入れながら解きほぐしていこうとする力が、本書には満ちている。

最後にひとつだけ、無い物ねだりだと自覚はしているが、本書への「不満」を付け加えておきたい。

それは、対象が一九四五年以降に集中しているということである。「ポストコロニアル状況」をそれがおかれた諸関係から断ち切って単純な時間軸上にプロットしてしまうヘゲモニックな傾向を回避し、批判的介入をより有効なものにしていくには、植民地期の台湾においてさまざまな位置にあった人びとの（とりわけ「日本語世代」にとっての）心性に対するアプローチをはじめ、さまざまな試みが必要ではないだろうか。

もちろん、著者・丸川がそのことに無自覚であるはずはない。本書からさらに展がっていくであろう丸川の作業に、課題を分かち合うことをめざしながら、注目していきたいと思う。

［青土社、二二〇〇円＋税］

書評

この時代の中井正一のために

田村都

高島直之『中井正一とその時代』

ここには二つの逆説がある。

本書において著者が試みたのは、当時の社会的・文化的コンテクストのなかに中井正一の思考を位置づけながら、その思考の現在性を、その可能性と不可能性を含めて、炙り出すことである。二〇年代のドイツ語文献からの情報の豊かさと中井によるその取り込みが具体的に明らかにされると同時に、たとえばベンヤミンやモホリ＝ナギ、ベラ・バラージュ、ル・コルビュジエ、モンドリアン等々、当時のヨーロッパ文化圏において、いわばその文化の限界確定ともいうべき営為を担った人々が中井と並列的に論じられることで、中井が取り組んだ視覚の問題の同時代性が浮き彫りにされる。同時に、絵画や広告、写真のみならず幸田露伴や内田百閒の文学作品を俎上にのぼせながら、当時の日本における科学技術の発達とそれを受け入れる人々の感性とのあいだに生じる「時間的な遅れ」、すなわち「技術による外的なイメージ変化とそれを受け入れる感性＝内的イメージ」のギャップの問題を前景に押し出すことで、その受容のあり方、つまり内面化の過程が個別具体的に論じられてゆく。ここから明らかになるのは、「眼差しとしての〈レンズの見かた〉」という語に集中的に表現されるこの問題が単に美とテクノロジーの関係にとどまるものではないということである。中井の場合、それは「一つの新しき〈見る性格〉」としてあらわされ、彼の言葉を借りれば「外界の物が意識に鏡のごとく映されるという考えかたが、放擲され」「物のもつ機能的要素の関係が、人間的行動にいかに等値的に射影しうるかという考え方に転換する」(「模写論の美学的関連」)さいの、いわば実践的契機としての位置を占めている。それは当時の最先端メディアである映画に端的に具現しており、したがって中井にとって映画を論ずることは、視覚がどのような思惟と感覚の変革をもたらすか、その可能性を探る試みであった。そしてこの問題は、実体概念としての主観―客観の二分法を前提とした世界が崩壊したあとの、二〇世紀以後の近代社会に生きるわれわれひとりひとりの主体性の問題につながるものとして、人々にひとしく共有されているのである。

　かかる観点から見た場合、著者の丹念な資料検索と精確な読解、そして全体の文脈のなかに簡潔に跡づけていく手際の良さは見事なもので、むしろ鮮やかすぎるほどだ。その意味で本書は、中井を縦糸に織り成された一九三〇年前後の文化のモンタージュであり、その多様な横糸がいわば分節化を伴うことで「批判のシステムを組み込んだ無数の〈横断面〉の創出」の実践となっている。これは著者の、議論の対象に振りまわされることのない冷静な眼力と、優れた編集能力の賜物であろう。そして、さまざまな資料を検証し時には大胆に横断しながら、中井正一とその時代を読みこむことが、そのまま〈いま―ここ〉にいるわれわれ自身の危機の所在を明らかにしていくことである、という本書の逆説的な構図が浮かび上がる。ところで、それはどのような時代だったのか。

　著者によれば、中井が生きた時代は商人資本主義から産業資本主義へ、さらに「国家修正主義へと世界史的に移行しはじめ、大学アカデミズムやジャーナリズムからさらに文化産業へ〈公的コミュニケーション〉のあり方がかたちを変えて呑み込まれていく」時代である。と同時に、視覚的な諸ジャンル―広告、写真、映画、絵画等―を横断するかたちで、「機械の美学」は人々の感覚を、そして生活そのものを変革していく。こうした「新たなイメージ消費のパラダイム転換におけるライフスタイルの変容」のさなかで、中井正一は何を考えようとし、そして何を行おうとしたのか。

　「中井正一は一九〇〇年に生まれ、五二年、五十二歳で没した。現在、中井美学として知られるその論理と骨格は、一九三〇年代に書き下ろされた諸論で得られた」。その理論的営みは一九五一年『美学入門』にまとめられ、この書は「戦後の五〇年代後半に、前衛的な芸術表現を担っていこうとするいわゆる『戦後派』の人々にとっての出発点として、その実験的行為の理論的・精神的支柱となった」。中井は、たとえば抽象画以前の絵画のあり方に見られるような鑑賞性＝瞑想性（見る者をその作品のなかに引き込む）を前提とする伝統的な美学を否定し、映画的な集団的知覚（見る者内部に作品を沈潜させていく）に可能性を見出す。このような彼の認識の背後には、「個人主義が集団主義に沈下していく〈われわれ〉の時代」において、「集団にとっての〈見る〉ことの〈自由と美〉が、今日の芸術の意味」と断じた「機械美の構造」（一九二九年）以来の、一貫した中井の思考がある。やがて、この〈集団の眼〉に象徴される「美学的課題をとおして、より実践的な次元を追い求める」彼の姿勢は、実験映画の製作や生活協同組合の組織（これについては本書では触れられていない）、戦後は農村文化運動や図書館活動といった具体的な運動として展開されていくことになる。そして、その活動は、意識を実体ではなく射影とみなす〈射影論〉によって基礎づけられている。

「例えば、記憶といったようなものも、その『魂』にくっついて残るというようなものではないのである。むしろ、いろいろの物事が目にうつり、耳に聞こえたのが、ちょうど、ガラスの部屋に光が陰をおとすように『射影』の陰を残すともいうべきであろう。かかる場合、身体とは、光、音、言葉のいろいろのものを、無限にうつしあう鏡のいっぱいにある宮殿のようなものと考えられるのである。そこで、意識といわれているものは、そのうつしあう、模写しあういろいろな光の交錯と考えられるのである」（「美学入門」）。このように語る中井は、かねてより意識構造を直接射影（反射）、上部射影（反映）、基礎射影（模写／正射影）の三つに分類していた。「反射と反映は一応イデオロギー論である。しかし、それが3の基礎射影（模写機構）に関連する時、ただちにそれは認識論となるのである。もちろんそれは、実践的に正しいか否かを身をもってはかるところの批判的精神となるのである。その場合すでに単なる形態論、イデオロギー論を越えて、現実世界状況の正射影（模写）が問題となりきたるのである」（「模写論の美学的関連」）。そして、この基礎射影の構造をベースに構想された組織論こそが「委員会の論理」であった。それは「人間にとっての〈生けるラチオ（理性）〉をまさに合理として開放し、実現していく営みの理論」であり「集団的主体における批判的相互行為の仕組みを提示するものであり、党や知識人の存在を媒介としない言語コミュニケーションの理論としてある」。

まさに早すぎた存在、そして行動者。私のデッサンの貧しさのせいか、いささか粗っぽく陰翳にも乏しいが、中井正一とその時代のプロフィールは、以上のようなものだ。ただ、何かが微妙に違う。私の描いた構図がおかしい。無論それもあるかもしれぬ。が、しかし、それ以上に私が決定的な違和感を覚えるのは、著者による次のようなまとめ方にある。すなわち、その徹底的な機能主義的思考に支えられたアクチュアルな実践性を伴う中井のプラグマティズムは、まさに「つねに具体性をもつがゆえに…（中略）二十世紀後半の、後期資本主義また統合資本主義といわれ、あるいはまた情報資本主義と呼ばれる時代のマスメディアのコミュニケーション理論に吸い込まれ、〈失墜〉させられている」。だが、「つねに現状を批判し思考する営みを『支えること』の重要さを提示しており」「依然現在においての、批判―理論としての役割を担いつづけている」。

そうなのか。中井の射程とその限界とはそのようなものなのか。著者は「『委員会の論理』にみる、いささかそっけのない模型図式の背後には、モンタージュの、カットの、映画の文法がひかえている」と述べ、中井が〈映画の論理〉に見出したものがまさに集団的主体形成の場における批判性と協同性の契機であったことを指摘する。中井は映画館という集団的鑑賞行為の場において批判的主体による相互批評的な空間を幻視し、「マルクス主義からは大衆の組織論として、視覚からは新たなコミュニケーション論として」映画メディアを論じるが、そのとき、映画に内在するシステム機構には基礎射影が重ね合わせられている。主体的条件より主体的条件への回帰による深化の過程で開示される真の主体性の意味、みずからを媒介へと転化する弁証法性――すなわち、あらかじめ用意された鋳型のような主体ではなく、集団のダイナミックな運動性のなかではじめて現れる批判的主体のあり方が、映画の問題とされているのだ。中井自身の言葉を引用すれば「映画が、演劇および文学のごとく『である』『でない』の説明の繋辞（コプラ）をもってないことは、この『である』『でない』の判断を、大衆の意欲、歴史的主体性に手渡すこととなるのである」（「美学入門」）。裏返せば、私たち自身の「歴史的感覚を撃発する」がゆえに、中井の言う「レンズとフィルム、すなわち『映画眼』」は重要なのである。そしてこのような映画眼＝眼差しとしての〈レンズの見かた〉を軸に映画をとらえる場合、メディアを通しての観客の主体性のあり方が問題となっているのだから、その技術上の違い、メディアの相違は、ここでは主題となりえない。では、その違いが、主体のあり方に決定的な影響を及ぼすほど大きなものなのか。「このメディアは、現代にいたって、親密でも公共的でもない空間的性格をもち、相互批判的コミュニケーションを内在させず、むしろそれを排除・無化するものとして機能させられている」。著者のこの言葉に異論はない。が、そのような機能はテレビメディアに固有のそれなのか。それをいうなら、現在も、そして過去もまた、映画は批判的主体の創出を妨害する機能をも同時に有していた、というべきではないのか。実際、著者は映画について論じるさい、そのような映画の可能性と不可能性を分け入って分析している。たとえば、現実の一九三〇年代の映画メディアが「集団的批判主体の形成から〈批判〉をとりさった、集団的主体形成の実験場」でしかなく、「（筆者註：委員会の）論理構成の一つのモデルたる〈映画〉の文法が、集団的な批判形成のための時間・空間を提供する持続的なメディアではなくなりつつあった」と著者は指摘する。

ところが、テレビについては映画との対比においてメディア上の質的差異を、極めて一般論的な単純さで、否定的に論じられるのみである。その結果、たとえば「ＴＶメディアによって図式空間が失墜した」というような一節に見られるような、映画からテレビ（もしくはそれに象徴される電子メディア）へのメディア・シフトが中井の理論的破綻をもたらしたとする構図が生まれる。

本来、中井の死後に本格化したテレビメディアによる中井理論の失効とは、時代／状況的な限界しか意味しない。したがって、中井の編み出した理論上のパースペクティヴから、現在においてもなお「高度に人間の歴史感覚を呼びさますものとしての、また主体性の出現としての〈図式空間〉の論理、それはつまり眼差しとしての〈レンズの見かた〉」という抽象化を行えば、その重要性を引き出すことができる。あるいはまた、委員会の論理は「大衆のなかの無批判性と無協同性の桎梏を問うた。この問いかけは現代においても有効である」という評価も間違っているとは思われない。にもかかわらず私が覚えるこの違和感とはいったい何なのか。

中井が「この委員会の論理として、ここに表現したこの図式も、それが一つの提案として提出さるることで、この図式は、決して、思惟的図式として完結するのではなくして、実践そのものの中に、自ら位置づけることで、自己表現的な連続を、現実そのものの上に、もっている」と述べるとき、そこには中井の実践の問題、すなわち運動論の運動化ともいうべき問題が集約されている。それは彼の具体的な実践活動（映画の実作、図書館運動、農村文化運動、生活協同組合）が、現在の視点から見て、歴史的に乗り越えられているか否かという、それ自体の具体的成果を要求するということではない。具体的な社会的・文化的・歴史的状況のなかに置かれ現実の運動の過程において、すなわち実践との、いわば弁証法的関係をとおしてのみ、彼の論理が成り立つことを明らかにするものだ。

ところが、それがいったん論理として定式化されたとき、ともすれば、中井はその定式化された論理に則って実践した、もしくは彼の実践がその論理の中でどのように位置づけられるか、というふうに読まれてしまう。本書も例外ではない。たとえば鶴見俊輔が指摘したような、運動家としての中井のもつ「みずからの著作をはみだす部分」が、本書には見当たらないのである。

したがってここでは依然として批判―理論としての役割を中井が担い続けていることの不幸が主題化されざるをえない。そして、この不幸が、中井の理論そのものに由来するのではないか、という不吉な予感に囚われる著者のためらいが、本書の端々に見うけられる。「中井は、集団という言葉に、いろいろなものを無限に『うつしあう』、光の交錯する射影としての、新たな〈意識〉を重ね合わせている。なにもかもが透明となって、コミュニケーションによどみのない、ガラスのような相互批判的人間関係のあり方を理想とした」。この理想は、まるで夢のように美しい。その美しさは、現在においてさえ、いや電子メディアの発達がいわば透明なディスコミュニケーションとでもいった人間関係を創出している現在だからこそ、ほとんど比類のない輝きを放っている。だがそれは、同時に、ガラスのような脆さを秘めているがゆえの美しさでもあるのだ。そして日常の生活の隅々にまで資本の論理が浸透し、あらゆるものが商品化され、商品として流通しないものは存在しないものとみなされる、そのような支配的現実、すなわち「それはほとんどユートピアとしての友愛に満ちた〈人類共同体〉だといっていい」と著者が述べたような幻の破片が散乱するこの現実の廃墟のなかで、そのような美のあり方を論ずることは、思想を「流行に引き渡すこと」である。

能動性を引き出すはずの委員会の論理が、受動的な実践をもたらすという逆説。この奇妙な倒錯をもたらした原因はどこにあるか。私には、それは皮肉にも、著者の優れて高度な編集感覚がもたらしたものと思われる。すなわち、書かれる論理の整合性が重んじられるあまり、ともすれば、いかにも現代の良識派を気取る「現状批判的」知識人としてのアリバイ工作に手頃な、バランスよく刈り込まれた中井美学。

それゆえ本書は、委員会の論理がそうであるように、「一つの模型であって、現象の検討の前にいかに耐えるかが、読者によって取りあげられるべき問題」として、われわれの前に置かれている。〈読む〉という行為がいかなる実践でありうるのか——中井正一とその時代から遠く離れて、〈いま—ここ〉にいるわれわれひとりひとりが、本書を通して、中井から試されている、というべきであろう。

[青弓社刊、定価二八〇〇円＋税]

書評

二十一世紀のガイノクリティシズム

杉浦　晋

岩淵宏子・北田幸恵・沼沢和子編『宮本百合子の時空』

本書は、「I　百合子の時空」「II　百合子の小説」「III　百合子と女性たち」の三章からなる。代表作をとりあげた「II」の作品論六篇を、作品行為の背景を時代・場所・人（女性）との関わりからたどった「I」と「III」がはさみこみ、前景化していると、これをみなすこともできる。十八名の執筆者中、三人の編者を含む十六名が女性であり、その多くは日本近代文学研究の領域において、着実にフェミニズム批評を実践してきた研究者である。

ガイノクリティシズムの対象としてはもはや定番となって久しい宮本百合子を、今、更に、こうした構えでとりあげるのだから、今日的な百合子研究の水準に加えて、ガイノクリティシズムの限界と可能性への洞察を含むフェミニズム批評実践者達の自意識の水準をも、本書は当然あらわしているであろう。ただし、百合子研究者ではなく、女性でもない私には、どちらの水準の高さをも正しく測ることはできない。ゆえにここでは、ごく主観的な「期待の地平」に則するに留まることをおことわりし、主に後者の水準の表出に即した本書の地勢図を大まかにたどることで、最低限の書評の責を果たしたいと思う。

編者達の「あとがき」によれば、「宮本百合子」とは次のような存在である（①・②は引用者による）。

①　百合子は、大正デモクラシーの気運の中で、若々しい人道主義的理想主義的作家として出発して以来、プロレタリア文学運動への参加、十五年戦争下の権力と時流に対する批判と抵抗、敗戦後の急転する五年間の活躍と、二十世紀前半の激動の時代を生きた。時代を超越してではなく、時代に正面から対峙して生き、書くことを選んだ作家だった。

②　百合子はまた、『伸子』に集中的に表現されているように、「女も人間らしく生きたい」と願う自覚せざるフェミニストとして出発し、女性解放への道を階級支配の

打破にかける社会主義理論に共鳴して後も、女性たちに対する連帯感情は深いものがあった。

大ざっぱにいって、①が「階級支配」と戦った〈旧左翼的百合子像〉、②が「性支配」と戦った〈フェミニスト的百合子像〉ということになろう。そして本書に執筆した従来からの百合子研究者の多くは、戦後の民主主義文学運動の流れの中で、多くは男性批評家の手によって（「新日本文学」「近代文学」の人々など）、男性作家との並列において（小林多喜二など）形作られてきた①をふまえ、それをジェンダー化することによって、①から相対的に自立した②の確立を目指してきた。

私にはこのことが、男性中心的な原理に支配された批評や研究の世界の内部におけるガイノクリティシズムの実践と、アナロジカルであるように受け取られる。

しかし右の文章をみるかぎり、②の自立的な強度は、百合子研究を十二分に積み重ねてきたはずの当の編者達によってさえ、控えめにしかみつもられてはいないようである。「自覚せざるフェミニスト」百合子とは、いってみれば「自覚的なコミュニスト」という①の脆弱なネガにすぎない。また彼女の「女性たちに対する連帯感情」は、それがいかに「深いもの」であったにせよ、要するに「女性解放への道を階級支配の打破にかける社会主義理論に共鳴して後」の残余として、副次的にみいだされているにすぎない。

編者達は、はじめ何とか②を①の範疇の外部に位置づけたいと考えた。しかしそれが困難であったため、結局②を既存の①に寄り添わせ、オブジェクト／メタ関係において内属させることにより、全体的な〈百合子像〉の強度を確保することの方を（心ならずも？）優先した。①・②が右のように併記された理由を、私はこのように忖度せざるをえない。

したがって、〈「階級支配」と戦った百合子は〉という①を主語的前提としつつ、〈……その中で「性支配」とも戦ったから優れている〉〈……その中で「性支配」を充分に可視化できなかったという時代的限界を持つ〉という、二つの述語的帰結を評価の両極とする振幅の中に、②はやや窮屈そうに位置づけられることになる。岩淵宏子（二篇）、長谷川啓らのものに代表されるように、本書に収録された論考の多くが、こうしたロジックを意識的／無意識的に採用している。要するにそれは、「性支配」（批判）を「階級支配」（批判）の内在的なジェンダー化として（のみ）抽出した場合の、半ば必然の帰結なのである。

これに対して、ジェンダー化された②の脆弱さの根拠を、直接①という前提の内実に求めてゆく立場がありえる。本書では渡邊澄子、中山和子らの論考がそれにあたるだろう。その主張は、かなり恣意的にまとめるなら、①として不徹底であるものがどうして②として強くありえよう、百合子がダメだったとすれば、それは多喜二やミヤケンがダメだったようにダメだったということなのだ……といったものである。オブジェクト／メタ関係を弁別せずにひとまとめに批判しているため、ややロジックが大づかみになっているきらいはあるが、それゆえ岩淵、長谷川らのような屈託（誠実?）を、それらは感じさせない。

一方で、「性支配」（批判）の構造を、「階級支配」（批判）という前提から戦略的に切り離し、より広範なパースペクティヴの中に位置づけようとした試みも本書には存在する。それは①もしくは②を、異なった角度から再度ジェンダー化し、③、④、⑤……と展開させる可能性を模索するものである。私には江種満子、北田幸恵（二篇）、大河晴美らの論考が、そうした、あえていえばガイノクリティシズム以後の困難な課題を、それぞれに確かにみすえようとしていると思われた。

［二〇〇一年六月、翰林書房刊、三八〇〇円＋税］

書評

「ロシア・アヴァンギャルド－全体主義文化連続論」に抗して

江村公

ボリス・グロイス『全体芸術様式スターリン』

二〇世紀最後の年だった昨年、ボリス・グロイスによる著作が『全体芸術様式スターリン』（ロシア語の書名は『スターリン様式』）というタイトルでようやく日本語に翻訳された。本の帯に「二〇世紀ロシア文化史を問い直す論争の書」とあるが、確かにこの本が英語に翻訳されたとき、さまざまな議論を引き起こしたのは間違いない。翻訳当時（英訳は一九九二年出版）の書評を見ると、この本の翻訳を画期的な出来事とたたえるものもある一方で、学問的研究に値しないとする手厳しい批判もあり、まさに賛否両論であった。ともあれ、この本が孕む問題提起は、今までのロシア・アヴァンギャルドをめぐる概念を徹底的に突き崩すものであったことは間違いない。

八〇年代の終りに、“Gesamtkunstwerk Stalin”という表題によりドイツ語で出版されたこのグロイスの著作が、なぜ議論を巻き起こすことになったのか。それはなによりもまず、「ロシア・アヴァンギャルド——全体主義文化連続論」といえる斬新な論を提起したことにあるだろう。ロシア・アヴァンギャルドの芸術的実験は、スターリン体制の下で弾圧された未完の革命であるという長い間の通説を真っ向から否定し、アヴァンギャルドのなかにこそ全体主義文化を準備するような土壌があったと主張したのである。一九六二年のカミラ・グレイによる古典的研究書『芸術におけるロシアの実験』以来、ロシア・アヴァンギャルドとその後の全体主義文化、そして、そのひとつの形態である「社会主義リアリズム」との間に大きな断絶をおくのが大勢であった。政治の革命と歩みをともにする芸術の革命――グロイスの言うようにロシア・アヴァンギャルドは「西側」の研究者たちによって神話化されてきたことも一理あるだろう。では、いったいなぜ、様式的には全く相いいれないアヴァンギャルドと全体主義文化のあいだに断絶よりも大きな連続性を見出すことができるのだろうか。そのグロイスの論点から主な三点をとりだし、それらを軸としながら論じてみたい。

まず、第一には「生活建設」をめぐる問題である。芸術と生活、あるいは芸術と現実とのかかわりをめぐる問題は、長い間ロシア文学の大きな論争の一つであったといっても過言ではないだろう。この問題は主に文学にかかわるものだったが、それはロシアの芸術全般が文学を頂点とするヒエラルキーを形成していたことにも一因がある。いささか図式的かもしれないが、散文的なチェルヌィシェフスキイ的リアリズムの時代に終止符をうったのが、ソロヴィヨフの美学に関する著作だといえるだろう。芸術の第一の目的は生活を忠実に写し取ることであったが、それに反して、ソロヴィヨフは倫理的な口振りで生活のなかに隠された見えない真実を開示できる存在として、芸術家に高い地位を与えたのだった。ソロヴィヨフ自身は「生活建設」ということばを使わないが、彼の現実の「変容」のテーマは、その後のシンボリストたちに大きな影響を与えた。シンボリストたちにとっても、芸術は現実を単に模倣するものではなく、世界に働きかける積極的な手段であった。彼らは「生活創造」という用語を実際に使い、現実の反映としての芸術に反対し、今の現実を芸術によってよりよいものへと改変していこうとする。芸術表現はあるべき現実のモデルとなる。この過程で、生活と芸術の境界は取り払われる。その境界を徹底的に破壊し尽くそうとしたのが、アヴァンギャルディストたちだったのは間違いない。このような文脈において、チュジャークによる『生活建設の旗印の下に』(一九二三)は、その最も先鋭的な論考のひとつとして理解されるだろう。グロイスは、単一のプランによって無から新しいものを創り上げるというアヴァンギャルディストたちの夢が、スターリン時代の全体主義の下で皮肉にも逆説的なかたちで実現されてしまったと主張するが、この問題はロシア文化史の広い枠組みにおいて再検討されるべきであろう。

グロイスはアヴァンギャルドに関する論述を、少数の代表的な芸術家の論考に基づいて進めてゆく。ここに、彼の論点の残りのふたつを見出すことができる。第二には、世界の創造者としての、デミウルゴスとしての芸術家という考えである。そして、第三には意識に優越する「下意識」の問題である。マレーヴィチは《黒い四角形》をはじめとする「還元主義的な」「超越的」絵画を描く一方で、絵画―芸術理論の枠組みを超えるような思索としてスプレマチズムを構築しようとした。確かに《黒い四角形》は「無」以外に何らの参照項をもたない絵画ではあるが、グロイスによれば、この作品は意識ではなく「下意識」によって支えられていて、マレーヴィチだけでなく、他のアヴァンギャルドの芸術家たちもまた、意識に対する「下意識」の優越を認めていたという。意識に基づくあらゆる制度は否定され、「下意識」にもとづく超越的なシステムであるスプレマチズムが優位に立つのである。確かに、マレーヴィチにとってス

プレマチズムは単なる芸術的様式ではなく、日常すべてを包括するある種の哲学であった。マレーヴィチの思想において、スプレマチズム以外のものは何らの価値も持たない。マレーヴィチが自分の芸術的実践を現実の革命に重ねあわせたところで、スプレマチズムが一元論的な理想主義的システムである以上、今ここにある現実とまったく折り合いがつかないのは当然のことである。スプレマチズムにしたがえば、意識に基づくあらゆる制度を許容することはできない、つまり、現実の政治状況さえも、もはや問題にならなくなってしまう。マレーヴィチがスプレマチストである以上、論理的には他の何者でもありえないのである。確かに、マレーヴィチはスプレマチズムという単一のシステムにしたがって、現実を組織しようと目指したのかもしれない。そのような思考の方向性が、単一のプランによって現実を、生活全体をつくりあげようとした全体主義文化と共通する点はあるだろう。ニーチェ的神なき時代、芸術家は完全に神にとってかわり、世界を無から創造する権利を得た。それがアヴァンギャルディストたちの夢の実現だったとグロイスは言うだろう。

　この本のなかでアヴァンギャルドの造形芸術についてのグロイスの叙述は、特にマレーヴィチを中心に進められているが、一方、彼の対立者であったタトリンには数箇所で名前が触れられているにすぎない。タトリンはこのイズムの時代にあらゆる固定された思想に帰依することもなく制作し続けた、たったひとりの芸術家であったことの意味を、グロイスは認識していない。一九一五年、未来主義との決別を印付ける展覧会において、タトリンはタトリニズムということばをふくめて、あらゆるイズムを排除することを言明している。興味深いのは、この文書もウダリツォーヴァとの連名であったし、「革命のイコン」と呼ばれる《第三インターナショナル記念塔》のモデルの制作に際しても、それを複数の技術者との共同作業で行っていることである。芸術家の特権性を剥ぎ取ること、限られたもののために創造される芸術を否定すること、これらのことはソロヴィヨフから受け継いだ生活を創造する芸術家の役割と同様に、アヴァンギャルディストたちにとって重要な課題であった。閉じられた個人的活動としての制作行為ではなく、他者とそれを共有すること。ヴィテプスクでのマレーヴィチを中心としたグループ、ウノヴィス（新しい芸術の肯定者）の結成もそのような流れに位置づけられよう。そして、一九一九年夏頃からゆるやかに形成されていたオブモフ（青年芸術家同盟）のグループ展においても、作品に個人のサインがなされることはなかった。数回にわたるオブモフ展は若い世代による構成主義の重要な展覧会だが、個々の作品自体は現存せず、写真でしかその歩みをたどることはできない。このような作品の共同制作の試みは、革命後の社会における芸術の新しいあり方への模索と重なっている。芸術を含む文化一般はどうあるべきか、誰がつくるのか、誰が受容するのか。これらの問いは、今まで芸術創造の主体になり得なかったプロレタリアートにとっての文化はどのようなものなのか、そのようなものは存在し得るのかという議論に行き着く。早い時期からこのような問題提起を行い、それを実践へと結び付けたのがプロレトクリト（プロレタリア文化運動）だった。造形美術とプロレトクリトの関わりは呼応しているものの、造形美術がもっぱら有用性をもった「事物」の制作をめぐって議論を展開するのに対し、プロレトクリトでは主体的なプロレタリアートの「組織化」が論点となっていた。造形芸術家たちは日常の「事物」を通して生活を改変しようとし、プロレトクリトは大衆そのものに働きかけ、「組織化」してゆくことで「新しい人間」を創り出そうとする。レーニンの批判を受けて失脚した、プロレトクリトの指導者のひとりであるボグダーノフが、血液交換の実験によって死んだのは象徴的である。彼は「新しい人間」という理念を科学的に身をもって証明しようとしたのだ。しかし、人間は主体的に「新しい人間」になるのだろうか。ここで、超越的な存在としてのスターリンが呼び出される。グロイスに言わせれば、「新しい人間」への変容を完成させるのは、主体としての人間自身ではなく、「魂の技師」スターリンだったのだ。

しかしながら、超越的なデミウルゴスとしての芸術家にスターリン個人を重ねるだけでは何の解決にもならないのである。なぜ、レーニンによってボグダーノフが追い落としを受けたのか、なぜ、マレーヴィチが弟子をふくむ芸術家たちに批判されることになったのか。グロイスのように、アヴァンギャルディストたちによる政治的・美学的プロジェクトの同一化、あるいは彼らの「権力への意志」によって、そのことを説明するのでは不十分だろう。ここには権力に関わる重要な問題の側面、つまり、組織と党をめぐる論理が存在するように思われる。その論理によって批判を受けた彼ら自身も他者を批判し、その同じ刃で追い落としをうけたのだ。プロレトクリトの試みの重要な点の一つは、大衆の「組織化」をあくまでもプロレタリアートの自主的な下からの「組織化」としてとらえたことだが、実際、プロレトクリトは党から独立した組織として急速に広がり、広範な組織を確立していた。このような「組織化」の試みが、結局党に従属し解体を余儀なくされるのは、党の存在そのもの、その存在の論理そのものが、そのような大衆の下からの「組織化」を前提とするものではなかったからではないだろうか。そして、「超越的」というよりは排他的な論理でもって、他者の抑圧でもって自らの存在を確証せざるをえない状況にあったからではないだろうか。もちろん、同様の論理でマレーヴィチが、その他大勢のアヴァンギャルドの芸術家たちが、敵対者を批判し、そして自らも批判されたことを忘れてはならない。理論として構築され思索として書かれたもののみをたどる場合に、アヴァンギャルドとその後の全体主義をつらぬく排除の論理が、その基盤を等しくしていることは驚くべきことではないかもしれない。そのことをロシア・アヴァンギャルド研究者の多くが見落としてきたし、グロイスほど明確に指摘したものはいなかったことは事実であろう。

しかし、意識的なものに優越する「下意識的なものを論理的、技術的に操作して、新たな世界とその内部の新たな人間とを築きあげることができる」と主張するグロイスには、アヴァンギャルドと全体主義の排除の論理を分かつものが見えてはいない。論理は常に作品、つまり、実践と密接な関係をもつ。この結びつきはロシア・アヴァンギャルドを特徴づけるものであったし、同時代のあらゆる芸術運動が共有していたものである。だからこそ、理論と実践をつなぐものとしての「組織化」が、切迫した問題としてさまざまな場所で議論を呼び起こしていたのだ。「ヴィジュアルな組織化」と「大衆の組織化」とを等号で結ぶことによって、「組織化」に関する多様な模索の試みを理解することはできない。また、意識と「下意識」を分断することによって、「組織化」の客体であり主体でもあるべき人間の身体の問題を明らかにすることはできない。仮に、意識と「下意識」が互いに排除しあうものであったとしても、その二項対立のあいだには葛藤を孕んだ「組織化」のエネルギーが働くことになるだろう。そのとき、「組織化」を行使する主体は、主体そのものの身体に重なる。その新たな「組織化」の実践のさまざまなあり方が、自発的な演劇サークルを、ビオメハニカを、構成主義の「事物」といった作品を生み出したのである。このことを他者によって操作された「大衆の組織化」の結果としての全体主義的調和と同一視することはできない。グロイスの論理においては、意識と「下意識」との二項対立は「下意識」による意識的なものの全面的排除に帰着してしまう。

ここで、ロシア・アヴァンギャルドの出発点である未来主義における作品と理論的言説の意義について振り返ってみたい。絶対的な新しさを追い求め、過去を否定し、アロジックなものを賞揚した未来主義者たちは、今まで芸術家たちが見逃していたものに新しい価値付けを行い、自分たちの芸術に取り入れたのである。周辺に押しやられたものを中心へと引きずり出すために、彼らは論理を必要とした。ロシア・フォルマリズムはこのような芸術的実践と固く結びついている。ヤコブソンがリアリズムの多様性を主張し、未来主義者たちの作品に今までとは別種のリアリズムのあり方を認めたのと同じく、個々の芸術家はリアルなものを捜し求め、それに正当性を与えようとした。マレーヴィチがスプレマチズム絵画を「新しい絵画のリアリズム」と名づけたのもこれに呼応している。この未来主義の時代にリアリズムが相対性を獲得したことは、ロシアの長年の文学中心主義的ヒエラルキーが壊れることとも重なっているのである。ヤコブソンに従えば、この時代に芸術のドミナントは文学から絵画へと移行することになったが、それは芸術への新しい眼差しを獲得する一つの契機となったのだ。

リアリズムの相対性が、あるいは芸術の様々な潮流のあり方が一元的なものに集約されてしまった後で、「社会主義リアリズム」が提唱されることになった経緯には、単に政治的抑圧の問題だけでない、芸術表現の手法そのものをめぐる問題も存在している。絵画というジャンルは、マレーヴィチが《白の上の白》を描き、ロトチェンコが《黒の上の黒》を対置することで、ひとつの区切りをつけたのだった。マレーヴィチはその後絵画制作から遠のき、ロトチェンコは絵画における線を「最後のフォルム」と呼び、三原色によるモノクローム絵画を描いた後、絵画から事物の制作へと移行する。ロトチェンコはガンらとともに構成主義者第一労働グループを結成し、構成主義の理論付けと実践を推し進めることになる。これとときを同じくして、革命後ドイツから帰国しインフク（芸術文化研究所）で記念碑芸術部門の責任者として働いていたカンディンスキイは、そのプログラムが心理主義的であるという批判を受け、インフクを離れることになる。この頃から、芸術家の役割は功利性をもつ事物の制作に規定されようとしていた。やがて、そのような批判は「イーゼル絵画」批判へと結びつき、絵画というジャンルそのものが否定されてしまう。真実をできるだけ客観的に伝えるにはどのような手法が可能なのか、その模索は『新レフ』紙上を中心に展開された「事実の文学」をめぐる議論に行き着く。ここで、あらゆる虚構は排除され、ルポルタージュというジャンルが最高の価値を得たのだった。その一方で、極端な事実崇拝は自然主義への傾倒という批判を生み出すことにもなった。しかし、この時期、フィクションというジャンルはすたれたわけではなく、トレチャコフによる優れたルポルタージュ文学の一方には、同伴者と呼ばれた作家たちにより優れた散文が多く書かれたし、それは広範に読まれていたのである。視覚芸術の領域では、ロトチェンコはフォトモンタージュを手がけた後、一九二四年には写真を主要な芸術表現の手段として選ぶ。だが、ルポルタージュや写真が本当に現実を忠実に伝える手段であったのだろうか。単なる聞き書きやインタビューがルポルタージュとして優れた文学的価値を獲得できるというわけではない。

未来主義において獲得された「異化」の論理は、ロシア・アヴァンギャルドの芸術運動において様々な新しい芸術表現を生み出す基盤となっていた。例えば、写真や映画におけるモンタージュの手法は、全く異なる事物を対置させることによって、予想し得ない劇的な効果を生み、表現そのものの新しさを生み出した。しかし、その奇抜な手法は個々の表象をその参照項から切り離してしまい、全く異なった文脈で、恣意的に複合されたイメージが一人歩きしてしまう危険性も孕んでいる。芸術表現の鋭さそれ自体が、美的な目新たらしさだけでなく、権力の風刺、あるいは反対に権力の賛美、ひいては今ある現実の隠蔽にまでいたることもあるのだ。写真や映画といった新しい表現が容易に権力の賞揚に利用されてしまうことは、リシツキイやロトチェンコ、クルツィスの写真とフォトモンタージュを見れば明らかである。このような、全体主義への移行期での芸術表現と芸術家自身をめぐる様々な問題は、「白海―バルト海運河」建設のルポルタージュとその記録写真に集約されている。このテクストの執筆には、ゴーリキイの指導の下にアレクセイ・トルストイをはじめとする作家たち、フォルマリストとして批判を受けていたシクロフスキイまでもが動員されているのである。そして、ロトチェンコもまた写真を撮るために動員された。ロトチェンコ自身によって撮影された三〇〇〇枚を超える写真の一部は一九三三年のグラフ雑誌『建設のソ連邦』第一二号に掲載されている。彼は本格的に写真を手がける前、二〇年代初頭に優れたフォトモンタージュの作品を多数残しているが、その当時の手法の鮮やかさはこの三〇年代初頭にもまだはっきりと示されている。それらの記録写真とフォトモンタージュは、過酷な労働を告発するものなのか。あるいは、この事業の偉大さを賛美するにすぎないのだろうか。この運河建設は一九三一年に始まり、一九三四年にはこのルポルタージュが出されることになったが、その後批判を受け六〇年あまり出版されることはなかった。ここで「人民の敵」、「破壊分子」は、運河建設の労働を通じて、再教育され

「有用な人間」に生まれ変わるとされる。プロレトクリトの運動が目指した「新しい人間」の理念は「有用な人間」に、その理念と実践をつなぐ主体的な「組織化」は強制された労働にとってかわられ、ルポルタージュという形式はその変容の過程を記す都合の良い枠組みにすぎなくなってしまう。この大事業があらゆる芸術団体の解消と「社会主義リアリズム」の提唱の移行時期にまさに重なり合うことを考えれば、「社会主義リアリズム」という空虚な宣言をめぐる問題について、また別の側面が見えてくるのではないだろうか。

芸術と生活をめぐる問題はロシアとソヴィエトの芸術家を常に悩ませつづけてきたが、その問題から解放されたのはグロイスが示すポストユートピアの芸術家たちが初めてだったのかもしれない。その解放があらゆるものに対する無関心の表明と重なってしまうように思われる。

ロシア・アヴァンギャルドから全体主義への連続性において、芸術と生活の間の境界が破壊されてしまった後に、それらはひとつのものになりえるのだろうか。バフチンは短いエッセイのなかで、次のように記している。

「芸術と生活は同じものではないのだが、しかしわたしのなかで一つにならなければならない。わたしの責任の統一のうちで一つにならなければならないのである」。ロシア・アヴァンギャルドの試みは、「わたし」のなかでひとつになろうとする芸術と生活を、他者といかに共有できるのかを常に模索し続けたということができるだろう。それはあくまでも「わたし」のなかにあるのであって、容易に現実に展開されえるようなものでは決してなかったのである。

（現代思潮新社、二〇〇〇年刊、二八〇〇円）

書評

「男制、社会」とのしなやかな闘い

深津謙一郎

渡邊澄子『青鞜の女・尾竹紅吉伝』

本書巻末の年譜によれば、尾竹一枝が青鞜社の社員であった期間は僅か一年に満たない。紅吉の筆名も、主にその青鞜社々員時代のもので、一九一三年八月を最後に用いられない。にもかかわらず、本書の題名は、『尾竹（富本）一枝伝』ではなく、『青鞜の女・尾竹紅吉伝』となっている。尾竹（富本）一枝の生涯を、青鞜の「紅吉」時代で代表させるのには、青鞜や紅吉のネームバリューという以外に、やはりそれなりの理由があろう。

一九一二年、叔父・尾竹竹坡のもとで画業修行中だった十八歳の一枝は、自己の忠実な表現を夢見、青鞜社に入社する。「自覚せざるフェミニスト」との著者の評言どおり、大柄で、男書生めいた一枝の容貌は、「男制社会」にとって、それ自体すでにジェンダーの境界を侵犯する危険な存在だったに違いない。一枝（紅吉）自身が震源となり、青鞜社と世間を揺るがせたあの「スキャンダラスな」ふたつの事件もまた、ジェンダーの境界侵犯に

関わるものだった。「五色の酒」事件と「吉原登楼」事件とがそれである。恐らくは、傾倒・敬愛するらいてうを喜ばせたい一枝（紅吉）の無邪気で正直な情熱が結果的に引き起こしたこの一連の事件は、たとえば、「所謂新しい女の集団なる青鞜社の幹部中には途方途徹もない令嬢が五六人も居て男子も三舎を避ける如うな畸行を敢てし又書きもする」（『国民新聞』一九一二年七月一二日、傍点引用者）といった言論界のネガティブ・キャンペーンを招き寄せ、このことが、走りはじめたばかりの青鞜社を厳しい立場に追い込んだとする見方は今日も根強い。一枝（紅吉）自身も、この責任をとるかたちで自ら青鞜を退くのだが、本書の眼目のひとつは、これを青鞜が今日評価される形の青鞜に飛躍するためのステップ・ボードとして読みかえるところにある。青鞜に集う「新しい女」たちを、著者の言葉で言う「ジェンダーの鉄壁」に突き当たらせた一枝（紅吉）の「ひっかき廻し」こそ、青鞜を文芸雑誌から女性解放思想誌へと方向転換させ、ひいては、青鞜とらいてうとを「時代の先端」に押し出す役割を果たした当のものだったというのである。その無邪気で正直な情熱ゆえに引き起こされる「ジェンダーの鉄壁」との衝突・葛藤。そして、自己顕示欲のためというよりはむしろ傾倒・敬愛する女性のために進むべき道を敷いてゆく青鞜の「紅吉」時代においてすでに、そして確かに、その後の尾竹（富本）一枝の生涯を物語る言葉は出揃っている。

　青鞜退社後の一枝は、女性文芸演劇誌『番紅花』の主宰を経て陶芸家・富本憲吉と結婚する。著者によれば、憲吉は当時としては希有といってもいいほど、みごとな男であり父親であり夫でもあったが、彼もまた「男制社会」の住人だった。彼は「美」にたいする一枝の眼力を認め、創作上の不可欠のパートナーとして彼女を信頼しながら、一枝自身の自己表現への情熱には思い至らず、結果的にそれを抑圧したからである。本書では、いくつかの優れた随筆や評論・小説を世に残しながら、十全に開花されなかった一枝の文学への道を阻んだ障壁として、ここでもやはり憲吉との間に横たわる「ジェンダーの鉄壁」が問題にされ、結婚後の一枝の、自己を生き切れずに苦悶する姿が、現代の女性たちにも通ずる姿として共感をもって描かれる。しかしそれと同時に、「美」という普遍の名のもとに、女性の自己表現という「差異」を消去する憲吉の「人間中心主義」の限界を、「ジェンダー」の観点から冷静に暴き出す著者の分析の手際の見事さにもひとこと言及しておきたい。これは白樺派や大正教養派の普遍主義を歴史的に対象化するうえで重要な視座だと考えられるからである。

　また、丸岡秀子や志村ふくみなど、一枝の人柄に引かれ、周囲に集いきた後進の女性たちが、自己の能力を開花できる道を絶えず顧慮し、献身していたことを示す数々のエピソードからは、含羞の人でありながら、他人（女性）のためにはどこまでも強くなれる一枝の人柄がしのばれて興味深い。一枝を中心とした女性たちのネットワークは、近代日本の女性史に重要な山脈を形作るのではないだろうか。そんな一枝を著者は「女を愛する女」と意味づける。そのうえで、今後看過できないテーマとして「レズビアン」問題が提起されるのだが、ここではリリアン・フェダマンの『レズビアンの歴史』を引きながら、一口に「レズビアン」主体を定位せず、それを「独自のイデオロギーやアイデンティティを築き上げては崩す」過程の主体として把握する著者のスタンスに同感である。「レズビアン・フェミニズム」の先駆者という評価にもむろん一定の意義があろうが、しかし一枝の主体を一義的に固定化してしまい、このことが逆に、国家権力に取り込まれることなく「ジェンダーの鉄壁」への持続的な取り組みを可能にした一枝の「しなやか」な闘いぶりを後景に退けてしまうように感じられるからである。「女を愛する女」に対する著者のかぎりない共感と慈しみに溢れた書と言えよう。

［不二出版刊　三五〇〇円＋税］

書評

畢生の書

寺島珠雄著『南天堂：松岡虎王麿の大正・昭和』

下平尾直史

松岡虎王麿——面白い名前なので今もって忘れない、この松岡虎王麿のやっていた南天堂という本屋（出版社でなく書籍販売の本屋）の二階は、レストランになっていて、『ダムダム』の同人をはじめとして、ダダイスト、アナーキストのたまり場になっていた。学生の私も、ダダイスト気取りで時折その南天堂の階段を昇ったが、夜はきまって、常連の間で喧嘩があった。派手な乱闘もあった。（『昭和文学盛衰史』）

——この高見順の記述でも知られる「本屋」が、本書の主人公だ。

高見ばかりではない。岡本潤、今東光、平林たい子、中野重治ら、ここを根城にし、あるいは通過し、そして敗戦後にまで生き残ることができたものがこぞって回想しているとおり、かれらの原点を知るうえで、また、大杉榮、和田久太郎、中濱哲、宮嶋資夫たちアナーキストとその運動を考えるうえでもますます重みを持ちつつある近代文学・思想史上もっとも有名な「本屋」、本郷白山・まき町通りにあった「本屋」が、ここで描かれている「南天堂」である。本書は、一九二〇～三〇年代文化におおきな足跡を残す、この書店兼レストランについての総体的な検証を試みた、最初のまとまった単行本である。

いまではしばしば伝説めいて語られるように、この主人公の活躍はおそろしく奔放だった。本書の著者・寺島珠雄は、その奔放さに翻弄され、手を焼きながら、しかしそれを悦ぶように、主人公の魅力を解きあかそうとする。わたし自身はけっして寺島の良い読者ではないが、かれの少なくない著編書をひもといてみたことがある読者にはわかるとおり、この一冊こそ、かれがその生涯にかならず一度はまとめたかったものであり、敗戦直後にはじまるかれの執筆活動の、その根源に位置するものであることは贅言を俟たない。A5判、ゆうに四五〇ページを超えるこの大冊には、著者がその半生を賭して孵化を待ちつづけてきた南天堂というイコンへの、深く、熱い思いが結晶している。

ここには、すでに挙げた高見や岡本、大杉らのほか、辻潤、萩原恭次郎、壺井繁治、菊田一夫、林芙美子、友谷静榮、松下南枝子、五十里幸太郎、渡辺渡、菊岡久利、白鳥省吾、中西悟堂、その他、じつにおおくの名前が南天堂の「常連」として登場する。寺島は指摘していないが、水族館を備えた演芸場・カジノフォーリーを活写した『浅草紅團』の作者としてのみ本書に登場する川端康成もまた、高見順との対談（「新感覚派時代」）で南天堂の常連だったことをあきらかにしている――ということを考慮しても、おそらく実際の裾野はまだまだ広かったにちがいない。南天堂という磁場は、わたしたち後世が想像する以上に主義や思想を超えて、幅広い人脈を築いていたのである。

こうした交流は書店としてであれレストランとしてであれ、無記名性のつよい、不特定多数の「客」にむけて開かれた「店」であったからこそ可能だったのかもしれない。とはいえたとえそのような単純な理由であったにせよ、本書を彩る、かれ・かの女ら強烈な個性たちは、いったい、なぜ、ときには「派手な乱闘」にまでおよびつつ南天堂に集ったのか。いや、そもそも、南天堂とはいったいなんだったのか。――本書は、この強烈かつ執拗なモティーフによって貫かれている。あの混沌とした時代、あの多彩な群像をどのように再構成し、読者に伝えるか。著者は、当時、南天堂で同じ時間、同じ場所を共有してしまった有名無名の表現者たちの足跡を、おもに活字文献に頼りながら丹念にたどりつつ、ときには活字という媒体の制約をおおきく踏み越えて、かれらの交友関係を想い、しかし精確を期しながら叙述をすすめる。それはまるで、自分自身が南天堂の時代に生まれそこなったことを先人たちに恥じ、無念に感じているかのようでさえあるのだ。

そんな本書の魅力は尽きないが、ひとつには、疑いもなく、著者が収集した資史料へのこだわりにある。

寺島は、南天堂が、高見のいうような「出版社でなく書籍販売の本屋」でなく、「出版社」も兼ねた「書籍販売の本屋」だったという「事実」はもちろんのこと、二階のレストランに「レバノン」なる名称が付いていたかどうかをはじめ、これまで回想録のたぐいに見られた誤謬を徹底的に検証する。さまざまな関連資料をいちいち付き合わせ、篩にかけながら、たとえわずかな記述をも見逃さず、およそ手に入るかぎりの傍証を掲げ、関係者によるインタヴューを補足する……。こうして立体的に、ときには一歩進んで二歩下がるようにして、先行研究に「訂正」を要求していくのだが、ここに数多く掲載された図版のなかでも、南天堂のブックカヴァーや、二階の「喫茶部」メニューなどは、読むものを、つい微笑ませるだろう。

ところがそのような寺島を挑発するかのように、南天堂はすべてをゆるしたりはしない

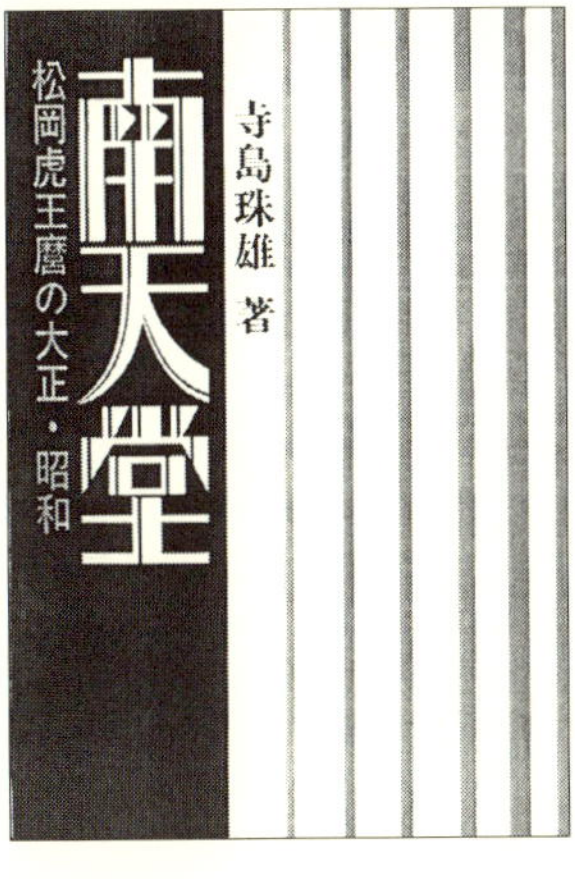

のだ。それどころか、著者の辛抱づよい悪戦苦闘を経てなお、店主・松岡虎王麿がいつ、まき町通りに南天堂を開業し、夜逃げ同様(?)に店をたたんだのかという基本的な「事実」さえ、はっきりしない。主人公の開業期間が一九二〇年ころから三〇年末までの十年くらいだろうというほどにしか判明しないのである。あるいは店主・松岡その人の妻の歿年や、そのあとの連れあいとの同居時期など、人間的な部分にいたってはその核心部分に迫るほど、ぼんやりとしてしまう。

だが、こうして手を尽くしてもわからないことがおおいという「事実」は、けっして本書の不備とはなっていない。むしろ読めば読むほど、南天堂にまつわる「謎」がいっそうの魅力となって読者を惹きつけてしまうのだ。もちろん、このような市井の書店や、みずからはほとんど筆を執ることがなかったらしい一書店主を半世紀以上のちにあらためて発掘するには、たとえ無名として生涯を終えようとも、文字を書き残すことに生命を燃焼させることができた表現者の足跡を追うのとは異なる困難がともなうのだろう。そうした条件を考慮に入れても、なお著者が「あとがき」で述べているように「事実はつねに一つではない」。かれの生涯を締めくくったこの言葉が、本書では完全に説得力をもっている。

ひとつめの魅力とも関連するもうひとつの魅力、それは本書が、南天堂の周辺に生きた人びとの肉声に耳を傾けていることである。そのためにこの一冊は、文学史、思想史という枠組みを越えて、文化史、あるいは社会史のほうへと開かれていく可能性を孕んでいる。とりわけ注目せざるをえなかったのが、牧野四子吉と須藤紋一への言及だ。かれらの登場が本書をより豊かにしているのである。

牧野四子吉については、『広辞苑』や各種百科事典の図版で知られている。かれの手になる精緻かつ微細をきわめた、それでいてどことなく親しみのある鳥獣・虫魚・草木の挿画が、自然科学に関心を持ちはじめた小学生にとって、どれほどリアルに響いたことか(あの魚や昆虫を模写して、いったい何冊のらくがき帳を無駄にしたことだろう!)。二〇〇一年七月に京都・思文閣で催されたレトロスペクティヴによって、その厖大な画業の一部をまとめてみることができたが、こうした個性もまた、南天堂を陰に陽に支援していたという。著者が南天堂を論じるうえで、まずなによりもこの牧野四子吉という造形芸術家の視点から語らしめているのは、本書がモダニズムの現場を具体的に浮かびあがらせるうえでとても秀抜な着想であり、それは成功しているように思う。

しかし、それにもまして本書が光彩を放っているのは、須藤紋一という人物とその周辺への着目である。それは、南天堂から生まれた日本のダダイズム、アナーキズムが、一九三〇年代を経て、いったいどこへ収斂されていったのかという、文学・思想史上の問題と不可分ではないかと考えられるからである。

サブタイトルにもあるように「大正・昭和」、すなわち関東大震災直前から三〇代初頭にかけての南天堂をめぐってクロニクルに検証している本書は、一九二三年一月に創刊された『赤と黒』から『ダムダム』を経て、いわゆるアナ・ボル分裂の象徴ともなった雑誌『文藝解放』の創刊、廃刊という文学史の流れと並走して叙述されている。そして読者は本書を読みすすめていくうちに、離合集散を重ねてきたダダイズム、アナーキズム雑誌の一九三〇年代の、いわゆる〈昭和十年代〉における帰結を、武田麟太郎の『人民文庫』に見ることになるのである。

いっぽんにプロレタリア作家同盟(ナルプ)解体後の残党たちによって創刊されたとされ、「ボル」の行末をその最下流で支えようとした『人民文庫』が、なぜ、『赤と黒』に始まるダダイズム、アナーキズム雑誌の末流と合流し、そこに位置づけられてしまうことになるのか?

寺島珠雄はそれを、南天堂撤退後の松岡虎王麿の足跡に徴してあきらかにする。――一九三〇年の暮れに南天堂の経営から離れたとされる松岡虎王麿が、転職先の京華社という印刷会社で知り合ったのが須藤紋一だった。その須藤が独立し、一九三二年十一月に興した印刷会社・三鐘印刷に、松岡もまた参加することになるが、この三鐘印刷こそ、『人民文庫』の印刷を途中から(寺島は一九三七年八月号からとしているが、実際にはその前月、七月号から)引き受けている印刷所なのである。では、なぜ三鐘印刷が『人民文庫』を引き受けることになったか。そのきっかけは、三鐘印刷で経理を務めていた佐藤秀一が、『人民文庫』主宰の武田麟太郎と親交があったからだ――というのである。

この指摘は、南天堂をめぐるもつれた糸を一本一本、慎重にときほぐしながら、歴史に埋もれてしまったさまざまな人びとについて想いをめぐらせてきた、寺島珠雄独自のものである。武田麟太郎の短篇小説「釜ケ崎」を胸に刻み、みずからが釜ケ崎の日雇い労働者として生きた寺島珠雄にしか成しえない、いわばかれの文学史観の真骨頂であり、集大成である。そのことは疑いの余地がない。いささか勿体ぶった、散文的に過ぎるかれの文体も、三鐘印刷と『人民文庫』をめぐる描写についてはきわめてスリリングであり、本書の圧巻となっている(わたしには感動的だったエピソードも、ここでひとつ紹介されている)。

――それにもかかわらず、かれの指摘が重要であればあるほど、この寺島史観は未完であると、わたしには感じられてならないのだ。なぜなら、寺島が三鐘印刷との関係の立証にもちいた一九三七年八月号の『人民文庫』誌面には、菊岡久利、高橋新吉、岡本潤という、南天堂を代表する三人の詩が掲載されているからであり、かれらこそ、寺島が言葉を尽くして論じてきた詩人たちではなかったか。『赤と黒』や『ダムダム』には紙数を割いて述べることをゆるした寺島が、なぜ、ここでもう一度かれらの実作品に立ち戻って論を展開しなかったのか。

この前後の『人民文庫』を読むと、創刊後一年以上を経てマンネリ化した誌面に変化を与えようとしていたことがわかるが、三七年六月から「新しく詩を掲載することになった」として、上野壮夫、金子光晴、田木繁の作品を掲げたのである。これは「散文精神」を謳ってきた雑誌としてはおおきな変化だったといわねばならないだろう。つづく七月号では、草野心平、山之口貘、ハイネ(小堀甚二訳「アッタ・トロール」)の名が見られるが、これまですべての号の印刷を担当していた山浦印刷所から三鐘印刷に移るのは、じつにこの号からなのである。この「偶然」は、はたして年代記上の遊戯に過ぎないのか？

そう考えると、寺島が指摘したように人間関係からだけのアプローチでは、盾の半面しか論じきれていないのではないかという疑問が生じる。菊岡、高橋、岡本が誌面を飾った翌八月号以降、金子光晴、草野心平、菊岡久利の三人が顧問のようなかたちで『人民文庫』の詩欄を受け持つことになるが、だから問題なのは、このとき、なぜ『人民文庫』＝武田麟太郎は、いわゆる「プロレタリア文学」の詩人としてすぐに名前を思い浮かべるようなナルプ系の詩人たちとではなく、金子光晴、岡本潤、菊岡久利といったアナーキストたちと結託することを選んだのか？　この問題は、『人民文庫』の執筆グループもふくめたこれらの人びとがその後、大東亜戦争下をどのように生き、また「アジア」と向かい合うことになったのかという後史も視野にいれて、くわしく論じ直さなければならない近代文学史上のプロブレマティックのように、わたし個人には思われてならない。

寺島のモティーフに乗じつつもう一点、武田麟太郎と親交があったという佐藤秀一についても、ふれておく必要があるだろう。一九二七年に非合法共産党に入党した（らしい）かれは、翌年には日本労働組合全国協議会（全協）中央常任委員となり、三〇年には神山茂夫、内野壮児らと全協刷新同盟（刷同）を結成、硬直した組合運動の再建を訴えることになる。かれらが南巌をモスクヴァで開催されたプロフィンテルン第五回大会に派遣することができたのは、佐藤が京華社時代に親しんだ須藤紋一の出資によるものだという。また、神山茂夫の入党を推薦したのは佐藤秀一ともうひとり――寺島がその半生に追いかけたキーパーソンでもある陀田勘助＝山本忠平だった。神山がナルプ解体前後の「社会主義リアリズム」論争の当事者だったことはいうまでもないだろう（神山の、佐藤に対する複雑な感情は、神山歿後に栗原幸夫らが編集していた『神山茂夫研究』第四号掲載のインタヴュウなどからもうかがえる）。

武田麟太郎が、佐藤や神山らの刷同に近いところに身を置いていたことはほぼ確実である。学生時代に所属していたという東京合同労働組合で山本忠平と知りあったかれは、のちには「市井事」をはじめとするフィクションにも描かれた大学時代の後輩・内野壮児を通して『労働雑誌』創刊にも尽力することにもなる。武田と刷同との具体的な関係についてはまだまだ未検証の部分がおおいが、佐藤秀一と出会ったのも、おそらくこの期間のことだと推測される。

このように考えると、『人民文庫』の印刷所が三鐘印刷に委ねられたという指摘は、寺島が述べている以上に重要な意味を持っていたのではないだろうか。なるほど、このようなつながりは「偶然」に支配されるところが大なのかもしれない。しかし、かつて白山界隈を騒がせた南天堂の詩人たちと、全協中央からは分派・造反者として見做された刷同のメンバーが、武田麟太郎を媒介として、支那事変勃発後の後退戦を『人民文庫』を舞台に闘うことになるのである。もし自由に想像することが許されるなら、『人民文庫』には、おおきな可能性が潜んでいたといえるだろう。そして、本書のテーマにそくして言いかえれば――寺島が図らずもあきらかにしてしまったように――、このとき『人民文庫』には、まぎれもなく南天堂が生きていたのである。

むろん、どのように生きていたのかは、今後くり返し検証を要することであるにせよ。

　おおくのすぐれた研究がきまってそうであるように、その一冊だけにおさまりきれなかったテーマやモティーフは、時間を経るごとに読者にとっても、ますます重みを持ちはじめ、あるとき、ふと別の異なる文脈のなかに甦ることがある。本書をいっそう豊かに肉付け、著者に「訂正」を求めながら具体的に読みかえていくことが、この一冊を読んでしまったわたしたち、生き残っている側に課せられた義務なのだろう。


　日雇い労働をしたことがあるだろうか。

　まだ明けきらない闇のなかで、手配師に誘われるまま、マイクロバスに乗りこむ。自分たちがどこへ連れていかれるのか知らされることがなく、現場がどこなのかも、窓からわずかに見える風景や標識を手がかりに、ただ想像するだけだ。車が都心をはなれ、山間を走るようになると、わずかな道標も見失われがちになる。不安――道に迷ったときの快感めいたものが身体を流れる。

　八時間ののち、塒に帰ってくる。そのとき手許の地図を開くといい。自分が通ったはずの道を指で追いながら、一日のことを思いだしてみる。そのとき頭のなかに描かれた光景は、既成の地図には見えているはずもない無数の記憶によって豊富化され、ほんとうの地図になっているのだ。

　『私の大阪地図』の著者。『労務者渡世』の代表。『小野十三郎全集』の編者、その他。本書は、寺島珠雄がこの世界に遺した、そんな地図のようなものである。

［一九九九年九月、晧星社、三五〇〇円＋税］

＊迷ったが、日本学術振興会特別研究員（DC2）というわたしの現在をここに記さずにおくことはしないことにした。

〈大衆〉の登場 ヒーローと読者の20〜30年代

池田浩士責任編集

A5判並製292頁
2200円
98年1月発行

ISBN
4-7554-0072-4

装幀・貝原浩

文学史を読みかえる・第2巻

座談会・〈大衆〉の登場—ヒーローと読者の時代／紀田順一郎・池田浩士・川村湊・栗原幸夫・野崎六助
〈大衆〉というロマンティシズム—プロレタリア文学と大衆文学の読者像／池田浩士
出郷する少女たち—1910-20年代、吉屋信子、金子みすゞ、尾崎翠、平林たい子、林芙美子ほか／黒澤亜里子
『赤い恋』の衝撃—コロンタイの受容と誤解／秋山洋子
馬海松と『モダン日本』／川村湊
叛逆する都市の呂律—武田麟太郎が描いた〈下層社会〉／下平尾直史
「馬賊の唄」の系譜—大衆文学の外史によせて／梅原貞康
「大衆化」とプロレタリア大衆文学／栗原幸夫
隣接諸領域を読む／和田忠彦、柏木博、悪麗之介・西川浩樹、平井玄、伊藤公雄
この時代を読みかえるために—必読文献ガイド・読みかえる視座・書評

廃墟の可能性 現代文学の誕生

栗原幸夫責任編集

A5判並製296頁
2200円
97年3月発行

ISBN
4-7554-0063-5

装幀・貝原浩

文学史を読みかえる・第1巻

始まりの問題—文学史における近代と現代／栗原幸夫
それは多義的な始まりだった—福田正夫の大震災とその後史／池田浩士
新しさと楽しさと、そのゆくえ—隣接諸領域を読む（映画）／下平尾直
村山知義の「マヴォ」前夜—1922-1923／林淑美
前衛芸術のネットワーク—萩原恭次郎『死刑宣告』のコンテクスト／和田博文
新感覚派という〈現象〉—モダニズムの時空／中川成美
メディア・ミックスのなかの通俗小説—新聞小説「真珠婦人」と「痴人の愛」の周辺／中西昭雄
亜蝉坊の廃墟—初期近代〈大衆〉歌謡試論／大熊亘
「大正」時代の「姦通」事件を読む／江刺昭子
〈悪女〉の季節—父権制秩序への反逆者たち／長谷川啓
滅亡する帝都—文学史上の関東大震災／竹松良明
消えた「虹」—佐藤春夫の関東大震災／木村一信
座談会「読みかえる」とはどういうことか？—「大正」アヴァンギャルドから始めるということの意味を問いつつ／柏木博・栗原幸夫・加納実紀代・木村一信・川村湊・池田浩士
書評／川村湊、池内文平、下村作次郎
「カリガリ博士」の受容の問題性／東条政利
『大菩薩峠』評価の諸問題／野崎六助

戦時下の文学 拡大する戦争空間

木村一信責任編集

A5判並製362頁
2800円
2000年2月発行

ISBN
4-7554-0096-1

装幀・貝原浩

文学史を読みかえる・第4巻

座談会・拡大する戦争空間—記憶・移動・動員／黒川創・加納実紀代・池田浩士・木村一信
海を渡った「作文」／川村湊
丹羽文雄の前線と銃後／池田浩士
喪失された〈遥かな〉南方—少国民向け南方案内書を中心に／竹松良明
「大東亜共栄圏」の女たち—『写真週報』に見るジェンダー／加納実紀代
戦争と女性—太平洋戦争前半期の吉屋信子を視座として／渡邊澄子
漫画家（画家）の戦争体験—〈ジャワ〉の小野佐世男／木村一信
戦時下のサブカルチャー—永井荷風と高見順の日記を手がかりに／中西昭雄
ラジオフォビアからラジオマニアへ—戦争とメディアと詩と／坪井秀人
「国民」統合の〈声〉の中で〈書く〉こと—雑誌「放送」に見る戦時放送と文芸／黒田大河
元皇国少年櫻本富雄に訊く／聞き手・吉川麻理
隣接諸領域を読む／橋本淳治・平井玄・櫻本富雄・馬場伸彦・乾由紀子・犬塚康博
この時代を読みかえるために—必読文献ガイド・読み替える視座・書評
「表現の隠蔽」と「隠蔽の表現」・柴谷篤広
戦後「知識」人の北米体験・上野千鶴子

〈転向〉の明暗 「昭和十年」前後の文学

長谷川啓責任編集

A5判並製352頁
2800円
99年5月発行

ISBN
4-7554-0084-8

装幀・貝原浩

文学史を読みかえる・第3巻

座談会・〈非常時〉の文学—「昭和十年前後」をめぐって／小沢信男・栗原幸夫・加納実紀代・中川成美・長谷川啓
〈非常時〉と雑誌の全盛／悪麗之介・下平尾直史・尾形明子・小島菜温子
転形期の農村と「ジェンダー」—中野重治「村の家」をよみかえる／中山和子
「女性的なもの」または去勢（以前）—小林・保田・太宰／井口時男
女性無用の作品世界—島木健作論／竹松良明
プラクティカルなファシズム—自力更正運動下の『家の光』がもたらしたもの／加納実紀代
1935年前後、高良とみの言動／高良留美子
女性文学にみる抵抗のかたち—〈左翼系作家〉の夫権制とのたたかい／長谷川啓
“いのちの氾濫”—岡本かの子の「鬼子母神」／吉川豊子
「満州イデオロギー」の相対性と絶対性—小林秀雄と田川水泡／山崎行太郎
徳永直「転向」の行方—社会的私小説と国策小説／木村一信
良吉は境界をどう超えたか—『人生の阿呆』、最後の挑戦／池田浩士
隣接諸領域を読む／柏木博・中西昭雄・江村公・平井玄
この時代を読みかえるために—必読文献ガイド・読み替える視座・書評
初期邱永漢の研究／小倉虫太郎

「文学史を読みかえる」研究会

読みかえ日誌 Jan.00〜Jan.02

▼2000年1月29日（関東）

文京区女性センターで年初の研究会。報告は谷口基「橘外男の敗戦感覚」。橘の終生のモティーフでもあった人獣交婚譚や戦時強姦をめぐっての異色の報告で、詳細な分析のみならず、敗戦後まもなくのめずらしい単行本やキワモノめいた雑誌掲載作品を視覚的にもタンノウした。

▼2月25日

『文学史を読みかえる4・戦時下の文学』刊行。この時期、戦前・戦時下の表現への関心がとくに高まっていたこともあって、「読んだ」という声をよく聞いた。この号に限らないことだが、ひとりでも多くの読者と出会い、その批判に揉まれたいものだ。

▼3月4日（関西）

京都大学総合人間学部で研究例会。秦功一「貴司山治の〈第一義〉は、「インテリゲンチャとプロレタリアート」の視点で文学を考えているという報告者に触発されて、プロレトクリトや大衆文学の概念をめぐり活発な論議が続いた。

▼4月9日

『戦時下の文学』刊行記念シンポジウムを文京区民センターにて。ゲスト・成田龍一「戦争／文学をめぐって」、問題提起・林淑美「日本プロレタリア文学運動の中の朝鮮」、司会・木村一信。『戦時下の文学』批判、「戦時下」をどうカテゴライズするか、『麦と兵隊』論など多岐にわたる成田の報告は、会員向け「月報」通巻第10号、11号に掲載されているが、会場を後にしてなお議論は果てることがなかったという。

▼4月29日

合評会「『戦時下の文学』を告発する！」を京都大学にて。物騒なタイトルはともかく、オヒトヨシなふたりの検察官・田村都と下平尾直史が同誌を批判的に読み、被告人（執筆者）諸氏との討論となった。そのときの白熱した様子は「月報」11号にくわしく実況中継されている。なお、プロレタリア文学運動なるものが存在した時代の回想録などを読むと、ひとたび論争ともなれば誌紙面や会議では骨肉の争いをくりかえす関係でも、プライベートでは流派を超えて酒席を囲んだりしたのだそうだ。

▼5月13日（関東）

この日は変則的に午後5時から。文京区女性センターで栗原幸夫による「戦後文学・思想の起源」。戦後の問題点は戦争中に胚胎していたという視点から、「転向」をマイナスにのみならずプラスに転化する契機として戦後文学、思想史をとらえる報告だった。これは会誌第6号特集テーマへの助走でもある。

▼7月8日（関西）

吉川麻里「濱谷浩の戦時下――『写真文化』を中心に」を京都大学総合人間学部にて。濱谷が「地方文化」に見ようとした意味や写真というメディアについて参加者からもさまざまな意見が出て、おのずとこの分野での報告者の成果に期待がかかる。

▼7月29日〜30日

二年ぶりの合宿を東京目黒で。報告は太田昌国「60年代と第三世界」、平井玄「60年代サブ・カルチュアとは何だったのか？」、長谷川啓「60年代とフェミニズム」の三本。いずれも、報告者の、報告テーマに対する実感のこもった内容で、二日間にわたってみっちり討論できた。初日は明け方まで激論が続き、翌日は討論、世話人会議ののち恵比寿のビアホールで昼食を……のつもりが、陽が傾くまでビールにワイン、さらにその日が土用丑の日であるとの重大なレポがあり、うなぎ屋へ流れて鯨飲馬食におよんだのだった。いまでは語り草となっているこの日の行状はF氏の手によって『出版ニュース』にまで掲載されてしまったとか。

▼9月9日（関西）

花森重行「国木田独歩における

連続と驚き」は、独歩の短篇「帰去来」のなかに朝鮮やハワイといった「外部」を見ることによって、日本の近代化をあらためて問いなおすことを意図したユニークな報告だった（於：京都大学総合人間学部）。

▼10月21日（関東）

加納実紀代による「70年代前後と文学の「解体」」を文京区女性センターで。「女性自身による女性の解放」という視座を画期として、70年前後の文学の「解体」過程と、それに反比例して登場する演劇や劇画などのサブカルチュア、終末論などの表現について検証を試みた今回の報告は、加納が責任編集することとなっている会誌第7号のモティーフでもある。

▼11月11日（関西）

報告予定者が不慮の事故のため、急遽「大衆文学のロシア革命――「革命」はプロレタリア文学の専売特許ではなかった？」を下平尾直史が京都大学にて。ロープシンやアルツィバーシェフによるロシア05年革命後の小説が三上於菟吉、大佛次郎らに与えた影響と、プロレタリア文学史だけに回収されない革命、転向について。

▼12月9日（関東）

長谷川啓「佐多稲子の今日的意義」を文京区女性センターで。佐多旧蔵の資料をふんだんに駆使してかの女の「戦時責任」に焦点をあてた報告だった。戦時下の女性政策に佐多が解放の理念を見ようとしたことや南方行きについては、参加者からも積極的な意見が多く出され、チョウチョウハッシの応酬がくりひろげられた。

▼2001年1月13日（関西）

ついにこの研究会も二世紀ごしに活動することになってしまった。その記念すべき第一回は相川美恵子「少年小説の表現を通して30年代を考える」。大佛次郎の「鞍馬天狗／角兵衛獅子」に既成の成長主義的な少年小説を乗り越える可能性を見ながら、現在にいたる少年小説を批判的に検証した（於：京都大学）。

▼3月10日（関西）

川口奈央子「坂口安吾の「青春論」について」を京都大学で。坂口の「青春論」に登場する宮本武蔵を、吉川英治が描いてベストセラーになっていた求道的な武蔵像と対比しながら、そこに戦時下から敗戦後につながる安吾の独自なスタンスを探ろうとする報告。

▼5月12日（関西）

ご覧のとおり関西研究会は2ケ月に一度、おおむね第2土曜日に行われているのだが、この日は池田浩士による「いま、伊藤野枝を読む――私はいた、いまいる、今後もいるだろう！」。「男に頼ってしか生きられなかった伊藤野枝」という昨今の評価をくつがえすべく、中條百合子やローザ・ルクセンブルグら女性表現者を手がかりにかの女の作品を読みかえる今回の報告を聞いて、あらためて野枝ファンになった参加者も多いハズ。

▼6月16日（関東）

下平尾直史「下界の眺め：山岸藪鶯『空中軍艦』をめぐるいくつかのこと」。原作はアナーキストがロンドンに爆裂弾を落として都市を破壊しまくるという奇天烈なものなのだが、この三ケ月後には現実がフィクションを超えてしまった？（文京区民センター）

▼7月14日（関西）

葉山英之「谷譲次のとらえた『安重根』の肖像」（京都大学）。牧逸馬であり林不忘でもあった作者がこの作品で描こうとしたのは〈めりけんじゃっぷ〉のアメリカ批判に通底するアジアへのまなざしだったという視点から、カミュの戦後作品にまで論がおよぶ力のこもった報告だった。

▼7月23日～24日

つい先日合宿をしたばかり……と思っていたらもう一年が過ぎていた。今回の舞台は箱根のＫＫＲ宮の下。「最近の60年代論を再考する」というテーマで、栗原幸夫、加納実紀代を中心に各自が60年代に対する論点を出し合い、討論。意外にしっかり論じきれないこの時代についての意見が百出したが、七〇年前後にメルクマールを見る加納の提起で、当初の予定より会誌を一号増やすことになった（別項参照）。おもしろエピソード満載の酔夜があけて翌日は彫刻の森へエクスカーション。この日は40℃を超える酷暑で、全行程を終えたあとはさすがにぐったりもんだった。

▼9月15日（関西）

「村上春樹の震災の表現」を松浦由美子が。阪神淡路大震災、サリン事件など一九九五年の一連の「事件」によって村上の表現はどのように変化したか、『国境・辺境』『アンダーグラウンド』などをテクストにアプローチ。「春樹が苦手」という参加者が多かったので報告者はタイヘンだったかも。

▼10月7日（関東）

中西昭雄が文京区シビックセンターで「松本清張の一九六〇年——多作のトリックとマスカルチャー」。最盛期にはなんと一日に＊百枚（！）もの原稿用紙を埋めたといわれる松本の、きわめて多岐にわたる足跡をそのデヴュウから検証した、労多くして実り多き報告だった。

▼11月10日（関西）

「梁石日の言葉の力——ヒエロニムス・ボッシュの世界を夢見て」と題して金敬子が報告。詩集『夢魔の彼方へ』や『タクシー狂躁曲』に描かれた梁の世界と『アジア的身体』以降のかれの小説、評論を対比させつつ、その魅力の源泉を探った（於：京都大学）。

▼12月15日（関東）

元橋正宜「本多秋五論——『トルストイ論』をめぐって」を文京区民センターにて。本多の「戦争と平和」論を岩上順一『歴史文学論』中のそれと比較検討し、そこに戦時下の政治と文学論争に収まりきれない戦後文学の問題を見るなど、充実した報告および討論となった。

▼2002年1月12日（関西）

本年最初の研究会は藤原辰史「和田傳の農民観」。「山の奥」では機械化によって滅びていくものとして描かれた労作歌が、「大日向村」ではどのように歌われることになるのか。テープや写真資料を多用した刺激的な発表だった（於：京都大学総合人間学部）。

＊文中敬称略

『文学史を読みかえる』原稿募集のお知らせ

会員のみなさん、左記の要領で原稿をお寄せ下さい。

テーマ・自由（ただし、「文学史を読みかえる」という本研究会の趣旨にふさわしいもの）。

枚数・四〇〇字×五〇枚以内。（ワープロ、パソコンの場合は、MS－DOSテキストファイルで、プリントアウトしたものを付けて下さい。）

原稿の採否に関しては、編集委員会が決定します。場合によっては手直し、加筆などをお願いする場合もありますのでご了承下さい。

送り先・〒606－8501 京都市左京区吉田二本松町 京都大学総合人間学部現代文明論・池田研究室気付「文学史を読みかえる」研究会 TEL&FAX075-753-6664

◆第6巻以降の刊行予定と責任編集者

第6号　一九六〇年代　栗原幸夫

第7号　リブ以降　加納実紀代

第8巻　「この時代」の終わり

編集後記

敗戦後の時期をあつかった本巻は、いささか難産気味だった。本巻の編集担当者の私の怠慢やルーズさに、もちろん大きな責任があるが、「戦後」の見直しが語られ、「戦争論」や「戦後論」がことあらためて問題や話題となるなか、ニューヨークの世界貿易センタービルへのテロ攻撃から、アフガニスタン戦争が始まり、あれよあれよという暇もなしに自衛隊の海外派遣が決議されるという、まさに「戦後」の終焉、「戦前」への復帰をもたらす事態が展開するなかで、歴史の修正主義者たちのようではない「戦後史」の見直しが、どのように可能なのか、なかなか考えがまとまらなかったためでもある。

もちろん、こうして編集後記を書くことになっても、まだ「戦後」の見直しについての考えがまとまったわけではない。ただ、小泉自民党政権が、小ブッシュ政権のアメリカに唯々諾々と追随するのを見ると、日本の「戦後」が日米合作であったことを、改めて想起せざるをえなくなり、象徴天皇制や平和条項の憲法や、沖縄の処遇や安保条約など、占領期に限らず、「戦後」全体のプランを日本政府とアメリカ政府とが「合作」したのだなということが、ようやく明確に見えてきた気がしたのである。

それを対米従属とか米国追随とかいうことも、もちろん可能なのだが、しかし、戦後の沖縄の処遇のように、昭和天皇のはっきりとした「沖縄」切り捨ての言約のように、日本側の意志もそこにはかなりの程度反映されているのであり、単に従属、追随の役割しか果たしていないとはいえない。まさに「共同正犯」として、日米は戦後のアジア体制や日本の制度やシステムを「合作」したのである。

もう一つ、「戦後」は「朕」なる天皇と「爾」なる国民との「合作」でもある。「敬愛」という文字を持つ名前を付けられた女の赤ん坊の誕生のニュースを見て、その確信はますます強くなった。天皇制を維持するために、「天皇家」は「国民」と「合体」し、「合作」としての「戦後」の思想や社会の体制やシステムを作り上げてきたのであり、それはただ日本という王国（王朝）の永続制を目指したものにほかならないのである（「万歳」の制度や「君が代」の思想のように）。

私たちの思想や文化の頽廃は、この二つの「戦後という制度」の「合作」によっている。これを解体しない限り、私たちの思想や文化は、一歩も前に進むことができない。（川）

「戦後」という制度——戦後社会の「起源」を求めて
文学史を読みかえる⑤
2002年３月10日　第１刷発行
５巻責任編集・川村湊
編集委員　池田浩士・加納実紀代・川村湊
木村一信・栗原幸夫・長谷川啓
発行人　深田卓
装幀者　貝原浩
発　行　㈱インパクト出版会
〒113-0033　東京都文京区本郷2-5-11 服部ビル2F
電話03-3818-7576　Fax03-3818-8676　E-mail:impact@jca.ax.apc.org
郵便振替00110-9-93148
http://www.jca.apc.org/~impact/